파리의 노트르담

Notre Dame de Paris

Written by Victor Hugo and Illustrated by Jean-Michel Payet

Copyright ⓒ HACHETTE LIVRE, 2002

Published by arrangement with HACHETTE LIVRE

All rights reserved.

Kprean Translation Copyright ⓒ 2010 by Jakkajungsin

Korea edition is published by arrangement with HACHETTE LIVRE

through Imprima Korea Agency

일러두기

1. 이 책은 Victor Hugo, Norte-Dame de Paris(Hachette Livre, 2002)를 원전으로 번역했다.

2. 원전에 포함된 라틴어와 그리스어 등은 가독성을 위해 따로 철자를 본문에 표기하지 않았으나,

   문맥상 꼭 필요한 경우에는 미주 처리하거나 본문에 괄호를 써서 병기했다.

청 소 년 문 학
Hachette Classic
아 셰 트 클 래 식

3

파리의 노트르담

Notre-Dame de Paris

빅토르 위고 지음 · 장 미셸 파예 그림 · 성귀수 옮김

작가정신

머리말

북쪽 장미창 중앙

이 책의 저자는 몇 해 전 노트르담 성당을 구경하다가, 아니 좀 더 정확히 말해 샅샅이 뒤지다가, 한쪽 종루의 어두컴컴한 구석에서 벽에 새겨진 다음과 같은 글자를 발견했다.

ΑΝΆΓΚΗ(숙명)

돌 속 깊이 파 들어간 시커멓고 오래된 그 그리스어 대문자들은 마치 중세 어떤 사람에 의해 새겨졌음을 드러내려는 듯 고딕체 특유의 분위기와 모양새를 간직하고 있었는데, 특히 그 음산하고 불길한 의미가 저자에게 강한 인상으로 다가왔다.

낡은 성당의 벽체에 그런 불행한, 아니 죄스러운 흔적을 남기지 않고서는 도저히 이 세상을 하직할 수 없었을 고통스런 영혼은 과연 어떤 존재였는지, 궁금한 저자는 생각에 생각을 거듭해보았다.

그 후, 성당 벽을 새로 칠했는지 긁어냈는지(어느 쪽인지는 모르지만), 글자는 사라져버렸다. 이미 2백여 년 전부터 중세의 경이로운 성당 건물들이 이런 식의 대접을 받아오고 있다. 안팎으로 온갖 훼손이 자행되고 있는 것이다. 사제들이 덧칠을 가하고, 건축가들이 닥치는 대로 긁어대고 나면, 민중이 몰려와 허물어뜨리고 만다.

따라서 이 책을 쓴 저자가 여기 빈약하게나마 기리고 있는 추억을 제외하고는, 노트르담의 어두운 종루 벽에 새겨진 그 수수께끼 같은 단어에 관해, 그 단어가 그토록 음울하게 담아내고 있던 미지의 운명에 관해 더는 아무것도 남아 있지 않은 셈이다. 단어를 새겼던 사람은 이미 수백 년 전에 세대의 흐름 속에서 사라졌으며, 그 단어 역시 성당 벽에서 사라져버렸고, 이제 성당 자체도 머지않아 이 지상에서 사라져갈 것이다.

이 책은 바로 그 사라져버린 단어를 토대로 쓰였다.

1831년 2월

성당 중앙문 쪽으로 뻗은
뇌브 노트르담 거리

제1부

chapter 1

대형 홀

시테 섬[1]과 대학과 도심이 삼중으로 밀집한 한복판에서 일제히 울려대는 종소리에 파리 사람들이 잠을 깬 지도 오늘로 삼백마흔여덟 해하고 여섯 달, 열아흐레가 되었다.

하지만 1482년 1월 6일이라는 그날은 역사적으로 특별히 기억할 만한 날은 아니다. 아침부터 파리의 시민들과 종들을 온통 들쑤신 사건 속에도 이렇다 하게 중요한 일이 있는 건 아니었다. 피카르디 사람들이나 부르고뉴 사람들이[2] 쳐들어오는 것도 아니었고, 성골함 행렬이 지나가는 것도 아니었으며, 라아스에서 대학생들의 폭동이 일어난 것도, '우리의 지극히 황공하올 국왕 폐하'께서 납시는 것도 아니었고, 그렇다고 파리의 재판소 광장에서 도둑 연놈들의 교수형이 보란 듯이 거행되는 것도 아니었다. 그런가 하면 15세기 당시엔 그토록 빈번했던, 무슨 사절단의 화려하고 요란 벅적한 내방이 갑작스레 있는 것도 아니었다. 사실은 불과 이틀 전에 그와 같은 요란한 사절단 내방이 있긴 있었는데, 프랑스 황태자[3]와 플랑드르의 마르그리트 공주[4] 결혼식을 성사시키기 위해 플랑드르 측 사절단이 파리에 입성하는 내내, 부르봉 추기경[5]은 국왕의 마음을 살피느라 그쪽 촌뜨기 시장들을 마지못해 환대해야 했을 뿐 아니라, 비가 억수같이 쏟아져 문에 걸린 웅장한 휘장들을 죄다 적시는 가운데에도 자신의 성관에서 '아름답기 그지없는 우의극(寓意劇)과 소극, 풍자극'을 베풀며 그들을 즐겁게 해주어야만 했다.

요컨대 1월 6일, 장 드 트루아[6]의 말대로 '파리 민중의 기분을 온통 들끓게' 만든 것은, 예로부터 한데 합쳐 이중으로 성대하게 치러지던 공현절[7]과 광인절[8]이었다.

그날 그레브 광장[9]에서는 흥겨운 폭죽놀이가 개최되고, 브라크 예배당[10]에서는 5월의 식목 행사[11]가, 파리 재판소에서는 성사극(聖史劇)[12]이 있을 예정이었다. 그 바로 전날, 공안장관 나리의 부하들이 투박한 양털로 짠 두건 달린 자줏빛 복장을 갖춰 입고 가슴엔 큼직한 흰색 십자가를 착용한 채 거리에 나서 우렁찬 나팔 소리로 이미 모든 행사를 공고한 터였다.

아침이 되자마자 남녀 시민들은 가게와 집들의 문단속부터 한 뒤, 지정된 장소 세 곳 중 한 곳을 향해 저마다 떼 지어 몰려들기 시작했다. 제각각 폭죽놀이를 즐기러, 식목 행사에 참석하러, 성사극을 구경하러 나름대로 마음

시테 섬에 위치한 파리 재판소와 생트 샤펠 성당

을 정한 것이었다. 다만, 파리의 구경꾼들 특유의 유구한 상식을 칭찬할 겸 한마디 덧붙이건대, 이들 무리의 대부분은 사실 제철에 꼭 맞는 흥겨운 폭죽놀이나 평소 꼭꼭 닫힌 재판소 대형 홀에서의 성사극을 즐기려는 가되, 제대로 꽃도 피지 못할 가엾은 5월의 관목일랑 브라크 예배당 묘지의 썰렁한 1월의 하늘 아래 홀로 떨게 내버려두는 것이 공통된 심사였다는 사실이다.

특히 재판소 주변 거리로 많은 사람들이 몰려들고 있었는데, 이유인즉, 그저께 도착한 플랑드르 사절단이 성사극 공연과 더불어, 마찬가지로 대형 홀에서 이루어질 광인교황 선출식에도 참석할 예정임을 알고 있었던 것이다.

당시만 해도 닫힌 실내공간으로서는 세계에서 가장 큰 곳으로 명성이 자자했지만, 그날만큼은 이 대형 홀에 들어가는 일이 만만하지 않았다(물론 소발[13]이 그때까지는 몽타르지 성의 대형 홀 면적을 미처 재어보지 않은 상태였긴 하다). 창밖을 내다보는 구경꾼들에게는 재판소 광장 가득 사람들로 붐비는 광경이 마치 바다와도 같았고, 그곳으로 통하는 대여섯 개의 거리는 흡사 강의 하구처럼 시시각각 새로운 사람의 물결을 토해내는 것처럼 느껴졌다. 끊임없이 불어나는 사람들의 물결은 광장의 불규칙한 유역 여기저기 곳처럼 돌출한 건물 모퉁이에 출렁이듯 부딪치고 있었다. 재판소 건물의 높다란 고딕식[14] 정면 중앙에는 거창한 계단이 자리하고 있어서 오르락내리락 이중의 인파가 쉴 없이 이어지다가, 중간 층계참에서 멈칫하는가 싶더니 다시금 양쪽 사면으로 사람들을 한꺼번에 쏟아 붓는데, 그렇게 계단을 통한 인파의 흐름은 마치 호수로 유입되는 거대한 폭포수처럼 광장을 넘쳐나게 하고 있었다. 고함 소리, 웃음소리, 수천 명이 한꺼번에 발 구르는 소리가 엄청난 소음과 혼잡을 불러일으키고 있었다. 그러다 이따금 거창한 계단 쪽으로 몰아붙여진 인파가 역류하거나 대책 없이 엉키기라도 하면, 그 혼잡과 소음이 더더욱 가중되는 것이었다. 그나마 질서를 잡기 위해 이곳저곳에서 치안행정관이 거칠게 윽박지르거나 말 탄 하사관이 무섭게 을러대는 모습이 눈에

띠었다. 그러한 질서 유지책은 이른바 공안행정부에서 군법원[15]으로, 군법원에서 기마헌병대로, 다시 기마헌병대에서 오늘날 파리의 치안을 책임질 헌병대로까지 이어지는 훌륭한 전통인 셈이다.

차분하고 점잖은 모습의 또 다른 시민들은 가가호호 문이든, 창문이든, 채광창이든, 지붕 위에서든 바글바글 모여 일제히 재판소 쪽과 주변의 떠들썩한 군중을 지켜보고 있을 뿐, 그 이상을 바라는 것 같지는 않았다. 그도 그럴 것이, 많은 파리 사람들은 그저 한데 모인 구경꾼들을 구경하는 것만으로도 충분히 만족하고 있었기 때문인데, 그 이면에 뭔가 벌어지고 있는 인파의 벽을 대하는 것 자체가 우리에게도 이미 흥미진진한 일이다.

만약 1830년대 사람인 우리가 생각 속에서나마 이들 15세기 파리 사람들과 뒤섞여, 그들과 함께 서로 부딪치고 잡아당기면서 엎치락뒤치락 1482년 1월 6일의 그 좁아터질 것 같은 재판소 대형 홀로 걸어 들어갈 수만 있다면, 그 광경 또한 흥미와 매력이 없진 않았을 터, 온통 낡고 오래된 것들로 가득한 주위가 오히려 새롭게 다가왔을지 모른다.

독자만 좋다면, 이제부터 우리는 온갖 복장들을 갖춰 입은 사람들에 휩싸여 대형 홀의 문턱을 넘는 순간 경험했을 법한 생생한 인상을 머릿속에 한 번 떠올려보도록 하겠다.

우선 귓속이 윙윙거리고 눈이 부시기 시작한다. 머리 위로는 조각한 목재를 입혀 짙푸른 도료를 칠하고 금빛 백합 문양을 그려 넣은 이중의 첨두형 궁륭[16]이 드리워져 있고, 발밑으로는 흰색과 검은색이 번갈아 펼쳐진 대리석 타일 바닥이 깔려 있다. 몇 걸음 떨어진 지점부터 기둥들이 하나, 둘 실내의 세로 방향으로 이어지는데, 그렇게 해서 모두 일곱 개의 기둥이 이중의 홍예점[17]들을 그 중앙에서 제각각 받쳐 올리고 있다. 처음 네 개의 기둥 주위로는 반짝거리는 유리와 싸구려 금속 공예품들을 파는 장사치들이 고만고만한 가게판을 벌이고 있고, 나머지 세 개의 기둥을 따라서는 소송인들의 무릎까지 오는 반바지와 그 대리인들의 법복으로 닳아서 반들반들해진 떡갈나무 벤치들이 늘어서 있다. 그런가 하면 깎아지른 벽체로 둘러친 홀의 가장자리를 따라 문들과 창문들, 기둥들 사이사이마다 파라몽[18]을 시작으로 역대 프랑스 제왕의 조각상들이 즐비하게 늘어서 있다. 그중 게으르고 태만한 왕들은 눈을 내리깐 채 두 팔을 축 늘어뜨린 모습이고, 용맹하고 호전적인 왕들은 고개를 높이 쳐든 채 두 손을 하늘 높이 추켜올린 형상이다. 길쭉하고 꼭대기가 뾰족한 창문들은 하나같이 휘황찬란한 착색유리로 장식되어 있고, 홀의 큼직한 출입구들마다 섬세하게 조각된 화려한 문들이 자리 잡고 있다. 요컨대 궁륭, 기둥, 벽체, 창틀, 장식 패널, 문짝, 조각상 할 것 없이 전체가 위에서 아래까지 푸른빛과 금빛의 색채로 화려하게 치장되어 있는데, 우리가 확인할 수 있는 지금은 물론 그 색조가 형편없이 바랬지만, 먼지와 거미줄 아래 이미 그 본모습을 잃었다고 하는 1549년만 해도 뒤 브륄[19] 같은 이는 여전히 극찬을 아끼지 않을 정도였다.

자, 이제 1월의 희부연 햇살이 비쳐드는 가운데, 벽을 따라 시끌벅적한 인파가 이어지다가 일곱 기둥 사이로 정신없이 오가는 이 길쭉한 대형 홀에 다들 들어와 있다고 상상해보라. 그럼 앞으로 그 흥미로운 세부에 대해 보다 정확한 묘사를 시도하려는 전체 그림을 두고, 독자 역시 이미 어렴풋한 어떤 생각 하나를 머릿속에 떠올리고 있을 것이다.

분명한 것은, 만약 라바야크가 앙리 4세를 암살하지 않았다면, 재판소 기록보관소에 라바야크에 대한 소송 관련 문서들이 보관될 이유가 없고, 또 그것들을 파기하려는 공범들도 있었을 리 만무하다는 사실이다. 나아가, 달리 좋은 방법을 찾지 못한 공범들 입장에서 문서들을 파기하기 위해 기록보관소 자체를 태우고, 기록보관소를 태우기 위해 재판소 전체에 어쩔 수 없이 불을 놓는 일 따위도 없었을 것이다. 요컨대, 1618년의 화재는 일어나지 않아도 되었을 거라는 얘기다. 그러면 낡은 재판소 건물일망정 그 고색 찬연한 대형 홀과 함께 여전히 건재할 것이고, 나 역시 독자를 향해 "가서 직접 보십시오" 하고 말할 수도 있었을 것 아닌가. 나는 굳이 꼼꼼한 묘사를 하지 않아도 되고, 독자는 그걸 꼬박꼬박 챙겨 읽지 않아도 될 테니, 둘 다 이런 수고는 피할 수 있었을 것이다. 하긴 이로써 다음과 같은 새로운 진리가 입증된다고도 볼 수 있겠다. '큰 사건들은 종종 헤아릴 수 없는 결과들을 낳는 법이다.'

　사실 라바야크에게 공범이 따로 없었거나, 설사 있었다 해도 1618년의 화재와는 아무런 관련이 없었을 가능성이 매우 높다. 그 화재에 관해서는 두 가지 아주 그럴듯한 다른 설명들이 더 있는 것이다. 첫째, 다들 알다시피, 3월 7일 자정이 지나서 너비가 한 자에 길이는 팔꿈치에서 손가락 끝까지 미치는 크기의 별똥별 하나가 난데없이 하늘을 가르고 재판소 건물에 떨어졌다는 사실. 둘째, 테오필[20]의 아래 사행시에 언급된 바로 그 사연……

정녕, 한심한 짓거리 아니겠는가,
정의의 여신께서
뇌물을 너무 많이 자신 나머지
파리 재판소에 불까지 놓으셨다면.

　1618년의 파리 재판소 화재 사건을 둘러싼 정치적, 물리적, 시적인 이 세 가지 설명에 대해 사람들이 어떻게 생각하건, 유감스럽게도 그것이 화재였다는 것만은 분명한 사실이다. 그 재난 때문에, 특히 그것을 모면한 것들마저 못쓰게 만든 연이은 보수공사들로 인해 오늘날 거기 남아 있는 거라곤 별로 없다. 프랑스 제왕이 머문 최초의 거처이자 루브르 궁전의 선배 격인 건물, 필리프 르 벨[21]의 시대에 이미 낡은 상태였으며, 로베르 임금[22]이 세우고 엘갈뒤스[23]가 기록한 웅장한 건물들의 흔적마저 찾을 수 있었던 그곳에 지금 온전히 남은 거라곤 거의 없는 실정이다. 그렇다, 거의 모든 게 사라지고 없는 것이다. 생 루이 왕이 '부부만의 침소에 드시던' 그 방은 지금 어찌 되었는가? '양털로 짠 상의에 소매 없는 면모 교직 나사 겉옷을 받쳐 입고, 검정 호박단 망토를 걸친 모습으로 양탄자 위에 비스듬히 앉아 주앵빌[24]과 더불어' 재판을 주관하던 정원은? 시지스몽 황제[25]의 방은 어디인가? 샤를 4세[26]의 방은 또 어디에 있는가? 존 래크랜드[27]가 쓰던 방은? 샤를 6세가 특사령을 선포한 계단은 어디에 있는가? 마르셀[28]이 황태자의 면전에서 로베르 드 클레르몽[29]과 샹파뉴 원수를 참수한 돌바닥은? 참칭교황[30] 베네딕트의 칙서가 찢어발겨지던 협문, 그 칙서를 가져왔던 자들이 장포 차림에 주교관을 쓴 그대로 온갖 조롱과 야유 속에 파리 장안을 돌며 일일이 용서를 구하고는 빠져나간 바로 그 작은 문은? 눈부신 금박과 짙푸른 도료, 첨두홍예들과 조각상들, 기둥들, 화려한 부조로 들쭉날쭉한 거대한 궁륭이 수놓인 대형 홀은? 온통 금칠을 입힌 침실은? 솔로몬의 옥좌에 있는 사자상들처럼, 정의 앞에 합당하게 수그린 태도로 머리를 조아리고 꼬리까지 다리 사이에 넣은 채 무릎 꿇듯 문가에 앉아 있던 돌사자들은? 그 아름답던 문짝들, 그토록 멋지고 현란하던 착색유리창들은? 그리고 비스코르네트[31]조차 기죽게 만들었다던 그 정교한 철세공품들은? 뒤 앙시의 섬세한 목재세공품들은? ……도대체 그 모든 경이로운 것들을 사람들이, 세월이 어떻게 한 것일까? 고딕 예술, 갈리아의 역사, 그 모든 것을 대신해서 사람들이 우리에게 준 것이 과연 무어란 말인가? 생 제르베 성당의 정문을 만든 저 서툰 건축가 드 브로스 씨가 펑퍼짐하게 얼버무려놓은 완만한 아치들, 그걸 가지고 지금 예술 운운하는 지경이다. 아울러 역사로 말하자면, 파트뤼[32] 같은 부류의 인간들이 나불대는 소리가 여전히 윙윙거리는 메아리로 감도는 굵직한 기둥의 수다스런 추억이 우리에게 남아 있을 뿐이다.

하긴 지금 그게 뭐가 대수인가. 어차피 우리는 이제부터 진정 유구한 건물, 진정한 대형 홀의 면모를 살펴볼 작정이니까.

이 거대한 평행사변형 공간에서 마주보는 양편 중 한 곳에는 굉장한 대리석 평판이 놓여 있는데 그 크기가 어찌나 길고 넓고 두꺼운지, 옛 영지소유 증서[33]에 적힌 기록을 보면, 가르강튀아[34]의 식욕을 돋울 만한 문체로 "세상에 그만한 대리석 덩어리"는 본 적이 없다고 할 정도다. 그런가 하면 다른 한쪽에는 기도소가 자리 잡고 있는데 루이 11세는 성모 마리아 앞에 무릎 꿇고 있는 자신의 모습을 조각해 넣도록 했을 뿐 아니라, 멀쩡히 도열해 있는 역대 제왕의 조각상들 가운데 샤를마뉴 대제와 생 루이 왕의 조각상을 억지로 빼내 기도소 안으로 옮겨놓도록 했다. 그 때문에 마치 이가 빠진 것처럼 두 군데 텅 빈 벽감이 썰렁하게 드러났지만, 유독 그 두 성자를 하늘이 내린 프랑스의 임금으로 떠받드는 루이 11세로선 전혀 개의할 만한 문제가 아니었던 듯하다. 기도소는 세워진 지 6년이 채 지나지 않아 아직 새 시설이나 다름없었는데, 섬세한 건축술의 묘미와 놀라운 조각술 그리고 심오하리만치 정교한 세공 장식을 통해 저물어가는 고딕시대의 풍취는 물론, 르네상스의 환상적 매력과 더불어 16세기 중반까지 가 닿을 수 있는 양식의 일단을 우리에게 선사하고 있었다. 특히 그곳 정면 출입구 위에 뚫려 있는 소형 장미창이야말로 투명하면서 오묘한 매력을 갖춘 걸작으로, 흡사 레이스로 이루어진 별처럼 보이는 것이었다.

성사극에 초대받은 거물급 인사들과 플랑드르 사절단을 위해서는 홀의 정문 맞은편 벽에 기대어 금빛 수단을 댄 연단을 특별히 설치해놓았으며, 거기서 직접 귀빈실로 통하도록 출입구를 따로 냈다.

관례에 따라 성사극은 대리석 평판을 무대 삼아 공연될 예정이었다. 이른 아침부터 평판이 준비된 것도 다 그 때문이었다. 재판소 서기조합원들이 촘촘히 줄을 그어놓은 화려한 평판 위에 사방에서 시선이 닿을 수 있도록 높다란 골조를 짜 올렸고, 그 위에 정식 공연무대가 설치되었다. 한편 휘장으로 가린 그 내부는 탈의실로 사용될 예정이었는데, 그로부터 가파르게 걸친 계단이 말하자면 무대로 등장하고 퇴장하는 통로인 셈이었다. 요컨대 그 조악한 계단을 통하지 않고서는 예기치 못한 인물의 등장도, 깜짝 놀랄 만한 상황도, 급변하는 사건의 전개도 없는 셈이니, 그야말로 유서 깊은 무대장치의 순박함이 아니고 무엇이겠는가!

재판이 열리든 축제가 열리든, 사람들 곁에서 늘 대중의 안전과 즐거움을 책임져야 하는 재판소 소속 경관 네 명이 대리석 평판의 네 모서리를 지키고 서 있었다.

재판소의 커다란 시계로부터 정오의 종소리가 울려 퍼지면 연극이 시작될 예정이었다. 분명 공연을 시작하기에는 너무 늦은 시간이지만 사절들의 일정에 맞추려면 어쩔 수 없었다.

그럼에도 수많은 사람들은 아침 일찍부터 이 성사극을 보기 위해 광장으로 몰려드는 것이었다. 열성적인 관객들은 날이 밝기도 전부터 재판소의 커다란 계단 앞에 모여 추위에 떨고 있었다. 그중에는 문이 열리자마자 뛰어들기 위해 출입문을 막아선 채 그곳에서 밤을 새웠노라 떠벌리는 사람들도 있었다. 모여드는 사람의 물결은 어느새 벽을 따라 넘실대거나, 기둥을 에워싸듯 불어나고, 우물가는 물론 처마 끝, 창문 턱, 건물의 돌출부 등등 어디를 막론하고 흘러넘치기 시작했다. 상황이 그렇다 보니 하루 종일 북적거리던 사람들이 서로 불편하고 초조한 건 물론이거니와, 기다림에 지쳐 뻔뻔스러워지거나 어처구니없는 행동들을 해대도 어쩔 수가 없었다. 그야말로 예의라든가 품위 따위는 안중에도 없을 만한 하루였다. 이를테면, 많은 이들이 북적이다 보니 서로 조금만 움직여도 팔꿈치로 찌르지 말라 야단법석이고, 발을 밟혔다느니 하면서 서로 옥신각신하게 되는 것이다. 또한 동틀 무렵부터 모여들어 오랜 시간 기다리는 통에 연극이 시작되기도 전부터 피로가 쌓여 지쳐가는 사람들로 아수라장이었다. 사절단의 도착까지는 시간이 아직도 많이 남았는데, 인파 속에서 서로 떠밀리느라 제풀에 숨 막힐 지경까지 이른 사람들의 광란은 점점 더 심해지고 있었다. 아울러 귀에 들리는 소리라고는, 플랑드르 사람들과 파리 시장, 부르봉 추기경과 대법관, 오스트리아의 마르그리트 공주, 곤봉을 휘두르는 경찰관과 추위와 더위, 궂은 날씨, 파리의 주교와 광인교황, 기둥들과 조각상들, 닫히거나 열린 문짝에 대한 얼토당토않은 불평과 무차별적인 저주의 아우성이 전부였다. 하지만 이런 모든 소동과 소란스러운 광경조차 인파에 섞여 있는 학생들과 하인들에게는 그저 흥미롭고 재미있는 구경거리였다. 그들은 광란 속에서 북적거리는 사람들을 향해 온갖 야유와 짓궂은 농담을 던지며 즐거워하고 있었다.

그 가운데서도 특히 눈에 띄게 짓궂은 젊은 패거리가 있었는데, 아예 유리창 하나를 깨부수고는 그 창틀 위에 걸터앉아 태평스럽게 강당 안쪽의 사람들과 광장 쪽 인파를 번갈아 쳐다보며 야유와 농담을 퍼붓는 것이었다. 그들은 강당 맞은편의 누군가를 흉내 내듯 과장된 몸짓과 야유 섞인 요란한 웃음을 주거니 받거니 하고 있었다. 한마디로 다른 사람들처럼 피곤해 하거나 기다림에 지친 모습이 아니라 자기들 처지를 비롯해 눈앞의 모든 상황 자체를 즐기는 것 같았다. 그러니 진짜 구경거리를 기다리는 일이 그다지 지루할 리 없었다.

"이봐! 넌 요아네스 프롤로 데 몰렌디노[35]로구나!"

젊은 패거리 중에서 한 사람이 키가 자그마한 금발 소년을 향해 소리쳤다. 그 소년은 귀여운 개구쟁이 같은 표정을 지닌 학생으로 원기둥 꼭대기의 아칸서스 잎 모양의 장식에 매달려 있었다.

"'풍차의 장'이라…… 이름 한번 멋지단 말씀이야! 그놈의 팔다리가 정말로 바람에 돌아가는 풍차 날개 같으니 말이야. 그런데 언제부터 거기 매달려 있는 거냐?"

"벌써 네 시간도 더 됐어! 그만큼은 앞으로 내가 지옥에 떨어져 치러야 할

가정에서 쓰다 남은 물은
그대로 창문을 통해 거리에
뿌려졌다.

거리는 툭 하면 쓰레기로 넘쳐나거나 진흙탕
범벅이었고, 더러운 물이 흐르는 도랑이
한복판을 지나기 일쑤였다. 그 모든 것에 대한
정비 작업은 왕의 행차 시에나 이루어졌다.

필리프 오귀스트는 대로에 포석을 깔기로
결정한 왕이었다. 그는 이 공사의 부담을 파리
시민에게 짐 지웠으나 그다지 큰 효과를
보지는 못했다.

거리마다 잡상인들로 넘쳐났다.

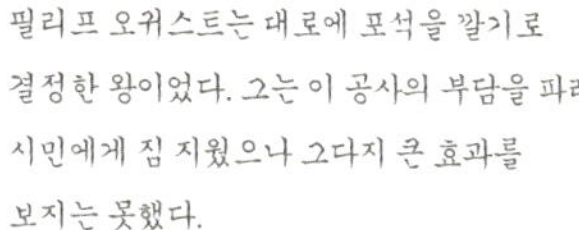

시간에서 빼주면 좋으련만! 그래도 시칠리아 왕의 성가대원 여덟 명이 생트 샤펠 성당에서 부르는 대미사곡까지 들었다고!"

요아네스 프롤로가 대답하자, 상대방이 다시 말했다.

"정말 아름다운 성가대원들이지. 어째 목소리가 자신들이 쓰고 있는 모자 끝보다도 더 뾰족한 것 같다니까! 그나저나 봉헌미사 시작 전에 성 요한도 프로방스 사투리가 섞인 라틴어 읊조리는 걸 저렇게 즐기셨을까?"

그때, 창문 아래쪽 인파에 섞여 있던 한 노파가 외쳤다.

"시칠리아 왕이 그런 짓을 한 건 엉터리 같은 성가대원들을 부려먹기 위해서였다오! 게다가 미사 한 번 드리는 데 1천 리브르 파리지[36]라니, 말이 되나? 이번에도 역시 파리의 어시장 같은 데서 거두어 간 피 같은 돈이겠지 뭐!"

순간, 생선장수 노파 옆에서 코를 틀어막고 서 있던 뚱뚱하고 젊잖아 보이는 남자가 불쑥 끼어들었다.

"그런 소리 하지 마, 이 할망구야! 미사야 당연히 드려야 하는 건데, 할망구는 그럼 왕이 다시 병에 걸려도 상관없단 말인가?"

그러자 원기둥 꼭대기에 매달려 있던 학생이 말했다.

"지당하신 말씀이오! 왕실 모피상이신 질 르코르뉘[37] 어르신!"

왕실 모피상의 이름이 알려지자 짓궂은 학생들의 폭소가 터져 나왔다.

"르코르뉘! 질 르코르뉘!"

결국 몇몇 사람들은 노골적으로 이름을 연호하며 놀려대기 시작했다.

"코르누투스, 히르수투스(뿔 난 털복숭이)![38]"

그러자 원기둥 꼭대기에 매달려 있던 학생이 한술 더 뜨는 것이었다.

"그 정도가 뭐 그리 우습다고 난리지? 이래 봬도 질 르코르뉘 어르신은 왕궁 감독관인 장 르코르뉘 어르신의 동생이신데다, 뱅센 숲의 일등문지기인 마이에 르코르뉘 어르신의 아드님이라고요. 가문 모두가 파리 시민이고 어엿한 남편들이시라니까!"

그 말에 사람들은 즐거운 듯 더욱 흥청거렸다. 뚱뚱한 모피상은 아무 대꾸도 없이 어서 사람들 시선이나 피해볼 요량으로 도망치려고 애썼다. 그러나 숨만 가빠지고 식은땀 범벅인 몰골로, 벌겋게 달아오른 얼굴을 옆 사람들 어깨 틈새에 숨기는 수밖에 빠져나갈 구멍이라곤 보이지 않았다.

보다 못한 한 사내가 모피상을 돕기 위해 나섰다. 사내는 모피상과 마찬가지로 뚱뚱하고 키가 작으면서도 어딘지 품위가 느껴지는 모습이었다.

"이런 고약한 것들이 있나! 아직 어린것들이 어른에게 무슨 짓들이냐? 내가 조금만 젊었더라면 네놈들을 몽둥이로 흠씬 두들겨 팬 다음에 그 몽둥이를 불쏘시개 삼아 모조리 태워 죽이고도 남았다, 이놈들아!"

그 소리에 학생들은 일순 술렁이는 분위기였다.

"어이쿠, 무서워 죽겠네! 난데없이 잠꼬대 같은 헛소리를 지껄이는 수리부엉이는 대체 누구신가?"

"아하 그렇군! 알아보겠어……. 앙드리 뮈스니에 어른이시구려?"

"맞아, 대학에 드나드는 책방 주인 네 명 중 한 사람이야!"

"저놈의 너저분한 학교에는 뭐든지 넷씩 있거든. 학생들의 국적도 넷, 축제도 넷, 학감도 넷, 선거인도 넷이고 책방 주인도 넷이란 말이지!"

학생들이 이렇게 떠들어대자 장 프롤로가 외쳤다.

"저런! 그럼 꽤 난장판이겠네!"

"뮈스니에, 당신 책들을 불태워버릴 테다!"

"뮈스니에, 당신 하인들을 두들겨 패줄 테야!"

밤거리는 인적이 없고 어둡다

파리 전체에 불빛이라곤 그랑 샤틀레와
생 지노상 공동묘지 그리고 넬 망루,
딱 세 군데밖에 없었다.

휴대용 외등

밤거리는 거의 불빛이 없거나
아주 드물게 밝혀졌다. 시민들은 휴대용
외등을 들고 밖에 나서야만 했다.

실 잣는 돼지 그림 간판[39]

마르멜로 열매를 파는 또 다른 상점 간판[40]

거리는 사실 낮에도 대개 음습하고 비좁은 편이었다.
가장 넓은 거리가 폭이 6~7미터이고, 대개는 1.5미터도
채 되지 않았다.

이렇듯 간판들은 때론 글이 아닌 그림으로만 표시되었다.
그림이 그려진 판자나 부조로 장식된 석판, 혹은 금속판 등의
거리 간판들은 딱히 주소라고 할 만한 체계가 없었던 당시,
길가 곳곳의 상점들에 내걸려 주소를 대신하는 표지가 되기도 했다.
그중에는 종종 말장난으로 눈길을 끄는 간판들도 있었다.

“뭐스니에, 당신 여편네나 데리고 놀아볼까?”

“마음씨 착한 뚱보 아가씨 우다르드 님도!”

“그 아가씬 과부처럼 순진하고 쾌활하지!”

이런 야유가 쏟아지자 앙드리 뮈스니에는 급기야 분에 못 이겨 으르렁대기 시작했다.

“망할 것들 같으니라고! 가만두지 않겠다!”

“여봐요, 앙드리 나리, 조용히 하셔! 안 그러면 당신 머리 위로 쿵 하고 뛰어내려버린다!”

장 프롤로가 여전히 기둥 꼭대기에 매달린 채 위협하자, 앙드리 뮈스니에는 눈을 들어 기둥의 높이와 상대의 체중을 속으로 가늠하고는 곧 입을 다물어버렸다.

이제 장은 더욱 의기양양해졌다.

“내가 부주교의 동생이라 해도, 그 정도쯤은 얼마든지 해치울 수 있다고!”

“그나저나 우리 대학 선생들은 참 답답하기도 하지! 적어도 오늘 같은 날에는 우리 특권을 좀 존중해줘야 되는 거 아니야? 시내에는 축제도 열리고 불꽃놀이도 하고, 성사극과 광인교황 같은 볼거리도 있어서 플랑드르 사절단도 오고 하는데, 대학에는 아무것도 없잖아?”

“하긴 모베르 광장 같은 곳이 좀 넓은가!”

창가의 탁자 위에 자리를 잡은 학생의 대꾸에 장이 버럭 외쳤다.

“총장과 선거인과 학감까지 모두 쫓아버리자!”

순간 다른 학생이 맞장구를 쳤다.

“말 나온 김에 오늘 저녁 가이야르 광장에서 앙드리 나리의 책들로 불꽃놀이를 한판 벌이는 게 어때?”

“그놈의 지긋지긋한 책상도 태워버리자!”

“성당지기들 방망이도 마찬가지다!”

"학감의 찬장도 태워버려!"

"학부장의 서류 상자도 가능하지!"

"선거인들의 궤짝도 처치하자고!"

"총장 의자까지 모조리!"

"없애버려!"

그렇게 너도나도 소리를 질러대는 가운데 장도 질세라 가세했다.

"해치워라, 앙드리 나리, 교회지기들, 서기들 모두 없애버려! 신학자들과 의사와 법학자들, 학감, 선거인, 총장 모두 모두 타도하라!"

"세상에…… 말세로군, 말세야!"

급기야 앙드리 뮈스니에가 귀를 틀어막으며 중얼거리는데, 창가에 있던 사람 중 하나가 불쑥 외쳤다.

"앗, 총장이 나타났다! 광장을 걸어오고 있다!"

그 소리에 모두들 광장을 돌아다보았다.

"정말로 우리의 존경하는 티보 총장님이야?"

장 프롤로가 물었다. 그는 강당 안의 기둥 꼭대기에 매달려 있었기 때문에 밖에서 일어나는 일을 볼 수가 없었다.

"그래 맞아. 틀림없이 티보 총장이야!"

정말로 티보 총장과 대학의 고명한 선생들이 사절단을 맞이하기 위해 재판소 앞 광장을 가로질러 가고 있었다. 학생들은 일제히 창가로 몰려가더니 빈정거림과 야유가 뒤섞인 고함을 내지르며 웅성거렸다. 사람들을 이끌며 앞서가던 총장이 가장 먼저 희생양이 될 수밖에 없었다. 듣는 이의 체면 따위는 아랑곳없이 쏟아져 내리는 비아냥거림 그 자체였다.

"여보시오, 총장 나리! 안녕하신가?"

"어떻게 여기까지 나타나셨나? 늙어빠진 노름꾼 주제에…… 그러고 보니 주사위통일랑은 던져버린 모양인데그래?"

"당나귀 엉덩이 위에서 흔들거리는 모습이라니! 어찌된 당나귀이기에 귀때기가 저 인간 귀보다 작을 수가 있는 거지?"

"어허! 여봐요, 총장 선생 안녕하쇼? 티발데 알레아토르(노름꾼 티보)![41] 늙어빠진 바보 노름꾼!"

"하느님 덕분에 지난밤엔 한몫 챙기기라도 하셨나?"

"얼마나 주사위 노름에 빠졌으면, 퀭한 눈하며 삭아빠진 얼굴이 도저히 인간 몰골이 아니로군!"

"어딜 그리 부지런히 가시나? 어디 또 주사위 노름판이라도 벌어진 모양이지? 티발데 아드 다도스(주사위 노름꾼 티보)![42] 학교는 팽개치고 뭘 그리 바삐 시내 쪽으로 가시는 거야?"

"아마 티보토데 거리에서 또 한판 벌이러 가는 거겠지!"

그렇게 장이 외치자, 학생들은 모두 미친 듯이 박장대소하며 야유를 계속했다.

"맞아, 거기 노름판에 가는 거야, 그렇지? 역시 빌어먹을 노름꾼은 다르다니까!"

이제 야유는 나머지 선생들에게로 향했다.

"교회지기들을 해치워라! 권표(權標)지기들[43] 다 해치워버려!"

"이봐, 로뱅 푸스팽. 저기 저 사람은 못 보던 놈인데?"

"오탕 대학 학장인데 질베르 드 쉴리라고 하지! 점잖은 라틴어로는 '질베르투스 데 소리아코'라고 불러주세용!"

"이봐, 여기 내 신발짝 하나 줄 테니, 거기 높은 데서 저놈 낯짝에 냅다 한번 던져보라고!"

"사투르누스 축제도 되고 했으니 내 호두알 선물이나 받아보시지![44]"

"흰옷 입은 여섯 놈의 신학자를 해치워라!"

"저것들이 신학자라고? 난 주느비에브 성녀[45]께서 시에 하사하신 허연 거위 새끼 여섯 마리인 줄 알았지 뭐야!"

"의학자랍시고 거들먹대는 놈들은 깡그리 해치워버려!"

"그놈의 지긋지긋한 신학, 법학 토론들일랑 모조리 파장내버려!"

"옛다, 모자 받아라, 생트 주느비에브 학장인지 뭔지! 정말 치사한 놈이라니까! 자기가 이탈리아 출신이라고 부르즈에서 온 아스카니오 팔자스파다 녀석에게 노르망디에 있는 내 몫을 내줬단 말이거든!"

"그건 명백한 부정행위다! 생트 주느비에브를 타도하라!"

학생들은 흥분하여 일제히 외쳤다.

"어이, 조아솅 드 라드오르 선생! 어이, 루이 다윌! 여봐요, 랑베르 옥트망!"

"악마는 어디서 뭐 하나? 저런 독일패 학장 따위의 숨통이나 따버리지 않고 말이야!"

"그 옆에 회색 제의를 걸친 생트 사펠 소속 사제들도 마찬가지야!"

"회색 법복 걸친 녀석들도 똑같아!"

"오호라, 문학사 나리들도 납셨네! 근사한 검정 망토며 깔끔한 붉은 망토들…… 아주 멋지신걸!"

"부지런히도 총장 꽁무니를 따라다니는군! 아름답다, 아름다워!"

"그야말로 바다와 결혼하러 나서는 베네치아 공작님이로구나!"

"이봐 장! 생트 주느비에브의 참사회원들이시다!"

"참사회원 따윈 엿이나 먹으라고 해!"

"이봐, 크로드 쇼아르 신부! 크로드 쇼아르 박사 양반! 마리 라 지파르드를 찾는 중인가?"

"그녀는 그라티니 거리에 있다고!"

"어느 놈팡이 제왕을 먹여 살리고 있다지."

"4드니를 털렸다는군."

"아님, 향긋한 방귀나 뀌어주었을지도 몰라."

"이봐, 너도 그 여자 방귀 냄새가 그리운 거야?"

"여보게 친구들! 피카르디의 선거인 시몽 상생 선생이 말 엉덩이에 여편네를 태워 가고 있네!"

"포스트 에퀴템 세데트 아트라 쿠라(기사의 등 뒤에는 항상 어두운 근심이 따르나니)![46]"

"시몽 선생, 정말 대단해!"

"안녕하쇼, 선거인 나리!"

"사모님께서도 안녕하시죠?"

"훤히 다 내다보이니 좋기도 하겠군……."

요아네스 프롤로 데 몰렌디노가 여전히 기둥 꼭대기 잎사귀 모양의 장식에 매달린 채 한숨을 쉬며 중얼거렸다.

그러는 동안 대학에 출입하는 서적상 앙드리 뮈스니에는 왕실 모피상 질 르코르뉘의 귀에 무언가 속삭이고 있었다.

"아무리 세상이 변했다지만 이건 말세입니다! 어떻게 학생들이 저렇게 선생들을 향해 노골적으로 비난과 야유를 퍼부어댈 수 있느냐 이겁니다! 요즘 새로 발명되는 것들이 모든 걸 엉망으로 만들고 있어요! 대포며 세르팡탱 포[47], 봉바르드 포[48] 등등…… 그중에서도 독일에서 발명됐다는 인쇄술 말이오! 그것 때문에 이제는 사본도 책도 필요 없게 만들어요. 그놈의 인쇄술 때문에 우리 서점들이 다 죽어난다니까……. 이러니 말세라 안 할 수 있겠소! 제장!"

"나 참, 누가 아니랍니까. 벨벳 옷감 질이 점점 좋아지고 있으니 내 사정 역시 답답하긴 매한가지올시다."

모피상이 맞장구를 치는 순간, 정오를 알리는 종이 울렸다.

"와!"

모여 있던 사람들이 일제히 환호성을 올렸다.

쉬지 않고 떠들어대던 학생들은 오히려 일제히 입을 다물었다. 사람들이 움직이기 시작했다. 발과 머리의 움직임이 물결처럼 이어지면서 사람들의 기침 소리와 코 푸는 소리가 더불어 요란해졌다. 모여 있던 사람들은 이제 줄을 바로잡아 제자리를 확인하느라 몇 사람씩 따로 무리를 이루었다. 곧이어 사방이 쥐 죽은 듯 고요해졌다. 이제 저마다 목을 길게 빼고 입을 벌린 채 대리석 평판 무대를 응시하기 시작했다. 한동안 그곳에는 아무것도 나타나지 않았다. 사람들의 안전을 담당하는 재판소 소속의 경관 네 사람도 긴장한 듯 꼼짝 않고 서 있었다. 문득 사람들 눈길이 플랑드르 사절단을 위해 마련된 귀빈석 쪽으로 일제히 향했다. 아직까지 문은 닫혀 있고 자리는 모두 비어 있었다. 사실 이 많은 사람들이 이른 아침부터 그곳 광장에서 기다린 건 다음 세 가지였다. 우선 그들은 정오가 되기를 기다렸고, 다음으로 플랑드르 사절단을 기다렸다. 그리고 마지막으로는 성사극이 시작되기를 기다렸던 것이다.

대체 얼마를 더 기다려야 하는지…… 아무래도 이건 너무 심한 것이 아닌가!

정오를 알리는 종이 울린 뒤로 1분, 2분, 3분, 5분……. 15분을 다시 기다렸으나 마치 약속이라도 한 듯 아무도, 아무것도 등장하지 않았다. 귀빈석은 아직 주인을 찾지 못했으며, 무대 역시 썰렁한 채였다. 텅 빈 무대를 바라보던 사람들의 조바심과 안타까움은 점점 분노로 변해가기 시작했다. 술렁임이 크지는 않지만 차츰 성난 목소리가 여기저기서 불거지고 있는 건 분명했다.

"어서 시작해! 연극을 시작하란 말이야!"

아직은 나직한 웅성거림…… 사람들의 머리가 초조한 듯 이리저리 두리번거리고 있었다. 폭풍우를 몰고 오는 뇌성과도 같은 웅성거림이 모두의 머리 위를 맴돌았다. 바로 그런 상황에서 가장 먼저 번쩍하고 섬광을 터뜨린 것은 풍차의 장이었다.

"연극을 시작해, 성사극을 올리란 말이야! 플랑드르 놈들은 가서 죽어버리라고 해!"

장이 기둥 꼭대기에서 뱀처럼 몸을 비틀면서 악을 써댔다.

성난 군중들은 그 소리에 박수와 함께 환호를 보냈다.

"성사극을 어서 시작하라니까!"

군중들은 또다시 발악에 가까운 고함을 내지르기 시작했다.

"플랑드르 놈들은 지옥에나 보내버려라!"

"당장 연극을 시작하라! 안 그러면 연극은 다 집어치우고 대법관 목이나 매달든지!"

장이 또다시 외쳤다.

"옳거니! 우선 저 경관 놈들 모가지부터 접수하자!"

흥분한 사람들의 호응과 더불어 요란한 박수가 이어졌다. 죄 없는 경관들은 얼굴이 파랗게 질린 채 멀뚱하니 서로를 쳐다볼 뿐이었다. 누가 먼저랄 것도 없이 그들을 붙잡기 위한 사람들의 몸싸움이 시작되는가 싶더니, 한쪽으로 몰려든 인파에 밀려 경관과 군중 사이를 가로막고 있던 난간이 힘없이 휘어지기 시작했다.

그야말로 일촉즉발의 순간이었다!

"잡아 죽여! 목을 비틀어버리라고!"

분노와 흥분이 극에 달한 사람들이 사방에서 목청껏 소리쳤다.

순간, 분장실의 휘장이 갑자기 젖히면서 한 사람이 나타났다. 그와 더불어 사람들도 일제히 멈칫하더니, 마치 마술에라도 걸린 듯 호기심에 찬 눈으로 무대를 바라보기 시작했다.

"조용히! 조용히 하십시오!"

난데없이 나타난 사내는 몹시 불안한 듯 사지를 벌벌 떨면서도 사람들을 향해 허리를 굽실거리며 대리석 평판 무대의 가장자리까지 걸어 나왔다. 아울러 그의 허리는 점점 더 깊게 숙여져서 나중에는 아예 기도를 바칠 때처럼 무릎을 꿇은 것으로 여겨질 정도였다.

어느새 주위의 소란은 완전히 가라앉았다. 이제 들리는 것이라고는 침묵 속에 어쩔 수 없이 솟아나는 나지막한 소음들뿐이었다.

"이 자리에 모여주신 시민 여러분!"

마침내 사내가 다시 입을 열었다.

"저희들은 추기경 각하를 모시고 〈성모 마리아의 올바른 심판〉이라는 매우 아름다운 우의극을 여러분에게 보여드리게 된 것을 대단히 영광스럽게 생각하는 바입니다. 유피테르[49] 역은 제가 맡았습니다. 추기경 각하께서는 지금 오스트리아 공작의 사절단과 함께 오고 계십니다만, 사절단 일행은 보데 문(門) 앞에서 대학 총장의 환영사를 듣는 중이라 예정된 공연이 지연되고 있습니다. 추기경 각하께서 도착하시는 대로 연극을 시작하겠습니다. 양해바랍니다!"

그야말로 유피테르께서 때마침 납시지 않았더라면 가엾은 경관들만 끔찍한 꼴을 당했을지도 모를 일이었다. 이야기를 만들어낸 임자인 이 몸이 심판자이신 성모 마리아 앞에 나가 책임질지언정, '함부로 신을 개입시키지 말라'[50]는 예부터의 계율을 사람들이 내게 들이대며 타박할 수는 없는 노릇이다. 아무튼 유피테르의 의상이 매우 훌륭하였으므로 군중의 흥분을 가라앉히는 데 도움이 된 것은 사실이었다. 검은 벨벳 옷감에 금박 단추가 달린 쇠사슬 갑옷을 입고 머리에는 은으로 도금한 장식용 단추가 박힌 두건을 쓴 모습이었다. 게다가 얼굴에는 절반 가까이 연지를 바르고 텁수룩한 수염까지 기르고 있었다. 원통형으로 돌돌 만 금빛 마분지를 팔뚝에 두르고 번득이는 쇠붙이를 비스듬히 박아 넣은 소도구는 예리한 눈을 가진 사람이라면 누구라도 '번갯불'을 표현하고 있다는 것을 알 수 있었다. 또한 살색으로 칠한 다리는 그리스식 리본으로 감아 올린 모습이었다. 사실 그와 같은 분장들만 아니었다면 누구라도 사내가 베리 공작 군단에 소속된 브르타뉴 출신의 사수를 닮았다는 걸 눈치챌 수 있었을 것이다.

chapter 2
피에르 그랭구아르

한데 그가 양해의 말을 전하는 동안, 유피테르 복장에 대한 사람들의 감탄과 경이의 감정이 점차 수그러들고 있었다. 그리고 마침내, "추기경 각하께서 도착하시는 대로 연극을 시작하겠습니다"라는 말에 이르러서는 사람들의 복받치는 분노와 야유의 함성 속에 목소리조차 묻혀버리고 말았다.

"당장 시작하시오, 당장! 당장 연극을 시작하란 말이오!"

분노한 군중들은 또다시 고함을 내지르기 시작했다.

그중에서도 요아네스 데 몰렌디노의 목소리가 가장 또렷하게, 수많은 야유를 뚫고 날카로운 피리 소리처럼 울려 퍼졌다.

"지금 바로 시작하시오!"

아니나 다를까, 창가에 있던 로뱅 푸스팽과 신학생들 패거리도 바락바락 악을 써댔다.

"유피테르와 부르봉 추기경을 타도하라!"

"지금 당장 우의극을 시작하란 말이야! 바로 지금! 그렇지 않으면 배우들과 추기경을 죄다 붙잡아 목을 매달아버릴 테다!"

또다시 시작된 소동은 유피테르의 요란하게 분장한 얼굴까지 겁에 질려그만 하얗게 변하도록 만들었다. 어찌나 혼비백산했는지, 그는 들고 있던 번갯불 소도구를 떨어뜨리고 두건까지 벗어 들고는 연신 허리를 굽실거리면서 더듬거렸다.

"추기경 각하께서는……. 사절단 일행이…… 플랑드르의 마르그리트 님께서는……."

겁에 질려 스스로 무슨 말을 하는지도 모르는 모양이었다. 이러다간 분노한 사람들에게 정말 목을 내주게 될 것만 같았다.

좀 더 기다리게 했다가는 성난 군중 손에 목이 달릴 것이고, 기다리지 않았다가는 추기경에게 목이 달아날 지경이었다. 결국 어느 쪽을 보아도 사형대밖에는 보이지 않는 셈이었다.

그런데 다행스럽게도 곤경에 빠진 그를 위해 때마침 나타난 구원자가 있었으니!

난간 이쪽 편, 대리석 무대 주변의 비어 있는 공간으로 슬그머니 들어선 문제의 인물을 사람들은 아직 눈치채지 못하고 있었다. 그러고 보니 주변의 기둥에 완전히 가려질 만큼 호리호리한 체구였다. 키가 크고 홀쭉한 몸매에다가 금발머리인 그의 얼굴은 창백할 만큼 안색이 좋지 않을 뿐 아니라 잔주름까지 여기저기 나 있었지만, 아직은 젊은 나이인 듯했다. 그런가 하면 눈빛은 매우 형형하고 입가에는 부드러운 미소까지 머금었으며, 오래되어 해지고 반들반들해진 검은 서지 천으로 된 복장을 갖추고 있었다. 유피테르의 구원자는 대리석 무대 앞쪽으로 걸어 나와, 성난 군중들의 공격을 한 몸에 받고 있던 가엾은 유피테르에게 손짓했다. 그러나 넋이 나갈 정도로 당황하고 있던 유피테르는 미처 그의 등장을 눈치채지 못하고 있었다. 구원자는 한 걸음 더 다가가 큰 소리로 그를 불렀다.

"여봐요, 유피테르!"

하지만 자신을 부르는 소리를 유피테르는 전혀 알아채지 못했다.

하는 수 없이 금발의 구원자는 다급하게 코앞까지 다가가, 이번에는 그의 이름을 외쳤다.

"어이, 미셸 지보른!"

그제야 유피테르는 잠에서 깨듯 소스라치게 놀라며 말했다.

"누구요? 누가 날 불렀지?"

"나요!"

"아…… 난 또 누구시라고……."

"그러지 말고 지금 당장 시작합시다! 이 사람들이 원하는 대로 하잔 말이오. 대법관에게는 내가 알아서 적당하게 변명해주겠소. 그럼 대법관도 추기경에게 알아서 잘 얘기할 테니까."

그제야 안도의 한숨을 내쉴 수 있게 된 유피테르는 아직도 화가 나 웅성거리는 사람들을 향해서 있는 힘을 다해 외쳤다.

"여러분! 지금 곧 연극을 시작하겠습니다!"

"그렇지! 바로 그거야, 유피테르! 여러분 박수를 보냅시다!"

학생들이 신이 나서 외쳤다.

"와, 만세! 만세!"

한결 기분이 나아진 군중들의 흥분에 찬 함성이 뒤를 이었다.

곧이어 고막을 찢는 듯한 큰 박수 소리가 터졌고, 유피테르가 다시 무대 뒤로 돌아간 다음에도 그 소리는 장내가 떠나갈 듯 울려 퍼지고 있었다.

아울러, 경애하여 마지않는 코르네유[51]의 말마따나, '거센 폭풍우가 몰아치는 바다를 잠재우듯' 요술처럼 성난 사람들을 온순하게 만든 미지의 그 인물도 기둥 뒤쪽 어두운 그늘 속으로 다시금 사라져버릴 참이었다. 한데 바로 그때, 무대 앞쪽에 자리 잡고 있다가 사내의 등장과 퇴장을 모두 볼 수 있었던 젊은 두 여인이 그의 발길을 잡아채는 것이었다.

"저기요, 신부님!"

그중 한 여인이 다가가려는 듯 손짓까지 하며 외쳤다.

"넌 좀 가만히 있어, 리에나르드."

또 다른, 좀 더 예쁘고 발랄해 보이는 여자가 자신감 넘치는 어조로 말했다.

"저분은 신부님이 아니야. 그러니까 선생님이라고 하는 게 맞아……."

"선생님……."

리에나르드가 호칭을 바꾸고 나서야 사내는 돌아서서 정중하게 말을 받았다.

"무슨 일인가요, 아가씨들?"

"아, 아무것도 아니에요……."

리에나르드는 당황한 듯 더듬거리며 말을 이었다.

"제가 아니라……. 여기 있는 지스케트 라 장시엔이 선생님께 할 이야기가 있대요."

"어머, 아니에요!"

지스케트는 얼굴이 새빨개지도록 당황하며 얼버무렸다.

"리에나르드가 '신부님'이라고 하기에 그게 아니라고 고쳐준 것뿐이에요."

그러면서 두 여자는 수줍은 듯 고개를 들지 못했다. 사내는 빙긋이 웃는 얼굴로 아가씨들을 바라보며 말했다.

"그럼, 두 분께서 다른 볼일은 없으신 거죠?"

"네……."

지스케트의 기어드는 듯한 목소리에 리에나르드도 덧붙였다.

"맞아요, 아무것도 없어요."

그제야 사내는 한 손으로 금빛 머리칼을 쓸어 넘기며 다시 무대 뒤쪽으로 향했다. 한데 깜찍한 두 아가씨는 아쉬운 마음에 그를 쉽사리 보내줄 수가 없었다.

"선생님!"

이번에는 지스케트가 결심이라도 한 듯 빠른 어조로 질문을 던졌다.

"저기요, 선생님은 오늘 연극에서 성모 마리아 역할을 맡은 사람을 아시나요?"

"유피테르 역을 맡은 사람 말이군요?"

"네 맞아요! 유피테르를 아세요?"

리에나르드가 끼어들었다.

"미셸 지보른을 말씀하시는 거군요! 잘 압니다."

"그 사람 수염이 너무 멋져서요……."

리에나르드의 이도저도 아닌 말에 지스케트가 수줍은 어조로 거들었다.

"오늘 무대 위에서 정말 근사한 장면들을 보게 될까요?"

"그럼요, 매우 근사할 겁니다, 아가씨."

사내는 주저함 없이 당당하게 대답해주었다.

"뭘 보게 될지 조금만 알려주실 순 없나요?"

리에나르드가 조심스레 물었다.

"〈성모 마리아의 올바른 심판〉이라는 우의극이지요."

"아, 그럼 전에 하던 것과는 다르네요."

"완전히 새로운 우의극이지요. 아직 한 번도 무대에 올린 적이 없는 새 작품이에요."

"2년 전에 교황의 특사가 입성하던 날 봤던 연극에선 등장인물로 여자가 세 명 있었는데……."

지스케트가 애써 기억을 떠올리자 리에나르드도 한마디 거들었다.

"세이렌들이었지."

"죄다 벌거벗은 아가씨들이었고요!"

사내가 덧붙이자 두 아가씨는 부끄러운 듯 얼른 눈을 내리깔았다. 그는 입가에 미소를 띤 채 말을 이었다.

"아주 재미있는 극이었어요. 근데 오늘의 우의극은 플랑드르의 공주님을 위해 특별히 만든 것이랍니다.”

“목가도 부르나요?”

지스케트가 살며시 고개를 들며 물었다.

“천만에요! 우의극에서는 그런 걸 부르지 않아요. 풍자극이라면 또 모를
까.”

사내의 간단명료한 대답에 지스케트는 말을 이었다.

“그렇다면 정말 섭섭한 일이네요······ 예전엔 퐁소의 연못[52]가에서 소탈
한 남녀들이 서로 실랑이를 벌이기도 하고 짧은 단시나 목가 따위를 부르며
여러 가지를 보여주었는데요······.”

“교황의 특사에겐 그런 게 어울릴지 몰라도 공주님에겐 그렇지 않을 수도
있어요!”

사내가 퉁명스레 대답하자, 이번에는 리에나르드가 나섰다.

“또 그 사람들 주위로는 여러 가지 악기들이 나직하게 아름다운 선율을 들
려주고 있었어요.”

지스케트도 질세라 거들었다.

“행인들이 목을 축이는 분수 꼭지에서는 우유, 포도주, 계피술을 세 줄기
로 내뿜어 누구든지 그것을 마실 수 있게 했고요.”

“게다가 퐁소 조금 아래에 있는 트리니테[53]에서는 예수 수난 무언극을 공
연했었어.”

리에나르드의 호응에 지스케트는 더욱 신이 나서 외쳤다.

“맞아, 예수님은 십자가에 못 박히시고 두 도둑놈은 그 좌우에 매달렸었
어!”

그렇게 두 아가씨는 교황의 특사가 입성하던 때의 기억을 떠올리며 점점
더 수다스럽게 떠들어댔다.

“그보다 더 전에, 포르트 오 팽트르[54]에는 아주 화려하게 차려입은 인물들

성사극 그리스도의 수난을 묘사한 연극을 말한다. 초기에는 성당 안에서 공연되던 것이 12세기부터는
야외 마당으로 나오게 되었다. 그와 더불어 공연 시간도 점점 길어졌는데(때론 사순절 내내 이어지기도 했다!),
조물주와 악마가 모습을 드러내고 상처에서 피가 나는 등 갈수록 사실적인 색채가 짙어졌다.
배우들은 모두 아마추어들이었으며, 의상에 드는 비용은 부유한 부르주아 시민이 부담했다.

이 있었어!"

"생 티노상 연못[55]가에서는 사냥꾼이 나팔을 불며 사냥개와 함께 암사슴
을 쫓고 있었고 말이야!"

"파리의 푸줏간에서는 디에프 요새를 옮겨다 놓은 듯한 무대도 설치됐지!"

"지스케트 기억나니, 교황 특사가 지나갈 때 말이야, 공격이 벌어지고 영
국군은 모두 목이 달아났잖아!"

"샤틀레[56] 문 앞에서는 정말 등장인물들이 멋졌어!"

"휘장이 쳐진 퐁 토 샹주[57] 다리 위는 또 어떻고!"

"교황 특사가 지나갈 때 생각나니? 수많은 종류의 새들을 212마리도 더
넘게 다리 위로 날려 보냈잖아. 정말 환상적이었어, 리에나르드!"

"아마 오늘은 그보다 훨씬 더 환상적일 거외다!"

사내는 시끄러운 아가씨들의 수다를 하릴없이 듣고 있다가 안타까운 듯 말했다.

"정말 장담하실 수 있어요?"

지스케트가 묻자 사내는 힘주어 대답했다.

"물론이지! 이 몸이 바로 오늘의 연극을 만들었으니까!"

"어머나 정말이에요?"

"그럼 정말이고말고. 정확히 말하자면 두 사람이 만든 건데…… 장 마르샹은 이런저런 무대장치를 담당했고 나, 피에르 그랭구아르는 희곡을 썼다오!"

아마 『르 시드』[58]의 작자도 그보다 더 당당하게 '나, 피에르 코르네유는……'이라고 내뱉지는 못했을 것이다.

유피테르가 무대 뒤로 사라지고, 새로운 우의극의 작자가 수다스런 지스케트와 리에나르드에게 이름을 밝힐 때까지 시간은 또 이미 한참이나 흐른 뒤였다. 그런데도 이전까지 광분하며 떠들어대던 군중들이 유피테르의 "지금 곧 시작하겠습니다"라는 말 한마디에 이제는 얌전한 고양이처럼 잠자코 기다리는 것이었다. 어쩌면 이것은 고금을 초월한 진리인지도 모르겠다. 따지고 보면 어느 공연장에서나 안달 난 관객을 진정시키는 방법은 바로 그 한마디가 아니겠는가!

하지만 기둥 꼭대기에 매달려 있는 장으로서는 더 이상 기다릴 수 없었는지 얌전해진 관객들 머리 위로 여전히 악을 써대고 있었다.

"아니, 이거 뭐 하는 거야? 사람 놀리는 거야, 뭐야? 유피테르! 성모 마리아! 거지 같은 광대놈들아! 금방 시작한다더니 누굴 약 올리는 거냐? 또 한바탕 뒤집어놓기 전에 당장 시작하란 말이야!"

바로 그 순간, 다양한 악기들의 멜로디가 휘장이 드리워진 무대 뒤쪽에서부터 들려오기 시작했다. 이윽고 검은 막이 오르면서 요란한 분장과 의상을 갖춘 배우 네 명이 무대로 이어지는 가파른 사다리를 타고 오르더니, 주시하는 수많은 관객들을 향해 깊숙이 허리를 숙였다. 동시에 배경으로 흐르던 음악 소리가 딱 멈추었다. 바야흐로 기다리고 기다리던 연극이 막 시작될 참이었다.

연달아 이어지는 배우들의 등장 인사에 사람들은 기대와 흥분이 담긴 아낌없는 박수갈채를 보냈다. 분위기가 정리되길 기다렸다가 배우들이 서시를 읊어대기 시작했으나 그것에 대해서는 더 이상 설명하지 않겠다. 예나 지금이나 마찬가지지만, 관객들은 배우들의 대사보다는 그들의 의상에 더 큰 관심을 갖게 마련이니까. 첫 번째로 무대에 오른 네 사람은 모두 노란색과 흰색이 반씩 어우러진 긴 옷을 입고 있어서 모두 거기서 거기인 듯 보였지만, 옷감의 질만은 조금씩 달랐다. 첫 번째 배우는 비단옷이었고 두 번째는 견직물이었으며 세 번째는 모직, 네 번째 배우의 옷은 무명천으로 만들어진 것이었다. 또한 첫 번째 배우는 오른손에 칼을 들었고, 두 번째는 금 열쇠 두 개를 쥐고 있었으며, 세 번째는 저울을, 네 번째는 삽을 들고 있었다. 이러한 의상과 소품들은 배우의 역할을 충분히 설명하는 것이었으나, 그럼에도 이해를 잘 못하는 사람들을 위해 네 사람의 옷자락에는 검은 글씨로 이런 설명이 아로새겨져 있었다. 즉, 비단 옷자락에는 '나는 귀족입니다', 견직물 옷자락에는 '나는 성직자입니다', 모직 옷자락에는 '나는 상인입니다', 그리고 무명 옷자락에는 '나는 농부입니다'라고 말이다. 이들 배우 네 명 가운데 두 사람, 즉 성직자와 농부는 상대적으로 옷 길이가 짧고 머리에 크라미뇰 모자[59]를 쓴 것으로 보아 남자라는 것을 알 수 있었다. 나머지 두 사람, 상인과 귀족은 성직자와 농부보다 길이가 긴 옷을 입고 머리에는 어깨까지 내려오는 두건을 뒤집어쓴 것으로 보아 여자임이 분명했다.

그들의 관계에 대해서는 이미 서시를 통해, 농부는 상인과 결혼하고 성직자는 귀족과 결혼한 사이임을 알 수 있었다. 이들 두 부부는 공동으로 매우 귀중한 황금 돌고래상(像) 하나를 소장하고 있는데, 그것을 취할 자격은 이 세상 최고의 미인에게만 있었다. 결국 황금 돌고래를 가질 만한 미인을 찾아 그들은 세계 방방곡곡을 헤매 다니는 처지였다. 그동안 골콘다의 여왕, 트레비존데의 공주는 물론, 타타르 족 칭기즈칸의 딸을 비롯한 수많은 미녀들을 찾아가보았으나 모두 퇴짜를 놓은 다음 이곳, 파리 재판소의 대리석 무대에 도착하여 쉬고 있는 셈이었다. 그들은 쉬는 동안에도, 점잖은 관객들을 상대로 당시 문학사 시험의 궤변이나 논문 발표, 삼단논법, 공개 토론에나 나올 법한 수많은 격언과 금언들을 주절대고 있었다. 다른 건 몰라도 화술 하나만은 제법 훌륭하고 아름답기까지 했다.

그들이 그처럼 화려한 비유의 언변을 쏟아내는 동안, 방금 전 수다스럽고 어여쁜 두 아가씨에게 제 이름을 밝힌 이 연극의 작자 피에르 그랭구아르만큼 무대를 향해 온 정신을 바짝 긴장하고 몰두하는 사람은 없었다. 그는 두 아가씨와 헤어져 몇 걸음 떨어진 곳의 기둥 뒤로 돌아간 뒤, 온 신경을 곤두세운 채 무대 위의 상황에 주목하고 있었다. 그가 쓴 서시가 낭독될 때 울려 퍼지던 뜨거운 박수갈채의 여운은 아직도 그의 마음속을 흔들고 있었다. 또한 배우들의 입을 통해 자신의 생각들이 관중의 가슴속으로 하나 둘 퍼져 들어가는 것을 보며 스스로 황홀한 감동에 사로잡히지 않을 수 없었다. 과연 피에르 그랭구아르가 아닌가 말이다!

그러나 황홀의 순간은 곧 산산이 깨져버리고 말았다. 승리의 감동에 복받친 그랭구아르가 축배의 술잔을 들어 입술에 갖다 대기 직전, 한 방울의 쓴맛이 그 안으로 섞여들었던 것이다.

관객 속에서 이리저리 휩쓸려 다니던 거지 하나가 제대로 된 적선 한 번 받지 못하자, 사람들 이목이라도 끌어 푼돈이나마 모아보자는 생각을 하고 있었던 것이다. 누더기를 걸친 거지는 사람들의 눈에 잘 띄는 자리를 찾아 열심히 두리번거렸다. 마침내 그는 서시의 첫 어귀가 낭독될 즈음 귀빈석의 줄을 타고 처마 끝 차양까지 기어 올라갔다. 그러고는 거기 주저앉아 자신의 누더기와 오른팔의 흉측한 상처를 내보이며 사람들의 주의를 끌려 애쓰는 것이었다. 다만 그러면서도 특별히 무슨 말을 지껄이지는 않고 있었다.

어쨌든 소란을 피우거나 하는 건 아니었으므로, 기둥 위에 매달린 장이 거지의 행동을 알아채지 못했다면 연극은 무사히 진행되었을 것이다. 그러나 거지의 속 뻔한 짓거리에 이내 눈길이 가 닿은 장난꾸러기 장이 갑자기 미친 듯 웃어대고 소리치면서부터, 상황은 완전히 달라지기 시작했다.

"으하하, 저 비렁뱅이는 여기까지 와서 동냥질을 하나?"

개구리들이 우글대는 늪 속에 돌멩이 하나를 던져본 사람이나, 새 떼들이 지저귀는 숲 가운데에서 총 한 발을 쏘아본 사람이라면, 모든 이들이 주의 집중하고 있는 상황에서 그 같은 한마디 외침이 어떤 결과를 초래할지 짐작하고도 남을 것이다. 순간, 그랭구아르는 벼락이라도 맞은 사람처럼 온몸을 부들부들 떨었다. 서시 낭독은 즉각 중단되었으며 무대를 주시하던 모든 사람들은 일제히 거지가 있는 쪽을 돌아보았다. 그런 상황에서도 거지는 당황하기는커녕 뜻밖의 기회를 잡았다는 생각인지, 더욱 처량해 보이도록 눈을 게슴츠레 뜨고는 청승맞은 음성으로 이러는 것이었다.

"제발, 한 푼 줍쇼!"

"어, 이게 누구야? 클로팽 트루이유푸 아닌가? 아니, 그 상처 때문에 다리까지 불편해졌단 말인가? 왜 다리를 팔 위에 올려놓고 계시나?"

마침내 거지의 정체까지 알아본 장은 호들갑을 떨면서, 기름때 찌든 그의 펠트 모자 속으로 은화 한 닢을 던져 넣었다. 거지는 장의 조롱 섞인 질문은 듣는 둥 마는 둥, 던져주는 은화를 얼른 받아 챙기며 또다시 악을 썼다.

"제발 한 푼 달라고요! 제발요!"

이 난데없는 상황으로 인해 관객들의 주의는 한순간 흐트러져버렸다. 로뱅 푸스팽을 비롯한 학생들과 수많은 관객들은, 서시가 한창 낭독되는 중간 터져 나온 거지의 태연스러운 호소와 악착같이 그걸 걸고넘어지는 장의 기괴한 이중창에 폭소와 함성과 박수갈채를 마구 쏟아내기 시작했다.

무대 옆에서 줄곧 상황을 지켜보던 그랭구아르는 기가 막히고 어이가 없어 한동안 멍하니 있을 수밖에 없었다. 이내 정신을 차린 그는, 황당한 방해꾼들한테는 더 이상 눈길조차 주지 않고 그저 무대 위의 배우 네 사람을 향해 큰 소리로 외칠 뿐이었다.

"계속! 계속하시오! 이런 빌어먹을……."

그 순간, 그랭구아르는 누군가 자신의 외투 자락을 당기는 느낌을 받았다. 잠깐 불쾌했으나 뒤를 돌아보고는 짐짓 미소를 지을 수밖에 없었다. 그곳에는 지스케트 라 장시엔이 그녀의 고운 팔을 난간 너머로 뻗어 옷자락을 붙들고 있었기 때문이다.

"저…… 선생님, 연극은 계속하나요?"

"물론이오!"

그랭구아르는 당혹감을 애써 감추며 대답했다.

"그럼…… 좀 설명을 해주시면 안 될까요?"

"저 배우들이 할 대사를요? 그건 들어보시면 알게 될 텐데!"

"그게 아니고요, 지금까지 한 대사를 다시 한 번……."

여자의 말에 그랭구아르는 속살이 드러난 생채기에 뭐라도 닿은 듯 펄쩍 뛰며 중얼거렸다.

"뭐 이런 멍청한 계집이 다 있어!"

그와 함께 철모르는 아가씨는 그랭구아르의 관심 밖으로 영영 내팽개쳐지고 말았다.

한편 배우들은 그의 지시에 따라 연극을 계속했다. 관객들도 무대 위의 배우들이 다시 대사를 읊는 걸 보고는 잠자코 귀를 기울이기 시작했다. 그럼에도 일단 한 번 맥이 끊긴 연극이어서 그런지 관객들의 집중력과 관심이 반감되어버린 것도 사실이었다. 그랭구아르는 혼자 쓸쓸한 기분을 곱씹으며 무대를 지켜보고 있었다. 서서히 분위기가 차분해져갔고, 이제는 학생도 입을 다물고, 거지도 모자 속 동전들만 묵묵히 세고 있을 뿐, 연극이 재개되는 것을 방해할 문제는 더 이상 일어나지 않을 것 같았다.

사실 이번 연극은 제법 근사한 작품이었다. 조금 손만 보면 많은 이들의 관심을 끌 작품임에 틀림없을 터였다. 물론 도입부가 조금 지루하고 재미가 덜하기는 하지만 명료한 구성에 대해서는 그랭구아르 스스로도 감탄을 금치 못했다. 이미 알다시피 우의적 등장인물 네 사람은 귀중한 황금 돌고래의 진정한 주인을 아직 찾지 못한 채, 오랜 여행으로 기진맥진한 상태였다. 이제 그들은 플랑드르 마르그리트 공주의 젊은 약혼자를 암시하는 온갖 그럴듯한 비유들을 늘어놓으면서 황금 돌고래 예찬론을 신나게 펼쳐대고 있었다. 물론 그 주인공은 농부와 성직자와 귀족과 상인이 자신을 위해 세상을 헤집고 다니는 걸 꿈에도 모른 채, 앙보와즈 성에 갇혀 무료한 나날을 보내고 있을 테지만 말이다. 요컨대, 여기서 돌고래는 프랑스의 젊고 아름다울 뿐 아니라 힘도 센(이야말로 왕으로서 갖춰야 할 모든 미덕의 근본이 아니던가!) 사자의 아들이었던 것이다[60]. 장담하건대, 이 정도로 대담한 비유는 그 자체로 멋질 뿐 아니라, 우의극이라든가 왕자의 결혼 축가 같은 것이 유행하던 시대였던 것을 감안하면 돌고래가 사자의 아들이라 한들 전혀 어색하지가 않은 것이다. 아니, 오히려 이처럼 진기한 핀다로스[61] 풍의 혼합이야말로 일반 관객을 열광시키는 데 필수적 요소였을 것이다. 다만 전문적 비평을 고려한다면, 그처럼 아름다운 시상을 200행 미만으로도 능히 표현해낼 수 있었을 것이다. 그러나 파리 시장의 명령에 따라 연극은 정오부터 오후 4시까지 이어져야 했고, 그동안 무엇이든 지껄이지 않으면 안 되었다. 어쨌든 모두가 진득하니 귀를 기울이는 상황이 아닌가 말이다!

상인과 귀족이 서로 옥신각신하는 와중이었다. 갑자기 농부가 "세상 어느 숲에서도 이보다 당당한 짐승은 본 적이 없노라"라는 시구를 대차게 읊어대는 순간, 이제까지 굳게 닫혀 있던 사절단 출입문이 활짝 열리면서 안내인의 우렁찬 목소리가 울려 퍼졌다.

"부르봉 추기경 각하께서 납십니다!"

chapter 3
추기경 각하

가엾은 그랭구아르! 생 장 축제의 화려한 이중 폭죽의 요란한 소리도, 스무 자루의 갈고리 화승총 소리도, 1465년 9월 29일 일요일[62] 파리 포위전에서 부르고뉴 병사 일곱 명을 단 한 발로 처치한 빌리 망루[63]의 저 유명한 세르팡탱 포의 폭음도, 탕플 성문[64]의 창고에 쌓아둔 탄약이 일시에 폭발한다 해도, 이처럼 극적인 순간 안내인의 입에서 터져 나온 "부르봉 추기경 각하!"라는 한마디 말보다 더 그랭구아르의 가슴을 철렁하게 만들지는 못했을 것이다.

그렇다고 해서 그가 추기경의 등장을 꺼려하거나 경시하고 있었단 얘기는 아니다. 결코 그렇게 졸렬하거나 오만한 사람은 아니었다. 그보다는 진정한 절충주의자라고 할 만한 인물이었다. 그는 어떤 경우에나 중용의 미덕을 지키려 했으며, 추기경들을 존경하면서도 이성과 자유로운 사상 역시 존중했다. 또 언제나 고상하고 온건하며 침착한 정신의 소유자였다. 이를테면 세상이 시작할 때부터 아리아드네[65]의 실타래를 받아 그 지혜를 세세히 풀어가며 복잡한 인간사를 헤쳐 나가는 철학자들의 종족이 있다면, 그랭구아르가 바로 그런 귀한 혈통을 이어받은 인물이었다. 그와 같은 인물은 사실 어느 시대에나 한결같이 있어왔는데, 15세기를 대표한다고 할 수 있는 우리의 피에르 그랭구아르를 굳이 손꼽지 않더라도, 분명 그와 같은 지혜의 정신이 16세기에는 뒤 브릴 신부로 하여금 시대를 초월하여 심금을 울릴 만한 말을 다음과 같이 하게 만들었을 터⋯⋯. "이 몸은 국민으로서는 파리지앵(parisien)이고, 말하는 것으로는 파리지앙(parrhisian)이다. 즉, 그리스어로 파리지아(parrhisia)라는 말이 '말하는 자유'를 뜻함이니, 나는 콩티 공의 삼촌이자 형제인 추기경 각하들 앞에서도 당당히 말하는 자유를 누려왔거니와, 그렇다고 해서 그들의 품위에 대한 경의를 저버리거나 그 수많은 시종들에게 무례를 일삼은 적은 결코 없었다."

따라서 오랜 시간 기다리던 추기경이 마침내 도착했을 때 그랭구아르의 머릿속에 순간적으로 언짢거나 불쾌한 느낌이 스친 건 사실이지만, 그렇다고 각하에 대한 못마땅함이랄까 경시하는 심정이 있었던 것은 결코 아니다. 그 반대로, 우리의 시인 그랭구아르는 매우 박학다식한 관계로 자신의 서시에 숨겨진 수많은 은유 중에서도 프랑스 사자 왕의 아들인 돌고래 왕자에 대한 찬미어구가 추기경의 귀에 들어가는 것에 대해 대단한 의미를 부여하고 있었다. 다만, 시인들의 고상한 기질을 좌우하는 것은 결코 이해타산이 아니다. 나는 시인의 실체를 10이라고 볼 때, 만약 라블레가 상상했듯 그것을 어느 화학자가 엄밀히 분석하고 진단한다면, 자존심 9와 이해타산 1로 이루어져 있음을 발견할 거라 생각한다. 그런데 마침내 추기경의 도착과 더불어 문이 열릴 때 즈음해선, 그랭구아르의 자존심이 사람들의 들뜬 반응에 한껏 부풀어 올라 최고조에 이른 상태였던 것이다. 그의 속내에 존재하는 극미한 이해타산 따윈 고양된 자존심에 밀려 아주 사라져버린 듯했다. 그렇다 해도 이해타산 역시 인간사를 헤쳐 나가는 데 없어서는 안 될 것이므로, 그것이 아예 없다면 시인들이 땅에 발을 붙일 수조차 없었을 터. 그랭구아르는 장내를 가득 메운 관객들이 축혼시의 모든 부분에서 끝없이 이어지는 장광설에 어리둥절해하고 숨도 제대로 못 가눌 만큼 열광하는 광경을 두 눈으로 직접 확인하는 것을 넘어서 온몸으로 느끼며 즐거워하고 있었다. 더구나 그 관객들이 대부분 저급한 무리일 뿐이니 그 같은 반응은 당연한 것이었다. 어쨌든 그는 수많은 사람들과 함께 자신의 연극 공연을 분명 뿌듯한 심정으로 즐기는 중이었다. 라 퐁텐이 자신의 희극 〈피렌체 사람〉을 상연할 때 "이따위 난장판 같은 희곡을 쓴 자가 누구냐?" 하고 물었던 것과는 반대로, 그랭구아르가 감히 옆 사람에게 "이 걸작은 누가 만든 것이오?" 하고 물었다 해서 하나 이상할 것이 없었다. 그러니 이제 갑작스런 추기경의 등장이 그에게 어떤 의미였는지는 잘 알 수 있을 것이다.

아나나 다를까, 내심 우려하던 일이 곧 피할 수 없는 현실로 드러났다. 추기경이 나타나자 관객들 모두가 완전히 혼란에 빠진 것이다. 사람들은 저마다 추기경이 들어설 문을 향해 일제히 고개를 돌렸다. 무대 위 배우들의 말소리는 들리지도 않았고 어떤 말을 지껄이든 그 누구도 아랑곳하지 않았다. "추기경이다! 추기경이 도착했다!" 모두들 입을 모아 그렇게 웅성거리는 와중에 서시는 안타깝게도 다시 한 번 중단되고 말았다.

추기경은 귀빈석으로 향하기 전 문 앞에서 일단 걸음을 멈추었다. 그러고는 무심한 시선으로 관객들을 훑어보았다. 일순 장내는 더욱 소란스러워졌다. 조금이라도 추기경의 얼굴을 잘 보기 위해 사람들이 저마다 고개를 쳐들고 기웃거리느라 안간힘을 써대고 있었다.

추기경이라는 하늘같이 높은 분을 가까이에서 본다는 것은 연극을 보는 것보다 가치 있고 드문 일이었으니 당연한 노릇이었다. 부르봉의 추기경이자 리옹의 대주교 겸 백작이며 갈리아의 수석 대주교인 샤를은 국왕의 첫째 공주와 결혼한 보죄의 영주 피에르가 자기 형인 덕분에 루이 11세와 인척간이며, 어머니인 아녜스 드 부르고뉴로 인해 샤를 르 테메레르와도 친척 관계였다. 이런 사정으로 궁정인으로서의 정신 자세와 권력을 향한 헌신이야말로 갈리아 수석 대주교의 성격에서 특히 두드러진 점이었다. 이를테면 저 신화 속 괴물인 카리브드와 실라처럼[66] 느무르 공작과 생 폴 원수를 집어삼킨 루이나 샤를한테 희생당하지 않기 위해 그의 정신의 선박은 얼마나 많은 암초를 우회해 바람과 싸우며 지금까지 항해해왔을까? 그토록 복잡하게 얽히고설킨 친인척 관계 속에서 얼마나 잡다한 곤경들이 그를 괴롭혀왔을까? 이제 항구에 안착한 몸으로서, 불안하고 고된 정치 역정 속의 무수한 기회들을 회상할 때마다 그는 말 못 할 감회에 젖어들 수밖에 없었다. 1476년이 유독 자신에게 '어둡고도 밝은' 해였다고 말하는 것도 그 같은 감회를 반영한 것이었다. 즉, 그해에 어머니 부르보네 공작 부인과 사촌 부르고뉴 공을 다 같이 잃었는데, 한 사람을 잃은 슬픔을 또 한 사람의 죽음으로 오히려 위로받았던 것이다.

사실 추기경은 호인이었다. 그는 늘 추기경으로서의 생활을 즐기는 편이었으며 왕가의 특주인 샬뤼오와 더불어 흥취에 젖을 줄도 아는 인물이었다. 또한 리샤르드 라 가르무아즈와 토마스 라 사야르드를 미워하지 않고, 늙은 여자들보다는 예쁜 아가씨들에게 넉넉함을 베푸는 것도 다반사였다. 그로 인해 파리의 천민들에게까지 그는 제법 재미나는 추기경으로 통했다. 그가 행차할 때는 항상 주위에 여자 밝히기 좋아하고 서글서글하며 때론 음탕할 줄도 아는 일군의 지체 높은 주교와 사제들이 적극적으로 나서서 수행하곤 했다. 그런가 하면 밤에 환히 불을 밝힌 부르봉 대주교관에서는 그날 낮까지만 해도 저녁기도를 외우던 목소리들이 술고래 교황 브누아 12세[67]의 취중좌우명 '비바무스 파팔리테르(교황들처럼 마셔보자)[68]'를 드높이 외치면서, 술잔 부딪치는 소리가 창문 너머까지 새어 나가는 일이 다반사였다. 그때마다 하필 그곳을 지나는 생 제르맹 독세르의 선량한 여신도들은 혼비백산하면서도 애써 외면하는 수밖에 달리 도리가 없었다. 조금 전까지만 해도 늘장 부리는 것이 무척 불만이었고 고위 성직자에게 딱히 존경심을 지닌 것도 아닌 어중이떠중이 군중이 막상 추기경을 보자 그다지 냉대하지 않고 있는 것도 다 그런 친근한 사정이 있었기 때문일 것이다. 하긴 파리 사람들은 지나간 일을 별로 마음에 두지 않는 편이다. 게다가 마구 몰아붙인 끝에 조금이나마 앞당겨 연극을 시작하게 했으니, 착한 시민들은 추기경을 이겨냈다는 뿌듯한 자부심까지 즐길 수 있는 입장이었다. 나아가 부르봉 추기경의 그럴듯한 외모와 멋들어진 붉은 법의는 그곳에 모인 관객의 절반에 해당하는 여성들을 자기 편으로 끌어들이기에 충분한 것이었다. 요컨대, 그렇게 미남인 고위 성직자를 향해 단지 기다리게 했다는 이유 하나로 비난을 퍼붓는 데서야 어디 말이 되겠는가 말이다!

마침내 추기경이 귀빈석에 들어섰다. 이어 지체 높은 양반이 서민들에게 보내는 격조 있는 미소로 관객들에게 인사를 하고는 무언가 다른 생각이 있는 듯, 붉은 벨벳 의자 쪽으로 걸음을 천천히 옮겼다. 그 뒤를 수행 주교와 사제들이 따라 들어오자 관객들의 호기심과 웅성거림은 더욱 왕성해졌다. 사람들은 그들 중 누군가를 끼리끼리 손가락으로 가리키거나 이름을 맞춰 가면서 알은체를 하기 시작했다. 내가 알기로 저 사람은 마르세유의 주교 알로데라는 둥, 저 사람은 생 드니 성당의 참사회장이라는 둥, 또 저 사람은 생 제르맹 데 프레의 수도원장 로베르 드 레스피나스인데, 루이 11세의 애첩의 오빠로 방탕하기가 이루 말할 수 없다더라는 둥, 그 모든 말들에는 온갖 멸시와 억측이 담겨 있었다. 그런가 하면 학생들은 노골적인 욕설들을 퍼부어대고 있었다. 그야말로 이날은 그들의 날이며, 마음껏 소란을 피워도 어느 정도 용인이 되는 날이었으니, 서기단과 학교의 연례적인 축제였던 것이다. 어떠한 난동이나 엉터리 수작을 부려도 제재를 받지 않을 수 있는 날이었다. 게다가 사람들 속에는 시몬 카트르리브르, 아녜스 라가딘, 로빈 피에드부 같은 말 많고 시끄럽기로 유명한 창녀들도 섞여 있었다. 고매하신 성직자들과 창녀들이 더불어 마음껏 욕을 하거나 하느님의 이름을 모욕해도 죄가 안 된다니 그 얼마나 좋은 날이겠는가! 그러니 망나니 같은 학생들이 이런 좋은 기회를 그냥 흘려보낼 리가 없었다. 귀가 터질 듯한 소음 속에서 누구의 눈치도 보지 않고 멋대로 지껄여대는 소리들은, 일 년 중 다른 날에는 생 루이 왕의 단근질이 무서워서라도 참아야 했던 해괴한 경거망동들에 지나지 않았다. 가엾은 생 루이, 자신이 세운 재판소 안에서 얼마나 심한 모욕을 견디고 계시는지! 학생들은 검은색, 회색, 흰색, 보라색 옷[69]을 걸친 성직자들을 향해 집요한 독설을 퍼부어댔다. 그 가운데 부주교의 동생이라는 자격으로 요아네스 프롤로 데 몰렌디노가 공격 목표로 삼은 상대는 대담하게도 붉은색 옷이었다. 그는 추기경을 노골적으로 쏘아보면서 목이 터져라 '카파 레플레타 메로(포도주로 철철 넘치는 잔)'[70]를 외쳐댔다.

여러분 앞에 자세히 소개하는 이 모든 상황들은 그러나 장내에 가득한 소음으로 인해 귀빈석까지 전달되지 못하고 사라져버린 것이 사실이다. 하긴, 만에 하나 그런 야유와 비난의 말들이 추기경의 귀에 들어갔더라도 그리 놀랄 일은 없었을 것이다. 그만큼 어떤 짓이나 말을 해도 무방한 날이었기 때문이다. 게다가 누가 보아도 추기경은 알 수 없는 어떤 근심에 사로잡힌 얼굴이었고, 자기와 거의 동시에 단으로 들어선 플랑드르 사절단 일행에 신경을 쓰느라 그 밖의 상황은 안중에도 없었다.

그렇다고 추기경이 훌륭한 정치가는 아니었다. 조카딸인 마르그리트 드 부르고뉴 공주와 조카인 황태자 샤를의 결혼이 어떻게 치달을지 몰라 전전긍긍한 것도 아니었다. 오스트리아 공작과 프랑스 왕과의 표면상의 우호관계가 얼마나 유지될 것인가, 영국 왕이 자기 딸에 대한 이 모욕을 어떻게 받아들일 것인가 하는 것 또한 그에게는 별문제 아니었다. 같은 맥락에서, 저녁마다 왕가의 특산 포도주를 즐기면서도 그와 똑같은 종류의 포도주 몇 병이 루이 11세로부터 에드워드 4세에게로 전달됨으로써(의사 쿠악티에[71]의 손을 살짝 거친 게 사실이지만) 결국 에드워드 4세의 돌연사가 가능했을 거라는 점은 그로선 절대 상상조차 못 할 그림이었다. 요컨대, '오스트리아 공작의

'고귀한 사절단'은 추기경에게 그 어떤 정치적 근심거리도 아니었으나, 그와는 좀 다른 면에서 신경 쓰이는 존재였다. 말하자면 (앞에서도 어느 정도 언급했듯이) 샤를 드 부르봉인 자신이, 근본도 내력도 알 수 없는 지방 손님들을 이처럼 환영하고 정중하게 대하지 않으면 안 된다는 사실 자체가 견딜 수 없는 것이었다. 추기경으로서 일개 시청 직원 무리를, 포도주 향연을 즐기는 프랑스인으로서 맥주 따위나 들이켜는 플랑드르인들을 수많은 사람이 지켜보는 가운데 환대해야 한다는 사실이 가혹하게 느껴졌던 것이다. 오로지 국왕의 기분을 맞추기 위해 마음에도 없이 꾸며야 하는 표정 중 가장 싫은 표정이 지금 추기경의 얼굴을 뒤덮고 있었다.

그러므로 안내인이 우렁찬 목소리로 오스트리아 공작 사절단의 도착을 알려왔을 때 그는 더할 수 없이 우아한 얼굴로—그만큼 표정 관리에 신경을 집중하고 있었다—문 쪽을 바라보았다. 장내에 가득한 관객들 역시 일제히 사절단이 들어설 문을 향했던 것은 말할 필요도 없다.

그때 오스트리아 공작 막시밀리앙의 사절단 마흔여덟 명이 샤를 드 부르봉의 성직자 수행원들과는 대조적인 엄숙한 모습으로 두 명씩 짝을 지어 들어왔다. 맨 앞에 서서 들어온 이들은 투아종 돌 훈위국 총무 겸 생 베르탕 수도원 소속 사제인 장 신부와, 강 시(市)의 참사관인 자크 드 고와 두 사람이었다. 차례로 들어서는 사람들의 괴상망측한 이름이나 직함이 안내인을 통해 소개될 때마다 관객들은 터져 나오는 웃음을 참느라 갖은 애를 다 쓰고 있었다. 안내인이 소개를 하면서 이름과 직함을 마구 뒤섞고 잘라먹는가 하면, 제멋대로 발음했기 때문에 더했다. 그럼에도 불구하고 사절단의 소개가 모두 끝날 때까지 사람들은 무던히도 참고 기다렸다. 루방 시 보좌관 로이 루로푸 님, 브뤼셀 시 보좌관 구레데추에르드 님, 보와르미제르 경, 플랑드르 총독 폴드베스트 님, 아아베르스 시장 장 고레겐스 님, 강 시 최고 보좌관 조르주 드 라무르 씨, 동 시구 제일 보좌관 게르드르퐁 반프 델아주 님, 드

비르 베크 님, 장 피노크 님, 장 디메르제르 님 등등…… 대법관, 보좌관, 시장, 조역 등 모두가 점잖고 꼿꼿하게 굳은 채로 벨벳과 비단옷을 입고서 머리에는 키프로스산(産) 금실로 만든 커다란 술이 달린 검은 벨벳 클라미뇨르 모자를 쓰고 있었다. 요컨대 모두들 플랑드르 상류사회의 인사들로, 렘브란트가 그림 〈야경〉 속에서 어두운 배경 위에 힘차고 근엄하게 부각시킨 인물들과 같은 의젓하고 엄격한 얼굴들이었다. 오스트리아 공작 막시밀리앙의 선언문에 나오는 "여러분의 판단력과 용기와 경험과 충성과 정직을 충심으로 신뢰하는"이라는 구절을 그대로 이마에 새겨놓은 듯한 인물들이라고 해도 과언이 아니었다.

그러나 그중에 단 한 사람, 예외가 있었다. 교활하고 총명하고 능글맞고 민첩하기가 원숭이를 닮은 듯한 얼굴이었다. 그 이름이 소개되자 추기경은 앞으로 몇 걸음 나아가 그에게 깊이 허리를 숙였는데, 그는 단지 '강 시 참사관이며 연금 수령자 기욤 랭'이라 불릴 뿐이었다.

그 당시 기욤 랭이 어떤 사람인지 아는 사람은 거의 없었다. 혁명 때라면, 사회의 표면에 드러나 보일 수도 있었겠지만 15세기에는 유감스럽게도 지하 음모에 일관하며, 생 시몽의 말처럼 '동굴 속에 사는 것으로 그친 희귀한 천재'였다. 그리하여 그는 유럽 제일의 모략정치가로 재능을 인정받아 루이 11세와 함께 은밀히 음모를 꾸미고 국왕의 비밀 작전에 참여하고 있었다. 그러나 관객들은 그런 모든 것을 알지 못한 상태였으므로, 추기경이 별 볼 일 없어 보이는 이 인물에게 공손하게 인사를 하는 것을 보고 깜짝 놀라 눈이 휘둥그레질 수밖에 없었다.

chapter 4
자크 코프놀 영감

강 시의 연금 수령자가 추기경과 서로 허리 굽혀 인사를 나누고 목소리를 더 낮추어 몇 마디 말을 주고받는 사이에 어깨가 벌어지고 키가 크고 얼굴이 넓적한 한 사나이가 나타나 기욤 랭과 함께 귀빈석에 오르려 했다. 언뜻 보기에 그들은 여우와 불도그가 나란히 서 있는 듯한 모양이었다. 그의 펠트 모자와 가죽 재킷은 다른 일행들의 벨벳이며 비단옷들과 어울리지 않았다. 안내인이 웬 마부 하나가 잘못 들어온 것으로 생각하고 그를 붙잡았다.

"여봐요, 들어가면 안 돼요!"

가죽 재킷을 입은 사나이는 안내인의 어깨를 밀쳐내며 말했다.

"이거 왜 이래?"

그의 우렁찬 목소리에 관객들의 시선이 그들에게 쏠리게 되었다.

"이봐, 나도 일행인데 몰라보겠소?"

"이름이 어떻게 되십니까?"

그제야 안내인이 물었다.

"자크 코프놀이오."

"신분은 어떻게 되십니까?"

"강 시에 있는 '세계의 쇠사슬'이라는 옷가게 주인이오."

그러자 안내인은 머뭇거렸다. 보좌관이나 시장이라면 문제가 없지만, 옷가게 주인이라니. 안내인이 곤란한 표정을 짓자 추기경도 불안한 눈치였다. 수많은 사람들이 지켜보고 있는 자리였다. 이틀 전부터 추기경이 플랑드르의 무례한 촌뜨기들을 사람들 앞에 나서도 될 만큼 꾸며주려고 애썼음에도 소용이 없었던 것이다. 그사이, 기욤 랭은 교활한 미소를 지으며 안내인에게 다가가 속삭였다.

"강 시의 부시장 서기 자크 코프놀 님이라고 소개하시오."

그러자 추기경이 큰 소리로 말했다.

"안내인! 저 유명한 도시 강의 부시장 서기 자크 코프놀 님을 소개하시오!"

그러나 그것은 바보 같은 짓이었다. 기욤 랭 혼자서 그 상황을 수습하게 두었더라면 좋았을 텐데, 그러기 전에 코프놀이 추기경의 말을 들어버린 것이다.

"뭐라고? 이런 엉터리가 있나? 나는 옷가게 주인 자크 코프놀이란 말이오! 안내인, 더하지도 빼지도 말고 그렇게 소개하시오! 오스트리아 대공께서도 우리 가게에서 몇 번이나 장갑을 구해 가셨단 말이오!"

그의 목소리는 천둥소리처럼 울렸다. 그의 말이 떨어지기 무섭게 웃음과 박수 소리가 터져 나왔다. 야유는 파리에서는 언제나 이해되는 것이고, 그에 따라 박수갈채를 받게 마련이다.

한마디 덧붙이자면, 코프놀은 평범한 시민이며 거기 모인 사람들도 지극히 평범한 시민들이었다. 그러니 그들 사이의 의사소통에는 아무런 문제가 없었던 것이다. 플랑드르 옷장수의 엉뚱한 수작은 그곳에 모인 높으신 양반들의 콧대를 보기 좋게 꺾어놓았으니 그 자리의 하층민들 가슴속에 '추기경에게 정면으로 대항한 옷장수도 우리와 같은 인간이다!'라는 생각을 갖게 하였다. 그것은 추기경의 옷자락을 받드는 생트 주느비에브 수도원장 영지 관할 법관의 하인과 사환에게조차 굽실거려야 하는 가련한 민중들의 기분을 후련하게 만드는 것이었다.

코프놀이 거만한 태도로 추기경에게 인사하자 추기경은 루이 11세조차 두려움의 대상으로 여기는 이 시민 권력자에게 곧바로 답례했다. 그 두 사람은 각자 자신의 자리로 돌아갔고, 필리프 드 코뮌이 '총명하고 심술궂은 사나이'로 평한 기욤 랭은 조롱과 멸시가 섞인 미소를 지으며 그 둘을 지켜보았다. 추기경은 매우 당황하고 초조해 있는 반면, 코프놀은 침착하면서 어딘지 거만한 태도였다. 어쩌면 코프놀의 머릿속에선 이런 생각이 굴러다니고 있는지도 몰랐다.

'자고로 옷장수라는 직함은 다른 어느 직함 못지않지. 오늘 이 손 덕분에 혼인이 성사될 마르그리트 공주의 모친 마리 드 부르고뉴도 내가 옷장수가 아니라 추기경이었다면 그다지 두려워하진 않았을 것이야. 샤를 르 테메레르 여식의 충신들에 대항해 강의 시민을 선동하는 짓을 추기경이 할 수는 없었을 테고, 플랑드르 공주가 교수대 밑에까지 와서 그들의 선처를 애원할 때 그 눈물에 마음 약해지려는 군중을 다그쳐 끝끝내 처형을 성사시키는 것도 추기경이 할 수 있는 일은 아니었으니까 말이야. 게다가 나 같은 옷장수가 가죽옷 팔꿈치를 한번 쓱 치켜드는 것만으로도 기 댕베르쿠르와 서기관 기욤 위고네 정도의 귀족 나리들은 모가지가 가뿐히 달아나지 않았느냐 이 말이지!'

아무튼 참을성 있게 이 기막힌 손님들과 자리를 같이해야만 하는 추기경으로선 산 넘어 산이나 마찬가지였다.

앞서, 서시가 시작되었을 때부터 이미 귀빈석의 가장자리에 기어올라 앉아 있던 뻔뻔한 거지를 여러분은 잊지 않았을 것이다. 그는 귀빈들이 도착했는데도 그 자리에서 물러날 생각을 하지 않고 있었다. 고위 성직자들과 사절단이 귀빈석에 그야말로 플랑드르의 청어처럼 빽빽하게 들어찼음에도 그는 여전히 처마 끝에 책상다리를 하고 태연스레 앉아 있었다. 참으로 말도 안 되는 일이었으나 사람들은 모두 다른 것에 정신이 팔려 있어서 처음에는 아무도 그것을 눈치채지 못하고 있었다. 거지조차도 거기서 무슨 일이 일어나는지 전혀 깨닫지 못한 채 나폴리 사람처럼 태평스레 머리를 흔들면서 시끄러운 혼란 속으로 가끔 입버릇처럼 "한 푼만 적선합쇼, 예?"를 되풀이하고 있었다. 그러고 보니 오직 그자만이 코프놀과 안내인의 충돌에도 눈을 돌리지 않은 유일한 사람이었을 것이다.

그런데 방금 전 군중들의 열렬한 호감을 불러일으켰던 강 시의 옷장수가 그 거지가 앉은 바로 윗자리, 즉 귀빈석의 첫줄에 앉게 되었다. 그때 사람들이 깜짝 놀랄 일이 벌어졌다. 이 플랑드르 사절이 눈앞의 거지를 발견하고는 잠시 살펴보는 듯하더니 이내 그의 어깨를 다정하게 치며 알은체를 한 것이다. 뒤돌아본 거지는 처음에는 깜짝 놀랐으나 곧 누구인지 알아본 듯 서로의 얼굴이 환해졌다. 그들은 마침내 반가운 듯 손을 맞잡고 작은 소리로 이야기를 나누었다. 거지 클로팽 트루이유푸의 누더기는 귀빈석의 금빛 장막 위로 늘어져 있었는데 꼭 오렌지 위에 털벌레가 앉은 것처럼 보였다.

이처럼 갑작스레 펼쳐진 신기하고 엉뚱한 광경에 사람들이 모두 미칠 듯이 흥에 겨워 떠들어대자 추기경도 곧 눈치를 채게 되었다. 그는 몸을 조금 굽혀서 그쪽을 바라보았으나 거지의 누더기밖에는 보이지 않았다. 그래서 거지가 동냥질을 한다고 생각한 그는 화가 나서 외쳤다.

"대법관님, 저놈을 강물에 던져버리시오!"

"말도 안 됩니다, 추기경 각하! 이 사람은 제 친굽니다!"

코프놀이 클로팽의 손을 잡은 채 추기경에게 말했다.

"얼씨구!"

군중들이 외쳤다. 그때부터 코프놀 나리는 강 시에서와 마찬가지로 파리에서도 필리프 드 코뮌의 말처럼 '민중에게 큰 신임'을 얻게 되었다.

또다시 소동이 시작될 듯하자 추기경은 입술을 깨물었다. 그리고 옆에 있는 생 주부베브 수도원장에게 몸을 굽혀 귀에 대고 속삭였다.

"오스트리아 대공 전하께서는 공주의 혼례를 결정하는 자리에 이상한 사절단을 보내셨구려."

"그러니 저 플랑드르의 돼지들에게는 예의를 지키면 그만큼 손해지요. '돼지 목에 진주'라는 말도 있으니까요."

수도원장이 대답했다.

"그보다, 돼지들이 마르그리트 공주의 함진아비로 왔다고 할 수 있겠구려."

추기경이 빙그레 웃으며 말하자 주위에 있던 성직자들이 몹시 즐거워했다. 그제야 추기경은 조금 마음이 놓이는 느낌을 받았다. 이로써 코프놀에게 이긴 것도 진 것도 아닌 것이다. 자신의 야유도 먹혔으니 말이다.

오늘날 식으로 말하자면 이미지나 개념을 개괄하는 능력을 지닌 독자들에게 잠깐 묻고 싶다. 독자들의 주의를 끌고 있는 이 순간, 커다란 평행사변형의 재판소 강당이 보여주는 광경을 제대로 상상하고 있는가 하는 점이다. 강당의 중안(重案)에는 서쪽 벽에 기대어 금실 수를 놓은 비단을 덮어 크고 화려하게 꾸며놓은 강단이 있어서 그곳에서 안내인이 이름을 부르면 높으신 분들이 차례로 아치형 문을 통과해 줄지어 들어온다. 맨 앞줄의 좌석들에는 흰 담비 털이나 벨벳, 붉은 나사의 모자를 쓴 분들이 앉아 있다. 강단 주위에는 아래와 정면 어느 곳을 막론하고 사람들로 꽉꽉 들어차 있어서 잠시도 쉬지 않고 떠들어댄다. 강단 위의 인물들 하나하나에 수많은 시선들이 쏠리고 이름이 불릴 때마다 어김없는 속삭임이 일어난다. 구경거리는 확실히 볼 만했고 구경꾼들의 주위를 충분히 끌 만했다. 그런데 저 아래 맨 끝 쪽에 있는 무대는 무엇일까? 그 위에는 얼굴에 분장을 하고 갖가지 의상을 차려입은 꼭두각시 네 개가 놓여 있는데? 또 무대 옆, 저 검은 누더기의 사내는 누구일까? 아, 이럴 수가! 그것은 바로 피에르 그랭구아르와 그의 서시를 낭독하던 무대였던 것이다!

우리는 어느 결엔가 그의 일은 까맣게 잊고 있었던 것이다.

이것이야말로 그랭구아르가 가장 두려워하던 일이었다!

추기경이 등장할 때부터 그랭구아르는 서시를 끝까지 무사히 마칠 수 있게 하려고 무척 애를 썼다. 갑작스런 상황에 놀라 입을 다문 채 멍하니 서 있는 배우들에게 멈추지 말고 좀 더 큰 소리로 계속하라고 명령했다. 그러나

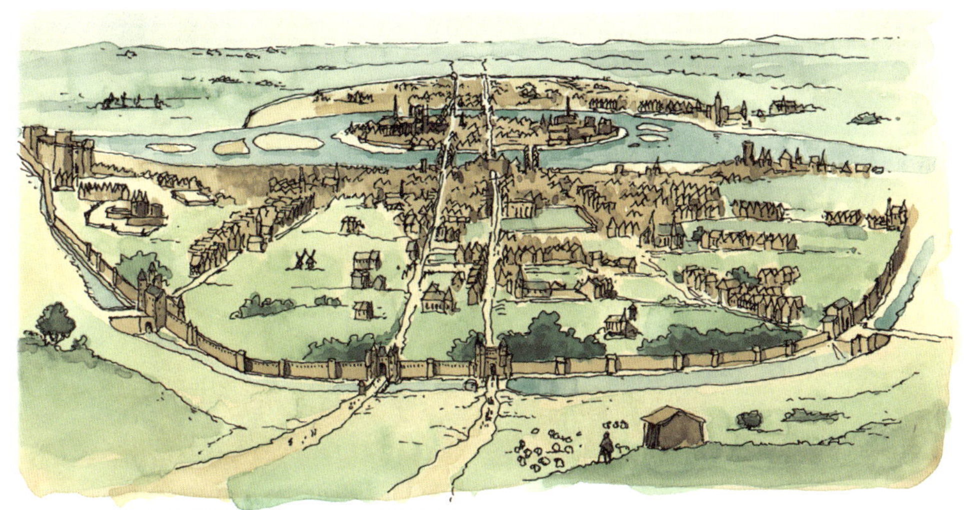

남향으로 바라본 파리 풍경

성곽 안쪽으로는 아직 도시가 완전히 건립되지 못한 상태이다.
방대한 공간의 농지가 그대로 있으며, 대부분이 성직자의 사유지이다.

16개 행정구로 이루어진 성내

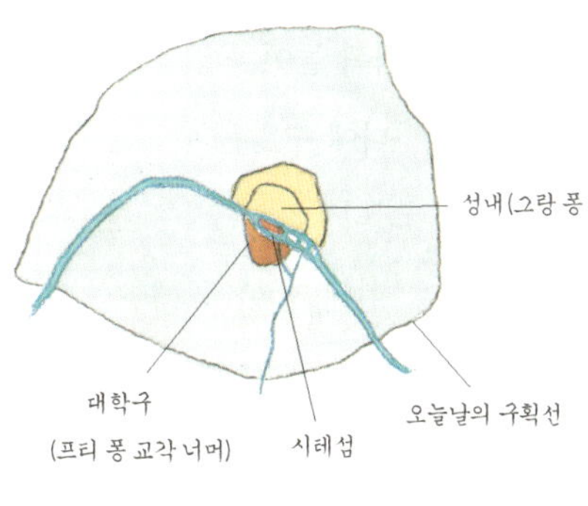

처음에는 시테 섬 안에 한정되어 있던 도시가
노르만 족의 침공 이후 강을 넘어 확장하게 된다.
필리프 오귀스트가 확정한 성내 규모는
센 강 우안 2800미터, 좌안 2600미터까지이다.
1337년, 도시는 479헥타르에 대략 7만 명의
인구를 포괄하는 규모였다.

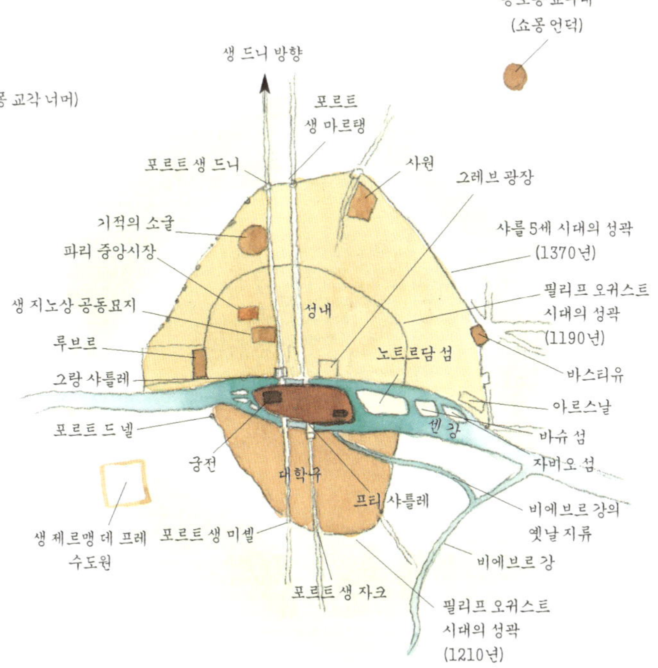

요새화 된 도시, 파리

넬 망루   센 강 좌안에 버티고 서 있는 넬 망루는 센 강의 우안에 위치한 루브르 망루와 서로 짝을 이루는 건축물이었다.
밤에는 강을 통한 적의 침입을 저지하기 위해 거대한 쇠사슬을 그 양 건축물에 연결하는 방식으로 센 강을
가로질러 설치되었다.

루브르   원래 루브르 궁은 요새의 망루였다가 샤를 5세가 그곳에 973권의 장서를 비치한 도서관을 건립하면서부터 궁으로
변화된 것이다(건축가는 레이몽 뒤 탕플). 루브르는 그 후 루이 11세 치하에서 감옥으로 사용되다가, 프랑수아 1세 때
망루들이 모두 철거되고 오늘날과 같은 모습으로 바뀌기 시작한 것이다.

이내, 아무도 그들의 공연에 귀 기울이지 않음을 깨닫고는 중지시킬 수밖에 없었다. 연극이 중단되고 십오 분 정도가 하릴없이 흐르는 동안 그는 발을 동동 구르고 이리저리 왔다 갔다 하면서 주변의 관객들을 서시에 귀 기울이게 하려고 노력했다. 그러나 어떤 수고도 허사였다. 강당 안의 모든 사람들은 오로지 단상 위의 추기경과 사절단만을 바라볼 뿐이었다.

또한 유감스러운 말을 덧붙이자면, 추기경의 등장으로 분위기가 전환되던 순간 때마침 서시도 어느 정도 관객들에게 거북하게 느껴지기 시작했다는 사실이다. 요컨대, 단상 위에서도 대리석 무대 위에서와 마찬가지로 똑같은 구경거리가 펼쳐졌던 것이다. 즉, 농부와 성직자와 귀족과 상인의 갈등이 연출되고 있었던 것이다. 그러므로 관객들로서는 그랭구아르의 연출 아래 무대 위에서 요란한 분장을 하고 노랗고 하얀 옷자락들을 펄럭이며 시를 읊조리고 인형처럼 서 있는 광경을 보느니, 실제로 플랑드르의 사절단과 추기경 일행들의 생생한 호흡과 피부가 서로 맞닿는 장면이 훨씬 더 재미있고 볼 만한 것이었다.

그리고 어느덧 장내 소음이 잦아들기 시작하자 시인 그랭구아르는 재빨리 사태를 수습할 묘안을 생각해냈다.

그는 참을성 있어 보이는 얼굴을 한 옆의 뚱뚱한 사나이를 향해 물음을 던졌다.

"저…… 이제 다시 시작해도 되겠지요?"

"뭘요?"

그 사나이가 되물었다.

"성사극 말입니다, 본의 아니게 중단되었지만……."

그랭구아르가 대답했다.

"좋을 대로 하시죠."

그의 대답에 적어도 반은 찬성한 것이라고 생각한 그랭구아르는 사람들 속으로 비집고 들어가면서 무대를 향해 소리쳤다.

"성사극을 시작하시오! 얼른 다시 시작해!"

"이런 젠장! 저 구석에서 뭐라고 지껄이는 거야? (그랭구아르가 떠들어대고 있었다.) 여보게 친구들! 연극이 끝난 게 아니었나? 뭘 또 시작하라는 거야?"

요아네스 데 몰렌디노가 말했다.

"말도 안 되지! 연극 따위는 집어치워라!"

학생들이 일제히 외쳤다.

그러나 그랭구아르는 혼자서 여러 사람인 듯 더욱 크게 소리쳤다.

"계속해! 연극을 계속하시오!"

이들의 소동은 금세 추기경의 주의를 끌게 되었다.

추기경은 근처의 검은 옷을 입은 사나이에게 물었다.

"대법관님! 저 녀석들은 귀신이라도 씌었습니까? 왜 저렇게 떠들어대는 겁니까?"

대법관은 매우 상황 대처가 빠른 사람이었다. 사법계의 박쥐라고 해도 과언이 아닐 것이다. 어느 때는 쥐가 되기도 하고 또 어느 경우에는 새가 되며, 재판관이면서 경비원이기도 했다.

추기경에게 다가간 그는 이 사람이 불만을 터뜨리지나 않을까 두려워하면서 관객들의 소란에 대해 더듬더듬 설명했다. 즉, 추기경 각하의 도착이 늦어지자 기다리던 관객들이 보채는 바람에 하는 수없이 연극을 미리 시작해 버렸다고 사정을 이야기한 것이다.

사정 설명을 들은 추기경은 웃음을 터뜨렸다.

"그런 상황이라면 대학 총장도 그렇게 하지 않겠소? 안 그렇습니까, 기욤 랭 선생!"

"각하, 연극 절반을 못 본 것을 다행이라고 생각하시지요. 그만큼 시간을 벌었으니까요."

기욤 랭이 대답했다.

"그럼 연극을 계속하라고 할까요?"

대법관이 물었다.

"계속하라고 하세요. 난 아무래도 상관없습니다. 연극을 하는 동안 성교공과(聖教公課)나 읽겠소."

추기경이 대답하자 대법관은 귀빈석의 가장자리로 나아가 손을 흔들어 관객들을 조용히 시켰다.

"시민 여러분! 연극을 계속 보고 싶어 하는 사람과 그만 끝내기를 바라는 사람들을 모두 만족시키기 위해 추기경 각하께서 연극을 계속하라고 명하셨습니다!"

이제는 명령대로 연극이 계속되어야만 했다. 그러나 그로 인해 작가도 관객들도 모두 오랫동안 추기경에게 원망을 품게 되었다.

곧바로 무대 위의 배우들은 다시 주어진 대사를 시작했다. 그러자 그랭구아르는 작품의 나머지 부분만이라도 무사히 끝마칠 수 있기를 기대했다. 그러나 그런 희망도 물거품이 되고 말았다.

연극이 시작되자, 관객들의 소동은 줄어들고 잠잠해지기 시작했다. 그러나 그랭구아르가 간과한 것이 있었으니, 그것은 추기경이 연극을 다시 시작하라고 할 때 귀빈석에 빈자리가 아직 많았다는 사실이었다. 그리고 미처 입장하지 못한 플랑드르 사절단의 일행들이 한 사람씩 계속 들어오고 있었던 것이다. 안내인은 그들 한 사람 한 사람의 이름과 직함을 큰 소리로 외치고 있었다. 그 고함 소리가 배우들의 대사 사이사이에 던져져 극의 진행을 망치고 있었던 것이다. 안내인의 우렁찬 목소리가 운과 운 사이에, 때로는 구절과 구절 사이에 삽입구를 던지는 것과 같은 다음 상황을 상상해보라.

"종교재판소 검사 자크 샤르몰뤼 님!"

"파리 시 야경 기마대장 장 드 아르레 님!"

"기사 부류자크 영주, 근위 포병대장 가료 드 주노와라크 각하!"

"프랑스 샹파뉴 부리양 주 왕실 하천, 왕실림 감찰관 도루 라규에 님!"

"기사 국왕 고문관 겸 시종, 프랑스 해군 대장, 방센 임무관, 루이 드 그라비르 각하!"

등등…….

이런 상태로는 더 이상 연극이 계속될 수 없었다. 그러니 그랭구아르는 점점 화가 치밀었다. 이제부터 연극이 재미있어지므로 관객들이 잘 들어주어야 하는데, 괴상망측한 반주가 끼어드는 바람에 완전히 망칠 수도 있었기 때문이다.

배우 네 명이 어찌할 바를 몰라 당황하고 있을 때, 베누스[72] 여신이 파리 시의 선형문장이 아로새겨진 복장을 갖추고 나타나 이 세상 최고의 미녀에게 주어지는 돌고래를 자신이 차지하겠다고 말했다. 그러는 동안 유피테르는 분장실 앞에서 천둥소리로 베누스를 응원하고 있었다. 이윽고 여신의 승리가 눈앞에 이를 즈음, 다시 말해 돌고래 도련님과 결혼하려는 순간, 손에 진주 한 알을 든 흰옷 차림의 소녀—플랑드르의 마르그리트 공주의 화신—가 나타나 베누스와 겨루기 시작했다. 이 부분이야말로 연극의 절정이며 대단원인 셈! 베누스 여신과 마르그리트 공주는 서로 옥신각신하던 끝에, 결국 문제를 성모 마리아의 정의로운 심판에 맡기자고 합의하기에 이르렀다. 그 외, 이 연극에서 아름다운 또 하나의 역할은 메소포타미아 왕 돈 페드로였다. 그러나 몇 번이나 연극이 중단되었다 이어지는 동안 그것이 무슨 의미가 있는지 제대로 이해하기가 어려울 정도였다. 그동안 배우들은 사다리를 통해 오르내리고 있었다.

그러나 연극은 이제 끝난 것이나 다름없었다. 관객들은 그러한 아름다움을 제대로 느끼지도 이해하지도 못했다. 추기경이 들어선 순간 수많은 사람들의 시선은 보이지 않는 마법의 실 한 가닥에 의해 대리석 무대에서 귀빈석 쪽으로, 귀빈석의 남쪽에서 서쪽으로 끌어당겨진 것만 같았다. 어떤 방법으로도 관객들에게 걸린 그러한 마법을 풀 수는 없었다. 수백 개의 눈동자는 일시에 귀빈석에 못 박혀버렸으며 차례로 등장하는 높으신 분들과 그들의 저주스러운 이름들이며 얼굴 생김새며 옷차림 따위에 마음을 완전히 빼앗겨버린 것이다. 그야말로 한탄스러운 일이었다. 그랭구아르가 소매를 잡아당겨야만 가끔 돌아다보는 지스케트와 리에나르드 외에, 옆자리에 참을성 있는 얼굴의 뚱뚱보 말고는 아무도 더 이상 연극 무대를 쳐다보지 않았다. 이제 그랭구아르의 눈에는 사람들의 옆모습밖에는 보이지 않았다.

자신의 영광과 시정이 넘치는 연극이 하나하나 허물어져가는 것을 보며 그의 마음은 얼마나 고통스러웠을까! 더군다나 이 관객들은 연극이 시작되는 것을 기다리지 못하고 대법관에게 맞서 반란을 일으키려 하지 않았던가! 그러나 막상 시작되자 사람들은 전혀 관심을 보이지 않는 것이다. 우레와 같은 박수갈채 속에 막이 올랐던 바로 그 연극이! 순식간에 오르내리는 인기는 예나 지금이나 마찬가지이다! 바로 직전에는, 재판소 경관들의 목을 매달겠다고까지 술렁이지 않았던가 말이다. 한 번만 더 그처럼 감격적인 순간으로 돌아갈 수만 있다면 그랭구아르는 무엇이라도 할 것 같았다.

어느새 안내인의 외침 소리는 끝이 났다. 입장할 손님들이 모두 들어오자, 그제야말로 그랭구아르는 긴 한숨을 내쉬었다. 연극은 꿋꿋하게 이어지고 있었다. 그런데 바로 그때 옷장수 코프놀 영감이 자리에서 벌떡 일어나서는 사람들의 시선이 모인 가운데 상스러운 연설을 늘어놓기 시작하는 것이 아닌가!

"파리의 신사 숙녀 여러분! 우리가 지금 여기서 무엇을 하고 있는 겁니까? 저 구석 무대 위에서는 사람들이 서로 치고받고 싸움이라도 벌일 것 같은데, 그게 바로 성사극인지 뭔지 모르겠소만, 아무 재미도 없소이다. 주먹질은 안 하고 서로 입씨름만 하니 그 이상은 볼 게 없구려. 언제 누가 먼저 한 방 먹이려나 하고 벌써 십오 분째 기다리고 있는데 아무 일도 일어나지 않는구려. 험담이나 욕설만 주고받는 것은 비겁한 자들이나 하는 짓이오. 런던이나 노트르담에서 싸움꾼이라도 불러왔더라면 좋았을 텐데! 그랬더라면 주먹질 소리를 광장 너머에서도 들을 수 있을 거요. 한데 저치들은 아주 밥맛이오! 하다못해 무어식 춤이나 어릿광대짓이라도 보여주면 좋겠구먼 말이야. 저런 덜 떨어진 짓거리를 한다는 얘기는 못 들었는데? 난 광인축제에서 교황을 선출한다고 들었소이다. 우리 강 시에서도 광인축제에 교황을 선출하는데, 축제라면 우리도 뒤지지 않거든! 이런 제기랄! 천만에 뒤지지 않고 말고! 우리는 그걸 이렇게 하지. 지금 여기서처럼 사람들이 모이긴 하지. 그다음, 한 사람씩 차례로 구멍 밖으로 머리를 내놓고 남들에게 인상을 찌푸려 보이는 거요. 가장 추악한 낯짝을 만들수록 박수를 받고 교황으로 뽑히는 거외다. 어떻소? 여러분, 이 자리에서 우리 식으로 한번 교황을 뽑아볼 생각들 없으시오? 저런 말장난 소리나 듣고 앉아 있는 것보다는 훨씬 재미있을 거요! 여기에는 충분히 요상 망측한 얼굴들이 많이 있으니 플랑드르식으로 웃기에도 부족함이 없어 보이고 말이오!"

그랭구아르는 뭐라고 대꾸해주고 싶었다. 그러나 너무나 의외의 일인데다가 몹시 흥분한 나머지 아무 말도 할 수 없었다. 더욱이 신사 숙녀 여러분이라는 깍듯한 칭호에 사람들은 기분이 매우 들뜬 상태였으므로 그 상황에서 어떠한 반발이나 저항도 용납될 수 없을 것 같았다. 그랭구아르는 디망테스가 묘사한 아가멤논처럼 얼굴을 가릴 외투가 없었기에 두 손으로 얼굴을 감출 수밖에 없었다.

chapter 5
카지모도

코프놀의 이야기가 끝나기 무섭게 그의 아이디어를 실행할 준비가 갖추어 졌다. 시민과 학생들, 법률가들도 거들었다. 얼굴 찌푸리기의 무대는 대리석 무대 맞은편에 있는 작은 예배당으로 정해졌다. 예배당 문 위쪽의 둥글고 아름다운 유리창을 깨트려 구멍을 만들었다. 그 구멍으로 얼굴을 내미는 것이다. 누군가 어디서 술통 두 개를 가져다가 쌓아놓았는데, 밟고 올라서면 구멍으로 얼굴을 내밀기에 알맞았다. 남녀 후보자들은—여자도 교황으로 뽑힐 수 있었다—찌푸린 얼굴을 실감나게 보여주기 위해 무대에 오르기 전까지 모두 예배당 안에 숨어 있기로 했다. 작은 예배당은 경쟁자들로 가득 차버렸다.

아이디어를 낸 코프놀은 자기 자리에서 펼쳐질 장면들에 대해 지시하거나 계획을 조정하고 있었다. 이처럼 장내가 소란스러워지자 추기경도 그랭구아르만큼 당황하였다. 그리하여 남은 업무를 처리하고 저녁미사를 봉헌해야 한다는 핑계로 수행원들을 이끌고 서둘러 퇴장하고 말았다. 처음에 추기경이 등장할 때는 그렇게 떠들썩하던 관객들은 막상 그가 떠날 때에는 전혀 신경을 쓰지 않았다. 추기경이 중간에 도망치듯 빠져나가는 것을 눈여겨본 사람은 오직 기욤 랭뿐이었다. 관객들의 시선은 태양의 움직임처럼 제 운행을 계속할 뿐이었다. 귀빈석 한쪽 구석에서 출발하여 잠시 중앙에 머물렀다가 이제는 그 반대쪽 끝으로 가 있었다. 대리석 무대나 금실이 수놓인 비단으로 둘러쳐진 귀빈석은 이미 뒷전이 되었으며, 이제는 루이 11세의 예배당에 시선과 관심이 집중될 차례였다. 바야흐로 바보스런 난장판이 벌어질 순간이 다가왔다. 이제 남아 있는 사람들이라고는 플랑드르인들과 파리의 서민들뿐이었다.

드디어 얼굴 찌푸리기 대회가 시작되었다. 제일 먼저 둥근 구멍으로 나타난 것은 눈꺼풀을 까뒤집고 먹이를 노리는 짐승처럼 아가리를 떡 벌리고는 제정시대 경기병의 승마용 장화처럼 쭈글쭈글한 주름살이 가득한 얼굴이었다. 그것을 본 사람들은 폭소를 터뜨리지 않을 수 없었는데, 호메로스가 그 자리에 있었더라면 그 많은 사람들을 전부 신들인 줄 알았을 것이다. 그러나 그곳은 결코 올림포스 산이 아니었으며, 그랭구아르의 가엾은 유피테르가 그러한 사실을 가장 잘 알고 있었다. 두 번째, 세 번째······. 찌푸린 얼굴들은 계속 이어졌다. 그럴 때마다 웃음소리와 발을 구르며 떠들어대는 소리들은 점점 더 요란스러워졌다. 그런 광경에는 알게 모르게 사람들을 끌어들이는 무언가가 있었다. 그러나 그러한 느낌을 여러분에게 설명하고 이해시킨다는 것은 어려운 일이다. 세모꼴, 사다리꼴, 원추형에서 다면체에 이르기까지 온갖 기하학적 형태를 가진 수많은 얼굴들을 상상해보라. 화가 난 얼굴에서부터 색기가 흐르는 얼굴까지 인간의 온갖 표정들, 갓난아기의 주름살에서 죽어가는 노파의 추한 주름살에 이르기까지 모든 연령대를, 목신 판에서 악마 베엘제불까지의 모든 종교적 환상들, 땅짐승의 주둥이에서 날짐승의 부리에 이르기까지, 이마에서 콧등에 이르기까지 갖가지 얼굴들이 차례로 여러분의 눈앞에 나타나 두 눈을 부릅뜨고 마주 바라보는 장면을 상상해보길.

시간이 흐를수록 이 난리법석은 플랑드르 풍속을 닮아가고 있었다. 테니에[73]로서도 이러한 광경을 더 이상 제대로 묘사하지는 못할 것이다. 살바토르 로사의 전쟁화가 그대로 박카스 축제로 변형되었다고 상상해보라. 이젠 더이상 학생이니 사절단이니 하는 구분도 남자니 여자니 하는 구별도 필요 없었다. 클로팽 트루이유푸나 질 르코르뉘, 마리 카트르리브르나 로뱅 푸스팽도 없었다. 모든 것이 한데 뒤섞여 휩쓸려 들어가고 있었다. 그곳은 이제

능청스러움과 쾌활함의 거대한 도가니로 변하여 저마다 입으로는 고함을
질러대며, 눈들은 광기로 번들거리고, 얼굴이란 얼굴들은 모두 찌푸린 상으
로 온통 해괴한 모습들을 하고 있었다. 서로에게 질세라 고함을 지르고 아
우성이었다. 둥근 구멍으로 내미는 괴상망측한 얼굴들이 이 가는 소리를 낼
때마다 관중들의 열기는, 숯불 위에 짚단을 던져 넣은 것처럼 확확 타올랐
다. 그러한 군중들의 쩌렁쩌렁한 울림은, 날벌레가 떼 지어 날아다닐 때 들
려오는 소음처럼, 마치 도가니 뚜껑을 열 때 치솟는 뜨거운 증기처럼 솟아
오르고 있었다.

"으악, 끔찍해!"

"저 낯짝을 좀 보라고!"

"저건 아니야!"

"어디 더 나은 놈은 없나?"

"기유메트 모주르퓌, 저 황소 대가리 좀 봐! 뿔만 있으면 금상첨화겠다.
저건 네 남편이 아니냐?"

"또 다른 놈이다!"

"이런 젠장! 뭐 저런 상판대기가 다 있냐?"

"야, 속임수는 쓰지 마! 얼굴만 내놓으란 말이야!"

"페레트 칼보트잖아! 계집애가 저럴 수가 있냐?"

"멋지다! 멋져."

"숨이 막힌다!"

"저건 머리통이 너무 커서 귀가 빠져나오질 않는구먼!" 등등…….

우리의 친구 장이 훌륭하다는 점도 인정해주어야 한다. 그런 북새통 속에
서도 여전히 중간 돛에 매달린 꼬마 뱃사람처럼 기둥 꼭대기에 악착같이 매
달려 있으니 말이다. 게다가 나름대로 기를 쓰면서 고래고래 고함을 지르고
있었다. 하지만 그 소리가 사람들에게까지 미치지는 못했다. 그것은 관중들

이 시끄러워서가 아니라, 그의 고함 소리가 가청범위의 한계점인 소뵈르[74]
의 12000회 진동수 또는 비오[75]의 8000회 진동수에 달했기 때문일 것이다.

그런가 하면 처음에 낙심했던 그랭구아르는 곧바로 다시 안정을 되찾았
다. 그리고 앞으로 펼쳐질 난관만은 반드시 헤쳐 나가겠노라 다짐하면서,
온 힘을 다해 배우들에게 "계속하시오!"라고 세 번째 외쳤다. 사실 그는 대
리석 무대 앞을 이리저리 걸어 다니며 자기도 둥근 창문 밖으로 장난삼아
찌푸린 얼굴을 한번 쓱 내밀어볼까 하는 엉뚱한 생각을 굴리고 있었다. 그
렇게 하는 것이 단지 무례한 사람들의 즐거움만 더해주는 일이 될는지는 모
르지만, 자신의 치미는 부아를 조금이나마 달랠 수만 있다면 상관없었다.
하지만 그런 생각도 잠시, 곧 정신을 가다듬고 되뇌었다.

"아니지, 그런 짓은 차마 못 할 짓이다. 내 품위를 잃어가면서까지 복수하
지는 말자. 끝까지 최선을 다해 싸울 뿐이다. 시가 민중에게 끼치는 영향력
은 큰 것이다. 저들이 다시 돌아오게 만들 것이다. 찌푸린 얼굴이 이기느냐
예술이 이기느냐, 누가 이기는지 어디 두고 보자!"

그럼에도, 그 연극의 관객이라고는 바로 자신 외에는 아무도 없었다.

상황은 좀 더 나빠져가고 있었다. 그에게는 이제 광적으로 흥분한 사람들
의 뒷모습밖에 보이지 않았다.

아니, 꼭 그렇지만은 않았다. 앞서 연극이 중단될 뻔한 위태로운 순간에
그랭구아르에게 용기를 주었던, 참을성 있는 뚱뚱보는 아직도 무대 쪽을 향
하고 있었기 때문이다. 반면 지스케트와 리에나르드는 이미 오래전에 사라
지고 보이지 않았다.

그랭구아르는 그 유일한 관객에게 진심으로 감동을 느꼈다. 그는 곧 그의
곁으로 다가가 가볍게 팔을 건드리며 말을 걸었다. 참을성 있는 뚱뚱보는
난간에 기대어 졸고 있었던 것이다.

"저…… 실례합니다, 감사의 말씀을 드리고 싶습니다."

그랭구아르가 말했다.

"왜요? 무슨 일입니까?"

뚱뚱보는 하품을 하며 물었다.

"선생께서 답답해하시는 이유를 잘 압니다. 이렇게 시끄러우니 아무것도 제대로 안 들리시죠. 하지만 안심하십시오. 당신 이름은 후세에까지 전해질 테니까요. 실례지만 성함이……?"

"르노 샤토라고 하오, 파리 샤틀레 재판소 직인 보관계 소속이오."

"여기서 당신만이 여신들의 유일한 대표자입니다."

그랭구아르가 말했다.

"지나치게 친절하십니다."

르노 샤토가 대답했다.

"오직 선생 한 분만이 이 연극을 제대로 봐주셨습니다. 이것을 어떻게 생각하십니까?"

"아……. 좋아요, 아주 좋은 연극이라고 생각합니다!"

그랭구아르의 물음에 뚱뚱보는 잠에서 덜 깬 얼굴로 대답했다.

그러나 그랭구아르는 그 정도 칭찬으로 만족해야 했다. 왜냐하면, 엄청난 박수갈채와 터져 나갈 듯한 함성 소리가 그들의 대화를 끊어버렸기 때문이다. 마침내 광인교황이 뽑힌 것이다.

"만세! 만세!"

사방에서 사람들이 소리쳐댔다.

때마침 둥근 구멍 밖으로 나타난 것은 그야말로 기막히게 찌푸린 얼굴이었다. 그전까지 수많은 형태의 괴이할 정도로 찌푸린 표정들이 나타났다 사라졌지만, 이처럼 사람들의 막연한 기대에 꼭 들어맞을 만큼 숭고하고도 기괴한 얼굴은 없었던 것이다. 코프놀 영감까지도 박수갈채를 보내고 경쟁에 참가했던 클로팽 트루이유푸도—그가 얼마나 추악한 얼굴 표정을 만들 수 있는지는 하느님만이 아신다—패배를 인정할 수밖에 없었다. 이처럼 구경꾼들의 표를 한 번에 싹쓸이해버린 그의 모습을 묘사하자면 이렇다.

사각형 모양의 뭉툭한 코, 말발굽 모양의 입, 텁수룩한 붉은 눈썹에 가려진 조그만 왼쪽 눈과 커다란 무사마귀로 덮여 완전히 사라져버린 오른쪽 눈, 요새의 총안(銃眼)처럼 들쭉날쭉 고르지 못한 치아, 그중에서 코끼리 어금니처럼 삐딱하게 튀어나온 이빨 하나, 그 모든 것을 뛰어넘는 고약한 얼굴에 서려 있는 경기와 비탄이 뒤얽힌 듯한 표정…… 아무리 해도 눈앞에서 그 얼굴의 인상이 보이는 듯이 전달하기에는 한계가 따른다. 원한다면 여러분의 충분한 상상력을 더하길 바란다.

모든 사람들이 함성을 질렀으며 장내가 떠나갈 듯한 박수 소리가 이어졌다. 모두들 예배당으로 몰려들어 광인교황을 끌어내었다. 그 순간 사람들의 놀라움과 감탄은 절정에 달했다. 세상에 다시없을 듯한 괴이한 표정의 그 얼굴은 연출된 것이 아니라 생긴 그대로의 것이었기 때문이다!

그보다는 오히려 그의 몸 전체가 찌푸린 것 같은 모습이었다. 커다란 머리에는 붉은 머리털이 곤두서 있으며, 두 어깨 사이에 달려 있는 커다란 혹이 앞가슴 쪽에도 똑같이 튀어나와 있었다. 또한 이상하게 뒤틀려서 무릎이 있는 곳에서만 양쪽이 맞닿는 넓적다리와 정강이하며 발도 커다랗고 손은 괴물 같았다. 그러한 모든 기형적인 몸집에 어울리지 않게 걸음걸이는 무엇인지 알 수 없는 힘으로 세고 날쌔며 씩씩해 보였다. 힘도 아름다움과 마찬가지로 조화에서 나온다는 불멸의 법칙에서 어긋나는 기이한 예외였다. 사람들이 광인교황으로 뽑은 것은 바로 이런 생김새의 사나이였던 것이다.

그야말로, 온몸이 산산조각 난 거인을 아무렇게나 끼워 맞춘 듯한 모습이었다.

키는 몽땅한데 어깨 넓이가 키만큼이나 하고 어느 위인의 말마따나 '밑바닥부터 떡 벌어진' 일종의 외눈박이 거인이 은색 종루 무늬가 새겨진 붉은

색과 자주색이 혼합된 외투를 걸친 채 예배당 문 앞에 나타났을 때, 군중들은 그 완전무결할 정도로 추한 모습만으로 그를 금방 알아보고는 입을 모아 외쳤다.

"종지기 카지모도다! 노트르담의 꼽추다! 애꾸눈 카지모도! 안짱다리 카지모도 만세!"

보시다시피 이 불쌍한 인물에게는 수많은 별명이 있음을 알 수 있다.

"임신한 여자들은 조심하라고!"

학생들이 외쳤다.

"임신하고 싶은 여자들도 조심해야지!"

장이 외쳤다.

그 소리에 여자들은 정말로 얼굴을 가렸다.

"아이고! 저런 흉물은 또 보다 첨 보네!"

"못생긴 것만큼 심술도 고약하다지!"

"저건 악마야, 악마!"

"우리 집이 노트르담 성당 바로 옆인데, 저 괴물이 밤새도록 빗물받이 석루조들 사이를 이리저리 얼쩡거리는 소리가 다 들린다니까!"

"고양이들을 거느리고 다니지 아마?"

"하여튼 저 인간은 항상 우리 지붕 위를 돌아다니는 격이라니까."

"굴뚝으로 우리한테 주문을 거는 거야!"

"얼마 전 저녁에는 우리 집 천장에 들러붙어서 나한테 낯짝을 찌푸려 보였어. 얼마나 기겁을 했다고!"

"틀림없이 악마들이 모이는 심야 잔치에도 갈 거야. 언젠가 우리 집 하수반(下水盤)에 빗자루를 놓고 갔더라니까!"

"어머나, 정말이지 역겨운 곱사등이 아닌가 말이야!"

"에구 끔찍해라!"

"쯧쯧!"

여자들과 달리 남자들은 무척 기쁜 듯 박수갈채를 보내고 있었다.

이러한 야단법석의 주인공인 카지모도는 여전히 어둡고 무표정한 얼굴로 사람들의 감탄의 표적이 되어 가만히 서 있었다.

학생 하나가—로뱅 푸스팽이라고 생각되는—그의 코앞까지 다가가 얼굴을 들이대고 큰 소리로 웃어젖혔다. 그러자 카지모도는 그의 허리띠를 잡아 올리더니 앞쪽의 군중들 속으로 내동댕이쳐버리는 것이었다.

코프놀 영감도 무척 감격스러운 듯 그 곁으로 다가갔다.

"이런 젠장! 너같이 못생긴 놈은 태어나서 처음 본다! 그만하면 로마에 가더라도 충분히 교황이 되겠는걸?"

그렇게 말하면서 코프놀은 즐거운 듯 카지모도의 어깨에 손을 얹었다. 카지모도는 그대로 있었다. 코프놀은 이야기를 계속했다.

"어떠냐? 너하고 식사 한번 하고 싶구나! 돈이야 얼마가 들더라도 상관없지. 네 생각은 어떠냐?"

카지모도는 잠자코 있었다.

"이런 망할! 귓구멍이 막혔느냐?"

옷장수 코프놀이 소리를 질렀다.

실제로 그는 귀머거리였다.

그러는 동안 카지모도는 코프놀의 짓거리에 슬슬 짜증이 나기 시작했는지 이를 갈면서 느닷없이 그를 향해 홱 돌아섰다. 그 모습이 너무나 험악했기에 그 플랑드르의 거인도 불도그 앞의 고양이처럼 주춤주춤 뒷걸음칠 수밖에 없었다.

카지모도의 주변으로는 정확히 열다섯 걸음만큼 떨어진 둘레로 군중들의 공포와 존경의 원이 생겨났다. 한 노파가 코프놀 영감에게 카지모도가 귀머거리임을 알려주었다.

"귀머거리라고? 정말 기막힌 조화야! 완벽한 교황감이야!"

코프놀 영감은 플랑드르식 너털웃음을 터뜨리며 말했다.

"이제 알겠다! 그러고 보니 이놈은 우리 형님이 계시는 성당의 종지기였어! 카지모도, 잘 있었어?"

카지모도를 더 가까이에서 보려고 기둥머리에서 내려온 장이 외쳤다.

"이건 괴물이야, 사람이야? 서 있는 꼴은 꼽춘데, 걷는 꼴은 안짱다리에다가 눈은 애꾸에다가 말을 시켜보자니 귀머거리 아닌가?"

군중들 속으로 내동댕이쳐졌던 로뱅 푸스팽이 아직도 얼떨떨한 채로 말했다.

"그러게! 그 혓바닥은 무엇에 쓰려나, 폴리페모스[76]?"

"말하고 싶을 때는 말도 합디다. 종을 치느라 귀머거리가 된 거지, 벙어리는 아니오."

노파가 옆에서 설명했다.

"오호라, 그렇구먼."

장이 대꾸하자 로뱅 푸스팽이 덧붙였다.

"그리고 눈 하나는 괜히 붙어 있네, 그려."

"애꾸눈은 장님보다 더 안 좋은 거야. 눈 하나가 모자란 걸 알게 될 테니까 말이야."

장이 그럴듯하게 말했다.

그사이 거지 떼와 하인들과 소매치기들은 모두들 어울려 줄을 지어 법률가들의 사무실로 가서 광인교황에게 줄 마분지 교황관과 시시한 법의를 챙겨 왔다. 카지모도는 눈썹 하나 까딱하지 않고 우쭐한 얼굴로 순순히 그것들을 받아 입었다. 그러고 나서 그들은 울긋불긋하게 장식한 가마 위에 그를 앉혔다. 광인축제단의 임원 열두 명

부유한 복장의 브루주아 시민

이 가마를 어깨에 메었다. 애꾸눈의 카지모도는 자신의 추한 발아래 잘생긴 사나이들의 단정하고 멋진 얼굴들이 나란히 서 있는 것을 보자 그 복잡하고 우울한 얼굴에 경멸이 담긴 기쁜 미소를 활짝 피워 올렸다. 이제 요란스러운 누더기 행렬은 관례에 따라 한길과 네거리로 나서기 전에 재판소 안을 한 바퀴 돌기 시작했다.

chapter 6

에스메랄다

이 모든 소란이 이어지는 동안에도 그랭구아르와 그의 연극은 꿋꿋하게 계속되었다. 배우들은 그의 격려 덕분에 대사 지껄이기를 멈추지 않았으며 그 역시도 귀 기울여 듣기를 중단하지 않았다. 그런 뜻하지 않은 소란도 팔자려니 하고 그는 머지않아 관객들이 다시 연극에 관심을 돌릴 것이라는 희망을 버리지 않고 있었다. 그리하여 기필코 연극을 끝까지 해내기로 마음먹었던 것이다. 그러한 희망은 마침내 카지모도와 코프놀과 광인교황 행렬이 떠들썩하게 밖으로 나가는 순간 되살아났다. 흥분한 군중들은 행렬을 따라 밖으로 몰려 나갔다. 그제야 그는 "됐다! 멍텅구리들은 다 가버려라. 이제 다시 시작이다!" 하고 혼자 중얼거렸다. 그러나 그 멍텅구리들이란 바로 관객들 모두였던 것이다! 눈 깜짝할 사이에 대강당은 텅 비어버렸다.

좀 더 정확히 말하자면, 약간의 구경꾼은 아직 남아 있었다. 여기저기 한둘씩 흩어져 있거나 기둥 아래 모여서 소란스레 떠들고 있었는데 그들은 주로 여자들과 노인들, 그리고 어린아이들이었다. 몇몇 학생들은 창틀에 걸터앉아 광장을 바라보고 있었다.

'좋다! 이 정도 사람만 있어도 연극을 대단원까지 밀고 가는 데는 충분하다. 수는 적으나 우수하고 유식한 관객들이다.'

그랭구아르는 이렇게 생각했다.

한참 후, 성모 마리아의 등장에 맞추어 근사한 연주가 필요했다. 그러나 관현악 연주는 불가능했다. 왜냐하면 광인교황의 행렬에 악대가 끌려가버린 것이다.

"그냥 합시다……."

그랭구아르는 꾹 참으며 말했다.

그는 그의 연극에 대해 이야기를 나누는 듯한 이들에게 다가갔다. 그들은 이런 이야기를 하고 있었다.

"나바르 저택을 알고 있어요?"

"부라크 성당 맞은편에 있는 저택 말이죠?"

"그런데 그걸 세밀화가인 기욤 알렉상드르에게 빌려주기로 했다는 거예요. 1년 집세가 파리 돈으로 6리브르 8수예요."

"임대료가 많이 올랐군요?"

실망한 그랭구아르는 한숨을 쉬면서 혼자 중얼거렸다.

"괜찮아……. 다른 사람들은 듣고 있겠지."

"어이, 다들 여길 봐! 에스메랄다야! 에스메랄다가 광장에 나왔어!"

창가에 있던 짓궂은 젊은이 하나가 외쳤다.

그 말은 마술과 같은 효과가 있었다. 말이 떨어지기가 무섭게 강당에 남아 있던 사람들이 일제히 창가로 몰려가서는 밖을 내다보려고 벽을 기어오르면서 "에스메랄다!" 하는 소리만 되풀이하고 있었다.

동시에 밖에서 요란한 박수 소리가 들려왔다.

"대체 에스메랄다가 뭐지? 이번엔 창문이 방해를 하는구나!"

그랭구아르는 슬픔을 억누르듯 두 손을 맞잡으며 중얼거렸다.

생각난 듯 그가 대리석 무대를 돌아보았을 때 연극은 다시금 중단되어 있었다. 때마침 유피테르가 번갯불을 가지고 나타날 차례였다. 그런데도 유피테르는 무대 아래 우두커니 서 있었다.

"미셸 지보른! 거기서 뭐 하는 거요? 지금 나올 차례 아니오? 얼른 올라와요!"

시인이 초조하게 소리쳤다.

"학생들이 사다리를 가져가버렸어요!"

그제야 그랭구아르는 사다리가 제자리에 없다는 것을 알아차렸다. 결국 연극의 절정에서 대단원으로 이르는 연결이 끊겨버린 것이다.

"어떤 놈이 그런 짓을 한 거야? 대체 왜 사다리를 가져간 거야?"

"에스메랄다를 보려고 가져간 거죠. '다행히 사다리가 있었네?' 하면서 말이에요!"

유피테르도 어이없다는 듯이 대답했다.

그것은 치명적인 것이었다. 그랭구아르는 더 이상 동동거리지 않으면서 모든 것을 체념하고 받아들이기로 했다.

"그만 끝냅시다! 모두들 돌아가시오. 공연 대금을 받으면 출연료를 줄 테니까."

그는 비록 고개를 떨군 채 퇴장했지만, 힘을 다해 싸운 장군답게 맨 마지막으로 재판소 계단을 걸어 내려갔다. 그러면서 이렇게 잇새로 중얼거렸다.

"정말이지 별 거지 같은 오합지졸 파리 놈들이야…… 기껏 성사극을 구경하러 와서는 대사에는 통 신경도 쓰지 않다니! 클로팽 트루이유푸, 추기경, 코프놀, 카지모도 등등, 별의별 잡동사니 놈들한테만 정신이 팔려서리! 그러면서 성모 마리아님에겐 아무도 눈길 하나 주지 않더군! 그럴 줄 알았더라면 그저 성모상이나 골고루 치장해서 던져주는 건데 말이지…… 어이구, 한심한 족속들! 젠장, 환호하는 사람들 얼굴을 보러 왔다가 이렇게 뒤통

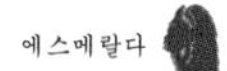

수만 보고 가야 한다니! 명색이 시인인 내가 고작 약장수 꼴이 되지 않았느냐 말이야! 하기는 호메로스도 그리스 방방곡곡을 누비면서 구걸을 했다지. 오비디우스 역시 저 추운 나라로 유배되어 고생하다가 죽었고 말이야. 그나저나 그 에스메랄다라는 게 대체 뭔지 알 수만 있다면 악마더러 내 껍데기를 벗겨 가도 괜찮다고 하겠는데…… 도대체 뭘까? 이집트 말인가?"

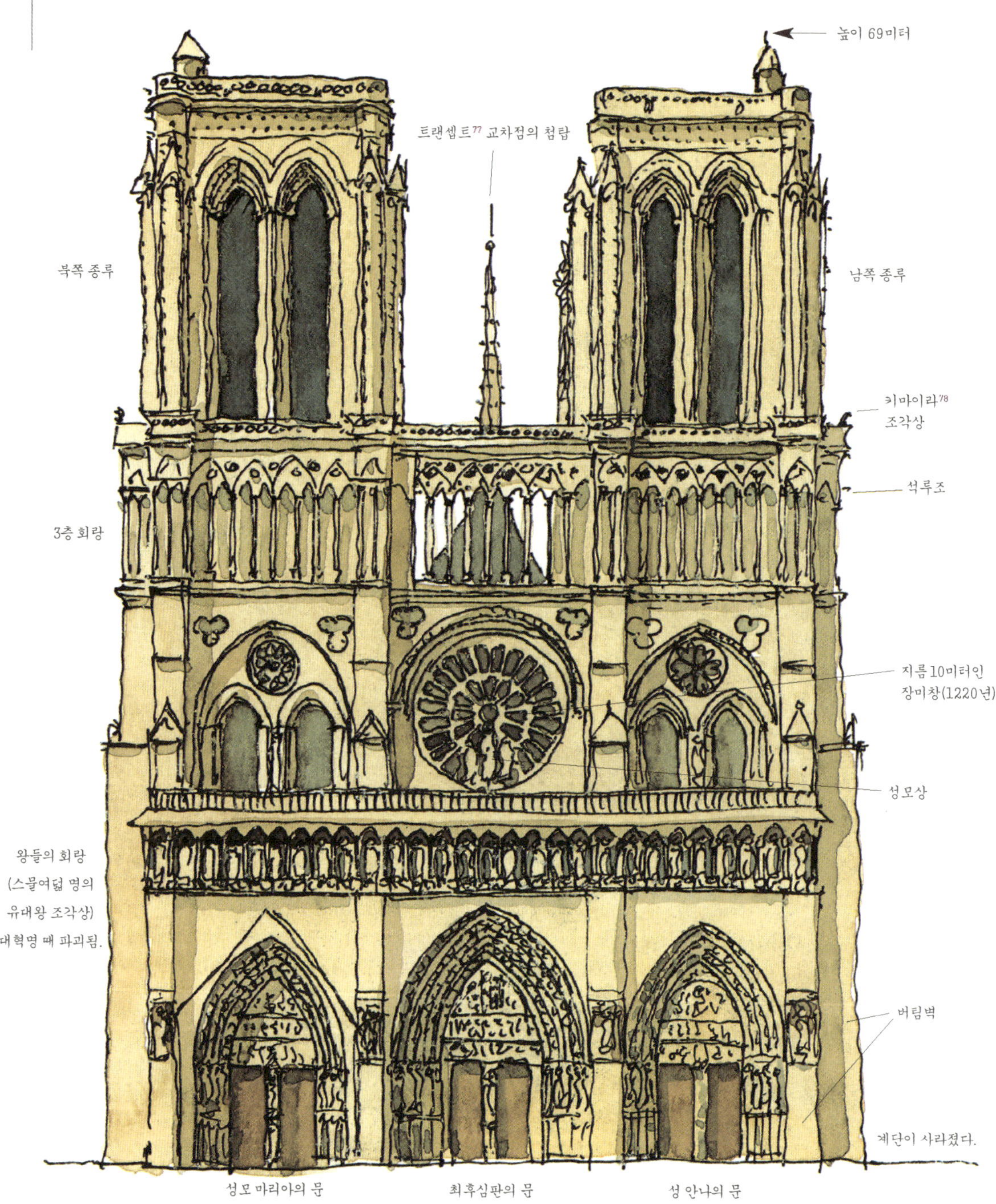

노트르담
높이 69미터
트랜셉트77 교차점의 첨탑
북쪽 종루
남쪽 종루
키마이라78 조각상
석루조
3층 회랑
지름10미터인 장미창(1220년)
성모상
왕들의 회랑
(스물여덟 명의
유대왕 조각상)
대혁명 때 파괴됨.
버팀벽
제단이 사라졌다.
성모 마리아의 문
최후심판의 문
성 안나의 문
노트르담

제 2 부

chapter 1

첩첩산중

1월은 해가 짧다. 그랭구아르가 재판소 건물에서 밖으로 나왔을 때 거리는 이미 어둑어둑해지고 있었다. 어두워지기 시작한 거리가 그는 너무나 고마웠다. 한시바삐 사람들이 없는 골목으로 들어가 마음껏 생각에 잠겨 철학자 그랭구아르가 낙심한 시인 그랭구아르의 상처를 어루만져줄 수 있기를 바랐다. 그야말로 지금 당장 그에게는 철학만이 유일한 안식처가 되어줄 것이었다. 그날 밤을 어디서 지내야 할지 알 수 없는 상황이었으므로 더욱 절실했다. 연극의 첫 번째 공연이 보기 좋게 실패로 끝난 지금, 그르니에 쉬르로 거리에 있는 숙소로 어찌 감히 돌아갈 수 있단 말인가. 그랭구아르는 파리의 마소통관세 징수 청부업자인 기욤 두시르 영감에게 6개월 치의 방세가 밀려 있었고, 그것을 파리 시장에게 지어준 축혼가의 대금으로 해결할 생각이었다. 6개월 치의 방세라 하면 파리 돈으로 12수. 현재 그가 걸치고 있는 보잘것없는 옷가지를 포함한 전 재산의 열두 배에 해당하는 액수였다. 생트샤펠 출납관의 집 작은 쪽문 아래 잠시 몸을 기대선 그랭구아르는 오늘 밤 어느 숙박업소를 찾아 기어들까 고민하기 시작했다. 문득, 사바트리 거리에 있는 파리 고등법원 판사의 집 앞에서 지난주에 얼추 보았던 디딤돌 하나가 머리에 떠올랐다. 흔히들 나귀에 올라타거나 할 때 발을 디디는 돌이었는데 경우에 따라서는 거지나 시인에게 하룻밤 베개로도 매우 훌륭하겠다고 생각했던 것이다. 그는 기막히게 기억을 떠올리게 해준 신에게 감사하며, 바리유리 거리, 비에유 드라프리 거리, 사바트리 거리, 쥐이브리 거리[79] 등 고만고만하게 낡고 지저분한 골목길들이 미로처럼 얽혀 있는 시테 섬으로 가기 위해 재판소 앞 광장을 건너기 시작했다. 바로 그때였다. 그랭구아르보다 먼저 재판소를 나선 광인교황 행렬이 저만치 횃불을 든 채, 성사극에서 끌어낸 악대를 앞세우고 왁자지껄 이쪽으로 다가오는 것이었다. 그랭구아르는 문득 자존심의 상처가 되살아나는 듯하여 그만 외면하고 말았다. 연극의 실패로 큰 실의에 빠진 그에게 그날의 축제를 떠올리게 하는 것은 무엇이든 참을 수 없는 고통만 안겨줄 뿐이었다.

그는 생 미셸 다리를 건너기 위해 걸음을 옮겼으나 그곳에서는 어린아이들이 꽃불 심지와 폭죽을 들고 사방으로 뛰어다니고 있었다.

"빌어먹을 꽃불 같으니라고!"

그랭구아르는 툴툴거리며 퐁 토 샹주 다리 쪽으로 방향을 바꾸었다. 다리 초입의 집집마다 국왕과 황태자와 플랑드르의 마르그리트 공주를 상징하는 세 개의 깃발과 오스트리아 공작과 부르봉 추기경과 보죄 전하와 잔 드 프랑스 공주와 서자인 부르봉 전하와 누군지 알 수 없는 또 한 사람의 초상이 그려진 여섯 개의 작은 깃발이 매달려 있었다. 깃발들은 어둠 속에서도 횃불의 빛에 훤히 밝혀져 보는 이들의 감탄을 자아내었다.

"그림쟁이 장 푸르보가 부럽구나!"

그랭구아르는 한숨을 내쉬며 크고 작은 깃발들에서 등을 돌려버렸다. 눈앞으로 큰 거리가 하나 나타났다. 그러나 이미 캄캄한 어둠 속에 묻혀 있는 데다 인적도 끊겨버린 상태였으므로 그 길로 들어선다면 그는 여전히 웅성거리는 축제의 불빛과 메아리로부터 비로소 벗어날 수 있을 것 같았다. 그는 그 거리로 망설임 없이 걸어 들어갔다. 그리고 한참을 걸어가던 그는 발끝에 무언가가 걸리는 바람에 넘어지고 말았다. 그를 넘어뜨린 것은 법률가의 서기들이 그날의 축제 의식을 위해 고등법원장의 집 앞에 갖다놓은 5월 식목의 묘목 다발이었다. 그랭구아르는 갑작스런 사태를 참을성 있게 이겨냈다. 그는 다시 일어나 강가에 이르렀다. 그리고 민사법원과 형사법원을 지나 왕실 정원의 높은 벽을 따라 발이 푹푹 빠지는 진흙길과 모래톱 위를 걸어서 시테 섬의 서쪽 끝에 도착했다. 그는 그 지점에서 퐁뇌프 다리 청동 마상 아래 사라져버린 파쇠르 오 바슈 섬을 한동안 바라보았다. 어둠 속에서 그 섬은 강물 위에 떠 있는 하나의 검은 덩어리처럼 보였다. 그곳에는 벌통같이 생긴 오두막집에서 나오는 작은 불빛 하나가 어른거리고 있었다.

'파쇠르 오 바슈 섬아, 네 팔자가 부럽구나! 너는 명예에도 관심이 없고 축혼가 같은 것도 지을 필요가 없겠지! 국왕의 결혼식이며 부르고뉴 공주 따위가 너에게 무슨 상관이겠나! 4월의 잔디밭에서 너의 암소들이 뜯어먹는 마르그리트[80] 말고 다른 마르그리트는 알 필요도 없지! 그런데 시인인 나는, 사람들에게 야유나 당하고 추위에 떨며 여섯 달씩이나 방세가 밀려 있으며 신발 바닥은 닳아빠져서 초롱에 끼우는 유리처럼 훤히 비쳐 보일 지경이라니……. 고맙다, 파쇠르 오 바슈! 그 오두막집이 내 눈을 쉬게 하고 파리의 북새통을 잊게 해주는구나!'

그가 이처럼 감상에 젖어 있을 때, 그 몽롱한 서정을 느닷없이 깨뜨린 것은 바로 그 오두막집에서 터져 나온 요란한 이중 폭죽 소리였다. 그날의 축제를 즐기려는 누군가가 자신의 집에서 폭죽을 쏘아올린 것이다.

폭죽 소리에 깜짝 놀란 그랭구아르는 이래저래 화가 치솟는 것을 느꼈다.

"염병할 축제 같으니라고! 도대체 어디까지 나를 쫓아다닐 셈이냐? 정말 지긋지긋하구나! 여기까지 가만두지 않는구나?"

그렇게 악에 받쳐 고함을 지르던 그는 문득 발아래 흐르는 센 강물을 내려다보는 순간, 무서운 유혹에 사로잡혔다.

"오오! 물이 차갑지만 않다면 얼마든지 뛰어들 텐데!"

그와 동시에 절망적인 결심이 굳어졌다. 그것은 광인교황에게서도, 장 푸르보의 깃발들에서도, 5월의 식목 다발에서도, 축제용 폭죽에서도 벗어날 수가 없다면 차라리 소동이 벌어지고 있는 축제의 한복판으로 과감하게 뛰어들자는 것이었다. 그레브 광장으로 돌아가자는 결심이었던 것이다!

'적어도 그곳이라면, 타다 남은 모닥불에 곁불 쬐기로 몸이라도 녹이고 시에서 마련한 설탕으로 만든 커다란 왕가 문장의 부스러기로 허기를 잊을 수 있을 테지!'

chapter 2

그레브 광장

오늘날에는 당시의 그레브 광장을 찾아보기가 쉽지 않지만 광장 북쪽 모퉁이에 있는 아름다운 작은 망루 하나가 그 흔적으로 남아 있다. 하지만 조각품으로서의 예술적인 선(線)들은 얼룩덜룩한 물감의 떡칠 속에 파묻혀버렸거니와, 망루 자체도 파리의 낡은 건물을 빠르게 집어삼키는 신축 건물들의 홍수 속으로 머지않아 사라져버릴지 모른다.

그레브 광장을 지날 때마다, 루이 15세 시절에 세워진 낡은 건물 두 채 사이에서 마치 목이 졸린 듯 비참한 모습으로 서 있는 그 남루한 망루에 연민과 동정의 눈길을 던지는 사람들이 그나마 있다면, 아마도 나처럼 옛날 그 망루가 서 있던 주변 경관을 머릿속에 그려볼 수 있을 것이며 나아가 케케묵은 고딕식 광장의 풍광까지도 그대로 떠올릴 수 있을 것이다.

광장의 형태는 지금의 모습과 똑같이 한 면은 강둑에 접하고 나머지 세 면은 비좁은 집들로 둘러싸인 사다리꼴이었다. 그곳에서 흔히 구경할 수 있는 목조 가옥과 석조 건물들의 온갖 장식적 요소들은 마치 중세 주택 양식의 견본들을 늘어놓은 것처럼 보였다. 첨두홍예 대신 채택된 십자형 궁륭에서부터, 로마네스크 양식의 반원 홍예에 이르기까지 15세기에서 11세기로 거슬러 올라가는 여러 가지 건축 양식을 그곳 어디서나 볼 수 있었다. 타느리 가(街) 방향 셴 강가의 광장 모퉁이에 위치한 투르롤랑 망루 2층에서 볼 수 있는 것 역시 바로 그러한 반원 홍예의 흔적이었다. 하지만 그것도 낮의 애기일 뿐, 날이 저물기 시작하면 광장 주위에 둘러선 건물들의 세세한 특징들은 모조리 어둠 속에 묻혀버리고 단지 집집마다 지붕의 윤곽들이 하늘을 배경으로 만들어내는 들쭉날쭉한 선들만 알아볼 수 있었다. 소위 당시의 도시화 과정과 오늘날 정착된 도시 모습의 근본적인 차이 때문에 벌어진 현상인데, 예전에는 집의 측면에 해당하는 합각머리 부분이 광장과 거리를 향했었다면, 이제는 모두 정면으로 바뀌어 있는 것이다. 집들이 그렇게 방향을 바꾸기 시작한 것은 2세기 전부터였다.

광장의 동쪽 중앙에는 집 세 채를 나란히 붙여 지은 육중하지만 볼품없는 건물 하나가 서 있었다. 그 건물을 부르는 이름은 모두 세 개였고 그 각각을 통해 건물의 역사와 용도, 건축 양식을 짐작할 수 있었다. 우선, 그 집은 샤를 5세가 황태자 시절에 살았다 하여 '동궁'으로 불렸다. 또한 시청으로도 사용되었으므로 '상품'이라고도 불리고, 굵은 원기둥이 건물 세 개 층을 떠받치고 있으므로 '기둥집'이라고도 불리었다. 그곳은 파리처럼 훌륭한 도시에 필요한 모든 시설이 갖추어져 있었다. 이를테면 하느님에게 기도하기 위한 '예배당', 재판을 하거나 필요시에 궁정인들을 징계하는 '변론실'이 있는가 하면 꼭대기 '병기고'에는 대포가 들어차 있었다. 시의 자주권을 온전히 지켜내려면 때로는 기도나 변론만으로는 충분치 않다는 것을 파리 시민들도 알고 있었기 때문일까, 시청 창고에는 훌륭한 화승총들까지 보관되어 있었다.

그레브 광장

현재의 시청 앞 광장이다.

도시가 강의 우안으로 확대되는 시점인 12세기 때부터 이곳에는 파리에서 가장 중요한 포구가 위치해 있었다.
즉, 이전에 있던 시테 섬의 생 랑드리 나루터를 이곳의 포구가 대체한 셈이다. 중세시대만 해도 파리의 보기 드문
광장 중 하나였던 이곳의 한쪽은 일종의 모래톱으로 마감되어 그레브(모래톱)라는 이름이 붙은 것이다.
파리 시민들은 온갖 대형 사건들이 터질 때마다 으레 이곳 광장에 모여들곤 했는데, 그렇게 되면 자연스레 일을
쉬게 되므로, '그레브를 하다(faire la grève)'라는 표현은 파업하다라는 의미로 쓰이기도 한다.
파리에 외부로부터 물품을 들여올 권리는 오로지 수로(水路)상인들의 몫이었으며, 그에 대한 통관세 징수 역시
그들 수로상인의 공동체인 한자동맹이 전담하고 있었다.

그레브 광장의 십자가

수로상인(한자동맹)의 영향력이 워낙 막강해,
그들이 사용하던 인장이 곧 파리의 상징으로 굳어졌다.

그레브 광장 중앙에는 죄인들이 마지막 기도를
바치는 십자가가 서 있다. 십자가의 기저를 이루는
계단들은 센 강의 범람 시 수위를 측정하는 데
활용되었다. 즉, 세 번째 계단까지 물이 차오르면
경계 경보인 셈이다.

에티엔 마르셀

1355년부터 파리 시장으로 재직한 그는 자신이 맞섰던
황태자 샤를 5세의 추종자 손에 1358년 암살당한다.
선박 운항과 상거래에 관한 제반 사항들을 법제화하고,
가격을 고정하며, 세금을 적절히 할당하는가 하면,
여러 행사들을 기획하고, 공공건물을 세우기 위한
비용을 결정하는 등, 숱한 과업을 성공적으로 수행한 그는
파리 시 주둔 수비대장이기도 했다.

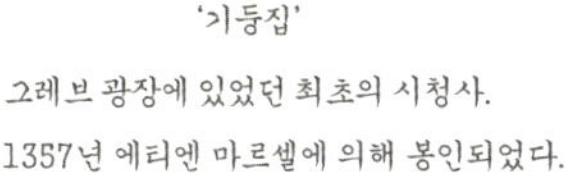

'기둥집'
그레브 광장에 있었던 최초의 시청사.
1357년 에티엔 마르셀에 의해 봉인되었다.

그레브 광장은 죄수들을
처형하는 장소이기도 했다.
일반 평민들에게는 교수형을,
대역죄인에게는 능지처참형을 가했다.

또한 통화 위조범의 경우는
끓는 물에 담그는 형벌을,
이단에게는 화형을 가했다.

귀족 범죄자는
도끼로 참수형에 처했다.

그레브 광장은 대형 축제가 벌어지는 장소이기도 했다.
매년 6월 23일에는 성 요한 축제가 그곳에서 벌어지는데,
거대한 나무에 불을 붙인 뒤 그 주위로 춤을 추면서 빵과 포도주를 나눠 먹었다.
그렇게 해서 반쯤 타다 남은 나무때기들을 파리 시민들은 행운을 가져다주는
부적으로 삼아 각 가정에 간직했다.

그레브 광장이라는 명칭에서 우러나는 음산한 기운은 '기둥집' 자리에 건축가 도미니크 보카도르가 세운 음침한 시청사로 말미암아 지금까지도 남아 있는 광장의 불길한 모습과 관련이 있다. 예컨대, 포석이 깔린 한복판에 나란히 설치된 상설 교수대와 죄인 공시대는 아직까지도 행인들의 눈길을 수많은 이들의 목숨을 앗아간 숙명적인 광장으로부터—50년 후 '생 발리에의 열병', 즉 교수대 공포증도 이 광장에서 비롯된 것인데, 하느님에게서가 아니라 인간 자신에게서 온 질환이기에 더욱 무섭게 여겨졌다—돌리게 만들고 있다.

덧붙여 그나마 위로가 되는 것은, 3백년 전만 해도 사형은 사제장과 주교, 성당 참사회, 사제, 사법권을 가진 수도원장들이 주도하는 교수형이라든가 센 강의 익사형만 있었던 게 아니라는 점이다. 그레브 광장은 물론이요, 레알의 중앙 시장터, 도핀 광장, 크루아 뒤 트라우아르, 돼지 도축 시장터, 그 끔찍한 몽포콩, 세르장 성문 밖 외곽 지대, 오 샤 광장, 포르트 생 드니, 샹포, 포르트 보데, 포르트 생 자크 등지에 걸쳐 극형용 쇠바퀴라든가 석조 교수대처럼 아예 포석 바닥에 고정시켜놓은 무시무시한 도구들이 득실거리고 있었다. 하지만 오늘날 이 봉건사회의 늙은 군주는 갑옷의 모든 문양들과 변덕스럽게 행사하던 온갖 형법들, 그랑 샤틀레에서 5년마다 가죽 침대를 갈아치워야 했던 고문 수단들을 차례차례 포기한 뒤, 이제는 우리의 도시에서 추방되고 법전에서 물러나, 고작 그레브 광장의 불명예스러운 한쪽 구석만을 초라한 단두대로 겨우 점유하고 있는 신세이니 과연 그 자체로 위안을 삼을 만하지 않겠는가 말이다!

chapter 3
구타 대신 입맞춤을

그레브 광장에 도착했을 때, 피에르 그랭구아르의 몸은 꽁꽁 얼어 있었다. 퐁 토 샹주 다리의 인파와 장 푸르보의 작은 깃발들을 피하기 위해 퐁 토 뫼니에 다리를 지나오는 도중 주교의 물방앗간 때문에 물세례를 받아, 안 그래도 남루한 옷이 흠뻑 젖어버렸던 것이다. 뿐만 아니라, 연극 실패에 따른 좌절감 때문에 더욱 몸을 벌벌 떨고 있었다. 그는 광장 한복판에서 한창 타오르고 있는 모닥불을 향해 황급히 다가갔다. 이미 그 주위에는 많은 사람들이 둘러서 있었다.

"우라질 파리지앵들 같으니라고!"

그는 성이 나서 혼자 중얼거렸다. 과연 시인이라 그런지 혼잣말도 곧잘 했다.

"곁불도 마음대로 쬐지 못하게 하는군! 언 몸을 녹이려면 열기가 필요하다고! 신발은 물을 잔뜩 먹어 질퍽거리는데다, 빌어먹을 물벼락도 받은 몸이란 말이야! 염병할 파리 주교는 저따위 물방앗간을 가지고 뭘 해 먹을 속셈인지 알 수가 없단 말이거든! 젠장, 방앗간 주교라도 될 생각인가? 내 욕을 퍼부어 그리 될 것 같으면 얼마든지 저주를 퍼부어주마, 망할 놈의 성당도 방앗간도 말이야! 이봐들, 어지간하면 자리 좀 내주지 그래? 다들 대체 뭐 하고 있는 거야? 불을 쬐고는 있는 게야? 나 원 참, 불타고 있는 나뭇단이 수백 개는 되겠군. 아주 멋진 불꽃이야!"

가까이 다가가 자세히 살펴보니 둘러선 군중들은 단지 불을 쬐기 위해 모인 것이 아닌 듯했다. 그렇게 많은 사람들이 화려하게 타오르는 모닥불의 열기에만 이끌렸을 리는 없었다.

아니나 다를까, 수많은 사람을 한곳으로 끌어 모은 것은 바로 그 안쪽 빈 공간에서 춤을 추고 있는 한 아가씨였다.

회의적인 철학자이며 풍자적인 시인이라 자처하는 그랭구아르의 눈에도, 그녀가 인간인지 하늘에서 내려온 천사인지 얼른 보아 구별할 수가 없었다. 처음 본 여인의 눈부신 모습에 보는 즉시 매혹되었던 것이다.

큰 키가 아닌데도 그녀는 날씬한 몸매 때문에 제법 훤칠해 보였다. 거무스름한 피부는 낮에 보았다면 안달루시아나 로마 여인들처럼 아름다운 금빛으로 빛이 날 것 같았다. 조붓한 신발 속에서도 충분히 편안해 보이는 자그마한 발도 안달루시아풍이었다. 그녀는 바닥에 깔린 페르시아 융단 위에서 빙글빙글 돌거나 소용돌이치듯 춤을 추고 있었다. 사람들 앞을 지나갈 때마다 불빛을 받은 검은 두 눈에서는 광채가 쏟아졌다.

구경꾼들은 모두 입을 벌린 채 넋을 잃고 그녀를 바라보고 있었다. 그도 그럴 것이, 탬버린을 흔들어대느라 매끈하고 탐스러운 두 팔을 머리 위로 들어 올려 나긋나긋하게 춤추는 동안, 주름 없는 금빛 블라우스와 부풀어 오른 화려한 드레스, 드러난 어깨, 치맛자락 밖으로 언뜻언뜻 보이는 가느다란 다리와 검은 머릿결, 불길처럼 타오르는 듯한 두 눈동자 등등, 그 모든 것이 여자를 이 세상 사람이 아닌 것처럼 보이게 하는 것이었다.

'그야말로 불의 요정이로다! 아니 물의 요정이야! 메날로 산[81]에 사는 바쿠스의 무녀라고!'

그랭구아르가 속으로 그렇게 중얼거리는데, 문득 '불의 요정'의 땋아 늘어뜨린 머리채가 풀어지면서 그 속에 꽂혀 있던 놋쇠 조각이 바닥에 굴러 떨어졌다.

"젠장…… 집시 계집이었군!"

그랭구아르의 입에서 금세 아쉬운 탄식이 새어 나왔다.

잠시 동안의 환상은 그렇게 깨지고 말았다.

여자의 춤은 계속되었다. 그녀는 이제 바닥에 두었던 칼 두 자루를 집어 들더니, 그 뾰족한 끝을 이마에 세우고 빙글빙글 돌기 시작했다. 영락없는 집시 여자일 뿐이었다. 비록 그랭구아르는 실망했지만, 여자의 춤추는 모습에는 여전히 사람을 빨아들이는 황홀함이 넘쳐흐르고 있었다. 주위로 퍼지는 모닥불의 강렬한 불빛을 받아 춤추는 처녀는 물론 주위 사람들 얼굴이 하나같이 번득거렸다. 그런가 하면 광장 한쪽 기둥집의 낡아빠진 정면과 교수대의 받침돌 위로는 사람들의 그림자가 덩달아 춤추듯 어른거리고 있었다.

한데, 붉게 물든 수많은 얼굴들 중에서 열심히 춤추는 아가씨를 유난히 눈여겨보는 사람이 있었다. 준엄하고 침착하면서도 어딘지 침울한 그림자가 드리워진 얼굴이었다. 사람들에 가려져 잘 보이지는 않았으나, 나이는 대략 서른다섯을 넘지 않은 듯하면서도 머리는 많이 벗어져 거의 대머리나 다름없는 모습이었다. 높고 넓은 이마에 새겨진 많은 주름에도 불구하고, 깊은 눈에는 불타는 젊음과 정열이 깃들어 있었다. 사내의 눈은 집시 여자에게서 줄곧 떨어지지 않고 있었다. 열여섯 살 아가씨가 발랄하고 경쾌한 춤으로 모든 사람들에게 즐거움을 선사하는 동안 사내의 표정은 점점 더 어두워지는 듯했다. 그는 분명 미소를 짓다가도 알게 모르게 한숨을 내뱉고 있었는데, 왠지 그 미소가 한숨보다 더 괴로워 보였다.

마침내 아가씨의 춤이 끝나자 사람들은 환호하며 박수를 보냈다.

"잘리!"

집시 여자의 외침에 어디선가 뿔과 발과 목걸이까지 금빛으로 빛나는 작은 새끼 염소가 나타났다. 한쪽 구석에 웅크리고 앉아 있다가, 주인이 부르는 소리에 민첩하게 다가오는 것이었다.

"잘리, 이제 네 차례야!"

여자는 그렇게 내뱉으면서 자리에 앉자마자 탬버린을 염소에게 내밀었다.

"잘리, 지금이 몇 월이지?"

질문이 떨어지자마자, 염소는 앞발로 탬버린을 한 번 쳤다. 그렇게 1월이라고 정확하게 맞추자 사람들은 환호성을 내질렀다.

"잘리, 오늘은 며칠이지?"

여자는 탬버린을 들고 다시 물었다. 잘리는 귀여운 금빛 앞발을 들어 탬버린을 여섯 번 쳤다.

"잘리, 지금은 몇 시일까?"

잘리가 일곱 번을 내리치자, 거의 동시에 '기둥집'의 큰 시계에서도 일곱 시를 알리는 소리가 울리기 시작했다. 사람들은 감탄을 금치 못하고 있었다.

"저건 마법이야!"

사람들 속에서 음산한 목소리가 들려왔다. 집시 여자를 집요하게 바라보고 있던 대머리의 목소리였다.

여자가 흠칫하며 뒤를 돌아보는 순간, 공교롭게도 박수가 터져 나오며 그 음산한 목소리를 삼켜버렸다.

그녀는 다시 염소에게 물었다.

"잘리, 성촉절 행사에서 시의 기마대장 기샤르 그랑레미 나리는 어떻게 하더라?"

잘리는 뒷발로 일어나 메헤 하고 울면서 제법 점잖게 걷기 시작했다. 사람들은 기마대장의 가짜 신앙심을 기막히게 흉내 내는 염소의 모습에 폭소를 터뜨렸다.

"잘리, 종교재판소 검사 자크 샤르몰뤼 나리는 어떻게 설교를 하시지?"

여자는 더욱 용기를 얻어 계속 질문을 던졌다.

이제 염소는 엉덩이를 땅에 붙이고 앉아서 울기 시작했다. 그러면서 앞발을 이상하게 흔들어댔는데, 굳이 프랑스어와 라틴어를 구사하지 않더라도 그 몸짓과 울음소리가 자크 샤르몰뤼의 어쭙잖은 모양새를 그대로 떠올리게 만들었다.

사람들의 박수와 환호가 더욱 커지는 것은 당연했다.

"신을 모독하는 거냐?"

순간 대머리의 외침이 벽력처럼 다시 터져 나왔다.

이번에도 집시 여자는 깜짝 놀라 소리 나는 쪽을 돌아보았다.

"어머나! 그 치사한 남자잖아!"

그녀는 입술을 삐죽거리며 뾰로통한 얼굴이 되어서는 탬버린을 들고 사람들이 던지는 동전을 주워 모으기 시작했다.

커다란 은화, 작은 은화, 방패 동전, 독수리가 새겨진 동전 등 수많은 동전들이 비 오듯 쏟아지고 있었다. 그녀는 그랭구아르 앞으로 지나가다 말고, 주머니에 손을 넣는 그 앞에서 덜컥 멈춰 섰다. 그런데 난데없이 그의 입에서 "이런 젠장!" 하는 소리가 새어 나오는 것이었다. 주머니가 텅 비어 있는 자신의 현실을 그제야 깨달은 것이다. 여자는 진땀을 흘리면서 멀뚱하니 서 있는 그랭구아르의 면전에 탬버린을 내민 채 시침을 뚝 떼고 있었다.

만약 그의 주머니 안에 페루의 거부에 비길 만한 큰 재산이라도 있었다면 기꺼이 그녀에게 톡톡 털어 내주었을 것이다. 그러나 아무것도 없었다. 물론 아메리카라는 땅덩어리가 발견되기도 한참 전이었으니……

한데 때마침 다행스럽게도 뜻하지 않은 일이 그를 도왔다.

"당장 꺼지지 못해! 요 이집트 메뚜기야!"

광장의 어두운 구석에서 난데없는 외침이 날카롭게 솟구친 것이다. 증오에 찬 웬 여자의 목소리였는데, 그 바람에 현장에서 얼쩡거리던 아이들이 일제히 와자지껄 떠들어댔다.

"투르롤랑 망루의 은자이시다! 자루를 뒤집어쓴 수녀께서 으르렁거리네! 저 할망구는 저녁밥을 안 먹었나 봐! 시에서 차려놓은 식탁에 아직 남은 게 있으면 갖다 주자고!"

아이들은 그렇게 외치며 '기둥집'을 향해 내달렸다.

갑작스런 소동에 놀란 여자가 당황하는 사이 그랭구아르는 얼른 자리를 떠버렸다. 아이들의 떠드는 소리에 자신도 그때까지 저녁 식사를 하지 않았다는 것을 문득 깨달은 것이다. 부랴부랴 식탁으로 달려가 보았으나, 한발 먼저 도착한 아이들이 그나마 조금 남아 있던 음식들을 모두 해치운 뒤였다. 1파운드에 5솔인 싸구려 빵 조각 하나 남아 있지 않았다. 그 대신 1434년 마티외 비테른이 담벼락에다 그려놓은 날씬한 백합과 장미나무 몇 그루만이 덩그러니 그를 반기고 있었다.

저녁도 굶은 채 잠을 자야 한다는 것도 참을 수 없는 일이었지만, 잠잘 곳조차 정하지 못했다는 사실이 더욱 기가 막혔다. 그랭구아르는 졸지에 노숙자 신세로 전락해버린 것이다. 빵도 집도 없다니! 이것저것 자연적인 욕구에 시달린다는 것은 결코 만만치 않은 일임을 그는 이미 오래전에 깨달은 터였다. 자고로 유피테르가 인간을 창조했을 때 그의 인간혐오증이 극에 달해 있었던 바, 살아가는 내내 '운명의 여신'한테 허덕이는 자신의 '철학'을 고통스럽게 지켜보는 것이 또한 현자의 운명인 법. 그럼에도 그랭구아르는 지금까지 이처럼 완벽한 곤경에 처한 적이 없다는 생각이었다. 텅 빈 뱃속으로부터 들려오는 항복의 북소리를 들으며, 그는 식량 공급을 중단함으로써 '철학'의 처절한 항복을 얻어내려 하는 '운명'의 장난질이 그렇게 얄미울 수가 없었다.

생각할수록 더 깊은 우울 속으로 빠져들게만 하는 이런 몽상에 허덕이는 가운데, 어디선가 감미롭고도 황홀한 노랫소리가 그를 깨웠다. 그것은 바로 집시 여자의 노래였다.

과연 목소리 또한 춤사위처럼 아름답고 고혹적이었다. 어떤 말로도 충분히 설명하기 어려운 매력이 있었다. 굳이 묘사하자면, 맑고 낭랑하고 경쾌한 소리가 하늘을 훨훨 나는 새의 날갯짓 같다고나 할까. 소리는 끊어질 듯, 끊어질 듯, 길게 이어졌다. 감미로운 멜로디하며, 허를 찌르는 박자하며, 날카롭고 피리 소리 같은 단조로운 선율과 꾀꼬리마저 당혹케 할 만큼 높지만 결코 조화를 잃지 않으면서 매끄럽게 치고 올라가는 청아한 소리……. 아울러 노래하는 아가씨의 아름다운 각선미처럼 위아래로 굽이쳐 흐르는 부드러운 옥타브의 물결……. 자유분방함에서 가장 우아한 품위에 이르기까지, 순간적인 멜로디의 변화는 집시 여자의 미모에 더할 나위 없이 부응하고 있었다.

노래의 가사는 그랭구아르가 알지 못하는 방언으로 이루어져 있었고, 그녀 자신도 의미를 정확히 모르는 것 같았다. 그래서인지 그녀가 노래하며 지어 보이는 다양한 표정들은 노래 가사와는 왠지 어울리지 않는 것 같았다. 이를테면, 다음과 같은 구절들을 미칠 듯 신나게 부르는 것이었으니…….

기둥 속에서 그들은
귀중한 궤짝 하나를 찾아냈다네.
무서운 얼굴의 깃발들이
그 안을 가득 채우고 있었다네.

아라비아의 검객들이
오금이 저릴 만큼,
무시무시한 칼을 차고
유연한 강철 활들을 비껴 메고 있었다네.

한동안 그렇게 집시 여자의 노랫소리를 듣다 보니 그랭구아르는 눈물이 찔끔 솟는 걸 느꼈다. 그런데도 여자의 음성은 분명 기쁨을 드러내는 것이었고, 새처럼 고요하고 태평하게 노래 부르고 있었다.

그녀의 노랫소리는 마치 백조가 물을 흐리듯이 그랭구아르의 몽상을 뒤흔들어놓았다. 그는 완전히 마음을 빼앗긴 듯 만사를 잊은 채 귀 기울이고 있었다. 잠시나마 괴로움을 잊을 수 있었던 것은 그야말로 몇 시간 만에 처음이었다.

하지만 그것도 잠시…… 집시 여자의 춤을 중단시킬 때와 마찬가지로 이번에도 그 험악한 노파의 목소리가 노래를 멈추게 하였다.

"그만 닥치지 못하겠어, 이 지옥의 매미 같으니라고!"

여전히 어두운 광장의 한쪽 구석에서 튀어나오는 소리였다.

가엾은 '매미'는 노래를 뚝 멈추고 말았다.

그랭구아르는 귀를 틀어막으며 외쳤다.

"이런 제기랄! 이 빠진 톱니 주제에 리라를 부셔놓다니!"

이제는 다른 구경꾼들도 그와 마찬가지로 투덜거리기 시작했다.

"염병할 수녀 같으니라고, 에잇 뒈져버려라!"

욕설은 여기저기서 터져 나왔다. 만약 광인교황의 행렬이 횃불들을 쳐들고 온 거리와 길목을 떠들썩하니 누비고 다니다가, 바로 그 순간 그레브 광장까지 쏟아져 들어오지 않았더라면, 그 심술궂은 노파는 곧 자신의 행위를 후회할 만한 봉변을 당했을지도 모른다.

다들 알다시피, 광인교황 행렬은 재판소를 떠나 여기저기를 누비고 다니는 동안 파리 시내의 불량배들과 부랑자들, 도둑놈들까지 죄다 끌어들인 상태였다. 그래서 광장에 나타났을 때에는 처음과 달리 어마어마한 규모로 늘어나 있었다.

행렬의 선두는 이집트 집시들이 맡고 있었다. 맨 앞에 공작으로 치장한 채 말에 올라탄 사람이 나서면 백작으로 분장한 나머지가 말고삐나 등자를 잡고 걷는 식이었다. 그 뒤로는 아이들을 어깨 위에 앉힌 남자와 여자들이 따르고 있었다. 공작이든 백작이든 서민들이든, 하나같이 남루한 누더기라든가 천박스럽게 번쩍거리는 옷가지를 걸친 모습이었다.

그 뒤로는 프랑스의 온갖 도둑들이 서열별로 늘어섰는데 좀도둑들이 그 맨 앞자리를 차지하고 있었다. 절름발이, 곰배팔이, 위장 실직자, 가짜 순례 자, 생 튀베르 참배자, 허위 간질병 환자, 생 트렌 참배자, 수건 뒤집어쓴 거지, 4인조 목발 짚은 거지, 야바위꾼, 가짜 종기 난 환자, 가짜 화상 입은 거지, 거짓 파산자, 가짜 상이군인, 어린 앵벌이, 거지 왕국의 입법자, 가짜로 나병 들린 환자 등등, 제각각 괴상한 계급장들을 달고 네 명씩 짝을 지어 행진하는 몰골을 일일이 열거하자면 아마 호메로스라도 혀를 내두를 터였다. 가짜 나병 환자와 거지 왕국 입법자들로 이루어진 교황선거위원회의 한복판, 커다란 개 두 마리가 끄는 작은 수레에 거지 왕국의 임금인 왕초가 웅크리고 앉아 있었지만, 자세히 보지 않으면 분간하기도 어려웠다.

거지 왕국 다음으로는 갈릴리[82] 제국이 뒤를 따랐다. 갈릴리 제국의 황제인 기욤 루소는 포도주 얼룩이 묻은 붉은 옷을 입고, 서로 싸우거나 검무를 추는 어릿광대들을 앞세운 채, 회계원과 관리들 그리고 재판소 회계실의 서기들에게 둘러싸여 행진하고 있었다.

맨 끝으로는 검은 옷을 입은 재판소 서기단이 밤잔치에 어울리는 음악 속에 불붙인 굵고 노란 양초와 꽃으로 장식된 5월의 나무를 치켜들고 뒤를 이었다.

이런 온갖 군상들의 행렬 한가운데에는 광인축제위원회의 임원들이 흑사병 창궐 당시 생트 주느비에브의 성유물함에 밝혔던 것보다 더 많은 촛불들로 밝힌 가마를 메고 걸어왔다. 그 가마 위에는 지팡이를 짚고 교황관을 머리에 쓴 제복 차림의 새 광인교황, 즉 노트르담의 종지기 꼽추 카지모도가 앉아 있었다.

이렇게 괴상망측한 행렬을 이룬 각각의 무리들은 각기 자신들의 악대를 갖추고 있었다. 이집트 무리들은 하모니카와 비슷한 아프리카 악기 발라폰을 부르며 북을 울려댔다. 거지 왕국의 패거리들은 음악과는 무관하기는 하지만 비올라와 염소나팔과 12세기 고트 족의 '이현호궁'을 갖고 있었다. 갈릴리 제국도 크게 다를 바는 없었다. 그들은 '레, 미, 라'의 세 가지 음밖에 내지 못하는 유치하고 원시적인, 그러나 이현호궁보다는 조금 나은 '삼현호궁'을 드문드문 갖춘 정도였다. 다만, 광인교황을 가까이 에워싼 무리만큼은 당대의 최신식 악기들로 한껏 으스대고 있었는데, 플루트와 금관악기를 비롯해, 소프라노 삼현호궁과 알토 삼현호궁, 테너 삼현호궁까지 갖추고 있었다. 그렇다, 바로 그랭구아르의 관현악대가 당당히 나서고 있었던 것이다.

재판소를 나서서 그레브 광장에 이르기까지, 카지모도의 추하고도 괴이한 얼굴에 자랑스러움과 행복으로 복받친 감정들이 얼마나 환히 빛났는지 이야기하기에는 적잖은 어려움이 있다. 그는 지금까지 스스로의 모습에 대한 경멸과 혐오감 그리고 사람들로부터 던져지는 모욕에 익숙해져 있었다. 그런 만큼, 비록 귀머거리일지언정 자신이 미움을 받고 있음을 알고, 저 역시 미워했던 군중들이 보내는 난데없는 박수갈채를 그는 정말 교황이 된 듯한 기분으로 마음껏 즐기고 있었다. 그의 백성을 자처하고 나선 이들이 병신이든 도둑이든 거지이든 미치광이이든, 그에겐 아무 상관이 없었다. 어찌되었든 그들은 백성이었으며 자신은 제왕인 것이다. 또한 이 떠들썩한 무리의 빈정거림이나 환호, 조롱 섞인 존경 따위를 그는 모두 진실로 받아들이고 있었다. 다만, 겉으로는 비웃음 섞인 존경과 환호를 보내면서도 사람들은 속으로 카지모도에 대한 두려움을 조금씩은 갖고 있었음을 분명히 말해두고 싶다. 왜냐하면, 카지모도는 비록 꼽추였지만 힘이 무척 셌고, 안짱다리일망정 행동이 민첩했으며, 귀머거리이면서도 심술궂은 것이 사실이었기 때문이다. 그는 이 세 가지 특징 덕분에 아주 바보 취급을 당하지는 않았던 셈이다.

사람들은 새로 뽑힌 이 광인교황이 설마 자신만의 느낌과 다른 사람에 대한 이해력을 갖추고 있을 거라고는 짐작조차 하지 못했다. 하긴, 흉측한

음유시인들 1

기마 시합 행사나 군대 행진곡을
책임진 가수들이 활동하기 훨씬 전에는
음유시인의 무리가 있었다.
그들은 이내 좋지 못한 평판을 몰고 다니는
떠돌이 악사들로 변질되는가 하면,
곰이나 원숭이, 그 밖의 희귀동물의
조련사로 나서기도 하고, 각종 곡예사와
어릿광대, 싸구려 배우들로 전전하기도 했다.
그러다가 1331년부터 음유시인 혹은
편력 악사들의 동업조합을 결성해 활동하기
시작한다. 그중에는 여성들도 일부 참여했다.

프티 퐁 교각 : 시테 섬으로 들어가려면
세금을 물어야 했다. 하지만 곡예사들은 데리고 다니는
원숭이가 문지기 앞에서 재주를 부리는 것으로 통행세를
면제받을 수 있었다. 그로부터 '원숭이세를 지불하다'라는
표현이 나오기도 했다.

여자 곡예사

육신에 깃든 정신이기에 어느 정도는 불완전하고 미련스러운 점이 있는 것은 사실이었다. 따라서 그 떠들썩한 와중에 카지모도가 느끼는 감정 역시 다소 막연하고 안개 낀 것처럼 몽롱한 어떤 것이었으며, 단지 그저 기쁘고 무언가 자랑스러운 느낌만을 가질 수 있었을 뿐이다. 그 어둡고 불행으로 가득한 얼굴의 주위까지 모처럼 후광이 환하게 깃들어 보이는 건, 오로지 그 느낌 덕분이었다.

그렇게 들뜨고 행복한 기분에 젖어 있는 카지모도가 기둥집 앞을 지날 즈음, 군중 속에서 한 사나이가 불쑥 뛰쳐나왔다. 그리고 무척 화난 듯 난폭한 행동으로 카지모도의 손에서 광인교황의 표지인 금빛 나무지팡이를 빼앗아 드는 것이었다. 순간, 사람들은 기겁을 할 수밖에 없었다. 방금 전까지 사람들 틈에 섞여 집시 여자에게 위협적인 말로 겁을 주던 대머리였던 것이다. 그는 성직자 옷을 입고 있었는데, 군중 틈에서 느닷없이 튀어나오는 순간, 그랭구아르는 그를 한눈에 알아보았다.

"앗, 나의 헤르메스[83] 선생님 아니신가! 클로드 프롤로 부주교 나리! 저 흉물스런 애꾸눈 꼽추를 어쩌시려고 그러나? 한입에 먹혀버릴 것 같은데!"

사람들이 우려한 대로 듣기 거북한 괴성이 치솟았다. 화가 난 카지모도는 안 그래도 흉측한 얼굴을 더욱 무시무시하게 일그러뜨린 채, 소리를 지르며 가마에서 뛰어내렸다. 여자들은 그가 부주교를 갈가리 찢어버리는 모습을 차마 볼 수가 없어서 고개를 숙이고 눈을 돌려버렸다.

한데 득달같이 달려들다 말고 카지모도는 신부의 얼굴을 보더니 그 자리에서 무릎을 꿇었다. 신부는 카지모도의 머리에서 교황관을 벗겨내고 지팡이를 부러뜨린 다음 번쩍거리는 법의를 잡아 찢어버렸다.

카지모도는 그대로 무릎을 꿇은 채 두 손을 모으고 머리를 조아렸다.

두 사람은 몸짓 손짓을 해가며 무언의 대화를 주고받기 시작했다. 둘 중 누구도 말을 하지는 않았다. 신부는 몹시 화가 난 듯 그를 윽박지르며 무언

축제

축제 때 선보이는 춤들은 무엇보다 원무 형태의
집단무가 대부분이었다. 시골 마을에서는 악기를
구경하기가 힘든 대신, 노래가 음악의 모든 자리를
차지했다. 한 해에 축제 기간은 특히 겨울 동안
약100여 일 이상 잡혀 있는데, 종교기념일과 왕가의
행사들, 전승일 등에 맞물려 있거나, 교구와 동네, 거리,
동업조합의 특기할 만한 일들에 연관되어 있었다.
사육제는 사순절 직전에 개최되었고, 광인축제는
성탄절과 주의 공현절 사이에 펼쳐졌다.
거기서 사람들은 왕이나 사제, 미치광이, 강도,
심지어 짐승으로 분장하기도 했다.

피리와 탬버린

음악

그들이 즐겨 사용하던 악기는 다음과 같다.
교현금(바퀴를 돌려 연주하는 현악기), 플루트,
풍적, 하프, 살테리온, 삼현호궁, 트럼펫, 심벌즈 등등.

류트를 연주하는
음유시인

일종의 탬버린인
기병용 북 나케르

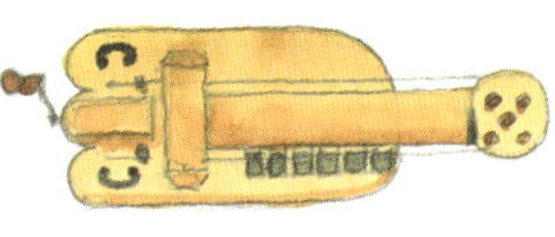

나케르 연주자

음유시인들 2

북부 지방에서 활동하던 음유시인은 트루베르라고 한다.
그들은 「롤랑의 노래」나 「원탁 이야기」 같은 서사시와
기사 무용담을 주로 노래했다.
남부 지방에서 활동하던 음유시인들은 트루바두르라 불렀다.
그들은 사랑과 종교 등을 주로 노래했는데,
사랑의 경쟁자끼리 맞불을 경우 시로 경연을 벌이기도 했다.

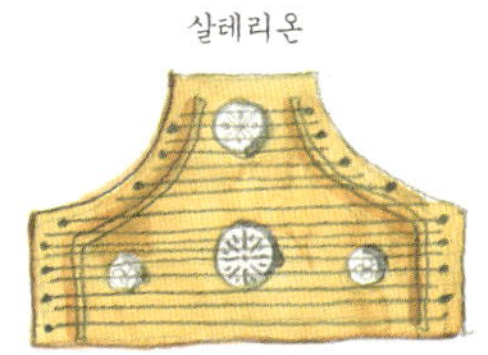

교현금

살테리온

가 명령을 하는 것 같았다. 반면 카지모도는 바닥에 더더욱 납죽 엎드려 비굴한 자세로 애원하는 듯했다. 물론 마음만 먹으면 손가락 하나로도 상대를 으깨어버릴 만한 괴력의 소유자가 바로 카지모도였다.

얼마 뒤, 부주교는 카지모도의 억센 어깨를 거칠게 잡아 흔들며 일어나 따라오라고 손짓했다.

카지모도는 일어섰다.

그러자 잠시 어리둥절한 상황 앞에 머뭇거리고 있던 광인교황의 백성들이 정신을 차리고는, 자신들의 교황을 지키기 위해 우르르 몰려들었다. 이집트 패거리들도, 거지 왕국의 무리도, 법원서기단도 모두 부주교를 둘러싸고 소란을 피우기 시작했다. 반면, 카지모도는 신부를 보호하듯 앞으로 나서서 무쇠처럼 단단해 보이는 주먹을 흔들어 보이더니, 몰려드는 사람들을 성난 호랑이처럼 으르렁대며 무섭게 노려보는 것이었다.

신부는 이제 평소와 다름없는 침착하고 근엄한 얼굴로 카지모도에게 눈짓을 보내고는 말없이 걸음을 옮기기 시작했다.

카지모도는 얼른 앞장서서 몰려드는 사람들을 밀치며 길을 텄다.

두 사람이 군중을 헤치고 광장을 지날 때 한 무리의 건달들과 구경꾼들이 바짝 뒤쫓아왔다. 순간 카지모도는 얼른 뒤돌아선 다음, 부주교를 호위하듯 따르며 뒷걸음쳤다. 땅딸막한 몸집에다 금방이라도 덤벼들 것 같은 험상궂은 그의 몰골에 감히 두려움을 느끼지 않는 사람이 없었다. 흡사 멧돼지 같은 이를 드러내면서 야수처럼 으르렁거리는 가운데, 손짓이나 눈짓으로 사람들을 위협하여 공포에 떨게 하는 것이었다.

그렇게 두 사람이 어둡고 좁은 거리로 사라지는 것을 그저 바라만 볼 뿐, 뒤쫓던 어느 누구도 감히 더 이상 추격할 엄두가 나지 않는 모양이었다. 카지모도는 성난 야수처럼 이를 갈아대는 것만으로 훼방꾼을 얼씬거리지 못하게 만들어버릴 수 있었다.

"그것 참 희한한 광경이로군! 그나저나 이제 어디로 가야 끼니를 때울 수 있을까?"

한참 동안 그 모든 광경을 잠자코 바라만 보던 그랭구아르가 이내 중얼거렸다.

chapter 4

저녁에 거리에서 어여쁜 여인의 뒤를 쫓는 불편함

그랭구아르는 무작정 집시 여자의 뒤를 밟기 시작했다. 여자가 염소와 함께 쿠텔르리 거리로 들어서는 것을 보고는 그 역시 얼른 길목으로 접어들었다.

"안 될 것도 없지!"

그렇게 중얼거리면서도, 파리의 거리 구석구석에 정통한 철학자 그랭구아르는 어디로 가는지도 모른 채 미녀의 뒤를 밟는 애매모호한 짓이 그리 유익할 건 없다는 점을 이미 깨닫고 있었다. 그처럼 자유의지를 의도적으로 포기하는 태도, 즉 다른 누군가의 뜻에 제멋대로 자신을 맡겨버리는 이 같은 태도 속에는 맹목적인 복종심과 이상야릇한 고집이 묘하게 한데 버무려져 있다. 그랭구아르가 좋아하는 자유와 노예근성 사이, 애매하고 복잡하며, 이도저도 아닌 정신 상태가 인간의 모든 성향 가운데 그 양 극단을 중화시키면서 어중간히 떠돌고 있는 것이다. 그는 자신의 처지가 마치 두 자석에 의해 양쪽으로 끌어당겨지면서, 위와 아래, 천장과 바닥, 추락과 상승, 천정점과 천저점 사이에 영원히 떠 있는 마호메트의 관과도 같다고 느꼈다.

그런 그랭구아르가 만약 지금 우리 시대에 산다면, 고전주의와 낭만주의 사이에서 얼마나 그럴 듯한 포즈를 취했겠는가![84]

어쨌든 그가 300년은 너끈히 살 수 있었다는 아득한 시대의 인간도 아니고, 그의 부재로 인한 공허감은 오늘날 더욱 절절히 느껴지는 게 사실이다. 게다가 지금 그랭구아르가 기꺼이 뛰어든 행동처럼, 길거리에서 지나는 행인(특히 여자)의 뒤를 밟는 일에는 어디 마땅하게 잘 곳 하나 없는 그 같은 처지가 제일 안성맞춤이다.

그는 생각에 잠긴 채 아가씨의 뒤를 따라 걸어가고 있었다. 여느 때처럼 손님들이 모두 돌아간 뒤 하나 둘 문을 닫는 술집들을 눈으로 훑으면서 그녀는 작은 염소와 함께 걸음을 바짝 재촉했다.

'어쨌든 저 아가씨라면 어디든 잘 곳은 있겠지. 집시들은 원래 인정이 많으니까, 혹시라도……'

아무 대책 없이 그런 생각을 굴리는 그의 머릿속은 별의별 달콤한 상상들로 들끓기 시작했다.

한편 마지막으로 문단속하는 사람들 앞을 지나칠 때면 그들의 대화 몇 마디가 그랭구아르의 즐거운 상상 속으로 비집고 들어와 퍼뜩퍼뜩 정신이 들게 하는 것이었다.

한번은 두 노인네가 이런 이야기를 나누고 있었다.

"티보 페르니클 영감, 올해가 좀 추운 것 같지 않소?"

(그랭구아르는 초겨울부터 이미 그런 줄 알고 있었다.)

"누가 아니라오, 보니파스 디좀 영감! 3년 전에는 장작 한 단에 8솔이나 했는데 올해도 아마 그럴 것 같지요?"

"1407년 겨울에 비하면 그 정도는 아무것도 아니라오! 그해에는 성 마르티누스 제일부터 성촉절까지가 완전히 얼어붙을 정도였죠! 어찌나 추웠던지, 재판소 서기가 법정에서 세 글자를 미처 다 쓰기 전에 붓이 얼어버리곤 했다오! 그 바람에 기록도 제대로 못 했지 뭐요!"

조금 있자니 이웃 아낙들이 서로의 창가에서 촛불을 켠 채 이야기를 하고 있었다.

"그 댁 주인께서 사고 얘기를 하던가요, 튀르캉 부인?"

"샤틀레의 공증인 질 고댕 씨의 말(馬)이 플랑드르인 행렬에 기겁을 한 나머지 셀레스틴 수도회원인 필리포 아브리요 나리를 그만 내동댕이쳤다지 뭐예요!"

"그게 정말이에요?"

"그렇다니까!"

"그냥 보통 사람의 말이 그랬다니 좀 심했군요! 기마대의 말이었다면 제법 볼 만했을 텐데……."

그러고는 이내 창들이 닫혀버렸고, 그랭구아르는 방금 전까지 자신이 어떤 생각에 젖어 있었는지를 그만 잊어버리고 말았다.

하지만 저만치 어딘가로 걸음을 재촉하고 있는 집시 여자한테 다시금 시선이 가 닿자 다행히 생각의 끈을 되잡을 수 있었다. 가냘프고 섬세한 아가씨와 염소 한 마리…… 앙증맞도록 작고 귀여운 발과 맵시 있는 뒷모습을 바라보는 동안 그 두 피조물은 서로 혼동될 지경이었다. 서로 도란도란 사이가 좋은 걸로 봐서는 둘 다 아가씨 같다가도, 날쌔고 사뿐사뿐 걷는 모양새를 보면 둘 다 염소처럼 생각되기도 하는 것이었다.

그런 상상 속에서 아가씨의 뒤를 따르는 사이 밤은 더욱 깊어만 가고 인적도 뜸해졌다. 소등을 알리는 종소리가 이미 오래전에 울렸으므로 거리를 오가는 사람도 불 켜진 창문도 거의 눈에 띄지 않았다. 집시 여자의 뒤를 쫓던 그랭구아르는 골목길과 네거리와 막다른 길목이 마치 고양이가 헝클어트린 실타래처럼 이리저리 복잡하게 뒤얽힌 옛날 생 지노상 묘지 주변의 미로로 접어들고 있었다.

"이거야 원, 잠깐 한눈이라도 팔았다간 영락없이 길을 잃고 말겠군!"

어떤 골목에 들어서든지 이내 전과 비슷한 골목으로 들어선 듯한 기분을 느끼며 그랭구아르는 그렇게 중얼거렸다. 하지만 집시 여자는 이 정도쯤은 훤히 꿰고 있는 듯 조금도 망설임 없이 더욱 걸음을 재촉하며 어딘가로 향하고 있었다. 문득 어느 길모퉁이를 지나치자 중앙시장 죄인공시대의 팔각형 건조물이 눈에 띄었다. 그것이 보이지 않았다면 그랭구아르는 자신이 어디 있는지 전혀 알아차리지 못했을 것이다. 그 팔각형 건조물의 채광창이 달린 지붕은 베르들레 거리에서 아직 불이 꺼지지 않은 어느 창문 위에 검은 그림자를 뚜렷하게 던져놓고 있었다.

바쁘게 길을 가던 집시 여자는 누군가 자신의 뒤를 밟고 있음을 언제부턴가 알아차렸다. 그녀는 두려움을 느끼며 몇 번인가 뒤를 돌아보았는데, 아직 문이 열린 제과점 앞을 지나치다 말고 문득 걸음을 멈춘 뒤 그곳에서 흘러나오는 불빛을 통해 미행자 쪽을 유심히 훑어보기까지 했다. 순간, 그랭구아르는 아까 광장에서 그랬던 것처럼 여자의 입술이 비죽거리는 걸 보았다. 그녀는 다시 걸음을 재촉했다.

여자가 입술을 비죽거리는 표정이 귀엽게 느껴진 그랭구아르는 또다시 생각에 잠겼다. 그 같은 표정 속엔 분명히 비웃음과 멸시의 감정이 담겨 있을 터였다. 그는 이제 머리를 숙여 길바닥에 깔린 돌조각들이라도 헤아려가면서 조금 거리를 둔 채 뒤따라야겠다고 마음먹었다. 얼마나 더 걸었을까, 어느 길모퉁이에서 잠깐 그녀의 모습을 놓쳐버렸나 싶었을 때 별안간 날카로운 비명이 들려왔다.

그랭구아르는 황급히 걸음을 옮겼다.

어둠에 잠긴 거리는 매우 캄캄해서 앞이 잘 보이지 않았다. 그러나 길가에 서 있는 성모상 아래 쇠창살 안에서 기름을 머금은 솜뭉치가 불꽃에 타고 있었으므로 그랭구아르는 그녀에게 무슨 일이 일어났는지 알아볼 수 있었다. 어둠 속에서 집시 여자는 괴한 두 명에게 붙잡힌 채 발버둥을 치고 있었고, 그들은 여자가 소리를 지르지 못하게 하려고 안간힘을 쓰고 있었다.

곁에서 겁을 집어먹은 염소는 그저 꼬리를 늘어뜨린 채 울고 있었다.

"야경대, 여기요, 여기!"

그랭구아르는 야경대를 소리쳐 부르면서 용감하게 앞으로 나섰다. 그때, 아가씨를 잡고 있던 두 명 중 하나가 그를 홱 돌아보았다. 괴한은 다름 아닌 무시무시한 카지모도였다!

그것을 확인한 순간, 그랭구아르는 줄행랑을 치지는 않았지만 그렇다고 한 걸음 더 나아가지도 못했다.

그랭구아르 앞으로 성큼성큼 다가온 카지모도는 다짜고짜 주먹을 휘둘러 상대를 길바닥에 패대기치고 나서, 한쪽 팔에 목도리를 걸치듯 집시 여자를 가뿐하게 감아 안고는 어둠 속으로 소리 없이 사라져버렸다. 또 다른 괴한 한 명도 부랴부랴 자취를 감추자, 졸지에 주인을 잃은 가엾은 염소는 구슬피 울면서 그 뒤를 쫓기 시작했다.

"사람 살려요! 살려주세요!"

이제는 어둠 저 너머에서 불쌍한 집시 여자의 비명만이 안타깝게 들려올 뿐이었다.

"거기 서! 이 나쁜 놈들, 그 여자를 내려놔!"

문득 우렁찬 고함 소리와 함께 근처 네거리에서 기병 한 사람이 불쑥 튀어 나왔다.

머리끝에서 발끝까지 완전무장을 하고 손에는 장검을 든 왕실 친위 헌병대 중대장이었다.

그는 잠시 엉거주춤 멈춰 선 카지모도의 팔에서 집시 여자를 낚아채 자신의 말에 얹었다. 순간, 정신을 차린 애꾸눈 꼽추가 여자를 되찾으려고 대장에게 달려들었으나 뒤따라 달려온 헌병 십여 명이 장검을 들고 가로막았다. 그들은 다름 아닌 파리 시장 로베르 데스투트빌 각하의 명령을 받들어 비밀 순찰을 돌고 있던 친위 헌병 분대였다.

결국 카지모도는 꼼짝없이 붙잡혀 밧줄로 친친 묶이는 신세가 되어버렸다. 그러면서도 그는 계속 으르렁거리고 거품을 내뿜으며 미친 듯이 무엇이든 물어뜯으려 했다. 만약 대낮이었다면, 모두들 그를 붙잡기는커녕 흉측해진 얼굴을 보고 오히려 줄행랑을 쳐버렸을 것이다. 카지모도로서는 불행히도 밤이었기에 자신의 가장 큰 무기가 빛을 잃고 만 셈이었다.

한편 카지모도와 동행하던 사람은 혼잡한 틈을 타서 어디론가 사라져버리고 없었다.

집시 여자는 순찰대장의 말 위에서 자세를 바로 하고 앉았더니 두 팔을 그의 어깨에 올리고는, 구원을 베풀어준 데 대해 감사를 전하듯, 잘생긴 사내의 용모를 한동안 뚫어져라 바라보았다. 이윽고 고운 목소리로 그녀가 말했다.

"귀하신 존함이 어떻게 되시나요, 헌병 나리?"

"푀부스 드 샤토페르 중대장이라 하오. 예쁜 아가씨!"

순찰대장은 허리를 곧추세우면서 대답했다.

"구해주셔서 정말 감사합니다!"

사내가 부르고뉴 지방색이 묻어나는 콧수염을 쓱 쓸어 올리는 사이, 집시 여자는 경쾌한 인사말과 함께 땅바닥에 내리 꽂히는 화살처럼 말에서 훌쩍 뛰어내리고는, 곧장 어둠 속으로 사라져버렸다.

아마 번쩍하고 사라지는 번갯불도 그보다는 둔했을 것이다.

"젠장! 이런 놈보다는 저 여자를 잡아두는 편이 더 나았을 텐데 말이야!"

순찰대장이 카지모도를 묶은 가죽끈을 바짝 조이며 내뱉자, 곁에 있던 부하 헌병이 맞장구를 쳤다.

"그러게 말입니다, 대장님. 꾀꼬리는 날아가고 박쥐만 남았네요……."

chapter 5

이어지는 불상사

그랭구아르는 성모상 앞 길바닥에 정신을 잃고 쓰러져 있었다. 한참 뒤에야 조금씩 의식을 되찾고 나서도 그는 잠시 동안 꿈을 꾸듯 몽롱한 상태였다. 집시 여자와 염소의 발랄한 모습이 카지모도의 커다란 주먹과 뒤섞이면서 머릿속을 어른거리는 가운데, 마냥 구름 위를 떠도는 기분이었다. 얼마나 지났을까, 섬뜩할 정도로 차가운 느낌이 그의 정신을 번쩍 들게 만들었다.

'왜 이렇게 차가운 거야?'

이런 생각과 더불어 눈이 떠지면서, 비로소 자신이 시궁창에 널브러져 있는 것을 알아차렸다.

"염병할 놈의 곱사등이 애꾸눈 자식!"

그렇게 투덜거리며 몸을 일으키려 했으나 심한 통증과 어지럼증 때문에 그는 도로 주저앉고 말았다. 그나마 움직일 수 있는 손으로 코를 감싸 쥐고는, 한동안 우두커니 앉아 있을 수밖에 없었다.

'파리의 시궁창이라……'

그는 생각에 잠기기 시작했다. (결국 시궁창에서 밤을 보낼 수밖에 없지 않겠는가. 아니면, 지금 상황에서 달리 무엇을 할 수 있겠는가!)

파리의 시궁창 냄새는 유난히 고약스럽다. 틀림없이 휘발성 아질산염을 포함하고 있기 때문일 터. 물론 이것은 니콜라 플라멜[85] 선생을 비롯한 연금술사들의 의견이기도 하지만…….

그는 '연금술사'라는 단어를 생각하다가 문득 머릿속에서 클로드 프롤로 부주교를 떠올렸다. 뿐만 아니라 카지모도와 또 한 사내의 손에 집시 여자가 잡혀갈 뻔했던 일이며, 광장에서 카지모도를 굴복시켰던 부주교의 어둡고 근엄한 얼굴이 한꺼번에 어지러이 맴도는 것이었다.

'뭔가 이상한데……!'

그렇게 속으로 중얼거리면서, 그는 지나간 일련의 사실들에 기초한 환상적인 축조물, 즉 철학자들의 카드 성을 자기도 모르게 쌓기 시작했다. 그러다 불현듯 다시 정신을 차린 그의 입에서 외마디 신음 소리가 새어 나왔다.

"맙소사! 이러다 얼어 죽는 거 아냐!"

그도 그럴 것이, 누구든 한겨울의 쌀쌀한 밤을 그곳에서 지새우기는 어려운 일이었다. 시궁창의 물 분자들이 그랭구아르의 몸에서 체온을 빼앗아 가고 있었다. 이러다가는 그의 체온과 시궁창의 수온이 어느 순간 같아지게 될 터!

그런데 사실은 그와는 또 다른 골치 아픈 상황이 닥쳐오고 있었다.

예부터 부랑아라는 이름으로 불리는 한 떼의 새파란 장난꾸러기들은 어느 시대에나 있어왔다. 가령 우리는 어릴 적 하굣길에서, 너무 말끔한 차림새를 하고 있다는 이유로 그들 맨발의 부랑아들로부터 돌팔매질을 당하기 일쑤였다. 바로 그런 부랑아들이 지금 그가 널브러져 있는 네거리 쪽으로 갑작스레 달려오고 있었던 것이다. 그들은 밤이 깊어 모든 사람들이 잠을 잔다는 건 안중에도 없는 듯, 큰 소리로 웃고 떠들어대고 있었다. 하나같이 나막신을 신고 정체가 불분명한 자루 같은 것을 질질 끌며 오고 있었는데, 그 발소리만으로도 죽은 사람이 벌떡 깨어날 만큼 시끄러웠다. 그랭구아르는 아직 죽지 않았으므로 윗몸을 반쯤 일으켰다.

"야, 엔캥 당데슈! 어이, 장 팽스부르드! 좀 전에 저 길가의 철물장수 외스타슈 무봉 영감이 죽었기에 그 영감의 짚방석을 가져왔지. 여기서 화톳불을 피우자! 플랑드르 축제일이 다 가기 전에 말이야!"

그들은 이렇게 목청껏 소리쳤다. 그러고는 그랭구아르를 미처 발견하지 못하고 바로 그의 머리 위에 짚방석을 홀쩍 던져놓았다. 그들 중 한 녀석이

짚을 한 움큼 가지고 성모상의 등불 심지에서 불을 붙였다. 그랭구아르는 기겁을 하며 중얼거렸다.

"이런 젠장! 이러다 짚불에 구워지는 거 아냐?"

그야말로 절체절명의 위기였다. 물과 불 사이에 끼여 오도 가도 못 하는 신세가 되었으니 환장할 노릇이 아닌가. 시궁창에서 얼어 죽으나 짚불에 타 죽으나, 이래저래 죽을 처지가 되고 보니 없던 힘도 솟아날 지경. 글자 그대로 죽을힘을 다해 몸을 일으킨 그랭구아르는 짚방석을 어린 부랑자들에게 후딱 내던지고는 무조건 달리기 시작했다.

"아이코, 이게 뭐야? 철물장수가 도로 살아났나 봐!"

아이들 역시 갑작스런 사태에 혼비백산해서 어디론가 꽁무니가 빠지도록 달아나버렸다.

결국 임자 없는 짚방석만이 그 자리에 덩그러니 남아 있게 되었는데, 벨포레와 르 쥐주 신부, 그리고 코로제가 전하는 말에 의하면,[86] 그 짚방석은 바로 다음 날 그 지역 성직자들에 의해 생트 오포르튄 성당의 보물 창고에 들어가게 되었다고 한다. 나중에 그곳 성당지기는 문제의 짚방석을 모콩세유 거리에서 발견된 성모상의 기적이라고 둘러대, 1789년까지 적잖은 수입을 올렸다는 것이다. 기적의 내용인즉, 외스타슈 무봉이라는 자가 악마를 희롱하기 위해 죽을 때 자신의 넋을 그 짚방석 안에 숨겨두었는데, 1482년 1월 6일에서 7일 사이 그 기념할 만한 밤에 근처에 있던 성모상의 힘으로 마귀를 쫓을 수 있었다는 것이다.

chapter 6

깨진 항아리

시궁창에서 벗어난 그랭구아르는 한참 동안 '걸음아 나 살려라' 하며 정신 없이 달렸다. 어디로 가는지도 모르고 무작정 달리는 가운데, 그는 수많은 길모퉁이 담벼락들에 머리를 찧었고 진흙탕과 시궁창을 수없이 건너뛰었으며, 헤아릴 수 없이 많은 골목길과 막다른 길, 교차로를 지나쳤다. 그는 중앙 시장의 낡고 복잡한 골목들을 통과하면서 미처 가시지 않은 두려움으로부터 달아날 구멍을 찾고 있었다. 어찌나 놀랐는지 근사한 라틴어 법조문에서 흔히 '모든 도로와 길과 통로'로 언급해온 길목들을 죄다 헤집고 다닌 뒤에야 그의 걸음이 덜컥 멈추었다. 무엇보다 숨이 찼으며, 머릿속에 갑작스레 떠오른 딜레마가 또다시 그의 덜미를 덥석 붙들었던 것이다.

"여보게, 그랭구아르 선생!"

그는 걸음을 멈추고 손가락으로 이마를 짚으며 스스로에게 중얼거렸다.

"정말 한심하기 그지없군! 아까 그 불한당 녀석들도 필경 자네를 두려워 했을 거야. 자네가 북쪽으로 내달리는 동안 녀석들의 나막신 소리가 남쪽으로 달아나는 것을 들은 것 같다 이 말이지. 그러니 잘 생각해보게, 녀석들도 자네만큼이나 정신이 없었다면 틀림없이 그 짚방석을 잊고 갔을 것 아닌가. 그 짚방석이야말로 자네가 줄곧 찾아다니던 오늘의 잠자리가 아니겠나? 성모 마리아께서 자네가 지어 바친 교훈극에 대한 답례로 기적을 행하여 보내주신 게 아니겠냐고! 뿐만 아니라 만약 녀석들이 달아나지 않았더라도 말이야, 제대로 불만 붙였다면 그것은 자네가 젖은 옷을 말리고 언 몸을 녹이는 데 그야말로 좋은 난로가 되어줄 수 있지 않았겠는가! 어찌되었든 그 짚방 석이야말로 하늘이 내려주신 선물이란 말이지. 모콩세유 거리의 자상하신

성모 마리아께서 오로지 자네를 위해 외스타슈 무봉을 데려가셨다 이 말씀 이야! 그런데도 자네는 프랑스 군대 앞에서 죽어라 도망치는 피카르디 군처 럼 꽁지 빠진 새 모양으로 줄행랑을 치다니, 얼마나 바보 같은 짓인가 말이 야! 정말 넌 바보 멍청이라고⋯⋯."

그는 이제 오던 길을 되밟기 시작했다. 먹이를 찾는 사냥개처럼 코와 귀를 활짝 열고 방향을 확인해가면서, 이 골목 저 골목 되짚어 하늘이 내려주신 기적의 짚방석을 되찾으려고 애를 썼다. 그러나 아무리 헤매고 다녀도 처음 의 그곳으로는 갈 수 없었다. 비슷한 길목으로 들어서다 보면 빽빽하게 집 들이 들어찬 막다른 골목이거나 낯선 교차로와 맞닥뜨릴 뿐이었다. 어둠만 이 뒤엉킨 투르넬 궁전의 미로보다 더 어지럽고 복잡한 골목길에서, 그는 더 이상 어찌할 줄 모르고 방황할 따름이었다. 어찌나 울화통이 치미는지 그는 자기도 모르게 버럭 고함을 내질렀다.

"망할 놈의 거리들 같으니라고! 이거야 원, 악마의 저주가 담긴 쇠스랑을 본떠 만든 것도 아닐 테고, 왜 이리 복잡한 거야!"

소리를 지르고 나자 속이 좀 풀리는 듯했다. 때마침 멀리 좁은 골목 끝으로 불그스름한 불빛이 어른거리는 것이 보이자 기운이 솟기 시작했다.

"아이고 다행이다! 내 짚방석이 불타고 있는 거야⋯⋯."

그는 기쁜 마음에 이렇게 중얼거리며 암흑 속을 파고드는 뱃사공에 자신 을 견주며 덧붙였다.

"안녕하신가, 바다의 별이여?"

과연 그는 이 한마디를 성모 마리아와 짚방석 둘 중 어디를 향해 던진 것 일까? 그야 누구도 알 수 없는 일. 그는 짚방석이 불타고 있다고 생각되는 골목을 향해 걸어 들어갔다. 제법 긴 골목이었는데, 포장도 되지 않은 진탕 길인데다 경사도 심한 오르막이었다. 얼마나 걸어 들어갔을까, 그는 어두운 통로를 따라 정체를 알 수 없는 희미한 형체들이 꿈지럭대고 있는 것을 알아차렸다.

빈털터리일수록 사람은 앞뒤 가리지 않게 되는 법이다. 그랭구아르는 그 움직이는 형체들을 얼른 따라잡았다. 그중 가장 느린 형체를 자세히 살펴보니 다리를 잃은 장님거미처럼 두 손을 발 삼아 폴짝거리며 앞으로 나아가는 가엾은 앉은뱅이였다. 그랭구아르가 사람의 얼굴을 한 거미 같은 앉은뱅이 옆을 지날 때, 이탈리아어로 중얼거리는 아주 처량한 목소리가 들렸다.

"라 부오나 만치아, 시뇨르! 라 부오나 만치아!(적선 좀 하십시오, 나리! 부디 적선 좀 하세요!)"[87]

"악마한테나 잡혀가라! 뭐라고 지껄이는지 난 모르겠다, 이놈아!"

그랭구아르는 이렇게 대꾸하고는 얼른 지나쳐버렸다.

그는 또 다른 형체들을 살펴보았다. 그중 하나는 절름발이에다 손이 없는 불구자였다. 장애가 아주 심각한 그의 몸을 보조하는 나무 장치는 마치 석공이 걸어다니는 비계 같은 모양새였다. 품위 있고 고상한 비유를 즐기는 그랭구아르가 보기에 그 불구자의 상태는 흡사 불카누스[88]의 살아 있는 삼각대를 연상시켰다.

이 '살아 있는 삼각대' 역시 옆을 지나는 그랭구아르에게 불쑥 인사를 건넸다. 이발사의 비누접시 같은 모자를 그의 턱에까지 갖다 붙이면서 에스파냐어로 이렇게 외치는 것이었다.

"세뇨르 카발레로, 파라 콤프라르 운 페다소 데 판!(나리, 빵 한 조각 살 돈만 주십시오!)"[89]

"네가 지껄이는 소리도 귀에 거슬리기는 마찬가지로다! 그게 대체 무슨 소린지 알아들을 수 있다면 분명 나보다 행복한 놈이겠지……."

그랭구아르는 갑자기 무언가가 떠오른 듯 이마를 쳤다.

'그나저나 아침에 저들이 말하던 '에스메랄다'는 대체 무슨 뜻일까?'

그가 다시 그 자리를 뜨려는 순간, 또다시 무언가가 앞을 가로막았다. 어떤 장님이었는데, 수염을 기른 유대인 같은 얼굴을 하고 한 손으로는 지팡이로 길을 더듬고 있었다. 그는 헝가리 억양이 섞인 라틴어를 콧소리로 중얼거렸다.

"파키토테 카리타템!(적선 좀 해주십시오!)" [90]

"오호라, 이제야 겨우 기독교도의 말을 하는 놈을 만났군! 아무래도 오늘은 내가 자선사업가처럼 보이는 모양인걸! 주머니가 텅텅 비어 있는데도 모두들 나만 보면 동냥을 하니 말이야. (그는 장님을 향해 돌아서며 말했다.) 어이, 이보게, 내가 지난주에 마지막 속옷까지 팔아먹었단 말이거든. 그대는 키케로의 말밖에 알아듣지 못할 것 같으니 내가 제대로 다시 말해주지……벤디디 헵도마데 누페르 트란시타 메암 울티맘 케미삼!(난 지난주에 내 마지막 속옷을 팔았네!)" [91]

그러고 나서 그는 가던 길을 서둘렀다. 하지만 그와 동시에 장님은 물론 앉은뱅이와 절름발이까지 모두들 길바닥에 깔린 돌 위로 목발과 동냥 깡통을 요란하게 부딪쳐가며 그와 같은 방향으로 내달리듯 움직이는 것이었다. 그러는 와중에 그들은 자칫 그랭구아르를 밀쳐낼 것처럼 서로 앞서거니 뒤서거니 하면서, 아까와 마찬가지로 구걸 타령을 해댔다.

"카리타템!"

"라 부오나 만치아!"

"운 페다소 데 판!"

그랭구아르는 냅다 달리기 시작했다. 그러자 장님도 절름발이도 앉은뱅이도 있는 힘을 다해 그 뒤를 쫓았다.

그가 거리의 안쪽으로 들어갈수록 주위에는 더 많은 앉은뱅이와 장님과 절름발이들이 우글거렸다. 그 외에도 조막손이나 애꾸눈이, 상처투성이의 문둥병 환자들까지 근처의 집이나 골목, 또는 지하 환기구에서 튀어나와 먹잇감을 다투는 굶주린 짐승들처럼 아우성치고 고함을 지르면서 절룩절룩

꾸역꾸역 불빛을 향해 몰려드는데, 그 모양이 꼭 비 온 뒤 진흙탕에 뒹구는 민달팽이들 같았다.

그는 순간적으로 그냥 되돌아가버릴까 생각도 했다. 하지만 그러기에는 너무 늦은 상황이었다. 이미 그 민달팽이 같은 존재들이 뒤쪽을 가로막고 있는데다, 처음의 세 거지가 그를 붙잡고 있었던 것이다. 더욱이 유령 같은 거지들의 행진에 떠밀리다 보니 막연한 두려움과 함께 악몽 같은 현기증까지 휘몰아쳐, 그는 계속 앞으로 걸어갈 수밖에 없었다.

어쨌든 그는 골목의 끝까지 나오게 되었다. 골목이 끝난 곳에는 광장이 넓게 펼쳐져 있었고 여기저기 수많은 불빛들이 흐린 밤안개 속에 흔들리고 있었다. 그랭구아르는 여전히 자신에게 매달린 세 거지를 떼어내기 위해 후다닥 광장으로 뛰어들었다.

"온데 바스, 옴브레!(어이, 어딜 가는 거요!)"[92]

짚고 있던 목발을 내던지며 외치는가 싶더니, 절름발이가 갑자기 두 다리로 멀쩡하게 뒤를 쫓기 시작했다. 그러는 사이, 앉은뱅이도 자리를 털고 일어나더니 그랭구아르의 머리에 묵직한 그릇을 덮어씌웠다. 이에 질세라 장님도 눈빛을 반짝이며 그랭구아르의 눈을 똑바로 노려보았다.

"여기가 대체 어디요?"

겁에 질린 시인이 묻자, 어느새 그들 곁에 따라와 있던 네 번째 유령이 대답해주었다.

"'기적의 소굴'[93]이지!"

"'기적의 소굴'이라…… 정말인 것 같군. 장님도 눈을 뜨고 절름발이도 두 다리로 뛰는 걸 내 이 두 눈으로 똑똑히 봤으니 말이야. 그런데 구세주는 어디 계신 거요?"

그랭구아르가 이렇게 말하자 그들은 괴이한 웃음만 대차게 터뜨렸다.

가엾은 시인은 가만히 주위를 살펴보았다. 그는 그야말로 무시무시한 '기적의 소굴'에 들어와 있었던 것이다. 제대로 된 사람이라면 그런 시간에 그 곳에 들어갈 이유가 없었다. 공무 집행을 위해 들어섰던 샤틀레의 경찰관들이나 헌병들조차 혼비백산 돌아 나와야 했던 끔찍한 곳이었다. 파리의 얼굴에 흉측스레 돋아난 무사마귀와도 같은 도둑놈들의 소굴이자, 도시의 거리에 흘러넘치기 마련인 죄악과 구걸, 밤이면 모여들었다 아침이면 어디론가 빠져나가는 부랑자들의 시궁창이었다. 집시, 환속 수도자, 타락한 학생들, 에스파냐, 이탈리아, 독일 등 여러 나라의 망나니들과, 유대교, 기독교, 회교, 우상숭배자 등 온갖 종교의 무뢰한들이 별의별 가짜 생채기들로 분장한 채, 낮에는 동냥질을 하고 밤에는 흉악한 짓을 저지르는 부정의 합숙소인 것이다. 한마디로 말해, 도둑질과 매춘과 살인 등 파리의 거리를 수놓는 영원한 드라마의 배우들을 위한 거대한 분장실인 셈이었다.

그 시절 파리의 모든 광장이 그렇듯, 그 광장 역시 길 하나 제대로 닦여 있지 않은 공터에 불과했다. 불이 켜진 곳들마다 괴상한 사람들이 모여 웅성대거나, 다들 이리저리 서성이면서 툭 하면 고함을 질러댔다. 찢어질 듯 날카로운 웃음소리, 어린아이들의 울음소리, 여자들의 새된 목소리들이 여기저기서 솟구쳤다. 그들의 손이나 머리 그림자가 불빛을 받은 배경 위에 기이한 움직임을 그려냈다. 불빛이 어렴풋한 그림자에 섞여 흔들리는 땅 위로는 사람 같은 개가 지나거나 개 같은 사람이 지나는 것을 볼 수도 있었다. 종족과 종의 구별이 사라졌다고나 할까. 남자도, 여자도, 짐승도, 나이도, 성별도, 건강도, 질병까지도 모든 것이 뒤섞이고 합쳐져, 전체가 한데 어우러져 휘돌았다.

그랭구아르는 당황한 중에도 흔들리는 희미한 불빛을 통해 광장이 낡고 지저분한 집들로 둘러싸여 있는 것을 간파할 수 있었다. 한두 개씩 뚫린 창으로 불빛이 새어 나오는 낡고 찌그러진 집들은, 마치 찌푸린 얼굴로 둘러서서 악마들의 밤 소동을 지켜보는 어둠 속 노파들의 괴상하게 큰 머리통들처럼 보였다.

그것은 그랭구아르가 한 번도 겪어보지 못한 기괴한 파충류나 개미, 혹은 끔찍한 원시생물들이 연출하는 환상과 미지의 세계 같았다.

그랭구아르는 세 개의 집게에 붙들리듯 세 거지한테 에워싸인 채, 주위의 다른 떼거지들의 아우성까지 겹쳐, 그야말로 정신을 가누기 힘들 만큼 당황하고 있었다. 불운한 그랭구아르는 오늘이 혹시 마법사들이 연회를 연다는 토요일이 아닌지 생각해내려고 애써 정신을 가다듬었다. 그러나 아무리 애를 써도 무엇 하나 집히는 것이 없었다. 기억과 생각의 실마리가 모두 끊어진 채, 보고 느끼고 또 의심하는 것 사이에서 흔들리고 있었다. 그는 극도의 혼란 상태에서 가까스로 자신에게 질문을 던져보았다.

'내가 살아 있다면 지금 이곳은 현실일까? 이곳이 현실이라면 내가 정말 살아 있는 것일까?'

순간, 그를 둘러싸고 있는 사람들 속에서 유독 귀청을 찢는 듯한 고함 소리가 솟구쳤다.

"이놈을 임금님께 끌고 가라! 임금님께 끌고 가라!"

그랭구아르는 가쁜 숨을 몰아쉬며 중얼거렸다.

"오, 성모님! 이곳 임금이라면 염소가 틀림없을 거야……."

"임금님께 끌고 가!"

이제는 모두 한소리로 외치고 있었다.

그는 우악스레 달려드는 사람들 손에 이끌려 어디론가 끌려가고 있었다. 그 와중에도 세 거지는 "이놈은 우리 거야!" 하고 부르짖으면서 사람들 손에서 그를 잡아 빼내려 악을 쓰고 있었다.

마침내 시인의 낡아빠진 옷자락은 갈가리 찢어진 채 흩어져버렸다.

그렇게 끔찍한 과정을 거치며 광장을 지나는 동안 현기증은 사라졌고, 몇 걸음 더 걷고 나자 현실감이 돌아왔다. 그건 어느새 그곳 분위기에 익숙

해지기 시작했다는 의미였다. 맨 처음 낯선 상황에 직면했을 때는 마치 연기가 피어올라 온갖 사물과 상황들을 흐려놓는 통에 갈피를 잡을 수 없는 것처럼 몽롱하고 당혹스럽기만 했었다. 갑자기 어둠 속에 들어섰을 때 아무것도 보이지 않다가 이내 눈이 익숙해져 사물들을 구별할 수 있게 되는 것처럼, 이제는 점점 현실감각을 되찾고 있었다. 요컨대 그는 마법사들의 집회인 줄 알았던 곳에서 어느 한순간 정신을 차려보니 거대한 술판 한가운데 떨어져 있는 자신을 발견하게 된 것이다.

그렇다, '기적의 소굴'은 그 자체가 하나의 술판이었다. 그렇다고 해서 단순히 술만 마셔대는 것이 아니라 피와 포도주가 넘치는 강도들의 소굴이기도 했다.

누더기를 걸친 호송대에 의해 그곳까지 끌려온 그랭구아르의 첫눈에 비친 광경은, 설사 지옥의 서정이라 할지라도 결코 시적 감흥을 불러일으킬 만한 것이 아니었다. 그보다는 지극히 산문적이고 투박한 선술집의 적나라한 모습 그 자체였다. 15세기에서 잠시 벗어나 얘기해보자면, 그랭구아르는 미켈란젤로에서 칼로[94]의 세계로 전락했다고 할 만했다.

둥글넓적한 돌바닥에서 뜨겁게 타오르며 그 위에 걸친 석쇠의 다리를 시뻘겋게 달구는 화톳불 주위로 낡은 테이블이 여기저기 아무렇게나 놓여 있었다. 테이블 위에는 포도주와 맥주가 담긴 항아리들이 놓였고 그 둘레로는 불빛과 술에 의해 얼굴이 붉게 상기된 얼굴들이 모여 있었다. 그들 가운데 쾌활한 얼굴에 배가 많이 나온 한 남자는 뚱뚱한 몸집을 가진 매춘부를 부둥켜안고 있었다. 그리고 사이비 상이용사라고 불리는 가짜 군인 하나는 휘파람을 불며, 아침부터 자신의 멀쩡한 다리에 동여맸던 붕대를 풀고 온종일 그 속에서 조여 있던 무릎을 주무르고 있었다. 건너편의 부스럼쟁이 거지는 애기똥풀하고 소의 피를 가지고 다음 날 써먹을 '하느님의 다리'[95]를 만들고 있었다. 그들과 몇 테이블 떨어진 자리에서는 순례자 복장을 갖춘 걸인 한 명이 단조로운 콧소리로 성녀 레지나의 애가를 우물거리고 있었다. 또 다른 자리에서는 한 젊은 거지가 나이 든 가짜 간질 환자에게서 간질 발작을 그럴듯하게 흉내 내는 법을 배우고 있었다. 가짜 간질 환자가 젊은이에게 전수한 방법이란, 비누 조각을 씹어가면서 거품을 무는 것이었다. 바로 그 옆 테이블에서는 수종 환자 한 명이 제 몸의 가짜 부기를 빼는 동안, 여자 네다섯이 그날 저녁 납치해 온 어린애 하나를 서로 갖겠다고 다투면서 코를 틀어막고 있었다. 소발이 말한 것처럼, 이런 모든 광경은 2세기 후, "왕을 포함한 궁중 사람들에게 아주 우스꽝스런 심심파적거리가 되었고, 4부로 나뉘어 프티 부르봉 궁의 무대에서 추는 '밤의 왕실 발레' 등장 무용의 소재"로 활용되었다. 1653년 현장을 직접 목격한 사람은 이렇게 덧붙이고 있다. "'기적의 소굴' 사람들의 갑작스런 변신이 이보다 더 잘 연출된 적은 일찍이 없었다. 방스라드[96]는 꽤 멋스러운 시로 그것을 다듬어 우리에게 보여주었다."

술집 안 여기저기에서 난잡한 노랫소리 가운데 요란한 웃음소리가 터져 나오고 있었다. 옆 사람의 말에는 귀 기울지 않으면서 모두들 말꼬리를 잡거나 욕설을 퍼붓고, 저속한 이야기를 해대느라 정신이 없었다. 술항아리들이 부딪치는 순간 싸움이 벌어졌고, 이 빠진 항아리에 이미 누더기가 다 된 옷들이 찢겨 더욱 너덜너덜해졌다.

커다란 개 한 마리가 꼬리를 말고 앉아서 불꽃을 바라보고 있었다. 어린아이들도 더러 섞여 있었는데 어디선가 납치되어 온 아이는 낯선 곳에 대한 두려움 때문에 막무가내로 울부짖고 있었다. 네 살배기 살찐 남자아이는 높은 의자에 앉아 다리를 흔들거리고 있었는데, 턱이 테이블에 겨우 얹혀 있

그곳의 구성원들은 일종의 동업조합을 이루고 있었다.
제일 우두머리에는 꺽다리 거지왕초나 땅딸막한
난쟁이가 임금 자리를 차지했다.

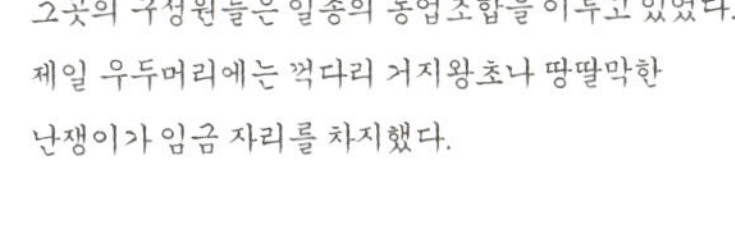

소매치기 혹은
날치기도 성행했다.

침을 질질 흘리는 거지는
비누를 먹어 간질 환자인 척했다.

가짜 뇌수종 환자 흉내를 내는
야바위꾼들

도둑질이나 소매치기에도 기술을 배우는 견습생과
기술을 전수해주는 스승이 따로 있었다. 스승 자격을 갖추려면
강도상해라든지, 뭔가 대단한 건수를 올려야 했다.

간혹 탈주병들도
그들의 일원으로 가세했다.

구걸을 효과적으로 해내려면 때로는
개에 물린 시늉을 할 필요도 있었다.

었다. 또 다른 아이는 손가락으로 흘러내리는 촛농을 테이블 위에 문질러 바르고 있었다. 그리고 아주 어린 또 한 아이는 더러운 바닥에 앉은 채, 몸이 들어갈 정도로 큰 냄비의 바닥을 기와 조각으로 긁어대 스트라디바리도 울고 갈 만한 소리를 내고 있었다.

화톳불 옆에는 커다란 술통이 하나 놓여 있었는데 그 위에 거지 하나가 올라앉아 있었다. 그야말로 임금의 옥좌가 따로 없었다.

그랭구아르를 끌고 온 거지 셋은 술통 앞으로 그를 이끌었다. 그 순간, 아수라장 같던 술집 안이 쥐 죽은 듯 조용해졌다. 다만 철모르는 어린아이가 냄비 바닥을 긁어대는 소리만 이어지고 있었다.

가쁜 숨을 헐떡이는 그랭구아르는 고개를 들어 그곳을 살펴볼 엄두도 내지 못하고 있었다.

"옴브레, 끼따 뚜 솜브레로!(이봐, 모자 벗으라고!)"[97]

그를 끌고 온 한 거지가 스페인어로 소리쳤는데 그랭구아르가 그 말뜻을 미처 깨닫기도 전에 또 다른 거지가 그의 모자를 잡아 벗겨버렸다. 별 볼일 없는 벙거지일망정 햇볕이 따갑거나 비가 오는 날에는 그런 대로 아직 쓸 만한 것이었다. 그랭구아르는 한숨을 내쉬었다.

그때, 술통 위에 앉아 있던 임금이 한마디 던졌다.

"이 놈팡이는 또 뭐냐?"

그 목소리에 그랭구아르는 몸서리를 쳤다. 과장되게 위협적인 거친 말투였어도 분명히 알아들을 수 있었기 때문이다. 그는 바로 그날 아침 성사극이 벌어지던 강당의 관객들 속에서 "적선 좀 합쇼, 예!"라고 외침으로써 그에게 최초로 타격을 주었던 주인공이었다. 그제야 그랭구아르는 고개를 들어 임금의 얼굴을 확인했다. 틀림없는 클로팽 트루이유푸였다.

클로팽 트루이유푸는 임금의 표지를 달고는 있지만 차림새는 그때와 조금도 달라지지 않았다. 대신 팔에 있던 상처는 흔적도 보이지 않았고, 손에는 그 당시 순경들이 군중을 통제할 때 쓰던 '불라이'라는 흰 가죽끈으로 된 회초리를 들고 있었다. 머리에는 위로 갈수록 좁아지는 모자를 쓰고 있었는데 아무리 보아도 아이용 모자인지 왕관인지 분간하기가 어려웠다.

그랭구아르는 이 '기적의 소굴' 임금이 자신의 연극 공연장에 왔던 거지였다는 사실에 일말의 희망을 찾고 있었다. 물론 그 거지가 정말 밥맛이라는 사실에는 변함없었지만 말이다.

기대감에 찬 그랭구아르는 더듬더듬 입을 열었다.

"저…… 나리…… 각하…… 아니, 저…… 폐하…… 어떻게 불러드려야 좋을지 모르겠습니다만……."

그랭구아르가 난처한 듯 머뭇거리자 거지 임금이 퉁명스레 대꾸했다.

"각하든 폐하든 되는 대로 불러, 대신 빨리 말해. 너 자신을 변호할 무슨 말이 있긴 한 거냐?"

'나 자신을 변호할 말이라고? 나 참! 아주 더럽게 됐군…….'

그랭구아르는 불쾌감을 억누르며 속으로 중얼거리다 말고, 다시 말을 이었다.

"저는 오늘 아침에……."

"에라 이 빌어먹을 놈아! 잡소리 그만하고 네 이름이나 대란 말이다! 잘들어, 넌 지금 세 분의 높으신 군주 앞에 있는 거야. 우선, '쩐(錢)'의 임금이시며 거지 왕국 최고 군주 대제왕 폐하의 뒤를 이은 나 클로팽 트루이유푸, 다음은 대갈통에 걸레를 걸친 저기 저 노란 얼굴의 노인, 이름하여 이집트와 보헤미아의 공작인 마티아스 운가디 스피칼리, 그리고 남이 뭐라 지껄이든 상관없이 계집애나 실컷 주무르고 있는 저 뚱보, 갈릴리의 황제 기욤 루소. 이렇게 세 사람이 너를 심판할 것이다. 너는 함부로 우리 거지 왕국을 침범했어. 그러니 도둑, 문둥이, 부랑자 이 셋 중 아무것도 아니라면 너는 단단히 벌을 받아야만 하는 거야. 자, 그러니 대체 어떤 놈인지 정체를 밝히란 말이다!"

"오, 불행히도 제겐 그와 같은 명예가 없습니다. 저는 일개 작가입니다
……."

그랭구아르의 말에 임금은 단호히 잘라 말했다.

"그래? 알았다. 한마디로 교수형 감이로군…… 선량하신 시민 나리! 당신
들이 우리를 대하듯, 우리 세계에 뛰어든 네놈에게는 우리 식으로 다루는 게
공평하겠지. 당신들이 부랑자를 단속하듯이 우리 세계에도 신사를 단속하는
법이 있거든. 그 법이 가혹하다면 그건 당신들 탓이지. 때로는 삼베 끈에 목
을 매단 찡그린 얼굴을 보고 싶기도 하거든. 이제 네가 입은 그 누더기는 저
매춘부들에게 나눠주라고. 걸인들의 흥을 돋우기 위해 네놈 목을 매달아야
하니까. 아 참, 당연히 지갑도 남겨둬야겠지. 마지막 기도라도 하고 싶다면
얼마든지 하시고. 저기 사발 속에 생 피에르 오 뵈프 성당에서 가져온 돌 하
느님이 계시니 말이야. 네놈 영혼을 신에게 맡기는 데 사 분 여유를 주겠다!"

그야말로 멋들어진 장광설이었다!

"훌륭해! 클로팽 트루이유푸는 교황처럼 말도 참 기막히게 잘한다니까!"

갈릴리 황제는 술항아리를 깨트려 그 조각으로 흔들거리는 탁자 밑을 괴
면서 소리쳤다.

그랭구아르도 가만있지는 않았다. 어디서 용기가 났는지, 단호한 어조로
입을 떼기 시작하는 것이었다.

"황제 및 국왕 폐하 여러분, 지금 뭔가 잘못 생각하고 계십니다. 저는 피에
르 그랭구아르라고 하는 시인인데요, 오늘 아침 재판소 대강당에서 있었던
연극의 대본을 쓴 사람이란 말입니다!"

그러자 클로팽의 야멸친 대꾸가 금방 솟구쳤다.

"오호, 그게 너였냐? 나도 가봤지. 오늘 아침에 그렇게 지루한 연극을 보
게 해놓고 밤에 교수형 당하는 것을 피할 수 있을 거라고 생각했어? 욕심이
과하구나!"

'이키, 이래선 안 되겠는데…….'

그랭구아르는 다시 생각을 가다듬고, 한 번 더 사정을 해보기로 했다.

"그런데 저 같은 시인이 거지 왕국 시민이 되지 말라는 법이 어디 있습니까? 이솝도 방랑자였고, 호메로스도 거지였으며, 메르쿠리우스[98]도 도둑이었는데 말이죠……."

그러자 클로팽이 얼른 말을 가로챘다.

"이놈! 갈수록 요상한 말로 우리를 헷갈리게 하려는 수작은 그만두어라! 어림없는 소리 말고 빨리 목이나 내놔!"

"죄송합니다만, '쩐'의 왕이시여! 그러지 마시고 잠깐 제 말을 좀 들어주십시오! 듣지도 않고 그런 형벌은 내리신다는 건 말도 안 됩니다!"

그랭구아르는 필사적으로 얘기를 이어나가려 했다.

하지만 간절한 목소리는 시끄러운 주위 소음에 금세 파묻혀버렸다. 아까 그 냄비 바닥을 긁어대는 소리가 더욱 커진데다, 화톳불로 시뻘겋게 달궈진 석쇠 위의 프라이팬에 한 노파가 갑자기 기름을 뿌려대는 바람에 마치 가면 쓴 사내를 뒤쫓는 어린아이들의 아우성처럼 요란한 소리가 터져 나오는 것이었다.

그사이 클로팽 트루이유푸는 이집트 공작과 술에 찌든 갈릴리 황제와 무언가를 의논하는가 싶더니, 불쑥 외쳤다.

"야! 좀 조용히들 못 하겠어?"

그럼에도 냄비와 프라이팬이 여전히 시끄러운 소리를 토해내자, 그는 신경질적으로 통에서 냅다 뛰어 내려가더니 그대로 냄비를 걷어차버렸다. 그 바람에 냄비는 아이와 함께 열 걸음도 더 굴러가버렸고, 뒤이어 걷어차인 프라이팬에서는 끓고 있던 기름이 불 속으로 쏟아져 들어갔다. 그 바람에 놀란 아이는 숨넘어갈 듯 울어젖혔고, 노파 역시 불꽃 속에 사라져버린 자신의 저녁 끼니가 아쉬워 거칠게 투덜댔지만, 클로팽은 전혀 아랑곳하지 않고 자신의 자리로 태연스레 돌아갔다.

마침내 거지 왕초가 신호를 보내자 이집트 공작과 갈릴리 황제, 그리고 대감과 부관들이 한꺼번에 몰려들어 말편자 모양으로 둘러섰다. 그랭구아르는 꼼짝없이 그 한가운데 잡힌 꼴이 되었다. 인간들 면면을 보자니, 하나같이 누더기 차림에 싸구려 금속이나 걸치고, 쇠스랑과 도끼를 쥐고 있는가 하면, 술 취해 덜덜대는 다리와 땟물 좌르르한 팔뚝들하며, 어딜 보나 흐리멍덩 맛이 한참 가버린 몰골이었다. 우르르 몰려든 거지들의 회의장 한복판에서 클로팽 트루이유푸는 원로원의 총독인 듯, 귀족원의 왕인 듯, 추기경 회의의 교황인 듯, 높다란 술통 위에 올라앉아, 거만하고 잔인하며 무엇인지 종잡을 수 없는 표정으로, 그 자리에 모인 어떤 거지보다도 험악하고 가증스러운 눈빛을 희번덕거리면서 모두를 내려다보고 있었다. 추악하기 이를 데 없는 돼지 상판 중 으뜸이라고나 할까.

"이봐!"

그는 투박하고 거친 손으로 볼썽사나운 자신의 턱수염을 쓰다듬으며 그랭구아르를 향해 소리쳤다.

"그러고 보니 네놈이 목을 내놓지 않아도 될 이유가 하나도 없잖아! 안타깝더라도 사실이니 어쩌겠니…… 아무튼 너희들이 이런 일에 익숙하지 않아서 그렇지, 사실 목 하나 달아나는 것쯤은 아무것도 아니거든! 더도 덜도 말고 모가지 딱 하나 잘리는 거라고. 한 가지, 네가 곤경을 면할 방법이 있긴 있다. 우리들과 한패가 되면 되는데…… 어떠냐?"

그의 말에 그랭구아르가 어떤 생각을 하게 되었을지는 아마 짐작하기 어렵지 않을 것이다. 가느다란 회생 가능성에 다시 악착같이 매달렸음은 물론이다.

"아, 그야 물론 괜찮죠! 얼마든지요!"

등줄기에 식은땀까지 흐르고 있었다……

대부분의 걸인들은 동시에 협잡꾼이기도 했다.

병색이 완연한 사람

떼강도와 불한당, 도둑, 매춘부들이
득실거리는 '기적의 소굴'은 여러 곳이 있었다.
그중 가장 유명한 곳은 지금의 레아위르 가와
르케르 골목 주변 지역이었다.

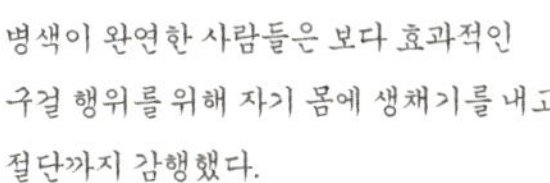

병색이 완연한 사람들은 보다 효과적인
구걸 행위를 위해 자기 몸에 생채기를 내고
절단까지 감행했다.

부랑아라든가 순례자를 자처하는 걸인들이
생 자크 성지 순례의 기념물이라며
가짜 조가비를 팔기도 했다.

가짜 상이군인들은 성당 앞에서
당당히 포즈를 취했다.

"그럼 분명히 우리 소매치기 일당이 되겠단 말이지?"

"소매치기요? 아, 네…… 물론입니다!"

그랭구아르는 두 번 생각할 것도 없이 서둘러 대답했다.

"정말 스스로 우리 시민이 되겠다 이거지?"

'쩐'의 왕이 다시 물었다.

"네, 진짜 시민이 되겠습니다."

"거지 왕국의 신하가 되겠다는 거지?"

"네, 거지 왕국의 신하가 되겠습니다."

"부랑자가 된다 이거지?"

"그렇습니다."

"진심으로?"

"네, 진심으로 그렇습니다."

"그래도 역시 넌 목을 내놓아야 돼!"

"네?"

기겁을 하는 시인을 빤히 바라보며 클로팽은 뻔뻔하게 시침 뗀 표정으로 말을 이었다.

"물론 그건 좀 나중 일이 되겠지. 좀 더 격식을 갖춘 형태로 말이야. 선량한 파리 시의 비용으로, 아름다운 교수대에서, 진짜 양민들이 지켜보는 가운데! 어떤가, 그 정도면 충분히 위안이 되겠지?"

"아, 네…… 그야 옳으신 말씀이죠……."

그랭구아르가 눈을 끔벅거리며 대답했다.

"뿐만 아니라 다른 이로운 점도 많아. 우리 거지 왕국의 시민이 되면, 파리 시민들이 내는 도로세나 빈민세, 가로등 세금 따위는 내지 않아도 된단 말이거든!"

"꼭 그러고 싶습니다! 부랑자, 거지 왕국 백성, 탈세 시민, 소매치기……

뭐든지 바라시는 대로 하겠습니다. '쩐'의 임금이시여, 사실 전 원래부터 그런 사람이었습니다. 왜냐하면 전 철학자거든요. '에트 옴니아 인 필로소피아, 옴네스 인 필로소포 콘티네투르(철학은 모든 사물을 포함하고 철학자는 모든 인간을 포함한다.)'[99]라고 하지 않습니까?"

그 말에 '쩐'의 왕은 당장 눈살을 찌푸렸다.

"너 이놈 대체 나를 뭘로 보고 그런 소리를 지껄이느냐? 꼭 헝가리 유대 놈처럼…… 난 히브리어 같은 건 몰라. 도둑놈이라고 해서 죄다 유대인이란 법은 없으니까. 그리고 난 더 이상 도둑질 같은 건 안 해. 이제는 사람을 죽이지. 목치기는 해도, 소매치기 같은 건 벌써 손 씻었다고!"

그랭구아르는 점점 더 달아오르는 상대가 거칠고 단호하게 툭툭 내뱉는 말들 사이에 어떻게든 끼어들어 뭔가 변명이나 사과의 말을 해보려고 애썼다.

"저, 정말 죄송합니다, 폐하…… 그건 히브리어가 아니라 라틴어인데요……."

"그러니까 내 말은, 난 유대인이 아니란 소리다! 그리고 네놈은 반드시 교수대로 보내버릴 테야, 빌어먹을! 네놈 옆에 있는 그 가짜 유대인 파산자 새끼도 마찬가지다. 언젠가는 저 녀석도 가짜 동전처럼 계산대 위에 못 박히는 꼴을 꼭 보고야 말 거거든!"

클로팽은 그렇게 말하면서 얼굴에 수염이 난 키 작은 헝가리 유대인을 가리켰다. 다른 나라 말을 전혀 모르는 헝가리 거지는 '쩐'의 왕의 노여움이 자신에게까지 미치는 것도 모른 채 그저 눈만 끔벅거리고 있었다.

이윽고 흥분이 서서히 가라앉자 클로팽 트루이유푸는 툭 내뱉었다.

"어이 놈팡이 친구, 자네 정말로 거지가 되고 싶단 말이지?"

"물론입니다!"

"되고 싶다고 해서 다 되는 건 아니야. 선의(善意)라는 것도 사실 수프에 고기 조각 하나 더 담아주는 걸로 끝나는 게 아니라고. 그건 천국에 갈 때 필요할지는 몰라도, 거지 왕국과 천국과는 하늘과 땅 차이라는 걸 알아야 해! 우리 거지 왕국에 들어오려면 네가 정말로 우리에게 필요한 존재라는 사실을 보여줘야 한단 말이야! 예컨대, '꼭두각시'를 상대로 어디 호주머니를 뒤지는 시범이나 한번 보여보든가……."

"뭐든지 하겠습니다."

그랭구아르는 힘주어 대답했다.

클로팽이 신호를 하자 도둑놈 몇몇이 어디론가 사라졌다가 다시 돌아왔다. 그들은 말뚝 기둥 두 개를 가져왔는데 아래쪽에는 주걱 모양의 뼈대가 달려 있어서 바닥에 세울 수 있게 되어 있었다. 그들은 기둥과 기둥 사이에 들보 하나를 가로지르고는 밧줄까지 매달아놓았다. 그러자 금세 훌륭한 간이 교수대가 되었다.

'이놈들이 뭘 어쩌려는 거지?'

그랭구아르는 은근히 불안해졌다. 그때 마침 방울 소리가 요란하게 울렸고, 그는 정신을 가다듬었다. 가만히 보니, 거지들이 꼭두각시 인형을 하나 가져다가 밧줄에 목을 걸고 있었다. 다름 아닌 새를 쫓는 허수아비였는데 빨간 옷을 입고 온몸에는 크고 작은 방울과 종들이 달려 있었다. 그것은 적어도 카스티야 나귀[100] 서른 마리의 목에 달 수 있을 만큼 많았고, 밧줄이 흔들릴 때마다 함께 울리게 되어 있었다.

이제 클로팽은 허수아비 인형 아래 놓은 삐딱한 의자를 가리키며 그랭구아르에게 말했다.

"저 위에 올라가라."

"말도 안 돼요. 모가지가 부러질 거예요. 저건 마르티알리스[101]의 2행시처럼 절름발이 아닙니까!"

그랭구아르가 못마땅한 투로 말하자, 클로팽이 다시 윽박질렀다.

"잔말 말고 올라서라니까!"

하는 수없이 그랭구아르는 그 위태로워 보이는 의자 위로 올라섰다. 순간적으로 머리와 팔이 휘청거렸으나 간신히 중심을 잡는 데 성공했다.

"이제 네놈의 오른발을 왼쪽 다리에 감고 왼쪽 발끝으로 서라."

'쩐'의 왕이 명령했다.

"아이고, 기어이 제 팔다리가 부러져야 속이 시원하시겠습니까?"

그랭구아르가 울상을 짓자, 클로팽은 피곤하다는 듯 고개를 저으며 말했다.

"어이, 친구, 말이 너무 많군그래. 잘 들어, 지금 시키는 대로 발끝으로 서면 인형의 호주머니에 손이 닿게 된다. 그러면 거길 뒤져서 지갑을 꺼내는 거야. 단, 방울 소리가 나면 안 되지. 알았나? 그걸 잘해내면 합격이라고. 우리와 함께 살 수 있게 된다는 뜻이지…… 어때? 아울러 처음 일주일 동안은 흠씬 두들겨 맞는 일만 치르면 되고 말이야."

"맙소사! 그러다 자칫 방울 소리가 울리면 어떻게 되는 겁니까?"

"그땐 바로 교수형이지! 알겠냐?"

"아…… 모르겠습니다!"

그랭구아르가 기겁을 하며 대답했다.

"그럼 다시 말해줄까? 저 허수아비 인형의 주머니를 뒤져서 지갑을 꺼내보란 말이다. 방울 소리가 나지 않게 조심하면서 말이야. 소리가 났다 하면 넌 끝이라고! 알겠어?"

"네, 그건 알겠는데요…… 그다음엔 어떻게 되는 겁니까?"

"방울 소리가 나지 않게 지갑을 꺼내면 성공이니까 넌 정정당당하게 거지가 되는 거고, 그로부터 일주일 동안은 우리에게 실컷 두들겨 맞는 일만 남은 거지. 이제 알아듣겠어?"

"아니요! 모르겠습니다. 이래도 저래도 제겐 득이 되는 게 없잖아요? 잘못하면 교수형이고 잘하면 두들겨 맞는다니!"

"거지가 되잖아! 이 시험에 합격하면 넌 당당히 거지가 되는 거야. 그게 아무것도 아니란 말이냐? 맞는 건 거지로 사는 데 필수적인 거야, 아무리 맞아도 견딜 수 있도록 네 몸을 단련시키는 거라고나 할까?"

클로팽의 설명에 시인은 허탈한 듯 중얼거렸다.

"참 눈물 나게도 고마운 일이군요……."

"옳거니! 자, 그럼 빨리 하지!"

왕이 이렇게 말하면서 앉아 있는 술통을 냅다 발로 차자 큰북 두드리는 소리가 울렸다.

"인형의 주머니를 뒤지는 거야. 빨리 해치워. 다시 한 번 말해두지만 방울이 조금이라도 울렸다가는 곧바로 네가 인형의 자리에 서게 될 것이야!"

거지 떼거리는 클로팽의 말에 큰 박수를 보내며 교수대 주위를 둘러쌌다. 너무도 재미있다는 듯 잔인하게 웃어대는 그들의 모습에 그랭구아르는 두려움을 느끼기 시작했다. 이제는 무조건 왕의 명령대로 잘해내는 도리밖에 없었다. 그 외에는 어떤 희망도 보이지 않았다. 그는 자신의 기도가 거지들보다도 인형에게 더 감동을 줄지 모른다는 심정으로 간절히 기도했다. 조그만 구리쇠의 혓바닥을 가진 수많은 방울들이 마치 입을 벌리고 덤벼드는 살무사처럼 보였다.

"저 방울들의 흔들림에 내 목숨이 달렸다니, 세상에 이런 일이 있을까?"

그는 절망 어린 목소리로 중얼거렸다. 그리고 두 손 모아 기도했다.

"제발! 방울들아 울지 말아다오! 제발!"

마지막으로 그는 한 번 더 클로팽에게 물었다.

"만약 바람 때문에 방울이 울린다면 어떻게 됩니까?"

"교수형이지."

한 치의 망설임도 없는 대답이었다.

더 이상 이 상황을 벗어날 수도, 미룰 수도, 아예 도망칠 수도 없음을 깨달은 그랭구아르는 이제 남자답게 최선을 다하기로 마음먹었다. 그리고 오른

발을 왼쪽 다리에 감고 왼쪽 발끝으로 서서 팔을 뻗었다. 그러나 손이 허수아비에 닿는 순간, 다리가 세 개뿐인 의자 위에 선 그의 몸이 중심을 잃고 휘청거렸다. 그리고 마침내 바닥으로 쿵 소리를 내며 떨어지고 말았다. 순간 인형에 매달려 있던 수많은 방울들이 일제히 흔들리기 시작했다.

"다 틀렸어!"

바닥에 떨어진 그랭구아르의 잇새에서 안타까운 탄식이 새어 나왔다. 그는 이제 납작 엎드린 채 죽은 듯이 꼼짝도 하지 않았다.

머리 위에서는 무시무시한 방울 소리들과 거지들의 악마 같은 웃음소리, 그리고 "저놈을 일으켜 당장 목을 매달아라!" 하고 외치는 트루이유푸의 목소리가 마구 휘돌고 있었다.

잠시 후 시인은 벌떡 일어났다. 거지들은 정해진 교수형을 거행하기 위해 밧줄에서 인형을 풀어내고 있었다.

거지 왕국 백성들은 그를 냉큼 의자에 앉혔다. 클로팽이 다가와 목에 밧줄을 걸어주고는 어깨를 툭 치며 내뱉었다.

"잘 가게 젊은이! 더 이상 도망칠 데가 없지? 그래도 제법 잘 참아내더군!"

'제발 목숨만 살려주시오……'라는 말이 그랭구아르의 목구멍까지 올라오다가 사라졌다. 아무리 주위를 둘러보아도 살아날 구멍이라곤 보이지 않았다. 아무 희망도 없었다. 그런 그를 마냥 즐거운 듯 바라보는 거지들뿐이었다.

"벨비뉴 드 레투알!"

'쩐'의 왕의 날카로운 호출에 웬 덩치 큰 거지 한 명이 쓱 나섰다.

"가로지른 들보 위로 올라가거라!"

왕의 지시에 벨비뉴 드 레투알은 잽싸게 움직였다. 잠시 후, 들보 위에 올라앉아 웅크리고 있는 거한과 눈이 마주친 그랭구아르는 자기도 모르게 몸서리를 쳤다.

"자, 이제 내가 손뼉을 마주치면 앙드리 르 루주, 너는 곧장 무릎으로 의자를 차버려라. 그리고 프랑수아 샹트프뢴, 너는 놈의 다리에 매달리는 거야. 그와 동시에 벨비뉴는 놈의 어깨 위로 뛰어내리는 거고. 셋이 동시에 그렇게 하는 거야, 알겠지?"

클로팽의 지시를 들으며 그랭구아르는 공포심에 부들부들 떨기 시작했다.

세 부랑자는 한 마리 파리를 노리는 거미들같이 일제히 희생 제물을 노려보고 있었다. 가련한 사형수가 죽음의 공포 속에서 허우적거리는 동안, 클로팽은 차분하게 화톳불에다 마른 포도나무 가지를 밀어 넣었다.

"준비 다 된 거지?"

클로팽이 마지막으로 확인하면서 신호를 하기 위해 두 손을 벌렸다. 일 초만 지나면 모든 게 끝날 참이었다…….

한데 그 순간, 무슨 생각이 떠올랐는지 갑자기 손을 내리며 그가 말했다.

"잠깐만, 깜빡 잊을 뻔했구나! 우리는 관례상 사내를 처형하기 전에 그를 갖고 싶어 하는 여자가 있는지 물어보게 되어 있다. 이게 너의 마지막 기회인 셈이지. 좋다는 여자가 있으면 그와 같이 살 것이고, 없으면 예정대로 죽는 것이다!"

이러한 관례가 독자들에게는 이상하게 들릴지 모르지만, 실제로 그 자세한 내용이 수록된 영국의 옛 법률 문헌이 오늘날까지 전해져오고 있다. 궁금하다면 『버링턴스 옵저베이션스(Burington' s Observations)』를 참조하라. 그랭구아르는 안도의 한숨을 내쉬었다. 그러나 반시간 동안 두 번이나 죽다 살다를 반복해온 처지인지라, 이번에도 큰 희망을 가질 수는 없었다.

"여봐라! 계집들, 암컷들, 너희들 중에서 마녀든 암고양이든 아무 상관없으니 이놈을 갖고 싶은 년 있으면 앞으로 나와라! 콜레트 라 샤론! 엘리자베트 트루뱅! 시몬 조두원! 마리 피에드부! 톤 라 롱그! 베라르드 파누엘! 미셸 주나유! 클로드 롱조레유! 마튀린 지로루! 이자보 라 티에리! 자자,

어서들 가까이 와서 보란 말이야! 쓸모없는 사내 녀석이지만, 그래도 누구 갖고 싶은 년 있냐고!"

그랭구아르 자신이 생각하기에도, 이처럼 비참하고 절박한 상황에 처해 있으니 실제로 여자들에게 호감을 줄 수는 없을 터였다. 과연 여자 거지들은 제의에 그다지 큰 흥미를 보이는 것 같지 않았다. 비참하게도 그랭구아르는 여자들의 이런 대답 소리를 들어야 했다.

"관둬! 쓸데없어! 차라리 목을 매달면 구경거리라도 되니, 그게 낫겠다!"

한데 그 와중에도 여자 셋이 사람들을 헤치고 앞으로 나와, 그랭구아르를 훑어보기 시작했다. 첫 번째 여자는 네모진 얼굴의 뚱보였다. 그녀는 시인이자 철학자의 낡아빠진 저고리를 살폈다. 너무 낡아서 밤을 굽는 냄비보다도 구멍이 더 많은 옷이었다. 아니나 다를까, 여자는 곧장 얼굴을 찌푸렸다.

"낡아빠진 깃발 같네!"

여자는 그렇게 중얼거리더니, 그랭구아르에게 외투를 보여달라고 했다.

"잃어버렸습니다."

"신발은?"

"밑창이 다 닳아빠졌어요."

"그럼 지갑은?"

"한 푼도 없네요……."

그랭구아르는 난감한 표정으로 더듬거렸다.

"그래? 그럼 감사하게 매달려라!"

여자 거지는 냉정하게 등을 돌리며 쏘아붙였다.

두 번째 여자는 새까맣고 늙어빠진데다 못생기기까지 한 여편네였다. '기적의 소굴'에서조차 눈에 거슬릴 만큼 흉한 몰골이었다. 노파는 그랭구아르의 주위를 찬찬히 돌아보기 시작했다. 그랭구아르는 노파가 자기

를 원할까 봐 벌벌 떨었다. 그러나 다행히도 노파는 "너무 말라비틀어졌어!"라고 내뱉고는 홱 돌아서 가버렸다.

세 번째는 발랄하고 별로 밉지 않은 아가씨였다.

"살려주십시오……."

그녀가 다가오자 그는 작은 목소리로 애원했다. 아가씨는 가엾다는 듯 그를 바라보더니 눈을 내리깔고 망설이는 듯했다. 딱한 사형수에게는 정말 마지막 희망이었던 것이다.

"안 되겠어요…… 그랬다가는 기욤 롱그주에게 혼날 거예요."

망설임 끝에 아가씨가 이렇게 말하고는 사람들 사이로 사라지자, 클로팽이 기다렸다는 듯 소리쳤다.

"어이쿠, 지지리 복도 없네그래! 다들 싫다고 하니 말이야……."

그는 이제 술통 위에 우뚝 선 채, 경매 중개인처럼 떠들어대기 시작했다.

"사내가 필요한 사람이 더 없단 말입니까?"

거지들이 소리를 지르며 재미있어하기 시작했다.

"마지막으로 한 번 더, 뜻 있는 사람 없습니까? 하나, 둘, 셋……."

클로팽은 교수대 쪽으로 돌아서서 머리를 끄덕이며 선언했다.

"낙찰이오!"

그걸 신호로, 벨비뉴 드 레투알과 앙드리 르 루주 그리고 프랑수아 샹트프뤼니 그랭구아르 옆으로 다가섰다.

바로 그때였다, 거지들 사이에서 이런 외침이 솟구친 건!

"에스메랄다다! 에스메랄다야!"

그랭구아르는 두방망이질하는 가슴을 간신히 억누르며 소리 나는 쪽을 바라보았다. 사람들이 길을 터주는 가운데, 눈이 부실 듯 맑고 빛나는 자태로 걸어 나오고 있는 한 여자가 있었으니…… 바로 그 집시 처녀였다!

"에스메랄다!"

그랭구아르는 자기도 모르게 외마디 소리를 질렀다. 그 한마디로 그날 하루 동안 겪은 일들이 주마등처럼 뇌리를 스쳐갔다.

그녀는 무시무시한 '기적의 소굴'에서조차 그 아름다움과 매력의 힘을 마음껏 발산하고 있었다. 그녀가 걸어 나올 길을 내주고 서 있는 짐승 같은 거지들의 얼굴에도 환한 표정이 스치고 있었다.

집시 여자는 가벼운 발걸음으로 그랭구아르에게 다가갔다. 옆에는 귀여운 염소 잘리도 따르고 있었다. 그녀는 잠시 비참한 표정의 그를 바라보더니 클로팽에게 물었다.

"이 사람을 매달려고 하나요?"

"그렇지. 네가 남편으로 삼겠다면 모를까."

'쩐'의 왕이 대답했다.

"그럼 제가 가져도 되는 거죠?"

아가씨는 아랫입술을 삐죽거리며 말했다.

그 말을 듣는 순간, 그랭구아르는 아침부터 지금까지 꿈을 꾸고 있는 것이라고 확신했다. 급작스런 운명의 변화 앞에서 여간 당혹스러운 게 아니었다.

마침내 목에서 밧줄이 풀린 시인…… 하지만 의자에서 내려서자마자 그대로 바닥에 주저앉을 수밖에 없었다. 심한 충격과 벅찬 감격 때문에 몸을 가눌 수가 없었던 것이다.

이집트 공작은 말없이 점토 항아리를 가져왔다. 집시 여자는 그것을 그랭구아르에게 건넸다.

"이걸 바닥에 내던져 깨뜨리세요."

항아리는 네 조각으로 깨졌다.

"형제여, 앞으로 4년 동안 이 여자는 그대의 아내요. 그리고 누이여, 이 남자는 그대의 남편이라오!"

이집트 공작은 그들의 이마에 손을 얹으며 선언했다.

chapter 7

결혼 첫날밤

잠시 후, 우리의 시인 그랭구아르와 에스메랄다라는 이름의 아가씨는 끝이 뾰족한 반원형 천장을 이고 있는 자그마한 방으로 들어갔다. 문이 꼭 닫혀 훈훈한 작은 방의 테이블 앞에 그랭구아르는 아가씨와 함께 마주 앉았다. 필요한 음식은 바로 옆의 찬장에서 꺼내 오도록 준비되어 있었다. 여자와의 푸근한 잠자리를 생각할수록 그랭구아르는 그날 하루 동안 자신에게 일어난 일들이 모두 꿈만 같았다. 아직도 그는 날개 달린 키마이라 두 마리가 불 수레와 더불어 옆에 있는 것이 아닌가 문득문득 주위를 둘러보는 것이었다. 불 수레가 아니라면 그토록 빨리 자신을 지옥에서 천국으로 끌어내지 못했을 테니까 말이다……. 그는 현실을 직시하면서 발을 땅에서 떼지 않기 위해 낡아빠진 상의에 뚫린 구멍을 응시하고 있었다. 그렇게라도 하지 않으면 이 혼란스러운 정신을 도무지 가다듬을 수 없을 것 같았다.

그런데 집시 여자는 그에게 전혀 관심이 없어 보였다. 뜬금없이 의자에서 일어나 그저 방 안을 왔다 갔다 하면서 염소와 이야기를 하고, 입술을 비죽거리면서 미소를 짓기만 하는 것이었다. 이윽고 그녀가 테이블 건너편 의자에 다시 앉고 나서야 그랭구아르는 천천히 상대방을 바라보았다.

인생에 한번은 어린이였을 독자 여러분은 아마도 지금 역시 어린이라면 더없이 행복하리라고 생각할 것이다. 그 좋은 어린 시절, 햇볕이 내리쬐는 날, 맑은 시냇가 덤불 사이를 뛰어다니며 빛깔 고운 잠자리들을 쫓아다니고, 때로는 잠자리의 비행을 갑작스럽게 훼방하면서 온갖 나뭇가지 끝에 입이라도 맞추었을 것이다(나로 말하자면 그렇게 뛰어다니면서 며칠을 고스란히 보냈으며, 그 시절이야말로 내 생애에서 가장 즐거운 날들이었다). 그 재빠른 움직임에 가려 포착하기가 쉽지 않았던 어떤 형체, 그 주홍빛 또는 하늘빛 날개의 윙윙거리고 파닥거리는 앙증맞은 소용돌이를 얼마나 호기심 가득한 사랑스런 눈망울로 바라보았는지 여러분은 가만히 회상해볼 수 있으리라. 그 날개의 떨림을 통해 아른아른 나타나는 허공의 존재는 너무도 환상적이라 도저히 손으로 만질 수 없고 눈으로 볼 수 없는 존재처럼 느껴졌을 것이다. 그러다 마침내 갈대 끝에 내려앉은 잠자리의 그 기다란 망사의 날개, 기다란 에나멜의 옷, 그리고 그 수정 같은 두 눈망울을 숨죽이며 들여다볼 수 있게 되었을 때, 당신은 얼마나 놀라움을 느꼈으며, 다시금 형체가 어둠 속으로 사라져 그 존재가 환상과 더불어 사라지는 것을 보고는 얼마나 두려움을 느꼈던가! 그때의 인상을 떠올려보라. 그러면 당신은 그랭구아르가 지금껏 춤과 노래와 소음의 소용돌이 너머로 어렴풋하게만 보았던 에스메랄다를, 이제 손으로 만질 수 있고 눈으로 볼 수 있는 형체로 대면한 지금, 과연 무엇을 느끼고 어떤 기분에 휩싸일지 충분히 짐작할 수 있을 것이다.

그는 더욱 깊은 몽상에 빠져들면서 여자를 퀭한 눈으로 응시했다.

'이 여자가 정녕 에스메랄다인가?'

그는 아가씨의 모습을 눈으로 좇으며 생각에 잠겼다.

'정말로 천사 같은 여인! 그러나 한편으로는 보잘것없는 거리의 무희! 오늘 아침 내 연극에 마지막 타격을 준 것이 바로 이 여자다. 그리고 오늘 밤에 나를 건져준 것 또한 이 여자…… 나의 마녀이며 구원의 천사라니! 어쨌거나 분명히 아름다운 여인이다. 나를 남편으로 삼은 것을 보면 나에게 반한 것이 틀림없어…… 그나저나…….'

그랭구아르는 자신의 성격과 철학에서 바탕이 되어준 진리를 향한 탐구 의식이 또다시 발동하는 것을 느끼며 자리에서 벌떡 일어섰다.

'어찌되었든 나는 이제 이 여자의 남편이라고!'

이런 생각과 더불어 그는 여자 곁으로 군인처럼 당당하게 다가섰다. 예상치 못한 듯 여자는 놀라 주춤주춤 뒷걸음쳤다.

"왜 이러세요?"

"왜 이러다니…… 사랑스런 에스메랄다!"

그랭구아르 스스로도 깜짝 놀랄 만큼 정열적인 말투였다.

집시 여자는 더욱 눈이 휘둥그레지며 말했다.

"무슨 말씀이세요?"

"여봐요, 난 당신의 것이고 당신은 이제 나의 것이 아니겠소?"

몸이 바짝 달아오른 그랭구아르는, 지금 눈앞의 여자가 '기적의 소굴'에서 건진 일개 정숙한 여자일 뿐이라는 생각이었다. 그는 여자의 허리에 팔을 감으려고 했다.

하지만 예상과 달리, 그녀의 몸은 뱀장어 껍질처럼 그에게서 빠져나갔다. 그러고는 방의 한쪽 구석으로 달려가 몸을 숙이더니 작은 칼 하나를 집어 들고 일어섰다. 여자는 몹시 화가 난 듯 입술이 떨리고 코가 실룩이면서 뺨 까지 붉게 상기된 가운데, 눈에는 불꽃이 일렁이고 있었다. 뿐만 아니라 그 녀의 흰 염소 역시 앞으로 나서더니, 금빛 뿔을 그랭구아르에게 겨누며 금 방이라도 덤벼들 자세를 취했다. 이 모든 것은 순식간에 일어난 일이었다!

아가씨는 마치 말벌처럼 목표물을 향해 일침을 가할 기회만 노리고 있었다.

우리의 철학자는 몹시 당황하여 염소와 아가씨를 번갈아 바라보며 허둥거 릴 뿐이었다.

"맙소사! 둘 다 여간 고집불통이 아니로군!"

그는 간신히 이렇게 말하고는 정신을 가다듬었다.

그러자 집시 여자도 한마디 했다.

"당신도 참 뻔뻔스럽네요!"

"미안합니다, 아가씨. 그럼 왜 나를 남편으로 삼은 겁니까?"

그랭구아르가 빙그레 웃으며 묻자 여자는 톡 쏘듯 대꾸했다.

"그냥 죽게 내버려둘 걸 그랬나요?"

"그럼 그냥 목숨이나 구해주려는 생각으로 그랬단 말이오?"

그는 아가씨의 대답에 적잖이 실망하여 되물었다.

"그게 아니면, 제가 무슨 딴생각이라도 했을까 봐요?"

그랭구아르는 입술을 깨물었다.

"그렇군요…… 그럼 난 아직 사랑을 얻은 건 아니로군요. 그런데 항아리는 왜 깨뜨린 겁니까?"

이야기를 하는 동안에도 에스메랄다와 염소는 공격의 태세를 늦추지 않고 있었다.

"알았어요, 에스메랄다 양. 자, 합의를 봅시다. 나는 샤틀레 법원의 서기가 아니에요. 그러니 당신이 시장의 명령을 어기고 그렇게 칼을 차고 시내를 활보하더라도 소송을 걸지는 않을 겁니다. 하지만 당신도 알다시피, 일주일 전에는 노엘 레스크립뱅이 단검을 가지고 다니다가 파리 주화로 10수의 벌금을 물었소. 맹세컨대, 당신이 허락하지 않으면 절대로 가까이 가지 않겠소이다. 그 대신 먹을 것 좀 주시오."

사실 그랭구아르는, 데프레오 씨[102]의 말마따나, "아주 조금밖에는 음탕하지 않았다".

그는 여자들을 함부로 대하거나 범하는 부류가 아니었다. 다른 모든 일들과 마찬가지로, 연애에서도 기회를 기다리고 합의를 바라는 쪽이었으며, 사랑스러운 여자와 마주 앉아 맛있는 저녁 식사를 하는 것은 그에게 새로운 연애의 시작과 끝을 알리는 훌륭한 기념식과도 같이 여겨졌다.

집시 여자는 아무 말도 하지 않았다. 그 대신 사람을 비웃는 듯 한동안 입술을 씰룩거리더니, 새처럼 머리를 치켜들고는 큰 소리로 웃어젖히는 것이었다. 들고 있던 칼은 어디로 감추었는지 더 이상 눈에 띄지 않았다.

잠시 후, 테이블에는 검은 빵과 베이컨 한 조각, 시들어빠진 사과 몇 알과 맥주 한 병이 차려졌다. 그랭구아르는 며칠 굶은 사람처럼 달려들어 먹기 시작했다. 쇠로 만든 포크가 사기 접시에 부딪치는 소리가 요란했다. 그의 욕정이 어느새 식욕으로 바뀌어버린 듯했다.

그녀는 앞에 앉아 정신없이 먹는 남자의 모습을 말없이 지켜보고 있었으나, 한편으로는 무언가 다른 생각을 하는 것처럼 가끔씩 미소를 짓거나, 무릎 사이로 고개를 내밀고 있는 염소의 작고 총명한 머리를 쓰다듬곤 했다.

노란 촛불이 그의 식욕과 몽상의 한 장면을 밝게 비춰주고 있었다. 앞뒤 안 가린 채 허겁지겁 배를 채우던 그랭구아르는 눈앞에 달랑 사과 한 알밖에 남지 않은 것을 알아차리고서야 약간의 부끄러움을 느꼈다.

"당신은 왜 안 먹는 거요, 에스메랄다?"

그 말에 여자는 고개를 젓더니, 깊은 생각에 잠긴 듯 눈을 들어 둥근 천장을 쳐다보았다.

'뭐야, 이 여자…… 대체 무슨 생각을 하는 거지?'

속으로 중얼거리며 그랭구아르는 여자가 쳐다보는 곳을 함께 바라보았다.

'저 천장에 새겨진 난쟁이의 찡그린 얼굴에 정신이 팔린 건 아닐 테고 …… 설마 내가 저것만도 못하단 뜻은 아니겠지!'

급기야 그는 목청을 가다듬고 말했다.

"아가씨!"

그러나 여자는 듣지 못하는 듯했다. 그는 다시 한 번 더 크게 여자를 불렀다.

"여봐요, 에스메랄다 아가씨!"

소용없었다. 여자의 마음은 다른 데 가 있었고 그랭구아르가 아무리 소리쳐도 그녀의 주의를 끌 수는 없어 보였다. 그런 와중에 때마침 염소가 대신 나서주기라도 하듯 주인의 소맷자락을 슬그머니 잡아당기기 시작했다.

"왜 그러니, 잘리?"

그제야 여자는 잠에서 깨어난 듯 돌아보며 물었다.

"배가 고픈가 봐요."

그랭구아르가 놓칠세라 얼른 대답해주었다.

에스메랄다는 빵을 뜯어 손바닥 위에 놓고 염소에게 먹였다.

그랭구아르는 또다시 여자가 몽상에 빠지지 않도록 말을 걸기 시작했다.

"그럼 당신은 나를 남편으로 삼을 생각이 없단 말인가요?"

그녀는 사내를 뚫어지게 바라보다가 대답했다.

"네, 그래요."

"그냥 애인은 어떻습니까?"

그랭구아르가 다시 물었다.

"싫어요."

"친구는 어때요?"

그랭구아르가 또 묻자 그녀는 역시 한참 동안 바라보다가 툭 던지듯 대답했다.

"그건 가능하겠네요."

그랭구아르는 철학자들이 그렇게도 중요하게 생각하는 '가능하다'라는 말이 자신에게 이렇게 용기가 되어줄지 예전에는 미처 몰랐었다.

"우정이 무엇인지 알고 있습니까?"

그랭구아르의 질문에 에스메랄다가 대답했다.

"알아요. 그건 오누이가 되는 거예요. 두 영혼이 섞이는 것이 아니라 서로 마주 닿는 것, 한 손의 두 손가락처럼요."

"그럼 사랑은 뭐죠?"

"아, 사랑이란……."

이렇게 말하는 여자의 목소리는 떨리고 눈은 빛나고 있었다.

"그건 둘이면서 하나가 되는 거예요. 남자와 여자가 합쳐서 하나의 천사가 되는 거죠. 천국 말이에요!"

한낱 거리에서 춤추는 여자의 입에서 그런 아름다운 말들이 줄줄 흘러나오자 그랭구아르는 무척 깊고 강한 인상을 받았다. 그녀의 말 한 마디 한 마디에서 동방의 분위기가 물씬 풍겨나는 것 같았다. 그녀의 순결한 장밋빛 입술은 방그레 미소를 짓고 있었고, 천진난만한 맑은 이마는 마치 숨결 아래에서 흐려지는 거울과 같이, 때때로 그녀의 생각과 더불어 아스라한 기운이 감돌았으며, 내리깐 그녀의 기다란 눈썹에서는 뭐라 말할 수 없는 일종의 빛이 스며 나와, 라파엘로가 처녀성과 모성과 신성의 신비로운 교차점에서 훗날 다시 찾아낸 저 이상적인 아리따움을 그 옆모습에 부여해주고 있었다.

그랭구아르가 계속 물었다.

"당신 마음에 들려면 내가 어떻게 해야겠습니까?"

"사나이가 되어야 해요."

"그럼 지금의 난 뭡니까?"

"아무튼 머리에는 투구, 손에는 칼, 뒤꿈치에는 황금의 박차를 단, 그런 사나이가 진짜 사나이지요."

"좋습니다. 말을 타지 않으면 사나이가 아니란 말이군. 당신이 좋아하는 사람이라도 있소?"

"애인 말인가요?"

"그래요."

그녀는 잠시 생각에 잠기더니 어딘지 특별한 표정으로 말했다.

"머지않아 알게 될 거예요."

"오늘 밤엔 알 수 없소? 왜 난 안 되는 겁니까?"

시인은 다정스레 계속 물었다.

그 말에 여자는 정색을 하며 그를 흘겨보았다.

"나를 지켜줄 사람이 아니면 좋아할 수가 없답니다!"

그랭구아르는 얼굴이 붉어져서, '하긴 그렇군' 하고 생각했다. 여자는 두 시간 전 위기에 처했을 때 시인이 조금밖에 도와주지 못했다는 사실을 암시하는 것이 틀림없었다. 자신에게 연달아 벌어진 일들 때문에 정신이 없었던 그랭구아르는 그제야 그 일이 생각났다. 안타까운 듯 그는 자신의 이마를 탁 치면서 말했다.

"아하, 그렇군요! 그 얘기를 먼저 했어야 하는데 깜박했어요. 어떻게 그 카지모도에게서 벗어난 거죠?"

순간, 여자는 부르르 몸을 떨었다.

"아, 정말이지 끔찍한 꼽추였어요!"

그녀는 두 손으로 얼굴을 감싸며 말했다. 생각만으로도 소름이 끼치는 듯 떨기 시작했다.

"그래요, 정말 끔찍한 놈이더군요……."

그랭구아르는 계속해서 질문을 이어갔다.

"그러니까, 어떻게 해서 그놈에게서 탈출했느냔 말입니다!"

하지만 에스메랄다는 이내 웃음을 짓고는, 곧이어 깊은 한숨과 함께 그만 입을 다물어버렸다.

"그놈이 왜 당신을 쫓아갔는지 알고 있습니까?"

그랭구아르는 다시 이렇게 물으며 원래의 질문으로 돌아오려 애를 썼다.

"글쎄요…… 모르겠어요. 하지만 당신도 내 뒤를 따라왔잖아요! 당신이야말로 왜 그랬나요?"

그녀가 반문하자 그랭구아르는 더듬더듬 대답했다.

"아, 그건…… 솔직히…… 나도 잘 모르겠습니다. 왜 그랬는지……."

방 안에는 한동안 침묵이 흘렀다. 시인은 나이프를 가지고 테이블에 괜한 홈집만 내고 있었다. 여자는 미소를 띤 채 벽 너머 무언가를 바라보는 듯 멍하니 있더니, 갑자기 희미한 목소리로 노래를 흥얼거렸다.

　　온갖 색깔의 새들이
　　노래하기를 멈출 때, 땅이…….

문득 노래를 멈춘 아가씨는 염소 잘리의 머리를 쓰다듬기 시작했다.
"아주 예쁜 짐승이에요."
그랭구아르가 염소를 보며 중얼거리자, 여자가 대꾸했다.
"제 동생이랍니다."
시인은 다시 조심스레 질문을 건넸다.
"그런데 왜 사람들이 당신을 에스메랄다라고 부르는 겁니까?"
"모르겠어요……."
에스메랄다는 멀구슬나무 씨를 꿴 줄로 목에 걸고 있던 작은 주머니를 품에서 꺼내 들었다. 그 주머니에서 강렬한 장뇌 향기가 풍겨 나왔다. 그것은 초록색 명주로 쌓여 있고 한가운데는 에메랄드처럼 굵직한 초록색 유리 세공품이 달려 있었다.
"아마 제가 이 주머니를 몸에 지니고 다니기 때문인지도 모르겠어요."
여자의 대답에 그랭구아르는 그것을 만져보려고 손을 내밀었다. 하지만 그녀는 뒤로 흠칫 물러나며 말했다.
"안 돼요. 만지지 말아요. 부적이에요. 함부로 만지면 부정 타거나 당신에게 마력이 건너가게 되어 있다고요!"
그러나 시인의 호기심은 점점 커져갔다.
"누가 준 겁니까?"
여자는 손가락을 입술에 갖다 대더니, 얼른 부적을 품속에 도로 감추었다. 그랭구아르는 계속 질문을 해댔으나 그녀는 제대로 대답하지 않으려 했다.

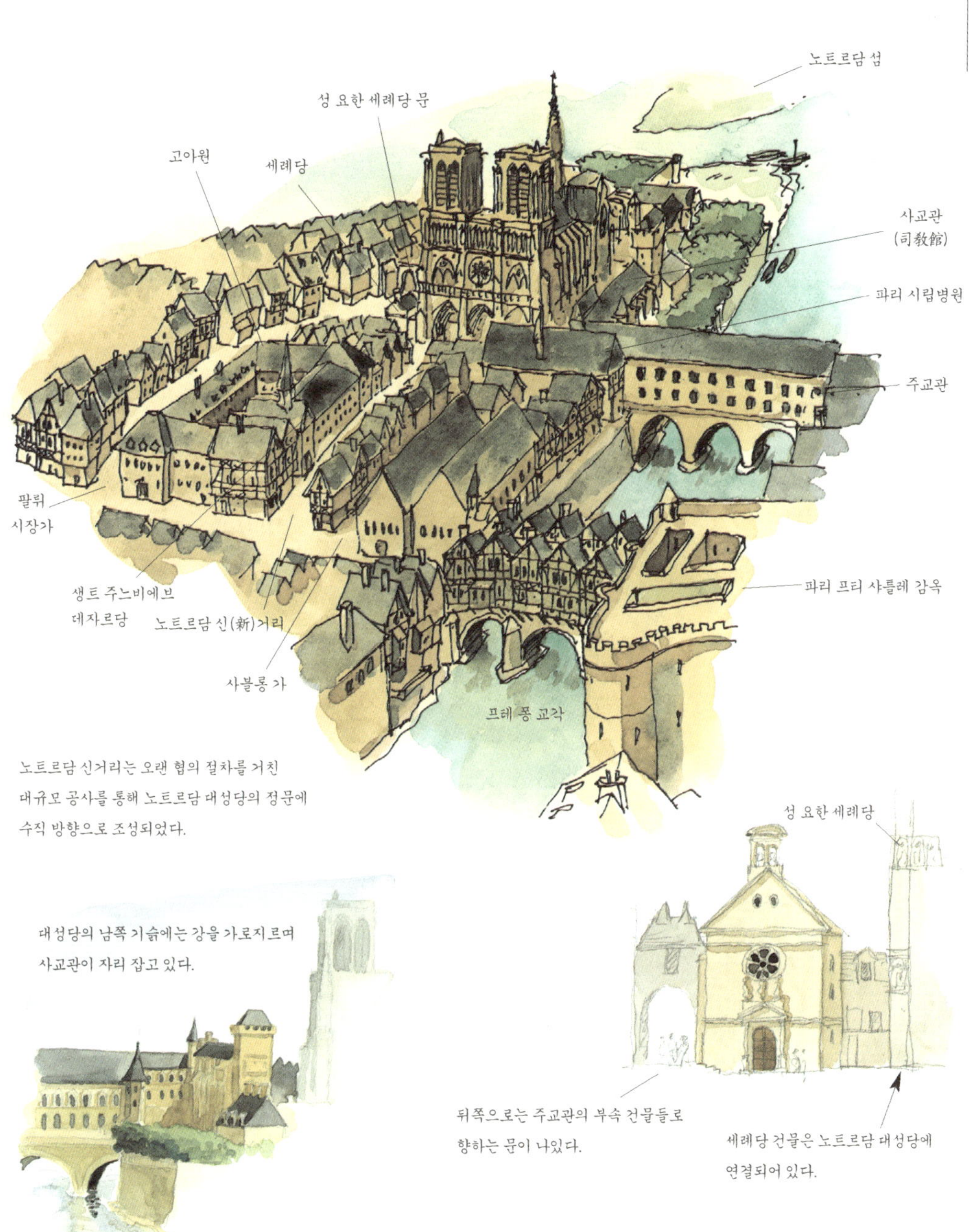

노트르담 신거리는 오랜 협의 절차를 거친
대규모 공사를 통해 노트르담 대성당의 정문에
수직 방향으로 조성되었다.

대성당의 남쪽 기슭에는 강을 가로지르며
사교관이 자리 잡고 있다.

뒤쪽으로는 주교관의 부속 건물들로
향하는 문이 나있다.

세례당 건물은 노트르담 대성당에
연결되어 있다.

"'에스메랄다'가 무슨 뜻인가요?"

"저도 몰라요."

"어느 나라 말이죠?"

"이집트어 같기는 해요."

"아, 그럴 줄 알았습니다! 역시 당신은 프랑스 사람이 아니죠?"

"그건 저도 몰라요."

"부모님은 어디 계시죠?"

이번에는 여자가 대답 대신 옛 노랫가락 하나를 흥얼거리기 시작했다.

우리 아빠는 작은 새라오,

우리 엄마도 작은 새라오,

거룻배가 없어도 강을 건너고,

돛단배가 없어도 바다를 건너죠.

우리 엄마는 작은 새,

우리 아빠도 작은 새.

"좋은 노래네요…… 몇 살 때 프랑스로 왔습니까?"

"아주 어릴 때였어요."

"파리에는요?"

"지난해, 8월 말이었던 것 같아요. 우리가 파팔 성문으로 들어섰을 때 개개비들이 열을 지어 하늘을 날아가는 걸 봤거든요. 그때, 올겨울은 엄청 춥겠다고 말했던 기억이 있어요."

"맞습니다! 정말 춥군요…… 겨울 내내 손가락을 호호 불면서 지내고 있어요. 그러고 보니 당신은 앞날을 내다볼 줄 아는 모양이군요?"

여자가 다시 입을 열게 된 것 같아 은근히 좋아하며, 그랭구아르는 계속해서 질문을 요리조리 이어갔다.

한데, 갑자기 또 여자의 말수가 적어지기 시작했다.

"아뇨."

"당신들이 이집트 공작이라고 부르던 사람이 당신 부족의 우두머린가요?"

"네."

"그러고 보니, 우리를 결혼시킨 것도 바로 그 사람이었어요, 맞죠?"

시인의 말에, 여자는 입술을 삐죽거리며 대꾸했다.

"난 아직 당신 이름도 모르거든요."

"내 이름이요? 궁금하시면 알려드리죠, 난 피에르 그랭구아르라고 합니다."

"전 그보다 더 멋진 이름을 알고 있답니다!"

여자의 말에 그랭구아르는 제법 당찬 어조로 입을 열었다.

"오호, 좀 짓궂으시군요? 어쨌거나 상관없습니다. 그런 정도로 화를 내진 않을 테니까요…… 하지만 당신이 앞으로 나에 대해 좀 더 알게 되면 틀림없이 날 사랑하게 될 겁니다. 당신이 자신에 대해 이야기해주었으니 나도 내 얘길 좀 해야겠군요. 아까도 말했지만 내 이름은 피에르 그랭구아르라고 합니다. 고네스[103]의 공증인 사무소 소속 징세 청부인의 아들이지요. 20년 전 파리가 포위됐을 당시,[104] 아버지는 부르고뉴 군대에 붙잡혀 교수형을 당하셨고 어머니는 피카르디 군대에 배를 갈려 돌아가셨습니다. 그때 나는 여섯 살이었는데 고아가 되면서부터 파리의 길바닥을 맨발로 떠돌아다녔지요. 그때부터 어떻게 해서 열여섯 살까지 살아왔는지 나도 잘 모르겠어요. 이쪽 과일장수가 자두 하나를 던져주면 저쪽에선 빵장수가 빵 껍질을 던져주는 식으로 살아왔답니다. 밤에 야경꾼에게 붙잡혀 감옥에 가면 짚단 하나에 의지해 잠을 잤어요. 그런데도 보시다시피 키는 훌쩍 자랄 만큼 자랐어요. 겨울엔 상스 대주교관 현관에서 햇볕을 쬐며 지내면서, 생 장 축제의 화톳불을 한여름 때까지 간직해두는 건 바보짓이라 생각했지요. 열여섯 살 때

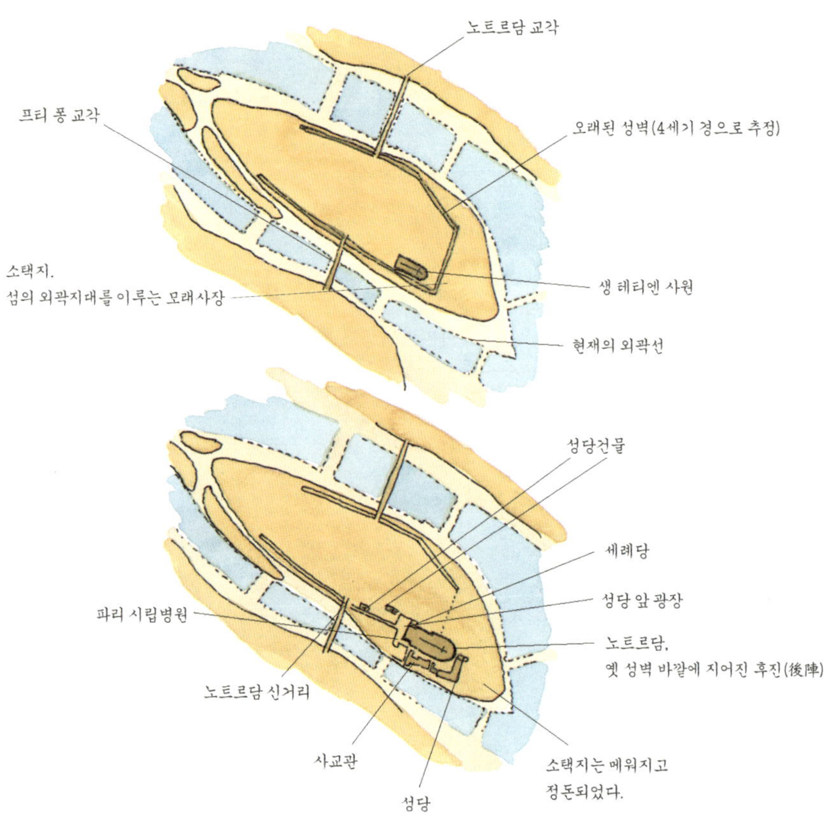

부터는 돈을 벌기 위해 이것저것 안 해본 일이 없습니다. 처음엔 군인이 됐었는데 별로 용감한 편이 아니어서 잘해내지 못했어요. 그다음엔 수도사가 됐지만, 신앙심도 별로 깊지 않아서 중간에 포기했고요. 술도 잘 못 마시는 편이었답니다. 그렇게 하는 일마다 잘 안 되는 바람에 절망한 나머지 쐬기 건축단 목수의 조수 일을 시작하게 되었죠. 그런데 힘도 세지 못해서 그것마저 잘할 수가 없었습니다…… 요컨대, 나는 학교 선생 소질이 더 많았어요. 하지만 글을 읽을 줄 몰랐죠. 그래도 그런 건 이유가 안 됐습니다. 어쨌든, 얼마 후 난 내가 어떤 존재인가 알게 됐어요. 나는 아무 쓸모없는 인간이었던 겁니다! 그때 용기를 내어 기꺼이 시인 겸 작곡가가 되었죠. 시인이나 작곡가는 떠돌이 바람둥이에겐 언제나 가능한 일이었고 도둑질보다는 나은 일이니까요. 다행히 어느 날 우연히 노트르담의 클로드 프롤로 부주교를 만났어요. 그분이 제게 관심을 보이시더군요. 오늘날 내가 키케로의 『의무론』에서부터 셀레스틴 수도회 신부들의 '미사일정표'에 이르기까지 라틴어를 줄줄이 꿰고, 스콜라 철학과 시학은 물론 지혜 중의 지혜인 연금술에까지 눈을 뜰 정도로 진정한 학자가 된 것은 모두 그분 덕택이었습니다. 오늘 재판소 대강당에서 수많은 관중들의 박수갈채 속에 공연된 연극의 작자도 바로 나였어요! 또 한 사내를 광기로 몰아간 저 1465년의 경이적인 혜성에 관한 600쪽짜리 책도 한 권 썼답니다. 그 밖에도 내게는 부족하나마 대포를 만드는 기술이 있어서 장 모그의 구포(臼砲)도 제작했어요. 당신도 알 겁니다. 그걸 시험하던 날 샤랑통 다리에서 터지는 바람에 구경꾼을 스물네 명이나 죽게 했지요…… 어쨌든 나는 그렇게까지 별 볼일 없는 사내는 아니더란 말입니다! 갖가지 깜찍한 곡예도 알고 있고 그걸 염소에게도 가르쳐줄 수 있어요. 퐁 토 뫼니에 다리를 건너는 행인들에게 물이나 튀기는 선상 방앗간의 겉 다르고 속 다른 주인, 파리 주교 나리 흉내 내기 같은 거 말이죠. 내 연극 애길 좀 더 해볼까요? 그걸 만약 돈으로 환산한다면 엄청난 수입을 올릴 수 있을 겁니다. 분명히 말하는데, 나는 당신이 바라는 것, 지시하는 거라면 무엇이든 하겠습니다. 내 육신과 정신과 학문, 문학까지 다 바치겠습니다! 당신 뜻에 따르겠어요! 부부로 살고 싶다면 부부로, 남매간이 좋겠다면 남매간으로라도 말입니다……."

그랭구아르는 긴 이야기를 마치고 입을 다물었다. 자신의 설득이 아가씨에게 효과가 있기를 기대하면서…… 그러나 한동안 그녀는 바닥만 내려다보고 있었다.

"푀부스(Phœbus)…… 푀부스가 뭔가요?"

한참 후에 그녀가 시인을 돌아보며 작은 소리로 물었다.

그랭구아르는 방금 전 펼친 일장연설과 그녀의 질문 사이에 어떤 관계가 있는지 알지 못했으나 자신의 학식을 드러낼 기회가 주어진 것이 그리 싫지는 않았다.

그는 별것 아니라는 듯 가슴을 펴고 대답했다.

"태양이라는 뜻이지요. 라틴어예요."[105]

"태양?"

"아주 잘생긴 사수의 모습을 한 신의 이름이지요."

"신이요?"

집시 여자의 목소리에선 정열적인 무언가가 느껴졌다.

그때 여자의 팔에서 팔찌 하나가 벗겨져 바닥으로 떨어졌다. 한데 그랭구아르가 허리를 숙여 그것을 줍는 사이, 여자와 염소의 모습은 온데간데없이 사라지고 말았다. 문득, 문의 빗장을 지르는 소리가 들렸다. 그것은 분명 옆방으로 통하는 작은 문이 바깥에서 잠기는 소리였다.

"잠잘 자리는 마련되어 있는 거야?"

우리의 철학자는 그렇게 중얼거리며 방 안을 둘러보았다. 침대 대신에 누워서 잠을 자기에 적당해 보이는 기다란 나무 상자 하나가 눈에 띄었다. 그런데 그 뚜껑에는 울퉁불퉁 조각이 새겨져 있었다. 마음을 다잡고 길게 드러눕자, 흡사 미크로메가스[106]가 알프스산맥 위에 누웠을 때와 비슷한 느낌이 들었다.

"하는 수 없지, 우선은 이 정도로 만족하는 수밖에…… 어쨌거나 정말 이상한 첫날밤이로군. 섭섭한 일이야…… 항아리를 깨뜨리는 결혼식에는 뭔가 소박하고 원시적인 느낌이 있어서 괜찮았는데 말이지……."

제 3 부

chapter 1

노 트 르 담

　파리의 노트르담 대성당은 오늘날에도 여전히 장엄하고 숭고한 건축물임에 틀림없다. 그러나 제아무리 아름답게 모습을 유지하고 있다손 쳐도, 시간의 흐름에 따른 어쩔 수 없는 풍화작용에 더해, 최초의 돌을 놓은 샤를마뉴와 최후의 돌을 놓은 필리프 오귀스트에 대한 경의를 저버린 채 인간들이 이 존경할 만한 기념물에 가한 무수한 훼손의 흔적 앞에서 한숨을 참고 치밀어 오르는 분노를 억제하기란 결코 쉬운 일이 아니다.

　프랑스의 대성당들 가운데서 가장 늙은 이 여왕의 얼굴에는 주름살과 함께 하나의 상처를 발견할 수 있다. '세월은 모든 것을 갉아먹지만, 인간은 더욱 심하게 갉아먹는다'는 말을 나는 이렇게 해석하고 싶다. 즉, '세월은 눈이 멀고, 인간은 어리석다'라고.

　만약 내가 여러분과 함께 이 옛 성당에 가한 여러 가지 파괴의 흔적들을 하나하나 살펴볼 기회가 있다면, 파괴에 있어서 세월은 하찮은 것일 뿐 더욱 참혹한 결과는 인간들, 특히 예술가들에 의해 저질러지기 마련임을 알게 될 것이다. 굳이 꼭 '예술가'라고 하는 이유는, '건축가'라는 칭호를 쓰는 인간이 나타난 것이 겨우 2세기 전쯤이기 때문이다.

　우선 중요한 몇몇 예만 들어보아도 이 성당의 파사드[107]만큼 훌륭한 축조

대성당(혹은 주교좌 성당, cathédrale)이라는 말은
주교가 착석하는 옥좌(cathédre)에서 유래된 단어이다.

모리스 드 쉴리의 봉인납
1196년 모리스 드 쉴리의 장례식을 기해
중랑(中廊)이 개방되었다.

첨탑은 1793년 붕괴되었다가
비올레 르 뒥에 의해 1845년에서 1864년 사이에 재건되었다.
참나무 500톤과 납 250톤이 공사에 사용되었다.

1225년
지붕 공사
마무리.

후진에서부터 작업장이 개시되다.
(1163년 첫 번째 석재가 알렉산데르 3세
교황에 의해 놓여지다.)

1177년경, 내진(內陣)의 궁륭과
좌우 익부의 벽 공사 추진.

1300년경,
후진의 버팀벽 구실을 할
플라잉버트레스들이 설치되다.

버팀벽 사이사이 기도소들은
좀 더 나중에 만들어진다.
(13세기)

아기를 안은 성모를 중앙에 배치한
구약의 장미창은 직경 13미터이다.

북쪽 익랑은 건축가 장 드 셸에 의해
1250년경에 증축되었다.

기존의 유리창들이 너무 어둡다고 판단되어
18세기에 모두 백색유리로 대체되었다.

비올레 르 뒥 자신이 첨탑 하단부에
사도로 형상화되어 있다.

익랑은 13세기 말에 그 길이가 연장되었다.
남쪽 익랑은 1267년 생트 샤펠의 건축가인
피에르 드 몽트뢰이유(1242~1481)에 의해
완공되었다.

1250년에 두 개의 종루 완성.

건물의 정면은 모리스 드 쉴리의
후계자인 외데스 드 쉴리에 의해
13세기 초(1210년경)에 이루어졌다.

광장 중앙에는 샘이 하나 있다.
그 옆에는 '단식하는 사람'이라는
조각상이 있었는데,
오늘날에는 그것이 동판으로 대체되어
파리에서 뻗어 나가는 프랑스 도로들의
출발점을 상징하고 있다.

1220년 직경이 10미터인
장미창이 완성.

제왕의 회랑이
1793년에 파손되다.

1210년 세 개의 정문이 완성되다.

현재 성당 앞 광장은 길이가 150미터이나,
15세기 당시에는 불과 20미터밖에는 되지 않았다.
1970년대에 들어와 광장 정비를 시행하면서
제왕의 회랑에 속해 있던 조각상들 일부를 발굴해내다.

1220년 건물정면이 중랑과 연결되다.

물은 쉽게 찾아보기 어렵다는 사실이 분명해진다. 먼저 첨두홍예로 건조된 세 개의 현관, 그 위 역대 왕들의 조각상을 안치했던 스물여덟 개의 벽감이 만들어내는 아름다운 톱니 모양의 윤곽선, 마치 보조 사제와 부보조 사제를 거느린 사제처럼 정중앙에 턱하니 자리 잡은 장미창과 그 양쪽에 있는 보다 작은 창문들이 눈에 들어온다. 그런가 하면, 그 위로 줄줄이 늘어선 조붓한 기둥들이 육중한 전망대를 받치고 있고, 클로버형의 장식이 붙은 높고 화려한 아케이드 주랑과 슬레이트 차양이 달린 검고 튼튼한 종각 두 개가 그 위용을 자랑하고 있다. 이처럼 완벽한 조화 속에서 각 부분들을 거대한 5층 석조물로 모아 올리는 가운데, 장엄한 파사드의 전체 집합체가 산만한 점 하나 없이 단번에 눈앞에 펼쳐지는 것이다. 여러 목각, 석각, 금각 조각상들의 수많은 세부 요소들도 짜임새가 크고 호화롭기 그지없는 건물 전체의 모습 속에 하나로 융합하고 있다. 한마디로 거대한 돌의 교향악이라고나 할까. 그야말로 인간, 아니 한 민족의 손에 의해 만들어진 일대 걸작이라 불러도 좋으리라! 이 건축물은, 그 자매 격인 '일리아스'와 '로만세로'[108]처럼, 총체적으로 단일하면서 또한 복합적인 통일성을 유지하고 있다. 각 시대마다 여러 사람들이 각자의 기량을 죄다 쏟아 부어 혼신을 다해 빚어놓은 작품인 만큼, 돌 하나하나에 예술적 영감으로 단련된 장인의 환상이 갖가지 형태로 선명하게 부각되어 있는 것을 볼 수 있다. 뭐랄까, 흡사 신의 권능에 맞먹는 강력하고 풍부한 인간의 창조력이 신의 창조의 이중적 특성인 다양성과 영원성의 비법을 훔쳐내어 이 성당을 만든 것처럼 생각된다.

사실 지금 우리는 파사드뿐만 아니라 성당 전체를 두고도 같은 이야기를 해야 하며, 파리의 대성당에 관해서만 말할 게 아니라, 중세 기독교 국가의 모든 성당들에 관해서도 비슷한 이야기를 해야만 할 입장이다. 모든 것이 자연스럽게 생겨난, 논리적이면서 잘 조화된 예술의 개념으로 설명될 수 있는 것이다. 마치 발가락 크기를 재는 것으로 거인의 키를 가늠해볼 수 있듯이 말이다.

연대기 작가들 말마따나, '그 큰 덩치로 보는 이에게 경외감을 불러일으키는' 장엄하고도 강대한 대성당…… 이제 우리 모두의 눈앞에 턱하니 모습을 드러낸 저 노트르담 정면의 장관 앞으로 다시 돌아가보자.

원래의 파사드에 있었던 세 가지 중요한 요소가 오늘날에는 사라져버리고 없다. 그 첫 번째는 바닥으로부터 현관 앞까지 이어진 열한 개의 계단이요, 두 번째는 세 개의 현관 벽감에 자리하고 있던 조각상들이며, 마지막으로는 2층 회랑을 든든히 받치고 있던 스물여덟 개의 조각상이다. 이것은 실드베르에서 시작하여 필리프 오귀스트에 이르는 왕들의 모습인데, 다들 손에 '제국의 능금'을 쥐고 있다.

계단을 사라지게 한 건 세월의 힘이다. 세월이 불가항력적이면서 완만한 속도로 시테 섬의 지반을 서서히 높인 끝에 결국은 지금과 같이 되어버린 것이다. 하지만 건물의 장엄함을 더해주던 열한 개의 계단을 하나씩 삼키면서도, 세월의 힘은 그렇게 빼앗아간 것보다 더 많은 것을 이 성당에 돌려주었다. 즉, 늙어가는 건축물에 독특한 아름다움을 남겨준 것 역시 세월의 힘일 테니까 말이다.

그렇다 해도 문제의 조각상들을 없애버린 것은 누구인가? 누가 그 벽감들 속의 조각상을 치워버렸는가? 누가 중앙 현관 한복판에 저 새로운 절충식 첨두홍예를 만들었는가? 도대체 누가 감히, 비스코르네트의 아라베스크 장식 옆에 루이 15세 시대의 조각이 새겨진 멋없고 투박한 문짝을 끼워 넣었는가? 그건 다름 아닌 인간의 짓이다. 후세의 건축가와 예술가들 솜씨인 것이다.

이제 건물의 내부로 들어가보자. 누가 저 성 크리스토프의 거상을 넘어뜨렸는가? 재판소의 대강당을 강당 중에서 으뜸으로 치고, 스트라스부르의 첨탑을 종루 중 최고로 여기는 것과 마찬가지로, 그 거상은 여러 조각상 가운

르네상스 시기의 소묘

대성당은 창조 현상을 반영하고 있다.
그 창조 현상의 중앙에는 인간이 위치한다.
그 결과 대성당 전체는 인간의 형상을 띠게 된다.
예컨대, 후진은 머리, 양쪽 익랑은 두 팔,
중랑은 몸체, 내진은 심장.

처음 후진 모습. 플라잉 버트레스가 없다.

데 가장 널리 알려진 걸작 중 하나였다. 중랑과 성가대석의 모든 기둥들 사이 가득했던 수천 개의 조각상…… 무릎을 꿇거나, 서 있거나, 말을 타고 있는 것, 남자, 여자, 어린이, 왕, 주교, 헌병, 대리석상, 금상, 은상, 동상 심지어 밀랍으로 만들어진 것에 이르기까지, 모든 조상들을 난폭하게 쓸어 내버린 것은 누구의 짓인가? 그것은 세월의 소행이 아니었다.

그리고 성골함과 유물함으로 가득 차 있던 화려하고도 고풍 찬연한 고딕식 제단을 치워버리고 그 자리에, 발 드 그라스나 앵발리드[109]의 짝 잃은 견본처럼 보이는 저 둔중한 대리석 관을 갖다놓은 장본인은 또 누구인가? 에르캉뒤스의 카롤링거 시대 포석에 어처구니없게 저질러놓은 저 시대착오적인 돌의 발상은 과연 누구의 책임이란 말인가! 그것은 루이 13세의 소원[110]을 이루어주려는 루이 14세의 과욕이 아니었던가?

또한, 우리 선조들이 경이롭게 바라보던 현관 정면의 장미창과 후진의 첨두홍예 사이, 그 선명하던 스테인드글라스를 떼어버리고 멋대가리 하나 없는 흰 유리를 대신 끼워 넣은 건 대체 누구였는가? 오늘날 제멋대로인 대주교들이 대성당을 노란 물감으로 덧칠해놓은 작태를 16세기 성가대원들이 본다면 과연 뭐라고 할 것인가? 아마도 옛날 사형집행인이 바로 그 색깔로 감옥 벽을 칠했다는 걸 기억해낼지 모르겠다. 그리고 저 유명한 총사령관 반역 사건[111]

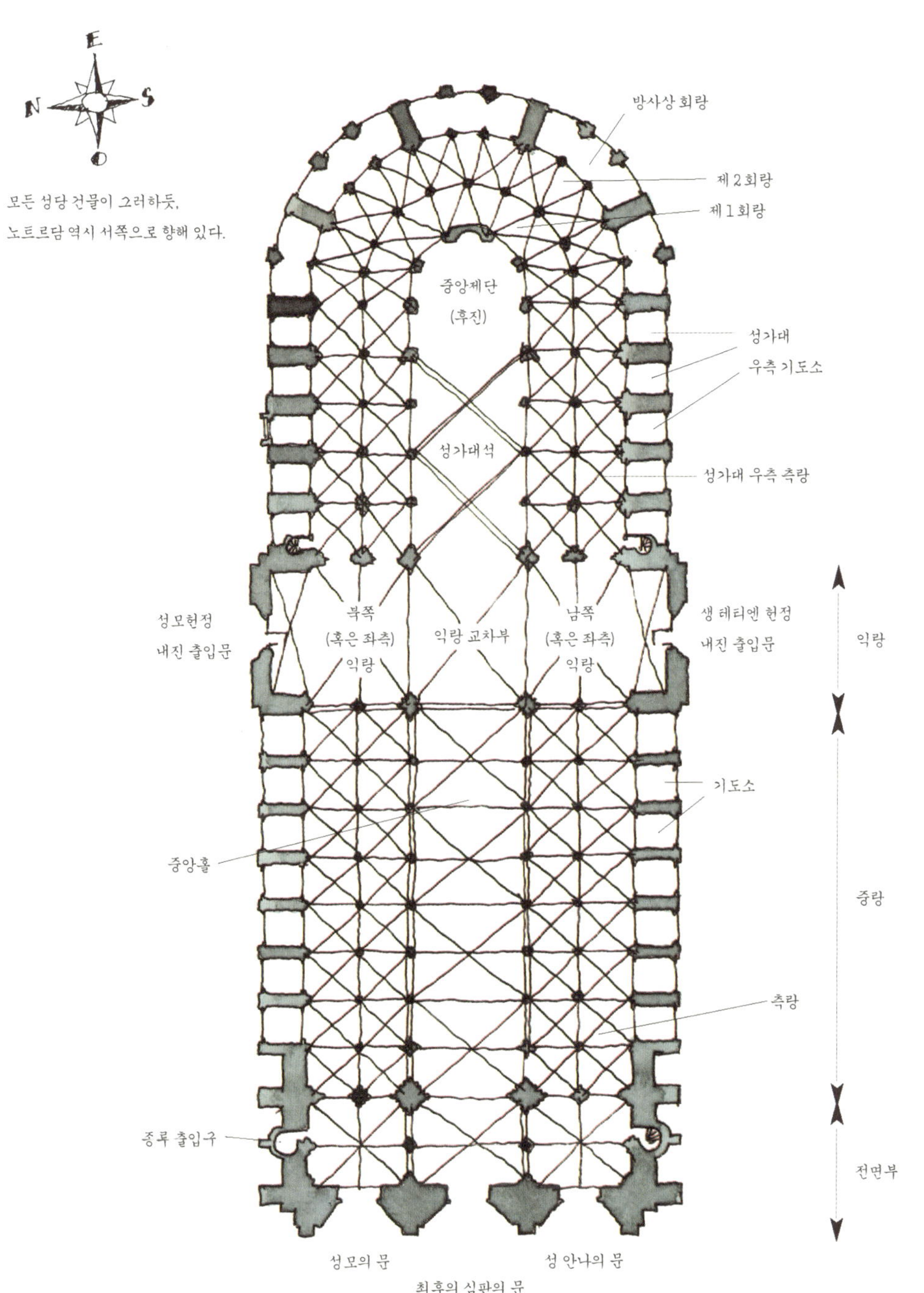
E
N
S
O
모든 성당 건물이 그러하듯,
노트르담 역시 서쪽으로 향해 있다.
방사상 회랑
제2회랑
제1회랑
중앙제단
(후진)
성가대
우측 기도소
성가대석
성가대 우측 측랑
성모헌정
내진 출입문
북쪽
(혹은 좌측)
익랑
익랑 교차부
남쪽
(혹은 좌측)
익랑
생 테티엔 헌정
내진 출입문
익랑
기도소
중앙홀
중랑
측랑
종루 출입구
전면부
성모의 문
성 안나의 문
최후의 심판의 문

고딕 양식의 원리

고딕 양식은 12세기 중반
로마네스크 양식에 뒤이어 프랑스에서 나타났다.
그것은 일명 '프랑스적 양식'이라 불리기도 했다.
그러다가 좀 더 나중에 르네상스 시대에 와서
고딕 양식이라 불리게 되는데,
다름 아닌 '야만적'이라는 의미이다.
또 다르게는 '첨두형(尖頭形) 양식'이라
부르기도 한다.

고딕 건축의 기본 원리는 다음과 같다.
— 가벼운 축조를 가능케 하는 리브볼트.
　　이때 궁륭(볼트)은 아치나 첨두 형태를 띨 수 있다.
— 플라잉 버트레스를 활용하여 벽의 하중을
　　멀리 떨어진 버팀벽에 전이시키는 기법.
　　이로써 내벽이 지탱하는 무게의 부담이 최대한
　　줄어들고 그곳에 빛이 드나드는 구멍을
　　크게 뚫을 수 있다.

지붕을 이룬 골조는 '숲'이라고도 불렸다.
들보마다 10미터짜리 참나무를 모두
1300그루 이상 들여 전체 길이 120미터의
지붕 골조를 완성한 것이다.

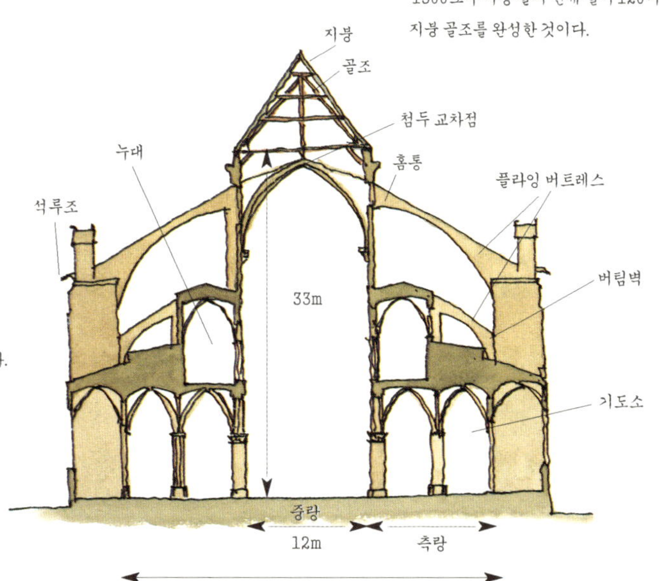

횡단면

증랑 입면도

증랑의 상단 모습

궁륭의 하중이 리브들로 인해 가느다란 기둥들로 전이되기 때문에
벽체는 그만큼 부담이 줄어들게 되고, 그 결과 넉넉한 창구들이 자리 잡을 수
있게 되어 빛을 자유롭게 통과시킬 수 있다.

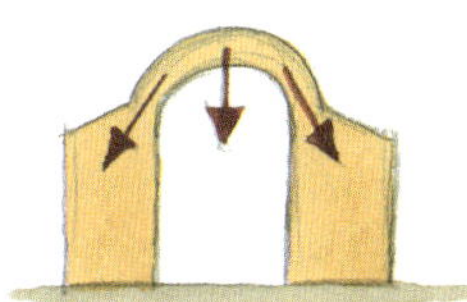

로마네스크 양식의 원리

묵직한 반원형 궁륭은 어쩔 수 없이 두꺼운
벽체와 그에 따른 버팀벽들을 필요로 한다.
→ 은폐되고 닫힌 공간의 건축 양식.

고딕 양식의 원리

리브볼트는 지붕을 가볍게 하고,
중랑의 구조를 높일 수 있게 한다.
벽이 갈라지는 것을 막기 위해, 멀리 떨어진
버팀벽들에서 뻗어 나온 플라잉 버트레스들이
응력을 끌어 모은다.
→ 빛과 열린 공간의 건축 양식.

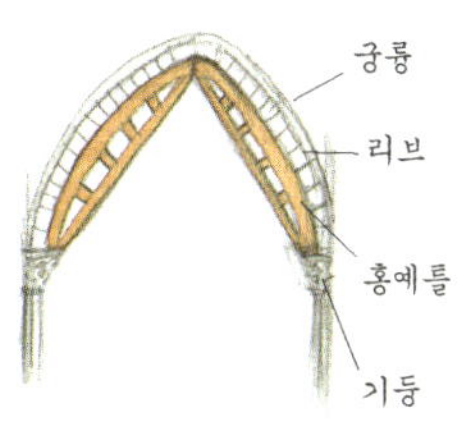

건축이 진행되는 동안 홍예틀은
리브를 지탱해주는 역할을 한다가,
모르타르가 다 굳고 나면 제거된다.

궁륭은 벽체에 의해 지탱된다.

중랑의 궁륭 구조

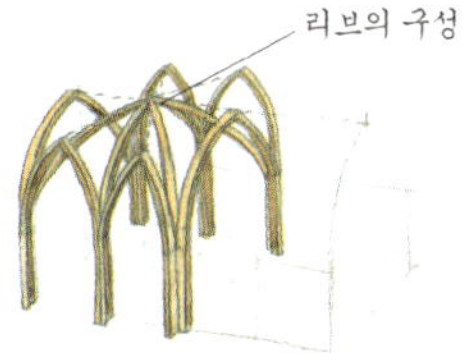

노트르담의 중랑은 6등분된
궁룡 구조로 덮여 있다.

리브들은 홍예틀에
들어맞도록 깎여진
돌들로 이루어진다.

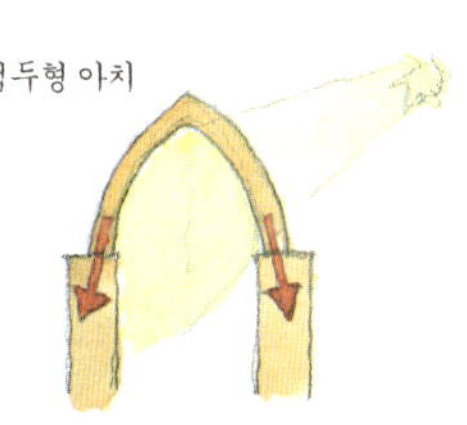

하중이 수직 방향으로 모여
갈라질 위험이 그만큼 줄어든다.
지붕의 표면적이 더 커져서,
보다 많은 채광 가능성이 확보된다.

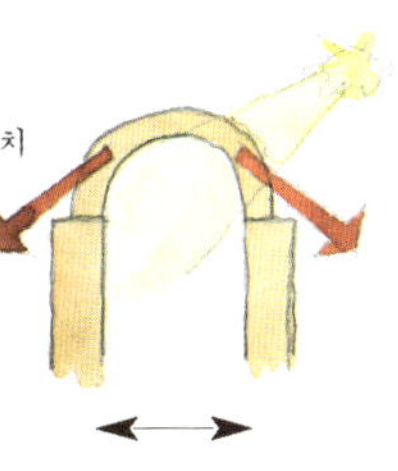

하중이 미치는 범위가
보다 커지는 데 따른
해결책이 필요하다.

대성당은 성모님 즉,
노트르담에게 헌정된 것이다.

노트르담 전체에 성모가
서른일곱 차례 형상화되어 있다.

성모의 문에서 벽에 자리 잡은 성모상

후진의 북쪽 측면에 부조로 자리 잡은
'성모의 죽음'

인간이었던 성모는
하느님과 인간 사이의 중개자 역할을 한다.
이제 우리는 그분에게 더 쉽게 요청을 할 수 있게 되었고,
그분은 인간의 고통을 이해한다.
사회가 새로운 여성상을 갖추게 되는 시대에,
성모의 중요성은 그만큼 커지기 마련이다.

으로 인해 프티부르봉 대저택[112]이 온통 그 색깔을 뒤집어썼던 사실을 머릿속에 떠올릴 수도 있겠다. "아무튼 이 노란 물감이 어찌나 질이 좋은지 백 년이 지난 지금까지 전혀 퇴색하지 않았다"라고 소발은 말하고 있다. 생각이 그쯤 가 닿은 성가대원들은 필경 이 성스러운 장소가 오염됐다고 여기고는 줄행랑이라도 쳐버릴 것이다.

자, 이제 야만스럽기가 짝이 없는 이 모든 파괴의 흔적을 뒤로하고 좀 더 대성당 안쪽으로 올라가보자. 중랑과 익랑의 교차점 위에 서 있던 그 아름답던 조그만 종각은 지금 어떻게 되었는가? 두 거대한 종루보다 더 높게 솟아, 바로 이웃에 있는 생트 샤펠의 첨탑이―이 역시 파괴되어버렸지만―그랬던 것처럼, 가냘프고 날렵하면서 은은하기 이를 데 없는 종소리를 울려주었다던 그 윤곽 또렷한 종각은 대체 어떻게 되었는가? 감식안이 뛰어난 어느 건축가께서―1787년의 일이다―그걸 냅다 잘라버리고, 같은 자리를 냄비 뚜껑같이 넓적한 납덩어리로 덮어버리면 상처가 쉽게 가려질 거라 생각하신 모양이다!

어느 나라에서건 대동소이하겠지만, 특히 프랑스에서는 중세의 훌륭한 예술이 정말 어처구니없는 푸대접을 받았다. 원인은 세 가지 정도로 분류할 수 있는데, 그 세 가지로 인한 상처의 깊이는 각기 다르다. 첫째, 세월이 부지불식간에 여기저기 구멍을 내고 전체 표면을 녹슬게 만들었다. 둘째, 자고로 정치

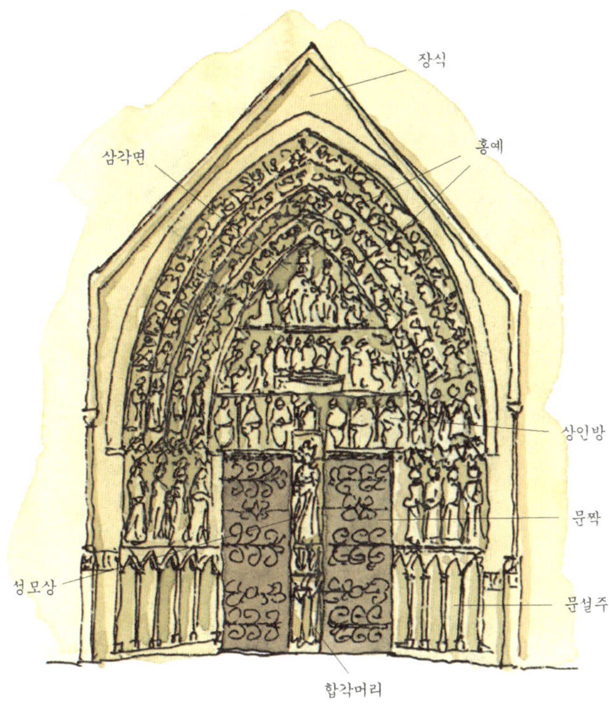

성모의 문 장식 홍예에 묘사된
예언자들

성모의 문 합각머리
(15세기 당시의 모습)

성모의 문 합각머리
(오늘날의 모습)

빌라르 드 온느꾸르라는
13세기 건축가의 수첩에
그려진 크로키.

랭스 대성당

자화상

건축가

일명 '감독' 혹은 '작업 감독'이라 불렸다.
대성당을 짓는 기간 동안에는 여러 작업 감독이
대를 이어 종사하게 된다(노트르담의 경우 다섯 명).
건축가는 아주 잘 조직된 작업장을 총괄 관리한다.
그는 여러 다양한 직책의 인력을 조달하고,
이따금 회계와 식량까지 책임지기도 한다.
로마네스크 양식 시기엔 성직자가 건축가로
활동했으나, 고딕 양식 시기에는 속인이
그 역할을 맡았다. 그는 의식주를 보장받는 것은 물론
면세 혜택까지 받았다. 당시 건축가는 건축 기술에서
뿐만 아니라 종교적으로도 전문적인 수준을 구가하는
학자라 할 수 있다.

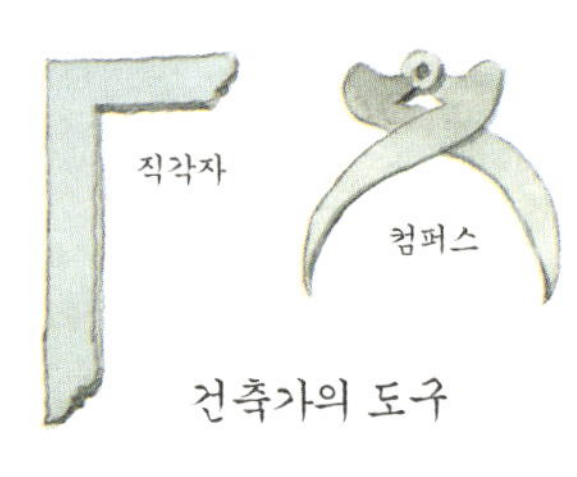

건축가의 도구

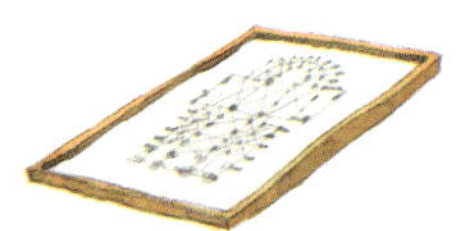

나무틀을 갖춘 석고판에
그려진 설계도. 보존되지는 않는다.

공사 계획은 땅에 그림을 그리거나,
노끈을 당겨 선을 표시하거나,
석고판에 설계도를 그리는 것으로 이루어졌다.
종이에 그림을 그리는 경우는 무척 드물었다.

건축가는 건물의 석재를 다듬는 데
활용되는 모형과 본을 결정한다.

노끈을 사용해 땅에다가 줄을 긋는 작업

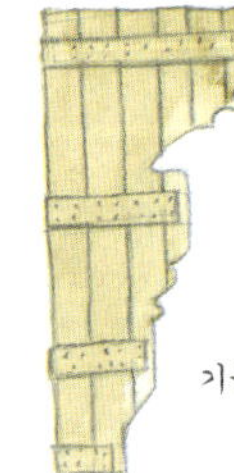

건축가는 건축에 사용된 본(모형)을
누가 소유하느냐를 계약에 따라 결정한다.

기둥의 토대를 위한 본

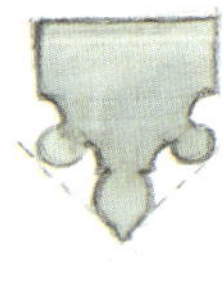

리브의 단면

본(모형)은 건축가의 지시에
정확히 일치하게끔 돌을 다듬을 수
있게 해준다.

석재 운반

석공이 사용한 연장들

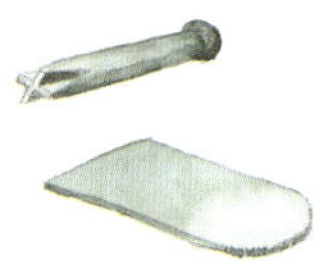
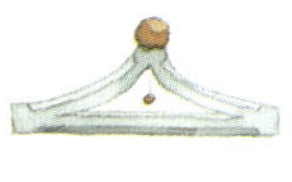

도려 파는 끌

석수는 나무로 된 쐐기를 사용해 채석장에서 석재를 얻어낸다.

그렇게 얻어낸 석재는 추후에 더 단단하게 가공된다. 노트르담에 사용된 석재는 강의 좌안에서

채취된 것이다. 그것은 비에브르 강을 통해 운반되어 시테 섬 기슭에서 하역되었다.

일단 하역된 석재는 작업장까지 소가 끄는 수레에 실려 운반되었다(반나절에 15킬로미터의 속도).

그런가 하면 기존에 지어진 건물들에서 석재를 취하기도 한다.

미숙련 노동자들이 비전문적인 힘든 노역을 담당했다. 대부분 그들은 가난한 농부의 자식들이었다.

그들이 받는 품삯은 석공의 3분의 1 수준으로 열악하기 짝이 없었다. 흙을 파서 건물을 지을 토대를

다지는 일 역시 곡괭이와 삽을 다루는 막노동꾼의 몫이었다. 등짐 지는 인부들은 퍼낸 흙을 채롱이나

바구니에 담아 부지런히 날랐다. 이런 식으로 석재를 포함한 모든 재료들이 일일이 짐꾼들에 의해

작업장으로 운반되었다. 사람이 끄는 손수레는 13세기가 되어서야 나타났다.

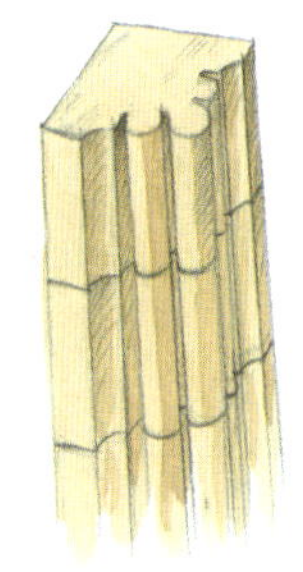

석재는 극도로 정교하게
깎이고 다듬어진 다음,
서로 합체되어 기둥과
리브 등을 형성한다.

석재의 각을 검증하기 위한
직각자 사용.

첨필 컴퍼스

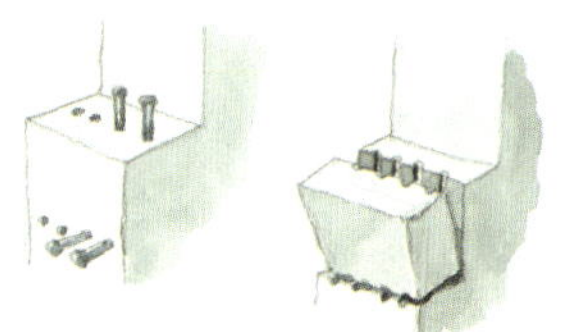

블록 떼어내기

석재는 채석장에서 직접 깎인다.

그렇게 해야 무게가 덜어지기 때문이다.

돌을 깎기 위해서 석공은 건축가의 소묘를 기반으로 하여

만들어진 목재 모형을 활용한다.

석공은 채석장에서 자신이 깎아낸 석재에다가 여러 표식을 새긴다.

예컨대, 제작자나 누구인지를 명시하는 표식이라든지,

건축물에 들어갈 위치를 명시한 표식,

어느 채석장에서 채취되어온 돌인가를 명시한 표식 등등.

(한 작업장에 여러 채석장에서 온 돌들이 사용될 수 있는데,

똑같은 석재가 다시 필요할 경우엔

그것을 채취한 채석장을 아는 것이 중요하다.)

적, 종교적 혁명일수록 맹목적인 분노가 판을 치기 마련이라, 누구든 갑자기 들이닥쳐 조각품이나 기타 세공품들을 마구잡이로 때려 부수고 장미창을 박살내고 아라베스크 장식을 포함한 작은 상들을 닥치는 대로 망가뜨리는가 하면, 자기들의 주교관이나 왕관을 위해 조상들의 유품을 제멋대로 팽개쳐버리는 일이 허다했다. 셋째, 날이 갈수록 유행이라는 흐름의 해괴망측한 꼬락서니가 그야말로 점입가경이었던 것이다. 이는 르네상스라는 일대 혼란의 회오리 속에서 급격한 방향 전환을 거치는 가운데, 건축가들의 변질과 타락을 불러일으킨 요인으로 작용했다. 유행이 혁명보다 더욱 커다란 피해를 끼친 셈이다. 유행은 건축의 핵심에 파고들어 예술의 골조를 무너뜨렸다. 개개의 건축물들을 형식과 상징, 논리 그리고 미적인 측면에서 갈가리 자르고 산산조각 허물어버렸다. 그다음, 유행은 모든 걸 새로 만들어버리는데 반해, 세월이나 혁명은 결코 그런 엄두조차 내지 못하는 것이다. 유행은 가증스럽게도 '높은 감식안'이라는 미명 아래 고딕 건축물의 상처에다 임시 치장을 두르고 대리석 리본이나 금속 술 장식을 매달았다. 계란형 장식, 소용돌이꼴 장식, 언저리 장식, 주름 장식, 꽃 장식, 다발형 모서리 장식, 불꽃 모양의 돌 조각, 구름 모양의 청동 조각, 뚱뚱한 큐피드, 뾰로통한 지품천사 등등, 그야말로 문둥이를 연상시킬 만큼 보기 부담스러운 장식 기법들이 우글우글하다. 이는 결국 예술로 하여금 카트린 드 메디시스[113]의 작은 성당에서 얼굴을 갉아먹히다가, 2세기 후에는 뒤바리 부인[114]의 방에서 괴로움에 신음하며 숨을 거두게 만든 꼴이다.

요컨대, 앞서 언급한 세 가지 원인이 오늘날 고딕 건축물을 보기 흉한 것으로 만들어버렸음은 이제 주지의 사실이다. 건물의 외양에 새긴 주름살과 무사마귀 같은 변화의 흔적은 세월의 흐름 때문이며, 그 아름다운 예술품에 폭력과 만행을 가함으로써 타박상과 골절 따위의 상해를 입힌 것은 루터로부터 미라보에 이르기까지의 여러 혁명이었다. 그런가 하면 절단이나 삭제,

해체나 복원과 같은 행위들은 비트루비우스[115]와 비뇰라[116]를 따르는 대가들의 그리스나 로마식, 아니면 야만적인 작업의 결과로 볼 수 있다. 반달족이 이룩해놓은 훌륭한 예술[117]을 아카데미가 죽여놓은 셈이다. 그나마 세월의 흐름과 이런저런 혁명의 거친 파고는 공평하고 장대한 파괴를 자행했다고 볼 수 있다. 반면 알량한 선서나 해대면서 떼거리로 몰려다니기나 하는 건축가들이란 늘 악취미적 사고방식에 사로잡혀, 파르테논 신전의 영광을 위해서라면 고딕식 레이스 장식을 단번에 루이 15세식 치커리 장식으로 바꾸어버리는 작태도 서슴지 않았던 것이다. 죽어가는 사자에게 가해진 당나귀의 일격이라고나 할까.[118] 관 모양으로 가지가 잘린데다 쐐기벌레에 갉아먹히고 찢기는 늙은 떡갈나무의 신세를 연상시키기도 한다.

'옛 이교도들이 그토록 가호를 빌면서' 헤로스트라투스라는 이름을 불멸로 만든[119], 에페소스의 저 유명한 디아나 신전…… 바로 그것을 파리의 노트르담과 비교하면서, 로베르 세날리스[120]가 "갈리아의 대성당이 길이와 넓이, 높이와 구조에서 훨씬 더 우수하다"고 생각하던 그 시대만 해도 이런 상황은 전혀 생각할 수 없는 것이었다!

파리의 노트르담은 특정한 건축 양식으로 간단히 분류할 수 있는 건물이 결코 아니다. 그것은 로마네스크식 성당이 아니며, 그렇다고 고딕식도 아니다. 이 건물은 어떤 전형을 가지고 있지 않다. 파리의 노트르담 대성당에는 투르뉘의 대수도원처럼 반원 홍예를 기본으로 하는 건물의 장중함이라든가, 육중하고 드넓은 반구형 천장의 장엄하면서도 단순한 맛 같은 건 당최 찾아볼 수 없다. 또한 부르주 대성당[121]처럼 첨두홍예식 건축물의 특성을 잘 살린 장려함과 경쾌함, 변화무쌍한 멋과 뒤얽힌 맛이 줄줄이 이어지면서 마음껏 펼쳐지는 대담한 취향도 거의 볼 수가 없다. 마치 반원 홍예의 무게에 압도당한 것처럼 느껴지는 어둡고 비밀스러운 옛 성당들과 노트르담 대성당을 동격으로 취급할 수는 없다. 이러한 성당들은 천장 이외에는 거의 대부분이 이집트식이다. 모든 것이 신성문자적이고, 성직자적이며, 상징적이다. 장식에는 주로 마름모꼴이나 톱날 문양이 사용되었고, 다음으로 많은 것이 꽃 무늬, 동굴 모양, 사람 모습 순이다. 요컨대 건축가라기보다는 성직자가 만든 것 같은 분위기이며, 신정적(神政的)이고 군대적인 규율의 흔적이 뚜렷하게 나타나는 예술의 초기 형태로서, 3세기 말 로마제국의 몰락기에 뿌리를 두고 정복자 윌리엄[122]에 이르러 발걸음을 멈춘 건축물의 전형을 보여준다. 그렇다고 해서 노트르담 대성당을 높고 경쾌하며, 착색유리와 조각상들로 풍부한 또 다른 계열의 건축물 중 하나로 보기도 어렵다. 즉, 날카롭고 뾰족한 형태와 대담한 자태를 특징으로 하면서, 공동체적이고 서민적인 정치적 함의와 자유분방하고 변덕스러운 예술 작품의 멋을 동시에 아우르는 건축물들 말이다. 이들은 더 이상 신성문자적이거나 성직자적이라기보다는, 예술적이고 진보적이며 민중적인 건축의 제2기 형태라 할 수 있는데, 십자군의 귀환 시기에 시작되어 루이 11세 시대에 그 수명을 다했다. 요컨대, 파리의 노트르담은 처음에 말한 순수 로마네스크식 건축에도, 두 번째 말한 순수 고딕식 건축에도 속하지 않는 것이다.

한마디로 노트르담 대성당은 과도기적 양식의 건축물이다. 작센의 건축가가 중랑의 첫 기둥들을 세우고 난 직후 십자군이 첨두홍예를 가지고 돌아오는 바람에, 원래 반원 홍예를 떠받들기 위해 큼직하게 조성한 기둥머리 위로 난데없는 첨두홍예가 버젓이 올라앉게 돼버린 것이다. 그때부터 첨두홍예가 전체 지배권을 장악하게 되었고, 성당의 나머지 부분은 이 홍예의 양식에 맞추어서 건축되었다. 그러나 처음 경험해보는 양식이라 겁이 났던지, 첨두홍예의 끝이 다소 넓어지고 폭은 넓혀지거나 때론 위축되어서, 훗날의 여러 훌륭한 대성당들처럼 드높게 위로 뾰족하게 솟아오르지도 못했다. 이를테면 둔중한 로마네스크식 원기둥들의 영향에서 미처 벗어나지 못했다고나 할까.

이처럼 로마네스크에서 고딕 양식으로의 과도기적 건축물은 연구 대상으로서는 순수하고 전형적인 건물 이상 가는 귀중한 가치를 지닌다. 이러한 건축물이 보존되어 있기 때문에 구예술에서 신예술로의 완만한 변화 양상을 확실히 엿볼 수가 있는 것이다. 예컨대 반원 홍예에다 첨두홍예를 접목한 건물을 다른 어디에서 이처럼 적나라하게 살펴볼 수 있겠는가!

파리의 노트르담 대성당은 이러한 변화를 가장 잘 보여주는 진귀한 견본이다. 이 찬탄할 만한 건물의 구석구석이 프랑스 역사의 세세한 행보를 보여주고 있을 뿐만 아니라, 학문과 예술의 발전 과정 자체를 감동적으로 제시하고 있기 때문이다. 일단 이쯤에서 중요한 일부를 짚어본다면, 그 '붉은 문짝(Porte-Rouge)'은 15세기 정교한 고딕 양식의 한계점을 보여주는 데 비해, 중랑의 원기둥들은 그 부피와 육중함으로 인해 생 제르맹 데 프레의 카롤링거 왕조식 수도원으로까지 거슬러 올라가고 있다. 사람들은 이 문과 원기둥들 사이에 6백 년이라는 시간의 간격이 존재하는 것처럼 생각할지도 모른다. 연금술사마저도 생 자크 드 라 부슈리 같은 성당이 완벽하게 대변하는 그들 학문의 만족스런 요약을 바로 이 정면 현관문의 상징 속에서 확인할 정도이다. 그리하여 로마네스크 수도원이며 화금(化金) 성당, 고딕 예술, 작센 예술, 그레고리우스 7세를 회상케 하는 육중한 원기둥들, 루터를 예고한 니콜라 플라멜의 연금술적 상징주의, 교황의 단일성, 교회의 분리,[123] 생 제르맹 데 프레, 생 자크 드 라 부슈리 등등, 모든 것이 노트르담 속에 녹아 있고 합쳐 있고 뒤섞여 있는 것이다. 하나의 중심이면서 막강한 영향력을 갖고 있는 이 성당은 파리의 낡은 성당들 가운데 일종의 키마이라와도 같은 존재다. 그것은 어떤 성당의 머리를 가지고 있는가 하면, 다른 성당의 팔다리를, 또 다른 성당의 엉덩이를 가지고 있다. 온갖 성당들의 무엇인가가 이 성당 안에 포함되어 있는 것이다.

거듭 말하지만, 이처럼 여러 요소가 혼재하는 건축물들은 예술가나 고고

학자, 역사가에게 제법 흥미를 불러일으킬 수밖에 없는 대상이다. 예컨대 키클로페스의 유적이랄지 이집트의 피라미드, 인도의 거대한 탑들은 건축술이라는 것이 얼마나 원시적인 것인지를 느끼게 해주며, 그 최대의 산물은 개인적인 작품이라기보다 사회적인 작품이요, 천재적인 사람들이 던져놓은 것이기보다는 오히려 일련의 진통을 겪은 민중들의 생산물이라는 것, 아울러 한 국민이 남겨놓은 공탁물이자, 허구한 세월이 이루어놓은 퇴적물이며, 인간 사회가 계속적으로 발산해온 것들의 침전물이라는 사실을 느끼게 해준다. 세월의 물결이 그대로 충적토가 되어 쌓이고, 민족이 건축물 위에 그 널판을 올려놓고, 개인 하나하나가 자신의 돌을 가져다 놓는 것이다. 비버들이나 꿀벌들이 집을 지을 때 하듯, 인간들도 그렇게 하는 것이다. 그런 뜻에서 건축술의 위대한 상징인 바벨탑은 하나의 장엄한 벌통이다.

 덩치가 큰 건물들일수록 거대한 산들과 마찬가지로 장구한 세월에 걸쳐 완성된 작품이다. 따라서 작품이 진행 중인 동안에도 기술은 계속 변할 수 있다. 즉, 공사가 한두 번 중단되었던 건물들은 그사이 변한 새로운 기법에 따라 그 나머지 공사가 속개될 수 있다는 얘기다. 새로운 기술은 중단되어 있던 건축물을 떠안아, 그 속을 다시 파고들어 제거할 건 제거하고 흡수할 건 흡수해가면서, 제멋대로 발전시키고 완성한다. 마치 조용한 자연법칙이 작용하는 것처럼 접목이 가해지고 수액이 감돌면서 다시금 성장과정을 거치는 것이다. 동일한 건축물의 여러 층위에서 여러 기술이 그런 식의 연속적인 접목을 이루어낼 경우, 수 권의 아주 두꺼운 책, 심지어 인류의 세계사에 버금갈 내용이 그 안에 고스란히 새겨질 만하다. 이때 특정 예술가나 개인의 이름은 그 거대한 축적물에서 흔적도 없이 사라져버리고, 인류의 지성 그 자체만이 그 안에 요약되고 합산된다. 세월이 곧 건축가이고 민중이 바로 석공인 셈이다.

 이상의 관점에서 동양의 위대한 석축 공사의 동생 격인 유럽 기독교 국가

벽돌공들의 작업 모습

석공들은 작업장에서 숙식을 해결한다.

석공이 돌에 자신의 표식을 새기는 일은 개인적인 작품을 만들려는 뜻이 아니라,

공사 중 식별 기호로 삼기 위함이다.

이 모든 것은 프리메이슨의 토대를 이루게 된다.

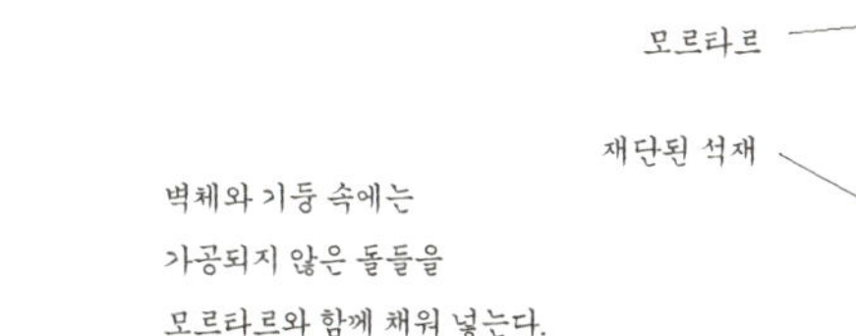

모르타르

재단된 석재

석재는 나무망치로 반듯하게 맞춰진다.

벽체와 기둥 속에는

가공되지 않은 돌들을

모르타르와 함께 채워 넣는다.

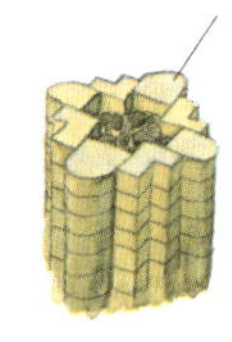

석공용
들통

연추

성상조각가라고도 불리는 조각가들은 일반 석공들보다

솜씨가 다소 뛰어난 기술자로 여겨진다. 그들이 사용하는 연장은 끌과 망치 등이다.

작업은 주로 석회석(가장 부드럽다)과 화강암 혹은 사암을 대상으로 해서,

작업 감독이 그린 그림에 준해 이루어진다. 성상조각가는 누가 봐도 이해가 될 수

있게끔 정해진 표현 기법을 존중해서 작업해야만 한다.

조각에 색을 입히면 훨씬 값어치가 올라간다.

여러 종류의 기중기들

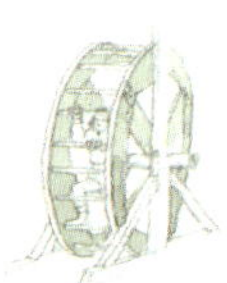

의 건축술을 살펴본다면, 서로 명확하게 구분되는 세 층이 모여 만들어진 하나의 거대한 구조물이 눈앞에 제시된다. 즉 로마네스크층과 고딕층, 그리고 르네상스층인데, 이 마지막 것을 나는 차라리 그리스 · 로마층이라 부르고 싶다. 로마네스크층은 가장 오랜 역사와 깊은 뿌리를 가졌는데, 그 대표 상품인 반원 홍예는 르네상스라는 근대적 상부층의 그리스식 원기둥 위에 얹혀서 다시 그 모습을 드러낸다. 우리가 잘 아는 첨두홍예는 두 층 사이에서 확인된다. 셋 중 오직 하나의 층에만 속해 있는 건물들은 전적으로 명확하고 통일되고 완결적인 형식미를 보여준다. 예컨대 쥐미에주의 수도원이나 랭스의 대성당, 오를레앙의 생트 크루아가 그런 경우다. 문제는 세 층이, 마치 태양 스펙트럼의 개개 빛깔들이 그러하듯, 각 층의 가장자리에서 서로 섞이고 합쳐진다는 점이다. 그로 인해 복합적이면서도 미묘한 차이를 품은, 중간 과정의 건축물들이 존재하는 것이다. 이를테면 어떤 건물의 발은 로마네스크 양식이요, 중간 몸체는 고딕 양식이며, 머리는 그리스 · 로마 양식이다. 이는 전체를 완성하는 데 6백 년이라는 시간이 걸렸기에 가능한 일이다. 그렇더라도 이 정도의 잡종은 사실 보기 드물다. 굳이 예를 들자면 에탕프의 망루 정도. 대신 두 가지 층이 합쳐서 형성된 건축물들은 그보다 흔한 편이다. 예컨대 노트르담 대성당의 경우, 첨두홍예식 건물이면서도 처음에 들어선 원기둥들 때문에, 생 드니의 정면 현관과 생 제르맹 데 프레의 중랑이 속한 로마네스크층에 들어가 있다. 보셰르빌의 매혹적인 반(半)고딕식 참사회실도 역시 마찬가진데, 중간 이하는 모두 로마네스크층으로 이루어져 있다. 루앙의 대성당 같은 경우는, 르네상스층에 속한 중앙 첨탑의 끄트머리만 아니라면 전적으로 고딕층에 속하는 건물이라고 해야 할 것이다.

　사실 그 모든 차이점들은 건물의 표면적인 차원에서만 의미가 있다. 기독교 교회 건축의 본질 자체는 그로 인해 아무런 영향도 받지 않는다. 항상 똑같은 내부 구조에다, 각 부분이 동일한 논리적 배치 상태를 보이고 있는 것

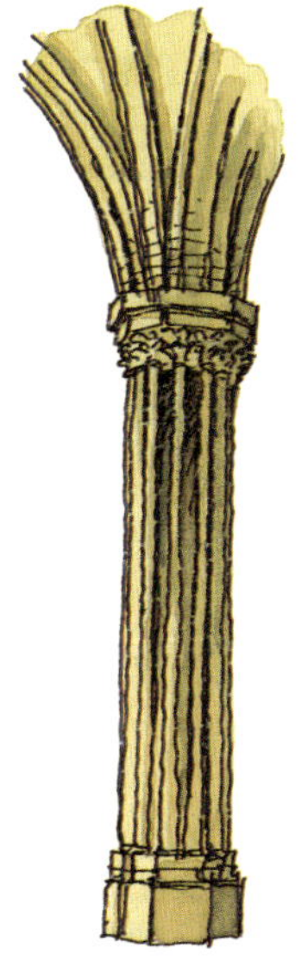

측랑 쪽 기둥

이다. 조각상이나 그 밖의 외적 장식물이 어떻든 간에 그 아래, 근원적이고 원초적인 차원에서는 언제나 로마의 바실리카식 교회당의 전형적 구도를 발견하게 된다. 모든 성당 건물이 지상에서 똑같은 법칙에 따라 영원히 발전하고 있는 것이다. 이를테면 항상 십자 형태로 교차되는 서로 다른 두 개의 공간이 있고, 후진의 둥그런 상단이 성가대석을 구성하고 있다. 또한 내부의 사람 행렬과 소제단을 위한 측랑이 있는데, 이는 중랑의 기둥들 사이로 이어진 일종의 측면 산책로와도 같은 기능을 한다. 그런가 하면, 소제단과 현관문, 종루, 지붕의 돌출 천각(天閣) 등의 수는 시대와 대중, 기술에 따라 변화무쌍하다고 할 수 있다. 예배 의식이 일단 확립되고 나면, 건축술은 그것에 적합한 양상으로 자리 잡는다. 그리고 조각상들, 착색유리들, 장미창과 아라베스크 장식, 톱니형 장식, 기둥머리, 음각 등등, 모든 상상력의 산물들이 예배 의식에 준하는 건축적 배열을 갖추게 되는 것이다. 불변하는 질서와 통일성을 저변에 간직하고 서 있는 저 건물들의 놀라운 외적 다양성은 바로 거기에서 유래한다. 나무의 줄기는 변함이 없으나 생장은 늘 변덕스럽게 진행되는 것이다.

chapter 2

파리 전망

앞서 나는 독자 여러분을 위해 저 웅장한 노트르담 대성당의 원래 모습을 꼼꼼히 복원해보려고 애썼다. 그 결과 15세기에는 있었지만 오늘날에는 사라진 대부분의 아름다운 요소들을 대강은 지적했으나 한 가지 중요한 점은 빠뜨렸으니, 그것은 당시 성당 종루에서 한눈에 들어왔을 파리의 전망이다.

종루의 두꺼운 벽체 속에 나선형으로 뚫려 있는 어두컴컴한 계단을 한참 더듬어 올라간 뒤, 마침내 햇빛과 공기가 넘쳐흐르는 공간으로 빠져나오면, 느닷없이 한 폭의 아름다운 그림이 눈 아래 저만치 사방으로 펼쳐진다. 바이에른의 뉘른베르크나 에스파냐의 비토리아, 혹은 그보다는 소규모의 견본이랄 수 있는 브르타뉴의 비트레나 프로이센의 노르트하우젠 등등의 현존하는 고딕식 도시를 다행히 조망해볼 수 있었던 독자들이라면, 아마 지금 내가 이야기하는 파리의 전망이 어떤 것인지 쉽사리 짐작해낼 수 있으리라.

지금으로부터 350년 전의 파리, 즉 15세기의 파리는 이미 하나의 거대한 도회지였다. 우리네 파리 시민들은 일반적으로 지금 파리가 그때보다 훨씬 상황이 좋아졌다고 생각하지만 그건 큰 오산이다. 파리가 아무리 거대해졌다고 해도 루이 11세 이후 확장된 부분은 전체 크기의 3분의 1을 채 넘지 않는다. 그렇게 보자면 파리는 크기에서 얻은 것보다 훨씬 더 많은 것을 미적인 차원에서 상실한 셈이다.

누구나 아는 것처럼, 파리는 일종의 요람과도 같은 모양을 띤 시테라는 오래된 섬이 그 발원지이다. 이 섬의 모래사장은 파리 최초의 성곽이요, 센 강은 최초의 해자인 셈이다. 파리는 남쪽과 북쪽에 각각 하나씩 두 개의 다리와 성문이면서 요새이기도 한 우안의 그랑 샤틀레와 좌안의 프티 샤틀레를 교두보 삼아, 수백 년간 섬의 상태로 머물러 있었다. 그러다가 첫 왕가의 여러 왕들을 거치는 가운데 너무 비좁은 섬 안에서의 운신이 여의치 않자 강을 건너게 된 것이다. 즉, 그랑 샤틀레와 프티 샤틀레를 넘어, 담과 망루를 갖춘 최초의 성곽이 센 강의 양쪽 기슭에서 들판을 잠식해 들어가기 시작했다. 이전 세기까지만 해도 그 옛 울타리의 자취가 그런 대로 건재하고 있었지만, 오늘날에는 그저 추억의 잔재만이 남아, 보두아예 문 같은 흔적만 전통처럼 이곳저곳 버티고 있을 뿐이다. 가옥들의 물결이 도심에서 바깥으로 차츰 밀려나와 성벽을 넘고 갉아먹으며 급기야는 허물어뜨리고 지워버린 것이다. 그러던 중 필리프 오귀스트가 파리에 새로운 성벽을 만들어, 높고 튼튼한 망루들의 둥그런 사슬 속에 다시금 파리를 가두어 놓았다. 한 세기가 넘도록 집들은 마치 저수지의 물처럼 이 분지 내에 모이고 쌓여 그 높이를 더해갔다. 그것들은 층층이 쌓여 올라가면서 전체가 깊어지기 시작했다. 압축된 수액이 그러하듯 자꾸만 위로, 위로 솟아오르면서, 조금이라도 더 많은 공기를 접하려는 듯 앞다투어 이웃집 위로 머리를 내놓았다. 그에 따라 거리는 더욱더 깊이 파이고 좁아지면서, 광장과 공터는 갈수록 메워지고 사라져갔다. 급기야 그 많은 건물들이 일단 필리프 오귀스트의 성벽마저 뛰어넘자, 마치 도망자가 무턱대고 달려 나가듯 이제 들판 저 너머까지 휩쓰는 건 시간문제였다. 그곳 어디든 깊숙이 침범한 건물들은 먼저 터를 닦아 버젓이 정착할 수 있었다. 1367년 이후 성곽 밖으로 퍼져 나갈 대로 퍼져 나간 도시의 윤곽은 이제 우안 지대에 새로운 울타리를 필요로 하게 됐는데, 샤를 5세가 그것을 세운다. 그러나 원래 파리 같은 도시는 끊임없이 커져가기 마련이고, 또 그런 도시들만이 일국의 수도가 될 자격이 있는 법이다. 그것은 한 나라, 한 국민의 모든 지리적, 정치적, 정신적 조류가 한곳으로 모여드는 깔때기의 끝이다. 이를테면 한 국가의 상업, 공업, 문화, 지성, 인구 등등, 모든 정기, 모든 생명, 모든 영혼이 한 시대, 한 시대, 한 방울, 한 방울씩 스며들어 괴는 우물이요 하수도이다. 샤를 5세의 성벽 역시 필리프 오귀스트의 성벽과 같은 운명을 겪었다. 15세기 말 이후 가옥들이 그 성벽을 건너뛰고 넘어가서, 교외의 경계선은 더욱 멀리 달아났다. 16세기, 새로운 도시가 성 밖으로 팽창해 나아감에 따라 기존의 성벽은 눈에 띄게 뒷걸음쳐, 자꾸만 옛 도시 속으로 파묻히는 것만 같았다. 요컨대, 15세기에 이미 파리는 배교자 율리아누스 시대의 그랑 샤틀레와 프티 샤틀레에서 비롯된 세 개의 동심원적 성벽을 서서히 마멸시키고 있었던 셈이다. 마치 자라나는 아이의 옷에 어쩔 수 없이 구멍이 나듯, 그 세 성벽의 띠가 차례로 파열을 일으켰다고나 할까. 루이 11세 시대에는 어느새 건물들의 바다가 되어버린 도시 한복판, 옹기종기 솟아 있는 옛 성벽의 낡은 망루들만 그 초라한 머리를 내밀고 있을 뿐이었다. 마치 홍수를 이기고 고개를 내민 언덕마루처럼, 새로운 파리 아래 가라앉은 옛 파리의 군도(群島)처럼 말이다.

그 후로 우리 눈에는 불행한 일이지만 파리는 또다시 변모했다. 하지만 성벽 하나를 뛰어넘는 정도에 불과했으니, 그것은 이른바 루이 15세의 성벽, 즉 그것을 쌓게 한 왕은 물론 그것을 아래와 같이 노래한 시인에게도 제격인, 진흙과 가래침으로 이뤄진 보잘것없는 성벽이었다.

파리를 둘러막는 담은 파리를 투덜거리게 할 뿐.

15세기까지만 해도 파리는 각기 다른 모습과 특수성, 풍속, 습관, 특권 그리고 역사를 지닌 서로 판이하게 구별되는 세 구역, 즉 시테와 대학과 도심으로 나뉘어 있었다. 시테는 섬 전체에 해당하는데, 면적이 가장 작으면서도 제일 오래된 역사를 가지고 있어 다른 두 도시의 어머니나 다름없었다. 이런 비유가 가능하다면, 시테는 마치 아름다운 두 딸 사이에 끼인 노파처럼 두 구역 사이에 그 작은 체구를 의지하는 꼴이었다. 센 강 좌안을 덮고 있는 대학은 투르넬에서부터 넬 망루까지, 즉 오늘날의 파리로 말하자면, 포도주 시장에서부터 조폐국까지를 차지하고 있었다. 그 성곽은 율리아누스가 목욕탕을 세웠던 들판을 꽤 폭넓은 초승달 모양으로 파 들어가면서, 그 안에 생트 주느비에브 산을 가두고 있었다. 이 성곽이 그리는 곡선의 정점은 파팔문, 다시 말해 대략 현재의 팡테옹이 있는 자리였다. 도심은 파리의 세 덩어리 중 가장 컸는데, 우안에 자리하고 있었다. 이 구역은 군데군데 끊어지기는 했지만 비이 망루에서부터 부아 망루까지 센 강을 따라 죽 이어지면서, 지금으로 말하자면 공설 곡물창고가 있는 곳에서부터 튈르리 공원이 있는

다양한 연장들

목수들은 첨두홍예의 교차점이 완성되기 전에
중랑을 덮는 모든 지붕 골조를 마무리한다.
그 과정에서 온갖 비계와 발판들,
들보와 기중기들까지 직접 제작한다.
지금도 벽돌에 완목을 끼운 흔적이 남아 있는데
모두 비계들이 설치되었던 구멍들이다.
골조에 들어갈 부분들은 지면에서 조립된 후,
제 위치에 정착되기 전에 표식이 가해진다.
벌목기인 겨울 동안 잘린 참나무 줄기들은
물에 담가 보관했다. 그래야 강도가 더해지는데
추후에 건조시키고 김을 쏘여 보존기간을 늘린다.

2) 둥근 유리공을 돌 위에 살살 굴려가며
긴 빨대를 통해 바람을 불어넣는다.

그렇게 해서 일종의 병처럼
원통형의 유리관이 얻어진다.

1) 유리는 모래와 잿물(나무를 태운 재)
그리고 녹(색깔을 위해서)의 혼합물을
높은 온도로 가열해서 만든다.

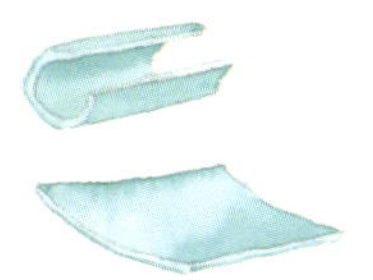

3) 원통형의 옆구리를 잘라, 깨지지 않도록
열을 가해가며 평평하게 편친다.

4) 평평하게 펼쳐진 유리판을 달군 쇠와
집게를 가지고 잘라낸다. 작업대에 그려진
표본이 절단의 기준으로 작용한다.

완성된 착색유리는 세로가 18미터에 달한다.
일부 착색유리 작업의 경우 동업조합이나 길드로부터
재정적인 지원을 받아 진행되기도 한다.

5) 그리자유 기법을 통한 소묘

6) 유리 조각들은 납 막대기를 용접해서
서로 이어 붙인다.

얼굴 표정과 옷의 주름, 그 밖의 윤곽들을
그리자유 기법으로 그려 넣은 다음, 다시 가열해 정착시킨다.

곳까지 걸쳐져 있었다. 센 강이 수도의 성벽을 자르며 흐르던 네 지점, 즉 좌안의 투르넬과 넬 망루, 우안의 비이 망루와 부아 망루는 '파리의 4대 망루'라 일컬어지고 있었다. 도심은 대학보다 더 깊숙이 들판 저 너머로 그 세력권이 확장돼 있었다. 도심 성벽(샤를 5세의 성벽)의 정점은 생 드니와 생 마르탱 두 문에 있었는데, 그 위치는 오늘날도 변함이 없다.

앞서 말한 것처럼, 파리의 이 세 구역은 각각 하나의 도시였으나 홀로 완전한 도시 행세를 하기에는 다소 특별한, 즉 하나의 도시로 기능하려면 반드시 다른 두 도시가 필요한 그런 도시였다. 그러면서 제각기 판이한 세 면모를 갖추고 있었다. 시테에는 성당이, 도심에는 저택이 많았고 대학에는 학교가 많았다. 옛 파리의 부차적인 특성과 도로 관리권의 갑작스런 변화를 무시하고 일반적인 관점에서 총체적인 것만을 들어 설명한다면, 섬은 주교의 소관이요, 우안은 행정 장관의 소관이며, 좌안은 대학 총장의 소관이라고 할 수 있었다.

그 모두를 총괄하는 것은 시가 아니라 왕실 소속 관리인 파리 행정관이었다. 시테에는 노트르담이 있었고, 도심에는 루브르 궁과 시청, 대학에는 소르본이 있었다. 또한 도심에는 중앙시장, 시테에는 시립병원, 대학에는 프레 오 클레르[124]가 있었다. 학생들이 좌안에서 저지르는 범죄는 섬 안의 파리 재판소에서 재판하고 우안의 몽포콩에서 처벌했다. 물론 대학은 강력하고 국왕은 허약하다는 생각을 하는 대학 총장이 개입하지만 않는다면 말이다. 그만큼 자기 학교 안에서 교수형을 당한다는 것 또한 학생들만의 특권이었다.

(내친김에 하나 지적하자면, 그러한 특권들 가운데는 위에 언급한 것보다 더 좋은 것들도 있었는데 대부분은 반란과 폭동을 통해 왕에게서 강탈한 것이다. 아득한 옛날부터의 자연스런 추이라고나 할까. 자고로 왕은 백성이 강제로 빼앗지 않으면 절대 놓지 않는 법. 말이 나왔으니, 충성에 관한 순진

한 발상을 적나라하게 드러내는 옛 문장 하나를 살펴보고 넘어가자. 'Civibus fidelitas in reges, quœ tamen aliquoties seditionibus interrupta, multa peperit privilegia.' (때로는 반란을 통해 중단되긴 했지만, 국왕에의 충성은 백성 입장에서 특권의 근원이나 마찬가지다.))

15세기에 센 강은 파리의 성벽 안에서 다섯 개의 작은 섬들을 휘감아 흐르고 있었다. 예컨대 루비에 섬에는 당시 수목들이 울창했지만, 지금은 그게 죄다 목재일 뿐이다. 그런가 하면 바슈와 노트르담, 이 두 섬은 한 채의 오두막을 제외하고는 사람이 살지 않는, 주교의 봉토였다(17세기에 이 두 섬은 하나가 되었고 그 이름을 생 루이 섬이라고 했다). 마지막으로 시테 섬과, 나중에 퐁 뇌프 다리 아래 주저앉아버린 파쇠르 오 바슈 섬이 있다. 시테에는 당시 다리가 다섯 개 있었는데, 세 개는 우안에 있는 노트르담 다리와 돌로 지은 퐁토 샹주, 그리고 나무로 된 퐁토 뫼니에였고, 두 개는 좌안에 있는 돌로 된 프티 퐁 다리와 나무로 지은 생 미셸 다리로, 교각 위가 건물들로 빽빽이 들어차 있었다. 대학에는 필리프 오귀스트가 세운 여섯 개의 문이 있었으니, 투르넬로부터 시작하여 생 빅토르, 보르델, 파팔, 생 자크, 생 미셸 그리고 생 제르맹 문이 그것이었다. 도심에도 또한 샤를 5세에 의해 여섯 개의 문이 세워졌는데, 비이 망루를 출발점으로 해서 생 탕투안, 탕플, 생 마르탱, 생 드니, 몽마르트, 생 토노레 문이었다. 그 모든 문들은 튼튼할 뿐 아니라 아름답기도 했다. 그러고 보면 아름답다는 것은 결코 튼튼함을 무르게 하는 것이 아니다. 겨울 증수기에는 물살이 거세지는 넓고 깊은 해자의 물이 파리를 빙 둘러가면서 성벽 아래를 씻어주는데, 센 강이 그 물을 대주고 있었다. 밤에는 성문을 굳게 닫고 굵직한 쇠사슬로 도시의 양끝 강줄기를 막고서, 파리는 편안한 잠을 청했다.

시테와 대학과 도심이라는 세 도시 구역을 높은 데서 내려다보면, 그 하나하나가 묘하게 뒤얽힌 거리들로 이뤄진 헝클어진 편물 같은 모습으로 드러

대장장이

대장장이는 공사에 쓰일 연장들을
준비하고 또 수리 및 관리를 책임졌는데,
작업장과 채석장에 각각 한 명씩 배치되어 있었다.
그들은 또한 이음보와 자물쇠, 못 등을 제조하고
말과 당나귀, 노새의 편자들을 관리하기도 했다.

종 주물공

종 주물공의 작업은 현장에서 이루어진다.
맨 먼저 주형을 뜰 가짜 모형 종을 만든다.
주형은 두 부분으로 이루어지는데, 종의 안쪽을 차지할 부분인 핵(核)과
바깥을 싸게 될 부분인 덮개가 그것이다.
주형은 점토와 짐승의 털 그리고 말똥으로 만들어진다.
가짜 종을 빼낸 다음, 완성된 주형에다 청동을 부어 넣는다.
얼마 후 틀에서 꺼낸 종은 곳곳의 두께를 덜어주면서
원하는 소리가 나도록 가공한다. 추는 맨 마지막에 설치한다.
종을 매달기 위해 특별히 제작된 비계가 적정한 위치에 설치된다.
노트르담 대성당에서 가장 큰 종은 남쪽 종루에 위치한
'엠마뉘엘'이라는 이름의 종으로, 무게가 13톤에 달한다.

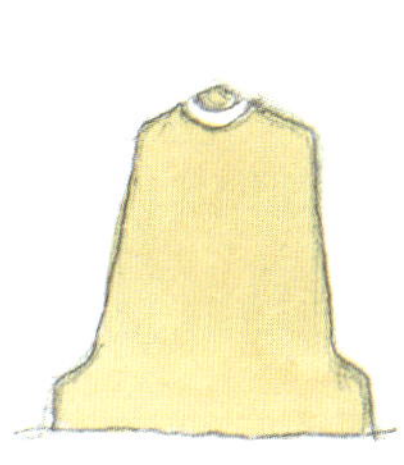

핵(核)

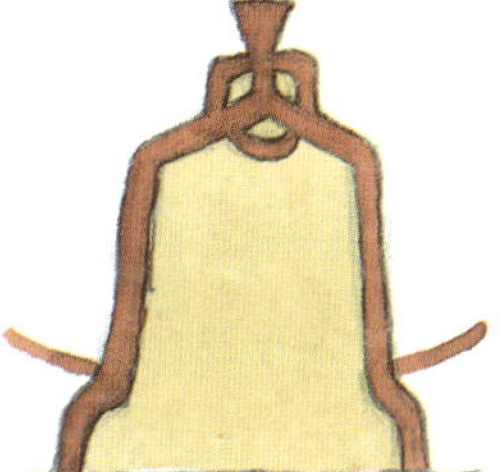

밀랍으로 된 가짜 종

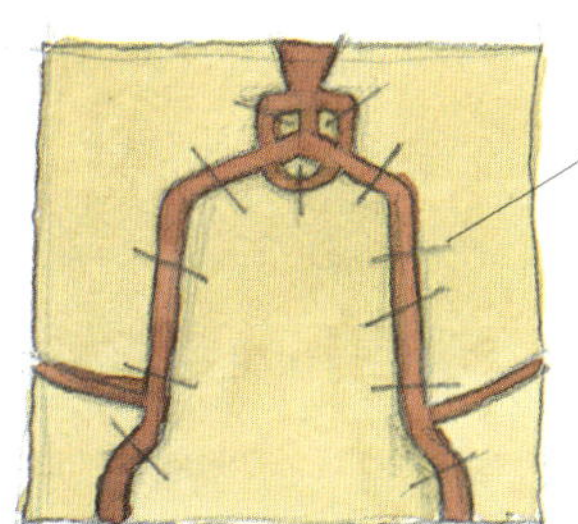

덮개

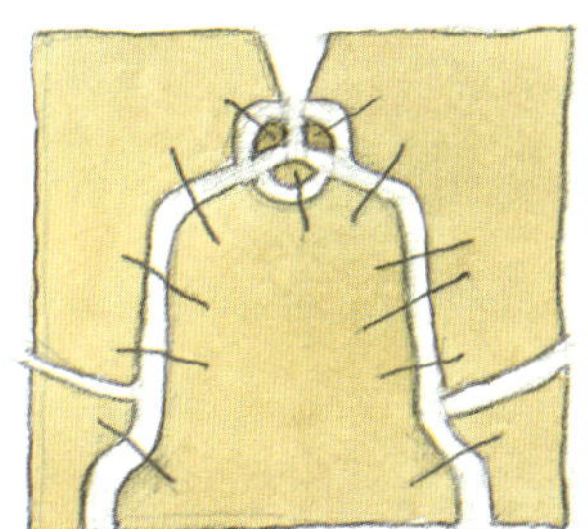

밀랍이 녹으면 주형 속에 종 모양의
빈 공간이 생기게 된다.

그 안으로 청동을 붓는다.

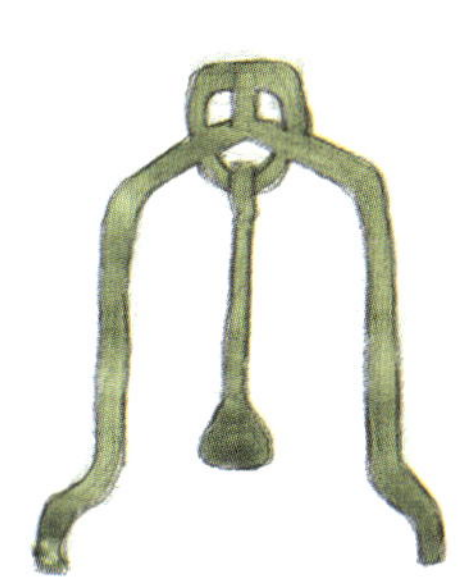

주형에서 종을 빼낸다.

났다. 그러면서도 그 세 조각이 결국 하나의 몸뚱어리를 이루고 있다는 사실을 어렵지 않게 알아볼 수 있었다. 요컨대, 두 줄의 기나긴 평행 도로가 남쪽에서 북쪽으로, 센 강과 수직으로 만나면서 동시에 세 구역을 관통해 그들을 하나로 맺어주고 있는 것이다. 그로 인해 한 구역의 주민들은 다른 구역의 성벽 안으로 자연스레 섞여들고 옮겨가면서 세 구역을 하나의 거대한 도시로 화하게 하고 있다. 그 두 개의 도로 중 첫 번째 것은 생 자크 문에서 생 마르탱 문으로 통하고 있었다. 대학 쪽에서는 그것을 생 자크 거리라 부르고, 시테 쪽에서는 쥐브리 거리라 부르며, 도심 쪽 사람들은 생 마르탱 거리라 불렀는데, 프티 퐁 다리와 노트르담 다리를 통해 두 차례 강을 넘나들게 되어 있었다. 그런가 하면 두 번째 것은 좌안 쪽에서 부르기를 라 아르프 거리라고 하고, 섬 안쪽에서는 바리유리 거리, 우안에서는 생 드니 거리라고 불렀다. 센 강 한쪽 지류 위로는 생 미셸 다리를, 다른 쪽 지류 위로는 샹주 다리를 지나가며 대학 쪽의 생 미셸 문에서 도심 쪽 생 드니 문으로 통과하고 있었다. 여러 이름으로 불리면서도 실상은 두 개의 도로에 불과했지만, 어디까지나 그것은 파리의 두 중심 도로요, 두 기간도로이며, 두 동맥이나 다름없었다. 세 도시의 다른 모든 정맥은 거기에 와서 길어지거나 거리로 흘러들고 있었다.

옆으로 가로질러 파리를 관통하는 이상 두 개의 주요 도로와는 별개로 도심과 대학에는 제각기 따로 큰 거리가 있었는데, 그것은 센 강과 평행하게 세로 방향으로 지나면서 두 개의 기간도로를 수직으로 자르고 있었다. 그리하여 도심에서는 생 탕투안 문에서 생 토노레 문으로 똑바로 직행하고, 대학 쪽에서는 생 빅토르 문에서 생 제르맹 문으로 곧장 내려갈 수 있었다. 이 두 개의 큰길은 처음의 두 길과 교차하여, 사방팔방으로 촘촘히 짜인 파리 특유의 미로 같은 도로망의 뼈대를 이루고 있었다. 게다가 이 도로망의 알아보기 어려운 도면을 유심히 들여다보면, 마치 하나는 대학 쪽에서, 또 하나는 도심 쪽에서 펼쳐지는 두 개의 다발처럼 다리에서 성문으로 퍼져가는 커다란 거리들의 두 묶음을 분간할 수 있었다.

이러한 실측도의 일부는 오늘날에도 여전히 잔존하고 있다.

요컨대, 1482년 노트르담의 종루 위에서 이러한 사정을 한눈에 조망했을 때 과연 그 전체가 어떤 모습으로 비쳐졌을까? 이제부터 그것을 이야기해보도록 하자.

종루 꼭대기에 숨을 헐떡거리며 도착한 구경꾼에게 그것은 맨 먼저 눈부신 지붕과 굴뚝과 거리와 다리와 광장과 종탑들의 집합이나 다름없었을 것이다. 모든 것이 한꺼번에 시선을 사로잡았을 것이다. 깎아지른 듯한 합각머리, 뾰족한 지붕, 성벽 모퉁이에 비죽이 튀어나온 작은 망루, 11세기의 피라미드식 석조 건물, 15세기의 판암 오벨리스크, 꾸밈없는 둥근 망루, 성당의 사각형 장식탑들, 큰 것, 작은 것, 육중한 것, 경쾌한 것, 기타 등등. 오랫동안 그 미궁 속을 눈으로 헤매다보면, 저마다 나름의 독창성과 동기와 특성과 아름다움을 지니고 있고, 색과 조각으로 장식된 파사드라든가 바깥으로 훤히 드러나는 골조들, 아치형의 문틀하며, 위층이 앞으로 돌출한 소규모 가옥에서부터 망루들이 줄줄이 늘어선 장엄한 루브르 궁에 이르기까지, 예술의 힘을 빌리지 않고 서 있는 것은 아무것도 없었다. 그처럼 요란스러운 건축물들에 서서히 눈이 길들기 시작하면, 이제 다음과 같은 중요한 요점들까지 차근차근 식별할 수 있게 된다.

우선 시테를 보자. 시테 섬은, 너절한 글들 가운데 가끔은 문체의 행운도 누린 소발의 말대로, "마치 센 강 한복판으로 물결 따라 흘러가다 좌초하여 개흙 속에 처박힌 커다란 배같이 생겼다". 15세기에 이 배가 다섯 개의 다리로 양쪽 기슭에 매여 있었다는 사실은 앞에서 이미 언급했다. 이 선박 모양은 가문관(家紋官)에게도 깊은 인상을 준 모양인데, 파뱅[125]과 파스키에[126]에 의하면, 파리의 옛 방패꼴 문장(紋章)에 그려져 있는 배의 문양이야말로 노르만 해적이 아닌 바로 이 시테 섬의 형태에서 유래한 것이었다. 문장은 그것을 해독할 줄 하는 사람에게는 일종의 대수학이며 어엿한 언어다. 이를 테면 중세 전반기의 역사가 로마네스크식 성당의 상징주의 속에 쓰여 있듯이, 후반기의 전 역사는 문장 속에 고스란히 담겨 있다. 요컨대 문장이란, 신정(神政)체제의 상형문자 다음에 온 봉건제도의 상형문자인 셈이다.

따라서 맨 먼저 바라보이는 시테는, 고물을 동쪽으로 대고 이물은 서쪽을 향한 배 모양을 취하고 있었을 것이다. 이물 쪽으로 돌아서면 낡은 지붕들이 앞에 즐비하고, 그 너머로 생트 샤펠의 후진이 흡사 탑을 짊어진 코끼리의 엉덩이처럼 둥그렇게 펼쳐졌다. 하늘을 배경 삼아 원추형으로 치솟은 그 탑은 가장 독창적인 금속세공사가 손을 댄 듯, 가장자리의 톱니꼴 장식이 확실하게 빼어난 뾰족탑이었다. 노트르담 대성당의 앞마당이나 다름없는 아름다운 광장으로는 세 거리가 흘러들고 있었다. 그런가 하면 시테 섬의 좌우와 동서를 막론하고 좁아터진 울타리 안에는, 생 드니 뒤 파의 낮고 낡아빠진 로마네스크 종각으로부터 생 피에르 뵈와 생 랑드리 성당의 날씬한 뾰족탑에 이르기까지, 온갖 시대와 형태, 크기를 망라한 스물한 개의 성당 종루가 버젓이 서 있었다. 노트르담 뒤로는 북쪽의 고딕식 회랑과 더불어 경내가, 남쪽에는 반(半) 로마네스크식 주교관이, 동쪽에는 뾰족한 모양의 공터가 각각 자리 잡고 있었다. 그렇게 겹치고 쌓이는 건물들 속에서 또 눈으로 알아볼 수 있는 것들을 열거하자면, 저택들의 지붕 위, 가장 높은 창문들 너머 저 높다란 석조 굴뚝의 갓들, 샤를 6세 때 시에서 쥐베날 데 쥐르생[127]에게 공여한 저기 저 저택, 좀 더 멀리에는 팔뤼 시장의 타르 칠한 가건물들, 또 다른 곳에는 1458년에 증축한 생 제르맹 르 비외 성당의 새로운 후진과 페브 거리의 끄트머리, 그다음엔 여기저기 사람들로 붐비는 네거리와 길모퉁이에 우뚝 솟은 죄인 공시대, 필리프 오귀스트의 아름다운 포도—이것은 말들의 통행을 위해 길 한복판에 줄을 그어놓은 썩 아름다운 포석 도로였으나,

16세기에 초라하게도 자갈로 바꿔 깔면서 '동맹포도'라 불렀다—그리고 15세기에 만들어놓은 것으로 지금도 부르도네 거리에 가면 볼 수 있는 저 계단형 소탑들과 인적 없는 뒷마당, 끝으로 생트 샤펠의 우측, 파리재판소는 석양을 향해 그 수많은 망루들을 세워 올리고 있었으니…… 나아가 왕실 정원의 대수림이 시테 섬의 서쪽 끝을 덮고 파쇠르 오 바슈의 작은 섬까지 가리고 있었다. 강물의 수면으로 말하자면, 노트르담의 종루 위에서는 시테의 양쪽이 거의 보이지 않았다. 센 강은 다리들 밑으로 사라지고, 다리들은 집들 아래로 사라져 없는 셈이었다.

강물의 수증기로 나이가 들기도 전에 곰팡이가 슬어 눈에 띄게 푸르러 가는 그 다리들 위에 서 있는 지붕들 너머 왼쪽으로 대학 쪽을 바라보면, 맨 먼저 두드러지게 눈에 띄는 건물이 한 다발의 굵고 낮은 망루들인 프티 샤틀레로서, 입을 떡 벌리고 있은 그 현관은 프티 퐁의 끄트머리를 삼키고 있었다. 그다음에 동쪽에서 서쪽으로, 투르넬에서 넬 망루까지 둘러보면, 들보에 조각을 하고 스테인드글라스 창을 단 집들이 줄줄이 기다랗게 늘어서 있었다. 포도 위에 층층이 불쑥 불거져 나와 있는 시민의 집 합각머리의 지그재그꼴은 무한히 연속되는 듯하다가 자주 길 어귀에서 끊기고, 또 이따금씩 커다란 석조 저택의 정면이나 모서리로도 끊겼다. 이 대저택들은 마치 한 떼의 하층민들 가운데 있는 대영주처럼, 마당이며 정원, 익면이며 안채와 더불어 천민들마냥 촘촘히 틀어박혀 옹색한 집들 사이에 편안히 들어앉아 있었다. 강둑 위에는 그러한 저택들이 대여섯 채 있었는데, 투르넬 옆의 넬 따란 울안에 성 베르나르드회와 함께 있었던 로렌가의 저택을 비롯한 넬 궁이 여기에 속했다. 이 궁궐의 주요 망루는 파리의 경계를 이루고 있었고, 뾰족한 지붕들은 일 년 중 석 달 동안 그 시커먼 세모로 석양의 주홍빛 둥근 표면을 V자 꼴로 파내듯이 그림자를 드리웠다.

게다가 센 강의 한쪽은 다른 쪽보다 상인이 적었는데, 여기서는 학생들이 장인들보다도 더 떠들어대고 더 떼 지어 다녔다. 엄밀히 말해서 생 미셸 다리에서 넬 망루까지밖에 강둑이 없었다. 그 밖의 센 강가는 성 베르나르드 회의 저쪽 편처럼 민둥민둥한 모래사장이거나, 아랫도리가 강물에 잠긴 집들이 즐비했다. 그곳은 빨래하는 아낙네들로 요란스러웠다. 그 여자들은 아침부터 저녁까지 물가에서 외치고 지껄이고 노래 부르면서, 오늘날과 마찬가지로 빨랫감을 힘껏 두들기고 있었다. 그것은 파리의 적지 않은 즐거움이었다.

대학은 얼핏 보아 한 덩어리를 이루고 있었다. 한쪽 끝에서 다른 쪽 끝까지 그것은 하나의 동질적인, 밀집한 전체를 형성하고 있었다. 높은 데서 내려다볼 때, 거의가 똑같은 기하학적 요소로 구성된 모난 지붕들 수천 개가 빽빽이 들어차고 밀착된 모습은 똑같은 물질이 만들어내는 일정한 결정체처럼 보였다. 제멋대로 달리는 협곡 같은 길거리들도 가옥들의 집단을 심하게 불균형한 덩어리로 잘라놓지는 않았다. 마흔두 개의 학교는 사방에 꽤 고르게 흩어져 있었다. 이 아름다운 건물들의 다양하고 흥미로운 꼭대기는 그 아래로 내려다보이는 단순한 지붕들과 똑같은 예술의 산물이어서, 결국은 똑같은 기하학적 도형의 평방과 입방의 제곱에 지나지 않았다. 그러므로 그것들은 전체를 어지럽히지 않으면서 복잡하게 만들고, 전체를 메우지 않으면서 보충하고 있었다. 기하학은 하나의 조화다. 몇 개의 아름다운 저택들 역시 좌안의 그림 같은 곡창지대 위에 여기저기 호화롭게 솟아 있었으니, 지금은 사라져버린 느베르의 주택과 로마의 주택 그리고 랭스의 주택들, 여전히 잔존하여 예술가의 위안이 되어주었지만 어리석게도 몇 년 전에는 그 탑 꼭대기를 잘라내버린 클뤼니 궁이 그것이다. 아름다운 홍예의 로마식 궁전인 이 클뤼니 궁 옆에 율리아누스의 목욕탕이 있었다. 또한 이 저택들보다 더 경건한 아름다움과 장중한 규모를 지닌 수도원들이 수없이 많았는데, 그렇다고 해서 그 저택들보다 덜 아름답거나 작은 것도 아니었다.

맨 먼저 눈을 번쩍 뜨게 하던 수도원들이라면, 세 개의 종루를 가지고 있던 성 베르나르드회, 아직도 잔존하는 네모진 탑으로 인해 나머지 부분이 사라 졌음을 몹시 아쉬워하게 만드는 생트 주느비에브, 반은 학교고 반은 수도원이었던 소르본(이 수도원 중에서 감탄할 만한 중랑 하나가 살아남았으니, 사변형의 아름다운 마튀랭 수도원이다), 그 옆에 있었던 성 베네딕트회 수도원(이 수도원 벽 안에서 이 책의 제7판과 8판을 인쇄하는 사이에 사람들은 연극 하나를 후다닥 해치웠다) 등이 있었다. 세 개의 거대한 합각머리를 병치해놓은 성 프란체스코회, 성 아우구스티누스회(그 우아한 뾰족탑은 서쪽에서 출발하여 닐 망루 다음으로 파리에서 알아주는 두 번째 톱니꼴 장식이었다) 학교들은 사실 수도원과 속세의 연결 고리가 되는 것이어서, 일련의 건축에서도 저택과 수도원의 중간을 차지하여 우아하고 준엄하면서도, 조각술은 저택들보다 덜 경박하고 건축술은 수도원들보다 덜 근엄하였다. 호화로움과 검소함 사이의 중간을 매우 정확히 끊어놓았던 이러한 고딕식 건축물이 거의 하나도 남아 있지 않음은 불행한 일이다. 성당들(이 찬란한 성당들은 대학 내에 무수히 많았으며, 여기서도 그것들은 생 쥘리앵 성당의 반원 홍예로부터 생 세브랭 성당의 첨두홍예에 이르기까지 건축술의 모든 시대에 걸쳐 있었다)은 그 모든 것 위에 우뚝 솟아 있었으며, 마치 전체의 조화 속에 하나의 조화를 더하듯이, 숱한 톱니꼴의 합각머리들 사이에서 깎아 세운 듯한 뾰족탑들이며 채광창 달린 종각들이며 날씬한 첨탑들이 끊임없이 솟아올라 있었는데, 이 첨탑들의 선은 또한 지붕들의 예각을 화려하게 과장한 것에 불과했다.

대학의 땅은 산지였다. 생트 주느비에브 산은 동남쪽에서 거대한 종을 엎어놓은 것 같은 모양새를 이루고 있었는데, 노트르담 위에서 보면 볼 만하였다. 수많은 꾸불꾸불한 좁다란 길(오늘날의 라틴 구역)이며 옹기종기 틀어박힌 집들이 그 고지의 꼭대기에서 사방으로 흩어져 뒤죽박죽, 비탈 위에서는 거의 수직으로 물가에까지 뛰어 내려가면서, 어떤 놈들은 떨어지는 것 같고,

또 다른 놈들은 도로 기어오르는 것 같으면서도 결국엔, 모든 놈들이 서로 꼭 붙잡고 있는 것 같은 모습이었다. 포도 위에서 서로 교차되는 수천 개 검은 점이 만들어내는 끊임없는 물결은 눈 아래 모든 것을 움직이게 하고 있었다. 그 점들은 그처럼 높고 먼 데서 본 민중이었다.

끝으로, 그 지붕들이며 뾰족탑들, 대학의 맨 끝 선을 구부리고 비틀고 들쭉날쭉하게 만들고 있는 무수한 건물들의 기복 사이로, 군데군데 이끼 긴 거대한 담벼락이, 듬직한 망루가, 요새같이 보이는 총안 뚫린 성문이 어렴풋이 보이고 있었으니, 그것은 필리프 오귀스트의 성벽이었다. 그 너머로 목장들이 파랗게 펼쳐지고, 도로들이 달려가고 있었으며, 그 도로들을 따라 아직도 교외의 집들이 몇 채씩 흩어져 있었는데, 집들은 멀어져갈수록 더욱 더 듬성듬성해졌다. 이 교외에 있는 것들 중 어떤 것들은 중요했다. 맨 먼저 투르넬부터, 생 빅토르 마을. 거기에는 비에브르 냇물 위에 교호(矯弧)를 가진 다리가 있고, 루이 르 그로의 묘비명 'epitaphium Ludovici Grossi(에피타티움 루도비키 그로시)'[128]을 읽을 수 있는 수도원이 있고, 11세기의 자그만 종루 네 개가 양쪽에 붙은 팔각 첨탑(이러한 첨탑 하나를 에탕프에서 볼 수 있다. 그것은 아직 쓰러지지 않았다)을 가진 성당이 있었다. 그다음에는 이미 성당 세 채와 수도원 하나를 가지고 있었던 생 마르소 마을. 그다음에는 고블랭의 방앗간과 그 사면의 흰 벽을 왼쪽에 두고, 네거리에 조각을 한 아름다운 십자가와 당시 고딕 건축물이었던 뾰족하고 매력적인 생 자크 뒤 오 파 성당이 있었던 생 자크 교외, 나폴레옹이 건초 창고를 만들었던 14세기의 아름다운 성당 생 마글루아르, 비잔틴 모자이크가 있었던 노트드람 데 샹 성당. 끝으로, 파리 재판소와 동시대의 훌륭한 건물로서 조금씩 구획을 그어놓은 정원들과 유령이 잘 나오지 않는 보베르의 폐허가 있는 샤르트뢰 수도원을 한가운데 두고서, 서쪽으로 눈길을 돌리면 생 제르맹 데 프레 수도원의 세 로마식 첨탑이 보였다. 생 제르맹 마을은 이미 큰 읍으로서, 뒤쪽으로 열다섯 내지 스무 개의 거리를 이루고 있었다. 생 쉴피스 성당의 뾰족한 종루는 이 읍의 한구석을 가리키고 있었다. 바로 그 옆에 생 제르맹 정기 시장의 사변형 울타리가 보였는데, 오늘날에는 장터가 되어 있다. 그다음에는 납 원뿔을 튼튼히 씌운 조그맣고 예쁜 탑인 사제의 죄인 공시대. 기와 공장은 더 멀리 있었고, 공용 가마로 통하는 푸르 거리와 언덕 위의 방앗간, 눈에 잘 띄지 않는 조그만 외딴 집인 나병환자 격리 수용소가 있었다. 그러나 특히 시선을 끌고, 오랫동안 그 점 위에 눈길을 붙잡아놓는 것은 수도원 바로 그 자체였다. 확실히 성당 같고 장원같이 위풍당당한 수도원, 파리의 주교들이 거기서 자는 것을 행복하게 여기던 수도원 궁전, 대성당 같은 외관과 아름다움, 찬란한 장미창이라는 건축술의 혜택을 받은 수도원 식당, 우아한 성모 마리아의 예배당, 기념비적 침실, 광막한 정원들, 내리닫이 쇠문살, 도개교, 주변의 푸른 목장들에 눈금을 새기는 총안의 폐장(蔽障), 금빛 법의들 틈에 섞여서 무사들이 번쩍번쩍 빛나고 있는 마당들, 고딕식 성당 후진 위에 확고부동하게 선 채로 반원 홍예가 붙은 세 개의 높다란 뾰족탑 주위에 모이고 합쳐져 있는 그 모든 것은 지평선에서 하나의 웅장한 형체를 이루고 있었다.

마침내, 오랫동안 대학을 들여다본 다음에, 우안으로 돌아서서 도심 쪽을 바라보자 광경이 갑자기 변했다. 도심은 과연 대학보다 훨씬 크고 덜 단조로웠다. 언뜻 보면 그것은 여러 덩어리로 나뉘어 보였다. 첫째로, 동쪽의 카밀로젠이 카이사르를 진창 속에 빠뜨린 곳이라는 이름이 오늘날까지도 붙어 있는 그곳에는 궁궐들이 모여 있었다. 이 궁궐들의 집단은 강가까지 뻗어 있었다. 거의 밀착된 저택 네 채, 주이, 상스, 바르보, 여왕궁은 센 강물 위에 날씬한 소탑들로 끊긴 그들의 슬레이트 지붕 꼭대기를 비추고 있었다. 이 건물 네 채는 노냉디에르 거리에서 셀레스틴회 수도원까지의 공간을 채우고 있었으며, 이 수도원의 첨탑은 네 저택의 합각머리와 총안의 선을 우아하게 끌어올리고 있었다. 이 호화로운 저택들 앞에서 물 위에 기울어져 있는 파르스름한 오막살이 몇 채는, 그 저택들 정면의 아름다운 각과, 네모지고 커다란 돌 유리창, 위에 조상들을 가득 세워놓은 첨두홍예의 현관, 언제나 깨끗이 잘려 있는 담들의 예각, 그리고 고딕 예술이 끊임없이 자신의 예술적 배합을 다시 시작하는 것같이 보이게 만드는 저 모든 매혹적인 건축술의 우연을 보는 것을 방해하지 않았다. 이 궁전들 뒤로, 저 경탄할 만한 생 폴 궁의 다양하고 거대한 성벽이, 때로는 갈라지고, 울타리로 에워싸이고, 성채처럼 총안이 뚫렸는가 하면, 때로는 수도원처럼 거창한 수목들로 가려지기도 하면서 사방팔방으로 달리고 있었다. 프랑스 국왕은, 대제후들은 두말할 것도 없고, 프랑스 황태자와 부르고뉴 공작의 칭호를 가진 스물두 명의 대군과 그들의 시종과 수행원들, 파리를 보러 오는 황제, 그리고 이 궁궐 안에 따로 처소를 가지고 있는 사람들을 융숭하게 유숙시키는 데 필요한 모든 시설을 이곳에 갖추어놓고 있었다. 당시 왕자의 처소는 알현실에서부터 기도실에 이르기까지 열한 개 이하의 방으로는 구성되어 있지 않았다는 것을 여기서 말해두거니와, 옥내 산책장이나 목욕탕, 한증실 그리고 어느 주거지든지 다 딸려 있는 그 밖의 '예비실들' 같은 곳은 말할 것도 없고, 국왕의 빈객 하나하나를 위해 따로 마련된 정원들은 물론, 주방이나 주고(酒庫), 찬방, 궐내의 공용 식당들도 있었고, 빵 굽는 곳에서부터 포도주를 공급하는 곳에 이르기까지 스물두 개의 일반 작업실이 있는 가금 사육장, 오만 가지 유희장, 펠멜[129] 놀이터, 죄 드 폼[130] 장, 고리 따기 터도 있었으며 큰 새장이나 어장, 동물원, 마구간, 외양간도 있었고, 도서실과 병기고, 제련소들도 있었다. 당시 루브르 궁이나 생 폴 궁 같은 나라님의 궁궐이라는 곳은 대개가 그러했다. 도시 안에 하나의 또 다른 도시를 이룬 것이다.

우리가 서 있던 망루에서는 생 폴 궁이 앞에서 말한 큰 저택 네 채로 거의 반쯤 가려져 있었지만, 그래도 그것은 무척 방대하고 웅장해 보였다. 스테인드글라스 창과 원기둥들의 기다란 회랑들로 몸채에 교묘히 붙여놓았음에도 불구하고, 샤를 5세가 자기의 궁궐에다 접합해놓은 저택 세 채를 거기서는 잘 알아볼 수 있었다. 지붕 가장자리를 곱게 장식하고 있는 레이스 모양의 난간이 달린 프티 뮈스의 저택, 성채처럼 우뚝 솟아 보이며 커다란 망루와 돌출 회랑, 총안, 쇠 참새 그리고 도개교의 두 홈 사이 작센식의 넓은 문 위에 그려진 사제의 방패꼴 문장 등이 있는 생 모르의 사제관, 그 꼭대기가 허물어져 수탉의 볏처럼 들쭉날쭉한 주루가 눈에 둥그렇게 보이던 에탕프 백작의 저택이 그것들이었다. 그 밖에도 여기저기 마치 거대한 꽃양배추처럼 함께 수풀을 이루던 서너 그루의 늙은 떡갈나무, 그늘과 햇빛으로 온통 주름져 보이는 양어장의 맑은 물에서 뛰노는 백조들, 토막 나 보이는 그림과도 같은 수많은 뜰, 작센식의 짧은 원기둥 위에 나직한 첨두홍예와 내리닫이 쇠살문이 붙어 있고 짐승의 울음소리가 끊이지 않는 사자 저택, 그 모든 것들 너머로 보이는 아베 마리아의 비늘 벗겨진 첨탑, 왼쪽으로는 날씬하고 미끈한 소탑 네 개를 양쪽에 거느린 파리 시장의 저택 그리고 저 안쪽 한가운데 본래의 생 폴 궁이 잘 보였다. 생 폴 궁에서는 증축된 정면들, 샤를 5세 이후 연해연방 덧붙여진 것들, 2세기 전부터 건축가들의 기상으로 가득 채워진 온갖 잡동사니 혹들, 예배당들의 모든 후진 회랑들의 합각머리, 바람 부는 대로 돌아가는 수천의 바람개비, 아랫도리가 총안으로 둘러싸인 원뿔꼴 지붕이 테를 꺾어 올린 뾰족 모자처럼 보이는 잇닿은 높은 망루 두 개가 보였다.

여전히 주요 건물들에만 국한해서 하는 말이지만, 도심의 지붕들 사이에 깊이 파여 생 탕투안 거리의 통로를 나타내는 움푹한 길을 뛰어넘은 뒤에, 멀리 땅바닥에 펼쳐져 있는 저 원형극장 같은 궁전들을 한 층 한 층 계속해서 올라가면 마침내 앙굴렘 저택에 도착하게 된다. 여러 시대에 걸친 이 광대한 건축물에는 새하얀 부분들이 있는데, 전체를 놓고 보자면, 파란 저고리에 빨간 헝겊 한 조각을 대어놓는 것이 차라리 더 잘 어울려 보일 거라는 생각이 든다. 그러나 조각된 처마들이 삐쭉삐쭉 솟아 있고, 오만 가지 환상적인 아라베스크 무늬로 박아놓은 금빛 구리쇠가 반짝거리는 연판(鉛版)으로 덮인 이 최신 궁전의 유달리 높고 뾰족하며, 이상야릇하게 금을 박아놓은 지붕은 옛 건물의 거무스름한 폐허의 중간에서 맵시 좋게 우뚝 솟아 있었다. 그 구건물의 큼직큼직한 낡은 망루들은 세월 탓에 헐어빠져서 위아래로 터지고 저절로 짜그라지는 술통처럼 가운데가 불룩 불거져서, 흡사 단추를 끌러놓은 뚱뚱한 배지 같았다. 그 뒤로는 투르넬 궁의 첨탑들이 숲처럼 높이 솟아 있었다. 이 첨탑들과 종각들, 연돌, 바람개비, 와선, 나선, 호되게 얻어맞은 것처럼 세월로 구멍이 뚫린 옥상의 누각, 정각, 방추형의 작은 탑, 또는 당시 사람들의 말마따나 온갖 모양과 높이와 자세를 하고 있는 소탑들이 만들어내는 이 거대한 숲보다도 더 매혹적이고 경쾌하며 불가사의한 광경은 샹보르에도, 알람브라에도 이 세상 그 어디에도 없었다. 그것은 마치 하나의 거대한 돌 장기판과 같았다.

투르넬의 오른쪽으로, 서로 겹겹이 싸여 하나의 둥그런 해자로 묶여 있다고도 할 수 있는 먹처럼 새카만 한 다발의 거대한 망루들, 창문보다도 총안이 훨씬 더 많이 뚫려 있는 아성의 주루, 늘 세워져 있는 도개교, 항상 내려져 있는 쇠살문, 그것은 바스티유다. 멀리 있는 그대들은 총안들 사이로 나와 있는 새카만 부리 같은 것들을 홈통으로 착각하겠지만, 그것은 대포다.

그 포탄 아래, 그 무시무시한 건물 밑에 있는 것이 두 망루 사이에 파묻혀 있는 포르트 생 탕투안이다.

투르넬 궁 저 너머로는 샤를 5세의 성벽에 이르기까지 많은 구획으로 나뉜 푸른 초목과 꽃들과 더불어, 부드러운 양탄자처럼 왕의 경작지와 공원이 펼쳐져 있었는데, 그 한복판에 보이는 것이 루이 11세가 쿠악티에에게 하사한 저 유명한 다이달로스[131] 정원이라는 것을 그 수목과 통로들의 미궁에서 알아볼 수 있었다. 쿠악티에 박사의 천문대는 마치 조그만 집 한 채를 기둥

머리로 삼아 외따로이 떨어져 있는 하나의 퉁퉁한 원기둥처럼 그 미로 위에 우뚝 솟아 있었다. 그는 이 실험실에서 비상한 점성술에 몰두했다.

거기에는 오늘날 루아얄 광장이 있다.

앞서 말한 바와 같이, 궁궐 지역은 그 상단부만을 지적함으로써 여러분에게 대략적으로 설명하였거니와, 그것은 샤를 5세의 성벽이 동쪽에서 센 강과 이루는 모퉁이를 메우고 있었다. 도심의 중심부를 차지하고 있었던 것은 산더미 같은 서민 가옥이었다. 시테의 세 다리가 우안으로 사람들을 토해내고 있었던 곳이 사실 거기였는데, 다리들은 궁궐들보다도 먼저 일반 가옥들을 들어서게 한다. 벌통 속의 벌집 구멍들처럼 촘촘히 박힌 이 산더미 같은 시민의 주택들은 그 나름의 아름다움을 지니고 있었다. 바다에 파도가 있듯이 수도에는 지붕들이 있게 마련이고, 그것은 웅대한 것이다. 우선 교차되고 엉클어진 거리들은 이 단지에서 온갖 재미난 형상을 이루고 있었다. 중앙시장 주위는 수천의 광선을 발산하는 하나의 별과 같았다. 생 드니와 생 마르탱 거리들은 무수한 가지로 나뉘어서 마치 서로 가지를 섞고 있는 두 그루의 커다란 나무처럼 차례차례로 뻗어 나가고 있었다. 그런 다음에 꼬불꼬불한 선들, 플라트르리 거리며 베르리 거리, 틱스랑드리 거리 등등이 그 모든 것 위에 뱀처럼 기어가고 있었다. 이 합각머리 바다의 돌 물결을 뚫고 솟아 있는 아름다운 건축물들도 있었다. 그 뒤로 퐁 토 뫼니에 다리의 물레바퀴들 아래로 센 강에서 거품이 이는 것이 보이던 퐁 토 샹죄르 다리의 첫머리에 있었던 샤틀레가 그중 하나였다. 그 망루는 배교자 율리아누스의 시대처럼 로마네스크 양식이 아니라 13세기의 봉건적 탑이었는데, 어찌나 단단한 돌 탑이었던지 세 시간을 곡괭이질해도 주먹만큼의 두께도 부숴내지 못할 정도였다. 그리고 생 자크 드 라 부슈리의 풍부하게 장식된 사각 망루는 15세기에는 아직 완성되지 않았으나 그 모서리들이 온통 조각들로 다듬어져 있어 이미 탄상할 만한 것이었다. 특히 그 지붕의 네 모퉁이에 앉아서 오늘날도 여전히 새로운 파리에 옛 파리의 수수께끼를 던져주고 있는 스핑크스 같은 모양을 한, 저 괴물 조각 네 개가 당시에는 없었다. 조각가 롤은 1526년에 그것들을 새겨놓았고, 그 수고의 대가로 20프랑을 받았다. '기둥 집'은 여러분에게 간략하게 설명하였던 그레브 광장 쪽으로 트여 있었다. 그리고 이른바 탁월한 심미안으로 건축됐다는 정면 현관 하나 때문에 그 후 망쳐버린 생 제르베 성당, 그 낡은 첨두홍예가 당시는 아직 거의 반원 홍예였던 생 메리 성당, 그 밖에도 수십 개의 건축물이 이 좁고 깊고 검은 거리들의 혼돈 속에 그들의 경탄할 만한 모습을 파묻는 것을 개의치 않고 있었다. 거기에 또 덧붙여야 할 것이 네거리에 교수대보다도 더 사치스럽게 조각된 돌 십자가들, 멀리 지붕들 너머로 훌륭히 세워진 울타리가 보이던 생 지노상 묘지, 콘손리 거리의 두 굴뚝 사이로 꼭대기가 보이던 중앙시장의 죄인 공시대, 언제나 군중으로 새카만 네거리에 서 있던 트라우아르 십자가의 사다리, 밀 시장의 둥 그렇게 늘어선 오두막이다. 또한 필리프 오귀스트의 낡은 성벽 토막들로 여기저기 집들 속에 잠겨 있는 것을 분명히 알아볼 수 있었던 송악에 갉아먹힌 망루들, 무너진 문들, 허물어지고 비틀린 담벼락들도 있었다. 수천 채의 가게 외에 피가 흐르는 박피장들이 있는 강둑, 포르 토 푸앵에서 포르 레베크까지 배들이 가득 차 있는 센 강. 이렇게 덧붙여 보면, 1482년에 도심의 중앙 사다리꼴이 어떻게 생겼을지 어렴풋이나마 여러분은 짐작이 가리라.

하나는 저택 지구요, 또 하나는 가옥 지구인 이 두 지구와 함께, 도심이 보여주던 광경의 세 번째 요소는 기다란 수도원 지대였는데, 그것은 동쪽에서 서쪽에 걸쳐 도심의 주변을 거의 다 둘러싸고 있었으며, 파리를 가두어놓고 있었던 성벽 뒤에서, 수도원과 예배당들로 도심에 제2의 내부 성벽을 만들어주고 있었다. 그리하여 생 탕투안 거리와 옛 탕플 거리 사이로, 투르넬 궁의 정원 바로 옆에 생트 카트린 수도원이 파리의 성벽으로 경계를 삼은 광대한 경작지를 가지고 있었다. 신구 탕플 거리 사이에는 총안이 뚫린 장대한 성벽 한가운데에 외따로 높이 서 있는 한 묶음의 음산한 망루들인 탕플 기사단 본부가 있었다. 새 탕플 거리와 생 마르탱 거리 사이에는 생 마르탱 수도원이 있고 그 정원 한가운데에는 방어 시설을 갖춘 화려한 성당이 있었는데, 성당의 띠를 이룬 탑들이며 종각의 삼중관[132]은 세력과 화려함에서 생 제르맹 데 프레 수도원 다음가는 것이었다. 생 마르탱과 생 드니의 두 거리 사이에는 트리니테 병원의 울타리가 펼쳐져 있었다. 끝으로 생 드니 거리와 몽토르괴유 거리 사이의 피유 디외 수도원. 그 옆에 '기적의 소굴'의 썩은 지붕들과 포석을 빼내버린 구내가 보였다. 그곳은 그 경건한 수도원들의 사슬에 섞인 유일하게 세속적인 고리였다.

끝으로 우안에 지붕들이 대밀집해 있는 곳에서 뚜렷이 드러나 보이는 네 번째 구획은, 성벽의 서쪽 모퉁이와 센 강 하류의 강가를 차지하는 지대로 루브르 궁 아래 밀집한 대궐과 저택들의 새로운 교착점이었다. 큰 탑 주위의, 작은 탑들은 치지 않더라도, 주탑 스물세 개가 모여 있는 이 어마어마하게 크고 낡은 필리프 오귀스트의 루브르 궁은 멀리서 보면 알랑송 궁과 프티 부르봉 궁의 고딕식 지붕들 사이에 꼭 끼여 있는 것 같았다. 줄곧 치켜들고 있는 스물세 개의 머리와, 비늘 같은 슬레이트로 덮여 금속 반사광으로 온통 번쩍거리는 괴물 같은 궁륭이 있는, 파리의 거대한 파수꾼인 이 탑들은 히드라를 연상시키며 도심의 지세를 서쪽에서 이상한 모양으로 마무리해주고 있었다.

그리하여 로마인들이 평민 가옥들의 'inula(섬)'이라고 부르던 평민 가옥들의 거대한 집단 좌우 양쪽으로, 한편에는 루브르 궁이 다른 편에는 투르넬 궁이 우뚝 솟아 두 덩어리의 다른 궁전들을 거느리고 있었다. 북쪽으로는 수도원과 울안 경작지들이 기다란 띠로 경계를 두르고 있었는데, 그 모든 것이 한데 융합되어 보였다. 높고 낮은 기와와 슬레이트 지붕들이 이어져 수많은 이상한 사슬들을 부각시켜 놓고 있는 듯한 그 수천의 가옥 위로,

여러 요새들

생 탕투안 문

바스티유

생 폴에 있는 왕의 거처를 보호하기 위해
1370년에 완공되었다. 높이 20미터에
이르는 망루가 2미터 두께의 벽들로 연결되어
모두 여덟 개가 버티고 서 있다.
주위를 에워싼 해자로 센 강이 굽이쳐 흐른다.

생 미쉘 문

성곽 안으로 들어가는 여러 개의 문마다
인접 수도원이나 성당교구의 명칭이 부여되어 있다.
해자에 물이 가득 차면 성곽이 이중으로 강화된다.

그랑 샤틀레는 839년에서 888년 사이에 건축되었다.

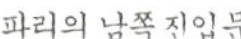

파리의 남쪽 진입문

그랑 샤틀레는
그랑 퐁 교각의 진입로에 위치하여
시테 섬으로의 접근을 차단했다.
나머지 유일한 접근 루트인 좌안 쪽에는
이의 대응물이라 할 수 있는 프티 샤틀레가
프티 퐁 교각 진입로를 또한 막아서고 있다.
그랑 샤틀레는 왕의 파리관구 행정청 및
감옥으로도 사용되었다.

194

시테 섬의 서쪽 끝

요새가 왕궁을 감싸고 있다. 노트르담 대성당과 마주보는 생트 샤펠 성당의 첨탑이 바라보인다.
섬의 서쪽 끝에는 늪지가 형성되어, 그 경계선이 모호한 상태다. 바로 그곳이 훗날 퐁뇌프 교각과
앙리 4세 광장이 들어설 부지다.

능보

망대 혹은 망루의 감시창

성벽과 여러 사각지대를
감시할 수 있다.

샤를 5세 망루

도심 쪽, 튈르리 궁전의 뇌브 문을 향하고 있다.

성곽 모서리에 위치한 소형 감시탑
네 망루와 가까운 위치다.

성곽의 단면

9~10미터

2~3미터

성곽 가장자리의 돌출회랑에서는
끓는 기름이나 돌을 아래로 던져
침입자를 격퇴할 수 있다.

곳곳의 널판장은
요새 순찰로를
방어하는 역할을 한다.

문신을 넣고 줄무늬와 바둑판무늬가 든 종루들이 솟아 있는 마흔네 채의 성당이 우안에 자리 잡고 있었다. 수천의 거리가 사통팔달하는 가운데 경계선으로서 한쪽으로는 사각탑 붙은 높은 성벽이 둘러쳐 있고(대학의 성벽에는 둥근 탑들이 붙어 있었다), 다른 쪽으로는 다리들로 끊기고 숱한 배가 떠다니는 센 강이 흐르고 있었다. 이러한 것이 15세기 도심의 모습이었다.

성벽 너머로 몇 개의 교외가 성문들 가까이에 몰려 있었는데, 대학의 교외보다는 많지 않고 더 듬성듬성했다. 바스티유 성 뒤로 포뱅 십자가의 이상한 조각물과 생 탕 투안 데 샹 수도원의 공중 부벽 주위에 둥그렇게 선 스무 채의 오막살이, 다음에는 밀밭 속에 떨어져 있는 포팽쿠르, 그다음으로는 즐거운 술집 마을 쿠르티유가 있었다. 멀리서 보면 그 종루가 포르트 생 마르탱의 뾰족한 탑들에 덧붙여진 것같이 보이는 성당이 있는 생 로랑 읍, 생 라드르의 널따란 울안 땅이 있는 생 든 교외, 몽마르트르 문밖으로 흰 벽으로 둘러친 그랑주 바틀리에르, 그 뒤로는 백토의 비탈이 있는 몽마르트르였다. 여기에는 당시 방앗간들만큼이나 많은 성당들이 있었는데, 그 후 방앗간들밖에는 남겨두지 않았다. 왜냐하면 사회에서는 이제 육체의 빵밖에는 요구하지 않기 때문이다. 끝으로 루브르 궁 너머로, 당시에는 상당히 컸던 생 토노레 교외가 풀밭으로 길게 뻗쳐 있고, 프티트 브르타뉴가 파랗게 보이며, 마르셰 오푸르소가 펼쳐져 있었는데, 그 한가운데에는 사전꾼들을 삶는 무서운 가마가 둥그렇게 보였다. 쿠르티유와 생 로랑 사이에서 여러분의 눈은, 허허벌판 위에 도사리고 있는 고지의 꼭대기로, 멀리서 보면 뿌리가 드러난 기초 위에 서 있는 허물어진 주랑처럼 보이는 일종의 건물을 이미 보았을 것이다. 그것은 파르테논 신전도 아니요, 올림포스의 유피테르 신전도 아니었다. 그것은 몽포콩이었다.

아무리 간략히 하려고는 했지만 그토록 수많은 건물들을 열거했기 때문에, 여러분의 머릿속에 쌓아올린 옛 파리의 전반적인 영상이 도리어 깨지지 않았다면, 이제 그것을 몇 마디로 요약해보겠다. 중앙에는 시테 섬, 그것은 모양이 한 마리의 거대한 거북이 같아 그 회색 지붕의 등껍질 아래로 기와로 비늘 진 다리들을 발처럼 내놓고 있다. 왼쪽에는 대학들이 촘촘하고 빽빽하고 비죽비죽하게 솟아 있는 단단한 하나의 돌로 된 사다리꼴. 오른쪽에는 정원과 대건축물들이 훨씬 더 많이 섞여 있는 도심의 광대한 반원. 무수한 거리들로 대리석 무늬가 든 것 같은 세 개의 덩어리, 시테와 대학과 도심. 그 한가운데를 뚫고 흐르는, 섬과 다리와 배들로 가로막힌, 뒤 브뢸 신부의 말마따나 "유모 센 강". 주위에는 온갖 종류의 경작지들로 조각조각 기워지고 아름다운 마을들이 여기저기 흩어져 있는 광막한 평야. 왼쪽에 이시, 방브르, 보지라르, 몽루주, 둥근 탑과 사각탑이 있는 장티 등등. 오른쪽에는 콩플랑에서 빌 레베크에 이르기까지 그 밖의 스무 곳의 마을. 지평선에는 대야의 테두리처럼 원을 이루며 겹겹이 늘어선 언덕. 끝으로 저 멀리 동쪽에는 뱅센 성과 일곱 개의 사각탑, 남쪽에는 비세트로와 뾰족탑들, 북쪽에는 생 드니와 뾰족탑, 동쪽에는 생 클루와 아성의 주루.

이것이 1482년에 살고 있던 까마귀들이 노트르담의 탑 위에서 본 파리다.

그러나 이 도시에 관해서 볼테르는 "루이 14세 이전에 파리는 네 개의 아름다운 대건축물밖에 소유하고 있지 않았다"라고 말했다. 즉, 소르본의 둥근 지붕, 발드 그라스, 새 루브르 궁, 그리고 넷째 것은 아마도 뤽상부르 궁이었을 것이다. 다행히 볼테르는 『캉디드』를 지었고, 오랜 인류의 연속 속에서 대를 이어온 모든 사람들 중에서 누구보다도 더 악마적인 웃음을 잘 짓던 사람이었다. 게다가 그 말은 사람이란 아무리 훌륭한 천재라도 예술적 소질이 없으면 예술을 전혀 이해하지 못한다는 것을 증명해준다. 몰리에르는 라파엘로와 미켈란젤로를 "그들 시대의 미냐르[133] 같은 화가들"이라고 부름으로써 그들에게 큰 영관을 주었다고 믿지 않았던가?

다시 파리와 15세기로 돌아가자.

파리는 당시 하나의 아름다운 도시였을 뿐만 아니라, 동질적인 도시, 중세 건축의 역사적 산물이요, 돌의 연대기였다. 그것은 단지 두 개의 층, 즉 로마네스크층과 고딕층만으로 형성된 도시였다. 왜냐하면 로마층이 아직도 중세의 두꺼운 껍질을 꿰뚫고 있는 율리아누스의 '목욕탕'을 제외하고는 오래 전에 사라져버렸기 때문이다. 켈트층으로 말하자면, 우물을 파도 이미 그 견본은 찾아볼 수조차 없었다.

오십 년 후, 르네상스가 도래하여 그토록 엄격하면서도 다양한 통일성에다, 르네상스의 상상과 방식에 의한 산물들의 눈부신 사치를, 로마식 반원 홍예와 그리스식 원기둥과 고딕식 편원(扁圓) 홍예의 풍성함을, 그토록 부드럽고 이상적인 조각을, 아라베스크 및 아칸서스 잎 장식에 의한 특수한 취미를, 그리고 루터 시대의 그 이교적 건축술을 뒤섞어놓았을 때, 파리는 보기나 생각하기에는 덜 조화로웠을지라도, 아마 더욱더 아름다웠을지 모른다. 그러나 그런 찬란한 시기는 조금밖에 지속되지 않았다. 르네상스는 공평하지 않았으며, 건축하는 것으로 만족하지 못하고 무너뜨리고자 하였다. 르네상스에 장소가 필요했던 것은 사실이다. 그러므로 고딕 건축의 파리는 일순간밖에는 완전하지 못했다. 생 자크 드 라 부슈리를 완성하자마자 낡은 루브르 궁을 무너뜨리기 시작한 것이다.

그 후, 이 대도시는 나날이 변형돼갔다. 로마식 파리는 고딕식 파리 아래 사라져갔거니와, 이 고딕식 파리 또한 사라져버렸다. 그러나 어떠한 파리가 그 대신 생겨났는지 말할 수 있을까?

튈르리에는 카트린 드 메디시스의 파리가 있고, 시청에는 앙리 2세의 파리가 있는데, 이 두 건물은 여전히 위대한 양식의 건축물이며, 루아얄 광장에는 앙리 4세의 파리가 있는데, 그 정면은 벽돌, 구석은 돌, 지붕은 슬레이트의 삼색 가옥들이며, 발 드 그라스에는 루이 13세의 파리가 있는데, 이 건물은 짜그라진 듯 땅딸막하고, 둥근 천장은 바구니 손잡이 같고, 원기둥은 어찌된 셈인지 배가 불룩 튀어나오고, 둥근 지붕은 곱사등이 같으며, 앵발리드에는 루이 14세의 파리가 있는데, 이것은 웅대하고 풍부하고 황금빛이고 싸늘하며, 생 쉴피스에는 루이 15세의 파리가 있는데, 그 장식은 소용돌이꼴, 리본 매듭, 구름, 당면, 치커리꼴들인데, 전부가 석조이며, 팡테옹에는 루이 16세의 파리가 있는데, 이것은 로마의 성 베드로사원을 어설프게 흉내낸 것이며(건물이 서투르게 압착되었다. 그렇다고 해서 선의 조화를 잃은 것은 아니지만), 의학교에는 공화국의 파리가 있는데, 이것은 마치 공화국 제3년의 헌법이 미노스의 법률을 닮았듯이, 콜로세움이나 파르테논을 닮은 그리스·로마의 시시한 양식으로, 건축학에서는 그것을 '메시도르 양식'이라고 부르고 있으며, 방돔 광장에는 나폴레옹의 파리가 있는데, 이것은 대포들을 가지고 만든 청동의 기둥이 있는 실로 장엄한 것이며, 증권거래소에는 왕정복고의 파리가 있는데, 여기에는 아주 매끄러운 소벽(小壁)을 떠받치고 있는 새하얀 원기둥이 늘어서 있으며, 전체가 사각형이고 2천만 프랑이 들었다.

여러 지구에 흩어져 있는 상당수의 가옥들은 양식과 형태와 자세의 유사성에 의해, 이러한 독특한 대건축물 하나하나에 연관시킬 수 있으며, 감식가의 눈은 그것들을 쉽사리 식별하고 그 연대를 알아볼 수 있다. 볼 줄 아는 사람은, 심지어 문을 두드리는 쇠 하나에서까지도 한 시대의 정신과 한 임금의 모습을 찾아내는 것이다.

그런데 현재의 파리는 아무런 공통성도 없다. 그것은 여러 시대 견본들의 집합체인데, 가장 아름다운 것들은 사라져버렸다. 수도는 가옥들로만 커져 가고 있거니와, 무슨 가옥들이 그 모양인가! 이대로 가다가는 파리는 오십 년마다 새로워질 것이다. 그러므로 파리 건축물의 역사적 의의는 날마다 사라져가고 있는 것이다. 기념비적인 대건축물들은 더욱더 드물어지고, 집들 속에 잠겨서 차츰 삼켜져가는 것만 같다. 우리 선조는 돌의 파리를 가지고 있었는데, 우리 자손은 회반죽의 파리를 갖게 될 것이다.

새로운 파리의 현대적 대건축물들에 관해서는 그만 이야기하고자 한다. 그것은 내가 그것들을 제대로 탄상하지 않아서가 아니다. 수플로 씨의 생트 주느비에브는 확실히 여태까지 돌로 만든 것 중에서는 가장 아름다운 사부아의 과자다. 레지옹 도뇌르 궁 역시 매우 뛰어나 한 조각의 과자다. 소맥 시장의 둥근 지붕은 커다란 사다리 위에 씌운 영국 경마 기수의 모자 같다. 생 쉴피스 성당의 탑은 두 개의 커다란 클라리넷인데, 그것 역시 볼 만한 형태이고, 꼬불꼬불하고 주름 잡힌 전신기는 탑 지붕 위에서 보기 좋은 기복을 이룬다. 생 로슈 성당은 그 웅장함에서 생 토마 다캥 성당하고밖에는 비교할 수 없는 정면 현관을 가지고 있다. 이 성당도 지하실에 환조로 조각된 예수 십자가상과 나무로 만든 금빛 태양을 가지고 있다. 그것들은 참으로 경탄할 만한 것들이다. '식물원' 미로의 초롱 또한 퍽 희한하게 만들어져 있다. '증권거래소'로 말하자면, 주랑은 그리스식이고, 문과 창의 반원 홍예는 로마식이고 커다란 편원 궁륭은 르네상스식인데, 매우 정확하고 순수한 건축물이라는 점에서는 의심할 여지가 없다. 그 증거로, 이 건물은 아테네에서는 볼 수 없었던 다락방이 위에 올라앉아 있는데, 그 아름다운 곧은 선이 여기저기 연통들로 끊겨 있다. 한마디 덧붙여두건대, 한 건물의 건축술은 용도에 적합하여 그 건물을 일견하기만 해도 그 용도가 절로 나타나도록 되어 있어야 하는 것이라면, 왕궁도 될 수 있고, 시의회도 될 수 있고, 시청도 될 수 있고, 학교도 될 수 있고, 조마장도 될 수 있고, 학술원도 될 수 있고, 창고도 될 수 있고, 법정도 될 수 있고, 박물관도 될 수 있고, 병사도 될 수 있고, 묘소도 될 수 있고, 사원도 될 수 있고, 극장도 될 수 있는 그런 건축물에는 그다지 경탄할 수가 없을 것이다. 그런데 지금으로서는 '증권거래소'가 그러하다. 게다가 건축물은 기후에도 맞아야만 한다. 이 '증권거래소'는 분명히 우리나라의 춥고 비 많은 기후에 맞게 특별히 만들어진 것이다. 그것은 동양에서처럼 거의 평평한 지붕이어서, 겨울에 눈이 오면 지붕을 쓸어야만 하는데, 확실히 지붕이란 쓸기 위해 만들어진 것인가 보다. 방금 말한 용도로 말하자면 그것은 그 용도를 훌륭히 충족시키고 있는데, 그리스에서라면 신전이 되었을지도 모르지만 프랑스에서는 '증권거래소'인 것이다. 정면의 아름다운 선의 순수성을 깨뜨렸을지 모를 큰 시계의 문자반을 감추느라고 건축가가 꽤 수고를 한 것은 사실이지만, 그 대신 건물 주위를 빙 감고 도는 주랑이 있어서, 종교 의식이 있는 엄숙한 날에는 이 주랑 아래서 증권 중개인과 주식 중개인들이 그들의 이론을 위엄 있게 전개할 수도 있다.

그것들은 의심할 여지없이 매우 훌륭한 건축물이다. 거기에다 리볼리 거리와 같은 재미있고 다양한 수많은 아름다운 거리들을 덧붙여보면, 기구를 타고 내려다본 파리가 언젠가는 저 선들의 풍부함과 저 세부들의 화려함과 저 광경들의 다양함과 그 뭔지 모를 단순 속의 웅장함과 체커 놀이판 특유의 아름다움 속의 뜻밖의 것을 눈 아래 나타내주리라는 희망을 나는 버리지 않고 있다.

그러나 현재의 파리가 아무리 놀라워 보인다 할지라도 15세기의 파리를 다시 꾸며보고 그것을 여러분의 머릿속에 재건해보고, 저 첨탑과 종루들의 놀라운 울타리 너머로 해를 바라보고, 그 빛깔이 뱀 껍질보다 더 광선에 따라 잘 변하는 널따란 황록색 물구덩이가 있는 센 강을 광대한 도시의 한복판에 펼쳐놓고, 섬들의 끝에서 강을 갈라놓고 다리들의 교각에서 주름살 지게 하고, 이 낡은 파리의 고딕식 옆모습을 푸른 지평선 위에 뚜렷이 떠올리고, 수많은 굴뚝들에 매달린 겨울의 안개 속에 그 윤곽을 띄우고, 깊은 밤 속에 그것을 빠뜨리고, 저 건물들의 캄캄한 미궁 속에서 어둠과 빛들이 이상하게 뛰노는 것을 바라보고, 그것을 아련히 그려내어 커다란 탑들의 머리가 안개 속에 나오게 하는 한 줄기 달빛을 거기에 던지고, 또는 그 검은 그림자를 다시 잡아서 어둠으로써 첨탑과 합각머리들의 무수한 예각들을 되살아나게 하여, 상어의 이빨보다도 더 뾰족뾰족한 그림자를 구릿빛 서녘 하늘에 솟아오르게 하라. 그런 뒤에 비교해보라.

그리고 여러분이 만약 현대의 파리에서는 이미 받을 수 없는 인상을 이 옛 도시에서 받아보고 싶다면, 큰 축제의 날 아침이나 부활절이나 오순절의 해돋이에 수도 전체를 내려다볼 수 있는 지점으로 오르라. 거기서 잠을 깨우는 종소리를 들으라. 하늘에서 출발한 신호이기에 그 수천의 성당이 한꺼번에 떠는 것을 보라. 처음에는 마치 악사들이 시작을 알릴 때처럼 이 성당 저 성당에서 드문드문 땡그랑땡그랑 울린다. 이어서 갑자기 보라, 왜냐하면 어떤 때는 귀도 시각을 가진 것 같으니 말이다. 보라, 동시에 하나하나의 종루에서 소리의 기둥 같고, 묘한 가락의 화음이 만들어내는 연기 같은 것이 솟아오르는 것을. 처음에는 하나하나의 종의 떨림이 똑바로, 순수하게, 말하자면 다른 것들과는 서로 떨어져서 화창한 아침 하늘로 올라간다. 그런 다음에 그것들은 시나브로 굵어져가면서, 서로 녹아들고, 섞여들고, 서로가 서로 속에 사라져가고, 웅장한 합주 속에 합쳐진다. 그것은 이제 한 덩어리의 우렁찬 떨림에 불과해져서, 무수한 종루들에서 끊임없이 솟아 나와, 도시 위에 떠돌고, 물결치고, 뛰어다니고, 소용돌이치고, 그러면서 지평선 저 너머까지 귀를 먹먹하게 하는 진동의 원을 펴 나간다. 그러나 이 화성(和聲)의 바다는 전혀 혼돈이 아니다. 아무리 거칠고 깊다 하더라도 그것은 투명함을 조금도 잃지 않는다. 여러분은 그 합주 종소리에서 울려 나오는 음계의 그룹 하나하나가 따로따로 거기에서 굽이치는 것을 본다. 여러분은 따르라기와 인경의, 무겁고 날카로운 대화를 차례로 거기에서 들을 수 있다. 여러분은 거기에서 이 종에서 저 종으로 옥타브가 뛰어다니는 것을 본다. 여러분은 날개 돋친 가볍고 예리한 옥타브가 은 종에서 솟아오르는 것을 바라보고, 부서져서 절름거리는 옥타브가 나무 종에서 떨어지는 것을 본다. 여러분은 그 옥타브 가운데에서, 생 퇴스타슈 성당의 일곱 종소리를 끊임없이 올렸다가 내렸다가 하는 풍부한 음계를 탄상한다. 여러분은 밝고 빠른 음계들이 그 사이를 가로질러 달리면서 서너 번 꾸불꾸불 반짝이다가 번개처럼 스러져버리는 것을 본다. 저기서는 생 마르탱 수도원의 날카롭고 칼칼한 목소리가 노래한다. 여기서는 바스티유의 음산하고 무뚝뚝한 목소리가 울린다. 저쪽 끝에서는 루브르 궁의 굵은 탑이 바리톤과 베이스의 중간 음으로 노래한다. 이 궁전의 늠름한 종소리가 쉴 새 없이 사방으로 빛나는 전음을 던지면, 그 위에 노트르담 종각의 무거운 인경 소리가 똑같은 간격으로 떨어져, 그 전음을 마치 망치 아래에서 두드려지는 모루처럼 반짝반짝 빛나게 한다. 때때로 여러분은 생 제르맹 데 프레 수도원의 세 겹 종소리에서 오는 온갖 형태의 소리들이 지나가는 것을 본다. 그리고 이따금씩 그 숭엄한 종소리들의 덩어리는 방긋방긋 열리어, 마치 별빛처럼 빛나고 반짝이는 아베 마리아의 화려한 둔주곡에 길을 터준다. 여러분은 그 아래, 합창의 맨 밑바닥에, 떨리는 둥근 천장의 털구멍으로 땀을 흘리고 있는 성당들 내부의 노랫소리를 어렴풋이 알아차린다. 확실히 그것은 들어볼 만한 오페라다. 보통, 낮에 파리에서 풍겨 나오는 소음은 도시가 이야기하는 것이요, 밤에는 도시가 숨을 쉬는 것인데, 지금 여기서는 도시가 노래를 하고 있는 것이다. 그러므로 이 종루들의 총 합주에 귀를 기울이고, 오십만 인구의 중얼거림을, 강물의 영원한 하소연을, 바람의 끊임없는 숨결을, 거대한 파이프 오르간 상자처럼 지평선 언덕에 흩어져 있는 네 숲에서 멀리 들려오는 장중한 사중창을 그 모든 것 위에 퍼뜨리고, 마치 반음 속에서처럼, 중앙의 종소리가 가진 너무도 거칠고 날카로운 모든 것을 거기에서 부드럽게 하고, 그리고 말하라, 이 세상에서 이 종소리와 인경 소리보다도, 이 음악의 도가니보다도, 300척 높이의 돌 피리 속에서 한꺼번에 노래하는 이 수만의 청동 목소리보다도, 이제 하나의 오케스트라에 불과한 이 도시보다도, 폭풍 같은 소리를 내는 이 교향악보다도, 더 풍부하고, 더 즐겁고, 더 금빛이고, 더 눈부신 것을 그대는 알고 있는지를.

파리 중앙시장

시장세(市場稅)라는 것은 장터에 자리를 잡고
물건을 팔 수 있게끔 돈을 주고 산 권리를 말한다.
원래는 1135년 '레 샹포'라 불리는 지역에 국왕의
주관으로 조성된 장에서 실시되던 것이었다.
그러다 1183년 필리프 오귀스트에 의해 그 규모가 커졌다.
왕은 그곳에 상인들을 위한 두 동의 큰 건물(les Halles)을
짓게 했는데, 그것이 파리 중앙시장의 모태가 된 것이다.
그것은 특히 토요일에는 상인들에게 꼭 필요한 시설이었다.
음식물에서부터 각종 옷감에 이르기까지, 없는 것 없이 갖춰진
물건들 종류에 따라 상인들도 제각각 집단을 이루었다.

1442년, 생 지노상 공동 묘역 안에서
한 여자 고행수도사가 평생을 갇혀 지내면서,
오로지 사람들이 가져다주는 음식만으로
살기도 했다.

죄인 공시대

장터 안에는 죄인 공시대도 있었다(현재의
랑뷔토 가 자리). 공시대 밑에는 아예 형집
행인의 거처가 따로 마련되어 있었다.
주로 물건을 속여 팔다 적발된 장터 상인이
그곳에 묶인 채 사람들 앞에 공시되어졌다.
모두 세 번의 장이 설 때마다 두 시간씩 그러고 있어야 했다.
게다가 공시대 자체가 매 30분마다 네 방위를 향해 돌아가도록
되어 있었다. 그러면 사람들이 썩은 과일이나 진흙 덩어리 심지어 오물
까지 죄인을 향해 던졌다. 그러나 돌은 던질 수 없게 되어 있었다. 그런가 하면 사형수를
형 집행 전에 공시한다든가, 파산자를 초록색 모자를 씌워 내놓기도 했다. 형집행인은
건물 벽에 붙은 노점을 임대할 수도 있었다. 이 같은 죄인 공시대는 1786년 허물어졌다.

생 지노상 공동 묘역

원래는 황량한 공터였던 이곳을 필리프 오귀스트가 벽으로 둘러쳤다. 거기에 14세기에는 아케이드식 건물을 새로 지었다. 그곳 지붕 바로 밑 공간은
납골당으로 쓰였고, 부유한 사람들은 열주 회랑 아래 묻혔다. 벽에는 죽음이 프레스코화로 묘사되어 있다. 낮 동안에 그곳은 여러 행상인, 잡상인,
성상판매자, 대서인(代書人) 등, 사람들로 북적대는 활기찬 장소이지만 밤이 되면 사람들의 발길이 뜸해진다. 그곳 일정 시설물에 평생을 갇혀서
살아가는 고행수도자들만이 그 밤을 지킨다. 현재 중앙시장 근처, 데지노상 연못 자리였던 그곳은 1786년 허물어지고 대신 야채시장이 들어섰다.
유골들은 몽주리 공원 납골당으로 옮겨졌다.

제 4 부

chapter 1

선한 영혼들

이 이야기로부터 16년 전의 일이었다. 그해 부활절이 지난 첫 번째 일요일 아침 미사가 끝난 뒤 노트르담 성당 앞뜰의 왼쪽 벽에 붙박아놓은 탁자 위에서 어떤 생명체 하나가 발견되었다. 그 탁자의 맞은편에는 1413년 이래로 기사 앙투안 데 제사르의 석상이 무릎 꿇고 성 크리스토프를 우러러보는 '기사와 성자가 그려진 그림'이 있었다. 그해에 사람들은 이 성자와 신자를 모두 철거하기로 되어 있었다.

생 지노상 공동 묘역

아이를 버리려는 사람들은 이 탁자 위에 데려다 놓는 것이 관례였고 반대로 아이를 원하는 사람들도 그곳에서 버려진 아이를 데려가곤 했다. 탁자 앞에는 동정을 바라는 구리 접시 하나도 놓여 있었다.

1467년의 부활절이 지난 첫 번째 일요일 아침에 버려진 생명체는 사람들의 호기심을 끌기에 충분했다. 미사를 마치고 나오던 수많은 사람들이 하나둘 그 주위로 몰려들었다. 그들은 대부분 나이가 많은 여자들이었다.

맨 앞에 서서 탁자 쪽으로 몸을 가장 가까이 굽혀 들여다보는 네 여자는 성직자 같은 회색 외투를 입고 있는 것으로 보아 어떤 신도 모임의 회원인 듯했다. 그들의 이름은 각각, 아녜스 라 에름, 잔 드라 타름, 앙리에트 라 골티에르, 고셰르 라 비올레트라는 과부들이었으며 성모 승천회 회원들이었다. 그들은 그날 강론을 듣기 위해 피에르 다이의 규칙에 따라 원장의 허가를 받고 외출한 것이었다.

이들 성모 승천회 수녀들은 피에르 다이의 규율에는 잘 따르고 있었으나 무조건적으로 침묵만을 강요하는 미셸 드 브라슈와 피사의 추기경의 법규는 그냥 무시하고 있었다.

"이게 뭘까요, 자매님?"

많은 사람들이 지켜보는 가운데 겁에 질린 듯 탁자 위에서 몸을 비틀며 울음을 터뜨리는 작은 생명체를 주시하며 아녜스가 고셰르에게 말했다.

"이렇게 어린아이들을 버리다니, 앞으로 세상이 어떻게 되려고 이럴까요?"

잔이 말했다.

"아기들에 대해선 잘 모르지만, 이렇게 보는 것만으로도 죄가 아닐까요?"

아녜스가 다시 말했다.

"어린애가 아닌 것 같아요…… 아녜스. 되다 만 원숭이가 아닐까요?"

고셰르가 말했다.

"그렇다면 기적이군요."

앙리에트 라 골티에르가 말했다.

"그럼 이건 사순절 네 번째 일요일 이후로 일어난 세 번째 기적이네요! 순례자들을 조롱한 사나이가 오베르빌리에의 노트르담 성당에서 벌을 받은 지 아직 일주일도 지나지 않았어요. 그게 이달 들어 벌써 두 번째 기적이었는데 말이에요."

아녜스가 말했다.

"이건 정말 흉측한 괴물이네요."

잔이 말했다.

"저렇게 악을 쓰듯 울어대다니……. 성가대원이라도 참기 어렵겠어요……. 입 좀 다물어라, 이 울보야!"

고세르가 말했다.

"랭스의 주교님이 이런 괴물 같은 걸 파리의 대주교님께 보내시다니!"

라 골티에르가 덧붙였다.

"내가 보기엔 이건 틀림없이 짐승이에요. 어떤 유대교도가 암퇘지에게 낳게 한 것일 거예요. 절대로 기독교도의 짓은 아니니까 물이나 불 속에 던져버려야 해요!"

아녜스가 말했다.

"절대로 저런 짐승을 맡아 기를 사람은 없을 거예요!"

라 골티에르가 말했다.

"세상에나, 끔찍해라! 저 강가의 골목 아래쪽에 있는 주교 저택 옆의 고아원 유모들에게 데려간다 해도 누가 젖을 물리려 하겠어요? 나 같아도 차라리 귀신에게는 줄망정 저 괴물에게는 젖을 못 내줄 것 같아요."

아녜스가 외쳤다.

"참 순진하기도 하셔라, 잘 봐요, 아녜스. 서너 살은 되어 보이잖아요. 아마도 자매님의 젖보다는 구운 고기를 먹고 싶겠어요."

잔이 말했다.

분명 그 작은 괴물은 갓 태어난 것이 아니었다. (괴물이라고밖에는 달리 어떻게 부를 도리가 없어 보였다.) 그것은 작고 울퉁불퉁하고 꾸물꾸물 움직이는 덩어리로 보였는데, 왜냐하면 당시의 파리 주교였던 기욤 샤르티에의 이름 첫 자가 박힌 삼베 자루에 담긴 채 겨우 머리만 내놓은 상태였기 때문이다. 그러니 보이는 것이라고는 불그죽죽한 머리털과 하나만 뜨여 있는 눈하며, 입과 이빨뿐이었다. 하나뿐인 눈은 눈물범벅이고 입으로는 뭐라고 꽥꽥 소리를 쳐대며 닿기만 하면 물어뜯으려는 듯 이빨을 드러냈다. 자루 안에 갇혀 있는 몸뚱이 또한 갑갑하다는 듯 쉴 새 없이 버둥거리고 있었다. 주위에 점점 더 몰려드는 사람들은 그 괴상한 광경에 놀라 입을 다물지 못하고 쳐다볼 뿐이었다.

그중에는 앙로이즈 드 공들로리에라는 부유한 귀부인도 있었다. 그녀는 여섯 살 정도 되어 보이는 귀여운 여자아이의 손을 잡고서 뾰족한 모자의 금빛 베일을 길게 늘어뜨린 채 그 앞을 지나가다가 걸음을 멈추었다. 그러고는 수많은 사람들의 구경거리가 되어버린 가엾은 생명체를 잠시 들여다보았다. 그러는 동안 명주와 벨벳으로 온몸을 고급스럽게 치장한 귀여운 딸 플뢰르드리스 드 공들로리에는 귀여운 손가락을 들어 탁자 곁에 붙어 있는 '버려진 아이'라는 안내판의 글씨를 가리키며 한 글자씩 또박또박 읽어내렸다.

"어머나, 정말 여기에는 어린아이들만 갖다 버리는 줄 알았는데!"

귀부인은 아주 불쾌하다는 듯 고개를 돌리며 내뱉었다.

그녀는 고개를 돌리면서도 앞에 놓인 접시에 1플로린짜리 은화 한 닢을 던져 넣었다. 그것이 동전만 가득한 접시 안에서 요란한 울림을 만들어내자 에티엔 오드리 예배당의 가난하고 착한 여인들의 눈이 휘둥그레졌다.

잠시 후, 국왕의 근엄하고 유식한 대법원장인 로베르 미스트리콜이 한쪽 팔에는 커다란 미사 책을 끼고, 다른 쪽에는 아내인 기유메트 라 메레스 부인의 팔을 걸고 지나갔다. 그는 양쪽 옆구리에 영계와 속계의 두 조정자를 거느리고 있는 셈이었다.

"버려진 아이라! 그야말로 플레제토[134] 강의 난간에서 주운 것이 틀림없겠구나!"

그는 탁자 위의 물체를 자세히 들여다보고 나서 말했다.

"눈이 하나밖에 없나요? 저런…… 다른 눈에는 사마귀가 뒤덮여서 아예 볼 수가 없겠어요!"

그의 아내가 말했다.

"저건 사마귀가 아니라, 알이 아니겠소. 저 알 속마다 똑같이 생긴 악마들이 수없이 들어 있는 거야, 틀림없이!"

"어떻게 알았어요?"

아내가 물었다.

"그 정도는 정확히 알 수 있소."

대법원장이 대답했다.

"대법원장님, 이 버려진 아이를 가지고 뭘 알 수 있나요? 앞날의 징조 같은 거라도……?"

고셰르가 물었다.

"가장 끔찍하고 무서운 일이 벌어질 거요!"

"아이고, 하느님 맙소사! 작년에는 끔찍한 전염병이 돌더니, 이제는 영국군이 아르플뢰에 상륙한다는 소문도 들리던데, 정말 엎친 데 덮친 격이로군요!"

대법원장의 대답을 들은 한 노파가 두려움에 떨며 말했다.

"그렇다면 9월에 왕비께서 파리에 오시는데 이것이 방해물이 될 수도 있겠네요. 어째 장사도 벌써부터 날 샌 것 같아요!"

다른 노파가 말을 받았다.

"그렇다면 파리 시민들을 위해서라도 저 괴물딱지는 탁자 위가 아닌 장작
더미 위에 올리는 게 맞지 않겠어요!"

잔 드 라 타름이 외쳤다.

"그렇지, 활활 타오르는 장작더미 위에 말이에요!"

좀 전의 노파가 덧붙였다.

"아무래도 그렇게 하는 것이 올바른 일일 것 같소!"

미스트리콜도 동조했다.

성모 승천회 수녀들과 대법원장이 이런 논의를 하고 있을 때 한 젊은 신부
가 옆에서 조용히 귀를 기울이고 있었다. 그는 엄격한 얼굴 생김새와 넓고
시원한 이마에 깊이가 느껴지는 신중한 눈빛을 가지고 있었다. 곧 젊은 신
부는 사람들 사이를 헤치고 나아가 그 작은 괴물을 찬찬히 들여다보며 갑자
기 손을 뻗었다. 갑작스런 사태에 사람들이 몹시 술렁이기 시작했다. 왜냐
하면, 신앙심이 깊은 여인들 모두가 그 괴물을 불타는 장작더미에 올릴 생
각으로 안도하고 있었기 때문이다.

"내가 이 아이를 데려가겠습니다."

젊은 신부는 이렇게 말하고는 선뜻 자기의 옷자락에 아이를 감싸 안고 돌
아섰다. 너무나 순식간의 일이었으므로 모여 있던 사람들은 놀란 눈으로 그
저 바라볼 수밖에 없었다. 이내 그 젊은 신부는 당시 성당에서 수도원으로
통하는 '붉은 문' 안으로 들어갔다.

어느 정도 놀라움이 진정되자, 잔 드 라 타름이 라 골티에르 쪽으로 기울이
며 속삭였다.

"내가 말했었죠? 저 젊은 클로드 프롤로 신부님은 마법사가 틀림없어요!"

chapter 2

클로드 프롤로

잔의 말마따나 클로드 프롤로는 평범한 사람은 결코 아니었다. 그리 타당한 표현은 아니지만 그는 이를테면, 높은 평민 계급 또는 낮은 귀족 계급이라고 불리던 그저 그런 중류층 집안 출신이었다. 그의 가문은 파클레 형제들로부터 티르샤프의 영지를 상속받았는데, 그 땅은 파리 주교의 관할이었으며 그 영지 안에 있는 스물한 채의 가옥은 13세기에는 수많은 소송에 휘말렸다. 클로드 프롤로는 그 영지의 소유자로서 파리와 근교에서 토지세를 받는 '일곱 명의 21호(戶) 영주' 가운데 한 사람이었다. 그래서 생 마르탱 데 샹에 보관된 기록부에서 프랑수아 르 레즈 소유의 탕카르빌 저택과 투르의 학교 사이에 그의 이름이 올라 있는 것을 확인할 수 있다.

그는 어릴 때부터 부모에 의해 성직자가 되도록 예정되어 있었다. 그래서 라틴어를 배운 것은 물론 사제들처럼 눈을 내리깔고 낮은 음성으로 말하도록 훈련을 받았다. 그의 아버지는 그가 아주 어릴 때부터 대학 내의 토르시 학교에 보냈다. 그는 줄곧 그곳에서 미사 전서와 히브리어 사전을 벗 삼으며 성장했다.

또한 그는 성향이 침울하고 근엄하며 성실하여 공부에 열심이었으며 기억력도 좋은 편이었다. 쉬는 시간에도 크게 떠들지 않는 것은 물론, 다른 학생들이 푸아르 거리에서 야단법석을 떨어도 함께 휩쓸리지 않았다. 그래서 그는 '따귀를 갈기고 머리털을 쥐어 뜯는다'는 말이 무슨 뜻인지도 알지 못했으며 연대기 작가들이 '대학의 여섯 번째 소동'이라는 제목 아래 엄숙하게 기록하고 있는 저 1463년의 폭동에도 전혀 관련되지 않았다. 그리고 몽타귀의 가난한 학생들이 망토를 걸치고 다닌다 해서 '망토쟁이'로 불리는 것에 대해 그들을 비웃지 않았으며, 도르망 학교의 장학생들이 까까머리에 청록색, 청색, 자주색—카트르 쿠롱 추기경의 규약에 쓰인 말로는 '수수한 푸른색이나 자색' —의 세 가지 색상으로 된 외투를 입는 것을 놀리는 일도 없었다.

반면에 그는 장 드 보베 거리의 크고 작은 여러 학교에 부지런히 출석하고 있었다. 생 피에르 드 발의 신부는 교회법 강의 시간이면 언제나 자신의 교단 맞은편 기둥에 바싹 붙어 앉은 한 사람이 먼저 눈에 띄었다. 바로 클로드 프롤로였다. 그는 뿔로 된 잉크병에서 깃털 펜으로 잉크를 찍어가며 닳아빠진 무릎 위에서 열심히 써 내렸고, 겨울이면 언 손을 녹이느라 입김을 불어대곤 했다. 교회학 박사인 밀디슬리에는 월요일 아침이면 셰프 생 드니 교문이 열리는 때에 맞추어 제일 먼저 헐레벌떡 뛰어오는 학생을 볼 수 있었다. 그 역시 클로드 프롤로였다. 그리하여 클로드 프롤로는 신부 지망생으로서 불과 열여섯 살 때 이미 신비 신학 시험에서는 성당의 신부 앞에서, 또 종규 신학 시험에서는 소르본의 한 박사 앞에서 각각 자신의 주장을 펼칠 만큼 학식을 갖추게 되었다.

신학 공부를 마친 뒤 그는 교령집 연구에 매진했다. 그는 '판결집'에서 '샤를마뉴의 법령집'까지 손을 댔다. 그리고 학구열에 불타서 교황령집과 히스팔리스의 주교 테오도르의 교령집, 보름스의 주교 부하르트의 교령집, 샤르트르의 주교 이브의 교령집, 샤를마뉴의 법령집에 이은 그라티아누스의 교령집은 물론 그레고리오 9세의 교령집과 호노리오 3세의 교서집까지 차례로 탐독해 나갔다. 그는 테오도르 주교가 618년에 열고 그레고리오 교황이 1227년에 막을 내린 중세의 질서 속에서 실시된 민법과 교회법이 장기간의 소란과 동요를 일으켰던 시대의 역사에 정통하게 되었다.

마침내 교령에 통달하게 된 그는 의학과 학예 연구에 뛰어들었다. 그는 약용식물과 방향 약학에 대해서도 연구하였다. 점차 그는 열병이나 타박상은 물론 상처와 종기에 관해서도 전문가가 되었다. 그는 자크 데스파르에게 내과의로 인정받았으며 리샤르 엘랭으로부터는 외과의로도 인정받았다. 그외에도 그는 학예의 모든 학사와 석, 박사 학위를 모두 획득했다. 뿐만 아니라, 그 당시에는 드물었던 라틴어와 그리스어, 히브리어 등의 영역을 넘나들며 언어 공부에도 열심이었다. 세상의 학문이란 학문은 모두 섭렵하려는 듯 불타오른 그의 열정은 마침내 열여덟의 나이에 대학의 네 학부, 신학, 법학, 의학, 예술을 모두 이루어냈다. 젊은 클로드 프롤로의 인생에는 오직 '배운다'는 목적밖에는 없는 것 같았다.

1466년의 끔찍한 무더위는 파리의 자작령에서 무려 4만 명에 달하는 인명을 앗아간 무시무시한 질병 페스트를 몰고 왔는데, 그중에서도 특히 장 드 트루아의 말대로 "매우 덕망 있고 현명하고 유쾌한 국왕의 천문학자 아르눌님"의 목숨을 앗아간 것이 바로 그 무렵의 일이었다. 특히 티르샤프 거리가 페스트로 입은 타격이 매우 크다는 소문이 대학에까지 퍼져 있었다. 바로 그곳이 클로드의 부모가 사는 영지였다. 클로드는 소문을 듣고 놀라 집으로 달려가보았으나 아버지와 어머니는 이미 전날 죽은 상태였다. 아직 배내옷을 입은 갓난 동생만이 요람 속에서 혼자 울고 있었다. 이제 클로드의 혈육이라곤 오로지 그 어린 동생뿐이었다. 그는 어린 동생을 안고 밖으로 나왔다. 그전까지 그는 오로지 학문의 세계 안에서 살고 있었으나 그 순간부터 비로소 진정한 의미의 인생 속으로 발을 들여놓기 시작한 것이다.

갑작스레 닥쳐온 불행은 그의 인생에서 하나의 전환점이었다. 열아홉 나이에 부모를 잃고 가장이 되어 달콤한 학문의 세계에서 끌려나와 가장 처참하고 절박한 현실 속으로 내동댕이쳐진 것이었다. 갑작스런 현실에 망연하던 그는 곧 정신을 차리고 자신보다 더욱 가여운 동생에 대한 애정과 헌신의 마음을 느꼈다. 책밖에는 사랑해본 적 없는 그로서는, 그토록 애틋하고 가슴 뭉클한 애정이 이상하면서도 즐거운 감동을 주었다.

그의 애정은 신기할 정도로 커져갔다. 그것은 마치 첫사랑 같은 것이었다. 아주 어릴 때부터 가족과 떨어져 수도원의 테두리를 벗어나지 못한 채 오로지 책만을 벗 삼아 살며, 그 속에서 자신의 지성을 연마하고 끝없이 배우는 기쁨만을 인생의 낙으로 여기는 동안, 그에게는 아직 인간에 대한 애정이 무엇인지 알고 느낄 여유가 조금도 없었던 것이다. 하지만 아버지와 어머니를 한꺼번에 잃은 이 어린 동생이 갑자기 하늘에서 떨어진 것처럼 그의 품안으로 들어가는 순간, 그를 아주 새로운 사람으로 변화시킨 것이다. 그는 이 세상에 소르본의 사색이나 호메로스의 시구와 다른 것이 있음을, 그리고 인간에게는 애정이 필요하며 인생에 애정과 사랑이 없다면 그것은 시끄러운 톱니바퀴에 불과함을 깨달았다. 그는 아직 공상 속에 살 나이였으므로, 다만 필요한 것은 혈육과 가족에 대한 사랑뿐이었다. 사랑하는 동생 하나만으로도 생활 전부를 채우기에 충분하다고 생각했다.

그러므로 그는 열정적으로 어린 동생을 위해 모든 것을 바칠 각오를 다졌다. 귀여운 금발 고수머리의 가엾은 동생은 오로지 형 이외에는 달리 의지할 데 없는 처지였으니, 생각만으로도 클로드의 마음은 애틋함으로 가슴이 아려왔다. 그는 진지하게, 그리고 무한한 자비심을 가지고 동생의 미래에 대해서도 생각했다. 그에게 동생은 부서지기 쉬운 소중한 존재 이상이었다. 그는 어린 동생에게 형은 물론 어머니 역할까지도 해야 했다.

어린 동생 장은 아직도 어머니의 젖을 먹어야 하는 젖먹이였다. 클로드는 동생을 위해 유모를 구했다. 그는 티르샤프의 영지 외에도 장티의 사각탑에 속하는 물랭의 영지까지 아버지로부터 이미 상속을 받은 상태였다. 그것은 뱅셰스트르(비세트르) 성 가까이의 언덕 위에 있는 방앗간이었다. 그 방앗간은 대학에서도 그리 멀지 않은데다, 그 안주인이 포동포동한 어린애를 하나 기르는 것을 보고는 그녀에게 동생 장을 부탁했다.

그때부터 그는 무거운 책임감을 느끼고 인생에 대하여 진지하게 생각하기 시작했다. 그에게 동생은 생각하는 것만으로도 마음의 휴식이 되어줄 뿐 아니라 앞으로의 목표가 되었다. 그는 동생의 장래를 위해 자신의 모든 것을 바치기로 결심하고, 결혼은 물론 아이도 갖지 않겠다는 각오를 새겼다. 그래서 그는 성직자로서만 충실하기로 했다. 그는 재능과 학식은 물론 파리 주교가 아끼는 제자였으므로 그 길에 어려움은 없었다. 그는 스무 살 때 교황청의 특별인가를 받아 신부가 되었고 노트르담에 속한 가장 젊은 신부로서, 늦은 시각에 열리는 탓에 '게으른 사람들의 미사'라고 불리는 미사를 담당하게 되었다.

그는 노트르담의 신부가 된 뒤에도 동생을 맡겨둔 방앗간에 갈 때 외에는 언제나 책에서 눈을 떼지 않았다. 그는 나이에 어울리지 않을 만큼 풍부한 학식과 근엄한 인격으로 말미암아 동료들의 존경과 찬탄을 한 몸에 받게 되었다. 학자로서의 그의 명성은 수도원을 넘어 일반인들에게까지 퍼지게 되었는데, 그러면서 왜곡되고 과장된 면이 없지 않아 사람들 사이에서 마법사라고 알려지게 되었다.

탁자 주위의 소란스러움에 그의 눈길이 간 것은 부활절 다음 첫 일요일에 성모상에서 가장 가까운 오른쪽 중랑으로 통하는 성가대석 옆 제단에서 게으른 사람들의 미사를 막 끝마치고 돌아오던 길이었다.

다른 사람들로부터 혐오와 위협을 당하고 있던 어린 생명에게 그가 다가간 것은 바로 그때였다. 그 비통함, 그 흉측하게 일그러진 모습, 버려짐, 그와 동시에 어린 동생에 대한 생각으로 자신이 없어지면 가엾은 동생도 저런 처참한 꼴을 당하지 말라는 법이 없다는 데에 이르자 그는 가엾고 안쓰러워 견딜 수 없는 아픔을 느끼며 그 아이를 데려갔던 것이다.

자루에서 꺼내어 보니 아이는 역시 매우 심한 기형을 가지고 있었다. 한쪽 눈에는 사마귀가 혹처럼 달려 있고, 머리는 두 어깨 사이에 파묻히듯 들어가 있으며, 등뼈는 활처럼 휘었을 뿐 아니라, 가슴뼈는 툭 불거져 나온데다 두 다리는 괴이하게 뒤틀려 있었다. 그럼에도 분명 그 아이는 살아 있었고 무슨 말을 하듯 우물거리는 소리는 알아들을 수는 없어도 힘과 건강 상태를 짐작하게 했다. 클로드의 측은지심은 더욱 깊어졌다. 앞으로 동생을 키우는 데 있어 그가 만에 하나 어떤 잘못을 저지르더라도 그것이 오늘의 적선으로 조금이나마 보상이 되어주기를 바라며 동생을 위해 이 불쌍한 아이를 자기가 기르겠다고 다짐했다. 그것은 어린 동생의 머리 위에 하는 선행의 투자였으며 그것은 동생이 훗날 천국에 들어갈 때 내보여야 할 일종의 증명서 같은 것이었다.

그는 그 아이를 양자로 삼고 영세를 주었으며 이름을 카지모도라고 붙였다. 그 이름은 아이가 자신에게 발견된 날을 나타낼 뿐 아니라, 가엾은 어린 아이가 얼마나 불완전하고 흉측한 모습인가를 잘 특징짓고 있다고 생각했다.[135] 사실 애꾸눈이며 곱사등이에다 절름발이인 카지모도는 그야말로 대충 생기다 만 물체에 지나지 않았던 것이다.

chapter 9

이마니스 페코리스 쿠스토스, 이마니스 이프세[136]

이 이야기가 시작된 1482년에 카지모도는 이미 성인이었다. 그는 양아버지이며 조자스의 부주교인 클로드 프롤로 덕분에 노트르담의 종지기가 되어 있었다. 클로드 프롤로가 부주교가 된 것은 영주인 루이 드 보몽의 도움이 컸다. 루이 드 보몽은 후원자인 올리비에 르 댕 덕분에 기욤 샤르티에가 죽은 뒤 1472년에 파리의 주교가 되었다. 올리비에 르 댕은 천운에 힘입어 국왕 루이 11세의 왕실 이발사로 일한 사람이었다.

카지모도는 노트르담의 종지기였다.

시간이 흐를수록 카지모도와 노트르담 대성당 사이에는 어떤 유대감 같은 것이 생겨나고 있었다. 근본을 알 수 없는 출생력과 타고난 기형이라는 두 가지 무거운 숙명의 굴레 속에서 어려서부터 완전히 세상과 격리된 채 살아가게 된 카지모도는, 그나마 자신을 받아들여준 성당의 벽 저 너머의 세상일에 대해서는 아무런 관심도 갖지 않도록 길들여져 있었다. 그에게 있어 노트르담은 차츰 자라 성인이 되어가는 동안 알껍데기 같은 보호막이었고, 때로는 안전한 둥지였으며, 집이고 조국이며 하나의 세계였다.

분명히 그와 노트르담 사이에는 이미 그가 태어나기 이전부터 예정된 신비한 조화가 있었다. 클로드 프롤로 신부의 손에 맡겨진 뒤로 아주 어린 그가 성당의 둥근 천장 아래나 어두운 구석에서 몸을 구부리거나 절룩거리면서도 날쌔게 움직일 때면 그 모습은 얼굴만 인간일 뿐 팔다리는 짐승의 그것과 같아 보였는데, 마치 로마식 원기둥 머리의 그림자가 온갖 이상야릇한 형상을 던지는 축축하고 그늘진 바닥을 기어 다니는 한 마리 도마뱀 같았다.

나중에, 그가 처음으로 종탑의 줄에 우연히 매달려 종을 울리는 것을 본 양아버지 클로드는 마치 처음으로 말문을 열기 시작한 어린아이를 보듯 기뻐했다.

그렇게 노트르담에 들어간 이후 오직 그곳에서 자라고 성장하고 거의 외출도 하지 않은 채 늘 대성당의 기운을 받으며 살아가는 동안 카지모도는 조금씩 성당과 닮아가고 있었다. 이를테면 성당 안에 틀어박힌 채 거의 그것의 일부가 되어버린 것이다. 이런 비유가 적절한지는 모르겠으나, 울룩불룩하게 불거진 몸의 일부분이 성당 건물의 움푹움푹 들어간 부분에 적당히 들어박힘으로써 그는, 그곳에 그냥 사는 것이 아니라 마치 원래부터 가지고 있던 껍질 속의 달팽이 같았다. 즉, 노트르담은 그의 집일뿐 아니라 구멍이며 그의 몸의 일부인 외피이기도 했다. 그와 낡은 성당 사이에는 매우 깊은 본능적인 공감과 친화력이 감돌았다. 그 친화력은 자석처럼 강렬하게 서로를 끌어당기고 있었는데, 거북이와 등딱지가 붙어 있는 것처럼 그에게 노트르담은 등껍질에 다름 아니었다.

지금 여기서 한 인간과 한 건물의 기이할 정도로 동질적이고 공감적인 상태를 설명하기 위해 사용한 비유들을 여러분은 물론 글자 그대로 이해하고 받아들이지는 않으리라 생각한다. 또한 카지모도가 얼마나 오랜 시간 동안 노트르담에 파묻혀 살면서 그처럼 깊은 친밀감을 형성하게 되었는지 굳이 설명할 필요도 없을 것이다. 노트르담은 그에게 가장 알맞은 삶의 공간이었다. 어느 한 군데라도, 가장 깊은 곳이거나 가장 높은 어느 탑이거나를 막론하고 그의 발길이 닿지 않은 곳이 없었다. 그는 종종 울퉁불퉁하게 돌출된 것들만을 이용하여 성당의 정면 꼭대기까지 기어오르기도 했다. 수직으로 깎아 세운 것 같은 탑의 표면을 도마뱀처럼 기어오르는 그의 모습을 자주 볼 수 있었는데, 높고 험악하고 무서운 종루마저도 그에게는 현기증이나 공포감은 물론 아찔한 느낌조차도 주지 못했다. 손이 닿기만 하면 매우 얌전해진 듯 아무 어려움 없이 오르는 것으로 보아 마치 그 자신이 탑을 길들여놓은 것만 같았다. 거대한 대성당의 심연 속에서 마음껏 뛰거나 날거나 기어오르거나 하는 동안 어느덧 그는 원숭이나 영양처럼 민첩해졌다. 마치 칼라브리아의 어린아이가 걷기도 전에 헤엄치고 바다에서 노는 것처럼.

게다가 그의 정신과 육체는 대성당의 모양을 본으로 삼아 형성된 것처럼 보였다. 그의 영혼이 어떤 상태에 있었으며 어떤 습관이 붙었는가 하는 것, 그리고 그 굳어진 육체와 야성적인 생활 속에서 어떤 모양새를 갖게 되었는지 알아내기란 쉽지 않을 것이다. 카지모도는 태어날 때부터 애꾸에다 꼽추였으며 절름발이였다. 클로드 프롤로가 그에게 말을 가르치고 입을 떼게 하기까지 들인 수고와 인내심은 엄청난 것이었다. 그러나 카지모도에게는 끝까지 불행이 따라다녔다. 그가 노트르담의 종지기가 된 열네 살 무렵에 또 하나의 불행한 일이 찾아왔다. 그리고 그를 완전한 불구로 만들어버렸다. 어쩌면 그것은 종지기에게는 필연적인 운명일지도 몰랐다. 종소리가 그의 고막을 찢어버림으로써 귀머거리까지 되어버린 것이다. 자연이 그에게 유일하게 열어두었던 세상을 향한 문 하나마저도 영원히 닫혀버린 것이다.

소리마저 잃게 됨으로써 카지모도는 그의 영혼 속에 스며 있던 단 하나의 기쁨과 빛줄기를 잃은 것과 같았다. 그 후로 그 가엾은 영혼은 깊은 어둠 속으로 가라앉아버렸다. 그로 인한 우울증은 그의 기형과 마찬가지로 치유하기 어려운 병이 되어버렸다. 그가 귀머거리가 된 이후로 그는 남들의 웃음거리가 되지 않기 위해 더욱 굳게 침묵을 지키기로 결심했다. 입을 여는 시간은 오로지 홀로 있을 때뿐이었다. 클로드 프롤로가 그토록 애를 써가며 풀어놓은 혀를 그 스스로 묶어버린 것이다. 그러다 보니, 꼭 말을 해야 할 경우에도 다시 굳어진 그의 혀는 어눌하고 덜컥거리는 것이 꼭 돌쩌귀가 녹슨 문짝 같아져버렸다.

이제 그의 두껍고 단단한 가죽 너머로 들어가 영혼이 있는 곳까지 들여다보고, 처음부터 잘못 지어진 몸뚱이의 깊숙한 곳까지 더듬어볼 수 있다면, 불투명한 피조물의 어두운 내부 구석구석을 밝혀보고 깊숙한 동굴 안쪽에 사슬로 묶여 있는 프시케[137]에게 밝은 빛을 던질 수 있다면, 납덩이를 매단 채 아주 작고 좁은 돌 상자 안에서 비틀어져 늙어가고 있는 베네치아의 죄수들처럼 초라하게 야위고 오그라든 불행한 프시케를 발견하게 될 것이다.

아무리 올바른 정신이라도 일그러진 육체 속에서는 위축되지 않을 수 없을 것이다. 카지모도는 자기 내부에서 자기의 모습을 닮은 영혼이 제멋대로 움직이는 것을 분명하게 느끼지는 못했다. 사물에 대한 인상은 그의 사고에 도달하기 전에 매우 크게 굴절되었다. 그의 머리는 다른 사람과 다르게 작동했다. 그리하여 그의 머릿속을 통과해 나오는 생각들은 모두 뒤틀려 있었다. 그러한 굴절된 사고방식은 필연적으로 잘못되고 터지고 갈라지는 결과를 낳게 마련이었다.

그로부터 빚어진 무수한 착각과 잘못된 판단은 그의 사고를 경박하고 어리석기 그지없는 망상에 빠뜨리곤 했다.

이처럼 불행한 육체가 낳은 첫 번째 결과는 사물을 보는 그의 눈을 흐려놓은 것이다. 그는 어떤 사물도 객관적인 실체 그대로 바라볼 수 없었다. 그에게 외부 세계란 우리들의 감각과는 달리 훨씬 아득한 거리에 존재하는 것 같았다.

그의 불행한 육체가 낳은 두 번째 결과는 그를 지독한 심술쟁이로 만들었다는 것이다.

그는 실제로 매우 심술궂었는데 이는 사교성이 없기 때문이었다. 그런 그의 기질 속에도 나름대로 우리와 마찬가지로 어떤 논리가 서 있었다.

남들과 달리 매우 힘이 세다는 것도 그를 심술궂게 만든 하나의 원인이 되었다. 홉스도 "몸이 억센 아이는 심술궂다"라고 말하지 않았던가.

그러나 지독한 심술이 그가 태어날 때부터 그랬던 것은 아님을 인정해야 한다. 그는 사람들 사이에 처음 얼굴을 내밀었을 때부터 자신이 그들로부터 거침없는 야유와 조롱과 모욕을 받은 것은 물론 외면당해왔음을 잘 알고 있었던 것이다. 타인이 그에게 건네는 말은 모두 조롱 아니면 저주였다. 자라는 동안 그는 증오의 말밖에는 들어보지 못했다. 그는 그러한 상처들을 낱낱이 제 가슴속에 아로새겼다. 그리고 그들의 심술궂음을 받아들여 제 것으로 만들었다. 그들에게서 자신에게 상처를 주었던 바로 그 무기를 얻게 된 것이다.

어찌되었든 그는 마지못해 사람들로부터 고개를 돌려버렸다. 그에게는 오직 노트르담만 있으면 충분했다. 성당 안에는 왕이며 성자, 주교들의 대리 석상이 가득했지만 적어도 그것들은 성당 밖의 사람들처럼 그의 코앞에서 비열한 웃음을 터뜨리지 않았을 뿐 아니라 늘 조용하고 친절한 눈으로 바라봐주었다. 그 밖의 괴물이나 악마의 조각상들도 카지모도에게 어떤 특별한 증오를 표현하지 않았다. 어느새 그는 그 조각상들과 닮아 있었다. 그들은 오히려 완전한 다른 인간들을 비웃고 있었다. 성자들은 그의 친구로서 그를 축복해주었고 괴물들도 그의 친구가 되어 곁에서 지켜주었다. 그러므로 그는 그들과 함께 그들 앞에서 자신의 마음을 터놓고는 했다. 때때로 조각상들 앞에 몇 시간이고 웅크리고 앉아서 혼자 중얼중얼 이야기를 하곤 했다. 만약 누가 갑자기 나타나기라도 하면 세레나데를 부르다 들킨 연인처럼 달아나버렸다.

노트르담 대성당은 그에게 하나의 사회였으며 세계의 전부였고 대자연이기도 했다. 그는 늘 꽃 피어 있는 스테인드글라스 창 외에 다른 꽃이나 열매를 꿈꾸지 않았으며 작센식 원기둥 머리의 덤불 속에 지저귀는 새들이 있었으므로 또 다른 나무 그늘을 원하지 않았다. 성당의 거대한 종탑들은 그에게는 산이었고 담 너머로 펼쳐진 왁자한 파리 시가지는 넓은 대양과 같았다.

그에게 어머니와도 같은 성당 안에서 그가 가장 사랑한 것은 그의 영혼을 일깨우고, 동굴 안에 웅크리고 있던 영혼의 날개를 펼치게 해주고 때때로 행복을 느끼게 해주는 종루들이었다. 그는 그것들을 사랑하고 어루만지며 그것들과 이야기를 나누고 그것들의 기분을 이해했다. 성당 바깥쪽의 주종에서부터 정면 현관의 큰 종에 이르기까지 모두 사랑스러웠다. 바깥쪽의 종루와 두 개의 종탑은 그에게는 자신이 키우는 새들의 새장 같은 것이었다. 그 종들이 바로 자신을 귀머거리로 만들었음에도, 어머니가 자기를 가장 괴롭힌 자식을 여전히 사랑하는 것처럼 그는 종들을 사랑했다.

사실 그에게 아직 들리는 유일한 목소리가 바로 그것들이기 때문이었다. 그런 의미에서 그는 큰 종을 가장 사랑했다. 축제일이 되면, 그의 주위에서 소란스레 떠들어대는 아가씨들 중에 그가 가장 좋아하는 것이 바로 그 종이었다. 그 종의 이름은 마리였다. 그녀는 남쪽 탑 속에서 동생 자클린과 단둘이 매달려 있었다. 마리보다 키가 좀 더 작은 자클린은 마리의 종루 옆, 조금 작은 탑 안에 들어 있었다. 이 자클린은 그것을 성당에 기증한 장 드 몽타귀의 아내 이름을 딴 것이었다. 이런 헌납에도 불구하고 그는 몽포콩의 형장에서 머리가 잘리고 말았다. 두 번째 탑 속에는 여섯 개의 종이 있었다. 또 그보다 작은 여섯 개의 종이 나무 종 하나와 함께 외진 위쪽 종루 안에 들어 있었다. 이 나무 종은 성목요일 저녁부터 부활절 전날 아침까지만 울리게 되어 있었다. 그러므로 카지모도는 후궁으로 열다섯 개의 종을 가지고 있었던 셈이었으며, 그중에서도 가장 사랑하는 것은 그녀, 마리였다.

종들이 일제히 울리는 날, 그의 기쁨이 어느 정도였을지는 상상하기 어려울 정도이다. 부주교가 그에게 "자, 이제 시작하거라!" 하고 말하는 순간, 그는 종루의 나선형 계단을 다른 사람이 내려오는 속도보다도 훨씬 빠르게 달려 올라갔다. 그는 큰 종이 있는 탑 안에 황급히 뛰어 들어가 숨을 가라앉히며 애정 어린 눈길로 그녀를 바라본 다음, 조용히 말을 걸며 이제 곧 장거리 달리기에 나서는 애마를 어루만지듯 다정하게 쓰다듬는다. 이제부터 그녀가 견뎌내야 할 고통과 수고로움을 안쓰러워하는 것이다. 곧이어 그는 탑 아래쪽 계단에서 줄을 잡고 대기하고 있는 조수들에게 시작하라고 외친다. 조수들이 일제히 밧줄에 매달리면서 도르래가 삐걱거리기 시작하면 이내

공중목욕탕

누구나 청결하게 몸을 씻고는 싶지만, 각 집마다 수도도 목욕탕도 존재하지 않던 시절이었다. 저녁에 귀가해서 손과 발만 씻을 뿐, 목욕은 어쩌다 찾아와 머무는 여행객에게 권하는 것이었다. 대신 공중목욕탕이 존재했다. 필리프 오귀스트 치하의 파리에는 공중목욕탕이 모두 스물여섯 개가 있었다. 종종 이발업도 겸하는 목욕탕 주인은 손님에게 개인용이나 단체용의 큼직한 나무통을 할당해주는데, 그것이 바로 부드러운 플란넬 천으로 덮은 목욕통이다. 그 안에 몸을 담근 채 먹고 마실 수도 있게 되어 있었다. 그런 목욕 시설은 때론 점잖지 못한 장소로도 악용되었다.

의학

약초가 대규모로 활용되었다.
공부를 많이 한 의사 주변에는
늘 약장수와 약초꾼, 잡화상인이 떠돌았다.
의사들은 종종 산파라든가
보조수사(대개 기독교로 개종한 회교도),
대학생, 마술사를 빙자한 무면허 치료사,
심지어 사제들과도 경쟁해야만 했다.
게다가 중병에 대해서는 사제가 의사보다
우선권을 가지고 있었다.
국왕에게 병을 고치는 능력이 있다고 생각하는 이들도 적지 않았다.
때로는 대장장이가 수의사 노릇을 대신하기도 했고, 이발사가 외과의사 노릇을
하기도 했다. 주로 활용된 요법은, 사혈(瀉血)과 관장(灌腸), 고약 등이었다.
그런가 하면 가끔은 포도주, 벌꿀, 아편 추출물, 독사의 독액, 비버의 콩팥, 역청,
감초, 사프란 가루, 오포파낙스, 몰약, 향, 송진, 규조토 등
총 70여 가지의 물질이 포함된 테리아카처럼, 지극히 복잡하게 제조된
치료제를 사용하기도 했다.

의사

약병

약초를 빻고 정제하기 위해
청동으로 만든 약연

여러 약재를 보존하기 위한
원뿔용기

치아는 사람들이
별로 신경 쓰지 않았다.
그저 문제가 생기면
공공장소에서도 아무렇지
않게 뽑아버릴 뿐이었다.

나병

나병환자들은 사회에서 철저하게 격리되었다.
성당에서는 환자를 격리시키기 이전에 미리 장례 의식을
거행해주었다(속세로부터 죽어 나가 하느님 안에서 다시 태어나라는
의미). 격리와 동시에 사회 공동체로부터 멀리 떨어진 곳에 허름한
오두막을 배당해주고, 또한 식량을 자급자족할 수 있게끔 작은 텃밭도
배정해주었다. 부득이 이동을 해야 할 때는, 자기의 위치를 널리 알리기
위한 따르라기를 반드시 휴대해야만 했다. 그의 배우자는 이혼해서
언제든 새로운 배우자를 찾아 나설 수 있었다.

페스트

1347년에서 1380년 사이, 유럽인구의 3분의 1이
페스트로 사망했던 것으로 추정된다.
이 질병은 쥐와 벼룩을 통해 전염되었다.
죽은 시신들은 수레에 실려 한곳에
모아진 뒤, 그 몸에 닿았던
헝겊들과 함께 불태워졌다.
의사들은 감염을 막기 위해
특수한 복장을 갖춰 입었다.
우선 긴 옷과 장갑을 착용했고,
새의 부리처럼 길게 돌출한 입모양을
갖춘 가면을 뒤집어썼다.
그 안에는 질병을 막는 데 효험이 있다는
식초와 방향초 즙에 적신 헝겊을 잔뜩 채워 넣었다.

따르라기

나병환자가 사용하는 동냥그릇
바닥에는 치유능력이 있다고 믿어지는
호박(琥珀)이 깔려 있다.

병원

병원에서는 한 침대를
여러 환자가 함께 사용했다.

거대한 종이 천천히 움직이기 시작한다. 카지모도는 두근거리는 눈빛으로 종의 움직임을 좇는다. 청동의 벽면과 추가 처음으로 부딪쳐 그가 걸터앉은 뼈대로까지 진동이 퍼진다. 카지모도는 종과 더불어 온몸에 전율을 느낀다. 그 순간 그는 만족스런 쾌감에 미친 듯이 웃음을 터뜨린다. 그러는 동안 큰 종의 움직임은 점점 빨라지고 흔들림의 폭이 커지며 그에 따라 카지모도의 눈도 더욱 크게 열리며 불꽃이 튀어 오른다. 이윽고 종소리는 더욱 커지고 탑 전체가 흔들리며 뼈대와 납덩어리와 석재와 기초에서부터 탑 꼭대기의 클로버 장식에 이르기까지 모든 것이 일제히 울리기 시작한다. 카지모도는 입에 거품을 물고 이리저리 왔다 갔다 한다. 탑과 함께 머리에서 발끝까지 떤다. 해방되어 미쳐 날뛰는 종은 청동의 입을 탑 양쪽 벽에 교대로 돌리면서 사십 리 밖에서도 들리는 폭풍 같은 숨결을 내뿜는다. 카지모도는 활짝 열린 종의 아가리 앞으로 다가가 웅크리고 종이 돌아가면 다시 일어서며 요란스런 숨결을 들이마신다. 그는 자기 발아래로 60여 미터쯤 떨어진 광장에서 사람들이 우글거리는 모습과 시시각각 아우성치는 그 거대한 종의 혀를 번갈아 바라본다. 그것이야말로 그가 들을 수 있는 유일한 말소리, 온 세상의 고요를 깨뜨리는 유일한 소리였다. 그는 마치 햇볕을 즐기는 새처럼 갑작스레 그 소리에 마음이 상쾌해지는 것을 느꼈다. 돌연 종의 광란이 그를 사로잡은 듯, 눈에서는 이상한 빛을 띠고 거미가 파리를 노리듯 종이 가까이 다가오기를 기다렸다가 덮치듯 그 위로 뛰어든다. 그는 이제 심연 위에 매달리고 엄청난 진동 속에 몸을 맡긴 채 청동괴물의 귀를 붙잡고 두 무릎으로는 종의 허리를 껴안고, 양 발뒤꿈치로는 더욱 박차를 가하여 제 몸의 무게와 충격을 더해 맹렬하게 종을 울리는 것이었다. 그가 미칠 듯이 고함을 지르며 이를 갈고 붉은 머리털이 곤두선 채, 대장간의 풀무 같은 괴상한 소리를 지르며 불꽃이 타오르는 듯한 눈빛을 하는 동안 괴물 같은 종은 그의 몸뚱이 아래에서 헐떡거리며 울었고 탑은 요란하게 흔들렸다. 그럴 때면 그것은 더 이상 노트르담의 종도 카지모도도 아니었으며, 하나의 꿈이며 소용돌이이며 폭풍이었다. 소리에 널리 퍼진 현기증이며, 날아가는 궁둥이에 매달린 정령이며, 반은 사람이고 반은 종의 모습을 한 기이한 켄타우로스이며, 기묘한 모습으로 살아 있는 청동의 히포그리프에 실려 가는 무서운 아이스톨프[138] 같은 것이었다.

이 유별난 존재가 있음으로 해서 노트르담 안에는 온통 무언가 알 수 없는 생명의 숨결 같은 것이 감돌고 있었다. 사람들 사이에 떠도는 말에 의하면 노트르담의 모든 돌에 생명을 주고 낡은 성당의 깊숙한 곳까지 살아 숨 쉬게 하는 어떤 신비한 발산물이 그에게서 뿜어져 나온다는 것이었다. 그가 거기에 있는 것만으로도 성당의 회랑과 정면 현관의 수많은 조각상들이 살아 움직이는 것처럼 보였다. 또한 대성당은 그의 말에만 움직이는 온순하고 고분고분한 여자 같아서, 제 목소리를 내기 위해 그의 명령만을 기다리고 있으며, 마치 수호신에게처럼 카지모도에 의해 소유당하고 충만해지고 있었다. 그는 이 드넓은 건물에 숨결을 불어넣은 것 같았다. 신출귀몰하듯 그는 성당 내 어느 장소에나 존재했으며 모든 지점에서 활약하고 있었다. 사람들은 누군가가 탑의 가장 높은 곳에 기어오르거나 몸을 비틀고 네발로 기어 다니며, 바깥 심연을 내려다보면서 내려와 건물의 모서리로 뛰어다니고, 어느 고르고 상의 뱃속을 뒤지는 것을 볼 때가 있었는데 그것은 새집에서 까마귀들을 끄집어내는 카지모도였다. 때로는 성당의 컴컴한 구석에 웅크리고 앉아 얼굴을 찌푸리고 있는 살아 있는 키마이라와 맞닥뜨리는 수가 있었는데 그 역시 생각에 잠긴 카지모도였다.

또 때로는 종루 밑에서 아주 큰 머리와 한 덩어리의 너저분한 팔다리가 줄에 매달려 열심히 흔들리고 있는 것을 볼 수도 있었는데, 이는 카지모도가 기도를 알리는 종을 치는 모습이었다. 밤에는 종종 기괴한 형상 하나가 성당 후진 주위의 가장자리를 둘러싼 레이스 모양의 들쭉날쭉하고 빈약한 난간 위를 어슬렁거리는 것을 볼 수도 있었는데, 그 역시 노트르담의 꼽추 카지모도였다. 그럴 때면 성당 전체가 어떤 환상적이며 초자연적이고 무시무시한 존재로 보인다고 이웃 여자들은 말했다. 수많은 조각상들이 성당 곳곳에서 눈을 뜨고 입을 벌렸다는 것이다. 대성당 주위로 밤낮을 가리지 않고 목을 뻗치고 아가리를 벌린 채 보초를 서고 있는 돌로 된 개나 뱀, 용들의 부르짖음이 들리고, 크리스마스 밤 같은 경우 큰 종이 숨을 헐떡이는 듯한 소리를 내며 신자들을 자정미사로 이끄는 동안 대성당의 어두운 정면 위에는 매우 야릇한 분위기가 감도는 것이, 마치 큰 현관문이 사람들을 집어삼키고 장미창이 그것을 바라보는 듯하다는 것이다. 이 모든 환상과 오해는 바로 카지모도 탓이었다. 이집트인이라면 그를 이 신전의 신이라고 여겼을 것이며, 중세였다면 그를 교회의 수호신으로 믿었을 것이다. 그는 노트르담의 영혼이었던 것이다.

이런 이유로, 카지모도가 존재했다는 것을 알고 있는 사람들의 눈에는 오늘날 노트르담이 황량하고 죽어 있는 장소로 보일 것이다. 사람들은 뭔가 사라져버린 것이 있다는 느낌을 받는다. 거대한 육체는 속이 텅 빈, 해골일 뿐이다. 정신은 그것을 떠나버렸고 빈자리만이 보일 따름이다. 그것은 마치 눈이 있던 자리에 구멍은 남아 있되 눈동자는 사라져버린 두개골같이 보일 것이다.

chapter 4

개와 주인

카지모도가 모든 인간에 대하여 악의와 증오심을 가졌음에도 불구하고 예

외적으로 대성당만큼, 아니 그 이상으로 사랑하는 이가 있었으니 바로 클로드 프롤로였다.

그 이유는 단순했다. 클로드 프롤로는 그를 양자로 삼은 것은 물론 먹이고 입히고 길러주었으며 어려서부터 개와 다른 아이들이 뒤를 쫓으며 놀림거리로 삼을 때마다 으레 숨어들어간 곳이 바로 클로드 프롤로의 다리 사이였기 때문이다. 클로드 프롤로는 그에게 읽기와 쓰기는 물론 말하기를 가르쳤다. 그리고 마침내는 노트르담의 종지기 역할을 맡겨주었다. 카지모도에게 큰 종을 맡긴다는 것은 로미오에게 줄리엣을 안겨주는 것과 같은 의미였다.

카지모도는 클로드 프롤로에게 무한한 감사와 깊은 존경심을 가졌다. 비록 양아버지가 얼굴색이 자주 어두워지고 표정이 엄하며 평소의 말투가 무뚝뚝하고 엄격했다 하더라도 그런 감사의 마음이 흔들린 적은 한 번도 없었다. 카지모도는 부주교 클로드 프롤로의 가장 순종적인 노예였으며, 온순한 하인이기도 했고, 절대적으로 복종적인 충견이었다. 불행에 불행을 더하여 귀머거리가 된 후, 카지모도와 클로드 프롤로 사이에는 그 두 사람 외에는 이해할 수 없는 그들만의 신비한 신호로 대화가 이루어졌다. 그러므로 부주교는 카지모도가 의사를 전달할 수 있는 유일한 인간이 되었다. 카지모도는 노트르담과 클로드 프롤로 외에는 세상의 어느 것과도 관계를 맺지 않았던 것이다.

종지기 카지모도에 대한 부주교의 지배력과 부주교에 대한 종지기의 애착은 세상 어느 것에도 비교할 수 없었다. 클로드의 눈짓 한 번이면 카지모도를 노트르담의 가장 높은 탑 위에서도 기쁘게 뛰어내리게 할 수 있었다. 카지모도가 놀랄 만큼 강인한 육체의 힘을 남김없이 주인을 위해 사용했다는 사실은 주목할 만한 일이다. 거기에는 효성 지극한 아들과 온순한 하인으로서의 충성심이 모두 함께 작용하고 있었을 것이다. 또 영혼과 영혼의 매혹도 있었다. 비참하고 뒤틀리고 쓸모없는 육체가 고상하고 심오하며 강인하고 뛰어난 지성 앞에 머리를 숙여 애원의 눈길을 보내고 있었던 것이다. 그러나 그 모든 것보다 큰 것은 감사의 마음이었다. 다른 어떤 것과도 비교할 수 없을 정도로 극에 다다른 고마움의 표현이었다. 이런 마음은 인간들 사이에서는 그리 흔한 일이 아니다. 그러므로 카지모도는 그 어떤 개나 말, 코끼리가 주인을 사랑하는 것 이상으로 부주교를 사랑하고 있었다고 할 수 있다.

chapter 5

다시, 클로드 프롤로

1482년에 카지모도는 어느덧 스무 살이 되었으며 클로드 프롤로는 서른 여섯 살이 되어 있었다. 한 사람은 어른이 되었고 다른 한 사람은 나이 들어 가고 있었다.

클로드 프롤로는 더 이상 토르시 학교의 학생이 아니었으며 한 어린 동생의 보호자도 아니었다. 그는 많은 것을 알고 있으나 그만큼 아직 깨닫지 못한 것도 많은 젊고 몽상적인 철학자였다. 그는 엄격하고 성실하며 침울한 성직자였고 영혼의 책임자이며 조자스의 부주교이자 몽레리와 샤토포르의 두 수도원장직을 겸하면서 시골에서 174명의 사제를 담당하는 주교의 차석 시종 역할도 하고 있었다. 위엄 있고 음울한 그가 생각에 잠겨 팔짱을 끼고 넓게 벗어진 이마밖에는 보이지 않을 정도로 고개를 숙인 채 성가대석의 높다란 첨두홍예 아래를 느리게 지나갈 때면, 백의나 재킷을 입은 성가대 아이들과 하급 관리들과 성 아우구스티누스 회원들이며 노트르담의 아침 서기들이 그 자리에서 숨을 죽이고 벌벌 떨었다.

클로드 프롤로 신부는 생애를 통해 두 가지 과업, 즉 학문 연구와 동생의 교육을 포기하지 않았다. 그러나 시간이 흐를수록 그토록 즐겁게 헌신했던 그 일에도 고통이 섞여 들었다. 폴 디아크르의 말마따나, 결국은 가장 좋은 비곗살도 썩게 마련이다. 몸을 의탁하여 자란 곳을 따서 일명 '풍차의 장'이라고 불리는 동생 장 프롤로는 클로드가 바라던 대로만 자라주지는 않았다. 형은 동생이 경건하고 온순하고 모범적인 학생이 되기를 기대했다. 그러나 동생은 정원사의 노력에도 불구하고 공기와 햇빛의 방향으로만 뻗어 나가는 어린 나무처럼 나태와 무지, 방탕한 생활 속으로만 뻗어 나가 무성한 가지를 늘어뜨리고 있었다. 동생 장은 정말로 난잡하고 쓸모없는 악당이 되어 클로드 신부의 이맛살을 찌푸리게 했으나 한편으로는 유쾌하고 엉뚱한 면이 있어서 형의 얼굴에 어쩔 수 없는 미소를 만들어주곤 했다. 클로드는 자신이 처음 공부와 명상을 하며 지낸 토르시 학교에 동생을 맡겼다. 그러나 예전에 프롤로라는 이름을 떨치며 명예를 드높였던 그 학교의 얼굴에 동생은 흙탕물만 끼얹고 있는지라 형으로서는 무척 난감하고 괴로운 일이 아닐 수 없었다. 그런 이유로 그는 동생에게 가끔 매우 엄격하고 장황한 설교를 늘어놓곤 했는데 동생은 참을성 있게 그 시간을 견디었다. 말하자면, 그 젊은이는 어느 희극에서나 볼 수 있는 쾌활한 인물이었다. 그러나 설교가 끝나면 언제 그랬냐는 듯이 엉뚱한 짓을 시작하였다. 어느 때는 '새 새끼'라고 일컫는 대학에 갓 들어온 신입생을 환영한답시고 정신없이 들볶았는데 그것은 오늘날까지도 전통이 되어 내려오고 있다. 또 학생들의 무리를 선동하여 '나팔 소리에 용감해진 것처럼' 당당하게 술집을 습격하여 주인을 '공격적인 곤봉'으로 흠씬 두들겨 패고는 신나게 술집을 약탈하고 그것으로도 모자라 지하 저장고의 포도주 통의 마개를 뽑아버리기도 하였다. 그 뒤 토르시 학교의 자습 감독생 보조가 울 것 같은 얼굴로 클로드 신부에게 가져온 것은 '싸움의 첫째 원인은 학생들이 가장 좋은 포도주를 마셔버린 것'이라고 적힌 보고서였다. 장의 나이가 아직 열여섯 살임을 생각할 때 그것은 매우 당황스러운 일이 아닐 수 없었으며 한술 더 떠서 글라티니 거리로 여자를 사러 드나든다는 말도 들려왔다.

그런 모든 일들로 인하여 클로드는 인간을 향한 사랑에서 비롯된 실망감 때문에 크게 괴로워하다가 더욱 열정적으로 학문 속으로 파고들었다. 학문이라는 이름의 우리 누이는 사람 면전에서 비웃지 않으며 시간과 노력을 투자한 만큼 반드시 보답을 해주었다. 그리하여 그는 더욱더 학문의 깊이를 더하여갔으며 동시에 당연스럽게 성직자로서도 더욱 엄격해졌고, 인간으로서는 점점 더 비참하고 우울한 성향을 띠게 되었다. 우리의 지성과 품성, 인격 사이에는 어떤 상관관계가 있어서 이 관계는 끊임없이 발전하며 웬만큼 큰 동요가 없는 한 깨어지지 않는 것이다.

클로드 프롤로는 젊어서부터 공적으로 인정되고 있는 학문을 거의 모든 방면에 걸쳐서 섭렵하였으므로 '이 세상의 끝'에서 멈추어 서지 않는 한 어떻게 해서라도 더욱 전진하여 만족을 모르는 그의 지능 활동을 위해 새로운 양식을 구하는 수밖에 없었다. 제 꼬리를 무는 뱀의 옛 상징은 특히 학문에 적절한 비유인 것이다. 클로드 프롤로는 그것을 느끼고 있었다. 점잖은 이들은 그가 인간의 지식 가운데 '인간에게 허락된 부분'은 모두 파헤친 다음 대담하게 '인간에게 허락되지 않는 부분'에까지도 뛰어 들어간 사람이라고 단언했다. 그들에 의하면, 그는 차례로 슬기의 나무에 열린 능금을 모두 먹어버렸으므로 결국 금단의 과실에까지 손을 대기에 이르렀다는 것이다. 여러분이 이미 알다시피 그는 차례로 소르본의 신학 강의, 생 틸레르 상 옆에서 열리는 예술가들의 집회, 생 마르탱 상 옆에서 열리는 교회법령 학자들의 토론회는 물론, 노트르담의 성수반 옆에서 열리는 의사들의 회합 등에 출석하고 있었다. 4학부라 불리는 네 개의 커다란 요리실에서 공들여 요리하여 인간의 지성 앞에 올려진, 세상에 인정받고 허락된 여러 가지 음식들

을 모두 해치웠지만 아직도 그의 배는 채워지지 않고 있었다. 그래서 그는 그 모든 물질적이고 유한한 학문의 밑으로 더 깊이 파고들어갔을 뿐 아니라 자기의 영혼까지도 내줄 듯한 열정으로 연금술사나 점성술사들의 신비로운 테이블에 앉게 되었던 것이다. 그 테이블이란, 중세에는 이븐 루슈드와 기욤 드 파리스, 니콜라 플라멜이 그 최후를 장식하며, 동양에서는 일곱 개의 가지가 달린 촛대 불빛 아래 솔로몬과 피타고라스와 조로아스터에까지 이어지는 것이었다.

옳고 그름을 떠나서 세상 사람들은 그렇게 상상하고 있었다.

분명한 것은, 클로드 프롤로 부주교가 1466년 페스트로 사망한 사람들과 함께 부모님이 잠들어 있는 생 지노상 묘지로 찾아가곤 했지만, 부모의 무덤 십자가보다는 바로 옆에 세워진 니콜라 플라멜과 클로드 페르넬[139]의 무덤에 더욱더 경건한 태도를 보였다는 것이다.

확실히, 그가 롱바르 거리를 지나 에크리뱅 거리와 마리보 거리의 모퉁이에 있는 작은 집으로 남몰래 들어가는 모습이 사람들에게 자주 목격되었다. 그 집은 니콜라 플라멜이 지었으며, 1417년경에 그가 그곳에서 죽은 뒤로 폐가가 되어 허물어지기 시작했다. 여러 나라에서 찾아온 수많은 연금술사와 화금석(化金石) 탐구자들이 그 집 벽에 자기 이름을 새기기 시작했기 때문이다. 주변 이웃 사람들에 의하면, 한번은 클로드 프롤로 부주교가 니콜라 플라멜이 수많은 시구와 상형문자들을 버팀돌 위에 직접 새겨놓은 두 지하실에서 땅을 파헤치는 광경이 환기창 너머로 목격되기도 했다는 것이다. 세간에서는 플라멜이 그 지하실에 화금석을 파묻어놓았다고 생각했다. 그와 같은 생각을 가진 마지스트리에서 파시피크 신부에 이르기까지 수많은 연금술사들이 무려 200년이라는 시간 동안 그곳을 집요하게 파헤치는 바람에 결국은 그 집이 무너져 내리는 지경에 이르렀다.

또한 기욤 드 파리스 주교가 돌로 쓴 마법서의 페이지라고 할 수 있는 노트르담의 상징적인 정면 현관에 대해 부주교는 이상하리만큼 깊은 관심을 가졌다. 노트르담 건물의 나머지 부분이 영원히 노래하는 성스러운 시임을 감안할 때 그처럼 악마적인 첫머리 그림을 붙여놓은 기욤 드 파리스는 아마 천벌을 받았을 것이다. 클로드 부주교는 성 크리스토프의 거상이나 그 당시 사람들이 '르그리' 씨라고 놀려대며 불렀던, 성당 앞뜰 입구에 서 있는 수수께끼 같은 키 큰 조각상도 깊이 연구한 것으로 알려졌다. 그러나 누구나 알고 있던 일은 그가 종종 성당 앞뜰의 난간에 앉아 정면 현관의 조각상을 바라다보았다는 사실이다. 어느 때는 뒤집힌 램프를 든 경박한 처녀상들을 살펴보기도 하고, 또 어느 때는 똑바로 세운 램프를 든 정숙한 처녀상들을 살펴보기도 했다. 또 왼쪽 현관에 내려앉은 까마귀의 시각을 몇 시간씩 계산하기도 했는데 그것은, 화금석이 니콜라 플라멜의 집이 아니라면 분명히 노트르담 성당 안 어딘가에 숨겨져 있을 것이라고 생각했기 때문이다. 어찌되었든, 노트르담이 같은 시대에 사는 서로 판이하게 다른 두 사람—클로드와 카지모도—에게 각각 다른 의미로 그토록 경건한 사랑을 받고 있었다는 것은 매우 기이한 운명이라 할 것이다. 본능적이고 야생적이며 반인반수라 해도 과언이 아닌 카지모도로부터는 노트르담의 아름다움과 높이, 그리고 그 웅장함에서 풍겨 나오는 조화 때문에 사랑을 받았다. 또한 해박하고 열정적이며 상상력이 풍부한 클로드 신부에게는 건물이 지닌 의의와 신화, 그리고 숨겨져 있는 의미가 사랑을 받았다. 양피지 위에 적힌 문장 곳곳에 처음 썼다가 지워버린 문장들이 조금씩 남겨져 있는 것처럼 정면의 다양한 조각 아래 언뜻언뜻 보이는 한두 가지 상징들을 클로드 신부는 사랑했다. 즉, 성당이 지성을 향해 영원히 제시하고 있는 수수께끼를 사랑했던 것이다.

마지막으로 확실한 것은, 부주교가 그레브 광장이 내려다보이는 쪽의 종루 바로 옆에 있는 작은 방을 정리하게 한 것인데, 그곳은 누구도 그의 허가 없이는, 주교라 할지라도 결코 들어갈 수 없는 비밀스러운 장소였다. 그 방은 예전에 위고 드 브장송 주교가 탑 꼭대기 바로 밑 까마귀 집들 사이에 만든 것으로 그곳에서 그는 저주의 주술을 행하곤 했다. 그 작은 방에 무엇이 있는지는 아무도 모르나 깊은 밤이면 종루의 뒤쪽 작은 채광창으로 이상한 붉은 빛이 규칙적으로 깜박이는 것이 종종 보였다. 그것은 풀무가 격렬한 호흡에 박자를 맞추는 것처럼 보였는데 등불이라기보다는 어떤 불꽃에서 나오는 빛 같았다. 짙은 어둠 속에서 반짝이는 불빛은 보는 이에게 어쩐지 좋지 않은 느낌을 주었으므로 나이 든 여인들은 이렇게 말하곤 했다.

"저거 봐라, 부주교가 숨을 쉬고 있어. 지옥의 불이 저 위에서 번쩍거리는 거야!"

그렇다 해도 그런 상황이 부주교가 마법을 부린다는 증거가 되는 것은 아니었다. 그러나 '아니 땐 굴뚝에 연기 나랴?' 하는 옛말처럼 그런 일들이 꼬투리가 되어 부주교에게는 매우 흉흉한 소문이 뒤따라 다니게 되었다. 여기서 먼저 말해두어야 할 것이 있다. 이집트의 학문이나 강신술, 마법 등은 아무리 결백하고 무고하다 해도 노트르담 종교재판소의 판사들 앞에서는 그 유례를 찾기 어려울 만큼 적대시되고 가차 없이 고발되어왔다는 사실이다. 클로드가 종교재판소 판사들에게 정말 두려움의 대상이었든 아니면, '도둑이야!' 라고 외치는 도둑놈 놀이였든 간에 성당의 참사회에 속한 학식 있는 사람들은 부주교를 지옥의 문턱을 들여다본 인간이며, 히브리 신비철학의 동굴에 뛰어든 인간이며, 신비술의 암흑 속을 헤매고 다니는 인간으로 여겼을 것이다. 그 점에서는 일반 대중들도 마찬가지였다. 조금이라도 머리가 빨리 돌아가는 사람이라면 누구나 카지모도는 악마이며, 클로드 프롤로는 마법사라고 생각했다. 종지기가 일정 시간 동안 부주교에게 봉사를 한 뒤 그 대가로 그의 영혼을 가져갔을 거라고 여겼다. 그러므로 부주교는 지나칠 만큼 엄격한 생활에도 불구하고 신자들 사이에서 좋은 평판을 듣지 못했으며, 하룻강아지 같은 풋내기 여신도라도 그에게서 금세 마법사 냄새를 맡곤 했다.

그렇게 세월이 흐르는 동안 그의 학문 속에는 심연이 만들어졌으며 동시에 그의 가슴속에서도 심연이 생겨났다. 얼굴에 드리워진 검은 그림자 너머로 가까스로 넋의 반짝임을 넘겨짚을 수밖에 없었기에 사람들이 그를 그렇게 여기는 것도 당연했다. 넓게 벗어진 이마에 늘 고개를 푹 숙이고 다니는 이유는 대체 무엇일까? 그의 찌푸린 두 눈썹이 싸우려고 달려드는 두 마리 황소처럼 가까워지는 바로 그 순간에 한편으로 무슨 은밀한 생각을 하기에 그토록 씁쓸한 미소를 짓는 것일까? 얼마 남지 않은 머리카락은 왜 벌써부터 희끗희끗해졌을까? 이따금 그의 눈길 속에서 터지는 불꽃은 마음속에 어떤 도가니를 품고 있기 때문일까?

부주교의 격렬한 정신적 불안 징후는 이 이야기가 진행되는 시기에 특히 강렬해졌다. 성가대의 어린 소년이 성당 안에 혼자 있는 그를 보고는 겁에 질려 달아난 적이 한두 번이 아닐 만큼, 그의 눈빛은 이상하리만치 번쩍거렸다. 예배 시간이면 성가대석에서 그의 옆자리에 앉는 성직자는 그가 그레고리오 성가에 여러 가지 가락으로 의미도 알 수 없는 문구를 삽입하는 것을 여러 차례에 걸쳐 들었다. '참사회의 세탁'을 맡고 있는 섬의 빨래꾼 아낙이 조자스 부주교의 흰 법의에서 손톱이나 손가락 자국이 남아 있는 것을 보고 놀란 일도 한두 번이 아니었다.

더욱이 그는 날이 갈수록 더욱 엄격해져갔고 더 이상의 모범이 없을 만큼 바람직한 성직자였다. 신분상으로나 성격상으로나 그는 항상 여자들을 멀리했으며 여자라는 존재를 전보다 더 싫어하는 것 같았다. 이를테면, 비단 치맛자락이 스치는 소리만 들려도 망토의 두건을 깊이 눌러쓰곤 했던 것이다. 그런 점에서 그의 신중함과 엄격함은 보통이 아니었다. 1418년 12월에 왕녀인 보죄 공주가 노트르담 수도원을 방문한다고 하자, 모든 여성들, 즉 '늙거나 젊거나 마님이거나 시녀이거나 구별 없이' 수도원에 들어올 수 없다는, 1334년 성 바르톨로메오 축제 전날 공포된 '흑서(黑書)'의 규정을 주교에게 상기시키며 그녀의 방문을 엄중하게 반대하고 나섰다. 이에 대해 주교는 할 수 없이 몇몇 부류의 신분이 높은 부인, 즉 '피하기만 하면 큰 문제가 되지 않는 몇몇 신분 높은 부인'을 예외로 인정한 교황 사절인 오도의 법령을 인용해주었다. 그럼에도 불구하고 부주교는 교황 특사의 법령은 '흑서' 보다 127년이나 앞선 1207년에 나온 것이므로 그것은 흑서가 나옴으로써 자동 폐기된 것이라고 주장했다. 그리고 그는 끝내 공주 앞에 나타나기를 거부했다.

또한 그의 이집트 여자와 집시들에 대한 증오는 날이 갈수록 커져가고 있었다. 그는 특별히 집시 여자들이 성당 앞 광장에서 춤추고 북 치는 것을 금지하는 법령을 내리도록 주교에게 청했고 염소나 돼지, 양 등을 이용한 마술을 부린 이유로 화형이나 교수형을 당한 마법사들의 사례를 모으기 위해서 성당 재판소 내의 곰팡내 나는 옛 문서들을 뒤지고 있었다.

chapter 6

인기 없는 사람들

앞서 말한 바와 같이, 부주교와 종지기는 대성당 주위의 부자나 가난한 사람들 어느 쪽으로부터도 호감을 얻지 못했다. 클로드와 카지모도가 함께 외출하여 노트르담 성당 주변의 비좁고 어두운 거리를 걸어갈 때면 사람들은 뒤에서 그들을 향해 욕설과 조롱 섞인 야유를 보내고 비아냥거리곤 했다.

자주 있는 일은 아니지만, 클로드 프롤로가 험상궂다 할 정도로 근엄한 얼굴을 똑바로 들고 이마를 반듯이 세운 채 걷기라도 하면, 그들을 놀리던 사람들은 매우 놀라 머뭇거렸다.

그 두 사람은 이미 그 일대에서는 레니에가 말하는 것처럼 노래하는 시인들과 같았다.

어중이떠중이들이 시인들의 뒤를 따라간다.

부엉이들이 울면 꾀꼬리들이 지저귀며 따라다니듯.

어떤 날의 외출에서는, 약삭빠른 어린애가 통쾌감을 맛보기 위해 목숨을 걸고 카지모도의 혹에 바늘을 찌르기도 했다. 또 어떤 때는, 어여쁜 아가씨가 천박하고 뻔뻔스런 얼굴로 신부의 옷자락을 스치듯 건드리면서 입을 바싹 들이대고 “오오오, 악마가 사로잡혔네!” 하고 깔보는 듯한 노래를 흥얼거렸다. 또는 지저분한 노파들이 떼 지어 현관 계단 위에 앉아 있다가 부주교와 종지기가 지나가는 것을 보고는 지독한 소리로 떠들어대기도 했다.

“저것 봐, 하나는 영혼이 잘생기고 또 하나는 몸뚱이가 잘생겨 먹었구나!”

뿐만 아니라, 공기놀이를 하던 학생이나 보병들도 한꺼번에 일어서서 라틴어로 함성을 지르며 자기들 딴엔 점잖게 인사를 건네기도 했다.

“야야! 클로드와 절름발이!”

그러나 대부분의 경우 부주교와 종지기는 그런 욕설을 알아차리지 못하고 그냥 지나쳐버렸다. 왜냐하면 카지모도는 귀머거리였고, 클로드는 언제나 깊은 생각에 잠겨 있었기 때문이다.

제 5 부

chapter 1

생 마르탱의 사제

클로드 신부의 명성은 멀리까지 퍼져 나갔다. 그가 보죄 공주 접견을 거부했을 무렵, 또 다른 방문객을 맞게 되었는데 그것이 그에게는 오랜 추억으로 남게 되었다.

어느 날 저녁, 그가 일과를 마치고 노트르담 수도원의 독방으로 돌아왔을 때였다. 그 방은 한쪽 구석에 발사용 화약 같은 모양새의, 출처를 알 수 없는 가루들로 가득 찬 몇 개의 유리병들이 있는 것 말고는 남다르거나 이상할 것이 전혀 없었다. 그 외에도 벽면의 여러 곳에 무언가 써 붙여놓은 것들이 있기는 했으나 그것은 훌륭한 저서에서 뽑아놓은 학문과 신앙에 관한 금언들이었다. 부주교는 수사본이 가득 쌓인 커다란 책상 앞에 불빛이 세 개의 구멍으로 비쳐 나오는 등잔 아래 자리를 잡고 앉았다. 그는 오노리위스 도퉁의 『구령 예정 또는 자유의지론』을 펼쳐놓은 채, 그 위에 팔꿈치를 대고 인쇄된 2절판 책 한 권을 깊은 명상에 잠겨 뒤적이고 있었다. 그 책은 그가 지금 가져온 것이었는데, 그의 방에 있는 유일한 인쇄물이었다. 그가 한창 생각에 잠겼을 때 누군가 문을 두드렸다.

"누구요?"

갑자기 몽상에서 깨어난 학자는 고기를 뜯다가 방해받은 굶주린 사냥개처럼 외쳤다. 그러자 밖에서 대답이 돌아왔다.

"친구인 자크 쿠악티에요!"

그 소리에 그가 문을 열었다.

자크 쿠악티에는 시의(侍醫)이고, 교활한 눈빛에 무뚝뚝한 표정을 한 쉰 살쯤 된 인물이다. 그는 또 한 사람을 곁에 세워두고 있었는데 두 사람 모두 회색 다람쥐 털로 안을 댄 청회색 외투를 잘 여며 입고 같은 색깔의 모자도 눌러쓰고 있었다. 손은 소맷자락에 가려 보이지 않았고 발은 외투 자락에 가려졌고 눈 또한 모자의 그늘 속으로 숨어 있었다.

"오 하느님! 이런 시간에 이렇게 귀하신 분들이 찾아오실 줄 몰랐습니다."

부주교는 그들을 방 안으로 들이며 정중하게 말했다. 그러면서 한편으로는 불안하고 탐색하는 듯한 눈빛을 낯선 이에게 돌렸다.

"클로드 프롤로 드 티르샤프 신부님과 같은 대학자님을 찾아뵙는데 아무리 늦은 시간이면 어떻습니까, 만나주시는 것만으로도 영광입니다."

프랑슈콩테 지방 사투리가 섞인 쿠악티에 의사의 말은 마치 바닥에 끌리는 가운 자락처럼 장엄하게 늘어졌다.

의사와 부주교 사이에 늘 그러하듯 의례적으로 주고받는 축하와 칭찬의 인사말이 오갔다. 그러나 그런 인사말을 주고받을 때에도 그들은 서로를 은근히 증오하는 것을 잊지 않았다. 그것은 오늘날에도 마찬가지일 것이다. 다른 학자를 칭찬하는 학자들의 입은 그저 꿀을 바른 담즙 단지에 불과한 것이다.

자크 쿠악티에에 대한 클로드 프롤로의 축하는, 특히 이 의사가 세상 사람들이 부러워마지 않는 그의 직업을 수행하는 과정에서 왕이 병들었을 때마다 끌어낼 줄 알았던 속세의 숱한 이득에 관계되는 것이었는데, 그것은 화금석보다 더 좋고 확실한 연금술의 실행이었다.

"축하드립니다, 쿠악티에 박사님. 조카이신 피에르 베르세 신부님께서 주교 자리에 오르셨다고요? 그 소식을 듣고 무척 기뻤습니다. 지금 아미앵의 주교로 계시지요?"

"그렇습니다. 모든 게 하느님의 자비와 은혜 덕분이지요."

"크리스마스 날이었나요, 원장님께서 회계원들의 선두에 서 계신 모습은 정말 위풍당당했지요!"

"부원장입니다, 클로드 선생님. 아쉽지만 아직 그것밖에 안 되었어요."

"생 탕드레 데 자르크 거리에 짓고 있는 박사님의 대저택은 어느 정도나 진행되었나요? 마치 루브르 궁전 같더군요! 문에 새겨진 살구나무 장식도 참 보기 좋고요."

"안타깝지만, 클로드 선생님. 공사 비용이 엄청나답니다. 집이 완성되어갈 수록 파산 날짜가 다가오는 것 같아요!"

"설마 그럴 리가요! 형무소와 대법원에서 들어오는 수입도 있고, 여러 채의 집을 가지고 계신데다 푸줏간과 상점과 수도원의 단층집들에서 나오는 수입들도 꽤 되실 텐데요? 젖소에게서 우유를 짜내는 것과 같지 않습니까?"

"푸아시의 영지에서는 올해엔 아무 수입도 없었어요."

"그래도 트리엘과 생잠과 생 제르맹 앙 레의 통행세는 어때요? 여전히 짭짤하시죠?"

"그건 120리브르는 되지만 파리 주화도 아니라서요."

"박사님은 국왕의 고문관이기도 하시잖아요? 그건 그야말로 고정 수입이지요."

"그렇습니다, 클로드 신부님. 하지만 그 폴리니 장원은 고작 금화 60에퀴 정도가 평균이에요."

클로드가 자크 쿠악티에에게 보내는 찬사에는 세속에 닳고 닳은 인간의 엄청난 재물 축적을 희롱하며, 은근히 조롱하고 야유하는 신랄한 어조와 우울하고 잔인한 미소가 담겨 있었다. 그러나 상대는 그것을 눈치채지 못하고 있었다.

"아무튼 이렇게 건강하신 모습을 뵈니 진심으로 기쁩니다."

마침내 클로드가 그의 손을 잡으며 말했다.

"고맙습니다, 클로드 선생님."

"그런데 말입니다, 박사님께서 맡고 계신 왕께서는 어떠십니까?"

"그러니까, 왕께서는 시의에게 만족스러운 보수는 지불하지 않으십니다."

의사는 동행한 이에게 곁눈질을 하며 대답했다.

"그렇게 생각하시오, 쿠악티에?"

동행인은 놀라움과 비난이 섞인 어투로 말했다. 부주교는 그를 바라보았다. 사실, 부주교는 그 낯선 방문객이 들어온 이후로 한 번도 그에게서 눈을 떼지 않고 있었다. 루이 11세의 절대적인 권력을 등에 업은 자크 쿠악티에 박사와 낯선 동행인을 맞아들인 것은 그의 비위를 맞추어야 할 여러 가지 이유가 있기 때문이었다. 그러므로 자크 쿠악티에가 그런 말을 했을 때 부주교의 표정은 조금도 다정하지 않았다.

"그런데 클로드 신부님, 신부님의 명성을 듣고 만나고 싶어 하는 교우가 있어서 함께 왔습니다."

의사가 신부에게 일행을 소개했다.

"이분도 같은 학문을 하시는 분인가요?"

부주교는 쿠악티에와 함께 온 사람을 예리한 눈빛으로 바라보며 물었다. 그 낯선 사나이의 눈빛에서 부주교가 발견한 것은 자기 못지않게 날카롭고 경계심 어린 눈초리였다.

희미한 불빛으로 판단할 수 있는 만큼만 짐작컨대, 그는 예순 살쯤 된 노인이었고 보통 키에 매우 노쇠하고 병약해 보였다. 얼굴형은 그저 평범한 듯했으나 왠지 모르게 강하고 준엄한 인상을 풍기고 눈동자는 동굴 안쪽에서 반짝이는 빛처럼 깊이 휘어진 반달 같은 눈썹 아래에서 빛나고 있었다. 코까지 덮을 듯 눌러쓴 모자 아래 머릿속에서 광대한 계획들이 꿈틀거리고 있을 것 같았다.

"신부님, 높으신 명성은 제가 있는 곳까지 들려왔습니다. 그래서 고견을 듣고자 찾아왔습니다. 저는 보잘것없는 시골의 일개 양반에 불과합니다. 제 이름은 투랑조입니다, 투랑조 교우라고 부르십시오."

부주교의 물음에 그는 장중한 목소리로 직접 대답했다.

'양반치고는 이름 한번 이상하네!' 부주교는 생각했다. 그러나 그는 자신이 어떤 강력하고 근엄한 존재 앞에 있음을 느꼈다. 높은 지성으로 연마된 그의 직관력은 투랑조 교우의 모자 안쪽에 그 못지않게 높은 지성이 자리하고 있음을 간파했으며, 그 장중한 얼굴을 볼수록 방금 전 자크 쿠악티에로 인해 자신의 얼굴에 떠올랐던 빈정거림과 조소의 빛은 지평선을 따라 사라지는 석양빛처럼 스러져갔다. 그는 말없이 우울한 얼굴로 자신의 안락의자에 앉아 여느 때처럼 탁자 위에 팔꿈치를 대고 손으로 이마를 받쳤다. 잠시 명상을 하고 난 뒤 그는 두 손님에게 앉을 자리를 권하며 투랑조 교우에게 말했다.

"선생께서는 제 의견을 듣고 싶다고 하셨는데 무엇에 관해서지요?"

"신부님, 저는 환자입니다. 그것도 아주 중병이 들었답니다. 신부님이 위대한 아스클레피오스[140]라고 사람들이 그러더군요. 그래서 신부님께 의학상의 조언을 부탁하고 싶습니다."

투랑조 교우가 대답했다.

"의학이라!"

부주교는 잠시 머리를 흔들었다. 그리고 잠시 명상에 잠긴 듯하더니 말을 이었다.

"투랑조 교우님, 돌아보십시오. 제 대답은 저 벽에 모두 쓰여 있습니다."

투랑조 교우가 그의 말대로 벽을 둘러보니 머리 위 벽에는 다음과 같은 글이 새겨져 있었다.

'의학은 몽상의 딸이다―이암블리코스[141].'

그러는 동안 옆에 있던 자크 쿠악티에 박사는 일행의 질문에 화를 내기 시작했는데, 클로드 신부의 대답을 듣고는 더욱 분개하였다. 그는 투랑조 교우의 귀에 대고 부주교에게는 들리지 않을 만큼 작게 속삭였다.

"이놈은 미쳤다고 진즉에 말해두었잖습니까? 그런데도 기어이 만나보시겠다더니!"

"그야, 이 미친놈의 말이 맞을지도 모르니 그러지! 자크 박사!"

교우는 같은 어조로 씁쓸한 미소를 지으며 대답했다.

"좋을 대로 생각하십시오!"

쿠악티에는 쌀쌀맞게 대꾸했다. 그러고는 부주교에게 말을 건넸다.

"당신은 일을 아주 빨리 해결하시는군요, 클로드 신부님. 그리고 원숭이가 개암 따위엔 상관 않듯이 히포크라테스를 아랑곳하지 않으시는구려! 의학이 몽상이라니? 약장수나 몰약장수들이 여기 있다면 당신을 돌로 쳐 죽이지 않을까 염려되는군요. 그러니까 당신은 피에 미치는 미약의 영향이나 살에 미치는 고약의 효과를 부인한단 말이군요. 인간이라는 영원한 병자를 위해 특별히 만들어진 세계라 불리는 저 영원한 꽃과 금속의 영원한 약학을 부인하신다는 말이오!"

"저는, 약학도 병자도 부인하는 게 아닙니다. 제가 인정하지 않는 것은 의사일 따름입니다."

클로드 신부가 태연스레 말했다.

"그렇다면 통풍이 내부 수포진에 기인한다는 것도, 포화로 인한 상처에는 구운 생쥐를 붙여 치료한다는 것도, 노쇠한 혈관에 젊은 피를 집어넣어 젊음을 되돌리는 것도 모두 거짓이란 말이군요. 둘에 둘을 더하면 넷이 된다는 것도, 앙프로스토토노스[142]가 오피스토토노스[143]에 뒤이어 나타나는 증상이라는 것도 전부 엉터리란 말인가요?"

쿠악티에는 몹시 흥분하여 말했다.

"어떤 것에 관해서는 제 나름의 생각이 있다는 말입니다."

신부는 조금도 흥분하지 않은 채 대답했다.

그러자 쿠악티에는 더욱 성이 나서 얼굴이 벌겋게 달아올랐다.

"허허…… 여봐요, 쿠악티에. 그렇게 화내지 말아요. 부주교님은 우리 친구가 아닙니까."

투랑조 교우가 말했다.

"이놈은 미친놈일 뿐이야!"

쿠악티에는 흥분을 가라앉히려는 듯 나직한 목소리로 중얼거렸다.

"나 참…… 클로드 선생님……."

투랑조 교우는 그렇게 불러놓고는 한참 동안 뜸을 들였다가 다시 천천히 입을 열었다.

"정말 난처하네요…… 저는 선생님께 두 가지 의논할 일이 있어서 찾아 왔습니다. 하나는 제 건강에 관한 것이고 다른 하나는 앞으로의 제 운명에 관해서입니다."

"그러시다면, 이렇게 늦은 시간에 힘들게 이곳까지 찾아오지 않으셔도 될 걸 그랬습니다. 전 의학을 믿지 않습니다. 물론 점성술도 마찬가지고요."

부주교가 대답했다.

"정말이오?"

투랑조 교우가 놀라며 말했다.

"그것 보세요. 제가 미친놈이라고 했잖습니까."

쿠악티에는 억지스런 웃음을 지으며 투랑조 교우에게 이렇게 말하고는 다시 아주 작은 소리로 속삭였다.

"점성술을 믿지 않는다니까요!"

필사에서 인쇄까지

샤르트르회 수도사들의 임무는
책을 가능한 한 여러 권 필사해내는 일이었다.
필사실의 사서는 필사할 원본을 결정했다.

거위 깃털펜

잉크병

빨 잉크병

13세기부터 책과 관련한 직종들이 여러 도시들에서
급속히 발전했다. 예컨대, 양피지 제조인, 필경사,
채색 삽화공, 제본공들의 수가 늘기 시작했다.

책은 비싸면서 구하기도 어려웠다.

파리에서는 1470년에 처음으로
책이 인쇄되어 나왔다.
루이 11세 치하, 장 엔랭과 기욤 피셰라는
두 명의 소르본 교수가 파리 최초의 인쇄소를
설립한 것이다.

구텐베르크(1397~1468)

이 독일의 인쇄업자는 인쇄기(1438년)와
양면인쇄가 가능한 잉크를 발명해냈다.
그 후, 활자 기술 개발에 매달려, 마침내 금속활자를
정리해 목판활자를 완전히 대체하기에 이르렀다.
1450년 그는 이 같은 기술 개발에 힘입어 최초로
성서를 금속활자로 찍어내는 데 성공했다.
이 신기술은 서구 세계에 급속도로 퍼져 나갔고,
향후 문명 역사에 일대 변혁의 기폭제가 되었다.

"별빛 하나하나가 한 인간의 머리와 결부되는 실이라고 상상하다니 말도 안 되는 소리요!"

클로드 신부가 말했다.

"그럼 선생은 무얼 믿으시오?"

투랑조 교우가 외치듯 물음을 던지자, 부주교는 잠시 생각하는 듯 머뭇거리다가는 쓸쓸한 미소를 지으며 대답했다.

"저는 하느님을 믿습니다."

그런데 그 미소는 마치 스스로의 대답을 부인하는 듯한 뉘앙스를 풍겼다.

"우리의 주님."

투랑조 교우가 성호를 그으며 덧붙였다.

그러자 쿠악티에는 "아멘"이라고 말했다.

교우가 다시 입을 열었다.

"존경하는 선생님, 그렇게 훌륭한 종교를 믿고 계시는 것을 보니 무척 기쁩니다. 그런데 이제는 어떤 학문도 믿지 않을 만큼 그렇게 대단하신 학자이십니까?"

교우가 다시 물었다.

"아니지요."

그러면서 부주교는 투랑조 교우의 팔을 붙잡았는데, 그 순간 흐릿하던 그의 눈동자 속에서 열정의 빛이 타올랐다. 부주교는 계속 말을 이었다.

"아닙니다! 저는 학문을 부인하는 것이 아닙니다. 저는 깊은 동굴 속 무수한 갈림길에서 오래도록 헤매 다닌 끝에 마침내 하나의 빛을 보았습니다. 그것은 아마도 참을성 있는 사람들과 슬기로운 사람들이 하느님을 뜻밖에 발견한 눈부신 중앙 실험실의 불빛일지도 모를 어떤 것이지요."

"그러니까 결국, 당신이 진실하고 가장 확실하다고 생각하는 게 무엇입니까?"

투랑조가 상대방의 말을 자르며 되물었다.

"연금술입니다."

부주교가 대답하자 쿠악티에가 반박하고 나섰다.

"얼씨구! 여봐요, 클로드 신부님. 연금술도 물론 그 나름의 존재 이유가 있기는 하지만, 의학과 점성술을 모독하는 이유는 뭡니까?"

"허무하기 때문입니다. 당신들의 그 학문은 결국은 허무일 뿐이오, 그 하늘의 학문이란 건 말이오!"

부주교는 위엄 있게 말했다.

"에피다우로스[144]와 칼데아[145]에서는 호사스러운 생활을 했는데도요?"

의사가 비웃으며 반박했다.

"그래요, 쿠악티에 박사님. 말씀 잘하셨습니다. 하지만 저는 왕의 주치의도 아니고, 폐하께서 성좌를 관찰하도록 다이달로스 정원을 내려주지도 않으셨습니다……."

"무조건 화부터 내지 마시고 얘길 들어보십시오."

"의학은 말하지 않겠습니다. 그건 너무나 어처구니없는 것이니 놔두고, 박사께서는 점성술에서 어떤 진리를 얻으셨습니까? 수직 부스트로페돈[146]의 효능이라든가 세피로트 수[147]의 참신성을 들어보십시오."

"당신은 『작은 열쇠』[148]라는 책의 감응력과 강신술사들이 거기서 끌어내는 힘을 부인하시는 겁니까?"

"틀렸습니다! 선생. 당신의 방법은 어느 것도 진실에 다다르지 못합니다. 하지만 연금술은 수많은 발견을 이루었어요. 다음과 같은 결과들에 대해서 선생께선 어떤 이의를 내세우시겠습니까? 천 년 동안 땅 아래 묻혀 있던 얼음 덩어리는 서서히 바위 수정으로 변화되고 있습니다. 또한 납은 모든 금속들의 조상입니다(금은 금속이 아니라 빛이니까요). 납은 각각 200년마다 그 성질이 변해갑니다. 처음에는 납의 상태였다가 적비소(赤砒素)가 되지요,

다시 적비소에서 주석으로, 주석에서 또다시 은으로 옮아가게 됩니다. 이런 것들이 사실이 아닙니까? 하지만 『작은 열쇠』를 믿거나 충만한 선이나 별을 믿는다는 것은 옛 중국 사람들과 더불어, 꾀꼬리가 두더지로 변하고 밀알이 잉어가 된다고 믿는 것과 마찬가지로 어리석은 일이에요!"

"연금술 공부는 나도 했소!"

쿠악티에가 외쳤다.

"단언컨대……."

쿠악티에가 말을 이으려 했지만 부주교는 그가 말을 마치게 두지 않았다.

"나 역시 연금술뿐 아니라 의학과 점성술도 공부했습니다. 하지만 진리는 오직 여기에 있을 뿐이오. (그러면서 그는 앞서 말한 가루로 가득 찬 유리병 하나를 집어 들었다.) 오직 이 안에만 빛이 있단 말이오. 히포크라테스? 그건 꿈입니다. 우라니아[149]요? 그것도 꿈이에요. 헤르메스 그것은 사상입니다. 금, 그건 태양이고 금을 만든다는 것은 바로 신이 된다는 뜻입니다! 그것만이 유일한 학문이에요. 나도 의학과 점성술을 파고든 적이 있었습니다. 하지만 그건 허무요! 허무, 허무! 인체는 암흑이며 천체도 암흑일 따름입니다!"

그러면서 그는 매우 강력하고 영감을 받은 듯한 태도로 안락의자에 털썩 주저앉아버렸다. 투랑조 교우는 말없이 그를 지켜보았으나 쿠악티에는 그를 비웃으려 애쓰며 과장되게 어깨를 들썩이면서 작은 소리로 중얼거렸다.

"미친놈."

"그래서요?"

갑자기 투랑조가 물었다.

"그래서, 그 신묘한 목표를 이루었습니까? 금을 만들었나요?"

"만약에 벌써 제가 금을 만들었다면."

부주교는 말을 꺼낸 뒤, 무언가 깊이 생각에 잠긴 사람처럼 한마디씩 천천히 말을 이었다.

"프랑스의, 왕은, 루이가 아니라…… 클로드가 됐겠지요."

부주교의 대답에 교우는 눈살을 찌푸렸다.

"이런, 지금 무슨 소릴 하는 거지?"

클로드 신부는 스스로 경멸하는 듯한 미소를 지으며 말을 이었다.

"제가 동방 제국을 다시 세울 수만 있다면 프랑스 왕위 따위가 대수겠습니까?"

"옳거니!"

교우가 말했다.

"오호, 저런 불쌍한 미친놈 같으니라고!"

쿠악티에가 중얼거렸다.

부주교는 말을 계속했으나 이제는 자신의 생각에 대해서만 대답을 하고 있는 것 같았다.

"하지만 그렇지 못한 게 사실입니다. 나는 아직도 어두운 지하동굴 속을 헤매 다니고 있어요. 어둠 속에서 여기저기 돌부리에 얼굴과 무릎이 까지고 있어요. 나는 겨우 희미하게만 앞을 볼 수 있을 뿐이며 아무것도 자세히 들여다볼 수는 없어요. 그저 더듬더듬 겨우 읽을 수 있을 뿐이에요!"

"그래서 당신이 제대로 읽을 수 있게 되면 금을 만들어낼 수 있다는 거요?"

교우가 물었다.

"틀림없이요! 의심의 여지가 없지요!"

부주교가 말했다.

"그렇다면, 성모님께서도 내가 몹시 궁하다는 걸 잘 알고 계시니 나도 당신의 그 책 읽는 법을 좀 배우게 해주시겠습니까? 그런데 신부님, 당신이 말한 그 학문이 성모님의 적이라거나 혹은 그분의 뜻에 거슬리는 것은 아닌지 알려주십시오."

교우가 묻자 클로드 신부는 차분하고 의젓하게 그저 이렇게 대답했다.

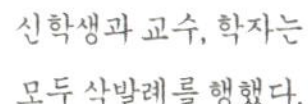
신학생과 교수, 학자는
모두 삭발례를 행했다.

처음에는 성직자들에 의해 교육이 이루어졌으며 개개의 학습은
라틴어로 행해졌다(지금의 카르티에라탱, 즉 라틴구란 이름은 거기서 유례).
강독과 필기로 이루어진 수업 방식은 그 시절에 기틀이 잡혔다.

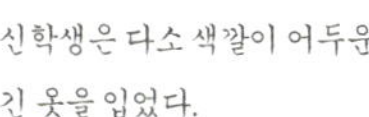
신학생은 다소 색깔이 어두운
긴 옷을 입었다.

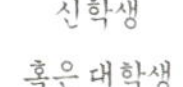
신학생
혹은 대학생

로베르 드 소르봉(생 루이, 즉 루이 9세의 고해신부)은
1257년 열여섯 명의 학생에게 신학을 가르치기 위해
학교를 세웠는데, 이것이 바로 소르본 대학의 효시다.
학생들은 그곳에서 숙식 모두를 해결하면서 학문에
몰두했다.

수업은 종종 야외에서
이루어지기도 했다.

열네 살에서 스무 살까지 일반 교육 과정(7과)을 이수한다. 문법과 수사학, 논리학 등
3학과 대수, 기하, 음악, 천문 등 4학이 그것이다. 2년을 공부하면 대학 입학 자격을 취득한다.
스무 살에서 스물다섯 살까지 의학이나 법학을 공부하고, 스무 살에서 서른다섯 살까지
신학을 공부한 뒤에 박사 학위를 취득하며, 그때부터 문학사라는 칭호가 붙는다.

두 신학생

소위 방랑 학생들(Goliards)이란 주로
주막 같은 데서 소란을 피우는 대학생들이었다.
그들은 수도원과 술집을 전전하면서 말썽을
피우곤 했는데, 그로 인한 소동이 빈번해지자
사람들로부터 혐오의 대상이 되고 말았다.

교육의 주안점들 중 하나는 토론의 능력을
키우는 것이었다(즉, 선생이 던져준 주제를
놓고 서로 토론과 논쟁을 벌이는 것이다).

"제가 누구의 부주교입니까?"

"아, 그렇군요! 신부님, 그럼 제게 그 비결을 가르쳐주시겠습니까? 당신과 함께 더듬더듬 읽게 해주세요."

클로드는 사무엘 같은 위엄 있고 고위 성직자다운 태도를 취했다.

"여보세요, 신비로운 사물들을 통한 이 여행을 시도하려면 당신에게 앞으로 남아 있는 시간보다 몇 배는 더 긴 시간을 들여야 합니다. 하지만 당신은 벌써 머리가 거의 허옇게 세어버렸지 않습니까? 얼마나 걸릴지 모르는 시간 동안 어두운 동굴 속을 헤매다 밖으로 나올 때는 흰머리가 될 수밖에 없겠지만, 처음 들어설 때는 적어도 검은 머리라야만 합니다. 학문은 혼자서 인간의 얼굴을 주름지게 만들고 시들게 하고 마르게 할 줄 아니, 늙음이 인간에게 쭈그러진 얼굴을 가져다줄 필요가 없지요. 하지만 만약 당신이 그 나이에도 불구하고 훈련받기를 원하여 현인들의 그 무서운 알파벳을 판독하고 싶다면, 제게 오십시오, 좋습니다, 함께 보십시다. 가련한 노인이여, 나는 당신에게 저 옛날의 헤로도토스가 말하는 피라미드의 무덤의 방들을 찾아가시라고도, 바빌로니아의 벽돌 탑을 찾아가시라고도, 에클링가의 인도 사원의 거대한 흰 대리석 성전을 찾아가시라고도 말하지 않겠습니다. 나도 당신과 마찬가지로 시크라의 거룩한 형태를 따라서 건축된 칼데아의 벽돌 공사물도, 이미 파괴된 솔로몬의 신전도, 이스라엘 왕릉의 허물어진 돌문도 본 일이 없소이다. 우리는 우리가 여기 가지고 있는 헤르메스 책의 몇몇 단편들로 만족할 거요. 나는 당신에게 성 크리스토프의 조상과, '씨 뿌리는 사람'의 상징과, 생트 샤펠의 정면 현관에 있는 두 천사, 그중 하나는 손을 단지 속에 넣고 있고 또 하나는 구름 속에 넣고 있는 천사의 상징을 당신에게 설명해드리리다……."

그때, 부주교의 과격한 대구에 당황했던 자크 쿠악티에는 다시 정신을 차리고, 다른 학자를 벌떡 일어서게 하는 학자의 의기양양한 어조로 상대방의 말을 가로막았다.

"당신이 잘못 알았소이다. 친구 클로드여! 상징은 숫자가 아니오. 당신은 오르페우스[150]를 헤르메스로 잘못 알고 있는 거요."

"잘못 알고 있는 건 내가 아니라 당신이오."

부주교는 정색을 하고 대꾸했다.

"다이달로스는 토대요, 오르페우스는 벽이요, 헤르메스는 건물이오. 그것은 전체요. 원한다면 언제든지 오시오."

그는 다시 투랑조를 돌아보며 말을 계속했다.

"니콜라 플라멜의 도가니 바닥에 남아 있는 금 조각을 보여드릴 테니 기욤 드 파리스의 금과 비교해보십시오. 그리고 당신에게 그리스어 '페리스테라'라는 단어의 은밀한 효능을 가르쳐드리겠습니다. 그러나 무엇보다도 먼저 알파벳의 대리석 글자를, 책의 화강암 면을 하나씩 하나씩 읽을 수 있게 해드리겠습니다. 우리는 기욤 주교의 정면 현관과 생 장 르 롱에서 생트 샤펠로, 그다음에는 마리보 거리에 있는 니콜라 플라멜의 집으로, 생 지노상에 있는 그의 무덤으로, 몽모랑시 거리에 있는 그의 두 병원으로 갈 것입니다. 생 제르베 병원의 현관문과 페로느리 거리의 커다란 네 개의 받침쇠를 덮고 있는 상형문자를 읽게 해드리지요. 그리고 또 생 콤과 생트 주느비에브 데 자르당, 생 마르탱, 생 자크 드 라 부슈리 성당들의 정면을 함께 읽어볼 것이고……."

아무리 총명하더라도 벌써 오래전부터 투랑조는 더 이상 클로드 신부의 말을 알아듣지 못하는 것 같았다. 그는 클로드 신부의 말을 가로막았다.

"이거야 원! 대체 당신의 책들이란 게 뭐요?"

"이것이 그중 한 권입니다."

부주교는 대답했다.

그러고는 창을 열면서 거대한 노트르담 성당을 가리켰다. 성당은 이미 별이 총총한 밤하늘에 두 개의 탑과 돌로 된 측면과 괴물 같은 궁둥이의 검은 그림자를 높이 올리고 있어서 언뜻 보기에, 시내 한복판에 주저앉아 있는 머리가 둘 달린 거대한 스핑크스 같았다.

부주교는 한동안 말없이 그 거대한 건물을 바라보다가, 한숨을 지으며 자기 책상 위에 펼쳐놓은 인쇄된 책으로 오른손을 뻗치고, 왼손은 노트르담을 가리키며 선 채 서글픈 눈길을 책에서 성당 쪽으로 옮기면서 읊조리듯 말했다.

"오오 슬프도다! 이것이 저것을 죽이리라……."

그가 가리키는 책 쪽으로 재빨리 다가간 쿠악티에는 자신도 모르게 외쳤다.

"이 책 속에 뭐가 그렇게 엄청난 것이 들었단 말이오? 『성 바울로의 서간 주해』, 뉘른베르크, 안토니우스 코부르거 출판사, 1474? 이게 뭐 어쨌단 말이오? 금언의 대가인 피에르 롱바르의 책이 아니오. 이게 인쇄됐기 때문에 그러는 겁니까?"

"맞아요, 그렇습니다."

이렇게 대답하는 클로드의 모습은 깊은 생각에 빠져 있는 듯했는데, 집게 손가락을 구부려 이름 있는 뉘른베르크 출판사에서 나온 2절판 책 위를 짚은 채였다. 잠시 후 그는 다음과 같은 신비로운 말을 했다.

"오오 슬프다! 오호 슬프도다! 작은 것들이 큰 것들 끝에 온다. 하나의 이〔齒〕가 하나의 덩어리를 물리친다. 나일 강의 쥐가 악어를 죽인다. 황새치가 고래를 죽인다. 책이 건물을 죽이리라!"

수도원의 소등 신호가 울리자 자크 박사는 투랑조 교우에게 아주 작은 소리로 되뇌었다.

"이놈은 미친놈입니다."

그러자 이번에는 투랑조 교우도 "그런 것 같구려" 하고 대답했다.

이제는 더 이상 어떤 외부 사람도 수도원에 머물 수 없는 시간이었으므로 두 사람은 곧 그곳을 떠났다. 돌아가기 전 투랑조 교우는 부주교와 작별 인사를 나누었다.

"신부님, 저는 학자들과 위대한 정신의 소유자들을 사랑하며, 당신을 매우 존경하고 있습니다. 내일 투르넬 궁으로 오셔서 생 마르탱 드 투르의 사제를 찾아주시면 고맙겠습니다."

그제야 부주교는 투랑조 교우라는 인물의 실체를 깨달으며 생 마르탱 드 투르의 기록집의 '생 마르탱의 사제, 즉 프랑스 국왕은 성당 참사원의 습관을 따르고, 성 베난티우스가 갖는 조그만 성직록을 가지며, 재무관 자리에 앉아야 한다'라는 문장을 회상하며 어리둥절한 기분으로 자기 방으로 돌아갔다.

그 후로 클로드 부주교는 루이 11세가 파리에 올 때마다 자주 회견을 하였고, 그의 신임은 올리비에 르 댕과 왕의 주치의인 자크 쿠악티에를 능가했다고 사람들은 단언했다.

chapter 2

이것이 저것을 죽이리라

'이것이 저것을 죽이리라. 책이 건물을 죽이리라'라는 부주교의 수수께끼 같은 말에 숨겨진 사상이 무엇인지 밝혀내기 위해 잠시 걸음을 멈추는 것을 여러분은 이해해주리라 믿는다.

내 생각에 그 숨겨진 사상에는 두 가지 가능성이 있다. 먼저 그것은 신부로서의 사상이다. 그것은 새로운 요인, 즉 인쇄물에 대하여 성직자가 느낀 공포감이다. 말하자면, 성직자로서 구텐베르크의 환상적인 인쇄기에 대한 두려움과 경탄을 뜻한다. 그것은 인쇄된 말에 놀라는 강단과 수사본이요,

구두의 말과 필기의 말이었다. 천사 레지옹이 참새 6백만 마리가 날개를 펴는 것을 보고 당황하는 것과 비슷한 그 무엇이었다. 그것은 해방된 인류가 웅성거리는 소리를 벌써 듣고, 미래에 지성이 신앙을 서서히 무너뜨리고, 여론이 믿음의 자리를 빼앗고, 세계가 로마를 뒤흔드는 것을 보는 예언자의 외침이었다. 인쇄기에 의해 발산된 인류의 사상이 신정의 그릇에서 증발하는 것을 보는 철학자의 예언. 청동과 파성추를 살펴보고 '탑이 무너지리라'고 말하는 군인의 공포. 그것은 하나의 힘이 바야흐로 다른 힘을 이어받으리라는 것을 의미했다. 그것은 '인쇄기가 성당을 죽이리라'는 것을 뜻했다.

그러나 이러한 사상 아래, 아마 그것이 기본적이고 가장 단순한 사상이겠지만, 내 생각으로는 또 하나의 다른 사상이 있었으니, 그것은 더 새로운 사상이요, 알아보기는 더 어렵고 이의를 제기하기는 더 쉬운, 첫 번째 사상의 필연적인 귀결이요, 단지 성직자만이 아니라 또한 학자와 예술가의 철학적인 견해였다. 그것은 인류의 사상이 형식을 바꾸면서 이제 바야흐로 그 표현 방법을 바꾸게 될 것이고, 각 세대의 주요 관념은 이제 같은 재료와 같은 방식으로는 쓰이지 않을 것이고, 그렇게도 견고하고 영속적인 돌의 책은 바야흐로 한결 더 견고하고 더 영속적인 종이의 책에 자리를 내놓게 되리라는 예감이었다. 이러한 관계에서 볼 때, 부주교의 막연한 표현은 두 번째의 뜻을 가지고 있었으니, 그것은 하나의 기술이 바야흐로 다른 기술의 자리를 빼앗게 되리라는 것을 의미하는 것이었다. '인쇄술이 건축술을 죽이리라'는 뜻이었던 것이다.

사실 유사 이래 서력기원 15세기에 이르기까지(15세기를 포함하여), 건축술은 인류의 위대한 책이요, 힘에서나 지성에서나 그 여러 측면에서 인간의 중요한 표현이었다.

인간들이 처음 기억력의 과중함을 느끼고, 인류의 기억의 짐이 너무 무거워지고 혼잡해져서 고정되지 않은 벌거숭이의 말이 도중에 그 기억을 잃을 염려가 있었을 때, 사람들은 그것이 가장 뚜렷이 보이도록, 영속적이면서도 자연스러운 방법으로 땅 위에 옮겨 써놓았다.

최초의 건축물은 모세의 말처럼, '쇠가 닿지 않은' 바위덩어리에 불과했다. 건축술은 모든 글씨 쓰기와 마찬가지로 시작되었다. 그것은 맨 먼저 알파벳이었다. 사람들은 하나의 돌을 세웠으니, 그것은 하나의 문자였고, 각각의 문자는 상형문자였으며, 각각의 상형문자 위에, 마치 원기둥 위의 기둥머리처럼 한 무리의 관념들이 놓였던 것이다. 최초의 인종들은 전 세계의 지표 도처에서, 같은 시기에 그렇게 했다. 아시아의 시베리아 지방에서, 미국의 대초원에서 켈트족의 '선돌'이 지금도 발견된다.

나중에 가서 사람들은 낱말들을 만들었다. 사람들은 돌에 돌을 겹쳐놓았고, 저 화강암의 음절들을 연결했고, 말은 약간의 결합을 시도했다. 켈트족의 돌멘과 크롬렉, 에트루리아의 투물루스, 히브리의 갈갈은 낱말이다. 어떤 것들은, 특히 투물루스는 고유명사다. 심지어 어떤 때, 많은 돌과 널따란 모래사장이 있을 때는 문장을 썼다. 카르나크의 거대한 돌무더기는 이미 하나의 완전한 표현이다.

마침내 사람들은 책을 만들었다. 전승은 상징을 낳고, 상징 아래 전승은 마치 잎사귀 아래 나무줄기처럼 사라져갔으며, 인류가 믿었던 그 모든 상징들은 더욱더 커져가고 불어가고 엇갈려가고 얽혀가서, 초기의 건축물들은 더 이상 그것들을 담기에 충분하지 못하게 되고, 도처에서 그것들로 넘쳐흘렀으니, 그 건축물들은 여전히 그것들과 마찬가지로 단순하고 땅 위에 벌거숭이로 누워 있는 원시적 전승을 간신히 표현하고 있었을 뿐이다. 상징은 건물 속에서 활짝 피어날 필요가 있었다. 그때 건축술은 인간의 사상과 더불어 발달하고, 수천의 머리와 팔을 가진 거인이 되고, 영원하고 눈에 보이고 손으로 만져볼 수 있는 형태 아래 그 모든 유동적인 상징체계를 정착시켜놓았다. 힘의 상징인 다이달로스가 재고, 지성의 상징인 오르페우스가 노래하고 있는 동안에, 하나의 글자인 기둥과 하나의 음절인 홍예와 하나의 낱말인 각뿔은 기하학과 시의 법칙에 의해 동시에 움직여서, 서로 한데 어울리고, 합쳐지고, 섞이고, 내려가고, 올라가고, 땅 위에 나란히 놓이고, 공중에 층층이 겹쳐져서, 마침내 한 시대 통념의 구술 아래 놀라운 건물이기도 한 에클링가의 파고다, 이집트의 람세이온, 솔로몬의 신전과 같은 경탄할 만한 책들을 썼다.

근본 관념인 말은 이 모든 건축물들의 내용뿐만 아니라 그 형식에도 있었다. 예를 들어, 솔로몬의 신전은 단순히 성서의 제본에 불과한 것이 아니라 성서 그 자체였다. 그 동심원적 내부 하나하나에서 신부들은 표현되어 눈에 나타나 있는 말을 읽을 수 있었으니, 그렇게 그들은 성소에서 성소로 그 변화를 따라가다가 마침내는 마지막 감실 안에서 역시 건축술에 속하는 노아의 방주라는 가장 구체적인 형식 아래에서 그 말을 포착했던 것이다. 이렇게 말은 건물 속에 갇혀 있었으나, 그 영상은 마치 미라의 관 위에 있는 사람의 얼굴처럼 건물의 외관에 있었던 것이다.

그리고 단지 건물의 형식뿐만 아니라 건물이 자신을 위해 선택하는 위치도 그것이 구현하는 사상을 나타내고 있었다. 표현할 상징이 우아한 것이냐 음침한 것이냐에 따라, 그리스는 보기에 조화로운 신전을 산 위에 세웠고, 인도는 산 중턱을 째어 엄청나게 늘어서 있는 화강암의 코끼리들에 업힌 기형적인 지하의 파고다들을 새겨놓았다.

그리하여 힌두스탄의 태곳적 파고다로부터 쾰른의 대성당에 이르기까지, 건축술은 인류의 위대한 문자였다. 그리고 그것은 어디까지나 진실이어서, 비단 모든 종교적 상징뿐만 아니라 인류의 모든 사상 역시 이 거대한 책 속에 자기의 페이지와 기념비를 가지고 있는 것이다.

모든 문명은 신정으로 시작되고 민주주의로 끝난다. 통일성에 뒤이어 오는 이 자유의 법칙은 건축술에 쓰여 있다. 왜냐하면, 이 점은 강조해두거니와,

벽돌 공사가 신전을 건축하고 신화와 성직의 상징체계를 표현하고 옮겨 쓰는 데에만 효력이 있다고 생각해서는 안 되기 때문이다. 만약 그렇다면 모든 인류 사회가 겪기 마련인, 신성한 상징이 자유사상 아래 닳아 없어지고 인간이 성직자를 피하고 철학과 제도들의 부속물이 종교의 얼굴을 갉아먹는 시기가 왔을 때, 건축술이 인간 정신의 이 새로운 상태를 재현할 수 없을 것이고, 그 책장들은 표면은 가득 차 있되 이면은 텅 비어 있을 것이며, 작품은 온전하지 못할 것이고 책은 불완전할 것이다. 그러나 사실은 그렇지가 않다.

중세를 예로 들어보자. 중세는 우리에게 가까우므로 더 분명하게 보인다. 그 초기에 신정이 유럽을 조직하고, 바티칸이 카피톨리니의 주위에 무너져 누워 있는 로마를 가지고 만든 하나의 로마 요소들을 제 주위에 모아서 재정리하는 동안에, 기독교는 선대문화의 잔해 속에서 사회의 모든 계층들을 찾아 그 폐허들을 가지고, 성권(聖權)이 핵심을 이루는 새로운 계급 세계를 재건했다. 그동안에 그리스·로마의 죽은 건축술의 부스러기들이, 이집트와 인도의 신정적 벽돌 공사의 형제요 순수한 천주교의 변함없는 상징이요, 교황적 통일성의 확고한 상형문자인 저 신비로운 로마식 건축술이 처음에는 그 혼돈 속에서 솟아나는 것을 사람들이 들었고, 다음에는 기독교의 숨결 아래에서, 야만인들의 손아래서 조금씩 솟아오르는 것을 보았다. 사실 당시의 모든 사상은 이 음침한 로마 양식 속에 쓰여 있다. 사람들은 거기 도처에서 권위를, 통일성을, 침투할 수 없는 것을, 절대적인 것을, 그레고리우스 7세를 느낀다. 도처에서 성직자를 느끼되 결코 인간을 느끼지 않으며, 도처에서 특권 계급을 느끼되 결코 민중을 느끼지 않는다. 그러나 십자군이 도착한다. 그것은 커다란 민중운동인데, 어떠한 커다란 민중운동도 그 원인과 목적이 뭐든지 간에 마지막 앙금에서는 으레 자유정신을 발산시키게 마련이다. 새로운 것들이 바야흐로 나타난다. 이제 농민 폭동과 귀족 반란과 동맹이 휘몰아치는 격동의 시대가 열린다. 권위는 흔들리고 통일성은 갈라진다. 봉건제는 서민이 나타나기까지는 신정제와 더불어 나누어 갖기를 요구하지만, 뒤이어 필연적으로 서민이 와서, 언제나 그러하듯이, 제일 큰 몫을 차지하게 된다. 결국 영주권이 성직권 아래 대두하고, 서민이 영주권 아래 대두되는 셈이다. 이제 유럽의 모습이 바뀐다. 그러자 건축술의 모습 또한 바뀐다. 문명과 마찬가지로 건축술은 책장을 넘겼고, 시대의 새 정신은 그 책장이 그의 구술을 받아 적을 준비가 되어 있음을 발견한다. 건축술은 십자군으로부터 첨두홍예를 가지고 돌아왔다. 마치 국민들이 자유를 가지고 돌아왔듯이. 그러자 로마가 시나브로 붕괴되어가는 동안에 로마식 건축술은 죽는다. 상형문자는 대성당을 버리고 나가서 봉건제에 위세를 만들어주기 위해 아성의 주루에 가문을 그려 넣는다. 옛날에는 그렇게도 독단적인 건물이었던 대성당 자체도 이후로는 시민과 서민과 자유에 침범되어, 성직자에게서 빠져나가 예술가의 세력 아래 떨어진다. 예술가는 그것을 제멋대로 세운다. 신비여, 신화여, 율법이여, 안녕. 여기엔 환상과 변덕이 있다. 성직자가 제 교회당과 제단을 가지고 있기만 하면 그는 아무 할 말이 없다. 사면의 벽은 예술가의 것이다. 건축술의 책은 이제 성권에, 종교에, 로마에 속하지 않는다. 그것은 상상력의, 시의, 민중의 것이다. 3세기의 역사밖에는 없는 이 건축술의 급속하고 무수한 변화는 거기에서 기인하는 것이며, 6~7세기의 역사를 가진 로마식 건축술의 정체된 부동성 뒤에 온, 그토록 괄목할 만한 변화도 거기에서 기인하는 것이다. 그러나 예술은 거인의 걸음을 걷는다. 민중의 재능과 독창력은 주교들이 했던 일을 한다. 각 민족은 지나가면서 그들의 글을 책 위에 쓰고, 대성당들의 앞면에 있던 로마의 낡은 상형문자들을 지워버려, 그들이 거기에 놓고 간 새로운 상징 아래로 교의(敎義)가 아직 조금씩 여기저기에서 내다보이는 것이 고작이다. 민중의 주름 장식은 종교적 해골을 겨우 짐작케 할 따름이다. 당시 건축가들이 심지어 성당에 대해서까지 취한 방종한 태도가 어떠한 것이었는지는 알기 어려울 것이다. 그것은 파리 재판소의 벽난로실에서 볼 수 있는 것과 같은, 수사와 수녀들을 수치스럽게 짝 지어 얽어놓은 기둥머리 장식이다. 그것은 부르주 성당의 대현관문 아래에서 볼 수 있는 것과 같은, '노골적으로' 새겨놓은 노아의 정사다. 그것은 술잔을 손에 들고 온 수도원 사람들을 대놓고 비웃고 있는, 당나귀의 귀를 가진 주정뱅이 수도사다. 이 시대에 돌로 쓰인 사상에는 우리 현대의 출판 자유에 전적으로 비교할 만한 특권이 존재한다.

이 자유는 극단까지 간다. 때로는 하나의 현관, 하나의 정면, 심지어 하나의 성당 전체가 예배와는 전혀 관계가 없거나, 심지어는 기독교 교회에 적대적인 상징적 의미를 나타내는 수도 있다. 일찍이 13세기부터 기욤 드 파리스와 15세기에 와서는 니콜라 플라멜이 그 불온한 페이지들을 썼다. 생 자크 드 라 부슈리는 완전히 적대적인 성당이었다.

당시 사상은 그런 식으로밖에는 자유롭지 못했으므로, 이른바 건물이라는 책들에서밖에 완전히 쓰이지 못했다. 이 건물이라는 형식이 없었고, 만약 그러한 위험을 무릅쓸 만큼 신중하지 못했다면 사상은 수사본이라는 형식 아래 망나니의 손에 의해 광장에서 화형을 당했으리라. 성당 정면 현관에 쓰인 사상은 책에 쓰여 있던 사상이 겪는 형벌을 겪었으리라. 그러므로 사상을 나타내기 위해서는 이 벽돌 공사라는 길밖에는 없었으므로, 도처에서 이 공사에 뛰어들었던 것이다. 유럽을 뒤덮은 저 막대한 수량의 대성당들, 그 수효가 하도 어마어마해서, 심지어 그것을 확인하고 나서도 좀처럼 믿기 어려울 정도로 수많은 대성당들이 생겨난 것은 그러한 까닭이다. 사회의 모든 물질적인 힘과 지적인 힘이 똑같은 점에, 즉 건축에 집중되었다. 그런 식으로 하느님에게 성당을 지어준다는 핑계 아래 예술은 굉장한 규모로 발전해갔다.

당시 시인으로 태어난 사람은 누구나 건축가가 되었다. 대중 속에 흩어져 있던 천재는 마치 청동 방패의 테스투도[151] 아래에서처럼, 봉건제 아래에서 사방으로 압박을 받아, 건축술 쪽으로밖에는 출구를 보지 못하여 이 예술로 빠져나갔고, 그의 일리아스는 대성당이라는 형태를 취했다. 다른 모든 예술들은 건축술 아래 복종하고 규율에 따랐다. 그것은 일대 종합 작품의 일꾼들이었다. 건축가, 시인, 명인은 자기 한 몸에, 그 작품의 정면을 새김질하는 조각과, 스테인드글라스 창에 채색하는 회화와, 종을 흔들고 오르간에 바람을 불어넣는 음악을 모두 합쳐 갖고 있었다. 끝끝내 수사본 속에서 그럭저럭 살아가려고 했던 저 가련한, 엄밀한 의미에서의 시에 이르기까지도, 그 어떤 가치 있는 것이 되기 위해, 성가나 '산문'이라는 형식 아래 건물 속에 와서 끼이지 않을 수 없었다. 요컨대 그것은 그리스의 종교 축제에서 아이스킬로스의 비극이나 솔로몬의 신전에서 창세기가 했던 것과 같은 역할을 한 셈이다.

이렇게 구텐베르크에 이르기까지, 건축술은 주요하고 보편적인 문자였다. 동양에서 시작되고 그리스·로마의 고대에 의해 계속된 이 화강암 책은, 중세가 그 마지막 페이지를 썼다. 게다가 우리가 앞서 중세에서 관찰한 특권 계급의 건축술의 뒤를 이은 이 민중의 건축술이라는 현상은, 인류의 지성, 즉 역사상 다른 위대한 시대들과 유사한 모든 운동과 함께 재현된다. 여기서 모두 설명하자면 여러 권의 책이 필요할지도 모를 하나의 법칙을 간추려서 서술해본다면, 원시시대의 요람인 저 고대의 동양에는 인도의 건축술 다음에 아라비아 건축술의 풍만한 어머니인 페니키아의 건축술이 왔고, 고대에는 이집트 건축술(에트루리아 양식과 키클로페스의 건축물들은 이집트 건축술의 변종에 불과하다) 다음에 그리스식 건축술이 왔고(로마식은 그리스식의 연장에 불과하되 카르타고식 둥근 지붕을 이고 있는 점만이 다르다), 근대에서는 로마네스크 건축술 다음에 고딕 건축술이 왔다. 그리고 이 세 계열을 둘로 나누면, 세 언니뻘로는 인도의 건축술, 이집트의 건축술, 로마네스크 건축술인데 모두가 같은 상징으로, 그것은 곧 신정, 특권 계급, 통일성, 교리, 신화, 하느님이요, 세 동생뻘로는 페니키아 건축술, 그리스 건축술, 고딕 건축술인데, 이들의 성질과 고유한 형태의 다양성이 어떠하든 간에 거기에도 역시 같은 의미가 있으니, 그것은 곧 자유, 민중, 인간이다.

브라만이라고 불리든, 마주[152]라고 불리든, 또는 교황이라고 불리든 간에, 인도나 이집트 또는 로마네스크의 벽돌 공사에서 사람들은 언제나 성직자를, 성직자만을 느낀다. 그러나 민중의 건축술들에서는 그렇지가 않다. 그것들은 한결 풍부하지만 덜 성스럽다. 사람들은 페니키아 건축술에서는 상인을 느끼고, 그리스의 건축술에서는 공화주의자를 느끼고, 고딕 건축술에서는 시민을 느낀다.

모든 신정적 건축술의 일반적 성격은 불변성, 진보에 대한 혐오, 전통적인 선(線)들의 보존, 원시적 유형들의 용인, 상징의 불가해한 변화들을 가진 인간과 자연의 모든 형태들이 지닌 변함없는 주름이다. 그것은 비전(秘傳)을 전수한 사람들만이 판독할 수 있는 난해한 책이다. 게다가 모든 형태와 기형마저도 신성한 것으로 만들어주는 하나의 뜻을 가지고 있다. 인도와 이집트와 로마네스크의 벽돌 공사들에 설계 개량이나 조상술 개선을 요구하지 말라. 일체의 개선이 그것들에게는 신성모독이 된다. 이 건축술들에서는 교리의 엄격함이 마치 제2의 석화처럼 돌 위에 퍼져 있는 것 같다. 반대로 민중의 벽돌 공사의 일반적 성격은 다양성, 진보, 독창성, 항구적인 움직임이다. 이 건축술은 이미 충분히 종교를 떠나 있으므로 자체의 아름다움을 생각하고 보살피고 끊임없이 그 조상이나 아라베스크 장식을 교정할 수 있다. 그것은 시대에 발맞추어 나간다. 그것은 아직도 신의 상징 아래 나타나면서도 어떤 인간적인 것을 가지고 있어 그것을 끊임없이 신의 상징에 섞는다. 그런 까닭에 이 건물들은 모든 영혼이, 모든 지성이, 모든 상상력이 꿰뚫어 볼 수 있으며, 아직은 상징적이면서도 자연처럼 이해하기 쉬운 것이다. 신정적 건축술과 민중적 건축술 사이에는, 신성한 말과 통속어, 상형문자와 예술, 솔로몬과 페이디아스[153]의 차이가 있다.

　세부적인 수많은 증거들과 이론들은 무시하고, 내가 지금까지 지적한 것을 매우 간략히 요약한다면 다음과 같은 결론에 귀착된다. 즉, 건축술은 15세기까지는 인류의 주요 장부였다는 것, 그동안 이 세상에 조금 복잡한 사상치고 건물이 되지 않은 것은 나타나지 않았다는 것, 모든 종교의 율법처럼 모든 민중의 사상은 그것의 건축물을 가졌다는 것, 그리고 끝으로 인류는 어떠한 중요한 생각도 반드시 돌로 썼다는 것. 그런데 왜였을까? 그것은 종교적이든 철학적이든 간에 모든 사상은 영속하기를 바라기 때문이고, 한 세대를 움직인 관념은 또 다른 세대들을 움직이고 흔적을 남기기를 원하기 때문

중세의 거리 모습

이다. 그런데 수사본의 불멸성은 얼마나 덧없는 것인가! 건물은 그와는 달리 얼마나 견고하고 영속적이고 내구력 있는 책인가! 쓰인 말을 부수기 위해서는 하나의 횃불과 한 마리의 애벌레면 충분하다. 세워진 말을 허물기 위해서는 사회적 변동이, 지상의 변동이 필요하다. 야만인들이 콜로세움 위를 지나갔고, 피라미드 위에는 아마도 홍수가 지나갔을 것이다.

15세기에는 모든 것이 변한다.

인간의 사상은 건축술보다도 더 견고하고 내구력 있을 뿐만 아니라 더 단순하고 용이한, 영속하는 방법을 발견한다. 건축물은 실각한다. 오르페우스

의 돌 글자에 이어 구텐베르크의 납 글자가 오게 된다.

책이 건물을 죽이려 한다.

인쇄술의 발명은 역사상 가장 큰 사건이다. 그것은 근본 혁명이다. 인류의 표현 양식이 전적으로 새로워지고, 인간의 사상이 하나의 형태를 버리고 다른 형태를 취하는 것이며, 아담 이래 지성을 구현하는 저 상징적인 뱀이 완전히 결정적으로 허물을 벗은 것이다.

인쇄술이라는 형태 아래 사상은 어느 때보다도 더 불멸의 것이 되었다. 그것은 날아다니고, 붙잡을 수 없고, 파괴할 수 없다. 그것은 공기에 섞여 든다. 건축술의 시대에는 사상이 산이 되어 강력하게 한 세기와 한 장소를 점령하고 있었다. 이제 사상은 한 떼의 새가 되어 사방으로 흩어지고, 동시에 공중과 공간의 모든 점들을 차지한다.

다시 한 번 되풀이하거니와, 그렇게 사상이 더 이상 소멸되지 않는다는 것을 누가 모르겠는가? 사상은 견고했던 것에서 강인한 것, 지속성 있는 것에서 불멸의 것이 되었다. 하나의 덩어리는 파괴할 수 있지만, 편재하는 것은 어떻게 근절할 수 있겠는가? 홍수가 오고, 산이 오래전에 물결 아래로 사라져버렸다 하더라도 여전히 날 것이고, 대홍수의 표면에 단 한 척의 방주라도 떠 있다면 거기에 앉고, 배와 함께 살아남아 감수(減水)를 볼 것이다. 그 혼돈에서 솟아나올 새로운 세계는 눈을 뜨면서, 삼켜져버린 세계의 사상이 자기 위에 살아서 날개를 펴고 둥둥 떠돌아다니는 것을 보리라.

그리고 이 표현 양식이 비단 가장 보존적일 뿐만 아니라, 가장 간단하고 편리하며 모든 사람들에게 가장 실용적인 것을 볼 때, 커다란 짐을 지고 다니고 무거운 장비를 끌고 다니지 않는 것을 생각할 때, 하나의 건물로 나타나기 위해 다른 네댓 개의 예술과 수 톤의 황금과 산더미 같은 돌과 수풀 같은 목재와 다수의 노동자를 활용하지 않을 수 없는 사상을, 책이 되는 사상, 따라서 약간의 종이와 잉크와 펜 하나만으로 충분한 사상과 비교할 때, 인간의 지성이 인쇄술을 위해 건축술을 떠난 것에 어찌 놀랄 수 있겠는가? 수위 아래 판 운하의 최초 하상(河床)을 갑자기 끊으면, 강물은 하상을 떠나리라.

그러므로 인쇄술이 발명된 때부터 얼마나 건축술이 시나브로 여위어가고 오그라져가고 발가벗겨져가는지 보라. 물은 줄어들고 진(津)은 말라붙고 시대와 국민의 생각이 건축술에서 물러가는 것을 사람들은 얼마나 절감하고 있는가! 냉각은 15세기에는 거의 지각할 수 없다. 인쇄술은 아직 너무도 허약하여, 고작 해봐야 강력한 건축술의 잉여 생명력을 우려먹는 정도다. 그러나 16세기부터는 건축술의 병이 눈에 보이고, 건축술은 이미 절대적으로 사회를 더 이상 표현하지 못하고, 비참하게도 고전 예술이 되고, 갈리아의 건축술, 유럽의 건축술, 토착의 건축술에서 그리스와 로마의 건축술이 되고, 진정하고 근대적인 건축술에서 의곳적 건축술이 된다. 이러한 쇠퇴를 사람들은 르네상스라고 부른다. 그러나 화려한 쇠퇴다. 왜냐하면, 고딕의 낡은 천재가, 마인츠의 거대한 인쇄소 뒤로 저물어가는 이 태양이, 아직 얼마 동안은 그 마지막 햇살로 라틴의 홍예와 코린트의 원주들로 이루어진 그 모든 잡동사니 건축물 더미를 비춰주고 있으므로.

우리들은 이 석양을 여명으로 알고 있는 것이다.

건축술이 다른 예술과 마찬가지로 하나의 예술밖에 안 되고 더 이상 종합 예술, 최고 예술, 폭군 예술이 아니게 되자마자, 그것은 다른 예술들을 붙잡는 힘을 잃는다. 따라서 다른 예술들은 해방되고, 건축가의 질곡을 부수고 저마다 제 길을 간다. 그것들은 모두 이러한 분리에서 이득을 본다. 고립은 모든 것을 키워준다. 조각술은 조상술이 되고, 판화는 회화가 되고, 윤창곡(輪唱曲)은 음악이 된다. 마치 황제 알렉산드로스가 죽자 하나의 제국이 해체되어 각 지방에 왕국이 들어서는 것과 같다.

거기에서 라파엘로, 미켈란젤로, 장 구종, 팔레스트리나가, 저 눈부신 16세기의 찬란함이 태어난다.

　예술과 동시에 사상도 도처에서 해방된다. 중세 이교의 시조들은 천주교에 커다란 상처를 내놓았다. 16세기는 종교적 통일성을 깨트린다. 인쇄술 이전이라면 종교개혁은 교회 분리에 불과했을 것인데, 인쇄술은 그것을 혁명으로 만든다. 인쇄술을 제거한다면 이교는 무기력해질 것이다. 그것이 숙명이든 하느님의 섭리든 간에, 구텐베르크는 루터의 선구자다.

　그러는 동안에 중세의 태양이 완전히 져버리자, 고딕의 천재가 예술의 지평선에서 영원히 꺼져버리자, 건축술은 점점 더 윤기를 잃어가고 빛이 바래어가고 스러져가기만 한다. 인쇄된 책이, 건물을 쏠아 먹는 이 벌레가 건축술을 빨아먹고 삼켜버린다. 건축술은 벌거벗겨지고, 잎이 떨어지고, 눈에 띄게 시들어간다. 그것은 빈약해지고 초라해지고 아무짝에도 못 쓰게 된다. 그것은 더 이상 아무것도, 심지어 다른 시대 예술의 추억마저도 표현하지 않는다. 건축술은 그 자체로 환원되고, 인간의 사상이 그것을 버리므로 다른 예술로부터도 버림받고, 예술가들이 없으므로 인부들을 부른다. 유리창이 스테인드글라스를 대신한다. 석공이 조각가를 계승한다. 모든 활기여, 모든 독창성이여, 모든 생명이여, 모든 지성이여, 안녕. 건축술은 작업장의 한심스러운 거지가 되어, 모사에서 모사로 기운 없이 걸어간다. 미켈란젤로는 벌써 16세기부터 아마 그것이 죽어가는 것을 느꼈음인지 마지막 생각을, 절망의 생각을 품었다. 그리하여 이 예술의 거인은 파르테논 위에 판테온을 겹쳐 로마의 성 베드로 성당을 지었다. 유일무이한 것으로 남아 있을 만한 위대한 작품, 건축술의 마지막 독창성, 닫히는 거대한 돌 장부 아래의 거장의 서명. 미켈란젤로가 죽은 뒤, 유령과 망령의 상태로 그 자체에서 명맥을 잇고 있던 이 가련한 건축술은 무엇을 하고 있는가? 그것은 로마의 성 베드로 성당을 붙잡고, 모사하고, 흉내 낸다. 열광적이다. 민망할 지경이다. 세기마다 로마의 성 베드로 성당이 있으니, 17세기에는 발드 그라스가 있고, 18세기에는 생트 주느비에브가 있다. 나라마다 각기 다른 로마의 성 베드로 성당을 가지고 있다. 런던도, 상트페테르부르크도 가지고 있다. 파리는 그 것을 두세 개나 가지고 있다. 시시한 유서, 죽기 전에 유년으로 되돌아가는 늙어빠진 위대한 예술의 마지막 망령.

앞서 말한 바와 같이 독특한 건물들 대신, 16세기부터 18세기까지의 예술의 일반적인 양상을 살펴보면, 똑같은 쇠퇴와 쇠약의 현상이 눈에 띈다. 프랑수아 2세 이후 건물의 건축학적 형태는 더욱더 사라져가고, 여윈 병자의 앙상한 뼈대처럼 기하학적 형태가 두드러진다. 예술의 아름다운 선들은 기하학의 싸늘하고 엄격한 선들에 자리를 내준다. 하나의 건물은 더 이상 건물이 아니라 하나의 다면체다. 그러나 건축술은 그러한 민짜를 감추기 위해 고심한다. 그리하여 그리스식 정면이 로마식 정면 속에 쓰이는가 하면, 반대로 로마식 정면이 그리스식 정면 속에 쓰이기도 한다. 그것은 변함없이 파르테논 속의 판테온, 로마의 성 베드로 성당이다. 여기에는 모서리를 돌로 쌓은 앙리 4세의 벽돌집이 있고, 땅딸막하고 나지막하고 반궁륭이고 곱사등 같은 둥근 지붕을 가진 루이 13세의 성당들이 있다. 여기에는 마자랭의 건축술, 카트르 나시옹[154]의 서투른 이탈리아 모작이 있다. 여기에는 루이 14세의 궁전들, 조신들을 위한 기다랗고 뻣뻣하고 싸늘하고 따분한 집들이 있다. 끝으로, 이가 빠지고 날씬하며 곧 무너질 듯한 저 낡은 건축술을 보기 흉하게 만드는 치커리와 당면, 무사마귀와 균종을 가지고 있는, 루이 15세의 건축술이 있다. 프랑수아 2세에서 루이 15세에 이르기까지 병은 기하급수로 증가했다. 예술은 이제 뼈 위에 가죽밖에 없다. 그것은 비참하게 죽어가고 있다.

그러는 동안에 인쇄술은 어떻게 되고 있는가? 건축술에서 떠나가는 이 모든 생명은 인쇄술로 온다. 건축술이 쇠퇴함에 따라 인쇄술은 부풀어 오르고 커져간다. 인간의 사상이 건물에 소비하던 힘의 자본을 차후로는 책에 소비한다. 그리하여 16세기부터, 감퇴하는 건축술의 수준까지 자란 인쇄는 건축술과 싸워 그것을 죽인다. 17세기에 인쇄술은 이미, 세계에 위대한 문학적 세기의 향연을 베풀기에 충분할 만큼 최고의 권위를 가지고 의기양양하게 그의 승리 속에 확고부동한 자리를 차지한다. 루이 14세의 조정에서 오랫동안 쉬고 있던 인쇄술은 18세기에는, 루터의 낡은 칼을 다시 잡고, 그 칼로 볼테르를 무장시키고, 인쇄술이 이미 그 건축학적 표현을 죽인 저 낡은 유럽을 공격하러 소란스럽게 달려간다. 18세기가 끝날 무렵에 인쇄술은 모든 것을 부숴버렸다. 19세기에 인쇄술은 재건하려고 한다.

그런데 이제 묻거니와, 이 두 기술 중에 어느 것이 3세기 이래 실제로 인간의 사상을 구현하고 있는가? 어느 것이 그것을 표현하고 있는가? 어느 것이, 비단 인간 사상의 문학적, 학리적 편집뿐만 아니라 그것의 광대하고 심오하고 보편적인 움직임을 나타내고 있는가? 어느 것이 수천의 발을 가진 괴물인 전진하는 인류에 의해 부단히 중단 없고 간격 없이 쌓이고 있는가? 건축술인가, 아니면 인쇄술인가?

인쇄술이다. 이 점을 오해해서는 안 된다. 건축술은 죽었다. 영원히 죽었다. 인쇄된 책에 의해 죽임을 당했다. 건축술은 덜 지속되므로 죽임을 당했다. 건축술은 더 많은 비용이 들므로 죽임을 당했다. 어떠한 대성당도 억만금짜리다. 그러니 이제 상상해보라. 건축의 책을 다시 쓰려면, 또다시 지상에 수천의 건물이 우글거리게 하려면, 대건축물이 어찌나 많았는지 목격자의 말에 따르면, "마치 세상이 성당들로 지은 한 벌의 흰 옷을 입기 위해 몸을 흔들어 낡은 의복을 벗어 던져버린 것 같았다"라고 한 저 시대로 되돌아가려면, 얼마나 많은 출자금이 필요할 것인지를.

한 권의 책은 아주 빨리 만들어지고, 적은 비용이 들며, 멀리까지 갈 수 있다! 인간의 모든 사상이 그 비탈로 흘러가는데 어찌 놀랄 수 있겠는가? 그렇다고 해서 건축술이 또다시 여기저기에 하나의 아름다운 대건축물을, 하나의 외딴 걸작을 갖게 되지 않으리라는 말은 아니다. 사람들은 인쇄술의 군림 아래에서도, 또다시 때때로 다수의 무리에 의해 대포들이 혼합되어 만들어진 하나의 원기둥을 갖게 될 수도 있으리라고 생각한다. 마치 건축술의 군림 아래, 온 국민이 서사시들을 한데 녹여 쌓아 올려서 만든 『일리아스』와 『로만세로』와 『마하바라타』155와 『니벨룽겐의 노래』 같은 것들을 사람들이 가졌던 것처럼. 13세기에 단테가 그러했듯이, 어느 천재적인 건축가가 우연히 20세기에 나타날 수도 있으리라. 그러나 건축술은 더 이상 사회적 예술, 집단적 예술, 지배적 예술은 되지 않으리라. 인류의 위대한 작품은 더 이상 건축되지 않고, 인쇄되리라.

그런데 차후, 건축술이 어쩌다 다시 일어서게 된다 하더라도 더 이상 주인이 되지는 못할 것이다. 옛날에는 문학이 건축술에서 그 법칙을 받았거니와, 이제는 건축술이 문학의 법칙을 받으리라. 이 두 예술의 입장은 서로 전도되리라. 확실히 건축의 시대에 쓰인 시는 대건축물을 닮았다. 물론 그것이 드물었던 것은 사실이지만. 인도의 비아사156는 파고다처럼 복잡하고 난해하고 헤아릴 수가 없다. 이집트 동방의 시는 건물처럼 선이 크고 조용하다. 고대의 그리스에는 아름다움과 청량함과 조용함이 있다. 기독교도의 유럽에는 가톨릭의 장엄함과 민중의 순진함과 쇄신기의 풍부하고 화려한 상징이 있다. 성서는 피라미드를 닮고, 일리아스는 파르테논을 닮고, 호메로스는 페이디아스를 닮았다. 13세기의 단테는 마지막 로마네스크 성당이요, 16세기의 셰익스피어는 마지막 고딕 대성당이다.

그리하여 이제까지 말한 것을 요약한다면(이것은 불완전함을 면치 못하겠지만), 인류는 두 권의 책, 두 벌의 장부, 두 장의 유서를, 벽돌 공사와 인쇄, 돌의 성서와 종이의 성서를 가지고 있다. 물론 수세기에 걸쳐 활짝 펼쳐져 있는 이 두 개의 성서를 들여다볼 때, 화강암 글씨의 장엄한 외관을, 주열과 탑문과 방첨탑들로 형성된 저 거대한 알파벳을, 피라미드 모양의 건축물에서 종각에 이르기까지, 쿠푸에서 스트라스부르에 이르기까지, 세계와 과거를 뒤덮고 있는 저 일종의 인간의 산들을 그리워하지 않을 수 없다. 이 대리석의 책장들에서 과거를 다시 읽어보지 않으면 안 된다. 건축물로 쓰인 책을 끊임없이 탄상하고 그 책장을 뒤적거리지 않으면 안 된다. 그러나 이번에는 또 인쇄술이 세우는 건물의 위대함을 부인해서는 안 된다.

이 건물은 거대하다. 어떤 통계자의 계산에 따르면, 구텐베르크 이후 출판된 모든 책을 차곡차곡 쌓아올리면 지구에서 달에 이르는 공간을 가득 채울 것이라 하지만, 내가 말하고자 하는 것은 그런 종류의 위대성이 아니다. 그러나 사람들이 머릿속에 오늘날까지의 출판의 소산 전체에 관해 하나의 총체적인 영상을 그려보려 한다면, 이 전체는 전 세계 위에 서 있는 하나의 거대한 건조물, 인류가 끊임없이 쌓아올리고 있는 그 괴물 같은 머리가 미래의 짙은 안개 속에 파묻혀 있는 그러한 거대한 건조물처럼 우리에게 보이지 않겠는가? 그것은 지성들의 개미집이다. 그것은 모든 상상력들이, 저 금빛 꿀벌들이 그들의 꿀을 가지고 오는 벌통이다. 이 건물은 수천 개의 층으로 되어 있다. 여기저기, 사람들은 그 깊은 내부에서 서로 교차되는 학문의 어두운 동굴들이 난간으로 통해 있는 것을 본다. 그 표면에는 도처에 예술이 아라베스크 장식과 장미창과 가장자리 장식을 눈앞에 현란하게 꾸며놓고 있다. 거기에는 개개인의 작품이 천태만상으로 따로따로 떨어져 있는 것같이 보이지만, 저마다 제자리와 제 돌기점을 가지고 있다. 그 전체에서 조화가 나온다. 셰익스피어의 대성당에서 바이런의 회교 사원에 이르기까지, 수천의 종루가 이 세계 사상의 수도 위에서 뒤죽박죽 넘쳐흐르고 있다. 그 기초에 사람들은 건축물이 일찍이 기록하지 않았던 몇몇 인류의 옛 칭호들을 다시 적어 넣었다. 입구 왼쪽에는 호메로스의 흰 대리석의 낡은 음각을 박아놓았고, 오른쪽에는 여러 나라 말로 된 성서가 일곱 개의 머리를 쳐들고 있다. 『로만세로』의 히드라가 좀 더 떨어져서 머리를 꼿꼿이 세우고 있고, 그 밖의 몇 가지 잡종들, 베다[157]며 니벨룽겐 같은 것들이 있다. 게다가 이

경이로운 건물은 언제까지나 미완성으로 남아 있다. 거대한 기계인 인쇄기는, 끊임없이 사회의 모든 지적 정기를 빨아올리고, 자기의 작품을 위해 쉴 새 없이 새로운 재료들을 토해낸다. 하나하나의 정신은 석공이다. 가장 미천한 자는 제 구멍을 막거나 돌을 놓는다. 레티프 드 라 브르통[158] 같은 이도 그 나름으로 한 채롱의 벽토를 가져온다. 날마다 한 층씩 새로이 솟아오른다. 각 작가의 독창적이고 개인적인 불입과는 별도로 집단적인 몫이 있다. 18세기는 '백과사전'을 주고, 대혁명은 '모니퇴르[159]'를 준다. 확실히 이것도 끝없이 커져가고 나선형으로 쌓여 올라가는 하나의 건조물이다. 여기에도 역시 여러 나라 말의 혼동이 있고, 쉴 새 없는 활동이 있고, 지칠 줄 모르는 노동이 있고, 전 인류의 맹렬한 협동이 있고, 새로운 홍수와 야만인의 침입에 대해 지성에게 약속된 피난처가 있다. 이것은 인류의 제2의 바벨탑이다.

제 6 부

옛 재판관들에 대한 공평한 관찰

1482년 당시 이브리 및 생 탕드리 앙 라 마르슈 백작이고 국왕의 고문 겸 시종관이며, 파리 시장이자 베인 공이기도 한 기사 로베르 데스투트빌은 더 이상 바랄 것 없는 만족스러운 삶을 살고 있었다. 그가 혜성이 나타나던 1465년 11월 7일에 왕으로부터 관직이라기보다는 영주권으로 간주되던 파리 시장직을 받은 것이 어느덧 17년 전이었는데, 그 직책은 조안 룀뇌의 말을 빌리자면, "막강한 경찰력과 수많은 권리와 특권이 주어지는 관직"이었다. 그가 파리 시장에 임명된 것이 루이 11세의 서녀 잔과 부르봉의 서자 루이의 결혼 즈음이었다는 사실은 1482년에는 놀라운 일이었다. 자크 드빌리에의 후임으로 로베르 데스투트빌이 파리 시장에 오른 바로 그날, 장 도베씨는 엘 리 드 토레트의 후임으로 파리 최고법원의 수석 의장이 되었으며, 장 주브넬 데 쥐르생은 프랑스 법무상에 피에르 드 모르빌리 후임으로 자리 잡았고, 르뇨 데도르망은 피에르 퓌이를 대신하여 왕실 상설 심리원의 원장이 되었다. 그런데 로베르 데스투트빌이 파리 시장이 된 후로 얼마나 많은 사람들이 의장이며 법무상이며 원장 자리에 앉았다 떠나기를 반복했던가! 그러나 파리 시장이라는 자리가 그에게 '맡겨졌던' 것임을 잘 알고 있는 본인은 그것을 너무나 제대로 맡았던 것이다. 그는 주어진 임무에 충실하여 그것과 일체가 됨은 물론 완전히 동화되었다.

그리하여 그는 관리들을 빈번하게 갈아치움으로써 자기 권력의 유연성을 유지하고 싶어 하던, 의심 많고 심술궂은 왕 루이 11세를 사로잡아 스스로의 위기를 모면할 수 있었다. 뿐만 아니라, 이 용감한 기사는 아들을 위해 자기 관직의 계승권을 손에 넣은 것은 물론, 이미 2년 전부터 아직은 기사 시종인 아들 자크 데스투트빌의 이름을 파리 시의 회식자 명부의 첫머리에 자신의 이름과 나란히 올리는 데도 성공했다. 확실히 놀랍고 특별한 총애였다! 사실 로베르 데스투트빌은 훌륭한 군인이었는데, 왕의 충신으로서 '공익동맹'[160]에 대항해 충성스럽게 반기를 들었으며 왕비가 파리에 입성하는 날에는 훌륭하게 요리된 사슴 고기 한 마리를 통째로 접대한 적도 있었다. 또한 그는 왕실 기마대장인 트리스탕 레르미트 씨와 가까운 사이였다. 그런 이유로, 로베르 씨의 생활은 매우 평온하고 유쾌하게 이어졌다. 우선 그가 받는 보수는 매우 좋은 편이어서, 마치 포도밭의 포도송이들이 주렁주렁 열리듯 그가 감독한 법원의 민사 및 형사 서기과와 샤틀레 하층 법정에서도 각각 일정 보수가 들어오는가 하면, 망트와 코르베유 다리의 통행세, 장작과 소금의 계량 검사관들로부터 들어오는 소득도 있었다. 게다가 그는 시청 관리와 경호원들의 붉은색과 황갈색 옷들 사이로, 멋진 군복을 입고 몽레리에서 울퉁불퉁해진 투구를 쓰고, 시내 기마행렬에서 보란 듯이 자신을 과시하던 즐거움도 있었다. 그의 군복 차림은 노르망디의 발몽 수도원에 있는 그의 무덤 비석에 새겨져 있어 오늘날에도 감상할 수 있다. 그뿐이 아니다. 그가 경찰 열두 명과 샤틀레 재판소의 수위 겸 감시인, 배석판사, 열여섯 구의 열여섯 감찰관, 샤틀레 감옥의 간수, 영지가 주어진 경찰관 네 명, 기마순검 120명, 곤장 순검 120명, 야경대와 보조 야경대와 비밀 야경대와 후면 야경대를 거느리는 기마대장 등 이 모든 사람들을 자신의 감독 아래 두었다는 사실이 아무것도 아니었을까? 상급 재판이나 하급 재판, 그리고 회술레와 교수형, 수레 끌기 형을—영광스럽게도 일곱 개의 귀족 대법관과 관할구가 주어진 이 파리의 자작령에서 초심의 재판권은 말할 것도 없고—행사할 권리를 갖는다는 것이 아무것도 아니었겠는가? 로베르 데스투트빌이 그랑 샤틀레에서, 필리프 오귀스트가 지은 넓고 납작한 첨두홍예 아래에서 날마다 그러했듯이 체포령이나 판결을 내리는 것보다 더 기분 좋은 상상이 있겠는가? 그리고 저녁때가 되면 으레 그랬듯이, 그의 아내 앙브루아즈 드 로레 부인 소유의 팔레 루아얄 구내 갈릴리 거리에 있는 안락한 집으로 가서, '파리의 시장과 관리들이 감옥을 만들려고, 길이 열 자에 폭이 일곱 자 네 치, 높이 열한 자의 방을 들인, 레스코르슈리 거리의 작은 공간'에 어떤 가엾은 사나이를 보내 밤을 지내게 한 노고에서 벗어나 푹 쉬는 것보다 더 감미로운 상상을 할 수 있는가?

그리고 로베르 데스투트빌 씨는 비단 파리 시장과 자작 고유의 재판권만 가지고 있던 게 아니라 국왕의 대재판에도 관여하고 있었다. 조금 신분이 높은 사람들 중에서 사형집행인의 손에 넘어가기 전에 그의 신세를 지지 않은 사람이 없었다. 느무르 씨를 중앙시장의 형장으로 끌어가고 생 폴 씨를 그레브 형장으로 데려가기 위해 그들을 각각 생 탕투안의 바스티유 감옥에서 불러낸 것도 그였는데, 데스투트빌은 생 폴 씨를 좋아하지 않았으므로 그가 얼굴을 찌푸리고 고함치는 것을 보고 매우 고소해했다.

이 같은 분명히 행복하고 영화로운 생활은 매우 과분한 것이며 훗날에 흥미로운 파리 시장들의 역사의 한 페이지를 장식하기에 필요 이상의 것이기는 하다. 하지만 그 기록을 살피건대, 우다르드 빌뇌브는 부슈리 거리에 집 한 채를 가지고 있었고, 기욤 드 앙제스트는 크고 작은 사부아 지방을 샀고, 기욤 티부스트는 생트 주느비에브의 수녀들에게 클로팽 거리의 자기 집들을 주었으며 위그 오브리오는 포레피크 저택에 살았다는 등 그 밖의 여러 가지 개인적인 내막을 더 알 수가 있다.

그러나 이처럼 자신의 인생을 조용히 즐겁게 지낼 만한 여러 가지 이유가 있었음에도 로베르 데스투트빌 씨는 1482년 1월 7일 아침에 눈을 떴을 때 매우 기분이 나쁜 상태였다. 이유가 무엇일까? 그것은 자신도 알 수가 없었다. 단지 흐린 날씨 때문이었을까? 아니면 몽레리의 낡은 허리띠가 잘못 조여져 뚱뚱한 시장의 몸을 군대식으로 너무 졸라놓았기 때문일까? 창밖으로 허름한 옷차림에 뚜껑이 없는 모자를 눌러 쓴 채 동냥 주머니와 술병을 허리에 차고 서너 명씩 짝지어 지나며 자신을 경멸하는 듯한 건달들을 보았기 때문일까? 아니면 미래의 왕 샤를 8세가 다음 해부터 파리 시장의 급료에서 370리브르 16솔 8드니에나 삭감하리라는 사실을 어렴풋이 짐작했기 때문일까? 이유에 대해서는 여러분의 상상에 맡기겠다. 나로서는 그저 그냥, 그는 아무 이유 없이 기분이 나빴기 때문에 기분이 나빴다고 믿고 싶다.

더군다나 그날은 축제 다음 날이었으니 누구나 허탈해지는 날이었지만, 특히 축제로 인해 만들어진 엄청난 양의 쓰레기와 오물을 쓸어내야 하는 관리들에게는 더욱 그랬을 것이다. 또한 그는 그랑 샤틀레에서 법정을 열어야만 했다. 그런데 일반적으로 재판관들은 공판 날짜와 자기들의 기분이 나쁜 날이 맞아떨어지게 조처했다. 왜냐하면 국왕이나 법률가 또는 정의의 이름으로 자기들 가슴속에 쌓여 있는 것을 마음껏 털어낼 수 있는 상대를 붙들기 위해서였다.

그동안에 재판은 시장이 도착하기 전에 시작되었다. 민사, 형사, 특별 재판에서 그의 보좌관이 관례에 따라 시장의 직무대행을 하고 있었다. 아침 8시부터 많은 시민들이 샤틀레 하층 법정의 어둑어둑한 한쪽 구석, 튼튼한 떡갈나무 난간과 벽 사이에 빽빽하게 들어차 있었다. 그들은 샤틀레 재판소의 배석판사이자 파리 시장의 보좌관인 플로리앙 바르브디엔이 뒤죽박죽에다가 아무렇게나 제멋대로 판결을 내리고 있는 민·형사 재판을 흥미롭게 방청하고 있었다.

1) 속바지(약간 긴 반바지 스타일)는
허리띠로 졸라맨다.

2) 긴 양말은 속바지 위로
끌어올려 신었다.

3) 속옷. 긴 양말은
대님으로 고정시킨다.

필리프 오귀스트와 생 루이 시대까지
오직 부르주아만이 호사스런 옷감에
접근할 권리를 가졌다.
당시 옷 가격에는 규제가 이루어졌다.

4) 저고리는
끈으로 여민다.

5) 가죽신을 신는다.

여름에는 긴 양말을
돌돌 말아 내려 신을
수도 있다.

리넨 천으로 된 속옷은 일상복이나
마찬가지였다. 잘 때는 발가벗은
채 자는 것이 다반사였다. 누군가와
같이 있을 때 속옷을 입고 자는 것은
상대를 모욕하는 것으로 이해됐다.
밤에 속바지와 속옷은 긴 베개 밑에
놓는다.

고급 모직으로 된 옷들은
침대 가까운 걸개에 널어놓는다.

저고리는 소매가 길 수도 있고,
가터벨트를 사용해 저고리 아랫단에
긴 양말을 지탱하기도 한다.

지갑

6) 겉옷은 지갑이 달린 허리띠로 조인다.
별도의 호주머니는 없다.

7) 꼬따르디
허리띠를 동반한
긴 옷(남녀 공용이다).

모직과 벨벳은 13세기에 가장 선호되었고,
비단은 14세기에 각광받던 재질이었다.

여름이나 겨울이나 상관없이 모피를 즐겨 착용했다.
그 종류는 양, 고양이, 여우, 토끼, 다람쥐, 흰담비,
검은담비, 수달, 족제비, 회색 다람쥐, 사슴, 염소,
사향고양이, 오소리 등 다양하다.

1300년, 파리에서는 344명의 모피 제조업자와
56명의 나사 제조업자가 있었다.

부유한 평민

허리띠에 부착된 지갑은 13세기에는 보시(布施)자루가 되었고,
14세기에는 사냥가방 혹은 전대(錢臺)가 되었다.

작은 주름모자

등에서 끈으로 조이는
푸르푸앵

손목 부위가 조여지지 않는
개방형 소매

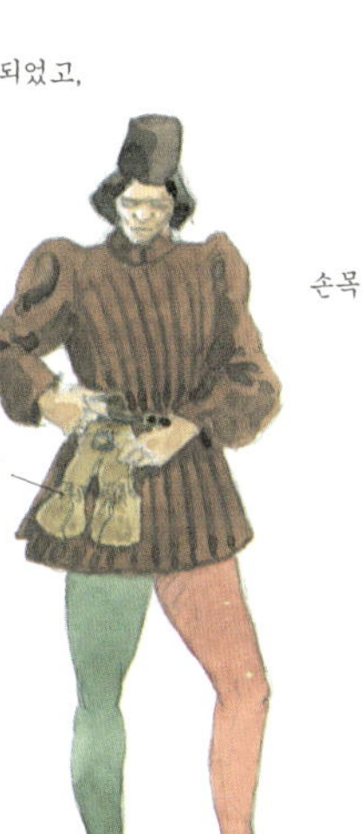

이중지갑

14세기 중엽에는 기사가 갑옷 위에 걸치던 쉬르꼬가
남자들의 겉옷으로 정착된다(속에는 푸르푸앵이나
딱 달라붙는 조끼 형태의 지퐁을 착용).
두꺼운 모직으로 된 옷은 세대를 이어져 내려왔다.
긴 양말은 이따금 각각 다른 색을 띠는 수도 있었다.

발끝이 뾰족하게 들린 플랜
(poulaine)이라는 신발

귀족

옷에서 독립된 두건   옷에 딸린 두건   긴 망토

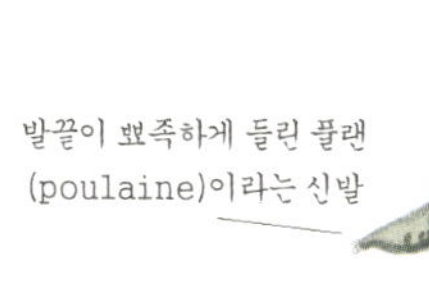

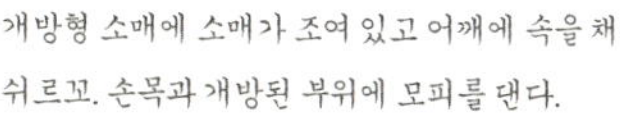

개방형 소매에 소매가 조여 있고 어깨에 속을 채운
쉬르꼬. 손목과 개방된 부위에 모피를 댄다.

　법정은 좁은데다 천장이 낮고 둥글었다. 나리꽃으로 장식한 책상 하나가 안쪽에 있었는데 떡갈나무를 조각하여 만든 시장용 커다란 안락의자가 빈 채로 곁에 놓여 있었다. 아래쪽에는 서기가 앉아서 바쁘게 펜을 놀리고 있었다. 그 맞은편에는 방청객이 있고 문과 책상 앞에는 흰 십자가가 달린 자줏빛 제복을 입은 시청의 경찰들이 여러 명 서 있었다. 파리 시청 소속 경찰 두 명이 만성절 때 입는 붉은색과 푸른색의 재킷을 입고 책상 뒤쪽에 보이는 굳게 닫힌 낮은 문 앞에 지키고 서 있었다. 두꺼운 벽에 좁게 뚫려 있는 단 하나뿐인 창문으로는 1월의 희멀건 햇볕이 들어와 둥근 천장에 장식으로 새겨놓은 돌 악마와 방 안쪽 나리꽃 무늬 위에 앉은 재판관의 얼굴을 비추고 있었다.

　실제로 그를 한번 상상해보라. 법정의 책상 위에 놓인 두 묶음의 소송 문서 사이에 턱을 괴고 앉아서 무늬 없는 갈색 나사의 법의 자락 위로 발을 올려놓고 있는 플로리앙 바르브디엔 배석 판사님을. 그의 얼굴은 흰 새끼 양모피에 싸여 있고 눈썹은 툭 튀어나오고, 불그스레하며 까다로운 표정에, 눈을 자주 깜빡거리고 살찐 양쪽 볼을 위엄 있게 쳐들고 있었다.

　그런데 이 배석판사는 귀가 어두웠다. 판사로서는 약간의 결점이었다. 그럼에도 그는 언제나 매우 적절한 판결을 내리고 있었다. 판사는 그저 피고인의 진술을 들어주는 시늉만 해도 충분했기 때문이다. 그런 만큼, 배석판사는 아무리 주위가 소란스럽다 해도 전혀 방해받지 않을 수 있었으므로 그야말로 훌륭한 판결을 내리는 데에 누구보다도 좋은 조건을 갖추었다고 할 수 있을 것이다.

　게다가 방청석에는 그의 언행에 대하여 일일이 감독하는 비평자 하나가 있었는데, 그는 다름 아닌 풍차의 장으로 통하는 장 프롤로 뒤 물랭이었다. 그 어린 학생 '부랑자'는 학교를 제외한 파리의 어느 장소에서든 틀림없이 나타나곤 했다. 그는 친구와 함께 눈앞에서 열리는 재판 과정을 지켜보고 있었다.

"저것 봐!"

장이 바로 옆에 있는 친구 로뱅 푸스뱅에게 작은 소리로 말했다.

"저 애는 잔통 뒤 뷔이송이야! 카냐르 오 마르셰 뇌프의 아가씨라고. 늙은 이가 저 여자한테 정말로 유죄를 선고하는구나! 귓구멍만 먼 게 아니라 눈알도 없는 모양이지! 묵주알 두 개를 가지고 다녔다고 해서 벌금으로 파리 주화 15솔 4드니에씩이나 물리다니! 벌금이 너무 센걸! 정말 인정머리 없는 재판이로다! 저 사람은 또 뭐야? 여관 주인 로뱅 시예프르빌인데? 여관업자로 인정받기 위해 가입금을 내라고? 아니! 저 건달들 사이에 귀족 둘이 끼여 있네? 에글레 드 수앵과 위탱 드 마이. 둘 다 기사 시종, 그리스도의 몸뚱이야! 아하, 저들은 주사위 노름을 하다 잡혀 왔구나! 우리 대학 총장님은 언제쯤 오시려나? 왕에게 파리 주화 100리브르를 벌금으로 바치러 말이야. 누가 귀머거리 아니랄까 봐, 바르브디엔은 오늘 아주 사정없이 후려치는구나! 나도 형처럼 부주교가 되고 싶었어…… 도박을 그만둘 수만 있었다면 말이야. 밤낮으로 도박에 빠져들어서 정신 못 차리다 결국에는 내 영혼까지 걸어도 헤어 나오지 못할 이 노름벽을 고칠 수만 있다면! 아이고 성모님, 웬 여자들이 저렇게 많이 등장하나? 앙부루아즈 레퀴예르, 이자보 라 페네트, 베라르드 지로냉! 저 여자들은 내가 다 아는 얼굴들인데, 전부 벌금, 벌금, 벌금형이네! 금띠 두르고 있다가 톡톡히 곤욕을 치르는구나! 파리 주화 10솔의 벌금이라! 꼴 좋다, 요염한 계집애들! 늙어빠진데다 귀머거리 멍텅구리 주제에 그래도 판사 나부랭이라고! 정말 꺼벙한 플로리앙 바르브디엔! 저런 놈이 식탁에 앉아 소송인을 집어삼키고 있잖아, 제멋대로 깨물고 씹어서 닥치는 대로 삼키고 있어! 벌금, 분실물, 세금, 소송비용, 법정비용, 봉급, 손실과 이득, 고문과 감옥과 우리와 족쇄가 비용과 더불어 크리스마스 케이크가 되고 성 요한 제일의 편도과자가 되는구나! 저걸 봐, 꼭 돼지 같지? 그런 매춘부 계집이 또 하나 나왔네! 티보 라 티보드다. 글라티니 거리에서 나갔다는 죄로 잡혀 온 거겠지. 저건 또 뭐야? 쇠뇌 사수 헌병 지프루아 마본이구나. 신에게 욕설을 퍼부었다고 벌금형을 받았네. 티보드, 벌금형! 저런 늙어빠진 귀머거리가 있나! 두 사건을 혼동하고 있는 거야, 여자에겐 신성모독죄를 씌우고 헌병에게는 매음죄를 씌울 거야! 이봐, 로뱅 푸스팽, 이번에 끌려 들어오는 건 또 뭐지? 경찰들이 떼거지로 들이닥치는구나! 빌어먹을, 아주 사냥개들이 다 됐구나! 대단한 먹잇감이라도 물어 오는 모양이야! 멧돼지라도 되나……. 오호, 정말 멧돼지다, 야! 아주 훌륭한 놈이야! 염병할, 저건 어제 우리가 뽑은 바보 임금이잖아, 우리의 광인교황, 우리의 종지기! 애꾸눈에다 곱사등이 카지모도!"

틀림없이 그랬다.

밧줄로 온몸이 꽁꽁 묶인 채 엄중한 감시를 받으며 법정 안으로 들어온 것은 바로 카지모도였다. 가슴에는 프랑스의 문장, 등판에는 파리 시의 문장이 각각 수놓인 옷을 입은 야경대장이 카지모도를 에워싼 경찰대를 이끌고 들어섰다. 카지모도에게는 그의 기형적인 외모 말고는 사람들을 향한 어떠한 무기나 위협도 없었음에도, 경찰들은 그에게 화승총과 날카로운 창끝을 들이대고 있었다. 그는 다만 하나뿐인 눈으로 제 몸에 감겨 있는 포승줄을 이따금씩 성난 눈초리로 둘러볼 뿐이었다.

또한 그는 그 눈초리로 방청석도 휘둘러보았는데 시선에 빛이 없고 흐리멍덩하여 무엇을 보는지 알 수 없었으므로 여자들은 서로 손가락질하며 그를 비웃을 뿐이었다.

그사이 배석판사 플로리앙은 서기가 가져온 소송서류를 신중하게 뒤적거리고 있었는데, 다 살펴본 후에는 한동안 무언가 곰곰이 생각하는 듯했다. 심문을 시작하기 전에 그는 언제나 이처럼 신중한 태도로 피고인의 이름과 신분과 범죄 사실에 대해 미리 파악한 뒤, 예상되는 피고인의 답변에 대한 응답을 준비함으로써 자신의 귀가 들리지 않는다는 사실을 들키지 않고 성공적으로 판결을 내릴 수 있었다. 소송 서류는 그에게 있어 맹인에게 길을 안내하는 맹도견과 같았다. 때로는 깜박 잊고 엉뚱한 질문을 하다가 귀머거리라는 사실을 들키기도 하는데, 그런 경우에 어떤 사람들은 그것을 심오한 것으로 생각하고 또 어떤 이들은 어리석음 때문으로 여기기도 했다. 어느 경우든, 재판관으로서의 명예를 훼손하는 것은 아니었다. 그것은 재판관이 귀머거리라고 알려지기보다는 어리석거나 심오하다는 평을 듣는 것이 더 나았기 때문이다. 그래서 그는 자신의 '장애'를 감추는 데 온 신경을 다 썼으며, 대개 그 일은 성공적이었으므로 스스로도 종종 그 장애를 잊어버리곤 했다. 그런 착각은 생각보다 쉬운 일이었다. 왜냐하면, 곱사등이인 사람들도 자신은 허리를 펴고 걷는다고 생각하며, 말을 더듬는 사람들도 자신이 말을 할 때는 또박또박 장황하게 말을 지껄인다고 여기고, 귀머거리인 사람들도 모두들 작은 소리로 말을 한다고 생각하기 때문이다. 즉, 우리의 플로리앙 배석판사 역시 자신은 살짝 가는귀가 먹은 정도라고 여겼던 것이다.

그래서 그는 서류를 통해 카지모도의 문제를 완전히 파악한 뒤 머리를 뒤로 젖히고 한층 더 위엄성과 공정성을 갖추었음을 보이기 위해 눈을 반쯤 감고 있었다. 그러자, 그는 귀머거리인 동시에 장님이 되어버렸다. 그 두 가지는 완벽한 판사가 되기에 더 없는 조건이었다. 그는 이처럼 가장 법관다운 태도로 카지모도를 심문하기 시작했다.

"이름은?"

그런데 여기서 '법률에 의하여 예상'되지 않았던 돌발 상황이 벌어졌으니, 바로 귀머거리가 귀머거리를 심문해야 하는 것이다.

그러나 카지모도는 자신이 어떤 질문을 받았다는 사실은 전혀 알지 못한 채 판사의 얼굴만 쳐다볼 뿐이었다. 판사 역시, 귀머거리인데다 피고인이 귀머거리인 줄 모르니 당연히 그가 대답을 한 것으로 생각하고는, 어리석게도 심문을 이어갔다.

"좋아, 나이는?"

이 질문에도 카지모도는 아무 대답도 하지 않았다. 판사는 대답한 것으로 생각하고 다음 질문을 이었다.

"그럼 직업은?"

카지모도는 여전히 침묵했다. 그사이 방청석에서는 작은 수군거림이 들려오고 소란이 일기 시작했다.

"좋아."

피고인의 대답을 침착하게 기다려준 배석판사는 세 번째 질문에 대한 답변이 끝났다고 생각하고 말했다.

"피고인은 다음의 죄목으로 이 법정에 서게 되었다. 첫째는 야간에 난동을 부린 것, 둘째는 매춘부에게 폭력을 행사한 것, 셋째는 국왕 폐하의 친위대 헌병들에 대한 반항이다. 여기에 대해 자신의 생각을 말할 기회를 주겠다. 서기는 지금까지 피고인이 말한 것을 모두 기록하였나?"

터무니없는 이런 질문이 나오자, 서기석은 물론 방청석에서 일제히 폭소가 터져 나왔다. 그 웃음의 엄청난 폭발력 때문에 두 귀머거리도 그것을 알아차리지 않을 수 없었다. 카지모도는 자신의 굽은 등을 들먹거리며 경멸의 시선으로 방청석을 돌아보았다. 또한 카지모도와 마찬가지로 놀란 플로리앙 판사는, 피고가 어깨를 들썩인 것으로 보아 구경꾼들의 웃음이 틀림없이 피고인이 함부로 입을 놀림으로써 빚어진 것이라고 생각하였다. 그는 몹시 화를 내며 피고를 꾸짖었다.

"이런 발칙한 놈을 보겠나! 지금 그 대답은 교수형을 받아도 마땅할 것이다! 네놈이 지금 감히 누구 앞에서 말을 하고 있는 줄 모르느냐?"

아무리 엄한 질책이라도 이미 폭발한 웃음을 멈추게 하기에는 역부족이었다. 그것은 누가 보아도 바보 같고 엉뚱한 소리였으며, 그 웃음은 파를루아로 부르주아의 경찰들까지도 가만두지 않았는데 이들은 스페이드의 잭 같

얼굴 구멍
뾰족하게 늘어진 끄트머리는
길 수도 짧은 수도 있다.
머리 넣는 구멍
두건
두건 착용에는
여러 다양한 방식이 있다.
어깨까지 덮은 상태
머리에서 벗은 상태
수도승의 복장 : 흰옷과 두건 달린 검은 망토
신발
끝에 방울이 달린
일명 어릿광대 신발
평민이 신던 신발
진흙이나 물기를 피하기 위해
신발 밑에 대는 나무밑창
일반적으로 굽이 없었다.
다양한 반장화들

다양한 모자들

모자와 두건의 종류는 무척이나 다양했다.

집 안에서도 추웠기 때문에
챙 없이 귀를 덮는 모자가 보편적이었다.

색조

꼭두서니에서 추출한 붉은색

사프란에서 추출한 노란색

대청에서 추출한 푸른색

은 자들이어서 어리석음이 그들의 제복이었다. 카지모도만이 여전히 진지한 얼굴이었으니, 그것은 그야말로 자신의 주위에서 무슨 일이 벌어지는지 전혀 알 수 없기 때문이었다. 그럴수록 판사는 더욱 화가 나서 여전한 기세로 피고인을 다그치고 호령하였다. 그것만이 방청객들을 진정시키는 방법이라고 생각했던 것이다.

"이 타락하고 부패한 놈아, 네가 감히 샤틀레의 배석판사를 우습게 여긴단 말이냐. 파리 시민의 보안을 책임지고 여러 범죄와 악행을 수사하고 모든 직업을 감독하고 독점을 금지하며 거리 질서 유지와 땔감과 기타 목재의 판매를 책임지고 있으며, 간단히 말해 나는 보수도 없고 급료를 받을 희망도 없이 쉴 새 없이 공공을 위해 봉사하는 사법관이란 말이다. 또한 파리 시장의 보좌관이며 시청과 대법원과 등기소의 초심 재판소에서 똑같은 권력을 가진 감찰관이자 조사관, 감독관이며 심사관인 플로리앙 바르브디엔이란 사람이다!"

귀머거리가 귀머거리에게 하는 말은 언제 끝날지 알 수 없었다. 그때 만약 안쪽의 낮은 문이 갑자기 열리고 파리 시장의 모습이 나타나지 않았더라면, 그처럼 웅변술을 자랑하던 플로리앙 판사가 언제쯤 매듭을 지을지는 하느님만이 알고 계실 터였다.

시장이 들어섰을 때, 플로리앙은 즉시 입을 다문 것이 아니라, 발뒤꿈치로 몸을 반 바퀴 돌려 시장을 향해 서서는, 그때까지 카지모도를 향해 쏟아지던 말의 화살을 재빨리 돌리며, "각하" 하고 말을 이어갔다.

"여기 있는 피고인이 크나큰 죄를 저지르고도 부족해, 법정에서조차 재판관을 모욕하는 죄까지 더하였으니 각하께서 좋으실 대로 벌을 내려주시길 바라는 바입니다."

그러고는 숨을 몰아쉬며, 이마에서 뚝뚝 떨어져 앞에 펼쳐져 있던 양피지를 눈물처럼 적시는 땀방울을 닦으며 자리에 앉았다. 로베르 데스투트빌 각하가 눈살을 찌푸리고는 카지모도에게 매우 위압적인 손짓을 했다. 그러자 귀머거리인 카지모도도 어떤 의미인지 짐작할 수 있었다.

파리 시장이 그에게 엄하게 물었다.

"너는 대체 무슨 죄를 짓고 이곳에 끌려왔느냐?"

가엾은 귀머거리는 시장이 이름을 묻는 줄 알고 침묵을 깨고 기어들어가는 쉰 소리로 대답했다.

"카지모도라고 합니다……."

질문과 대답이 너무 달랐기 때문에 또다시 폭소가 터져 나오기 시작했다. 그러자 로베르 데스투트빌도 성이 나서 얼굴이 벌겋게 되어 소리쳤다.

"뭐야? 나까지 조롱하는 거냐? 이런 흉악한 놈 같으니라고!"

"노트르담의 종지기입니다."

카지모도는 다시 이렇게 대답했다. 판사가 하는 일을 묻는다고 생각했던 것이다.

"종지기?"

그렇게 되뇌는 시장의 기분은 사실, 앞서 말한 대로 아침부터 좋지 않았으므로 굳이 동문서답을 해서 더 이상 기분을 자극할 필요가 없었다.

"종지기라고? 그렇다면 내가 너를 파리 시내 한복판으로 끌고 나가 네놈의 등짝을 종 치듯 채찍으로 후려쳐주마, 알겠느냐, 이 악당아!"

"제 나이는……. 성 마르탱 축제가 지나면 스무 살이 됩니다."

다시 이어진 대답에 시장은 더 이상 참을 수가 없었다.

"뭐야? 네가 감히 나를 가지고 노는 거냐? 곤장 담당은 이놈을 그레브 광장의 죄인 공시대로 끌고 가서 한 시간 동안 두들겨 패고 거리에서 끌고 다니도록 하라! 아주 뜨끔한 맛을 보여주고 말테다! 발칙한 놈! 이 재판의 결과를 파리 자작령의 일곱 개 영지 안에서 나팔수 네 명을 앞세워 세상 사람들에게 알리도록 하여라!"

서기는 즉시 판결문을 기록했다.

"제기랄, 대단히 훌륭한 판결이다!"

장 프롤로 뒤 물랭이 한쪽 구석에서 외쳤다.

시장은 고개를 돌려 여전히 분노가 가라앉지 않은 성난 눈길로 카지모도를 쏘아보았다.

"저 녀석이 지금 '제기랄'이라고 말한 것 같은데? 이봐, 서기! 신성한 법정에서 욕설을 뱉은 죄로 파리 주화 12드니에의 벌금을 추가하라. 징수된 벌금의 절반은 생 퇴스타슈 성당의 재산 관리 위원회로 기부하라. 나는 생 퇴스타슈에 특별히 신앙심이 있으니까."

잠시 후 완성된 판결문은 간결하고 단순했다. 파리 시와 파리 자작령의 관례는 아직 법원장 티보 바예와 국왕 변호사 로제 바름에 의해 자세히 규정되어 있지 않았다. 당시 그것은 이 두 법률가가 16세기 초에 거기에 심어놓은 저 소송과 소송 절차의 높다란 숲에 막혀 있지 않았다. 거기서는 모든 것이 분명하고 신속하고 명확했다. 사람들은 곧장 목적지로 걸어갔고, 덤불도 에움길도 없이, 이내 오솔길 끝에 차형(車刑) 바퀴나 교수대 또는 죄인 공시대를 보는 것이었다. 사람들은 어쨌든 어디로 가는지 알고 있었다.

서기가 시장에게 판결문을 제출하자 시장은 도장을 찍고 법정의 순회를 계속하기 위해 나갔다. 그토록 기분 나쁜 상태로는 그날 파리 시내의 모든 감옥을 죄수로 가득 채우고도 남을 듯했다. 장 프롤로와 로뱅 푸스뱅은 속으로 웃음을 지었다. 카지모도는 뭔지 몰라도 놀랍다는 표정으로 주위를 둘러보았다.

그러는 사이에 서기는, 플로리앙 바르브디엔 판사가 서명을 위해 판결문을 읽고 있을 때 유죄 선고를 받은 가련한 귀머거리를 측은히 여겨 조금이라도 형이 줄어들기를 바라는 마음에서 그의 귀에 입을 대고 카지모도를 가리키며 말했다.

"저 사람은 귀머거리예요……."

같은 장애를 가진 플로리앙의 마음을 움직여 조금이라도 죄인의 선처를 바랐던 것이다. 그러나 이미 우리가 알듯이 플로리앙 판사는 자기가 귀머거리라는 사실이 알려지는 것을 싫어하였으며 귀가 아예 꽉 막혀서 서기의 말을 전혀 한마디도 알아듣지 못했으나 알아들은 체하기 위해 이렇게 대답했다.

"그렇다면 문제가 다르지! 그걸 몰랐구나. 그렇다면 죄인 공시대에 한 시간 더 세워놓아야겠어!"

그러고는 변경된 판결문에 서명했다.

"고것 참 고소하다! 사람을 함부로 다루면 어떻게 되는지 이제 잘 알겠지!"

카지모도에게 원한을 품고 있던 로뱅 푸스팽이 말했다.

chapter 2

쥐구멍

여기서 어제 그랭구아르가 에스메랄다를 뒤따라가기 위해 떠났던 그레브 광장으로 되돌아가보자.

오전 10시였다. 광장의 모든 것이 축제 끝난 다음 날의 냄새를 물씬 풍기고 있었다. 돌바닥 위에는 갖가지 파편들과 리본, 누더기, 장식용 깃털, 등불에서 떨어진 촛농 방울과 음식 찌꺼기들로 가득했다. 많은 시민들이 여기저기서 요즘 말로 하자면, '산책'을 하면서 화톳불에서 꺼져가는 불씨들을 걷어차거나 '기둥집' 앞에서 간밤의 멋진 장면들을 떠올리며 감회에 젖기도 하고, 어제 둘러쳤던 장막의 흔적으로 남은 못들을 바라보며 즐거웠던 축제를 떠올리고 있었다. 사과주나 맥주를 파는 사람들이 술통을 굴리며 지나갔다.

바쁘게 지나가는 사람들의 모습도 보였다. 상인들은 가게 앞에 모여 서서 잡담을 나누고 있었다. 축제나 사절단, 코프놀과 광인교황에 대한 이야기가 사람들의 입에 오르내렸다. 서로 질세라, 어제의 일에 대해 해설을 해대며 배를 움켜쥐고 웃어댔다. 그러는 동안, 기마 경관 네 명이 나타나 죄인 공시대 주위에 둘러섰다. 광장 여기저기 흩어져 있던 사람들이 하나 둘 모여들어 무슨 일이 일어날지 지켜보고 섰다.

여러분이 만약 온 광장에서 벌어지는 활기차고 시끄러운 광경을 본 다음에 서쪽 모퉁이에 있는 반고딕식이자 반로마네스크식 투르롤랑의 옛 건물로 시선을 옮긴다면, 정면의 모서리에 풍부한 채색삽화가 든 커다란 공중용 성무 일과서 한 권을 볼 수 있을 것이다. 그것은 비에 젖지 않도록 작은 처마가 달려 있고 철망이 둘러쳐져 볼 수는 있어도 가져갈 수는 없게 되어 있었다. 이 성무 일과서 옆에는 좁은 첨두형 채광창이 광장 쪽으로 향해 있는데 그것은 십자형의 쇠창살로 닫혀 있었다. 이 낡은 집의 아래층 벽 속에 만들어놓은, 출입문이 없는 작은 독방의 조그만 구멍만이 그곳에 약간의 공기와 햇빛을 들여보내주는 유일한 창문이었다. 이 작은 방은 파리에서도 가장 붐비고 시끄러운 광장 옆에 있어서 주위가 시끄러운 만큼 더 깊은 평온과 음산한 고요로 가득 차 있었다.

이 방은 롤랑드 드 라 투르롤랑 공주가 십자군전쟁 때 죽은 아버지를 기리며 영원히 틀어박히기 위해 자신의 집 벽 안에 구멍을 파 만든 것이었다. 공주는 그 저택에서 출입구도 없고 채광창은 항상 열려 있는 이 방 외에는 모두 가난한 사람들과 하느님에게 기부했던 300여년 전부터 유명했다. 비탄에 잠긴 공주는 이 무덤 같은 방에서 그 후 20년 동안 죽음을 기다렸다. 날마다 아버지의 영혼을 위해 기도하고 베개도 없이 웅크린 채 잠자고, 검은 상복을 입은 채 지나는 사람들이 가엾게 여겨 가져다주는 빵과 물만으로 연명하였으니, 자신의 모든 것을 베풀고 난 뒤에는 그렇게 다른 사람들의 적선을 받으며 살았다. 마침내 그녀는 죽기 전, 어떤 일로 괴로움에 처한 여자들, 어머니들이거나 과부들이거나 또는 처녀들일지라도 남을 위해서거나 자신을 위해 기도를 하며 고통과 고행 속에 파묻히고자 하는 이들에게 이 방을 언제까지라도 사용해도 좋다는 유언을 남겼다. 당시의 가난한 사람들은 그녀에게 눈물을 흘리며 축복과 함께 아름다운 장례식을 치러주었으나 유감스럽게도 후원자가 없어서 그녀는 성자의 대열에 오르지 못했다. 약간 신앙심이 부족한 사람들 중에서는 그녀가 로마에서보다 천국에서 성자에 오르는 것이 더 쉬울 것이라고 생각하여 죽은 그녀를 위해 교황이 아닌 신에게만 기도를 드렸다. 대부분의 사람들은 롤랑드를 성녀로 추억하고 그녀의 누더기를 성유물처럼 간직하는 것으로 만족해야 했다. 한편 시에서는 이 공주를 위해 한 권의 공중용 성무 일과서를 만들어 독방의 채광창 옆에 비치하여 행인들이 기도를 드리기 위해서라도 걸음을 멈추고, 그녀처럼 작은 방에 살며 고행하는 여자들이 먹을 것도 없이 잊히지 않도록 하였다.

　게다가 이러한 종류의 무덤은 중세의 도시에서는 그리 드문 것이 아니었다. 사람들이 많이 다니는 큰길이나 시끄럽고 복잡한 시장 한복판, 즉 지나다니는 말의 발밑이나 짐수레나 짐마차가 오가는 차바퀴 밑에는 흔히 동굴이나 우물 또는 벽으로 둘러싸여 쇠창살로 둘러친 작은 방이 있어서 그 속에서 탄식과 속죄의 기도에 몸을 던진 이들이 있었던 것이다. 집과 무덤, 무덤과 도시를 잇는 쇠사슬 울타리라고 비유되는 이러한 무서운 작은 방, 인간 사회와 단절되고 이미 죽은 자라고 간주된 저 은둔자들, 어둠 속에서 마지막 한 방울의 기름을 태우고 있는 저 등불처럼 인간 동굴 속에서 흔들리는, 목숨이 얼마 남지 않은 사람들, 돌 상자 같은 방 속에서 들려오는 은둔자들의 숨결 소리와 영원한 기도 소리, 이미 딴 세계의 태양이 비치는 눈, 무덤 벽에 착 달라붙어 있는 귀, 그 같은 몸에 갇힌 그 같은 영혼, 그 같은 감방에 갇힌 그 같은 몸뚱이, 육체와 돌이란 이중의 표피 아래서 고통받는 은둔자들의 영혼의 신음 소리, 이와 같은 이상한 광경이 오늘날 우리의 가슴에 불러일으킬 것이 틀림없는 여러 가지 감상을 당시 사람들은 아무것도 느끼지 못했다. 그다지 이론적이지 못하고 섬세하지 못했던 당시의 신앙심은 하나의 종교 행위에서 여러 가지 면을 보지 못했다. 당시의 신앙심은 사물을 한 덩어리로 파악하고 희생을 존경하고 숭배하고 필요하다면 성화하게 여겼으나 그 희생의 고통을 분석하지 않았고 별로 측은히 여기지 않았다. 그 신앙심은 때때로 가엾은 고행자에게 음식을 가져다주고 그가 아직 살아 있는지 구멍으로 들여다보고 하였으나 그의 이름은 모르고 있었으며 몇 년 전부터 그가 죽어가기 시작했는지 알지 못하며, 그 지하실에서 썩어가는 살아 있는 해골에 관해서 누가 물으면 이웃들은, 남자라면 "은자요"라고 대답하고 여자라면 "여자 은자요"라고 대답할 뿐이었다.

당시의 사람들은 모든 것을 그렇게 추상성도 없고, 과장도 없고, 확대경도 없이, 육안으로 보고 있었다. 물질적인 것을 위해서나 정신적인 것을 위해서나, 현미경은 아직 발명되기 전이었다.

게다가 사람들은 그것을 그리 신기하게 여기지 않았는데, 앞서 말했듯이 도시 한복판에 그런 종류의 유폐는 흔했다. 파리에는 하느님에게 기도하고 고행을 하는 그런 독방이 꽤 많았는데 거기에는 거의 다 사람이 있었다. 성직자는 그런 독방들을 비워둘 생각이 없었으니, 그것은 신자들의 신앙심이 미약함을 뜻하는 것이고 만약 고행자들이 없을 때는 문둥이라도 갖다 넣었던 것이 사실이다. 그레브 광장의 이 작은 방 외에도 몽포콩에 하나가 또 있었으며 생 지노상 묘지의 납골당에도 있었으며 또 하나가 아마도 클리숑에 있었던 것 같다. 그 밖에도 그런 것들이 또 여러 곳에 있었는데 건물이 없으면 그곳 전설 속에 흔적이 있다. 대학에도 역시 그것이 있었다. 생트 주느비에브 산 위에서는 중세의 욥[161]이, 빗물받이 웅덩이 안쪽에서 두엄 위에서의 고행에 관한 일곱 시편의 송독을 끝내면 다시 시작하고, 밤에는 한결 높은 소리로 읊조리면서 30년 동안이나 노래를 불렀는데, 오늘날에도 고고학자가 퓌 키 파를 거리에 들어가면 아직도 그의 목소리가 들리는 것만 같을 것이다.

투르롤랑의 독방에 관해서만 이야기하자면, 이제까지 은자가 없었던 적은 한 번도 없었다. 롤랑드 공주가 죽은 뒤로, 그 방이 일이 년 동안 빈 적은 드물었다. 숱한 여자들이 거기서 죽을 때까지 부모나 애인을 애도하고 잘못을 뉘우쳤다. 모든 것에, 심지어 심술하고는 거의 관계가 없는 것들까지도 곧잘 참견하는 파리 사람들의 심술은, 그중에는 과부들은 별로 없었다고 주장하고 있었다.

당시의 관습에 따라, 바깥벽에 적힌 라틴어는 통행인들 가운데 학식이 있는 사람이라면 이 방의 경건한 용도를 알 수 있게 하였다. 문 위에 짤막한 명(銘)으로 건물의 용도나 유래에 대해 설명하는 습관은 16세기 중엽까지 지켜져왔다. 그리하여 프랑스에서는 지금도 투르빌 성주의 저택에 있는 감옥 쪽문에는 '묵묵히 희망을 가져라'라는 글이 쓰여 있으며, 아일랜드에서는 재판정 포시티큐 성의 대문에 그려진 방패 문장 아래 '강한 방패는 인명의 안전을 구한다'라는 글이 새겨져 있으며, 영국에서는 쿠퍼 백작의 방문객용 숙소의 현관 출입문 위에 '이 성은 당신의 것입니다'라는 글을 발견할 수 있다. 그 모든 것은 당시의 사상을 잘 표현하고 있다.

투르롤랑의 벽으로 둘러싸인 작은 방에는 문이 없었으므로 창문 위에 큼직한 라틴어로 다음과 같은 두 글자가 새겨져 있었다.

TU, ORA.(그대, 기도하라.)

일반인들은 사물들 속의 미묘한 의미를 읽지 못하여 'Ludovico Magno(루이 대왕에게)'를 '생 드니 문'이라고 번역하고도 오류를 알지 못한다. 그와 마

찬가지로 위의 라틴어로 인해 사람들은 그 어둡고 축축한 동굴 같은 방을
'Trou aux Rats(쥐구멍)'이라고 이름 붙이게 되었다. 이것은 원래의 의미에
비해 경건성은 느껴지지 않으나 오히려 더욱 생생한 느낌을 전달하고 있다.

chapter 3

옥수수 효모로 만든 과자 이야기

이 이야기가 전개되고 있는 무렵에도 투르롤랑의 작은 방에는 한 사람이
살고 있었다. 그가 누구인지 궁금하다면, 내가 앞서 '쥐구멍'에 대해 설명할
때 마침 샤틀레에서 그레브 광장으로 들어서 바로 '쥐구멍' 쪽으로 가고 있
는 세 여인네의 이야기에 귀를 기울이면 될 것이다.

세 여인 가운데 두 사람은 상류 파리 시민의 옷차림을 하고 있었다. 그들
은 희고 엷은 바탕의 깃 장식과 붉고 푸른색의 줄무늬가 들어간 치마에 가
장자리를 색실로 수놓아 뜨개질한 희고 긴 양말과, 검은 밑창에 연한 황갈
색 가죽 구두를 신었다. 또한 머리에는 리본과 레이스로 장식한 반짝이는
삼각모를 썼다. 오늘날도 상파뉴 지방의 여인들은 러시아 제국군의 척탄병
과 함께 아직도 이런 모자를 쓰는데 이 모든 차림새로 보아 하인들이 '아주
머니'라고 부르는 것과 '마님'이라고 부르는 것의 중간 정도를 차지하는 부
유한 상인 계급의 부녀자임을 짐작할 수 있다. 두 사람 모두 반지나 금 십자
가 목걸이도 하지 않았는데, 그것은 돈이 없어서가 아니라 괜히 벌금이라도
물게 될까 봐 미리 조심하는 것임을 알 수 있다. 그 옆에 또 한 여인도 마찬
가지로 비슷한 차림새였으나 그녀에게서는 어딘지 시골 공증인의 부인 같
은 촌스러움이 느껴졌다. 그녀의 허리띠가 허리 위로 올라간 것으로 보아

파리에 온 지 얼마 되지 않았음을 짐작할 수 있었다. 또 옷깃 장식에는 주름이 많고 구두에 달린 리본 매듭과 치마 줄무늬 또한 가로 형태였다는 것 등등 고상하고 멋 부릴 줄 아는 부인들이라면 몹시 거슬리게 생각할 만한 이상한 점들이 눈에 띄었다.

앞서 말한 두 여인은 마치 시골에서 막 올라온 사람에게 파리 구경을 시켜주는 듯한 걸음걸이를 보였다. 시골에서 올라온 듯한 세 번째 여인은 커다란 과자를 손에 든 덩치 큰 사내아이의 손을 붙잡고 있었다.

무척 추운 때였으므로 그 사내아이가 흘러나오는 코를 핥으려는 듯 혀를 날름거리고 있었다고 설명해야 함을 유감스럽게 생각한다.

그 아이는 베르길리우스의 말마따나, '흐트러진 발걸음으로' 한 손을 어머니에게 붙잡힌 채 끌려가면서도 계속 몸을 뒤틀고 있었는데, 그럴 때마다 더욱 야단을 맞곤 했다. 아이는 똑바로 걷는 것보다는 들고 있는 과자에 더 신경을 쓰고 있었다. 무엇 때문인지 과자를 먹지는 못하고 들여다보기만 했는데 그것만으로도 아이는 만족스러워하고 있었다. 그런데 정말 그렇다면, 그 과자는 어머니가 들고 가는 편이 더 나았을 것이다. 포동포동한 사내아이를 탄탈로스[162]로 만든다는 것은 가혹한 짓이었다.

그동안 세 여인은 ('마님'이라는 말은 당시 귀족 부인에게만 사용되었다) 한꺼번에 떠들어대고 있었다.

"서두릅시다, 마예트 부인! 잘못하면 늦을지도 몰라요. 그 사람을 죄인 공시대로 데려간다고 샤틀레에서 그랬잖아요."

그중에서 제일 젊고 뚱뚱한 여자가 시골에서 온 여자에게 말했다.

"그게 무슨 소리예요, 우다르드 뮈스니에 부인? 적어도 두 시간은 그 죄인 공시대에 세워둔다고 했잖아요. 시간은 충분해요. 그런데 죄인을 공시대에 묶어놓은 걸 정말로 본 적이 있어요? 마예트 부인?"

또 다른 파리 여자가 말을 이었다.

"그럼요. 랭스에서요!"

시골 여자가 말했다.

"어머나, 그래 봤자 랭스의 죄인 공시대라는 게 얼마나 대수겠어요? 겨우 농부들이나 돌리는 우리 정도겠지요!"

"농부들이나라니요? 마르셰 오 드라에서! 랭스에서! 굉장한 죄인들도 많이 봤어요! 제 아비와 어미를 죽인 죄인들 말이에요. 농부들만이 아니에요. 우리를 뭐로 알고 그러세요, 제르베즈!"

마예트가 말했다.

시골에서 올라온 것이 분명한 이 여인은 자기네 고장의 죄인 공시대 명예를 위해 당장이라도 화를 낼 것만 같았다. 이내 신중한 우다르드 뮈스니에가 얼른 화제를 돌렸다.

"그나저나 마예트 부인, 저 플랑드르 사절단에 대해서 어떻게 생각하세요? 랭스에서도 그런 화려한 행렬을 볼 수 있나요?"

"사실…… 플랑드르 사절단 같은 볼거리는 파리에서밖에 볼 수가 없을 걸요……."

마예트가 대답했다.

"사절단 중에서 옷장수라던가 하는 키가 큰 사람도 봤죠?"

우다르드가 물었다.

"네, 꼭 사투르누스[163] 같았어요."

마예트가 대답했다.

"그 뚱뚱보는 어때요, 얼굴이 꼭 벌거벗은 뱃가죽 같지 않아요? 게다가 그 키 작은 난쟁이는 눈도 작고 눈 주위로 엉겅퀴 머리같이 까끌까끌한 털이 나 있는 게 참 가관이었죠?"

제르베즈가 말했다.

"그 사람들이 타고 온 말들이 아주 훌륭하던데요. 자기 나라 식으로 말에

다 옷을 입혀놓은 게 말이에요."

우다르드가 말했다.

"어머나! 18년 전인 61년 일인데요, 랭스에서 국왕의 대관식이 있었어요. 그때 귀족들과 국왕을 수행하는 사람들의 말들이야말로 정말 훌륭했어요! 안장과 말 잔등에 걸친 천들이 정말 훌륭한 비단이었어요. 흑담비의 모피를 달고 능직무늬로 짠 나사라든가, 금빛의 엷은 나사, 흰담비 모피의 깃 장식을 단 벨벳이라든가 말이죠. 그뿐인가요, 금은세공이나 금은으로 된 커다란 방울들을 달아놓았었죠! 그게 한두 푼이겠어요? 게다가 말에 탄 귀여운 시동들까지!"

"아무리 그렇다 해도, 플랑드르인들의 말이 훌륭했다는 건 변함이 없고 그들이 엊그제 시청에서 파리 행정 장관으로부터 진수성찬을 대접받았는데, 당과며 향료를 넣은 포도주며 사탕절임…… 온갖 진귀한 음식이 차려졌대요!"

"뭐라고요? 플랑드르인들이 만찬을 먹은 건 추기경님 댁, 프티 부르봉에서였어요!"

제르베즈가 외쳤다.

"아니에요, 시청이에요!"

"아니라니까요, 프티 부르봉이 맞아요!"

"글쎄 시청이 틀림없다니까요! 스쿠라블 박사가 라틴어로 연설을 했고 사절단들이 매우 흡족해했대요. 선서한 서적상인 우리 남편이 알려줬어요!"

우다르드가 쐐기를 박았다.

"글쎄, 프티 부르봉이 틀림없어요! 추기경님의 집사가 어떤 음식을 대접했는지 난 알고 있어요. 흰색, 연분홍색, 진홍색 향료 포도주 더블쿼트로 열두 병, 리옹산 금빛 편도과자 스물네 상자, 한 자루에 2리브르나 하는 횃불 스물네 자루, 본에서 생산된 흰색과 연분홍색 포도주 200리터들이 여섯 통,

그것도 최고급으로요. 이 얘긴 우리 남편한테 들었어요. 그 사람은 파를루 아 로 부르주아의 민병대 50인조의 조장이에요. 어제 아침에 선왕 때 메소 포타미아에서 파리로 온 트라브존 황제와 프레트 장의 사신들을 플랑드르 사신들과 비교해보고 있었어요. 트라브존 일행들이 귀고리를 달고 있었다 는 것도 알고 있다고요.”

제르베즈 역시 지지 않고 말했다.

“아무튼 그들이 시청에서 만찬회를 한 게 사실이에요. 그렇게 고기와 사탕 조림이 산처럼 쌓여 있는 걸 본 게 처음이었대요!”

우다르드는 상대방이 그렇게까지 늘어놓는데도 전혀 놀라지 않고 응수 했다.

“나 참, 시청 관리인 르 세크가 프티 부르봉 저택에서 접대를 했다니까요! 당신이 잘 모르고 있는 거예요!”

“장소가 시청이었다니까요!”

“프티 부르봉이요! 그 저택 현관문에 쓰여 있는 ‘희망’이라는 글씨를 마술 경으로 확인했대요!”

“아이고, 시청이래두요! 시청! 위송 르 부아르가 플루트 연주까지 했어요!”

“글쎄 아니라고요!”

“맞아요!”

“아니에요, 절대 아니에요!”

뚱뚱보 우다르드가 다시 반박하려 할 때, 마예트가 소리쳐 끊지 않았더라 면 두 사람은 모자라도 잡아당기며 싸움이 붙었을지 모른다.

“잠깐! 저기 다리 부근에 몰려든 사람들 좀 보세요! 한가운데 뭐가 있는 모양이죠, 다들 그걸 쳐다보고 있어요!”

“어머나 정말! 탬버린 소리 같은데……. 에스메랄다가 염소와 함께 춤 추고 있나 봐요. 어서 가봅시다, 마예트. 아이 손 잘 잡고 서둘러요. 파리 구경하러 오셨으니 볼 건 다 봐야죠, 어제는 플랑드르인들을 봤으니 오늘은 집시 처녀를 보여드리리다!"

"집시 처녀라고요?"

마예트는 깜짝 놀라 걸음을 멈추더니 아이의 팔을 힘껏 부여잡고는 방향을 바꾸며 말했다.

"오, 하느님! 저 계집은 내 아들을 훔쳐 갈 거예요! 이리 와, 외스타슈!"

그녀는 곧장 그레브 광장 쪽으로 달리기 시작하여 다리에서 멀리 떨어진 곳까지 갔다. 그러다 어머니에게 끌려가던 아이가 무릎이 꺾이며 넘어져버렸다. 그러자 그녀도 숨을 헐떡이며 멈추어 섰다. 우다르드와 제르베즈가 뒤따라왔다.

"집시 처녀가 아이를 훔쳐 간다고요? 말도 안 되는 소리를 다 하시는군요?"

제르베즈의 말에 마예트가 무언가 생각하는 듯 고개를 끄덕였다. 그러자 우다르드가 한마디 했다.

"이상하네요. 자루를 쓰고 참회하는 '자루 수녀'도 집시 처녀 얘기만 나오면 그런 소릴 했어요!"

"자루 수녀가 뭐예요?"

마예트가 물었다.

"귀딜 수녀 말이에요."

우다르드가 말했다.

"귀딜 수녀는 또 누구죠?"

마예트가 다시 물었다.

"귀딜 수녀가 누군지도 모르시다니, 랭스에서 온 게 틀림없군요! '쥐구멍'에 사는 은자 말이에요."

우다르드가 대답했다.

"그럼, 우리가 지금 이 과자를 가져다주려는 그 가엾은 할머니 말인가요?"

마예트가 물었다.

우다르드가 고개를 끄덕이며 대답했다.

"맞아요! 이제 곧 그레브 광장에 도착하면 광장 쪽으로 난 채광창으로 들여다볼 수 있어요. 그분도 당신처럼 광장에서 탬버린 치고 점을 보는 집시 처녀를 달가워하지 않아요. 왜 그 사람이 겨우 집시 처녀를 무서워하는지 모르겠어요. 그리고 당신도 왜 그렇게 뒤도 안 돌아보고 도망을 치는 거죠, 마예트?"

"……아 ……나는요, 파케트 라 샹트플뢰리가 당한 것 같은 일을 당하고 싶지는 않아요!"

마예트는 아들의 둥근 머리통을 두 팔로 끌어안으며 말했다.

"무슨 일인지 우리에게도 좀 들려주면 안 될까요, 마예트?"

제르베즈는 마예트의 팔을 잡으며 말했다.

"그래요, 근데 그 이야기를 모르시다니 부인들도 역시 파리 사람이네요! 얘기해드릴게요……."

그러면서 마예트는 이야기를 시작했다.

"아, 뭐 그 얘기 하는 데 굳이 걸음을 멈출 필요까지는 없으니 그냥 걸으면서 이야기할게요. 그러니까 지금부터 18년 전이지요. 내가 열여덟 살일 때 파케트 라 샹트플뢰리도 나와 동갑인 아름다운 처녀였어요. 하지만 그 여자는 나처럼 남편과 아들을 둔 서른여섯 살의 뚱뚱하고 발랄한 어머니가 되지 못했는데, 그건 순전히 그 여자 탓이었지요! 그 여자는 이미 열네 살 때부터 싹이 노랬지요……. 아무튼 그녀는 기베르토라는 랭스의 선상 음유시인의 딸이었어요. 그분이 바로 샤를 7세의 대관식 때, 왕께서 라 퓌셀 왕비와 함께 배를 타고 시유리에서 뮈종까지 베슬 강을 내려가실 때 그 앞에서 노래를 부른 사람이에요. 그 아버지가 돌아가셨을 때 파케트는 아직 어린 나이였어요. 그녀의 어머니는 파리의 파랭 가를랭 거리에서 유기그릇과 주물 장사를 하다 작년에 세상을 떠난 마티외 프라동 씨의 여동생이죠. 그러니까 집안은 괜찮았는데, 그녀의 어머니가 너무 세상을 몰라서 그랬는지, 파케트에게는 장식품이나 장난감을 만드는 재주밖에는 아무것도 가르치지 않았어요. 그런데 그 기술도 생계에는 큰 도움이 되지 못해서 늘 가난했지요. 파케트와 어머니는 랭스 강변 폴 펜 거리에서 살았어요. 그런데 바로 파케트가 불행해진 건 그곳에 살았기 때문이라고 생각해요. 루이 11세가 즉위하던 61년경에, 파케트는 정말 발랄하고 아름다운 아가씨였어요. 그래서 사람들은 누구나 그녀를 라 샹트플뢰리[164]라고 불렀어요. 그녀는 특히 아름다운 치아를 가지고 있었는데, 그걸 자랑이라도 하듯 언제나 활짝 웃었죠. 그런데 웃기를 좋아하는 아가씨는 눈물을 향해 걸어가기 마련이라는 말이 있던데, 정말이지 샹트플뢰리가 바로 그랬어요. 모녀는 겨우겨우 생계를 이어갔는데, 아버지가 돌아가시자 완전히 몰락한 거예요. 두 사람이 아무리 열심히 리본과 장난감을 만들어도 일주일에 6드니에 이상은 벌지 못했어요. 가장이었던 기베르토 씨가 대관식에서 노래 한 곡만 불러도 필 주화 12솔을 받던 것에 비하면 하늘과 땅 차이였어요. 그 61년 겨울이었어요, 두 여자가 사는 집은 땔감도 없었으니 얼마나 추웠겠어요. 그래도 샹트플뢰리는 아름답게 꾸미고 나섰죠. 그러자 뭇 사내들이 그녀를 불러댔어요. 파케트! 파케트! 또는 파크레트! 하고 불렀지요. 사람들이 그녀의 이름을 불러대자 그녀는 결국 몸을 망쳤어요. 외스타슈! 과자 먹으려는 거야? 혼날 줄 알아라! 어느 주일날 성당에 나왔을 때 그녀 목에 금 십자가가 매달린 것을 보고 우리는 그녀가 결국은 타락했다는 걸 알아차렸지요. 겨우 열네 살이었는데 말이에요! 첫 남자는 랭스에서 3킬로미터쯤 떨어진 곳에 종루를 가지고 있는 젊은 코르몽트뢰유 자작이었어요. 두 번째는 왕의 기수인 앙리 드 트리앙쿠르, 그 다음엔 그보다 못한 의장관 시아르 드 볼리옹, 뒤로 갈수록 더 내려가서 왕의 시종 게리 오베르종, 황태자 전하의 이발사 마세 드 프레퓌, 왕실 요리사 테브넹 르 무안, 점점 더 늙고 지체도 낮은 사내로 수준이 떨어져서는 마침내 교현금 악사 기욤 라신, 그다음엔 초롱장수인 티에리 드 메르에게까지 몸을 맡기게 된 거예요! 그렇게 해서 가엾은 샹트플뢰리는 모든 사내들에게 가능한 여자가 돼버린 거지요. 한번 발을 잘못 내딛으니 끝도 없이 추락해 간 거예요. 같은 해인 61년 대관식 때 난봉꾼들 중의 왕자와 잠자리를 한 것도 바로 그 여자였어요! 바로 그해에 말이에요!"

마예트는 한숨을 쉬며 눈에 핑 도는 눈물을 닦아냈다.

"그런 얘기가 뭐 그리 특별한가요? 집시도 어린애 얘기도 그림자도 비치지 않는구먼!"

제르베즈가 말했다.

"좀 기다리세요, 아이 얘기가 곧 나올 테니까요."

그러면서 마예트가 말을 계속했다.

"……66년, 그러니까 이달의 성 바울로의 제일이면 딱 16년 전이네요. 그때 파케트가 여자아이를 하나 낳았어요. 가여운 여자! 무척 기뻐했는데, 오래전부터 그게 소원이었어요. 그녀의 착한 어머니는 이미 죽은 뒤여서 파케트는 세상에서 누구에게도 사랑을 받거나 줄 수도 없는 처지였지요. 그녀가 타락하면서부터 5년이 흐르는 동안 샹트플뢰리는 정말 불쌍했어요. 세상에 혼자 남겨진데다 사람들에게 손가락질 받고 야유를 당하고 경찰들에게 두들겨 맞는 것도 부지기수, 거지꼴을 한 아이들한테까지 놀림을 당하며 살았지요. 그사이 어느덧 스무 살이 되었는데, 그 나이면 몸 파는 여자들 사이에서는 할머니 취급을 당하지요. 그러다 보니 아무리 몸을 팔려고 해도 옛날처럼 장난감 나부랭이를 팔아 버는 정도밖에는 안 되었어요. 한 살씩 먹어갈수록 그 정도는 더 심해져가고 다시 가혹한 시절이 돌아온 거예요. 겨울이 되어도 땔감도 없이 추위를 견뎌야 하고 먹을 것도 귀한 지경이 된 거예요. 그럼에도 그녀는 더 이상 일을 할 수가 없었어요. 몸을 팔아 쉽게 돈을 벌다 보니 점점 게을러졌고 게으름 때문에 더욱더 타락하게 되고 삶이 더욱 고통스러워지는 거예요. 생 레미의 사제님도 그런 말씀을 하셨어요, 그런 일을 하던 여자들은 늙으면 다른 사람들보다 더 추위를 타고 굶주림에 더 고통을 받게 마련이라고요."

"그래 맞아요. 근데 집시는 언제 나와요?"

제르베즈가 다시 물었다.

"급하시기도 하네요, 좀 기다려보세요. 처음에 다 얘기해버리면 끝이 재미없잖아요? 계속하세요, 마예트 부인. 그 가련한 여자 샹트플뢰리 얘기요!"

제르베즈보다 참을성이 있는 우다르드가 말했다.

마예트는 다시 이야기를 이어갔다.

"그 여자는 정말 슬프고 비참한 생활을 계속했어요. 날마다 울어서 두 볼이 홀쭉하게 야위었지요. 그런 어리석음과 비참함 속에 있으면서도 무엇이 되었든 자기가 사랑할 수 있는 것이 있으면 덜 고통스러울 거라고 생각했어요. 그건 오직 어린아이여야 한다고 생각했어요. 순수한 아이만이 자신의 고통을 위로해줄 거라고 믿었지요. 그녀가 그것을 깨달은 건 어떤 도둑놈을 사랑하게 된 뒤였어요. 그 도둑놈만이 그녀를 원했어요. 왜냐고요? 다른 사람들은 더 이상 그녀를 상대하려 들지 않았으니까요. 그런데 곧 그녀는 그 도둑놈조차도 자신을 우습게 여기고 있다는 걸 알았어요. 그런 여자들에게는 마음의 외로움을 채우기 위해서 아이가 있어야 해요. 안 그러면 여자들은 스스로가 너무 비참해서 견딜 수가 없을 거예요. 그래서 그녀는 남자가 아닌 아이를 갖게 해달라고 신에게 기도했어요. 신도 그녀를 가엾게 여기셨던지, 마침내 그녀에게 아이가 생겼어요. 그때 그녀의 기쁨을 어떻게 말로 설명할 수 있을까요? 한없이 기쁨의 눈물을 흘리며 정신없이 끌어안고 입 맞추며 모든 고통을 잊어버렸지요. 그녀는 아이에게 젖을 먹이고 하나뿐인

이불을 뜯어 기저귀를 만들었어요. 더 이상 배고픔이나 추위도 느끼지 않았어요. 그러자 그녀는 아름다움을 되찾기 시작했고 사내들이 그녀를 보러 찾아오게 되었어요. 불행인지 다행인지 그녀는 다시 몸을 팔아 번 돈으로 아이에게 필요한 배내옷이며 모자며 턱받이를 만들고 레이스 조끼와 작은 공단 두건도 만들었어요. 하지만 자기의 새 이불을 살 생각은 하지 않았죠. 야, 외스타슈! 과자 먹지 말랬지! 그렇게 작은 아녜스는, 아녜스는 아기 이름이에요, 세례명이죠, 샹트프뢰리는 오래전부터 성이 없었거든요. 어쨌든, 아주 작은 아녜스는 황태자의 공주님보다도 더 많은 리본과 자수 장식을 매단 옷들에 파묻혀 있었어요. 특히 아주 귀여운 신발 한 켤레가 있었는데, 루이 11세라도 그런 신은 갖지 못했을 거예요. 그 신발은 어머니가 아기를 위해 한 땀씩 수를 놓고 성모 마리아의 옷이라도 만들듯 온갖 장식을 다 했거든요. 그렇게 예쁜 분홍신은 세상에 없을 거예요. 기껏해야 내 엄지손가락만 했어요. 아기의 작은 발이 들어가는 걸 믿으려면 그 발이 거기서 나오는 걸 봐야 했는데 그 앙증맞은 발이야말로 참으로 작고 예쁜 분홍빛이었어요! 신발보다 더 고운 분홍빛! 우다르드 부인, 당신도 아이들을 갖게 되면 그런 작은 발과 손보다 더 사랑스러운 건 세상에 없다는 걸 알게 될 거예요."

"제발 그러고 싶어요! 그런 즐거움이 우리 앙드리 뮈스니에 씨에게도 찾아오길 기다린답니다."

우다르드는 한숨을 쉬며 말했다.

"그런데 말이에요……."

마예트는 이야기를 이어갔다.

"파케트의 귀여운 아기는 그냥 발만 예쁜 게 아니었어요. 태어난 지 4개월 정도 됐을 때 봤는데, 얼마나 사랑스럽던지! 초롱초롱한 눈은 입보다 크고, 가늘고 검은 머리털에, 세상에서 그보다 매력적인 아기도 없을 거예요. 그 아이의 머리털은 그때부터 벌써 곱실거렸어요. 자라서 열여섯 살이 되었으면 멋진 갈색 머리를 가진 소녀가 되었을 텐데! 그렇게 사랑스런 아기를 두었으니 그 어머니는 날마다 더욱 아기에게 빠져들어갔지요. 아기가 귀여워서 어쩔 줄 몰라 하며 쓰다듬고 입 맞추고 간질이고 목욕시키고 옷을 갈아입히고……. 정말이지 당장이라도 잡아먹어버릴지도 모를 만큼 끔찍하게 굴었어요. 그녀는 그토록 사랑스런 아기를 주신 하느님께 한없이 감사했지요. 특히 그 고운 분홍빛 발은 끝없는 감탄과 기쁨의 원천이었지요! 그녀의 입술이 그 앙증맞은 발에서 떨어질 줄을 몰랐으니까요. 작은 신발을 신겼다 벗겼다 하면서 감탄사를 외치고, 즐거워하며 들여다보고 침대 위에서 걷게 해보고 가여워하기도 했는데, 마치 아기 예수의 발을 보는 듯이 무릎을 꿇고는 신발을 신겼다 벗겼다 하는데 평생이라도 그렇게 지낼 것 같았죠."

"이야기는 정말 절절하네요. 그런데 집시 이야기는 언제쯤 나오는 거죠?"

제르베즈가 나지막한 목소리로 물었다.

"이제부터예요!"

마예트가 의미심장하게 대답했다.

"……어느 날, 랭스에 낯설고 이상한 사람들이 말을 타고 나타났어요. 거지와 방랑자들이 공작과 백작들에게 이끌려 우리 고장을 지나가는 길이라고 했어요. 모두들 얼굴은 새카맣게 햇볕에 그은데다 곱슬머리에 귀에는 은으로 만든 귀고리들을 했지요. 어떻게 된 게 여자들이 남자들보다 더 못생겼더군요. 여자들이 머리털을 말꼬리처럼 늘어뜨린데다 모자도 쓰지 않아서 얼굴이 더 까맣고 실로 짠 볼품없는 홑이불을 어깨에 하나씩 둘러메고 있었어요. 다른 팔로는 사납게 짖어대는 발바리도 안고 있었죠. 그 여자들의 다리에 감기며 따라다니는 아이들의 몰골을 봤더라면. 원숭이도 놀라 도망갈 만한 정도였죠. 알고 보니 그들은 전부 교황님께 파문당한 사람들이었어요! 모두들 이집트에서 폴란드를 거쳐 랭스로 들어오는 길이었죠. 사람들 말에 의하면, 교황님이 그 사람들의 참회를 들으시고는, 그로부터 7년 동안 잠을 자지 말고 세계를 돌아다니며 참회하라고 이르셨다고 하더군요. 그래서 그 사람들을 '참회자들'이라고 불렀는데, 가까이 가보면 악취가 심하게 났어요. 그 사람들의 선조는 사라센인들인데 유피테르를 믿었고 대주교와 주교, 사제들에게 20수 주화 열 닢씩을 희사해달라고 했던가봐요. 교황님으로부터 받은 교서에 그런 권리에 대해 적혀 있었던 거예요. 그들은 알제 왕과 독일 황제의 이름으로 점을 치기 위해 랭스에 온 거였어요. 그것만으로도 그들이 시내에 들어오는 것을 막을 충분한 이유가 되었지요. 그러자 그들은 별 저항 없이 브렌의 성문 근처에서 야영을 하게 되었어요. 그 언덕 위에는 오래된 폐광이 있었어요. 그런 소문이 마을 사람들에게 퍼지자 앞다투어 랭스 사람들이 찾아간 거예요. 그 사람들은 손금만 보고도 점을 잘 쳤거든요. 그들은 유다에게도 교황이 될 것이라고 예언할 정도의 힘이 있었어요. 하지만 그들이 애들을 훔쳐가는데다 지갑을 슬쩍하고 사람 고기를 먹는다는 소문도 돌았어요. 점잖은 분들은 '그런 곳에 가지 말라'고 말하면서도 남몰래 찾아 갔답니다. 아무튼 온통 그들에게 호기심과 모든 관심이 집중된 거예요. 실은, 그들이 추기경도 놀랄 만한 것을 말하고 있었어요. 집시 여자들이 어린 아이들의 손금을 보고 이교도나 터키어로 쓰인 갖가지 신기한 풀이를 읽어주고 나면 아이엄마들도 몹시 자랑스러워했지요. 어떤 엄마는 자기 아이가 황제가 된다고 하고, 다른 엄마는 제 아이가 교황이 될 거라고 하고, 그리고 또 다른 엄마는 아이가 대장이 된다고 자랑했으니까 말이에요. 그러니 가련한 샹트플뢰리도 호기심이 일었어요. 내 아이는 장차 어떤 사람이 될까, 혹시 훗날 아르메니아의 황후가 된다거나 아니면 그 어떤 다른 무엇이 될지 너무나 궁금했던 거예요. 그녀는 결국 아기를 데리고 집시들에게 갔어요. 집시 여자들도 그 사랑스러운 아기에게 흠뻑 빠져들었어요. 아기에게 입을 맞추고 앙증맞은 손발을 만지고 물고 빨고 하며 귀여워 어쩔 줄 몰라 했지요. 그러고는 그 아기의 손금을 보고 감탄을 연발했어요. 그러니 아이엄마는 얼마나 기쁘고 행복했겠어요! 집시 여자들도 특히 귀여운 아기의 작은 발과 작은 신발에 감탄했지요. 아직 한 살도 되지 않은 아기는 통통하게 살이 오른 천사같이 천진난만한 미소를 띠며 옹알이를 하고 온갖 재롱이 끊이지 않았어요. 그런데 아기는 집시 여자들을 보고는 자지러질 듯이 울음을 터뜨렸어요. 엄마는 그런 아기를 달래기 위해 품에 안고 돌아왔어요. 집시 여자들이 아기에 대해 예언한 것을 기뻐하면서 말이에요. 아기는 장차 매우 아름다운 여인으로 성장할 것이고, 정숙하고 덕이 많은 여왕이 될 거라고 했대요. 그녀는 폴펜 거리의 오두막으로 돌아오면서 장래의 여왕마마를 품에 안고 돌아오는 것을 자랑스럽게 여겼지요. 다음 날 그녀는 아기가 아직 자고 있을 때 침대 위에 뉘어놓고는 문을 살짝 열어놓은 채 세셰스리 거리의 친구에게 달려갔어요. 그리고 자신의 딸 아녜스가 영국 왕과 에티오피아의 대공으로부터 초대받을 날이 올 것이라는 이야기를 비롯해 집시 여자들에게서 들은 즐겁고 놀라운 이야기들을 들려주었어요. 그리고 다시 서둘러 집으로 돌아왔을 때까지도 아기는 잠에서 깨지 않았는지 우는 소리가 들리지 않았어요. 그것을 다행으로 여기며 그녀는 아기가 누워 있는 방으로 가보았어요. 그런데 방문이, 자기가 열어놓았던 것보다 더 활짝 열려 있는 것을 발견했어요! 세상에…… 엄마는 다급하게 방 안으로 뛰어 들어가 침대를 살폈지만 아기는 이미 그곳에 없었어요. 그 자리엔 작고 예쁜 아기의 분홍 신발 한 짝만 뒹굴고 있었어요. 그녀는 미친 듯이 밖으로 뛰쳐나와 거리를 헤매며 아기를 찾아다녔어요. '누가 내 아이를 데려갔어요! 누가 아기를 훔쳐 갔어!' 그러면서 울부짖으며 머리를 벽에 찧기도 하고 소리쳐 부르기도 했지만 소용없었어요. 거리엔 아무도 없었고 집은 텅 빈 절간 같아졌으니 아무도 그녀에게 도움을 주지 못했어요. 그녀는 날마다 온종일 시내 곳곳을 이 잡듯이 뒤지고 다녔어요. 미친 사람처럼 아이를 찾아 헤매 다녔지요. 숨을 헐떡이고 머리는 풀어 헤쳐진 채로 두 눈에는 안타까운 불꽃이 일었어요. 거리에서 마주치는 사람들마다 붙잡고 애원했지요. '우리 아이 좀 찾아주세요. 아이만 돌려준다면 그 사람의 종살이라도 하겠어요! 원한다면 내 심장이라도 꺼내드리겠어요.' 그녀는 생 레미의 사제를 만나서도 말했어요. '신부님, 제 손톱으로 밭이라도 갈겠습니다. 제발 아기만은 돌려주세요!' 참으로 안타까운 일이었답니다, 우다르드. 피도 눈물도 없기로 유명한 퐁스 라카브르 검사마저도 그녀의 이야기를 듣고는 눈물을 지었답니다. 온종일 거리를 헤매 다녀도 날이 어두워지면 하는 수없이 그녀도 집으로 돌아가야 했지요. 어느 날 낮에 그녀가 없는 사이에, 웬 집시 여자 둘이 꾸러미 하나를 안고 남몰래 그 집에 들어갔다가 나가는 것을 이웃 여자가 보게 되었지요. 그런데 그들이 떠난 뒤로 그녀의 집 안에서 아이 울음소리 같은 것이 들렸던 거예요. 해가 저물어 집에 돌아온 그녀는 마침 그 소리를 듣고는 뛸 듯이 기뻐하며 안으로 뛰어 들어갔어요……. 하지만 어쩜 그런 일이 다 있을까요, 우다르드! 하느님의 선물이었던 그 귀엽고 사랑스러운 아기 아네스 대신, 추악하고 절름발이에 애꾸눈의 괴물 같은 아기가 방바닥을 기면서 울고 있었던 거예요. 그녀는 순간적으로 너무 놀라고 무서워서 두 눈을 감아버렸어요. '세상에! 마녀들이 내 딸을 끔찍한 짐승의 새끼로 바꿔놓았구나!' 그렇게 말하며 울부짖는 그녀에게 이웃들이 찾아와 그 괴물 같은 아기를 끄집어내었어요. 그냥 두었다간 그녀가 정말로 미쳐버릴 것만 같았으니까요. 그 아이는 악마의 유혹에 넘어간 집시 여자가 낳은 기형아였어요. 아이는 네 살 정도 되었는데 사람의 말이라고 할 수 없는 괴상한 소리를 웅얼거렸어요. 샹트플뢰리는 자신의 아기가 남긴 작은 신발 한 짝을 품에 안고 오랫동안 가만히 있었어요. 그것은 이제 그녀가 세상에서 가장 사랑하는 아기의 유일한 물건이었으니까요. 하도 오랫동안 가만히 있어서 사람들은 그녀가 죽은 줄 알 정도였어요. 숨도 쉬지 않고 말도 않고 움직이지도 않았거든요. 그러더니 잠시 후, 그녀는 미친 듯이 그 신발에 입을 맞추며 온몸을 부들부들 떨더니 심장이 터져버리기라도 한 것처럼 격렬하게 흐느끼기 시작했지요. 그 모습이 어찌나 애처롭고 안타까운지 지켜보던 우리들 모두 함께 울었답니다. 그녀가 '귀여운 우리 아기! 어디 갔니, 내 사랑스런 아기야!' 하고 울부짖는 모습을 보았더라면 누구라도 함께 울었을 거예요. 지금도 그때 일을 생각하면 코끝이 찡해져요. 아이들이란 부모에겐 바로 목숨과 마찬가지잖아요? 우리 외스타슈! 넌 어쩜 그렇게 착하니? 다들 그래요, 이 아이는 정말로 장래가 촉망된다고 말이에요! 어제는 말이에요, 애가 이러는 거예요. '난 헌병이 될 거예요.' 외스타슈야, 너를 잃을지도 모른다는 생각만해도 너무 끔찍하구나! ……아이를 잃고 절망에 빠졌던 샹트플뢰리가 그때 갑자기 일어나더니 랭스 시내를 향해 뛰쳐나갔어요. 그러고는 이렇게 외치기 시작했어요. '집시들의 야영지로 갑시다! 경관님들, 그 마녀들을 다 태워 죽여야 해요!' 하지만 집시들은 이미 그곳을 떠난 뒤였어요. 더구나 캄캄한 밤중이어서 그 뒤를 쫓을 수도 없었지요. 그 이튿날이었어요. 랭스에서 8킬로미터쯤 떨어진 괴와 티유아 마을 사이의 히스 벌판에서 불을 피운 흔적과 아기 아녜스가 달고 있던 리본 몇 개와 핏자국, 염소 똥 따위를 사람들이 발견했어요. 그 전날 밤은 토요일이었어요. 그 히스 벌판에서 밤잔치를 연 집시들이 마호메트 교도들이 그렇듯이 베엘제불과 함께 그 어린 아기를 잡아먹었을 거라고 모두들 생각했지요. 샹트플뢰리가 그 얘기를 들었을 때는 너무나 기가 막혔기 때문인지 오히려 울지도 못하고 무슨 말인가 하려는 듯 입술을 움직였지만 차마 아무 말도 하지 못했답니다. 그다음 날, 그녀의 머리털은 허옇게 세어버렸고 그 뒤로 그녀는 영영 사람들 시야에서 사라져버렸지요."

"아, 정말 끔찍한 이야기로군요. 그런 얘길 들으면 부르고뉴 사람이라도 눈물을 흘리겠네요."

우다르드가 말했다.

"부인이 그렇게 집시들을 무서워하는 것도 이해가 가네요."

제르베즈가 덧붙였다.

"그리고 아까 외스타슈와 함께 달아난 것도 잘한 일이네요. 저 집시들도 폴란드에서 온 사람들이거든요."

우다르드는 말을 이었다.

"아니에요. 그 사람들은 스페인과 카탈루냐에서 왔다고들 하던데요?"

제르베즈가 말했다.

"카탈루냐에서요? 그럴지도 모르겠네요. 폴란드, 카탈루냐, 발로냐 이 세 지명은 언제 들어도 헷갈린다니까요. 아무튼 확실한 건 분명히 집시들이라는 거죠."

우다르드가 대답했다.

"게다가 그 사람들은 이가 길어서 정말로 아이들을 잡아먹고도 남을 거예요. 저 깜찍한 에스메랄다 역시 그렇게 아이들을 먹는다고 해도 놀랄 일이 아니죠. 옆에 같이 다니는 흰 염소가 그렇게도 희한한 재주를 부리는 걸 보면 틀림없이 무슨 조화를 부리는 게 틀림없을 거예요!"

제르베즈는 덧붙였다.

이제 마예트는 말없이 걷고 있었다. 가슴 아픈 이야기의 울림은 마음 깊숙한 곳까지 파고들어가 오래도록 여운을 남기게 마련이고 그녀는 그러한 몽상 속에 빠져 있었다. 그런 그녀 옆에서 걷고 있던 제르베즈가 말을 걸었다.

"그런데 샹트플뢰리는 그 뒤로 어떻게 됐나요?"

하지만 마예트는 대답하지 않았다. 제르베즈는 그녀의 팔을 잡고 일깨우듯이 이름을 부르며 다시 한 번 물었다. 그러자 문득 마예트는 꿈에서 깨어나는 듯했다.

"샹트플뢰리는 어떻게 됐느냐고요?"

그녀는 질문의 뜻을 되새기려는 듯 제르베즈의 질문을 되풀이했다. 그리고 이어서 "아! 그 후론 어떻게 됐는지 몰라요……"라고 안타까운 듯 말했다.

잠깐 사이를 두었다가 그녀가 다시 덧붙였다.

"어떤 사람들은 해질 무렵에 포르트 플레샹보를 통해 랭스를 빠져나가는 걸 봤다고도 하고, 또 어떤 사람들은 새벽에 포르트 바제의 낡은 문으로 나갔다고도 하더라고요. 어느 비렁뱅이 사내는 장터의 돌 십자가에 그녀의 금 십자가 목걸이가 걸려 있는 걸 봤다고도 했지요. 그 목걸이야말로 61년에 그녀가 몸을 버리게 된 이유였는데, 그녀의 첫 상대였던 코르몽트뢰유 자작의 선물이었거든요. 그녀는 그 후에 아주 비참한 지경에 처했을 때도 그 목걸이만큼은 절대로 포기하지 않았어요. 마치 생명이라도 되는 것처럼 소중하게 간직했어요. 그런 목걸이가 아무렇게나 버려졌다고 하니 사람들은 모두 그녀가 목숨을 버렸다고 생각했어요. 하지만 카바레 레 방트의 사람들 중에서는 그녀가 맨발로 조약돌을 밟으면서 파리를 향해 갔다는 소리도 하더군요. 그렇다면 포르트 드 베슬을 통해 나갔다는 말이 되니까 앞뒤가 맞지 않아요. 그래서 나는 이렇게 생각해요, 그녀는 분명히 포르트 드 베슬로 나갔고 그리고 영영 이 세상 밖으로 나갔다……. 그렇게 말이에요."

"무슨 뜻인지, 왜 그렇게 생각하는 거죠?"

제르베즈가 물었다.

"베슬은 강이거든요……."

마예트는 슬픈 미소를 지으며 대답했다.

"가엾은 샹트플뢰리! 강물에 몸을 던졌군요!"

우다르드가 몸을 떨며 말했다.

"그래요, 강물에 몸을 던졌을 거예요! 그러니 아버지인 기베르토 씨가 배를 타고 노래 부르며 강물을 따라 탱쾨 다리 아래를 지나다닐 때, 훗날 그의 딸이 같은 곳으로 그것도 배를 타거나 노래를 부르지도 않고 지나가게 될 줄을 누가 알았겠어요!"

마예트는 말했다.

"그럼 그 작은 신발은 어떻게 됐어요?"

제르베즈가 물었다.

"그녀와 함께 사라져버렸지요."

마예트가 대답했다

"신발의 신세도 안타깝네요!"

우다르드가 말했다.

뚱뚱하고 정이 많은 우다르드는 마예트와 함께 한숨을 쉴 뿐이었다. 그러나 호기심 많은 제르베즈는 아직도 궁금한 것이 많았다.

"그럼 그 아기 괴물은 어떻게 됐어요?"

제르베즈가 마예트에게 물었다.

"괴물이요?"

마예트가 되물었다.

"샹트플뢰리의 집에 그녀의 아기 대신 가져다놓은 집시들의 어린 괴물 말이에요! 사람들이 강물에 던져버리지 않았어요?"

"아니요, 제르베즈. 대주교님이 그 집시의 아기를 불쌍히 여기셔서 악마를 내쫓고 축복을 주신 다음 파리로 보내셨답니다. 그리고 노트르담의 탁자 위에 버려진 아이로 내놓게 하셨지요."

"주교님들도 참! 너무하시는군요!"

제르베즈는 더듬거리며 말을 이었다.

"정말 너무하시네요…… 그분들이 아무리 학자라지만 악마의 새끼를 사람의 아이와 같다고 생각하시다니, 정말 어처구니가 없네요. 그럼 그 아이는 파리에서 어떻게 됐지요? 설마 누가 그런 걸 데려가려고 했겠어요?"

"그건 나도 모르지요"라고 랭스의 여인 마예트가 말했다.

그리고 말을 이었다.

"마침 그 무렵에 우리 집 양반이 시에서 8킬로미터 정도 떨어진 베뤼의 공증인 자리를 얻었기 때문에 그쪽으로 이사를 갔었어요. 그러니 그 이야기에 더 이상 관심을 둘 수가 없어졌죠. 게다가 베뤼 앞에는 세르네의 두 언덕이 있어서 랭스 대성당의 종루가 보이지 않았어요."

그런 이야기를 하는 동안, 세 여인은 그레브 광장에 도착했다. 이야기에 정신이 팔려 있었기 때문에 그녀들은 투르롤랑의 성무 일과서 앞을 지나쳐 버렸다. 그리고 많은 사람들이 모여 선 죄인 공시대 쪽으로 걸음을 옮겼다. 그때 만약 마예트에게 이끌려 가던 여섯 살배기 뚱보 외스타슈가 불쑥 말을 걸어 그녀들의 주의를 끌지 않았더라면 세 여인 모두 '쥐구멍'에 대한 일이나 그곳에 잠시 들러보려던 생각을 까맣게 잊고 말았을 것이다.

"엄마, 이젠 이 과자 먹어도 돼요?"

외스타슈는 마치 어떤 육감으로 어머니들이 찾아가려던 '쥐구멍'을 지나쳐버린 것을 알고 있기라도 한 것처럼 말했다.

그러나 외스타슈가 좀 더 똘똘한 아이이고, 그렇게 먹보가 아니었다면, 좀 더 참았다가 대학가의 마담 라 발랑스 거리의 앙드리 뮈스니에 씨의 집에 돌아간 다음에, 즉 '쥐구멍'과 과자 사이에 센 강의 두 지류와 시테 섬의 다리 다섯 개가 놓인 뒤에야 '이제 먹어도 되느냐'고 물었을 것이다.

그러니, 그레브 광장의 죄인 공시대 근처에서 외스타슈가 그런 질문을 던진 것은 너무 경솔했던 것이다. 아들의 질문을 듣고서야 마예트는 깜빡 잊었던 '쥐구멍'을 생각해냈다.

"아 참! 그 은자를 잊고 있었어요. 그 '쥐구멍'이 어딘지 알려줘요. 이 과자를 갖다 주려고 했잖아요."

마예트가 외쳤다.

"아, 그래요. 그리로 가세요. 그게 적선이죠!"

우다르드가 말했다.

그러나 그것은 외스타슈가 바라던 일이 아니었다.

"안 돼! 내 과자야!"

외스타슈는 고개를 힘껏 가로저으며 외쳤다. 그것은 아이들이 불만을 나타낼 때 흔히 하는 몸짓이었다.

세 여인은 오던 길을 다시 돌아 걸었다. 마침내 투르롤랑 부근에 이르자 우다르드가 두 여인에게 말했다.

"우리가 한꺼번에 방을 들여다보면 안 돼요. 참회 중인 수녀가 놀랄 테니까요. 그러니까 내가 먼저 들여다볼 동안 두 분은 성무 일과서를 읽는 척하세요. 은자님이 나를 좀 아시니까, 그분이 괜찮다고 하면 신호를 할 테니 그때 오세요, 아시겠지요?"

그리고 그녀는 먼저 혼자서 채광창으로 다가갔다. 창 안을 들여다보았을 때, 그녀의 얼굴에 깊은 동정의 빛이 어리더니 명랑하고 솔직한 얼굴빛이 갑자기 하얗게 변해버렸다. 이내 눈에서는 눈물이 흐르고 입술은 울먹임 때문에 달싹거렸다. 잠시 후 그녀는 손가락을 입술에 대고는 마예트에게 와보라는 신호를 했다.

마예트는 이미 숙연해진 자세로 말없이 살금살금 창가로 다가갔다.

마예트가 우다르드와 함께 '쥐구멍' 채광창 앞에서 안을 들여다보았을 때, 눈앞에 펼쳐진 광경은 무어라 말로 하기 어려운 처참하고 서글픈 것이었다.

그 작은 방은 가로로 길쭉한 모양에 천장은 첨두형이었으며 그 내부는 커다란 주교관의 오목한 끝 부분처럼 보였다. 방 한쪽 구석 차가운 돌바닥에 여자 하나가 웅크리고 앉아 있었다. 그녀는 무릎에 턱을 괴고 있었는데, 두 팔로 무릎을 꼭 껴안아 가슴에 대고 있었다. 넓게 주름 잡힌 갈색 자루를 온몸에 뒤집어쓰고 희끗희끗한 긴 머리털이 얼굴을 뒤덮은 채 다리에서 발끝까지 늘어져 있었다. 언뜻 보기에 어두컴컴한 독방의 배경 속에 희미하게 보이는 형체는 일종의 시커먼 삼각형처럼 보였는데, 창으로 들이치는 햇살에 명암이 뚜렷하게 나타나 있었다. 그것은 꿈속이나 고야의 기괴한 작품에서 볼 수 있는 불길한 그림처럼 보였다. 몸을 움직이지도 않고 무덤 위에 웅크리고 앉은 창백하고 험상궂은 유령들과 흡사했다. 그것은 여자도 남자도 아니고 산 사람도 죽은 사람도 아니며, 일정한 형체가 아니라 다만 하나의 모습에 지나지 않았다. 그림자와 빛이 서로 섞이는 것처럼 현실과 공상이 서로 엉켜 만들어내는 환상 같았다. 땅바닥까지 늘어진 머리카락 아래로 여위고 엄한 옆모습이 보일 듯 말 듯하였으며, 단단하고 차가운 돌바닥 위에 오그라든 맨발 끝이 옷자락 아래 희미하게 보였다. 이처럼 상복 같은 겉모습 아래로 희미하게 보이는 인간의 형체는 사람을 섬뜩하게 만들었다.

돌바닥에 박힌 듯 앉아 있는 이 형체는 움직임도 생각도 숨결도 없는 듯했다. 한겨울인 1월에 그렇게 얇은 자루 한 장을 뒤집어쓴 채 온기도 없고 햇빛도 들지 않으며 찬 겨울바람만이 들이치는 화강암 돌바닥 어두운 그늘 속에 있는 그녀는 오히려 아무런 고통이나 감각도 느끼지 못하는 것만 같았다. 마치 토굴과 더불어 돌이 되고 계절과 더불어 얼었다 녹았다 하는 것 같았다. 굳어버린 그녀의 손은 마주 잡은 채였고 시선 또한 한곳에 박혀 있었으며 언뜻 보면 유령 같고 다시 보면 조각상 같았다.

그러는 동안 가끔씩 그녀의 푸른 입술이 달싹이며 숨결이 흐르는 것 같았으나 그 역시 바람에 흩날리는 잎사귀들처럼 생기가 없고 기계적인 움직임에 불과했다.

그사이 그녀의 흐릿한 눈에서는 독방의 어느 한 구석을 한없이 응시하는 빛이 나오고 있었다. 뭐라고 말로 설명하기 어려운 심각하고 비통한 시선이었다. 그 시선은 슬픔에 빠진 이 영혼의 모든 침울한 생각을 무엇인지 알 수 없는 어떤 신비로운 물체에 비끄러매는 것 같았다.

사람들은 그곳에서 사는 그녀를 '은자' 혹은 그 복장 때문에 '자루 수녀'라고 부르기도 했다.

이제 제르베즈까지 포함해서 세 여인 모두 채광창 안을 들여다보고 있었다. 그녀들의 머리가 그 희미한 빛조차 가리는 지경이 되었으나, 토굴 안의 가련한 여인은 창밖의 손님들에게 햇빛을 빼앗겼다는 사실도 알아차리지 못하고 있었다.

"방해하지 않는 게 좋겠어요…… 기도에 완전히 몰입해서 우리가 온 것도 전혀 모르는 모양이에요. 조용히 합시다……"

우다르드가 숨을 죽이며 말했다.

그사이 마예트는 무언가 불안한 듯, 야위고 시들어빠진 은자의 얼굴을 찬찬히 들여다보고 있었다. 그러다가 마침내 두 눈 가득 눈물을 글썽이며 중얼거렸다.

"아…… 참 기막힌 일이네요!"

그러더니 이내 쇠창살 사이로 애써 머리를 들이밀고는 가련한 은자가 한없이 응시하고 있는 방 한쪽 구석에까지 눈길을 보내는 데 성공했다.

잠시 후 마예트가 다시 채광창 밖으로 머리를 꺼냈을 때 그녀의 눈에서는 눈물이 흘러넘쳤다.

"당신들은 저 여자를 어떻게 부르나요?"

마예트가 여전히 눈물을 흘리며 우다르드에게 물었다.

"귀뒬 수녀라고 불러요."

우다르드가 대답했다.

"그런데 내 생각엔 틀림없이…… 파케트 라 샹트플뢰리 같아요!"

그러고는 깜짝 놀라는 우다르드를 향해 자기 입술에 손가락 하나를 갖다 대면서, 창 안으로 머리를 넣고 살펴보라고 신호했다.

우다르드는 어리둥절한 표정으로 머리를 창 안으로 넣었다. 그녀가 가리킨 방 안 한쪽 구석, 은자가 무아의 경지에 빠진 채 조용히 응시하고 있는 곳에는 분홍색 공단에 온갖 금실과 은실로 정성 들여 수놓은 조그만 신발

한 짝이 있었다.

우다르드의 뒤를 이어서 제르베즈도 그것을 확인했다. 그리고 세 여인은 찢어지는 마음으로 굴 속 같은 작은 방에 들어앉은 어미의 모습을 바라보며 서글픈 울음을 터뜨리고 말았다.

그러나 그녀들이 자신을 들여다보는 것도, 울음을 터뜨리는 것도 은자의 주의를 끌지는 못했다. 여전히 그 불쌍한 어미는 두 손을 맞잡은 채 앉은 자세 그대로 입술을 꼭 다물고 한곳만을 응시하고 있었다. 그래서 그녀의 일생에 대하여 알고 있는 사람으로서는 그 모습이 더욱더 안타깝고 가슴 아프게 느껴졌다.

채광창 밖의 세 여인은 누구도 먼저 입을 열지 못하고 있었다. 입 밖으로 작은 소리를 낼 기운조차 없었던 것이다. 주인을 잃은 채 해져가는 작은 분홍신 한 짝 외에는 모든 것이 망각 속으로 사라져버린 듯, 어느 한 사람 입을 열 수 없을 만큼 커다란 침묵만이 모두의 가슴을 짓누르고 있었다. 그 고통은 그녀들에게 부활절이나 성탄절 주제단 같은 감명을 주었다. 모두 침묵을 지킨 채 깊은 생각에 빠졌고 당장이라도 무릎을 꿇을 것만 같았다. 암흑일[165]에 성당에 들어갔을 때와 같은 느낌이었다.

오랜 침묵이 지나고 마침내 셋 중에서 가장 호기심이 많은 반면 동정심이 가장 적은 제르베즈가 은자에게 말을 걸어보려고 시도했다.

"수녀님, 귀뒐 수녀님!"

그녀는 세 번이나 큰 소리로 그렇게 불러보았으나 은자는 대답은커녕 돌아보거나 기척도 하지 않았다. 마치 숨도 쉬지 않는 듯했으며 살아 있는 것 같은 기색도 없었다.

이번에는 우다르드가 다정하게 위로하는 목소리로 은자를 불렀다.

"수녀님! 귀뒐 수녀님!"

그러나 마찬가지였다. 미동도 느껴지지 않았다.

"정말 괴이하네요. 바로 옆에 폭탄이 떨어져도 꿈쩍도 안 하겠어요!"

제르베즈가 외쳤다.

"귀가 먹었는지도 모르지요……."

우다르드는 한숨을 쉬었다.

"그래요, 눈도 안 보일지 몰라요!"

제르베즈가 덧붙였다.

"어쩜 이미 죽었을지도 모르겠네요……."

마예트가 말했다.

영혼이 비록 혼수상태와도 같은 육체에 머물러 있다 해도 이미 그것은 외부의 어떤 감각도 미칠 수 없는 깊은 곳으로 박혀버린 것이 틀림없었다.

"그러면 과자는 창틀 위에 두겠다고 말이라도 해야겠는데 어떻게 깨우죠? 안 그러면 누가 가져가버릴 것 같은데요?"

우다르드가 말했다.

그때까지 외스타슈는 커다란 개가 작은 수레를 끌고 지나는 광경에 넋이 나가 있었다. 그러다가 세 여자가 작은 창 안을 들여다보며 이야기하는 것을 뒤늦게 알아차리고는 호기심이 발동하였다. 소년은 가장자리 돌 위에 올라서서 까치발을 하고는 창 안을 들여다보려고 소리쳤다.

"엄마, 나도 좀 보게 해줘!"

맑고 건강하고 생기 넘치는 어린아이의 명랑한 목소리는 곧장 은자의 귀를 울렸다. 그 소리에 지금까지 돌조각처럼 앉아 있던 은자가 갑자기 몸을 움직여 고개를 돌리고는 야위고 수척한 손을 들어 늘어진 머리털을 젖히면서 깜짝 놀라고 절망적인 눈빛으로 아이의 얼굴을 쳐다보았다. 그것은 그야말로 번갯불과도 같은 강렬함이었다.

"오, 하느님!"

그녀는 다시 두 무릎 사이에 머리를 감추면서 외쳤다.

"제발 남의 아이일지라도 제게 보이지 않게 해주시옵소서!"

그녀의 쉰 듯한 목소리는 가슴을 뚫고 터져 나오는 것 같았다.

"아줌마, 안녕?"

아무것도 모르는 아이는 천진한 인사를 건넸다.

그러나 그것은 은자에게는 엄청난 충격이었다. 오랫동안 가슴속에 묻어두었던 아픈 기억을 일깨우는 무시무시한 충격이었다. 이내 온몸이 덜덜덜 떨리기 시작하자 은자는 머리를 들어 두 팔꿈치로 허리를 감싸 조이고 발을 데우려는 듯 손으로 움켜쥐면서 말했다.

"아이고, 추워라!"

"아유, 불쌍해라! 세상에, 불이라도 좀 가져다드릴까요?"

우다르드가 가여워 죽겠다는 듯이 말했다.

그러나 그녀는 거절의 뜻으로 고개를 가로저었다.

"여기 이 향료 포도주를 좀 드시면 몸이 녹으실 텐데요……."

우다르드는 그녀에게 작은 병 하나를 내놓으며 말했다.

그러나 그녀는 이번에도 고개를 저으며 우다르드를 조용히 바라보다가 말했다.

"물…… 조금만……."

"안 돼요, 이 한겨울에 물은 마실 게 못 되지요. 향료 포도주를 조금 드시고 당신 주려고 일부러 가져온 이 옥수수 효모 과자를 좀 드세요."

우다르드가 다시 권했다.

은자는 마예트가 내미는 과자를 밀어내며 말했다.

"미안하지만 흑빵을 조금만 주세요."

"여기, 이 외투를 입으세요. 당신이 걸친 것보다는 따뜻할 거예요."

이번에는 제르베즈가 자신의 털외투를 벗어 건네며 말했다.

그러나 은자는 이번에도 거절했다.

"이 자루 하나면 충분합니다……."

"어제가 축제일이었던 건 알고 계세요?"

우다르드가 친절하게 말했다.

"알지요. 그 덕분에 제 물병에 물이 떨어진 지가 이틀이나 지났어요……."

은자는 대답하고는 한참 후에 덧붙였다.

"축제일에 저는 잠시 잊힌답니다. 그야 당연하지요…… 세상일과는 아주 담을 쌓고 사는데 누가 무엇 때문에 저를 생각해주겠어요. 숯이 꺼지면 재도 차가워지는 법이지요."

갑자기 많은 말을 했기 때문인지 은자는 피로한 듯 머리를 무릎 위에 떨어뜨렸다. 숯불 얘기를 들은 인정 많은 우다르드는 그녀가 추위를 호소하는 것으로 생각하고 말했다.

"그러면 불을 좀 가져다드릴게요!"

"불이요?"

은자는 문득 야릇한 어조로 되물었다.

"정 그러시다면 15년 전부터 땅속에 잠들어 있는 저 가엾은 어린아이에게도 불을 조금 가져다주시겠어요?"

그렇게 말하는 은자는 온몸이며 목소리까지 떨리고 있었다. 그녀는 눈빛을 반짝이며 무릎으로 지탱해 몸을 일으키고는 놀란 눈으로 자신을 바라보고 있는 어린아이 쪽으로 여윈 손가락을 뻗으며 외쳤다.

"어서 이 아이를 데려가세요! 집시들이 곧 여길 지나갈 테니까!"

그러면서 그녀가 돌바닥으로 엎어지자, 이마가 바닥에 부딪치는 듯한 소리가 났다. 창밖에서 지켜보던 세 여자는 은자의 머리가 깨져 그녀가 죽는 줄로만 생각했다. 그러나 잠시 후 그녀는 천천히 몸을 움직이기 시작했다. 무릎과 팔꿈치로 바닥을 기어 작은 신발 한 짝이 놓인 한쪽 구석으로 다가갔다. 더 이상 그녀의 모습이 보이지 않게 되자 세 여인은 얼굴을 돌려버렸다.

보이지 않은 구석 쪽에서 애처로운 울음소리와 머리를 부딪치는 듯한 소리와 쉴 새 없는 키스 소리가 한숨 소리와 비명 속에 뒤섞여 들려왔다. 그 소리는 너무도 강렬하여 듣는 이에게조차 고통을 느끼게 하기에 충분했다. 마지막으로 더욱 크고 무서운 굉음이 단발마적으로 들려온 뒤로는 작은 방에서는 더 이상 아무 소리도 들려오지 않았다.

"혹시…… 자살을 해버린 건 아닐까요?"

제르베즈는 조심스레 말하면서 창살 사이로 머리를 들이밀며 은자를 불렀다.

"수녀님, 귀뒬 수녀님!"

"귀뒬 수녀님!"

우다르드도 같이 불렀다.

"어머나, 세상에! 쓰러진 채로 꼼짝도 않고 있어요! 정말 죽은 걸까요? 귀뒬 수녀님!"

제르베즈가 당황스러워하며 말했다.

그때까지 숨이 막혀 아무 말도 할 수 없었던 마예트는 온 힘을 다해 말했다.

"잠깐 기다려보세요……."

그러고는 채광창 쪽으로 몸을 바짝 붙이며 소리쳤다.

"파케트! 파케트 라 샹트플뢰리!"

불이 잘 붙지 않는 도화선이 갑자기 점화되어 뜻밖의 폭발음에 놀란 아이일지라도 귀뒬 수녀의 독방에 느닷없이 던져진 그 이름이 가져온 결과에 마예트가 놀란 것처럼 놀라지는 않았을 것이다.

은자는 온몸을 떨면서 맨발로 벌떡 일어섰다. 그러고는 사나운 불길이 타오르는 듯한 눈을 빛내며 창가로 다가왔다. 마예트와 우다르드와 제르베즈와 어린아이는 한달음에 강기슭의 난간까지 물러나버렸다.

작은 방의 은자는 고통과 슬픔으로 얼룩진 얼굴을 쇠창살 사이에 대고 그녀들 쪽을 바라보고 있었다. 그리고 이렇게 외쳤다.

"아흐흥! 지금 나를 부른 건 집시 계집이구나!"

그녀는 무시무시하고 괴상한 웃음을 터뜨렸다.

때마침, 죄인 공시대에서 벌어지고 있는 광경이 그녀의 광기 어린 시선을 끌었다. 그녀의 이마는 무섭게 일그러지고 뼈와 가죽만 남은 앙상한 두 팔을 창살 밖으로 뻗으며 숨이 끊어질 듯 헐떡이는 목소리로 부르짖었다.

"역시 너로구나! 이 집시 계집아! 이 요망한 도둑년아! 어서 죽어버려라, 천벌을 받아라!"

chapter 4

물 한 방울에 대하여 눈물을

은자의 고함 소리로 말미암아, 그전까지는 같은 시각에 제각기 다른 무대에서 일어나고 있던 두 가지 다른 장면이 하나로 합쳐지게 되었다. 한 가지는 여러분이 지금까지 읽은 '쥐구멍'에서 일어난 일이며, 또 하나는 앞으로 여러분이 읽게 될 죄인 공시대의 계단 위에서 벌어지는 일이다. 첫 번째 장면의 목격자는 앞서 세 부인뿐이지만, 두 번째 장면의 목격자는 그레브 광장 위, 죄인 공시대와 교수대 주변에 모여든 수많은 관중들이다.

아침 9시부터 이 군중들은 그레브 광장으로 몰려들었다. 그 이전부터 죄인 공시대의 네 모퉁이에 경관 네 명이 진을 치고 서 있었기 때문에 사람들은 틀림없이 이곳에서 교수형은 아닐지라도 태장이나 단이형[166] 등의 어떤 처형이 있을 것이라고 기대하였던 것이다. 사람들은 삽시간에 주위로 몰려들었다. 경관들은 손에 든 곤봉과 말 궁둥이로 군중들을 경계선 밖으로 밀

1) 무릎 아래까지
내려오는 속옷

2) 꼬뜨라 불리는 소매가 짧은
일종의 속 가운과 양말

3) 덧대어진 가짜 소매

허리띠 버클

끝에 푹신하게 속을 댄 풀랜

풀랜 같은 형태의 신발은 신에 대한
불경으로 비쳐져 교황이 배척했다.

4) 쉬르꼬 혹은 쉬르꼬뜨라
불리는 풍성한 드레스에
허리띠 착용

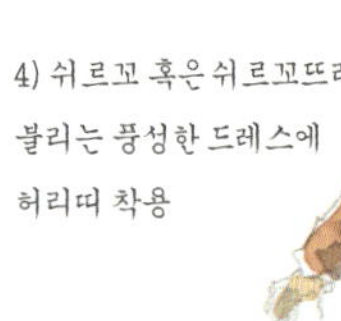

머리쓰개

5) 넓은 망토와 모자

13세기 말에는 허리에 높게 둘러서 등 뒤로 묶도록
되어 있는 넓은 띠가 유행이었다(아마도 코르셋의
효시라고나 할까?). 그 시절에도 잘록한 허리와
풍만한 가슴의 소유자는 보기에 좋았던가 보다.

드레스의 소매는 전체 색조와 달랐다.
때로는 끈으로 묶고, 때로는 바늘로
시침질을 해가면서, 하루에도 이것저것
바꿔 달 수 있었다.

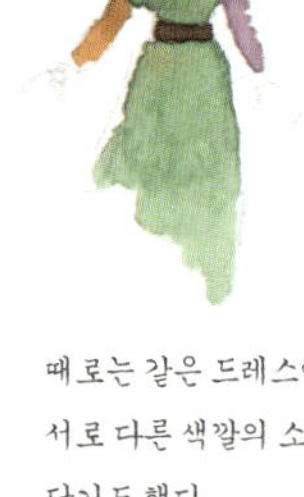

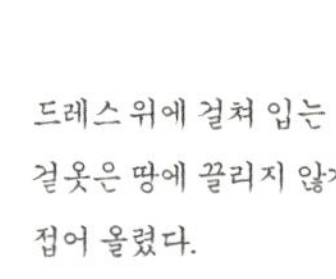

때로는 같은 드레스에
서로 다른 색깔의 소매를
달기도 했다.

드레스 위에 걸쳐 입는
걸옷은 땅에 끌리지 않게
접어 올렸다.

젊은 처녀들은 보통 머리를 풀고 다녔다.
그러다가 일단 결혼을 하면, 여러 가지 방법으로
머리를 가다듬어 묶고 관리했다.

탕플레트

풀 먹인 머리쓰개

풀 먹인 베일이 달린
각진 머리쓰개

술 장식이 달린
헤어네트

터번 모양의 탕플레트

굴곡이 있는 탕플레트

쪽 지어 올린 머리 위로 속을 넣은 만든
벨벳이나 수단 재질의 모자

미인으로 인정받으려면
무엇보다 금발이어야 했다.
그 때문에 화려한 머리 장식이라든가
심지어 가짜 머리카락까지 사용되었다.

엄청나게 다양한 여성 모자가 선을 보였다.

어내며 주변을 정리해야만 했다.

그 당시 사람들은 공개적으로 형 집행이 이루어지기까지 기다리는 데 익숙해져 있었으므로 그리 초조해하거나 지루해하지 않으면서 죄인 공시대를 바라보며 서 있었다. 죄인 공시대는 속이 비고 높이가 3미터 정도 되는 입방체의 석조로 된 매우 단순하게 만들어진 건축물이었다. 당시 사람들은 그것을 이른바 '사다리'라고 불렀는데, 다듬지 않은 돌로 만든 가파른 계단을 올라가면 평평한 장소가 나오게 되어 있었다. 그 위에는 튼튼한 떡갈나무로 만든 수레바퀴 하나가 수평으로 놓여 있었다. 그 바퀴 위에 수형자를 무릎 꿇게 한 뒤 팔을 뒤로 돌려서 묶는 것이었다. 그러면 내부에 감춰진 도르래 장치로 작동하는 축이 수평으로 자리 잡은 바퀴를 회전시키고, 묶여 있는 죄인은 그 바퀴와 더불어 빙글빙글 돌면서 자신의 얼굴을 모든 방향으로 보이도록 되어 있다. 이른바 '조리돌리기 형'이란 그런 것이었다.

대중적 흥미 면에서 그레브 광장의 죄인 공시대는 중앙시장의 그것에 감히 비교할 수가 없다. 건축학적인 묘미가 전무하기 때문이다. 기념물적인 면모도 없었다. 지붕이 이고 있는 철 십자가도, 팔각형의 초롱도 없었으며, 지붕 가장자리를 떠받치고 있는 날씬한 원주들의 아칸서스 잎과 꽃 장식 기둥머리도 없었다. 온갖 괴물의 형상들로 이루어진 환상적인 처마도 없으며 돌 속 깊숙이 음각된 섬세한 조각물도 없었다.

사면의 펑퍼짐한 석벽과 기둥 사이의 사암판 두 개, 그 옆에 아무런 장식도 없이 덩그러니 서 있는 초라한 십자가가 고작이었다.

고딕 건축물 애호가들이 보기에는 분명 보잘것없는 광경이었으리라. 하긴 중세의 투박한 구경꾼들은 대개 건축물의 미학적 측면에 무관심하기 마련이었으니, 죄인 공시대가 아름답든지 말든지 별로 개의할 문제는 아니었다.

마침내 수형자가 수레 뒤에 묶인 채 공시대 앞에 도착했다. 그가 죄인 공시대 위로 끌어올려져 수평으로 돌아가는 바퀴에 쇠사슬과 가죽끈으로 묶인 모습이 광장 어느 곳에서나 보이게 된 순간, 웃음과 갈채 섞인 야유가 광장에 우레와 같이 퍼졌다. 그 죄수가 카지모도라는 것을 사람들이 알아본 것이다.

과연 카지모도가 광장의 죄인 공시대에 나타난 것은 이상한 일처럼 보였다. 바로 전날 광인축제의 교황으로 선출된 몸으로 이집트 공작과 튀니지 임금과 갈릴리 황제를 거느린 채 위풍당당하게 들이닥쳤던 바로 그곳에서 오늘은 조리돌리기 형을 당하게 되었으니 말이다. 다만 한 가지 확실한 것은 이 군중들 속에는 어느 한 사람도, 심지어는 그 자신조차도, 하루아침에 교황에서 수형자로 돌변해버린 운명의 아이러니를 뚜렷하게 느끼지 못하고 있다는 점이었다. 불행히도 철학자 그랭구아르는 군중 속에 있지 않았다.

마침내 국왕 폐하 직속 나팔수 미셸 누아레가 군중들을 조용히 시킨 뒤, 파리 시장의 명령에 따라 판결문을 큰 소리로 읽어 내려갔다. 그러고서 군복을 입은 사람들과 함께 수레 뒤로 물러났다.

카지모도는 태연한 자세로 눈썹 하나 까닥하지 않고 서 있었다. '격렬하고 견고한 결박'이라는 표현 그대로 그의 몸은 가죽끈과 쇠사슬이 살 속까지 파고들 정도로 단단하게 묶여 어떠한 저항도 할 수 없는 상태였다. 이는 감옥이나 죄수에게서 언제까지나 사라지지 않는 전통으로 수갑 역시 아직까지도 소중하게 보존되어 있다.

카지모도는 자신을 끌고 밀거나 당기거나 하며 형틀 위에 올려놓고 단단히 묶는 대로 가만히 있었다. 그의 표정에는 야만인이나 바보가 느끼는 정도의 표정밖에는 나타나 있지 않았다. 그가 귀머거리임은 알고 있었으나 이제는 눈도 보이지 않는 것 같았다.

그를 빙글빙글 돌아가는 바퀴 위에 무릎을 꿇게 해도 그대로 따랐다. 속옷을 벗기는 손길에도 저항하지 않았으며 다시 가죽끈과 쇱쇠로 꽁꽁 동여매는 것도 두고 보았다. 다만 가끔씩 거친 숨을 쉴 뿐이었다. 마치 푸줏간의 수레 끝에 머리를 매달고 있는 송아지 같은 모습이었다.

"저것 좀 봐! 저 녀석은 상자 속에 갇힌 풍뎅이같이 아무것도 모르는 멍텅구리야!"

장 프롤로 뒤 물랭이 친구 로뱅 푸스팽에게 말했다. (두 사람은 당연히 카지모도의 뒤를 따라왔다.)

카지모도의 윗도리가 벗겨져 낙타 같은 가슴과 혹이 튀어나온 곱사등과 울퉁불퉁하고 털이 더부룩한 어깨가 나타나자 군중 속에서 요란한 웃음소리가 터져 나왔다. 모두들 즐거워하는 동안 제복을 입고 키가 작고 단단해 보이는 체구의 한 사나이가 형틀 위의 수형자 옆으로 다가갔다. 그의 이름이 사람들 주위로 웅성거리며 퍼져 나갔다. 그는 샤틀레 재판소 소속의 고문관 피에라 토르트뤼였다.

그는 먼저 죄인 공시대의 한쪽 구석에 검은 모래시계 하나를 내려놓았다. 붉은 모래가 용기의 위쪽에 가득 들어 있었는데 시간이 흐름에 따라 그것이 아래로 떨어지게 되어 있었다. 다음으로 그는 외투를 벗었는데 오른손에 날씬한 가죽 채찍이 들려 있었다. 채찍 끝에는 금속제의 손톱이 달린, 길게 엮은 흰 가죽끈이 몇 가닥 뻗어 있었다. 그는 왼손으로 오른팔 옷소매를 아무렇게나 걷어 올렸다.

그때 장 프롤로는 고개를 들어 사람들을 향해 외쳤다(그러기 위해 그는 로뱅 푸스팽의 어깨 위로 올라갔다).

"모두들 가까이 와서 보십시오! 신사 숙녀 여러분! 이제 곧 나의 형님이신 부주교님의 종지기 카지모도 선생이 시원하게 얻어맞게 된단 말입니다! 그 등은 둥근 지붕 꼴이요, 다리는 비틀린 기둥이요, 괴상한 동양의 건축물이올시다!"

그러자 사람들이 일제히 폭소를 터뜨렸다. 특히 아이들과 아가씨들의 웃음소리가 요란했다.

드디어 고문관이 발을 한 번 구르자 천천히 수레가 돌기 시작했다. 묶여 있던 카지모도의 몸뚱이가 움찔거렸다. 보기에도 흉측한 카지모도의 얼굴에 갑자기 당황스런 표정이 떠오르자 지켜보던 사람들은 또다시 웃음을 터뜨렸다.

바퀴가 돌아가면서 카지모도의 불룩한 등이 고문관 피에라의 앞으로 다가오자 그는 갑자기 팔을 들었다. 가느다란 가죽 채찍이 수없이 많은 뱀처럼 공중에서 날카로운 소리를 내며 가련한 사나이의 어깨 위로 사정없이 내리쳐졌다.

카지모도는 마치 잠에서 벌떡 깨어나듯 펄쩍 뛰어올랐다. 그는 수레에 묶인 채로 몸을 비틀었다. 놀라움과 고통으로 그의 얼굴은 심한 경련을 일으켰다. 그러나 그는 한숨 한 번 쉬지 않으며 소가 옆구리를 벌에 쏘일 때처럼 오른쪽과 왼쪽을 번갈아 한 번씩 쳐다보거나 고개를 흔들 뿐이었다.

채찍질은 두 번, 세 번, 네 번…… 이어졌으며 바퀴가 쉬지 않고 돌아가는 동안 채찍질도 멈추지 않고 비 오듯 쏟아져 내렸다. 어느새 깊은 상처가 생기고 붉은 피가 솟구치기 시작했다. 핏줄기는 꼽추의 검은 어깨 위로 줄줄 흘러 내렸다. 그 핏줄기 위로 다시 채찍이 휘날리자 사람들 머리 위까지 핏방울이 흩날리는 것이었다.

카지모도는 적어도 겉으로 보기에는 이내 처음에 끌려올 때와 같은 침착성을 되찾아가고 있었다. 그는 처음에는 눈에 띄지 않게 묶인 줄을 끊으려 했다. 눈이 번쩍이고 근육이 굳어지며 팔다리가 움츠러들고 가죽끈과 쇠사슬이 당겨지는 것이 보였다. 안간힘을 써가며 벗어나려 했으나 그뿐, 카지모도는 힘이 다하여 이내 단념해야 했다. 그의 표정에는 심각하고 고통스러운 절망감에 이어 망연자실한 빛이 떠올랐다. 하나뿐인 눈을 감고 고개를 떨군 채 죽은 듯이 있었다.

그로부터 그는 더 이상 움직이지 않았다. 그 이상 아무것도 그를 움직이게 하지 못했다. 그칠 줄 모르는 채찍질도, 처참하게 흐르는 핏줄기도, 그럴수록 더욱 격렬하게 사정없이 달아오르는 고문관의 분노도, 그 어느 것도.

형 집행을 시작할 때부터 계단 옆에서 검은 옷을 입고 검은 말 위에 앉아 있던 샤틀레 재판소 소속 경관은 마침내 흑단으로 만든 지팡이를 모래시계 쪽으로 쑥 내밀었다. 고문관은 매질을 멈추었다. 그러자 바퀴도 멈추었다. 카지모도는 천천히 눈을 떴다.

태형은 끝난 것이다. 고문관의 조수 둘이 피가 철철 흐르는 수형자의 어깨와 등을 씻어주고는 어떤 상처라도 즉시 아물게 하는 약을 바르고는 신부들의 옷과 비슷한 것을 어깨에 걸쳐주었다. 한편 피에라 토르트뤼는 피가 새빨갛게 물든 가죽 채찍을 돌바닥에 휘저어 핏물을 떨어내고 있었다.

그러나 카지모도에게는 아직 끝이 아니었다. 그는 이제부터 다시 이곳에서 사람들 앞에 전시되어야만 했다. 플로리앙 바르브디엔 배석판사가 로베르 데스투트빌의 판결에 정당하게 덧붙여놓은 형을 감수해야 하는 것이다. 요컨대 장 코메니우스[167]의 '귀머거리는 부조리'[168]라는 저 생리학적, 심리학적 말장난을 새삼 빛나게 해줄 만한 광경이 연출되는 셈이었다.

그래서 모래시계를 다시 뒤집어놓고 남은 형이 집행될 수 있도록 꼽추를 널빤지 위에 묶어놓은 채 그대로 두었다.

하층민은 사회에서, 특히 중세에는 가정에서의 어린애 같은 존재였다. 어린아이처럼 무지하고 도덕적으로나 지능적으로 미성년기에 있는 한 우리들은 아이들에 대해서와 마찬가지로 민중에 대해서도 이렇게 말할 수 있다.

이 나이는 무자비하다.

카지모도가 여러 가지 그럴듯한 이유로 세상 사람들에게 미움을 받은 것은 이미 본 바와 같다. 그날 모인 사람들 중에도 노트르담의 꼽추에 대해 불평이 없는 사람과 불평을 말할 이유가 없다고 믿는 사람은 하나도 없을 정도였다. 그래서 카지모도가 죄인 공시대에 나타났을 때 모인 사람들 누구나 기뻐했으며 가혹한 형을 받은 뒤의 가련한 모습조차도 동정심을 불러일으키기는커녕 오히려 그들의 증오심에 기름을 부어 사람들을 더욱 심술궂게 만들었다.

그래서 오늘날에도 훌륭한 학자들이 여전히 말하듯 일단 '사회적 제재'가 충족되면 다음으로는 온갖 개인적인 복수가 시작되는 것이다. 여기서도 재판소의 대형홀에서처럼 여자들의 공격이 시작되었다. 그녀들은 누구나 여러 가지 이유로 카지모도에게 원한을 가지고 있었다. 혹은 그의 심술궂음 때문에, 혹은 그의 추악함 때문에 그의 존재 자체를 경멸하고 미워했던 것이다. 특히 그의 흉측한 모습 때문에 여자들은 날뛰었다.

"저 악마의 탈을 좀 봐!"

한 여자가 말했다.

"빗자루를 타고 하늘을 날아다닐걸!"

다른 여자가 말했다.

"꼴좋다! 풀 죽은 상판대기야! 어제는 광인교황이라고 좋았겠지!"

세 번째 여자가 뇌까렸다.

"아주 고소하다! 죄인 공시대에서 납짝 구겨진 꼴이라니!"

한 노파가 말했다.

"언제쯤 그 커다란 종을 뒤집어쓰고 지옥에 떨어질 테냐? 망할 놈의 종지기야!"

"저런 돼먹지도 않은 놈이 삼종기도 종을 울리다니!"

"세상에, 저런 귀머거리, 애꾸눈이 꼽추, 괴물, 도깨비!"

"애 밴 여자 애 떨어뜨리는 데는 한 번만 보여주면 되겠네!"

이런 외침 뒤에, 장 뒤 물랭과 로뱅 푸스팽이 목청껏 옛 노래를 불러젖혔다.

악한에게는

교수형을!

추남에게는

태형을!

그 외에도 수만 가지 욕설이 비 오듯 쏟아져 내리고 야유와 저주와 웃음소리가 터져 나왔다. 여기저기서 돌멩이도 마구 날아들었다.

카지모도는 귀가 들리지 않았지만 눈은 밝았다. 그래서 사람들의 분노 섞인 말소리가 들리지는 않더라도 그들의 표정에 역력히 나타나는 것을 그대로 읽을 수 있었다. 또한 날아드는 돌멩이와 웃음소리의 이유도 알 수 있었다.

처음에 그는 잘 참고 견디었다. 그러나 고문관의 채찍 아래 굳어졌던 참을성도 그 모든 벌레들에게 찔리다 보니 차츰차츰 사그라지고 물러서지 않을 수 없었다. 피카도르[169]의 공격에는 꿈쩍 않던 아스투리아스의 황소도 개와 반데리아에[170]는 성을 내는 법이다.

그는 처음에는 위협하는 눈으로 천천히 사람들을 둘러보았으나 그렇게 꽁꽁 묶인 상태에서는 그가 아무리 사납게 쳐다본다 해도 상처를 물어뜯는 파리들을 쫓기에는 역부족이었다. 그러자 그는 힘겹게 몸부림을 쳐보았다. 그의 격렬한 요동은 널빤지 위에 죄인 공시대의 낡은 바퀴를 조금 더 삐걱거리게 할 뿐이었다. 그럴수록 사람들의 야유와 조롱은 더해져갔다.

이 가련한 사나이는 사슬에 묶인 그의 야수의 목걸이를 끊어버릴 수가 없어서 다시 조용해졌다. 다만 때때로 격노한 한숨이 그의 가슴의 움푹 들어간 부분을 쳐들어 올릴 뿐이었다. 그의 흉한 얼굴에는 이제 수치의 빛도 홍조도 없었다. 그는 수치가 무엇인지 알기에는 사회에서 너무 멀었고 자연 상태에는 너무 가까웠다. 또한 그 정도로 추악하게 생기고 보면 치욕이란 걸 느끼기나 할까 의심스럽기도 했다. 카지모도의 흉한 얼굴에는 노여움과 증오와 절망으로 말미암아 검은 구름이 뒤덮였으며 그 외눈박이 거인의 눈에는 수천 개의 번갯불이 번쩍번쩍 터지고 있었다.

그러나 이 구름은, 한 신부를 태운 나귀 한 마리가 사람들 사이를 지나갈 때 잠시 걷히는 듯했다. 나귀와 신부를 멀리서 보았을 때 가엾은 이 수형자의 얼굴은 부드러워졌다. 분노로 굳어졌던 얼굴에는 뭐라 표현하기 어려운 온화함과 너그러움과 애정이 가득 담긴 알 수 없는 미소가 가득 떠올랐다. 신부가 점차 자신에게 다가옴에 따라 그의 미소는 더욱 분명하고 뚜렷하고 밝아졌다. 그것은 마치 다가오는 구원자를 맞이하는 것 같았다. 그러나 카지모도의 얼굴을 알아볼 수 있을 정도로 가까이 다가온 신부는 갑자기 눈길을 떨어뜨리고는 되돌아서서 오던 길을 다시 달려가버렸다. 마치 창피스러운 하소연을 피하려는 듯했고 그런 몰골을 한 사나이가 자신을 알아보거나 인사를 하는 것을 원치 않는 듯한 태도였다.

그는 바로 부주교 돈 클로드 프롤로 신부였다.

그가 사라지자, 카지모도의 얼굴에는 그전보다 더 짙은 구름이 드리워졌다. 아직 미소가 남아 얼굴에 떠돌고 있었으나 실은 매우 고통스러움과 실망스러움과 서글픔이 담긴 것이었다.

시간은 그래도 흘러갔다. 적어도 한 시간 반은 지났다. 그동안에도 쉴 새 없는 욕설과 학대와 조롱과 날아드는 돌멩이로 그는 거의 죽을 지경이었다.

갑자기 그는 쇠사슬에 묶인 몸을 발작적으로 격렬하게 뒤흔들며 몸부림쳤다. 어찌나 격렬했던지 그가 앉은 형틀이 무너질 듯 덜컹거렸다. 그리고 그때까지 굳게 다물고 있던 입을 열어 사나운 개가 짓는 소리와도 같은 격분한 목소리로 외쳤다.

"물 좀 줘!"

그것은 사람의 소리라기보다는 차라리 짐승의 울부짖음에 가까웠고 군중들의 아우성을 뒤덮을 정도였다.

물을 달라는 비명에 가까운 외침은 그러나 구경꾼들에게는 동정심은커녕 커져만 가는 즐거움의 대상일 뿐이었다. 여기서 말해둘 것이 하나 있다. 지금 어중이떠중이가 모두 모인 현장의 군중은 앞서 여러분에게 보인 바와 같이 무시무시한 거지 떼 못지않게 잔인하고 야수 같으며, 단적으로 말해 가장 하층에 속하는 자들이었다는 점이다. 그러니 이 가련한 수형자의 주위에는 목 타는 호소에도 불구하고 비웃음 소리 외에는 어떤 동정의 소리도 들려오지 않았다. 그때 카지모도의 얼굴에는 붉은 피가 흐르고 눈은 겁에 질려 있었으며 분노와 고통으로 거품을 문 입가에는 혀가 반이나 빠져나와 있었다. 이런 그의 모습은 잔뜩 기괴할 뿐, 측은하기보다는 불쾌한 것이 사실이었다. 만약 이런 상황에서, 구경꾼들 중에 남자든 여자든 자비심과 친절함을 두루 갖춘 누군가가 나서서 그에게 물 한 그릇을 가져다주려 했다면 어찌 되었을까? 아무튼 공시대의 저주스런 계단 주위에는 수치와 불명예의 강한 편견이 힘을 휘두르고 있었으므로 그처럼 친절한 사마리아인이라도 틀림없이 쫓겨나고 말았을 것이다.

잠시 후 카지모도는 죽을힘을 다해 절망적인 눈으로 주위를 둘러보며 외쳤다.

"물을 달라고!"

그러자 모두들 일제히 웃음을 터뜨렸다.

"옜다 이거라도 마셔라! 자, 이 귀머거리야! 네게 진 빚을 갚아주마!"

로뱅 푸스팽이 흙탕물에 젖은 걸레를 그의 얼굴을 향해 던지면서 외쳤다.

한 여인이 그의 머리를 향해 돌을 던졌다.

"밤중에 쓸데없이 종을 쳐서 단잠을 깨우다니, 옜다 이거나 받아라!"

"야, 이 자식아! 또다시 노트르담 탑 위에서 우리한테 저주를 퍼부을 거냐?"

어떤 불구자가 목발로 그를 때리려고 정신없이 날뛰면서 고함을 쳤다.

"옜다, 이 그릇으로 물 떠먹어라!"

한 사나이가 그의 가슴을 향해 깨진 그릇을 집어던지며 계속 외쳤다.

"네놈이 내 마누라 앞을 지나가는 바람에 머리가 둘 달린 애를 낳았단 말이야!"

"우리 집 고양이도 발이 여섯 개 달린 새끼를 낳았어!"

한 노파가 그에게 기왓장을 던지며 소리쳤다.

"물 좀 줘!"

카지모도는 숨을 헐떡이며 다시 중얼거렸다. 그러자 그 순간 모여 선 사람들이 좌우로 비켜서는 것을 보았다. 그리고 그 사이로 이상한 옷차림의 한 여자가 나타났다. 그 뒤로는 금색 뿔이 달린 하얀 염소가 따라오고 있었다. 그녀의 손에는 조그만 탬버린이 들려 있었다.

카지모도의 눈이 빛났다. 그녀는 바로 간밤에 자신이 납치하려 했던 집시 처녀였다. 그런 난폭한 짓을 했기 때문에 자신이 이런 벌을 받는다는 생각을 그 순간 어렴풋이 하고 있었다. 그러나 사실은 그렇지 않았다. 그가 벌을 받는 것은 그가 귀머거리이기 때문이었고 귀머거리 판사에게 재판을 받았기 때문이었다. 그러나 그는 그녀가 자신에게 복수하려 한다고 믿어 의심치 않았다.

집시 여자는 빠른 걸음으로 그에게 다가왔다. 그는 분노와 원통함에 숨이 막힐 듯했다. 할 수만 있다면 죄인 공시대를 뒤엎어버리고 싶었다. 그의 눈에서 번갯불을 쏘아 여자가 다가오기 전에 박살내버릴 수 있기를 바랐다.

그녀는 아무 말 없이 카지모도에게 다가왔다. 그럴수록 그는 도망치고 싶어 몸부림쳤다. 그녀는 곧바로 그에게로 다가가 말없이 허리띠에 매달린 물통을 풀어 그의 입술에 대주었다.

그 순간, 그토록 분노로 불타고 있던 그의 눈 속에 커다란 눈물방울이 맺히기 시작했다. 눈물은 천천히 방울져서는 그의 흉측한 얼굴을 타고 흘러내렸다. 불행한 사나이가 태어나서 처음 흘린 눈물이었을 것이다.

눈물을 흘리느라 그는 물을 마시는 것도 잊어버렸다. 그녀는 안타깝고 초조한 듯 입술을 비쭉거리고 생긋 웃으면서 카지모도의 입에 물병 주둥이를 대고 물을 부어주었다. 그는 꿀꺽꿀꺽 소리를 내며 물을 마셨다. 목이 타서 말라붙을 지경이었던 것이다.

꿀맛 같은 물을 마시고 나서 카지모도는 자신의 검붉은 입술을 쑥 내밀었다. 그것은 아마도 생명의 은인과도 같은 그녀의 아름다운 손에 감사의 키스를 건네려는 의도였을 것이다. 그러나 아가씨의 마음이 완전히 풀어진 것은 아니었으니, 지난밤 그가 자신에게 했던 난폭함을 아직도 잊지 않고 있기 때문이었다. 그래서인지 그녀는 어린아이가 짐승에게 물릴까 두려워하듯 깜짝 놀라면서 후다닥 손을 움츠렸다.

겁에 질린 듯 놀라는 모습을 보며 그 가여운 귀머거리는 말로 할 수 없는 슬픔과 원망이 가득 찬 눈빛으로 망연하게 여자를 바라보았다.

맑고 아름답고 순결하고 발랄하며 매력적인 동시에 연약한 아가씨가 더없이 비참하고 추악하고 심술궂은 사나이를 돕기 위해 달려오는 광경은 어디에서건 감격적이고 뭉클한 광경이었다. 그 광경 앞에서 죄인 공시대 주변의 사람들조차 감격하여 마지않았다.

군중들은 자신들도 모르는 사이에 감동하여 저절로 박수를 치며 "장하다, 장해!"라고 외치기 시작했다.

그러나 때마침 자루 수녀는 '쥐구멍'의 채광창을 통해 죄인 공시대 위의 집시 여자를 보고는 치를 떨 듯 저주의 말을 퍼붓고 있었다.

"죽어버려라! 저주스런 집시 계집아!"

chapter 5
과자 이야기의 끝

에스메랄다는 어느새 얼굴이 파랗게 질린 채 비틀거리는 걸음으로 죄인 공시대를 내려왔다. 쥐구멍에서 저주의 말을 퍼붓고 있는 은자의 목소리는 집시 여자의 뒤를 쫓고 있었다.

"당장 내려와! 이집트의 도둑년아! 언젠가는 네가 그 자리에 묶일 것이다!"

"자루 수녀가 또 시작이구나!"

사람들은 지겹다는 듯 중얼거렸다. 그리고 더 이상 아무 일도 일어나지 않았다. 사람들은 은자를 두려워했고 성스럽게까지 여겼으므로 굳이 밤낮으로 기도하는 사람에게는 웬만해서는 일을 시끄럽게 만들지 않으려 했다.

어느덧 카지모도를 다시 끌고 갈 시간이 되자 그는 풀려났고 군중들도 흩어져 돌아갔다.

그랑 퐁 교각 옆에서 두 여자와 함께 되돌아오던 마예트는 갑자기 걸음을 멈추었다.

"잠깐, 외스타슈, 과자는 어쨌니?"

마예트의 물음에 아이가 대답했다.

"엄마가 그 굴속의 여자와 얘기할 때 갑자기 커다란 개가 나타나서 과자를 뜯어 먹었어요. 그래서 내가 마저 먹어버렸어요."

"뭐야? 그걸 네가 다 먹었단 말이야?"

마예트가 놀라 되물었다.

"내가 아니라 개가 먹었어요. 내가 못 하게 하는데도 뜯어 먹어버렸다니까요. 남은 건 내가 먹어버렸지만……."

아이는 어이없는 변명을 늘어놓았다.

"정말 말을 안 듣는 녀석이로구나!"

마예트는 아이의 대답에 기막혀하면서도 싱글벙글 웃으며 귀엽다는 듯 머리를 헝클어트렸다.

"여봐요, 우다르드. 애는 벌써부터 샤를랑주에 있는 우리 버찌나무를 혼자 통째로 먹어댄다니까요! 애 할아버지가 그러셨지요, 장차 큰 장수가 될 테니까 두고 보라고요! 외스타슈, 또 이런 일이 있어선 안 된다? 어서 가자, 우리 장수!"

제 7 부

chapter 1

염소에게 비밀을 털어놓는 위험

그 일이 있고 몇 주일이 지나갔다.

어느덧 3월 초순이었다. 우언법(迂言法)의 고전적 선조인 뒤바르타스[171]가 아직 태양을 '촛불의 대공(大公)'이라고 명명하기도 전이었지만, 그래도 역시 태양은 즐겁고 찬란하게 빛나고 있었다. 참으로 화창하고 아름다운 봄날이어서, 온 파리의 시민들이 광장과 산책장에 흩어져서 일요일처럼 봄날을 즐기고 있었다. 그렇게 밝고 따스하고 맑은 날에는 노트르담의 정면 현관을 상찬해야 할 특정한 시간이 있다. 그것은 이미 서쪽으로 기운 태양이 대성당을 거의 정면으로 바라보는 순간이다. 그럴 때면, 점점 더 수평이 되는 햇살은 광장의 포석 바닥에서 천천히 물러나 수직으로 된 정면을 따라 올라가면서 그림자 위에 그 정면의 숱한 환조(丸彫)를 드러나 보이게 하는가 하면, 그 커다란 중앙의 장미창은 대장간 화덕의 반사광이 붉게 비친 외눈박이 거인의 눈처럼 타오른다.

바로 그러한 시간이었다.

저녁 햇살을 받아 붉게 빛나는 노트르담 대성당의 바로 정면 광장과 파르비 거리의 모퉁이에 자리한 고딕식 대저택의 현간 위에 만들어진 석조 발코니에서 아름다운 아가씨들이 예쁜 자태를 뽐내며 천진하게 웃고 떠들고 있었다. 그녀들은 진주로 뒤덮인 뾰족한 모자나 발꿈치까지 이르는 베일의 길이로 미루어 보아도, 그리고 당시의 세련된 유행에 따라 그녀들의 아름다운 가슴 윗부분을 드러내 보이는 스타일의, 어깨가 덮이는 반소매에 수를 놓은 블라우스의 화사함이라든지, 겉옷보다도 속옷에 더 돈을 들인 것이라든지, 특히나 그녀들의 한가로움과 게으름을 드러내는 희고 가느다란 손의 모습에서 모두들 부유한 귀족 가문의 귀한 따님들임을 알 수 있었다. 실제로 그녀들은 플뢰르드리스 드 공들로리에 아가씨와 친구들인 디안 드 크리스퇴유, 아믈로트 드 몽미셀, 콜롱브 드 가유퐁텐, 그리고 샹슈브리에의 딸들이었다. 이 귀한 집 아가씨들이 이때 마침 공들로리에 과부댁에 모여 있는 이유는, 플랑드르 사람들에게서 마르그리트 황태자비를 맞이하러 피카르디로 갈 때 황태자비를 위한 시녀를 뽑기 위해 보죄 전하 내외가 4월에 파리에 올 예정이었기 때문이다. 그래서 파리 사방 20킬로미터 안에 있는 시골 귀족들이 저마다 그 명예스런 일에 자신의 딸이 선택되기를 바라는 마음으로 신경을 쓰던 중, 벌써부터 딸들을 파리에 데리고 오거나 보내놓거나 한 경우가 꽤 많았던 것이다. 하여, 여기 모여 있는 아가씨들은 그 부모의 부탁으로 전 왕실 노궁대 대장의 미망인인 알로이즈 드 공들로리에 부인의 보호를 받고 있었다. 공들로리에 부인은 지금 노트르담의 파르비 광장의 자택에서 외동딸과 함께 은거하고 있었다.

이 아가씨들이 모여 있던 발코니는 황금빛 당초 무늬 장식이 있는 갈색의 플랑드르산 가죽으로 호화롭게 벽을 둘러친 침실로 통해 있었다. 천장에 평행으로 줄을 긋고 있는 들보들은 금빛으로 색칠한 기괴한 조각들로 가득해서 보는 사람의 눈을 즐겁게 해주었다. 조각이 붙은 선반에는 칠보가 여기저기 박혀 있어 오색영롱한 빛을 띠고 있었다. 호화로운 식기장의 윗단에는 도기로 만든 멧돼지 머리가 장식되어 있고 두 단으로 이루어진 식기 선반으로 보아 이 집의 안주인은 부하를 거느린 기사의 아내이거나 과부임을 알 수 있었다. 공들로리에 부인은 위에서 아래까지 문장이나 방패 장식이 붙어 있는 높은 벽난로 옆에 놓인 붉은 비로드로 된 화려한 안락의자에 앉아 있었다. 그녀의 쉰다섯이라는 나이는 얼굴 못지않게 화려한 의상에서도 잘 드러나고 있었다. 그녀의 옆에는 매우 거만하지만 용맹스러워 보이는 청년이 서 있었다. 관상쟁이가 그를 본다면 어깨를 으쓱하겠지만 여자라면 누구나 인정할 만한 미남이었다. 이 젊고 잘생긴 기사는 왕실 친위대 대위의 눈부시게 화려한 복장을 걸치고 있었는데, 이것은 앞의 이야기에서 구경꾼으로부터 이미 칭찬을 받은 바 있는 유피테르의 복장과 매우 흡사하므로 다시 묘사하지는 않겠다.

어쨌든 아가씨들은 몇 명은 방 안에, 다른 몇몇은 발코니에 있었고, 또 더러는 가장자리를 금색으로 두른 비로드 방석 위에나 온갖 꽃과 도형을 새긴 떡갈나무 의자 등등에 흩어져 있었다. 그녀들은 각기 제 무릎 위에 커다란 태피스트리 자락의 일부를 올려놓고 바늘로 수를 놓고 있었는데 한 자락은 마룻바닥으로 늘어져 있었다.

그녀들은 자기들 가운데 젊은 남자 하나가 있기 때문인지, 비밀 이야기를 하듯 서로 소곤거리며 가끔 숨죽인 웃음소리를 내었다. 젊은 남자가 그 자리에 함께 있다는 것만으로도 여자들의 자존심을 자극하기에 충분했지만 정작 그는 그런 것에는 별로 신경을 쓰지 않는 것 같았다. 아름다운 여자들이 서로 그의 주의를 끌려고 애면글면하는데도 그는 태연하게 노루가죽 장갑으로 허리띠의 장식 핀 닦기에 몰두하고 있을 뿐이었다.

때때로 늙은 알로이즈 드 공들로리에 부인이 나지막한 소리로 그에게 말을 걸면 그는 가능한 한 예의를 갖추어 최선을 다해 대답하곤 했다. 알로이즈 부인의 미소나 의미 있는 몸짓이나, 그와 낮은 소리로 말하면서 종종 딸인 플뢰르드리스에게 눈을 돌리는 것으로 보아 그 둘 사이에 이미 약혼이 이루어졌으며 머지않은 장래에 결혼식을 올리게 될 사이라는 것을 쉽게 알 수 있었다. 그런데 그 젊은 장교의 조금은 어색하고 거북스러워하는 태도를 보면 적어도 그로서는 여자에 대한 애정이 다소 식었다는 것을 금방 눈치챌 수 있었다. 그의 얼굴에는 매우 거북하고 어색하며 '아주 고역이구나!' 하는 지친 기색이 역력했다.

그러나 마음씨 착한 노부인은 자기 딸의 일이기 때문인지 장교의 열정이 식어버렸다는 사실을 미처 알아차리지 못한 채 다만, 플뢰르드리스의 바느질 솜씨가 어떤가를 약혼자에게 알려주려고 애쓰고 있을 뿐이었다.

"여보게 조카, 저것 좀 보게!"

부인은 그의 소매를 잡아당기며 귓가에 속삭였다.

"아, 네."

젊은이는 예의 바르게 대답하고는 곧바로 입을 다물어버렸다.

잠시 후 부인은 또다시 몸을 기울이며 그에게 말했다.

"자네 약혼녀보다 귀엽고 사랑스러운 얼굴을 본 적이 있나? 저렇게 희고 고운 손이며 눈부신 금발머리 말이야! 저 희고 긴 목을 보게, 꼭 백조 같잖아? 자네는 정말 행운아야, 우리 플뢰르드리스라면 누구라도 반할 만하지? 자네도 마음으로부터 저 애를 사랑하고 있겠지?"

"그렇죠……."

그는 전혀 다른 생각에 빠진 채 그렇게 대답했다.

"저 애한테 가서 말 좀 한번 걸어보게. 왜 그렇게 수줍어졌나, 자네?"

알로이즈 부인은 그의 어깨를 밀어내면서 말했다.

수줍음은 그의 장점도 단점도 아니었으나 그는 참을성 있게 노부인의 말대로 하려고 약혼녀에게 다가갔다.

"지금 하고 있는 태피스트리는 어떤 무늬를 만들고 있는 거지?"

그는 이렇게 물었다.

"오빠도 참…… 벌써 세 번이나 얘기해드렸는데, 바다 신의 동굴이에요!"

플뢰르드리스는 새침해진 표정으로 대답했다.

그녀는 이미 그의 태도가 전과 달리 심드렁하고 어떤 변화가 있음을 어머니보다 먼저 알아채고 있었던 것이다. 그는 무엇이든 이야기를 나누어야 한다고 생각하고 다시 말했다.

"그런데 그건 누굴 위해 만드는 중이지?"

"생 탕투안 데 샹 수도원에 낼 거예요."

플뢰르드리스는 고개도 들지 않은 채로 대답했다.

그는 태피스트리의 한쪽 끝을 손으로 만지며 물었다.

"어여쁜 사촌 누이야, 여기 그림 속에 볼이 터지도록 나팔을 불고 있는 병사는 누군가?"

"트리톤172이에요."

그녀가 대답했다.

플뢰르드리스의 짤막짤막한 대답 속에는 여전히 불만스러운 여운이 담겨 있었다. 그는 그녀의 귀에 대고 싱거운 말이든 사탕발림이든 뭐든 아무 말이라도 속삭여주어야만 한다는 것을 깨달았다. 그래서 막상 몸을 그녀 쪽으로 굽혔으나 다음과 같은 말보다 더 다정스런 말을 찾아낼 수 없었다.

"그런데 왜 당신 어머니는 늘 샤를 7세 시대의 우리 할머니들처럼 저런 문장이 그려진 옷을 입고 계시는 거지? 예쁜 누이야, 어머니께 좀 전해드려라, 그런 옷은 이미 어울리지 않는다고 말이야. 그 드레스 위에 문장으로 수놓은 월계수는 마치 걸어 다니는 맨틀피스173 같다니까! 정말이지, 요즘은 아무도 저렇게 자기 군기(軍旗) 위에 앉지는 않는단 말씀이야."

플뢰르드리스는 원망스런 눈길로 그를 쳐다보았다.

"저한테 할 말씀이 겨우 그것뿐이에요?"

그녀는 낮은 목소리로 물었다.

그들과 좀 떨어진 자리에서 지켜보던 알로이즈 부인은 두 사람이 몸을 가까이 하고 소곤거리는 것을 보고 즐거워하며 손에 들고 있던 기도서의 걸쇠를 만지작거리며 말했다.

"정말 감격적인 사랑의 장면이구나!"

한편, 젊은 장교는 더욱 어색해진 분위기를 급히 바꾸려고 태피스트리 이야기를 다시 시작했다.

"이거야말로 정말 훌륭한 솜씨야!"

그가 이렇게 외치자, 살결이 흰 금발의 아름다운 소녀이며 푸른 능직 옷으로 목을 감싼 콜롱브 드 가유퐁텐이 머뭇거리며, 그 미남자가 대답해주길 기대하면서 플뢰르드리스에게 말을 걸었다.

"공들로리에 양, 저 로슈기용 저택의 벽에 걸린 태피스트리 봤어요?"

그러자 디안 드 크리스퇴유가 웃으며 물었다.

"랭제르 뒤 루브르 정원 안에 있는 저택 말인가요?"

디안 드 크리스퇴유는 아름다운 치아를 가지고 있어서 무슨 말을 하든 활짝 웃는 것을 잊지 않았다.

"그 저택 안에는 파리 옛 성벽의 커다란 낡은 탑이 있어요."

이번에는 아믈로트 드 몽미셸이 덧붙였다. 그녀는 산뜻한 갈색 곱슬머리의 미인이었으나 무슨 일인지 남이 웃을 때마다 한숨을 쉬는 버릇이 있었다.

"콜롱브 양은 샤를 6세 시대의 바크빌 씨 저택을 말하는 게 아닌가요? 정말 그 집에는 굉장한 휘장이 있죠!"

"샤를 6세! 샤를 6세라!"

젊은 장교는 콧수염을 말아 올리며 중얼거렸다.

"정말 대단하세요! 아직까지 옛날 일들을 잘도 기억하시다니!"

공들로리에 부인은 계속 말을 이었다.

"그건 정말 아름다운 태피스트리였지! 솜씨가 훌륭해서 최고로 꼽힐걸."

그때, 날씬한 일곱 살 소녀 베랑제르 드 샹슈브리에가 발코니에서 광장을 내다보다가 소리를 질렀다.

"어머나! 저것 좀 보세요! 저 길바닥 위에서 어떤 여자가 사람들에 둘러싸여서 탬버린을 흔들며 춤을 추고 있어요."

정말로 탬버린 소리가 은은하게 들려오고 있었다.

"떠돌아다니는 집시 계집이겠지."

플뢰르드리스는 광장을 돌아보며 태연스레 말했다.

"우리도 가볼까? 가보자!"

그녀의 친구들이 모두 들뜬 얼굴로 외치며 발코니 가장자리로 달려가자 플뢰르드리스도 약혼자의 냉랭함에 대하여 생각하면서도 그 뒤를 따라 천천히 걸어갔다. 그녀의 약혼자는 거북스러운 대화가 끝난 것을 다행스레 여기며 제대 군인과도 같은 홀가분한 마음으로 방 안쪽으로 돌아왔다. 그러나 아름다운 플뢰르드리스를 상대하는 것은 사실 그의 마음을 들뜨게 하는 것이 사실이었으며 적어도 예전에는 그 역시 만족하고 있었다. 그러나 점점 시간이 흐를수록 그는 싫증을 느끼기 시작했다. 머지않아 결혼식을 앞두고 있다는 부담감은 더욱 그를 냉담하게 만들고 있었다. 더욱이 그는 원래 성질이 변덕스러운 편이었으며 이렇게 말하기는 좀 뭣하지만, 취미도 고상하지 못한 면이 있었다. 그는 분명한 명문가 출신임에도 군대 생활을 하는 동안 거친 군인의 습성이 몸에 배었던 것이다. 그래서 그는 술집의 술맛도 알게 되었으며, 여자들에 관한 음담패설이나 군인들에게 쉽게 넘어가는 여자들과 즐기는 재미에 빠지기도 했다. 가정에서 교육이나 예절을 제대로 배웠으나 너무 일찍부터 온 나라를 돌아다니고 상명하복의 규율에 얽매여 살다 보니 귀족적인 습성은 어느새 모두 벗겨져버린 것이다. 그러다 보니 종종 약혼자인 플뢰르드리스를 만나면서도 왠지 거북스러움을 느끼고 있었다. 우선은 그동안 여러 장소에서 여러 여자들을 만나면서 연애감정을 탕진한 나머지 정작 약혼녀인 그녀에게는 별다른 애정을 느끼지 못하고 있었다. 또한,

그토록 단정하고 정숙하며 예의 바른 요조숙녀들에게, 무심코 거칠고 상스러운 말을 뱉어 실수를 하게 될까 봐 스스로 두려웠던 것이다. 만약 그렇게 된다면 어떤 결과가 나올지는 불을 보듯 뻔할 것이다!

게다가 그의 경우에는 이런 마음에 더하여 더욱 고상한 체하고 화려한 옷이나 재치 있는 언행으로 남에게 돋보이려는 속셈, 붙임성 있게 하려는 의도가 섞여 있었던 것이다. 이런 사정은 여러분도 상상할 수 있으려니와 나는 그저 이야기꾼에 불과하다.

그런데 그는 조금 전부터 무엇을 생각하고 있었는지 아니면 아무것도 생각하고 있지 않았는지 모르지만 말없이 벽난로에 기대어 서 있었다. 그때 플뢰르드리스가 갑자기 뒤돌아보며 말을 걸었다. 이 가엾은 아가씨가 그를 원망한 것은 진심이 아니었던 것이다.

"사촌 오빠, 두어 달 전에 밤중에 순찰을 돌다가 십여 명의 도둑들한테서 집시 여자를 하나 구했다고 하지 않았어요?"

"그래…… 그런 일이 있었지."

"그럼 저기 성당 앞에서 춤추는 저 여자가 그 집시 아닐까요? 이리 와서 보세요, 퍼부스 오빠."

그는 그녀가 자신의 이름을 불러주면서 옆으로 오라고 하는 권유에는 화해를 청하는 의도가 있다고 생각했다. 퍼부스 드 샤토페르 중대장은 천천히 걸어서 발코니로 다가갔다.

"저기 좀 봐요. 저기 사람들이 둥글게 둘러싼 가운데 집시 여자가 춤추고 있어요. 저 여자 맞아요?"

플뢰르드리스는 퍼부스의 팔 위에 자기 손을 다정하게 올리며 말했다.

그녀가 가리키는 방향을 바라보다가 퍼부스가 말했다.

"맞구나. 저 염소를 보니까 그 여자라는 게 생각났어."

"정말 귀여운 염소네요?"

아믈로트가 감탄하여 손을 마주 잡은 채 말했다.

"저 금색 뿔은 진짜일까요?"

베랑제르가 물었다.

그때 알로이즈 부인이 안락의자에 앉은 채 입을 열었다.

"저건 작년에 지바르 문을 통해서 들어온 집시 여자들 중 하나일 텐데?"

"어머니, 그 문은 지금은 앙페르 문이라고 부르고 있어요."

플뢰르드리스가 조용히 말해주었다.

공들로리에 양은 자기 어머니의 구식 말투를 중대장이 얼마나 거북스러워 하는지 잘 알고 있었다. 아니나 다를까, 그는 히죽거리며 입속으로 혼자 중얼거렸다.

"크크…… 지바르 문? 지바르 문! 샤를 6세가 통과하셨다는 그 문!"

"아주머님! 그런데 저 높은 곳에 있는 시커먼 사람은 도대체 뭐죠?"

베랑제르가 갑자기 노트르담의 탑 꼭대기에서 무언가를 발견하고는 알로이즈 부인에게 외쳤다.

그 소리에 모두들 눈을 들어 그곳을 쳐다보았다. 정말로 한 사나이가 그레브 광장 쪽을 향해 있는 북쪽의 탑 꼭대기의 난간에 팔꿈치를 기대고 있었다. 그는 성직자였다. 복장이나 두 팔로 받치고 있는 얼굴도 또렷하게 보였다. 게다가 그는 조각상처럼 미동도 하지 않은 채 조용히 광장의 한곳에 시선을 고정시키고 있었다.

그는 마치 참새 집을 발견한 솔개처럼 꼼짝도 않고 있었다.

"저 사람은 조자스 부주교님이야."

플뢰르드리스가 말했다.

"여기서도 그걸 알아보다니 눈이 정말 좋은가 봐요!"

가유퐁텐이 말했다.

"그런데 저 춤추는 집시 여자를 보고 계시는 것 맞죠?"

디안 드 크리스퇴유가 말을 이었다.

"저런 집시 여자들은 조심해야 돼. 부주교님은 집시들을 싫어하시니까요."

플뢰르드리스가 말했다.

"저 신부님이 저런 눈길로 집시 여자를 바라보고 있다니 정말 유감이네요. 저렇게 황홀하게 춤을 추는데 말이에요." 아믈로트 드 몽미셸이 덧붙였다.

"푀부스 오빠, 저 계집애를 안다고 했죠? 이리로 올라오라고 해보세요, 재미있겠는데!"

갑자기 플뢰르드리스가 그에게 말했다.

"우와 찬성이에요! 어서요!"

아가씨들이 일제히 손뼉을 치며 외쳤다.

"바보 같은 짓이야. 저 여자는 날 잊어버렸을 거야. 저 여자 이름도 모르고 …… 하지만 아가씨들이 원하신다면 어디 한번 불러볼까?"

푀부스는 처음에는 당황하는 듯하더니 이내 마음을 바꾸어 발코니 난간 밖으로 몸을 내밀고 소리치기 시작했다.

"이봐, 아가씨!"

그때 집시 처녀는 탬버린을 치지 않고 있었기에 그가 부르는 소리를 들을 수 있었다. 그녀는 소리 나는 쪽을 돌아보다가 반짝이는 눈으로 푀부스를 바라보더니 춤을 딱 멈추어버렸다.

"아가씨!"

중대장은 손가락으로 신호를 하며 계속 여자를 불렀다.

집시 처녀는 잠시 그를 바라보고는 마치 불꽃에 볼을 데이기라도 한 것처럼 얼굴을 붉히더니 탬버린을 옆구리에 끼고는 어리둥절해 있는 군중을 헤치고 푀부스가 서 있는 집 쪽으로 뱀에 홀린 사람처럼 비틀거리며 불안한 눈길을 한 채 걸어갔다.

잠시 후, 문의 커튼이 올라가고 집시 여자가 나타났는데 그 얼굴은 몹시 붉게 물들어 있고 커다란 눈을 내리깔고 숨을 몰아쉬며 한 걸음도 더 움직이지 못한 채 서 있었다.

그때 베랑제르가 손뼉을 쳤다.

그러나 집시 여자는 그대로 서 있었다. 그녀가 나타나자 젊은 아가씨들 사이에는 이상한 일이 벌어졌다. 그때까지 중대장의 관심을 끌어보려는 막연한 욕망이 그녀들을 활기차게 만들었으며 중대장의 멋진 제복 역시 아가씨들의 모든 교태의 표적이 되었던 것이 사실이었다. 그래서 그가 그곳에 온 다음부터 아가씨들은 스스로 의식하지는 않았다고 해도 알게 모르게 언행 속에 그런 의식이 들어 있었다. 하지만 어느 하나 빠지지 않을 만큼의 미모를 지니고 있었기에 서로 마음속으로는 자신이 이기고 있다고 생각하고 있었다. 그런데 집시 여자가 등장하면서부터 그러한 균형이 깨어져버렸다. 집시 처녀는 세상에 보기 드문 미인이었던 것이다. 그런 그녀가 그 방 앞에 나타나는 순간, 집시 처녀는 자신만의 특유의 빛을 뿌리는 것 같았다. 그 작은 방, 벽걸이와 목공 세공품들의 침침한 배경 아래에서 그녀는 광장에 있을 때와는 비교도 안 될 만큼 아름다웠고 눈부시게 빛이 났던 것이다. 그녀는 밝은 햇빛 아래에서 어둠 속으로 가져다놓은 횃불과도 같았다. 귀족 아가씨들은 자신들도 모르게 눈부셔 했다. 그녀들은 집시 처녀의 아름다움 때문에 일종의 상처를 입은 셈이었다. 그러므로 그녀들의 전선(戰線)은, 이런 표현이 가능하다면, 서로 한마디 말도 하지 않은 사이에 갑작스레 변해버린 것이다. 그런 경우에 여자들은 서로 뜻이 잘 통했다. 여자들의 본능은 남자들의 지성이 미치지 못할 정도로 빠르고 예민했다. 이제 그녀들 모두에게 하나의 적이 나타난 것이다. 그것을 느끼고 그녀들은 한데 뭉치기 시작했다. 한 잔의 물을 붉게 만들기 위해서는 포도주 한 방울이면 충분했으며 어여쁜 여자들의 모임을 악감정으로 물들이기 위해서는, 특히 남자가 하나밖에 없는 상황일 때는, 그보다 더 예쁜 여자가 등장하면 되는 것이었다.

그러므로 이 집시 여자에 대한 귀족 아가씨들의 대접은 놀라울 정도로 냉랭하고 쌀쌀맞았다. 그녀들은 집시 여자를 훑어보고 서로 마주 보며 눈빛을 교환했다. 이미 그것으로 끝은 정해졌다. 그녀들은 서로 이심전심이 된 것이다. 그러는 동안 집시 여자는 누군가 자신에게 말을 걸어주기를 기다렸다. 그녀는 매우 긴장한 상태라 감히 고개도 들지 못하고 있었던 것이다.

그때 중대장이 먼저 입을 열었다.

"야, 정말 미인이군요! 어때요, 아가씨들!"

그는 뻔뻔하고 노골적인 어조로 물었다.

칭찬이라도 분위기를 파악했더라면 적당한 목소리로 했을 것인데 그의 첫마디는 집시 여자를 관찰하고 있던 귀족 아가씨들의 질투심을 결코 가라앉힐 수 없는 것이었다.

플뢰르드리스는 일부러 상냥한 체하면서도 노골적인 무시가 담긴 태도로 그에게 말했다.

"제법인데요?"

그러자 다른 아가씨들도 수군거렸다.

이윽고, 알로이즈 부인 역시 자신의 딸 편을 들어 질투하지 않을 수 없었으나 그래도 가만히 집시 여자에게 말을 걸었다.

"이쪽으로 좀 와봐요, 아가씨."

"이쪽으로 와요, 아가씨."

알로이즈 부인의 뒤쪽에 서 있던 베랑제르 역시 우습고도 의젓한 태도로 되풀이했다.

집시 처녀는 귀부인 쪽으로 다가갔다.

"이봐, 예쁜 아가씨!"

푀부스도 그녀 쪽으로 몇 걸음 다가가며 의미 있게 말했다.

"만약에 나를 기억해준다면 대단히 기쁘겠는데……."

그녀는 다정한 미소를 지으며 상냥한 눈길로 그를 바라보며 말을 가로막 았다.

"아, 그럼요…… 분명히 기억하고 있어요!"

그녀의 대답에 플뢰르드리스가 참견했다.

"기억력이 좋으시군."

"그런데 말이야, 그날 밤엔 왜 그렇게 갑자기 달아나버린 거지? 내가 무서 웠나?"

푀부스가 물었다.

"아니요, 그렇지 않아요……."

집시 처녀가 대답했다. 그런데 '아, 그럼요'에 이어 '아니요, 그렇지 않아 요'라는 그녀의 대답에서 플뢰르드리스는 무언가 알 수는 없으나 왠지 기분 이 상하는 것을 느꼈다.

"그런데 예쁜 아가씨, 당신은 말이야. 그 자리에 애꾸눈에 곱사등이 괴물 같은 종지기 놈을 하나 두고 갔었지……."

중대장은 말을 이어가기 시작했다. 거리의 여자를 대하자 비로소 혀가 잘 돌아가는 듯 술술 말이 나왔다.

"틀림없이 부주교의 종지기가 맞을 거야. 그 녀석은 어느 부주교의 사생아 로 태어나면서부터 괴물이었다고 하더군. 이름도 괴상했어. 파크플뢰리라 던가, 마르디그라라던가…… 기억도 잘 안 나는데, 무슨 대축제의 이름이 었지! 그놈이 당신을 어디론가 데려가려 했었지. 대체 그놈이 당신을 어떻 게 하려고 그런 거지? 어디 말 좀 해보라고!"

"그건 저도 몰라요……."

그녀가 대답했다.

"어떻게 그런 짓을 하려고 했단 말이야? 종지기 주제에 자작이라도 된 것처럼 처녀를 겁탈하려 들다니! 천민 주제에 귀족의 사냥감을 밀렵하는 것과 같은 짓이야! 그건 있을 수 없는 일이지. 어쨌거나 녀석은 톡톡하게 대가를 치른 셈이지. 피에라 토르트뤼 님은 거칠기로 유명한 분이거든. 그 종지기 녀석 그 양반 손에 아주 초죽음이 되도록 맞았지! 어때, 속이 후련하지 않나?"

"불쌍한 사람이에요……."

중대장의 말을 들으며 집시 처녀는 죄인 공시대의 참혹했던 광경을 다시 떠올리고는 안타까운 듯 중얼거렸다.

중대장은 큰 소리로 웃으며 말했다.

"뭐라고? 돼지 궁둥이에 깃털이 났다는 소리처럼 말도 안 되는 동정심은 버리라고! 나도 교황처럼 뒤룩뒤룩한 돼지가 되고 싶으니까…… 하지만……."

여기까지 말하다가 그는 문득 말을 멈췄다.

"아 미안합니다, 아가씨들…… 큰 실수를 할 뻔했습니다."

"나 참……."

가유퐁텐이 말했다.

"저 계집에겐 잘도 지껄이는군……."

플뢰르드리스가 작은 소리로 덧붙였다. 그러는 동안에도 그녀는 점점 더 울화통이 치밀고 있었다. 푀부스가 집시 여자에게 정신을 빼앗긴 것은 물론, 발꿈치로 뱅그르르 돌면서 군대식의 투박하고 거친 말투로 '정말 예쁜 아가씨야!'라고 말하는 것을 보았을 때 그녀의 가슴은 차츰 부글부글 끓기 시작했던 것이다.

"옷 한번 촌스럽다."

디안 드 크리스퇴유가 아름다운 치아를 활짝 드러내는 미소를 띠며 말했다. 그런데 바로 그 한마디가 다른 아가씨들에게 한줄기 빛과 같은 느낌을 주었다. 말하자면, 그녀들에게 집시 처녀를 공격할 수 있는 허점을 찾아준 것이

귀족들의 축제 때는 나팔 소리를 통해
요리가 준비됐음을 알렸다.

초대받은 봉건군주를 대접할 때는,
깨끗한 천으로 접시를 덮어서 요리를 내온다.
그럼으로써 중간에 누군가 독을 넣지 않았다는 걸
보장하는 것이다.

고기

돼지고기는 가장 많이 소모되는
고기였다. 12월에 돼지를 잡아,
저장되지 않는 것은 즉시 먹었다.
그러고는 파테라든가 리예트를 만들고,
머리로는 잘게 썬 젤리식 요리를 만들었다.

저장을 위해서 고기를
소금절이 통에 넣어 보관했다.
(혹은 바짝 말리든지 훈증을 했다.)

성주간 목요일에는
노트르담 대성당 광장에
햄 시장이 열렸다.

양봉

꿀은 각종 요리와 포도주,
디저트를 만드는 데 쓰였다.
설탕은 수입해야 했기에
무척 귀하고 비쌌다.

빵

시골에서는
손으로 돌리는 맷돌을 사용해
밀가루를 만들었다.

식탁 위에는 나무 사발과 흙을 구워 만든 토기와
단지, 뿔로 깎아 만든 숟가락과 술잔 등이 놓여졌다.

부풀리지 않은 빵을 도마처럼
사용하기도 했다.

납작한 빵 위에 고기를 올려놓고 썰면
그 빵에 소스가 스며들고, 그런 빵을 나중에
먹었다. 부자들은 그런 빵을 가난한 사람들
에게 나눠주기도 했다.

나무 쟁반

광택을 낸 단도들. 큰 것은 귀족의 식사
관리인이 사용하고, 작은 것은 주인이
사용한다. 급사장은 이런 칼들을 모두
허리띠에 차고 다닌다.

혹은 도마처럼 사용하기 위한
주석 쟁반

메밀 빵은 무어인 혹은 사라센족에 의해
유입되어, 특히 북쪽 플랑드르 지방에
널리 퍼졌다.

밀가루는 식품의 기본이 되는 재료였다.
무엇보다 빵으로 만들어졌지만, 죽이나
크레이프가 되기도 했다.

달걀은 사순절 동안 금지된 식품이었다.
꼭두서니 물에 삶은 다음, 성금요일에 축성을
받아 일요일이 되어야 먹을 수 있었다.
그로부터 껍질에 그림을 그려 먹는 부활절
달걀의 전통이 생겨났다.

포도주나
물을 담기 위한
금도금된 병

은으로 테를 두른 나무잔

주석으로 만든 잔

솥

거위를 구워 먹는 틀
숯을 담는 받침이 대의 꼭대기 동그란 틀에
놓이도록 되어 있어, 요리를 데운 상태로
계속 즐길 수 있다.

었다. 집시 처녀의 미모에 대해서는 헐뜯을 곳이 없었으므로 입고 있는 옷에 대해 트집을 잡는 것으로 공격을 시작했다.

"정말이네, 어쩜, 어깨 장식도 깃 장식도 없이 거리를 쏘다니다니!"

몽미셸이 말했다.

"치마는 또 왜 그렇게 짧은 건데? 정말 유치하다, 애!"

가유퐁텐이 덧붙였다.

"여봐요, 아가씨. 그런 황금 띠 같은 걸 두르고 다니다간 경찰들한테 잡혀 갈지도 몰라요!"

플뢰르드리스는 매우 노골적인 경멸의 뜻을 비치며 이렇게 말했다.

"이봐, 이봐!"

크리스퇴유는 심술궂은 미소를 얼굴 가득 띤 채 말을 이었다.

"그 팔뚝에 소매라도 달고 다녔으면 햇볕에 그렇게까지 타지는 않았을 거 아냐?"

귀족 아가씨들이 거리의 무희를 둘러싸고 비아냥섞인 눈빛과 야유와 독설이 흐르는 입술을 달싹이는 모양은 얼마나 가관이었는지, 그 광경은 퓌부스는 물론 그보다 더 영리한 구경꾼에게나 알맞은 볼거리였다. 귀족 아가씨들은 매우 상냥하면서도 가혹하게 집시 처녀를 헐뜯었다. 그녀들은 심술궂은 말장난으로 싸구려 금속 장신구가 달린 초라한 옷차림을 헤집어 흔들어대고 있었던 것이다. 끝없는 비웃음과 빈정거림과 모욕적인 말들이 집시 여자를 향해 쏟아지고 거만한 호의와 멸시가 집중되었다. 마치 저 로마의 젊은 귀부인들이 아름다운 노예의 젖가슴에 금 핀을 꽂으며 즐기는 것을 보는 듯했다. 또 멋진 사냥개들이 콧구멍을 벌름거리고 눈을 번득이며 숲 속의 가여운 사슴 주위를 맴돌면서도 주인의 눈치를 보느라 함부로 덤비지 못하는 것 같았다.

다시 말해, 이 부러울 것 하나 없는 귀족 집안의 곱게 자란 아가씨들 앞에 한낱 거리의 무희 따위가 어떤 의미가 있겠는가? 그녀들에게는 눈앞의 집시 여자의 존재 따위는 전혀 상관이 없었다. 그녀가 있거나 없거나 아랑곳없이 이 아가씨들은 그녀를 두고 매우 친절하면서도 다정한 미소를 띤 얼굴과 목소리로 불결하고 천박한 것에 대하여 거침없이 상냥하게 이야기하고 있었던 것이다.

집시 여자가 그녀들로부터 바늘로 찔러대는 것 같은 가혹한 대접을 받고 있음을 느끼지 못한 것은 결코 아니다. 귀족 아가씨들이 한마디씩 할 때마다 그녀는 수치심에서 오는 홍조와 분노의 섬광으로 눈과 볼이 타오르고 문득문득 경멸의 말이 입술 주위에서 머뭇거리는 듯했다. 여러분도 이미 알듯이 그녀는 참기 힘든 모멸감으로 입술을 삐죽거리면서도 끝까지 입을 열지는 않았다. 굳은 듯이 선 채 그녀는 체념한 듯 슬프고 부드러운 눈길로 푀부스를 지그시 바라다볼 뿐이었다. 그 눈길에는 희미한 행복감과 애정도 깃들어 있었다. 다만 그녀는 쫓겨날까 두려워 그대로, 꾹 참고 있는 것만 같았다.

푀부스도 처음에는 아가씨들과 마찬가지로 적당히 집시 여자를 무시하는 마음도 없지 않은 채로 그저 보고 웃을 뿐이었으나, 시간이 갈수록 조금씩 그녀를 동정하는 마음이 일어나기 시작하여 어느새 그 편을 들고 있었다.

"그런 말에 신경 쓸 것 없어, 아가씨!"

그는 금으로 된 박차를 쩔렁거리며 되풀이했다.

"그래, 아가씨 옷차림이 좀 남다르고 야한 면이 있긴 하지만, 뭐 어때? 당신같이 아리따운 아가씨가 아무려면 어때?"

"어머나, 세상에!"

금발의 가유퐁텐이 떨떠름한 미소를 지으며 백조와 같이 기다란 목을 더욱 빼며 외쳤다.

"왕실 친위대 장교들은 집시의 아름다운 눈길만 받아도 금방 넘어가버리는 모양이죠?"

"물론입니다!"

푀부스가 말했다.

어디로 떨어지든지 상관없는 돌멩이를 내던지듯 내뱉는 그의 대답에 콜롱브와 디안과 아믈로트와 플뢰르드리스는 갑자기 봇물 터지듯 일제히 웃음을 터뜨렸는데 그녀들의 눈에서는 눈물방울이 솟구쳐 올랐다.

집시 여자는 콜롱브 드 가유퐁텐의 말에 눈길을 바닥으로 떨어뜨리고 있다가 간신히 기쁘고 자랑에 넘치는 듯한 눈빛으로 푀부스를 다시금 응시했다. 그 순간 그녀는 정말로 아름다웠다.

그 광경을 지켜보고 있던 노부인은 매우 감정이 상한 듯 보였는데 그 상황 자체가 잘 이해되지 않았던 것이다.

"에구머니나!"

갑자기 그녀가 기절할 듯한 외마디 비명을 질렀다.

"내 발 밑에서 뭐가 꿈틀거리지? 아니, 이 더러운 짐승이!"

그것은 주인을 찾아온 작고 하얀 염소였다. 주인을 향해 달려가다가 노부인의 발 위에 늘어진 옷자락에 뿔이 걸려 넘어진 것이었다.

어쨌든 그것은 그 순간 하나의 기분 전환이 되어주었다. 집시 여자는 아무 말 없이 뿔에 엉킨 옷자락을 헤치고 염소를 풀어주었다.

"어머나, 저 염소 좀 봐, 다리가 금색이야!"

베랑제르는 무엇이 기쁜지 팔짝팔짝 뛰면서 외쳤다.

집시 여자는 무릎을 꿇고 앉은 채 염소의 머리를 정답게 자신의 볼에 갖다 대었다. 그것은 그녀가 잠시 동안이라도 그와 떨어져 있었던 것을 사과하는 것처럼 보였다.

그러는 동안 디안은 콜롱브의 귀에 대고 속삭였다.

"저것 좀 봐! 왜 더 일찍 생각을 못 했지? 저 여자는 염소를 데리고 다니는 집시 여자야! 마술사라니까요, 저 염소는 이상한 재주를 다 피운대요!"

"그래요? 그럼 저 염소에게 재주를 부려보라고 해야겠네요? 재미있겠는데!"

콜롱브가 대답했다.

이내 디안과 콜롱브가 집시 여자에게 큰 소리로 요구했다.

"이봐, 아가씨! 그 염소가 잘하는 재주가 있다면서? 보여줄 수 있겠지?"

"글쎄요, 무슨 말씀인지……."

집시 처녀가 대답했다.

"뭐, 마술이나 재주넘기나 요술 같은 것 말이야."

"몰라요, 어떤 걸 말하는지……."

그녀는 대답하고는 염소를 쓰다듬으면서 중얼거렸다.

"잘리…… 잘리!"

그때 플뢰르드리스는 염소의 목에 매달린 무엇인가를 발견했다. 그것은 수가 놓인 가죽으로 만든 작은 주머니였다.

"그 목에 달린 건 뭐지?"

그녀가 집시에게 물었다.

집시 여자는 커다란 눈으로 그녀를 바라보면서 정색을 하고 대답했다.

"이건 저의 비밀이에요."

플뢰르드리스는 '비밀? 그게 뭔지 더욱 알고 싶은데……'라고 생각했다.

그사이 노부인은 기분이 좋지 않은 듯 자리에서 일어나며 말했다.

"이봐, 집시! 너희 둘 다 아무것도 보여줄 것이 없다면 여긴 뭣 하러 온 거지?"

그러자 집시 여자는 아무 말 없이 문 쪽으로 걸음을 옮겼다. 그러나 문으로 가까이 갈수록 걸음은 느리고 더욱 무거워졌다. 어떤 힘이 그녀를 끌어당기고 있기라도 한 것처럼 그 자리에서 머뭇거렸다. 다음 순간 그녀는 눈물에 젖은 눈을 돌려 푀부스를 향해 걸음을 멈추었다.

"아, 안 돼! 그렇게 가버리면 안 돼! 이리 와서 춤이라도 춰달라고. 그런데 사랑스런 아가씨야, 이름이 뭐지?"

"에스메랄다예요!"

그녀는 그에게서 눈을 떼지 못한 채 대답했다.

그 이상한 이름을 듣자 귀족 아가씨들은 또다시 미친 듯이 웃음을 터뜨렸다.

"아이참, 아가씨 이름치고는 너무 이상해!"

디안이 말했다.

"그것 봐요, 마술사 맞죠?"

아믈로트가 말했다.

"이봐, 집시!"

갑자기 알로이즈 부인이 엄숙하게 외쳤다.

"네 부모가 설마 그 이름을 세례용 성수 접시 속에서 찾아낸 건 아니겠지?"

그러는 한편에서 아무도 주의를 기울이지 않는 사이에 베랑제르는 과자 하나를 들고 염소를 구석진 곳으로 데려갔다. 둘은 금세 친해졌다. 그녀는 호기심이 많아서 염소 목에 달린 주머니를 열어 그 속에 담긴 것들을 마룻바닥에 늘어놓았는데 알파벳을 하나씩 새긴 나무 조각들이었다. 글자 조각들이 펼쳐지자, 염소는 금빛 나는 발을 더듬어 그것들을 끌어당기거나 밀거나 하면서 어떤 특정한 낱말을 만들어냈다. 염소는 그런 일에 전혀 어려움을 느끼지 않는 듯했다. 글자가 완성되자 베랑제르는 깜짝 놀라 크게 외쳤다.

"플뢰르드리스 대모님, 이 염소가 만든 글자를 좀 보세요!"

플뢰르드리스는 달려가서 보고는 매우 놀라 몸을 떨 수밖에 없었다. 바닥에 가지런히 놓여 있는 나무 조각들이 만든 글자는 바로, '푀부스'였던 것이다!

"정말로 이걸 염소가 썼단 말이야?"

그녀는 갈라진 음성으로 물었다.

"네. 정말로 염소가 쓴 거예요."

베랑제르가 대답했다.

베랑제르는 글씨를 쓸 줄 몰랐기 때문에 그것 이외에는 달리 생각할 수가 없었다.

'이것이 그 비밀이라는 거였구나!' 하고 플뢰르드리스는 생각했다.

그러는 사이, 어린 베랑제르의 외침을 듣고 모두들 그곳으로 모여들었다. 어머니와 아가씨들과 집시 처녀, 그리고 젊은 장교까지도…….

집시 여자는 다가와 염소가 해놓은 짓을 보고는 몹시 당황하여 얼굴이 붉으락푸르락해지며 어쩔 줄 몰라 했다. 중대장 앞에서 죄인처럼 몸을 떨었으나 정작 그는 만족스러우면서도 놀랍다는 듯한 미소를 지으며 그녀를 바라보았다.

"푀부스라고?"

아가씨들은 놀라운 표정을 지으며 속삭였다.

"저건 중대장님의 이름이잖아요?"

"기억력 참 좋구나!"

플뢰르드리스는 얼어붙은 채 서 있는 집시 여자에게 말했다. 그러더니 갑자기 울음을 터뜨리고는 고운 두 손으로 얼굴을 가리며 괴로운 듯 중얼거렸다.

"아…… 이 여잔 마녀가 틀림없어요!"

그런 그녀의 가슴속 밑바닥에서는 더욱 고통스러운 또 다른 목소리가 들려왔다.

'이 여자는 나의 연적이야!'

다음 순간 플뢰르드리스는 정신을 잃고 그 자리에 쓰러지고 말았다.

"애야, 정신 차려라!"

알로이즈 부인은 겁에 질려 소리쳤다.

"당장 꺼져버려, 이 요망한 집시 계집아!"

에스메랄다는 재빨리 그 공교로운 글자들을 주워 모으고 염소 잘리에게 신호를 보내 한쪽 문 밖으로 달려 나갔다. 그와 동시에 플뢰르드리스도 다른 문으로 실려 나갔다.

어느새 혼자 남은 푀부스 중대장은 잠시 어느 쪽 문으로 갈까 생각하다가 이내 집시 여자의 뒤를 따랐다.

chapter 2

신부와 철학자는 다르다는 것

귀족 아가씨들이 알아보았듯이, 북쪽 탑 위에서 광장 쪽으로 몸을 내밀고 집시 여자의 춤추는 광경을 지켜본 것은 과연 클로드 프롤로 부주교였다.

부주교가 그 탑 안에 자신만의 비밀의 방을 가지고 있다는 것을 여러분은 기억하고 있을 것이다. (말이 났으니 말인데, 오늘날 종루들이 솟아 있는 옥상에서 동쪽으로 나 있는, 사람 키만 한 높이의 조그만 채광창을 통해 내부를 들여다볼 수 있는 방이 바로 그 방인지는 알 수 없다. 그 방은 현재 낡고 텅 빈 채로 남아 있는데 석회도 제대로 바르지 않은 벽들에는 성당의 정면 현관을 그린 빛바랜 판화 몇 점만이 걸려 있다. 추측컨대, 오늘날 그 방의 주인은 거미나 박쥐들로 바뀌었으며 그로 인해 파리들은 이중의 생존 위협에 시달리고 있을 것이다.)

부주교는 매일 해가 지기 한 시간 전이면 종루의 계단을 올라가 그 방에 틀어박혀 종종 그대로 밤을 새우기도 했다. 그날도 그는 그 작고 초라한 방의 낮은 문 앞에 이르러 허리에 찬 지갑 속에 넣고 다니는 복잡한 열쇠 하나를 자물쇠에 꽂다가 탬버린과 캐스터네츠 소리를 들은 것이다. 그 소리는 성당 앞뜰 광장에서 들려오고 있었다. 앞서도 말했듯이, 그 작은 방에 창이라고는 성당 지붕을 향해 난 채광창 하나뿐이었다. 클로드 프롤로는 열쇠를 얼른 집어넣었다. 그리고 얼마 후 그는 생각에 잠긴 우울한 태도로 종루 꼭대기에 서 있었는데 그 모습이 아가씨들 눈에 띄었던 것이다.

그는 그 탑 꼭대기에 꼼짝 않고 서서 매우 엄숙하게 무언가 한 가지 생각에 빠진 듯 한 지점을 응시하고 있었다. 그의 발아래로는 파리 시가지가 펼쳐져 있었는데, 갖가지 건물들의 첨탑들이 수없이 솟아 있고 부드러운 언덕들은 둥그런 지평선을 그리며, 강을 가로지른 다리 밑으로는 강물이 굽이치고 거리마다 주민들의 물결이 출렁였으며, 연기구름과 그물눈처럼 빽빽한 지붕들은 산맥처럼 노트르담을 둘러싸고 있었다. 그러나 그 도시의 광경 속에서 부주교는 길 위의 한 지점, 즉 성당 앞뜰 광장만을 바라볼 뿐이었으며 그곳에 모인 수많은 군중들 속 단 하나의 존재인 집시 여자만이 눈에 들어올 뿐이었다.

그의 눈길이 어떤 의미이며 그의 눈빛에서 솟아나는 불꽃은 또한 어디서 오는 것인지 설명하기란 쉬운 일이 아닐 것이다. 시선은 고정되어 있었으나 그 눈은 엄청난 혼란과 동요로 흔들리고 있었다. 나무가 바람에 흔들리듯 가끔 기계적인 떨림이 있을 뿐 그의 전신이 미동도 하지 않는 것이나, 그가 기대고 선 난간보다 더욱 굳어버린 팔꿈치를 보아도, 그리고 그의 얼굴을 찌푸리게 하는 굳은 미소를 보아도 클로드 프롤로 부주교의 안에 아직 살아 있는 것이라고는 눈빛뿐인 듯했다.

집시 여자는 춤을 추었다. 그녀는 프로방스 지방의 사라방드 춤을 추면서 탬버린을 돌리거나 공중으로 던져 올리기도 했다. 날쌔고 경쾌하고 즐겁게 춤을 추는 그녀는 자기 머리 위로 똑바로 떨어져 내리는 어떤 시선의 무게도 전혀 느끼지 못하는 듯했다.

춤추는 그녀를 둥그렇게 에워싸고 수많은 사람들이 모여들어 있었다. 종종 빨갛고 노란 외투를 입은 사나이 하나가 사람들이 더욱 다가들지 못하게 정리를 하고는 춤추는 그녀와 몇 걸음 떨어진 자리에 놓인 의자에 앉아 제 무릎에 염소를 안아 올리곤 했다. 그는 아마 집시 처녀의 동료인 듯했다. 클로드 프롤로가 있는 곳에서는 그의 모습을 제대로 분간하기가 어려웠다.

그 사나이가 집시 처녀의 주위에 있다는 것을 알아차린 후로 부주교의 관심은 그 둘 사이에 집중되었으며 차츰 그의 얼굴이 어두워졌다. 갑자기 그는 온몸을 부들부들 떨면서 일어서더니 중얼거렸다.

"저자는 도대체 누구지? 이제까지는 여자 혼자였는데!"

그러더니 부랴부랴 나선형 계단의 천장 아래로 들어가 걸어 내려갔다. 빼꼼하게 열려 있는 종탑의 문 앞을 지나던 그는 우연히 카지모도가 커다란 미늘 창 모양의 슬레이트 차양 틈새로 광장을 내다보는 것을 보았다. 카지모도 역시 무엇인가를 정신없이 바라보느라 양아버지가 지나가는 기척도 알아차리지 못하고 있었다. 그 순간 그의 짐승 같은 눈은 무언가에 매혹된 듯 부드럽고 애정이 넘치고 있었다.

"참, 이상한 일이야!"

클로드 부주교는 중얼거리며 계속 아래로 내려갔다. 잠시 후 부주교는 근심 어린 표정으로 종루 문을 열고 광장으로 나왔다.

"그 춤추던 여자는 어떻게 됐소?"

그는 탬버린 소리를 듣고 모여든 군중들 사이로 들어가며 물었다.

"모르겠는데요……."

옆에 있던 사람이 대답했다.

"방금 전에 저 맞은편 집에서 소리쳐 불러서 그리로 갔습니다. 스페인 춤이라도 추러 갔겠지요."

조금 전까지도 덩굴무늬가 보이지 않을 정도로 현란한 춤사위를 자랑하던 양탄자 위에는 이제 집시 처녀 대신 울긋불긋한 외투의 사나이뿐이었다. 그녀가 없는 동안 그 역시 몇 푼이라도 벌어볼 생각인지, 허리에 팔꿈치를 붙이고 머리를 뒤로 젖힌 채, 얼굴은 빨갛고 목은 잔뜩 긴장된 자세로 의자 하나를 이로 악물고는 원을 그리며 거닐고 있었다. 그 의자 위에는 이웃 여자에게서 빌린 고양이 한 마리가 묶여 있었는데 놀란 고양이는 날카로운 울음소리를 내고 있었다.

"아니! 여보게!"

부주교는 그 곡예사가 굵은 땀방울을 흘리며 의자와 고양이를 피라미드 모양으로 쌓은 채 입에 물고 지나갈 때 놀라 외쳤다.

"피에르 그랭구아르 군? 여기서 뭘 하는 건가?"

뜻밖에 부주교의 준엄한 목소리를 들은 이 가련한 사나이가 받은 충격은 매우 컸다. 그 순간 그는 균형을 잃고 피라미드로 쌓은 의자와 고양이를 구경꾼들 머리 위로 무너뜨리고 말았다. 동시에 사람들의 야유와 비웃음이 그의 머리 위로 쏟아져 내렸다. 만약, 클로드 프롤로가 따라오라는 손짓을 하고 어수선한 틈을 타서 성당 안으로 급히 향하지 않았더라면 피에르 그랭구아르는 고양이를 빌려준 이웃은 물론, 얼굴에 타박상이나 찰과상을 입은 구경꾼들에게 배상을 해주어야만 했을 것이다.

대성당 안은 이미 어둠으로 가득했고 아무도 없었다. 중랑 주위도 어둠뿐이었으며 등불이 하나 둘 켜지기 시작했는데 그러자 반대로 둥근 천장은 어두워져갔다. 다만 정면의 커다란 장미창만이 저무는 햇빛을 받아 어둠 속에서 반짝거렸고 눈부신 빛을 중랑의 반대쪽에 반사하고 있었다.

몇 걸음 걸어 들어간 뒤 부주교는 기둥 하나에 몸을 기대고 그랭구아르를 뚫어지게 쳐다보았다. 그랭구아르는 어릿광대 복장을 한 것을 엄격하고 점잖은 사람에게 들킨 것이 부끄러웠으나 부주교의 눈빛은 그런 것을 비웃는 것이 아니었다. 그것은 진지하고 침착하게 사람을 꿰뚫어보는 눈빛이었다. 먼저 부주교가 입을 열었다.

"이리 오게, 피에르 군. 내게 설명할 것이 많을 것 같군. 먼저, 벌써 두어 달 째 어디서 무얼 하고 있었는지 설명해보게. 그리고 그 코드베크의 사과처럼 울긋불긋한 아름다운 옷을 입고 네거리에서 그런 꼴을 하고 있는 이유가 뭔가 말이야!"

"부주교님……."

그랭구아르는 피로한 얼굴로 입을 열었다.

"그야말로 우스꽝스러운 복장이지요…… 이런 저는 호리병을 뒤집어쓴 고양이보다 더 당황하고 있습니다. 이렇게 군인용 외투를 입고 피타고라스 학파 철학자의 상박골을 야경꾼의 손에 얻어맞도록 둔다는 것은 정말 큰 잘못이라 생각합니다. 하지만 선생님, 잘못은 제가 원래 입고 있던 누더기에게 있습니다. 겨울을 나게 할 그 옷이 누더기가 되는 바람에 넝마주이의 바구니로 가버렸는데, 어쩌겠습니까? 문명은 디오게네스[174]가 바랐던 것처럼 인간이 완전히 벗고 다닐 수 있을 정도까지는 이르지 못했으니까요. 게다가 바람도 매서우니 1월에는 인류가 새로운 한 걸음을 걸으려 한들 성공하기 어렵지요. 그런 참에 이 외투가 나타나기에 얼른 입고 누더기는 내버렸습니다. 그런데 이 낡은 옷은 저 같은 연금술사에게는 어울리지 않게 너무 헐렁하니 벌려 있었던 거죠. 그래서 이렇게 성 주네[175]같이 익살광대 차림으로 나선 겁니다. 일종의 위장복이지요. 아폴론도 아드메토스 왕국에서 돼지치기를 한 적이 있잖아요."

"아주 좋은 직업을 구했구먼!"

부주교는 말했다.

"신부님, 고양이를 떠받들고 다니는 것보다는 철학을 하고 시를 짓고 난로 화덕 속에 불꽃을 불어넣거나 하늘에서 불꽃을 받는 게 더 낫다는 것쯤은 저도 잘 알고 있습니다. 그래서 선생님께서 뜻밖에 저를 부르셨을 때 꼬치구이 회전기 앞에 끌려온 당나귀처럼 얼떨떨했지요. 그런데 어떻게 합니까? 하루

하루를 살아야 했고 아무리 아름다운 12음절 시구라도 배고픔 앞에서는 브리 치즈 한 덩어리만큼의 가치도 없는걸요. 신부님도 아시다시피, 저는 플랑드르의 마르그리트 공주를 위해 유명한 축혼가를 만들었는데, 소포클레스의 비극 한 편을 4에퀴에 팔 수 있었던 것처럼, 훌륭하지 않다는 핑계로 시에서는 원고료도 쳐주지 않았습니다. 저는 굶어 죽을 지경인데 말입니다. 그나마 다행히 제 턱이 좀 더 강한 것을 알고 턱을 향해 이야기했지요. '튼튼한 턱으로 곡예를 해서 너 자신을 먹여 살려라.' 저와 친구가 된 부랑자들이 제게 여러 가지 곡예를 가르쳐준 덕분에 간신히 먹고살고 있답니다. 하지만 제 지능을 이렇게 사용하는 것은 서글픈 일이지요. 사나이가 북 치고 의자를 물고 하면서 일생을 살도록 태어난 게 아닌 것도 잘 알고는 있습니다. 하지만 신부님, 어떻게든 살기 위해서는 무엇이든 해야 하지 않겠습니까?"

클로드 신부는 말없이 듣고만 있었다. 그러다 갑자기 움푹 들어간 눈을 들어 예리하게 꿰뚫는 빛을 띠며 쳐다보았는데, 그것은 그랭구아르의 마음속 깊은 곳까지 파고들어오는 듯한 느낌을 주었다.

"그래, 좋은 일이야, 피에르 군. 그런데 그 집시 여자와 어떻게 같이 있게 되었나?"

신부가 그에게 눈을 떼지 않은 채 물었다.

"그건, 그 여자가 제 아내이고 제가 남편이기 때문이지요."

말이 떨어지기가 무섭게 신부의 눈에서는 무서운 불길이 타올랐다.

"뭐라고? 그런 파렴치한 짓을 하다니! 그 처녀에게 손을 대다니 네가 그렇게도 하느님께 버림을 받았단 말이냐?"

부주교는 격분하여 그랭구아르의 팔을 잡으면서 소리쳤다.

"아니요, 신부님. 하느님께 맹세할 수 있습니다."

그랭구아르는 온몸을 떨면서 대답했다.

"그럼요, 절대로 저는 그녀에게 손을 댄 적이 없습니다!"

"그럼 남편이니 아내니 하는 건 무슨 소리냐?"

신부가 다시 물었다.

그랭구아르는 부랴부랴 자기가 그동안 '기적의 소굴'에서 겪은 일들이며 단지를 깨고 혼례식을 치른 것 등, 여러분은 이미 알고 있는 사연의 자초지종을 가능한 한 간단하게 신부에게 설명했다. 게다가 그 결혼은 아무 진전도 결실도 없으며 매일 밤 집시 여자는 첫날밤을 보내기를 회피하고 있다는 것까지 이야기했다.

"정말 아이러니가 아닐 수 없어요. 아무래도 제 불행은 숫처녀와 결혼한 것 때문인 것 같아요."

그랭구아르가 이야기를 끝내며 덧붙였다.

"그건 무슨 소리지?"

그의 이야기를 듣는 동안 신부는 점차 노여움이 사라지는 것을 느꼈다.

"말하자면 아주 복잡해요, 일종의 미신인데요. 저희 동료 중에 이집트 공작이라는 늙은 거지가 그러더군요. 제 아내는 업둥이, 즉 누가 버린 아이를 주워 온 거예요. 그녀는 목에 부적을 달고 있는데 그것이 언젠가 부모를 만나게 해줄 거래요. 그런데 그녀가 정절을 잃으면 부적도 효능을 잃게 되니까 우리 부부는 둘 다 계속 순결한 상태로 있어야만 한다는 겁니다."

그랭구아르가 한숨을 쉬며 대답했다.

"그럼 피에르 군, 자네는 그 여자가 다른 어떤 남자와도 가까이 한 적이 없다고 생각하는가?"

클로드 신부는 점차 얼굴이 밝아지며 물었다.

"클로드 신부님, 여자가 그런 미신을 가지고 있는데 남자가 무엇을 더 어떻게 할 수 있겠습니까? 그녀의 머릿속에는 그 부적에 대한 생각으로 가득 차 있어요. 집시들은 다 쉽게 누구에게나 어울린다고 하던데 그런 속에서 끝까지 고집스럽게 자기 몸을 지키는 것을 보면 보기 드문 일이지요. 그녀는 특히 자신을 지키기 위해서 세 가지를 가지고 있어요. 첫째는 그녀를 자기 보호 아래 두고 있는 이집트 공작이에요. 그자는 어쩜 그녀를 어느 고귀한 신부님에게 팔아넘길 속셈인지도 모르지요. 둘째는 그녀가 속해 있는 패거리 전체가 이상하게도 그녀를 성모 마리아 대하듯 아끼고 보호하고 있어요. 셋째는 경찰에서도 금지한 작은 비수를 몸에 지니고 다니는 거예요. 누가 손이라도 대려고 하면 재빨리 비수를 꺼내드는데 대단한 여장부 같아요!"

이야기를 들은 부주교는 그랭구아르에게 여러 가지 질문을 퍼부었다.

그랭구아르의 생각에 에스메랄다는 무척 귀여운 아가씨였다. 입술을 비쭉거리는 특유의 버릇이 있으나 어여쁘고 매혹적인데다 남에게 해를 끼치지 않으며 순진하고 열정적이며 남자와 여자의 차이도 잘 모르고 춤과 놀이 따위의 활동적인 것을 가장 즐기며 행복해하는 여자였다. 그런 성향은 늘 살아온 생활방식에서 비롯되었다. 그랭구아르는 그녀가 어릴 적부터 스페인과 카탈루니아와 시칠리아까지도 돌아다녔다는 것을 알게 되었다. 또 그녀는 자기가 속한 집시 무리를 따라 아카이아에 위치한 알제 왕국까지도 갔었다고 그는 생각했는데 아카이아는 한쪽으로는 소(小)알바니아와 그리스에 닿아 있고 다른 쪽은 콘스탄티노플로 가는 길목인 시칠리아 바다에 닿아 있었다. 그랭구아르에 의하면 집시들은 백색 무어족의 수장 자격을 가진 알제 왕국의 신하들이라고 한다. 분명한 사실은 에스메랄다가 아직 아주 어릴 때 헝가리를 거쳐 프랑스에 흘러들어 왔다는 것이다. 수많은 나라들을 다니며 그녀는 변덕스런 방언이나 이국적인 노래와 생각들을 익히게 되어 그것들이 그녀의 언어를 절반은 파리식이며 또 절반은 아프리카식인 그녀의 의상처럼 이상야릇하게 뒤죽박죽으로 만들어놓은 것이다. 게다가 그녀가 활보하는 거리의 사람들은 그녀의 쾌활함과 상냥함, 발랄한 춤과 노래로 말미암아 그녀를 사랑하고 있었다. 파리 시내에서 자신을 미워하는 사람은 둘뿐이라고 그녀는 생각했는데, 그들에 대해 이야기할 때마다 그녀는 매우 공포심을 표현했다. 그중 하나는 투르롤랑의 자루 수녀였는데, 그녀는 집시 여자에게 이유를 알 수 없는 원한을 가지고 있으며 그녀가 그 채광창 앞을 지날 때면 험한 저주의 말을 퍼붓곤 했다. 또 한 사람은 신부였다. 신부 역시 그녀를 볼 때마다 무서운 눈초리로 고함을 쳐댔으므로 그녀가 두려움을 느끼고 있었다. 신부에게 두려움을 느낀다는 말을 듣자 클로드 부주교는 몹시 당황하는 듯했다. 그러나 그랭구아르는 눈치채지 못하고 있었는데, 그가 집시 여자를 만났던 날 저녁의 사건 현장에 부주교가 있었다는 사실을 잊어버리는 데는 두 달이라는 시간이면 충분했던 것이다. 그 외에 그녀가 두려워하는 것은 없었고 점을 치는 일도 없었으므로 다른 집시 여자들이 종종 마녀라는 비난을 듣는 것과도 상관이 없었다. 그리고 그랭구아르는 그녀에게 남편이 되지는 못할망정 오빠 노릇은 해주고 있었다. 어찌되었든 이 젊은 철학자는 일종의 플라토닉한 결혼 생활을 참아내고 있었던 것이다. 그럼으로써 빵과 잠자리는 늘 해결되었다. 매일 아침 그는 집시 여자와 함께 숙소를 출발하여 네거리에서 잔돈푼이나마 거두어들이는 일을 하고 밤이 되면 함께 돌아오곤 했다. 그녀는 자기 방으로 돌아오면 빗장을 지르고 편안한 잠을 취하는 것이었다. 그렇게 따져보면 아무 걱정 없는 평온한 삶이라고도 생각할 수 있었다. 또한 그로서도 솔직히 말하자면 그녀에게 홀딱 반한 정도는 아니었다. 그는 염소를 그녀와 같은 정도로 사랑하고 있었다. 염소는 온순하고 영리하고 재치 있는 짐승이었다. 중세 때는 그런 영리한 동물이 더 흔했으나 그런 재주를 가르친 사람들을 종종 화형에 처하곤 했다. 그럼에도 금빛 발을 가진 그녀의 염소가 하는 재주는 아무 죄에도 해당되지 않는 장난에 불과했다. 그랭구아르가 그런 것을 자세히 설명하자 신부는 매우 흥미를 보였다. 염소에게 어떤 재주나 요술을 시키려면 보통 이런저런 방식으로 탬버린을 내밀기만 하면 되었다. 염소는 집시 여자의 그런 훈련을 받았고 글자 조각을 움직여 '푀부스'라는 낱말을 쓰게 하는 데도 두 달이면 충분했다.

"푀부스? 왜 푀부스라고 쓰도록 가르쳤지?"

신부는 말했다.

"글쎄요. 저도 모릅니다."

그랭구아르는 어깨를 으쓱하며 대답했다.

"아마 그 단어가 무슨 신비한 힘을 가지고 있는 게 아닐까요? 그녀는 혼자 있을 때면 종종 그 단어를 중얼거렸어요."

"자네가 보기엔, 그게 사람 이름이 아니라 그냥 하나의 낱말에 불과하다고 생각하나?"

클로드는 그를 꿰뚫어볼 듯 쳐다보며 물었다.

"이름이라니요? 그게 누굽니까?"

시인이 물었다.

"나도 그건 모르지."

신부가 대답했다.

"제 생각에는요, 이 집시들은 배화교도이기도 해서 태양을 숭배하거든요. 그래서 푀부스라고 하지 않을까 싶은데요."

"난 그렇지 않을 것 같은데."

"아무튼 그게 뭐 중요한가요. 뭐라고 중얼거리든 그 여자 마음이니까요. 다만 확실한 건 잘리도 벌써 저를 그녀만큼이나 사랑하고 있다는 사실이에요."

"잘리는 또 뭔가?"

"염소의 이름이죠."

부주교는 턱을 괴고 잠시 몽상에 잠기더니 느닷없이 그랭구아르를 향해 돌아섰다.

"정말로 자네는 그 여자를 건드리지 않았다고 맹세한단 말이지?"

"누구요? 염소요?"

그랭구아르가 되물었다.

"그 여자 말이네."

"제 아내 말이죠, 예 맹세합니다!"

"그러니까 자네는 그 여자와 단둘이 있는 시간이 있단 말이지?"

"매일 밤 한 시간씩은 그렇습니다."

클로드 신부는 눈썹을 찌푸렸다.

"허 참! 아무리 그래도 그렇지, 남녀가 둘이 있으면서 주기도문을 외우리라고는 생각되지 않는걸!"

"정말로 말씀드리죠, 제가 설령 주기도문과 '아베마리아'와 '저는 전능하신 하느님 아버지를 믿나이다'라고 외운다 쳐도 그녀는 암탉이 성당에 대하여 아무 상관이 없듯이 제게 관심을 두지 않을 거예요."

"그렇다면 자네 어머니의 모태를 걸고 맹세하게. 자네가 그녀에게 털끝 하나도 건드리지 않았다고 말이야."

부주교는 흥분한 음성으로 되풀이했다.

"제 아버지의 머리에 맹세하겠습니다. 아버지의 머리와 어머니의 배는 여러 관계가 있으니까요. 하지만 존경하는 선생님, 저도 한 가지 질문해도 될까요?"

"말해보게."

"그녀와 저의 관계가 선생님과는 대관절 무슨 상관이 있는 겁니까?"

그의 물음에 창백하던 신부의 얼굴은 숫처녀의 얼굴처럼 빨갛게 돌변했다. 그러고도 한참 동안 말이 없다가 몹시 당황하여 대답했다.

"여보게, 그랭구아르. 내가 알기로 자네는 아직 영벌을 받지 않았네. 자네가 잘되기를 관심을 갖고 지켜보고 있다네. 그런데 자네가 무심코 그 악마의 집시 계집에게 손을 댄다면 자넨 하루아침에 마왕의 신하가 되는 거야! 영혼을 타락시키는 것은 언제나 육체라네. 내 말을 어기고 그 여자에게 더 가까이 접근한다면 자넨 큰 불행을 당할 거야!"

"안 그래도 한번 접근을 시도했었어요……."

그랭구아르는 귀를 긁적이며 말했다.

"첫날밤이었는데, 도무지 씨도 안 먹히는 바람에 기분만 잡치고 말았습니다."

"자네 정말 그렇게 파렴치한인가, 피에르 군!"

신부의 얼굴이 다시 흐려졌다.

"그리고 또 한번은……."

그랭구아르는 빙그레 웃으며 계속 말했다.

"잠들기 전에 열쇠구멍으로 슬쩍 들여다봤어요. 지금까지 알몸으로 침대에 누운 여자를 많이 봤지만, 그녀는 속옷을 입고 있었는데도 이전의 어떤 여자보다도 아름답고 매혹적이었어요……."

"이런…… 당장 꺼져!"

신부는 몹시 화가 난 듯 매섭게 두 눈을 부라리며 외치더니 그의 어깨를 밀치고 대성당에서 가장 어두운 홍예문 아래로 성큼성큼 가버렸다. 갑작스런 호통에 놀란 그랭구아르는 신부에게 떠밀린 채 멍하니 서 있었다.

chapter 9

성당의 종

죄인 공시형이 있던 날 아침 이후로 노트르담 대성당 부근 사람들은 종을 치는 카지모도의 열정이 확실히 식어버린 것을 알아차릴 수 있었다. 그전까지만 해도 툭 하면 종이 울린 것은 물론, 긴 새벽종이 아침 조과(朝課)부터 종과(終課)에 이르기까지 계속되기도 하고 대미사일을 위해 일제히 울리는 종소리나 혼례식을 알리고 영세를 알리는 종소리가 풍부한 음계로 울려 퍼지며 공중에서 온갖 종류의 환상적인 소리들이 뒤섞여 수를 놓듯 어우러지곤 했다. 그때마다 낡은 성당은 우렁차게 진동하며 끊임없는 종들의 환희에 휩싸이곤 했다. 거기에는 울림이나 광상곡의 정령이 있어서 구리쇠의 입들로 쉴 새 없이 노래하고 있는 것만 같다고 사람들은 느꼈다. 그런데 그 정령은 이제 사라져버렸으며 대성당은 침울한 듯 침묵을 지킬 뿐이었다. 겨우 축제나 장례식 때만 그 의식에 요구되는 단순하고 여운 없는 종소리들이 단조롭게 들려올 뿐이었다. 이제까지 대성당에서는 두 가지 종류의 울림이 있었는데 그 하나는 성당 내부의 파이프오르간 소리이며 다른 하나는 바로 종소리였다. 하지만 이제는 파이프오르간 소리만 남아 있는 듯했다. 더 이상 종탑에는 음악가가 살지 않는 것 같았다. 물론 카지모도는 여전히 그곳에 있음에도 말이다. 그렇다면, 그에게는 어떤 변화가 일어난 것일까? 그가 받은 죄인 공시 형벌이 그에게 그토록 수치심과 절망감을 안겨주었던 것일까. 고문관의 끔찍스런 매질 역시 그의 마음속에서 섬뜩하게 메아리치며 짐승 취급을 받은 데 대한 슬픔이 앙금처럼 남아 종들에 대한 그의 열정조차도 무력하게 만들어버린 것일까. 그것도 아니라면, 큰 종 마리와 열네 개의 형제 종들을 외면할 만큼 더 아름답고 사랑스러운 그 무언가가 노트르담 종지기의 가슴속에 자리 잡게 된 것일까?

1482년 그해의 성모 영보 제일은 3월 25일 화요일이었다. 공기가 맑고 산뜻한 그날, 카지모도는 그 종들에 대한 애정이 문득 그의 가슴속에 되살아나는 느낌을 받았다. 그 즉시 성당지기는 아래쪽 성당의 문들을 활짝 열어놓고 북쪽 탑으로 올랐다. 그 당시 이 성당의 문들은 단단한 나무로 된 커다란 널빤지를 가죽으로 덮고 그 가장자리에 금빛 쇠못을 박았으며 '매우 교묘하게 제작된' 조각품들로 테두리를 꾸민 것이었다.

종들이 매달린 높은 칸에 이르러 카지모도는 마치 마음속에, 그 종과 자기

사이에 무언가 알 수 없는 것이 끼어 든 것을 슬퍼하는 듯 머리를 끄덕이면서 여섯 개의 종을 한참 동안 바라보았다. 그러나 이윽고 종을 치기 시작하여, 그의 손 아래에서 종들이 가지에서 가지로 뛰어다니는 새처럼 퍼덕거리는 옥타브가 음계 위를 오르내리는 것을 보았다. 왜냐하면 그에게는 그 소리가 들리지 않기 때문에. 그 악마와 같은 음악, 즉 스트레타와 바이브레이션과 아르페지오를 흔들어대는 악마가 이 가련한 귀머거리의 마음을 사로잡는 순간 그는 또다시 행복해져서 모든 것을 잊어버렸으며 상쾌해진 그의 얼굴도 활짝 피어나게 되었다.

카지모도는 이리저리 왔다 갔다 하며 손뼉을 치고 이 줄에서 저 줄로 뛰어다니며 마치 훌륭한 음악가들을 격려하는 오케스트라의 지휘자처럼 소리와 몸짓으로 그 여섯 가수를 고무시키는 것이었다.

"자, 자, 어서 가브리엘! 네 힘껏 모든 것을 광장을 향해 쏟아내거라! 오늘은 축제일이야, 티보, 꾸물거리지 말고. 늘어지는구나! 자자 어서! 넌 녹이라도 슬었느냐, 게으른 놈아! 그렇지, 잘한다. 어서, 빨리! 사람들에게 너희들의 혓바닥이 보여선 안 돼! 모두들 나처럼 귀머거리로 만들어버려라! 그렇지, 티보, 아주 좋아! 기욤! 너는 제일 큰놈이고 파스키에는 작고 어린데, 파스키에가 제일 잘하는구나! 귀가 들리는 사람들은 더 잘 알아차릴 거야. 잘한다, 그렇지 가브리엘 더 힘차게! 거기 높은 곳의 두 놈은 뭘 하는 거야? '참새들'아! 노래 불러야 할 때 하품을 하는 듯 그 혓바닥이 보여선 안 돼! 어서 일을 해라! 오늘은 성모 영보 제일이야. 날씨만큼 멋진 종소리를 울려야 한단 말이야! 불쌍한 기욤! 넌 벌써 숨이 차느냐, 이 덩치만 큰 녀석 같으니라고!"

그는 열심히 종들을 격려하느라 정신이 없었으며 여섯 개의 종은 서로 질세라 뛰며 번득이는 궁둥이들을 흔들어대는 모양이 마치 마부의 질타에 이리저리 날뛰는 소란스러운 스페인 나귀들 같았다.

그때 갑자기 그의 시선이 종탑의 수직으로 된 벽을 어느 높이까지 덮고 있는 슬레이트 사이로 가 닿았을 때, 특이한 옷차림의 한 여자가 광장에 서 있는 것이 보였다. 그녀는 걸음을 멈추고 바닥에 양탄자를 깔았다. 그 위로 새끼 염소 하나가 올라가자 주위를 둘러싸며 사람들이 모여들었다. 그 광경을 본 순간 그는 아무 생각도 나지 않는 듯, 오랜만에 되살아난 음악에의 정열도 용해된 수지가 바람에 굳어지듯 그대로 얼어붙어버렸다. 그는 그대로 종치기를 팽개치고 종들에게 등을 돌린 채 슬레이트 차양 뒤에 웅크리고 앉아, 이미 언젠가 한번 부주교를 놀라게 했던 바로 그 꿈꾸는 듯 부드럽고 따뜻한 시선으로 그녀를 바라보기 시작했다. 그렇게 다시 갑작스레 버림받은 종들이 거의 동시에 울림을 멈추자 기쁜 마음으로 종소리를 듣고 있던 사람들은 크게 실망하고 말았다. 퐁 토 샹주 다리 위에서 날씨만큼 낭랑한 종소리를 흐뭇하게 듣고 있던 사람들은, 한동안 뼈다귀를 보여주다가 갑작스레 던진 돌멩이에 뒤통수를 맞은 개처럼 어리둥절한 기분으로 자리를 뜨고 말았던 것이다.

chapter 4

ANÁΓKH(숙명)

같은 3월의 어느 화창한 아침이었다. 아마도 29일 성 외스타슈 제일이었다고 생각되는데, 그날 아침에 장 프롤로 뒤 물랭은 옷을 입다가 지갑이 들어있는 바지 주머니에서 쇠붙이 소리가 나지 않는 것을 알아차렸다. "불쌍한 내 지갑!" 하고 그는 바지 주머니에서 그것을 꺼내며 중얼거렸다. "제기랄! 정말 한 푼도 없구나! 주사위와 맥주병과 베누스가 네 창자를 사정없이 좀어먹었구나! 이렇게 볼썽사납게 구겨지고 쪼그라들다니! 꼭 복수의 여신의 젖가슴 같은 꼴이구나! 키케로 씨와 세네카 씨여, 그대들의 책이 방바닥에 뒹구는 것이 보이는데, 그대들에게 묻노니, 육땡에 걸 만한 하찮은 검은색 리아르 동전 한 닢도 내게 없다면 왕관 무늬가 있는 금화 1에퀴 한 닢이 파리 주화 25수 8드니에에 해당하는 욍쟁 화폐 35매의 값어치가 있고, 초승달 무늬가 있는 1에퀴 한 닢이 투르 주화 26수 6드니에에 해당하는 욍쟁 화폐 36매의 값어치가 있다는 것을, 조폐국장이나 퐁 토 샹죄르의 유대인보다 더 잘 알고 있다 한들 무슨 소용인가! 오 집정관 키케로여! 이런 재난에서는 '……와 마찬가지로'나 '그러나 사실인즉' 따위의 완곡한 표현으로는 도저히 헤어날 수가 없도다!"

그는 서글픈 표정으로 옷을 입었다. 그리고 구두끈을 매다가 한 가지 생각이 머릿속을 스쳐갔다. 처음에는 그것을 떨쳐버렸으나 자꾸 그 생각이 머릿속을 맴도는 것이었다. 결국 그는 조끼를 뒤집어 입었는데, 그것은 그의 마음속에서 갈등이 일어나고 있다는 증거였다. 마침내 그는 모자를 집어던지며 소리 질렀다.

"에잇, 될 대로 되라지! 형님한테 가보는 수밖에. 설교는 좀 듣겠지만 적어도 1에퀴는 타낼 수 있겠지!"

그러고는 서둘러 외투를 걸치고 모자를 주워 들고는 허둥지둥 밖으로 나섰다.

그는 라 아르프 거리를 내려가 시테 섬으로 향했다. 라 위셰트 거리를 지날 때, 먹음직스러운 불고기 꼬치구이 냄새가 그의 코를 사정없이 자극했다. 그는 언젠가 성 프란체스코 수도회의 수사 칼라타지론으로 하여금 '실로 이 불고깃집들은 사람을 미치게 하는구나!'라고 감동적인 탄성을 지르게 한 커다란 불고깃집을 부러운 듯 쳐다보았다. 아무리 고기 굽는 냄새가 그를 현혹해도 장에게 그것을 사먹일 돈이라고는 한 푼도 없었다. 그는 시테의 어귀에 있는 커다란 이중 클로버형 탑으로 된 프티 샤틀레의 문으로 한 숨을 내쉬며 들어섰다.

그곳을 지날 때면 그는 으레 페리네 르클레르의 가련한 조각상에 돌멩이를 던지는 습관이 있었으나 이때만큼은 그럴 여유도 없었다. 페리네 르클레르는 샤를 6세의 파리를 영국군에게 넘겨준 자였는데, 그로 말미암아 그의 초상은 온통 사람들이 던진 돌에 맞아 으스러지고 진흙 따위로 더럽혀졌을 뿐 아니라 마치 영원한 죄인 공시형을 받기라도 하는 듯 라 아르프와 뷔시 거리의 모퉁이에서 300년 동안이나 그 죗값을 치르고 있었다.

장 드 몰렌디노는 프티 퐁 교각을 건너고 뇌브 생트 주느비에브 거리를 통과하여 곧장 노트르담 앞에 이르렀다. 성당 앞에서 그는 다시금 머뭇거리며 르그리 씨의 조상 주위를 배회하며 갈등하기 시작했다. 한참 동안이나 안절부절못하고 주위를 서성이며 그는 중얼거렸다.

"설교를 듣는 것은 확실한데 돈은 확실치가 않거든!"

아무튼 그는 그때 수도원에서 나오는 성당지기 한 사람을 붙잡고 물었다.

"조자스 부주교님은 어디 계십니까?"

"탑의 작은 방에 계실 겁니다."

성당지기는 대답하고는 계속 덧붙였다.

"그런데요, 웬만하면 거기로 찾아가지 않는 게 좋을 겁니다. 교황이나 왕의 심부름으로 오신 게 아니라면 말이지요."

그의 대답에 장은 박수를 치며 좋아했다.

"옳거니! 그 유명한 마법의 방을 엿볼 수 있는 기회잖아!"

그 순간 그는 단단히 마음을 먹고는 검은 문 아래로 들어가 종탑의 위쪽으로 향하는 생 질의 나선형 계단을 오르기 시작했다. '어떻게 생긴 곳인지 봐야지!' 하고 그는 계단을 오르며 생각했다. '틀림없이 신기한 것들로 가득할 거야. 형님이 철저하게 감추고 있는 그 무엇이 가득할 거야! 사람들 말로는, 형님은 지옥의 아궁이에 불을 지피고 불꽃 속에서 화금석을 굽고 있다고 했는데. 젠장! 화금석이고 뭐고…… 아무리 커다란 화금석이라도 관심 없어. 그 화덕 위에 부활절의 베이컨 오믈렛이나 있었으면 좋겠다!'

둥근 기둥들이 늘어선 회랑에 이르러 그는 잠시 숨을 고르고는 끝이 보이지 않게 이어져 있는 계단을 향해 수천 수백 가지 악마의 이름을 섞어가며 욕설을 퍼부어댔다. 그러고는 또다시 오늘날에는 일반인들의 출입이 금지되어 있는 북쪽 탑으로 오르기 시작했다. 종들이 매달려 있는 칸을 지나 한참만에 한쪽 옆으로 쑥 들어간 곳에 만들어진 자그마한 계단참이 나타났다. 그 둥근 천장 아래는 첨두홍예의 낮은 문이 있는데 맞은편으로 계단의 둥근 칸막이벽의 구멍을 통해 그 문의 커다란 자물쇠와 튼튼한 철골이 보였다. 오늘날에도 그 문을 보려는 호기심이 동하는 사람은 검은 벽에 흰 글씨로 다음과 같이 새겨져 있는 것을 확인할 수 있을 것이다. '나는 코랄리를 숭배한다. 1829년, 외젠[176] 서명.' '서명'이라는 글자도 분명 적혀 있다.

"오호, 틀림없이 여기다!"

열쇠는 자물쇠에 꽂혀 있었다. 그는 살며시 문을 밀고 그 틈으로 머리를 들이밀었다.

여러분은 아마 회화의 셰익스피어라고 할 수 있는 렘브란트의 놀랄 만한 작품을 알 것이다. 그의 수많은 판화 작품 중에서도 파우스트 박사를 그린 것으로 추측되는 동판화가 있는데 그것은 보는 이로 하여금 경탄하지 않을 수 없게 한다. 배경은 컴컴한 독방이며 그 한가운데는 죽은 사람의 해골과 천구의, 증류기, 컴퍼스 그리고 상형문자가 적힌 양피지 등등 괴상한 물건들이 가득 쌓인 책상이 있다. 파우스트는 커다란 망토를 걸친 채 머리에는 눈썹까지 덮는 털모자를 쓰고 그 앞에 앉아 있다. 그의 모습은 허리 정도까지만 표현되었는데, 거대한 안락의자에서 반쯤 일어난 자세로 주먹을 불끈 쥐고 책상을 짚은 채 광기와 공포심이 어린 눈빛으로 마술적인 글자들로 이루어진 커다란 빛의 동심원을 응시하고 있다. 그 빛의 동심원은 어두운 방 안에서 태양광선의 스펙트럼처럼 안쪽 벽 위를 밝히고 있다. 그 신비로운 빛의 덩어리는 언뜻 흔들리며 어슴푸레한 방 안을 광채로 가득 채우고 있다.

장이 살짝 열린 문틈으로 머리를 디밀었을 때, 그의 눈앞에는 파우스트 박사의 독방과 매우 흡사한 장면이 펼쳐져 있었다. 그 방 역시 햇빛이 제대로 들지 않아 어두웠다. 그리고 그곳에도 커다란 안락의자와 책상이 있고 컴퍼스와 증류기는 물론 천장에는 동물의 것인 듯한 해골이 대롱대롱 매달려 있었다. 또한 바닥에는 천구의와 금빛 이파리들이 내용물로 들어 있는 병들과 갖가지 모양으로 생긴 얼룩얼룩한 송아지 가죽 위의 해골바가지며 양피지로 만들어진 두툼한 수사본들이 이리저리 펼쳐지고 포개진 채 뒹굴고 있었다. 그러한 잡다한 책과 도구들 위에는 온통 먼지가 수북하고 거미줄이 어지럽게 얽혀 있었으나, 빛나는 동심원이나 불타오르는 환영을 들여다보며 황홀경에 빠진 파우스트 박사는 없었다.

그렇다고 그 방에 정말 아무도 없는 것은 아니었다. 그곳에는 한 사나이가 안락의자에 앉아 책상을 향해 몸을 굽히고 있었다. 등을 돌린 모습 때문에 장은 그의 어깨와 뒤통수밖에는 볼 수 없었으나 훌렁 벗어진 대머리를 알아보기란 어렵지 않았다. 마치 그가 성직자로서의 소명을 받은 부주교임을 나타내기 위해 자연은 외적인 상징으로서 그의 머리를 영원히 밀어버린 것 같았다.

장은 그의 형을 얼른 알아보았다. 그러나 문은 아주 살짝 소리도 없이 열렸기 때문에 클로드 신부는 그가 방에 들어와 있다는 사실을 꿈에도 알지 못했다. 호기심 많은 학생답게 장은 그것을 다행스레 여기며 한동안 유유히 그 방 안을 둘러보았다. 그러자 처음에는 보지 못했던 커다란 화덕이 안락의자 왼쪽 채광창 아래 있는 것이 눈에 띄었다. 창으로 들어오는 빛은 둥근 거미줄을 관통하고 있었는데 거미줄은 첨두홍예의 채광창 안에서 우아한 장미창의 무늬를 그려내고 있었다. 그 한가운데는 훌륭한 건축가인 거미가 레이스 수레바퀴의 바퀴통처럼 매달려 꼼짝 않고 있었다. 화덕 위에는 여러 종류의 그릇이나 도기 병, 유리 증류기, 목탄 플라스크 등이 어지럽게 널려 있었다. 장은 그중에 냄비라고는 하나도 보이지 않는 것을 보고 한숨을 쉬며 '부엌살림은 하나도 없구나'라고 생각했다.

그뿐 아니라, 화덕에는 온기도 없었는데 불을 피우지 않은 지가 이미 오래된 듯했다. 여러 가지 연금술 도구 가운데서 장의 눈에 띈 것은 유리 가면이었다. 그것은 부주교가 무언가 위험한 물질을 다루거나 할 때 눈과 얼굴을 보호하기 위해 사용하는 것인 듯했는데, 방 한구석에 먼지를 쓴 채 나뒹굴고 있었다. 그 옆에도 마찬가지로 먼지를 뒤집어쓴 풀무 하나가 팽개쳐져 있었는데 그 몸통 한 면에는 '불어라, 바람아'라는 글귀가 구리로 박혀 있었다.

그 외에 다른 글귀들도 연금술사들의 유행을 따른 듯 벽면을 둘러가며 수없이 아로새겨져 있었다. 어떤 문구는 잉크로 또 어떤 것은 쇠붙이로 새겨 넣은 것이었다. 글귀들은 고딕문자나 히브리어, 그리스어, 라틴어 등 많은 언어들이 동원되었으며 아무렇게 휘갈겨 쓰느라 서로 겹쳐졌거나, 예전 것을 지우고 그 위에 덧쓰거나 한 것이 마치 덤불의 가지들이나 치열한 전쟁터에서 어지럽게 부딪치는 창끝처럼 서로 뒤엉킨 채였다. 그것은 실제로 온갖 철학과 몽상과 인간 지혜의 어지러운 혼전이었다. 그중에는 창촉들 가운데 있는 깃발처럼 가장 번쩍거리는 것이 있었다. 그것은 대개 중세에 흔히 볼 수 있었던, 라틴어나 그리스어로 된 짤막한 금언이었다. '어디서? 거기서?', '인간은 인간에 대해 괴물이다', '천체, 진영, 이름, 신성', '큰 책, 큰 악', '과감하게 알아라', '그가 원하는 곳에 바람을 부니' 등등……. 때로는 언뜻 보기에 아무 특별한 뜻도 없는 것 같은 단어도 있었는데, 예를 들면, '투사들의 법규처럼 강요된 법규' 같은 구절은 수도원의 법규에 대한 신랄한 암시를 담고 있는 듯했으며 때로는 다음과 같은 규칙적인 육각시로 표현된,

하나의 단순한 성직 규율의 잠언에 불과한 것도 있었다. '천상의 주는 도미눔이라 부르고, 지상의 주는 돔눔이라 부르라.' 또 곳곳에 난해한 히브리어가 쓰여 있었는데 그것을 알지 못하는 장으로서는 그야말로 무슨 뜻인지 짐작도 할 수 없었다. 또한 군데군데 별이나 사람, 또는 동물의 형체나 서로 교차된 세모꼴 등의 그림들도 그려져 있어서 그 작은 방의 벽은 원숭이 새끼가 잉크를 찍은 펜으로 온통 아무렇게나 휘갈겨놓은 낙서판 같았다.

또한 그 작은 방은 전체가 그대로 전혀 돌보지 않고 내팽개쳐둔 모양새였는데, 여러 도구들을 버려둔 것을 보아도 방의 주인이 이미 오래전부터 무언가 다른 일에 정신이 팔려 자기 일을 팽개친 것처럼 보였다.

장이 그 방을 슬그머니 둘러보는 동안, 방의 주인은 이상야릇한 그림으로 장식된 한 권의 거대한 수사본 위에 몸을 기울이고 앉아 끊임없이 명상 속으로 섞여드는 어떤 생각 때문에 괴로워하는 듯했다. 장은, 그가 깊은 생각에 잠긴 채 간간이 큰 소리로 헛소리처럼 외치곤 하는 것을 보며 그렇게 생각했다.

"그렇다, 마누가 그렇게 말했고 자라투스트라 또한 그렇게 가르치고 있었듯이, 태양은 불에서 태어나고 달은 태양에서 태어난다. 불은 위대한 전체의 영혼이다. 불의 기본 분자들은 쉴 새 없이 무한한 흐름을 통해 세계에 퍼지고 흘러내린다. 그 흐름이 하늘에서 교차하는 지점에서 그것은 빛을 낳고, 땅속에서 교차하는 지점에서 그것은 금을 낳는다. 빛과 금은 똑같은 것이다. 불에서 구상적인 상태로 옮겨진 것. 같은 물질에서 보이는 것과 만질 수 있는 것의 차이, 유체와 고체의 차이, 수증기와 얼음의 차이, 그뿐이다. 이것은 결코 공상이 아니다. 이것은 자연의 일반 법칙이다. 그러나 이 일반 법칙의 비결을 학문 속에 옮겨 넣기 위해서는 어떻게 해야 한단 말인가? 뭐! 내 손에 넘쳐흐르고 있는 이 빛이 황금이 아니냐! 어떤 법칙에 의해 팽창된 이 동일한 원자, 문제는 그것을 어떤 다른 법칙에 의해 압축하느냐는 것뿐이다! 어떻게 할 것인가? 어떤 이들은 한 줄기 햇살을 파묻을 것을 생각했다. 아베로에스[177], 그렇다, 그건 아베로에스다, 아베로에스는 코란의 성전 왼쪽 첫 기둥 아래 햇살 한 줄기를 묻었지만, 이 작업이 성공했는지 어떤지를 보기 위해서는 8천 년 후밖에는 그 구덩이를 열 수 없을 것이다.”

“이런 젠장…… 그깟 한 푼 얻으려고 이렇게 죽치고 기다려야 하다니!” 장은 몰래 중얼거렸다.

“……또 어떤 이들은……” 하고 여전히 자기만의 생각에 잠긴 채 부주교도 홀로 중얼거렸다. “시리우스의 별빛에다 실험을 해보는 것이 더 낫다고 생각했다. 그러나 거기에 와서 섞여 드는 다른 별빛들이 동시에 존재하는 까닭에, 그 순수한 별빛을 얻기란 쉬운 일이 아니다. 플라멜은 지상의 불에다 실험을 해보는 것이 더 간단한 일이라고 믿고 있다. 플라멜! 얼마나 숙명적으로 선택된 사람의 이름인가, Flamma(플라마)! 그렇다, 불이다. 그것으로 만사가 해결된다. 다이아몬드는 숯 속에 있고 황금은 불 속에 있는 것이다. 그러나 어떻게 그것을 끄집어낼 수 있을까? 마지스트리는 매우 다정하고 신비로운 매력을 가진 여성의 이름을 실험하는 도중에 외우는 것도 좋다고 했다. 또 그런 이름이 존재한다고 확신을 갖고 말하고 있다……. 마누가 그 점에 관해 말한 것을 읽어보자. ‘여성들이 존경받는 나라에는 신들의 기쁨이 있고 여성들이 경멸되는 곳에서는 하느님에게 빌어도 소용없다. 여자의 입은 언제나 맑게 흐르는 물과 같고 또 태양의 빛과 같은 것이다. 여자의 이름은 기분 좋고 감미로우며 환상적이어야 한다. 긴 모음으로 끝나고 축도의 말과 같아야 한다.’ 그렇다, 이 현자의 말이 옳다. 사실, 마리아도, 소피아도, 그리고 에스메랄……. 천벌을 받아 마땅하구나! 늘 그 생각뿐이니!”

마침내 이렇게 중얼거림과 동시에 책을 거칠게 닫아버렸다.

그는 머릿속에서 떠나지 않는 생각을 떨쳐내기라도 하려는 듯 한 손을 이마로 가져갔다. 그러고는 책상 위에 있던 못과 작은 망치 하나를 집어 들었다.

망치의 손잡이에는 마술적인 이상한 글자들이 새겨져 있었다.

"얼마 전부터······."

그는 매우 고통스러운 듯한 표정을 지으며 한숨을 섞어 다시 중얼거리기 시작했다.

"모든 실험에 실패하고 있잖아! 고정관념이 나를 괴롭히고 두뇌조차 불꽃에 타들어가는 클로버 이파리처럼 시들게 하고 있어. 심지도 기름도 없이 타는 등불을 가진 카시오도루스[178]의 비결도 발견하지 못했는데······ 알고 보면 틀림없이 별것도 아닐 텐데!"

"나 이것 참!"

장은 입으로 중얼거렸다.

"······그러니 ······한 사나이를 약하게 하고 미치게 하는 데는 단 한 가지 하찮은 생각만으로도 충분하다. 오! 클로드 페르넬은 얼마나 나를 비웃을까, 자기 남편 니콜라 플라멜에게 그 위대한 작업을 추구하는 것을 한시도 포기하게 할 수 없었던 그 여자는! 아니, 나는 내 손안에 제시엘레의 마술 망치를 쥐고 있지 않은가! 이 무서운 랍비가 자기 독방 안쪽에서 이 망치로 이 못을 한 번씩 두드릴 때마다, 그의 적들 중 그가 유죄를 선고한 자는, 설령 그가 2만 리 밖에 있다 하더라도, 땅속으로 한 자 반씩 들어가 그 속에 삼켜져버리지 않았던가! 프랑스 국왕 자신도 어느 날 저녁에 이 마술사의 문에 뜻밖에 부딪친 탓에, 파리의 포도 속에 무릎까지 빠져 들어가지 않았던가! 이 일이 있은 지 300년도 채 못 되었다. 그런데! 나는 망치와 못을 가지고 있는데, 내 손안에 있는 이 연장들은 날붙이장수의 손에 든 망치만큼도 무섭지 않단 말인가! 문제는 이 못을 두드릴 때, 제시엘레가 발음한 마술의 말을 알아내기만 하면 되는데!"

'어림없는 소리지!'

장은 생각했다.

"그래 어디 한번 해보자!"

부주교는 갑자기 힘차게 말을 이었다.

"그야말로 성공하기만 한다면…… 못대가리로부터 푸른 불꽃이 튀는 것을 볼 것이다. 에맹 에탕! 에맹 에탕! 아니지, 시제아니! 시제아니! 이 못이 푀부스라는 이름의 사나이에게 무덤을 열어주기를! 저주를 받으라! 계속 같은 생각만 하다니!"

그는 몹시 화가 나서 망치를 집어던졌다. 그러고는 안락의자에 털썩 몸을 던져버렸으므로 거대한 서류 더미에 가려져 장에게는 그의 모습이 보이지 않게 되었다. 한동안 장은 책상 위에 엎드려 경련하는 부주교의 떨리는 주먹밖에는 볼 수 없었다. 그러다 클로드 신부는 갑자기 벌떡 일어나 컴퍼스를 집어 들고는 벽에다가 다음과 같은 그리스어를 말없이 새겼다.

ΑΝΆΓΚΗ

'드디어 형님이 돌아버리셨구나.'

장은 속으로 중얼거렸다.

'Fatum(숙명)이라고 쓰는 것이 더 쉽고 편할 텐데…… 누구나 그리스어를 배워야 한다는 법은 없잖아…….'

부주교는 다시 안락의자로 가서 앉았다. 머리가 무겁고 뜨거운 환자처럼 두 손으로 머리를 받치고 있었다.

장은 약간 놀란 마음으로 형님의 모습을 지켜보았다. 세상에서 즐거운 자연법칙 외에는 지키지 않으며 늘 제멋대로 하고 싶은 대로 하며 살던 그는 아무것도 모르고 있었던 것이다. 인간 정열의 바다가 모든 출구를 빼앗겼을 때, 그것이 둑을 찢고 바닥을 터뜨리기까지는 얼마나 맹렬하게 술렁거리고 끓어오르는가를, 그것이 얼마나 부풀어 오르고, 얼마나 넘쳐흐르고, 얼마나 사람의 가슴을 후벼 파는가를, 그리고 그것이 얼마나 격렬한 내부의 흐느낌과 은밀한 경련으로 폭발하는가를 모르고 있었다. 클로드 프롤로의 엄격하고 냉정한 외관은, 가파르고 접근할 수 없는 덕성의 그 싸늘한 표면은 항상 장을 속여왔다. 이 쾌활하고 철없는 학생은 에트나 산의 눈 같은 이마 아래 격렬하고 깊숙한, 끓어오르는 용암 같은 것이 있다는 생각은 단 한 번도 해본 적이 없었던 것이다.

장이 갑자기 이런 생각들을 알아차리게 되었는지 아닌지 나는 알 수 없지만, 그가 아무리 경박하다 해도 자기가 보아서는 안 될 것을 보았으며 형님의 가장 은밀한 자세 속에서 그의 마음의 비밀을 간파했다는 것, 그리고 클로드가 그것을 눈치채게 해서는 안 된다는 사실을 그는 그 순간 이해했다. 부주교가 또다시 죽은 듯이 움직이지 않는 것을 보고 그는 매우 조심스레 목을 빼며 지금 막 누군가 찾아온 것을 알리듯 문 뒤에서 일부러 가벼운 발소리를 냈다.

"들어와요!"

부주교는 큰 소리로 대답했다.

"기다리고 있었소. 그래서 일부러 열쇠를 꽂아두었지, 어서 와요, 자크 씨."

장은 성큼성큼 걸어 들어갔다. 뜻밖에 나타난 장을 본 부주교는 몹시 난처한 듯 의자에서 몸을 벌떡 일으켰다.

"아니, 장? 웬일이냐?"

"자크 씨는 아니지만 제 이름에도 같은 'J'가 들어가네요⋯⋯."

장은 뻔뻔스레 붉어진 얼굴로 쾌활하게 대답했다.

클로드 신부의 얼굴은 여느 때와 다름없는 준엄한 표정으로 돌아가 있었다.

"여기는 무슨 일로 왔느냐?"

"형님⋯⋯."

장은 될수록 얌전하고 가엾고 겸손한 표정을 지으려 애쓰며 순진한 태도

중요 교단들

시토 수도회

성 베르나르는 수도 생활의 기본이 되는 원칙들을 재발견하기 위해 당시 아주 강력한 권한을 지녔던 클뤼니 수도원과 단호히 결별했다. 그는 우선 시토 수도원에서, 그리고 이어 클레르보에서 수도회의 초석을 놓았다. 즉, 부와 자기과시의 거부 그리고 가난으로의 회귀가 그것이다. 시토 수도회 수도사들은 농부들이 지불하는 소작료를 받지 않기로 하고, 자기들 손으로 직접 노동을 해서 살아가기로 했다. 수도원들은 사회로부터 동떨어진 외진 장소에 뿌리를 내렸다.

프란체스코 수도회

1206년 아시시의 성 프란체스코가 창설한 프란체스코 수도회는 자비와 애덕, 자연과의 친화를 설파하는 탁발수도회다. 여성들을 위한 제2의 프란체스코회로 성녀 클라라가 세운 클라라 관상 수녀회가 있다.

샤르트르 수도회

샤르트르 수도회는 성 브루노가 1084년 그르노블 근방 그랑드 샤르트뢰즈에서 창설했다. 은둔자들처럼 수도사들 역시 공동 경내를 향하고는 있지만 서로 격리된 작은 밀실에서 생활한다. 그들은 지속적인 침묵을 준수하는 가운데, 공부와 기도, 노동으로 이루어진 삶을 산다.

도미니코 수도회

도미니코 데 구즈만에 의해 1215년 창설된 도미니코 수도회는 속세의 한복판에서 신앙 생활에 매진할 것을 주장하는 탁발수도회다. 특히 대중의 신앙 교육을 소명으로 삼고 있다. 이단에 대한 종교재판은 바로 이 수도회에서 발원했다. 그 수도회의 일원이었던 토마스 아퀴나스가 소위 토마스설(說)이라는 이름으로 사유를 이끌었는데, 이는 성서적 예지와 아리스토텔레스의 철학을 융합한 것이다.

젊은 수도사는 1년간 수련 생활을 한 뒤, 정식 서원(誓願)을 할 수가 있다. 그때 삭발례를 거행하는 것이다. 삭발례는 그리스도의 면류관을 상징적으로 구현한다.

이상 대표적인 수도회들은 대학을 지배했다.

아침 기도가 끝나면, '수도 규칙서' 강독이 진행되고 수도원장의
훈시가 이어진다. 그런 다음 하루의 노동이 배정된다. 제3시의
기도가 뒤를 잇고, 정오가 되면 제6시의 성무일과가 진행된다.
그다음, 식당에서 고기가 들어가지 않은 간단한 식사를 하게 되는데,
이때는 성경 낭독을 경청하면서 다들 소리 없이 음식을 먹는다.
오후 3시경에는 제9시과가 진행되고, 오후 5시경에는
저녁 기도가 이어진다.

집회실

수도사는 오전 두세 시경에 일어나 첫 기도인 새벽 기도를 바친다.
그리고 동이 틀 때에 맞춰, 아침 기도를 바친다. 수도사들은 여러
명씩 목소리를 모아 노래를 부르며 기도를 한다.

들판에서의 노동

수도원 회랑 경내

저녁은 무척 간소하다(빵과 야채와 과일). 식사가 끝나면 곧바로
수도원 회랑 경내에서 독서 혹은 강독이 이어진다. 대침실에서 잠을
청하기 전, 수도사들은 수도원장의 축복을 받는다. 잠은 바닥에 깐
짚매트 위에 옷을 입은 채 누워 이불 한 겹만 덮고 잔다. 수도사들은
하느님의 음성에 귀 기울이기 위해 침묵의 규칙을 절대 준수한다.

성직자

성골함

주교관

은으로 된 성배

중세에 크게 발전한 성인 숭배 의식은 특히
화려한 상자 속에 보관된 성인의 유골에 대한
의식을 통해 구체화되었다.

10세기 그레고리우스 교회 개혁 운동 이래,
주교들의 선임권은 국왕이나 영주들로부터
교황에게로 넘어왔다.

로 멋쩍은 듯 두 손으로 모자를 만지작거리며 말을 이었다.

"저기…… 부탁이 좀 있어서요……."

"뭔데?"

"약간의 교훈이 꼭 필요합니다."

장은 감히 큰 소리로 덧붙이지는 못했다.

"그리고…… 약간의 돈도…… 그보다 더 꼭 필요해서요……."

그의 이 말에서 마지막 마디는 제대로 입 밖으로 나오지도 못하고 사라져 버렸다.

"이것 봐라, 장! 널 어떻게 해야 할지 모르겠구나."

"후!"

장은 한숨을 내쉬었다.

클로드 신부는 자신이 앉은 안락의자를 4분의 1 바퀴쯤 회전시켜 정면으로 장을 응시하며 말했다.

"그래, 너 참 잘 왔다!"

그것은 엄청난 설교의 시작을 알리는 무서운 종소리와 같았다. 장은 마음속으로 단단히 당할 각오를 다져야 했다.

"날마다 너에 대한 이야기들이 시끄럽게 내 귀에 들어온다. 네가 알베르드 라몽샹 자작의 아들을 곤봉으로 때렸다던데 어떻게 된 일이냐?"

"대단한 일도 아니에요. 그 녀석이 말을 타고 진흙탕을 달리면서 다른 학생들에게 흙탕물을 튕기는 못된 장난질을 했거든요."

장이 대답했다.

"또, 마예 파르젤이란 사람의 옷을 찢었다고 하던데, 그건 또 뭐냐?"

"거참! 몽테귀의 시시한 망토였어요!"

"고발장에는 '옷'이라고 되어 있고 '망토'라고 되어 있지 않았다. 라틴어를 모르냐?"

그 질문에 장은 아무 말도 하지 않았다.

"그렇다, 그래!"

신부는 고개를 끄덕거리며 말을 계속했다.

"오늘날 학문과 문학은 바로 그런 상태에 있지…… 라틴어를 알아듣는 사람 찾기란 하늘에 별 따기고, 시리아어 따위는 아무도 모르고 그리스어는 다들 싫어하니까, 훌륭한 학자들이라도 그리스어 단어 한두 개 모른다고 무식자 취급을 받지는 않거든. 그냥 다들 '이건 그리스어라서, 사람들이 읽지 않으니까……'라고 말하면 그만이지."

장은 단호한 표정으로 눈을 들었다.

"형님, 저쪽 벽에 쓰인 그리스어 단어를 프랑스어로 풀이해볼까요?"

"어떤 단어를?"

"ΑΝΑ΄ΓΚΗ."

그 순간, 부주교의 얼굴에 불그레한 빛이 살짝 스쳤다. 그것은 마치 화산이 연기를 내뿜어 내부에 감춰진 진동을 외부에 알리는 것과 같았다.

"그래…… 그게 무슨 뜻이냐?"

"숙명이라는 뜻이에요."

그의 대답에 클로드 신부의 얼굴은 다시 창백해졌으나 장은 무심한 듯 말을 이었다.

"그리고 그 아래 새겨진 단어는 '불결'이라는 뜻이지요? 보세요, 저도 그리스어를 좀 알아요."

부주교는 가만히 있었다. 장이 그리스어를 읽는 것을 보며 그는 잠시 생각에 잠겼다. 그 순간 어린 응석받이처럼 머리가 재빨리 돌아가는 장은 지금 이야말로 자신의 부탁을 이야기할 절호의 찬스라고 판단했다. 그래서 매우 부드럽고 다정한 목소리로 말했다.

"형님…… 제가 마르무세 가의 대리석상처럼 고약하게 생긴 어느 낯모르는 녀석들을 어떤 이유로 약간 두들겨 패주었다고 해서 그렇게 무서운 얼굴로 보실 만큼 저를 미워하시는 건 아니시죠? 키부스담 마르모세티스(guibusdam marmosetis)[179] 어때요, 이 정도면 라틴어도 제법 하잖습니까!"

하지만 그러한 애교 섞인 적당한 위선도 여느 때와 달리 준엄한 형님에게는 먹히지 않았다. 케르베로스[180]는 꿀 과자를 물지 않았다. 부주교의 이마에 구겨진 주름은 하나도 펴지지 않은 채였다.

"그래서 어쩌자는 말이냐?"

그는 다만 무뚝뚝한 어조로 되물었다.

"그러니까요, 사실은, 다름이 아니라, 돈이 좀 필요합니다, 형님!"

장은 내친김에 씩씩하게 단숨에 대답했다.

마침내 장의 뻔뻔스런 고백을 들은 부주교의 얼굴은 금세 아버지 같은 교훈적인 표정으로 채워졌다.

"장, 너도 알듯이 티르샤프의 우리 영지에서 나오는 수입은, 21채의 집에서 거두는 집세를 모두 합쳐도 파리 주화 39리브르 11수 6드니에밖에 안 된다. 그건 물론 파클레 형제 때보다는 좀 늘었다 해도 결코 많은 게 아니야."

"저는 돈이 필요합니다."

장은 용기 있게 말했다.

"너도 알겠지만, 우리 영지에 있는 21채의 집을 주교의 영지로 돌리라는 판결이 났단 말이다. 그러니 주교님께 파리 주화 6리브르의 가치가 있는 금은화 2마르크를 내지 않으면 그 권리는 되찾을 수가 없게 되어 있단 말이지. 그런데 그 2마르크도 아직 마련을 못 했단 말이야. 알겠느냐?"

"제가 아는 건 지금 당장 제게 돈이 필요하다는 겁니다."

장은 또다시 되풀이했다.

"그래? 돈은 어디에 필요한 거지?"

그 질문에 장의 눈은 잠시 희망으로 반짝거렸다. 그는 또다시 고양이처럼 애교스런 표정을 지으며 말했다.

"형님, 제가 무슨 다른 의도가 있어서 드리는 말씀이 아니에요. 형님이 주시는 돈으로 술집에 간다거나, 비단으로 장식한 말을 타고 하인을 거느리고 파리 시내를 활보하려고 그러는 게 아니에요. 전 형님이나 제게 모두 좋은 일을 하려는 거예요."

"무슨 좋은 일?"

클로드는 약간 놀란 듯 되물었다.

"친구들 중에서 어느 가련한 성모 승천회 과부의 아이들에게 배내옷을 사주고 싶어 하는 녀석 둘이 있어요. 자선이지요…… 그러자니 적어도 3플로린이 필요한데 저도 좀 보태고 싶어서요……."

"그 친구들 이름이 뭐냐?"

"피에르 라소뫼르와 바티스트 크로쿠아종이라고 해요."

"흠, 그래? 그런 이름을 가진 녀석들이 좋은 일을 한다니, 마치 제단에 불을 던지는 것 같구나!"

장은 두 친구의 이름을 잘못 선택했지만 그것을 깨달았을 때는 너무 늦어버렸다.

"그리고 뭐? 3플로린이나 하는 배내옷은 뭐고, 성모 승천회 과부의 어린 애를 위해 뭘 해? 성모 승천회 과부들이 언제 애를 낳았느냐?"

부주교는 예민하게 캐물었다.

장은 한 번 더 궁지를 벗어날 방법을 찾아보았다.

"아…… 저, 실은 오늘 저녁에 발다무르로 이자보 라 티에리를 만나러 가려고요!"

"이런 불결한 놈 같으니라고!"

신부는 소리를 꽥 질렀다.

"불결!"

장이 그리스어로 불결이라고 되뇌었다.

장이 의도적으로 그 독방의 벽에 쓰인 낙서 중에서 차용한 그 단어는 신부에게 의외의 효과를 일으켰다. 그 순간, 신부는 입술을 깨물었으며 그의 분노는 붉어진 낯빛 아래로 스러져버렸다.

"그만 가거라. 나는 누굴 기다리는 중이니까."

부주교는 고개를 돌리며 장에게 말했다.

장은 한 번 더 애를 써보았다.

"클로드 형님, 그럼 잔돈이라도 좋으니 밥 사먹을 파리 주화 한 닢만 주세요……."

"그라티아누스의 교황령집 공부는 어떻게 돼가느냐?"

신부가 물었다.

"공책을 잃어버렸어요."

"라틴 고전 공부는?"

"호라티우스의 책을 도둑맞았어요."

"아리스토텔레스 공부는?"

"아, 형님…… 어느 세상에서든 아리스토텔레스 형이상학의 숲이 이단자의 소굴이 되어버렸다고 말한 교부는 누구였죠? 아리스토텔레스 따위가 무슨 소용입니까? 그런 형이상학 때문에 제 신앙을 깨고 싶지는 않아요."

"애야, 예전에 국왕이 파리에 입성하실 때 필리프 드 코민이라는 귀족이 있었는데 그는 말 안장에 '일하지 않는 자는 먹지도 말라'고 새겨 넣고 다녔다. 너도 한번 잘 새겨보길 바란다."

장은 손가락으로 귀를 막은 채 한동안 바닥을 응시하며 화가 치민 얼굴로서 있었다. 그러더니 갑자기 할미새처럼 클로드 쪽으로 몸을 틀었다.

"그러니까 형님은, 배가 고픈 제가 빵 한 덩어리를 사는 데 필요한 한 푼도 못 주시겠다는 겁니까?"

"일하지 않는 자는 먹지도 말라!"

부주교는 완고하게 대답했다. 장은 우는 여자처럼 두 손으로 얼굴을 감싸 쥐고 절망적으로 외쳤다.

"Οτοτοτοτοτο¡!" 181

"그게 무슨 소리냐?"

난데없는 엉뚱한 소리에 클로드는 놀라 물었다.

"뭘요?"

장은 되물었다. 그리고 어느 틈엔가 손가락으로 찔러 눈물이 난 것처럼 벌겋게 충혈된 눈을 클로드 쪽으로 쳐들었다.

"그리스어입니다, 왜요! 지금 이 순간 제 자신의 고통을 가장 잘 표현해주는 아이스킬로스의 시구라고요!"

그러면서 익살스러운 표정을 지으며 폭소를 터뜨리자 부주교도 덩달아 웃음을 짓고 말았다. 사실 그것은 클로드의 실수였다. 왜 그는 그렇게도 장이 응석을 부리도록 내버려두었을까?

"오, 착하신 클로드 형님!"

장은 신부의 미소를 보고 용기백배하여 말을 이었다.

"제 구두에 뚫린 구멍 좀 보세요. 구두 밑창이 혀를 내밀고 있는 것 같은, 이런 비참한 구두가 세상에 또 있을까요?"

부주교는 재빨리 근엄한 태도로 돌아왔다.

"새 신발을 보내주마, 하지만 돈은 없다."

"제발요, 형님. 파리 주화 한 푼만 주세요……."

장은 애걸하듯 물고 늘어졌다.

"앞으로는 그라티아누스도 잘 외고, 하느님도 잘 믿고, 학문과 덕행에서 참다운 피타고라스 학자가 될게요. 그러니 제발 한 닢만 주세요. 형님은 지옥의 구렁텅이보다 수도사의 콧구멍보다 더 시커멓고 더 고약한 냄새가 풍기는 굶주림이 저를 물어뜯기를 바라세요?”

클로드 신부는 주름살이 잡힌 머리를 흔들며 중얼거렸다.

“일하지 않는 자…….”

“나 이거 참! 다 그만두세요! 술집에도 가고 싸움판에도 끼어들어 술잔이라도 집어던지고 여자들도 만나야겠다, 젠장!”

신부의 말이 끝나기 전에 장이 외치며 들고 있던 모자를 벽을 향해 집어던지고는 캐스터네츠를 치듯 손가락을 딱딱 울려댔다.

“장! 너 정말 제정신이 아니로구나!”

“그러니까 에피쿠로스의 말마따나 제게는 그 무언가가, 어떤 것이 빠져 있다는 뜻이겠지요!”

“애야, 이제부터라도 정신을 똑바로 차리고 바르게 살도록 노력해라.”

“이런이런…… 이 방에 있는 것들은 죄다 뿔이 돋쳤나 보죠? 생각하시는 것이나 저 병들이나 모두!”

장은 형과 화덕의 증류기를 번갈아 쳐다보면서 외쳤다.

“장! 너는 아주 위태로운 비탈에 서 있어. 네가 어디로 가고 있는지 알고나 있느냐?”

“술집으로 가고 있지요.”

장이 대답했다.

“술집은 죄인 공시대로 통한다.”

“어쨌거나 다 같은 초롱인데, 디오게네스는 이 초롱으로 적당한 사람을 찾아냈을 거예요.”

“죄인 공시대는 교수대로 이어진다.”

“교수대는 저울이에요. 한쪽 끝에는 사람을, 반대쪽 끝에는 지구를 달고 있어요. 그런 사람이 되는 것도 나쁘지 않아요!”

“교수대는 곧 지옥으로 통한다니까!”

"그건 활활 타오르는 불꽃이지요!"

"장, 장…… 그러다간 끝이 좋지 못할 거야!"

"처음은 좋을 테니 걱정 마세요."

그때 계단 쪽에서 어렴풋한 발소리가 들려왔다.

"쉿!"

부주교는 손가락 하나를 자기 입술에 갖다 대며 속삭였다.

"장, 잘 들어라. 자크 씨가 온다…… 지금부터 네가 듣고 보는 것은 결코 입 밖에 내서는 안 된다. 그리고 우선 저 아궁이로 몸을 숨겨라, 숨도 크게 쉬어선 안 돼!"

장은 화덕 아궁이 속으로 몸을 웅크리고 들어갔다. 그리고 그에게 찾아온 절호의 찬스를 놓치지 않고 말했다.

"형님, 찍 소리도 내지 않을 테니 1플로린만 주세요!"

"쉿, 알았어!"

"꼭이에요!"

"옜다, 가져라!"

부주교는 홧김에 지갑을 던져주며 말했다.

장은 얌전히 화덕 안쪽으로 들어갔다. 동시에, 그 작은 방의 문이 열렸다.

chapter 5

검은 옷의 두 사나이

방 안으로 들어선 인물은 검은 옷을 걸치고 어둡고 침울한 얼굴을 하고 있었다. 우리의 장이(여러분도 이미 짐작하듯이, 그는 모든 것을 보고 들을 수 있도록 화덕 안에서 만반의 준비를 한 채 웅크리고 있었다) 언뜻 바라본 그 인물에 대한 인상은, 그의 차림이나 얼굴 모습이 매우 음산하다는 것이었다. 그럼에도 그 얼굴에는 한편으로는 매우 유순한 빛이 퍼져 있었는데, 그것은 고양이 같은, 또는 판사 같은 유순함을 일부러 꾸민 듯한 느낌을 강하게 주었다. 그의 외모를 살펴보면, 머리카락은 백발이고 얼굴은 주름투성이였으며 나이는 짐작컨대 예순 살 정도로 보이고, 자주 깜박거리는 두 눈 위의 눈썹은 희고, 입술은 축 처지고 손은 부은 듯 퉁퉁했다. 장은 아마도 의사이거나 법관일 듯한 그 사나이의 코와 입 사이가 십 리는 될 듯이 멀리 떨어진 것만 보아도 영민한 사람은 아닐 듯하다고 생각하며, 자신이 그렇게 불편한 자세로 그런 별 볼일 없는 사람과 한방에서 시간을 보내야 한다는 사실에 기가 막힌 듯 화덕 안쪽으로 더욱 파고들었다.

한편, 부주교는 검은 옷의 사나이가 방으로 들어섰는데도 그를 맞이하기 위해 앉은 자리에서 일어나지 않았다. 그냥 그에게 문 옆의 의자를 가리키며 앉으라는 표시만 보낼 뿐이었다. 그는 전부터 하던 명상을 계속하는 듯 잠시 침묵을 지킨 뒤에야 인심 쓰듯 큰 소리로 말했다.

"자크 씨, 안녕하시오!"

"안녕하십니까, 선생님!"

검은 옷의 사나이가 답했다.

한 사람은 '자크 씨'라고 말하고 다른 한 사람은 정중하게 '선생님'이라고 말하는 이 서로 다른 말투에는 각하와 군, '주(=신)'와 '제자'만큼이나 큰 차이가 있었다. 그것은 분명히 박사와 제자의 화법이었다.

"그래서……."

부주교는 다시 침묵에 잠겼다가 천천히 말을 이었다. 자크 씨는 그의 침묵을 깨는 것을 매우 조심스러워하고 있었다.

"……성공하셨소?"

"아…… 선생님……."

상대방은 서글픈 미소를 지으며 말했다.

"저는 쉬지 않고 열심히 풀무질을 하고는 있지만, 재만 나오고 황금이라곤 전혀 구경도 못 했습니다……."

클로드 신부는 안타까운 몸짓을 하며 말했다.

"그게 아니라, 자크 샤르몰뤼 씨, 당신의 마술사 소송 말이오. 그 회계 감사원의 식료품 보관계원 이름이 마르크 스넨이라고 했던가요? 그가 자기 마술을 자백했소? 당신의 심문이 성공했느냔 말이오?"

"한심하게도 그렇지가 못하답니다……."

자크 씨는 여전히 우울한 얼굴로 대답했다.

"……그자는 마치 돌덩이 같아요. 무엇이든 자백할 때까지는 마르셰 오 푸르소에서 끓는 물에 담궈버릴 생각입니다. 지금도 사정없이 족치고 있는데, 벌써 온몸의 뼈마디가 다 어긋나버렸지요. 옛 희극작가인 플라우투스가 '침과 단근질, 십자가, 올가미, 포박, 사슬, 감옥, 족쇄, 쇠고리에 대하여'라고 말했듯이 온갖 수단을 다 동원해도 먹히지를 않습니다. 아주 독한 놈이에요. 괜히 헛수고만 하고 있나 싶어 슬슬 지쳐가고 있어요."

"그 집 안에서도 새로 나온 게 아무것도 없소?"

"있었어요…… 이건데요……."

자크 씨는 옷자락 속을 뒤지며 말했다.

"이 양피지를 발견했어요. 봐도 알 수 없는 글귀가 적혀 있어요. 형사소송 변호사인 필리프 릴리에 씨는 브뤼셀의 칸테르스텐 거리의 유대인 사건 때 히브리어를 배운 덕에 좀 읽더군요."

그러면서 자크 씨는 양피지를 펼쳐 보였다.

"어디 좀 봅시다."

부주교는 양피지를 받아 그 위로 시선을 던지며 말했다.

"……틀림없는 마술이오! '에맹 에탕!' 이것은 한밤중 향연에 갈 때 흡혈 귀들이 지르는 소리요, 자크! '그에 의하여, 그리고 그와 더불어, 그리고 그의 속에서!' 이건 악마를 지옥에 다시 가둘 때 쓰는 명령이라오. '학스, 팍스, 막스!' 이것은 요법이오. 말하자면 의학용어지, 미친개에 물린 상처를 고치는 주문이오. 자크 씨! 당신은 종교재판소의 국왕 검사이니 이 양피지 야말로 가증스러운 물건이 아니겠소?"

"그자를 좀 더 심문해야겠습니다. 그리고 이것도 좀 보시겠습니까? 마르크 스넨의 집에서 나온 겁니다."

자크 씨는 다시 옷자락을 더듬어 무언가 꺼내며 말했다.

그것은 클로드 신부의 화덕 위에 있는 것들과 같은 종류의 도가니였다.

"아, 이건 연금술에 쓰는 도가니군요."

"솔직히 말씀드리면…… 이걸 화덕에 올려봤는데 제 것으로 한 것보다 좋은 결과를 얻지는 못했습니다."

그는 수줍은 듯 어색한 미소를 띠며 말했다.

그의 말에 부주교는 그 도가니를 받아 살피기 시작했다.

"이 도가니에 뭘 새겨놓은 거지? '오크! 오크!' 이건 벼룩을 쫓는 말인데 …… 마르크 스넨이란 자는 아무것도 모르는 녀석이구려. 분명히 말하지 만, 이런 것들로는 당신은 결코 황금을 만들 수 없을 거요! 여름철 침대 밑 에나 놔두든지, 그건 그 외엔 아무짝에도 쓸모가 없소!"

"잘못인지도 모르지만 선생님, 여기 올라오기 전에 아래 정면 현관을 조사 했습니다. 거기에 그 물리학적 작품의 통로는 시청 쪽으로 그려져 있고, 노 트르담 아래 있는 일곱 개의 나체 조상 가운데 뒤꿈치에 날개가 붙은 조상 은 메르쿠리우스인 것이 틀림없나요?"

"그렇소. 거기에 글을 쓴 것이 이탈리아의 박사 아고스티노 니포인데, 그 는 수염 난 악마를 데리고 있었소. 그 악마가 그에게 온갖 것을 가르쳐주었지요. 같이 내려가서 원문에 대해 설명해주겠소."

"정말 감사합니다, 선생님."

자크 씨는 머리가 땅에 닿도록 절을 하며 말했다.

"아, 잊을 뻔했는데, 그 마술사 소녀는 언제쯤 잡아들일까요?"

"마술사 소녀라?"

"선생님께서 잘 아시는 그 집시 계집애 말입니다. 종교재판소에서 금지를 했는데도 매일같이 성당 앞마당에서 춤을 추잖습니까. 악마의 뿔이 달린 염소가 같이 다니는데 글도 읽고 피카트릭스[182]처럼 수학도 알아요. 그것만으로도 집시들을 모두 교수형에 처할 만한 이유가 되지요! 소송 준비는 끝났어요. 그런데 그 여자, 미인은 미인이에요…… 그 검은 눈동자는 두 개의 이집트 석류석 같아요! 그럼 언제 시작하는 게 좋을까요?"

그의 말이 이어지는 동안 부주교의 얼굴빛은 매우 창백해졌다.

"그건…… 나중에 이야기합시다."

그는 들릴 듯 말 듯한 소리로 더듬거리며 말을 이었다.

"그보다 먼저 마르크 스넨 일에나 신경 쓰시오."

"그럼요, 안심하십시오."

자크 샤르몰뤼는 미소를 지으며 말을 이었다.

"돌아가는 대로 놈을 가죽 침대에 붙잡아 묶겠습니다. 하지만 악마 같은 놈이라서 저보다 손이 더 거친 피에라 토르트뤼마저도 진땀을 빼게 한답니다. 저 착한 플라우투스가 말한 그대로예요! '발가벗겨져 꽁꽁 묶이고 발로 매달린 그대는 100파운드의 무게로다!' 감아올리는 틀로 고문을 해볼 생각입니다. 그게 최선의 방법이에요. 그 방법을 쓰면 놈도 항복하고야 말 겁니다."

클로드 신부는 어두운 얼굴로 방심한 상태인 듯하더니 이내 샤르몰뤼를 돌아보았다.

"피에라 씨…… 아니, 자크 씨, 당신은 마르크 스넨의 일이나 신경 쓰시오!"

"예, 알겠습니다, 클로드 신부님. 그 불쌍한 녀석은 뮈몰처럼 고통을 받겠지요. 마술사의 밤중 향연에 가다니! 회계 감사원의 식당계라고 한다면 '흡혈귀 아니면 마녀'라고 하는 샤를마뉴의 조문 정도는 알고 있어야 할 텐데요. 그 에스메랄다라는 소녀에 대해서는 선생님의 지시를 기다리겠습니다. 아 참, 정면 현관을 지날 때 성당으로 들어오면서 보이는 평면화에서 정원사가 무슨 의미인지 설명 좀 해주시면 안 될까요? 씨 뿌리는 사람인가요? 아니…… 선생님 무슨 생각을 그렇게 골똘히?"

클로드 신부는 이미 자기 생각에 빠져서 더 이상 상대방의 이야기를 듣고 있지 않았다. 샤르몰뤼는 신부가 보는 곳을 바라보았다. 신부의 시선은 채광창에 만들어진 커다란 거미집을 응시하고 있었다. 그때 파리 한 마리가 3월의 햇빛을 찾다가 거미줄에 걸려들었다. 줄이 흔들리자 커다란 거미 한 마리가 나타나 단숨에 파리를 덮치더니 더듬이로 머리를 후벼 파기 시작했다.

"가엾은 파리!"

종교재판소 국왕 검사는 이렇게 말하며 파리를 구해주려는 듯 손을 뻗었다. 그 결에 놀란 부주교는 갑자기 꿈에서 깨듯 벌떡 일어나며 그의 팔을 덥석 잡고 외쳤다.

"자크 씨! 운명에 맡깁시다!"

자크 샤르몰뤼는 깜짝 놀라 신부를 돌아보았다. 그의 팔은 쇠로 만든 집게에 잡힌 것 같았다. 신부는 고정된 채 조용하면서도 사나운 불길이 타오르는 시선으로 파리와 거미의 그 끔찍스런 광경을 응시하고 있었다.

"오, 그렇다!"

신부는 뱃속에서 창자를 쥐어짜는 듯한 소리로 계속 중얼거렸다.

"저것이 만물의 상징이다. 그것은 날아다닌다, 즐겁다, 갓 태어났다, 봄을 찾고 대기를 찾고 자유를 찾는다. 오! 그렇다. 그러나 그것은 숙명적인 장미 창에 부딪치고, 거기서 거미가 나온다. 무서운 거미가! 춤추는 가엾은 파리! 미리 운명 지어진 가엾은 파리! 자크 씨, 그냥 두시오! 그건 운명이오. 아, 슬프다! 클로드여 너는 거미다. 클로드여 너는 또 파리와 같은 것이다. 너는 학문을 구하고 광명을 구하며 태양을 찾아 날아갔다. 너는 대기나 영원한 진리의 대낮에 도달하는 것만을 염원하여왔다. 다른 별도의 세계, 광명의 세계, 지식과 학문의 세계를 향해 열리고 있는 천창으로 날아들고야 말았던 것이다. 아, 맹목적인 파리여! 어리석은 학자여! 너는 광명과 너 사이에 둘러쳐진 이 미묘한 그물은 보지 못한 것이다. 그리고 너 불쌍한 미치광이여, 너는 그곳에 날아들어 몸을 망치고 말았던 것이다. 이제 머리가 깨지고 날개도 뽑혀, 숙명이라는 쇠의 촉각 사이에서 몸부림치고 있는 것이다. 자크 씨! 자크 씨! 거미가 하는 대로 그냥 두시오!"

"절대로⋯⋯."

자크 씨는 무슨 영문인지 모르는 채로 신부를 바라보며 말했다.

"저는 손을 대지 않겠습니다. 하지만 선생님, 제 팔은 좀 놓아주십시오. 선생님 손은 꼭 쇠 집게 같습니다!"

그러나 부주교의 귀에는 아무 말도 들리지 않았다.

"오, 어리석은 놈!"

그는 채광창에서 눈을 떼지 않은 채로 말을 이었다.

"그 각다귀 같은 날개로 이 무서운 그물을 끊을 수 있다면 광명에 도달할 거라고 믿겠지만, 오, 슬프다! 더 멀리 저 유리창이란 투명한 방해물이, 청동보다도 더 단단한 수정의 벽이 있으니 어찌 넘겠느냐. 오, 학문의 허망함이여! 얼마나 많은 현인들이 멀리서 날아와서 이곳에서 퍼덕이다 머리를 부쉬뜨리고 있는가. 얼마나 많은 학설들이 저 영원한 유리창에서 윙윙거리며 서로 부딪치고 있는가!"

그는 입을 다물었다. 마지막 상념이 뜻하지 않게 그를 그 자신으로부터 학문으로 되돌아오게 함으로써 마음이 진정된 것 같았다. 자크 샤르몰뤼는 그에게 이런 질문을 던져 완전히 현실세계로 되돌아오게 했다.

"그런데 선생님, 언제쯤 제가 황금 만드는 것을 도와주러 오실 겁니까? 혼자서는 쉽지가 않아서요!"

부주교는 씁쓸한 웃음을 지으며 고개를 끄덕거렸다.

"자크 씨, 미카엘 프셀루스의 『정령의 대화와 악마의 작용』을 읽으시오. 우리가 하는 짓이 완전히 무고하다고는 할 수 없으니."

"소리가 너무 큽니다, 선생님. 저도 그건 알고 있습니다. 그러나 종교재판소의 국왕 검사로서 투르 주화 30에퀴의 연봉을 받는 처지로서는 연금술이라도 할 수밖에 없습니다. 제발 더 작은 소리로 말씀해주십시오."

그때 화덕 안에서 무언가가 바쉬지는 듯한 소리가 들려와 샤르몰뤼를 불안하게 했다.

"저게 무슨 소리죠?"

그가 동그란 눈으로 신부를 보며 물었다.

물론, 화덕 안에 숨은 장이었다. 한참 동안 숨어 있다 보니 매우 불편하고 따분하던 차에 거기서 뒹구는 오래된 빵 껍질과 곰팡이 슨 치즈 조각을 발견하고 기분풀이와 점심 대용으로 우물거리기 시작한 것이다. 그 바스락 소리가 샤르몰뤼의 경계심을 자극한 것이다.

"내 고양이일 거요, 저 안에서 쥐라도 잡아먹는 모양이지."

부주교는 얼른 말했다.

그 대답은 샤르몰뤼를 안심시켰다.

"그렇군요."

그는 존경스럽다는 미소를 보이며 말했다.

"역시 위대한 철학자들은 다들 집에 짐승을 길렀지요. 아시겠지만 세르비

우스가 '어떤 곳이든 수호신이 없는 곳은 없다' 고 했잖아요."

그러는 동안, 부주교는 장이 또 무슨 엉뚱한 짓을 저지를까 두려워, 그 훌륭한 제자에게 정면 현관에 있는 조상을 연구하러 가자며 함께 방을 나갔다. 마침내 장은 안도의 숨을 내쉬며 자기 턱 자국이 남은 듯한 무릎을 어루만졌다.

chapter 6

탁 트인 곳에서 내뱉은 일곱 마디 욕설이 빚어낼 수 있는 효과

"당신을 찬양하나이다, 하느님!"

장은 화덕에서 기어 나오며 이렇게 소리쳤다.

"이제야 두 부엉이가 떠났구나! 오크! 오크! 학스! 팍스! 막스! 벼룩들! 미친개들! 악마! 그런 얘긴 이제 진저리가 난다. 머리가 종각처럼 쩡쩡 울린다. 게다가 곰팡이 슨 치즈까지! 이제 슬슬 돌아가야지. 형님의 돈지갑을 건졌으니 모조리 술과 바꿔버릴 테다!"

그는 기분이 좋아 어쩔 줄 몰라 하며 소중한 지갑을 열고 들여다보았다. 그러고는 옷차림을 고치고 신발의 먼지를 털고, 재투성이로 초라해진 옷소매를 털어내고는 휘파람을 불며 방 안을 뛰어다니면서 값이 나갈 만한 무언가가 남아 있는지 두리번거리기 시작했다. 그리고 이자보 라 티에리에게 보석대신 줄 만한 유리 세공품 부적을 화덕 위에서 주워 들었다. 마지막으로 형님이 선심 쓰듯 열어둔 문을 열고 나가며 짓궂게 그 방문을 아예 활짝 열어젖혀두고는 어린 새 새끼처럼 팔랑거리며 나선형 계단을 내려갔다.

나선형 계단을 내려가던 중 어둠 속에서 무언가 장의 팔꿈치에 닿는 것이

느껴졌는데, 그는 카지모도라고 생각했다. 카지모도는 투덜거리며 옆으로 비켜섰는데 그 모양이 너무나 우스꽝스러워서 나머지 계단을 내려오는 동안 배를 잡고 웃을 수밖에 없었다. 광장으로 나온 뒤에도 그는 발을 구르며 웃음을 멈추지 못했다.

그는 땅바닥에서 발을 구르며 즐겁게 말했다.

"오, 즐겁고도 고귀한 파리여! 야고보의 사다리를 오르는 천사들도 헐떡거릴 것 같은 기분 나쁜 계단이다. 대체 나는 무슨 생각으로 저 하늘을 찌를 듯한 돌의 나사송곳 속으로 기어 들어갔을까. 겨우 곰팡이 슨 치즈 조각을 먹고 채광창으로 파리의 종루를 본 게 전부라니!"

다시 몇 걸음을 걷다가 그는 두 부엉이, 즉 클로드 신부와 자크 샤르몰뤼를 보았는데 그들은 정면 현관문 앞에서 조각상을 살피고 있었다. 그는 살금살금 다가갔다. 부주교가 매우 낮은 소리로 샤르몰뤼에게 말하는 것이 들렸다.

"이 가장자리가 금빛인 청금석 빛의 돌에 욥의 상을 새기게 한 것은 기욤 드 파리스요. 욥은 화금석의 상징인데, 완전한 것이 되기 위해서는 여러 가지 시련을 거치며 단련되어야 한다는 뜻이오. 라몬 유이[183]가 '특수한 형태의 보존 아래 영혼은 구원받는다'라고 말한 것처럼."

"그러거나 말거나 나한텐 아무 상관없지. 지갑을 가진 건 나니까."

장이 말했다.

바로 그 순간, 장의 바로 뒤에서 무시무시한 욕설이 들려왔다.

"이런 제기랄! 젠장! 염병할! 얼간이! 망할 놈! 빌어먹을! 벼락 맞을 놈아!"

"틀림없이, 내 친구 푀부스 중대장이로구나!"

장이 소리치며 뒤를 돌아보았다.

그 푀부스라는 이름은 마침 검사에게 김이 피어오르는 욕조에 꼬리를 감춘 용과 왕의 머리를 설명하던 부주교의 귀에 들려왔다. 클로드 신부가 무의식적으로 몸을 떨며 말을 멈추자 샤르몰뤼는 어리둥절해했다. 신부가 그 이름이 들려온 쪽을 돌아다보니 동생인 장이 공들로리에의 집 문 앞에 있는 키 큰 장교에게 다가가고 있었다.

그는 푀부스 드 샤토페르 중대장이었다. 약혼녀의 집 모퉁이에 등을 기대고 서서 이교도처럼 욕설을 내뱉고 있었던 것이다.

"이봐, 푀부스 중대장! 지독하게도 지껄이는군요."

장은 그의 손을 잡으며 말했다.

"벼락이나 맞아라!"

중대장이 대답했다.

"당신도 마찬가지! 그런데 왜 그렇게 멋진 말들이 자꾸 쏟아져 나오는 거요?"

장이 물었다.

"미안하네, 친구. 한번 터지기 시작하면 좀처럼 끝나지를 않는단 말이오. 미친 말처럼 전속력으로 욕을 하던 중이었거든. 저 요조숙녀인 체하는 여자들의 집에서 나오는 길인데 그때마다 이렇게 소리라도 치지 않으면 숨이 막힐 것 같아서 말이야!"

"술이나 한잔하러 갈까요?"

장이 제안하자 중대장의 흥분이 좀 가라앉았다.

"좋지만, 돈이 없네."

"돈은 나한테 있어요."

"그래? 어디 봐?"

장은 당당하게 중대장의 눈앞에 돈지갑을 내보였다. 그러는 동안 부주교는 어리둥절한 샤르몰뤼를 내버려둔 채 두 사람 근처로 다가가 몇 걸음 떨어진 곳에서 지켜보고 있었다. 두 사람은 지갑 안을 살피느라 신부가 다가

온 것도 모르고 있었다.

지갑을 살피던 푀부스가 외쳤다.

"장, 네 지갑은 물통 속 달과 같아. 달이 보이기는 해도 실제로는 없잖아. 그건 틀림없이 조약돌일 거야!"

장이 시침 떼고 말했다.

"자, 그럼 내 지갑 속의 조약돌을 보시라!"

그러고는 지갑 안에 든 것을 바로 옆 널찍한 돌 위에 쏟아놓았다.

그걸 보며 푀비스가 중얼거렸다.

"이건 정말이네! 방패 무늬 동전, 큰 흰 동전, 작고 흰 동전, 고리 모양 투르 주화, 파리 주화 드니에…… 진짜 독수리 모양 리아르 동전! 와, 눈이 다 부시는걸!"

장은 의젓하고 태연한 자세로 버티고 서 있었다. 몇 개의 리아르 동전이 바닥으로 굴러 떨어졌다. 중대장이 그것을 주우려 하자 장이 그를 만류했다.

"그냥 둬요, 푀부스 드 샤토페르 중대장!"

푀부스는 돈을 세어보고 엄숙한 표정으로 장을 돌아보며 물었다.

"이봐, 파리 주화 23수나 된다고! 쿠프 괼 거리에서 언제 어느 놈의 호주머니를 턴 거야?"

장은 금발의 곱슬머리를 뒤로 넘기며 비웃듯 눈을 살며시 감으며 말했다.

"나한텐 부주교라는 바보 같은 형님이 계시지!"

"쳇, 거참 훌륭하신 분이로군!"

"갑시다, 술 마시러."

장이 말했다.

"그래 어디로 갈까? '폼 데브'로 갈까?"

푀부스가 묻자, 장이 키득거리며 대꾸했다.

"아니, '비에유 시앙스(Vieille Science)'로 가지요. '팔에 톱질하는 노파

(une vieille gui scie une anse).' 이런 글자 놀이가 재미있거든."

"별 허접스러운 글자놀이 다 보겠군. 포도주는 '폼 데브'가 더 나아. 문 옆 양지쪽에 포도나무 한 그루가 있는데 거기서 술을 마시면 정말 기가 막히지!"

"그럼 '이브와 그녀의 사과' 184로 갑시다. 근데 중대장, 아까 쿠프 꾈 거리라고 하던데, 그건 틀렸어요. 요즘엔 다들 쿠프 고르주 거리라고 하거든요."

장이 푀부스의 팔을 잡으며 말했다.

두 친구는 '폼 데브'를 향해 걸음을 옮겼다. 그전에 쏟아낸 잔돈은 모두 주워 모았고 부주교는 그들의 뒤를 소리 없이 따라가고 있었다.

부주교는 불안하고 근심스런 마음으로 뒤를 따르고 있었다. 그가 그랭구아르를 만난 이후로 푀부스라는 이름은 그의 모든 생각 속에 깊이 뿌리를 박고 있었다. 그가 바로 푀부스일까? 부주교는 그런지 어떤지 몰랐지만 그가 결국 푀부스라고 한다면, 그 마술적인 이름만으로도 태평스런 두 친구의 뒤를 밟으며 불안하고 주의 깊게 그들의 이야기를 엿듣고 행동을 감시할 이유가 충분했다. 더구나 그들의 말을 듣는 것은 너무나 쉬웠다. 둘 다 지나는 이들에게조차 비밀 이야기도 다 들릴 만큼 아주 큰 소리로 떠들고 있었기 때문이다. 결투나 여자, 술 이야기, 그 밖의 터무니없고 어리석은 이야기들을 쉴 새 없이 지껄여대고 있었다.

어느 길모퉁이를 막 돌아설 즈음, 멀지 않은 곳에서 경쾌한 탬버린 소리가 들려왔다. 그 순간, 클로드 신부는 푀부스 장교가 장에게 말하는 소리를 들었다.

"이런…… 젠장! 빨리빨리 가자고!"

"아, 왜요? 푀부스?"

"저 집시 계집애가 날 볼까 봐 그러지!"

"집시 계집애요?"

"염소 새끼를 끌고 다니는 계집애 말이야!"

"에스메랄다 말이오?"

"그래, 에스메랄다. 그 이름을 자꾸 잊어버린다니까. 아무튼 어서 여길 지나가야 해, 길 한복판에서 날 알아보고 말을 걸어오면 아주 골치 아플 테니까!"

"푀부스, 그 여잘 알아요?"

그때, 부주교는 푀부스가 히죽거리는 웃음을 띤 얼굴로 장의 귀에 대고 무어라고 속삭이는 것도 훔쳐볼 수 있었다. 이윽고 푀부스는 큰 소리로 웃으며 의기양양하게 고개를 끄덕이고 어깨를 으쓱거렸다.

"오호…… 그게 정말이오?"

장이 물었다.

"정말이지!"

푀부스가 여전히 웃는 얼굴로 대답했다.

"오늘 밤에?"

"물론 오늘 밤에!"

"정말로 그 여자가 올 거라고?"

"당연하지, 자네 왜 그러나? 어떻게 이런 일을 의심할 수가 있지?"

"푀부스…… 당신은 정말 행복한 헌병이시군!"

부주교는 이들의 대화를 모두 엿들으며 온몸을 덜덜 떨기 시작했다. 이가 떨리고 몸이 떨리는 것이 눈에도 확연하게 보일 정도였다. 도저히 몸을 제대로 가누기 어렵다고 생각한 부주교는 술 취한 사람처럼 흔들리는 걸음을 멈추고 길가의 커다란 돌에 몸을 기대고 섰다. 잠시 후 그는 두 사람의 모습이 시야에서 아주 사라지기 전에 다시 걸음을 옮겨 뒤를 밟기 시작했다.

부주교가 다시 두 사람의 가까이까지 따

라잡았을 때 그들의 화제는 이미 바뀌어 있었으며, 이내 목청껏 낡은 유행
가를 부르기 시작했다.

프티카로 거리의 아이들은
송아지처럼 제 목을 매달게 하네.

chapter 7

도사 귀신

유명한 술집 '폼 데브'는 대학의 롱델 거리와 바토니에 거리의 모퉁이에
있었다. 그 술집은 건물의 맨 아래층에 있는 방인데, 무척 넓고 낮은 둥근 천
장 아래 한가운데에 서 있는 노란 칠을 한 굵은 나무 기둥 주위로 군데군데
테이블이 놓여 있으며 번쩍이는 주석으로 된 술병들이 벽에 보란 듯이 걸려
있었다. 그곳은 언제나 여자들과 술꾼들로 시끄럽게 들끓었으며 거리를 향
해 커다란 유리창이 나 있었다. 출입문 위에는 사과 한 개와 여자가 그려져
있는데 그 출입문 꼭대기에는 비를 맞아 녹이 슨 양철판 하나가 쇠꼬챙이에
끼인 채 바람에 따라 시끄러운 소리를 내고 있었다. 그것은 바람개비 모양
으로 만들어진 간판이었다. 출입문 앞에는 포도나무 한 그루가 서 있었다.

밤이 되자 거리는 어둠 속으로 잠겨들었다. 촛불이 밝혀진 술집의 창문들
은 어둠 속에서 멀리 대장간 화덕처럼 빛나고 있었다. 술잔 부딪치는 소리
며 안주 씹는 소리, 습관처럼 오가는 욕지거리와 문득문득 언성이 높아지며
싸움으로 치닫는 소리들이 깨진 유리창 사이로 넘쳐흘렀다. 때로 우렁찬 웃
음소리가 터져 나오고 많은 사람들이 북적대는 실내의 훈기가 만들어낸 희

부연 안개가 유리창에 서려 그 안이 어렴풋이 들여다보였다. 행인들은 술집에서 아무리 시끄러운 소리가 터져 나와도 아랑곳없이 제 갈 길을 가고 있었다. 더러 남루한 옷을 걸친 어린 녀석들이 까치발을 하고 술집 유리창 턱까지 몸을 끌어올리고는 예전부터 주정뱅이들에게 퍼부어지던 야유를 던지고는 하였다.

"뱅이야, 뱅이야, 주정뱅이야! 뱅이야, 뱅이야, 주정뱅이야!"

그러나 소란스러운 술집 앞을 태연스레 오락가락하며 망을 보는 파수꾼처럼 그 자리를 떠나지 않는 한 사나이가 있었다. 그는 코까지 푹 뒤집어씌우는 커다란 망토를 걸치고 있었는데 그것은 술집 '폼 데브' 근처의 헌 옷가게에서 금방 사 입은 것이었다. 망토는 물론 아직은 추운 3월의 저녁 추위를 막기 위해서겠지만, 자신의 본래 옷차림을 감추기 위해서도 필요한 것이었다. 그는 종종걸음을 멈추고 부옇게 흐려진 유리창 안을 힐끔거리며 발을 구르고 하였다.

한참 만에 술집 문이 열렸다. 오랫동안 문 앞에서 서성이던 사내가 기다리던 순간인 듯했다. 곧 술 취한 두 남자가 밖으로 걸어 나왔다. 안쪽에서 비치는 불빛이 두 사람의 얼굴을 쾌활한 붉은빛으로 물들였다. 망토를 걸친 사나이는 술집 반대편 거리의 어느 집 현관 아래 몸을 숨기고 서서 그들을 지켜보고 있었다.

"이런 제기랄!"

둘 중 한 사람이 지껄였다.

"금방 일곱 시가 되겠는데! 내가 밀회를 약속한 시간 말이야!"

"이봐!"

다른 한 사람이 혀가 꼬부라진 소리로 말했다.

"이봐, 난 말이야, 악담 거리에 사는 사람이 아니라 이 말이야! 난 장 팽 몰레 거리에 산단 말이지! 곰 등짝에 올라타본 사람은 아무것도 두려워하지 않는다는 건 다 아는 사실이지만, 당신 코는 생 자크 드 로피탈처럼 단 음식 쪽으로만 향해 있단 말이야!"

"이봐, 장! 많이 취했네!"

상대방이 말하면서 비틀거렸다.

"좋을 대로 떠들어대라고! 푀부스, 플라톤의 옆모습이 사냥개를 닮았다는 건 이미 증명된 사실이라 이거야!"

여러분은 이미 이들이 장과 중대장임을 알아보았을 것이다. 물론 어둠 속에서 그들을 지켜보고 있는 사람 역시 누구인지 알 것이다. 왜냐하면 갈지자걸음으로 비틀거리는 장과 중대장의 뒤를 천천히 조심스레 따라가고 있었기 때문이다. 중대장은 음주 경험이 많고 익숙하기 때문인지 겉보기에 전혀 흐트러짐이 없어 보였다. 그들의 뒤쪽에서 걸으며 망토의 사나이는 주의를 집중하여 다음과 같은 흥미로운 이야기를 남김없이 주워들었다.

"이봐, 좀 똑바로 걸으라고! 기사 후보생 나리! 난 그만 가봐야 한단 말이지, 일곱 시가 다 됐으니. 아까 얘기했잖아, 장. 그 여자를 만나기로 했다고!"

"그래, 알았으니 난 내버려두고 가라니까! 내 눈에서는 별이 빙글빙글 도는데 당신은 당마르탱 성처럼 뱃가죽이 터지도록 웃는 거야?"[185]

"헛소리 좀 그만 하지! 근데 장, 돈 좀 남은 것 없나?"

"어이, 정말 좀 괜찮은 고깃집이었어!"

주사위 게임은 신성모독이라는 이유로 교회로부터 금지되었다.
주사위는 나무나 뼈, 뿔 혹은 상아로 만들어졌다.
주사위를 가지고 각종 도박을 했는데, 그로 인해 파산하는 이도 적지 않았다.
그런가 하면 카드를 이용한 도박도 성행했다.

"장, 자네도 알듯이 생 미셸 다리 끝에서 여자를 만나기로 했으니 다리 근처 팔루르델의 집으로 데려가는 수밖에 없겠지. 그러면 방 값을 내야 하는데 그 늙은 할망구는 외상은 주지 않을 거야. 장, 부탁이야! 가지고 있던 돈을 우리가 모두 털어 마셔버린 건 아니겠지? 설마…… 한 푼도 안 남았나?"

"다른 시간들을 잘 소비했다는 의식은 정당하고 맛 좋은 식탁의 양념이야!"[186]

"이런 빌어먹을! 헛소리 좀 집어치우고! 정신 나간 장, 남은 돈이 있느냐고? 어서 내놓지 않으면 네 주머니를 뒤져서 가져간다! 네가 아무리 욥처럼 문둥이에, 카이사르처럼 옴쟁이라도 상관없어!"

"여보세요, 갈리아슈 거리는 한쪽은 베르리 거리, 다른 쪽은 틱스랑드리 거리로 이어지지……."

"그래 맞아! 여보게 착한 친구 장, 갈리아슈 거리는 그렇지. 그러니까, 정신 차리고 파리 주화 한 푼만 주게. 벌써 일곱 시라니까!"

"모두 조용히 입을 다물라. 얌전히 노랫소리에 귀를 기울여라.

쥐들이 고양이를 잡아먹는 날에는
임금은 아라스의 영주가 되리.
크고 넓은 바다가
생 장 축제에서 얼어버리면,
사람들은 보리라, 아라스의 영주들이
제자리에서 얼음 위로 나오는 것을…….

"제기랄! 이런 엉터리 같으니라고! 네 어미 창자로 목을 매달아라!"

푀부스는 이렇게 외치고는 술에 만취한 장을 난폭하게 떠밀었다. 그러자 그는 벽에 힘없이 몸을 부딪히고는 미끄러져 필리프 오귀스트의 길바닥 위로 널브러져버렸다. 그러자 푀부스에게 아직 같은 술꾼으로서의 우정과 연민이 남아 있었던지, 신이 파리 경계의 구석구석에 미리 준비해둔, 부자들이 '쓰레기 더미'라고 부르는 가난한 사람의 베개 위로 장을 굴려 보내주었다. 중대장이 비스듬히 잘려 있는 양배추 위에 장의 머리를 올려놓자마자 그는 코를 골며 곯아떨어졌다. 그런 중에도 중대장의 마음속에서 장에 대한 원망이 아주 가신 것은 아니었다.

"악마의 수레가 지나는 길에 너를 싣고 가도 난 모른다, 쳇!"

푀부스는 잠든 장을 향해 쏘아주고는 뒤돌아 걷기 시작했다.

망토의 사나이는 계속 푀부스의 뒤를 밟았다. 잠시 동안 길바닥에 누워 잠든 장의 앞에서 망설였으나 깊은 한숨을 내쉬고는 계속 중대장의 뒤를 쫓기로 결심했던 것이다.

여러분이 원한다면, 나 역시 별빛이 아름다운 포도 위에서 단잠에 빠진 장을 두고 그들의 뒤를 따를까 한다.

생 탕드레 데 자르크 거리로 나왔을 때, 푀부스는 문득 누군가 자신의 뒤를 따르는 것을 느꼈다. 무심코 뒤쪽으로 눈을 돌렸다가 어떤 그림자가 벽을 따라 움직이는 것을 본 것이다. 그가 걸음을 멈추자 그림자도 멈추었으며 다시 걸음을 옮기자 그림자도 움직이기 시작한 것이다. 그러나 그는 별로 신경 쓰지 않았다. '땡전 한 푼도 없는데 뭘…….' 이렇게 속으로 중얼거릴 뿐이었다.

오튕 학교의 정면에서 그는 걸음을 멈추었다. 비록 하는 둥 마는 둥했지만 그가 공부를 하던 곳이 바로 이 학교였는데, 아직도 짓궂은 학생 버릇이 남아 있었는지라 현관문 오른쪽에 새겨놓은 피에르 베르트랑 추기경의 조각상에 호라티우스의 풍자시 속에서 프리아포스[187]가 '옛날에 나는 무화과나무의 줄기였다'라고 그렇게도 고통스럽게 불평하고 있는 그런 종류의 모욕을 겪게 하지 않고 그 앞을 지나치는 일은 거의 없었다. 그가 어찌나 맹렬히 싸댔던지 거기에 새겨져 있는 '오퉁 주교'라는 글씨가 거의 다 지워져 있었다. 그래서 그는 여느 때 하던 대로 조각상 앞에서 걸음을 멈추었다. 주위에는 개미 새끼 한 마리 보이지 않았다. 그가 얼굴을 쳐들고 태연하게 바지 앞 구멍을 다시 잠그려 할 때 그에게 천천히 다가오는 그림자가 보였다. 그림자는 매우 천천히 움직이고 있어서 모자와 망토를 걸치고 있는 것을 자세히 살필 수 있었다. 그의 곁에 이르자, 그림자는 걸음을 멈추고 베르트랑 추기경의 조각상보다도 더 꼼짝 않고 서 있었다. 그러나 어둠 속에서 빛나는 고양이의 눈처럼 야릇한 빛이 가득한 눈으로 푀부스를 똑바로 쏘아보았다.

중대장은 매우 용감한 사나이였으므로 날카로운 칼을 든 도둑을 만난대도 그리 두려워하지 않았을 것이다. 하지만 어둠 속에서 화석이나 조각상처럼 천천히 다가오는 그림자는 왠지 그를 섬뜩하게 만드는 것이었다. 당시 세상에는 한밤중에 거리를 돌아다닌다는 어떤 도사 귀신 이야기가 떠돌고 있었는데, 그 순간 그의 머릿속에 그 이야기가 문득 스치고 지나갔던 것이다.

그는 한동안 멍하니 있다가 되도록 웃음을 지으려 애쓰며 입을 열었다.

"여보시오, 나는 당신이 도둑놈이라고 생각되는데, 만약 내 호주머니를 노린다면 미안하게도 호두껍데기에 대드는 왜가리 꼴이나 마찬가지요. 나는 몰락한 집안의 자식이니 말이오. 차라리 이 학교 예배당에 진짜 십자가의 나무 조각을 담은 은그릇이 있으니 그리로 가보시오."

그 순간, 그림자의 망토 속에서 독수리 발톱처럼 생긴 손가락이 뻗어 나오더니 푀부스의 팔을 힘 있게 끌어당겼다. 동시에 그림자가 말했다.

"푀부스 드 샤토페르 중대장?"

"아니? 누군데 남의 이름을 알고 있소?"

"당신 이름만 아는 게 아니오. 오늘 저녁에 누군가를 만나기로 되어 있지 않소?"

망토의 사나이는 무덤에서 들려올 법한 기분 나쁜 목소리로 말했다.

"그렇소……."

푀부스는 어안이 벙벙한 채 대답했다.

"일곱 시 맞소?"

"십오 분 남았소……."

"팔루르델의 집에서?"

"맞소."

"생 미셸 다리 부근의 여인숙!"

"주기도문의 구절을 빌리자면 천사장 미카엘의 다리요."

"불경스럽소! 어떤 여자를 만나오?"

그림자가 물었다.

"고백하지요."

"이름이 뭐요?"

"에스메랄다……."

푀부스는 경쾌하게 대답했다. 그는 점차 이전과 같은 평온을 되찾고 있었다.

그러나 그 이름을 들은 그림자는 잡은 푀부스의 팔을 거칠게 흔들었다.

"푀부스 드 샤토페르 중대장! 거짓말하지 마시오!"

그때, 분노로 붉게 물든 푀부스의 얼굴을 보았더라면 누구나 깜짝 놀랐을 것이다. 그는 한 발자국을 물러서면서 그림자에게 꽉 잡혀 있던 팔을 힘껏 뿌리치고 재빨리 허리춤의 칼자루에 손을 갖다 대었다. 분노한 푀부스 앞에서 망토를 걸친 사나이 역시 꿈쩍도 하지 않은 채 음산한 표정으로 서 있었다. 누가 이들의 모습을 보았다면 간담이 서늘해졌을 것이다. 그것은 돈 후안과 조각상의 싸움[188]과도 같은 것이었다.

"예수와 사탄이라! 그런 말은 이 샤토페르가 좀처럼 못 들어본 말이다. 다시 한 번 지껄여보거라!"

중대장이 외쳤다.

"너는 거짓말을 하고 있어!"

그림자가 냉랭하게 말했다.

중대장은 이를 갈았다. 도사 귀신이나 망령이나 미신에 관한 소문도 모두 잊은 채 그 순간 그에게는 한 무례한 사나이와 모욕밖에는 눈에 뵈지 않았다.

"오냐, 좋다!"

그는 분노 때문에 숨이 막힌 듯 더듬거리며 말했다. 이어서 칼을 빼들었으나 공포를 느낄 때와 마찬가지로 분노 때문에 몸을 떨며 더듬더듬 외쳤다.

"이쪽이다! 당장 덤벼라! 칼을 빼라! 길바닥을 네 피로 물들여주마!"

그러나 상대방은 눈 하나 깜짝하지 않고 있었다. 그의 적이 경계를 하며 금세라도 공격해 오려는 것을 보았을 때 그는 "푀부스 중대장"이라고 말했는데, 그 어조는 매우 고통스럽게 떨리고 있었다.

"당신은 밀회를 잊었소?"

푀부스와 같은 부류의 감정 변화는 매우 단순하고 재빠른 것이어서, 우유가 든 수프처럼 찬물 한 방울이면 들끓던 분노도 금세 식어버린다. 그의 말 한마디에 중대장의 손에서 번쩍이던 칼끝이 고개를 숙였다.

"여보시오, 중대장! 내일이나 모레나 한 달이든 십 년 뒤가 됐든 간에, 당신 목을 내줄 준비가 되면 나를 다시 만날 수 있소. 어쨌든 지금은 밀회 장소로 가시오."

그림자가 말했다.

"사실, 칼과 여자는 둘 다 은밀한 장소에서 만날 수 있는 매력적인 것인데 왜 둘 중 하나를 버려야 하는지 모르겠소. 두 가지를 다 가질 수도 있는데 말이오."

푀부스는 자기 자신과 타협할 것을 찾는 사람처럼 말했다.

그렇게 말하고 그는 칼을 집어넣었다.

"어서 밀회 장소로 가시오."

미지의 사나이는 다시 말했다.

"여봐요!"

푀부스는 조금 당황하듯 말을 이었다.

"대단히 정중한 그 태도에 감사하오. 당장 내일이라도 우리는 서로의 배꼽을 확인하고 벨 수 있소이다. 한 십오 분 남짓이나마 즐거운 시간을 보내게 해준다니 고맙소이다. 원래는 당신을 두들겨 패서 시궁창에 드러눕힌 뒤에 늦지 않게 여자를 만나러 갈 생각이었는데, 이런 경우에는 여자들을 좀 기다리게 하는 것도 재미있거든. 아무튼 당신도 꽤 호탕한 사람 같으니 승부는 내일로 미루고 나는 바빠서 이만 가봐야겠소이다. 당신도 이미 알듯이 일곱 시에 만나기로 했으니까."

그러고는 머리를 긁적거리며 덧붙였다.

"아차, 깜박 잊었네! 그 여인숙에 벨 방 값이 없네…… 그 늙은 여편네가 외상을 줄 리가 없는데."

"돈, 여기 있소."

푀부스는 그 미지의 사나이의 차가운 손끝이 동전 하나를 자기 손바닥에 쥐여주는 것을 느꼈다. 순간 그는 사나이의 손을 고맙게 꼭 쥐면서 외쳤다.

"아이고, 고마워라! 당신, 참 좋은 사람이구려!"

"대신 조건이 하나 있소. 내가 틀렸고 당신이 옳다는 것을 내게 증명해주시오. 그 여자가 정말로 그 이름의 여자인지 아닌지 내가 확인하게 한 구석에 나를 숨겨주시오."

사나이가 말했다.

"좋을 대로! 난 상관없으니까. 나는 생트 마르트에서 방을 잡을 테니 당신은 그 옆의 적당한 장소를 찾아보시오."

"알았소, 갑시다."

그림자가 말했다.

"좋소. 당신이 '마귀 마마'의 화신인지 아닌지 모르겠지만 오늘 저녁만은 사이좋게 지냅시다. 내일이면 내 빚을 모조리 갚아줄 테니!"

그들은 빠르게 걷기 시작했다. 얼마 후 강물 흐르는 소리가 들려왔다. 당시에 집이 즐비하게 서 있던 생 미셸 다리에 닿은 것이다.

"먼저 당신을 안내하겠소. 그런 다음, 나는 프티 샤틀레 근처로 여자를 데리러 갈 거요."

푀부스가 말했다.

함께 온 사나이는 아무 말도 하지 않았다. 둘이 나란히 걷기 시작하면서부터 그는 아무 말도 하지 않았다. 푀부스는 어느 낮은 문 앞에서 걸음을 멈추고 거칠게 문을 두드렸다. 문틈으로 불빛이 새어나오고 있었다.

"누구요?"

안에서 이가 빠진 듯한 목소리가 외쳤다.

"빌어먹을! 제기랄! 벼락 맞을!"

중대장이 이렇게 대답하자 문이 열리고 낡은 초롱불을 든 늙은 여인이 몸을 떨며 나타났다. 노파는 허리가 완전히 굽은데다가 다 떨어진 누더기를 걸쳤으며 머리에는 수건이라기보다는 걸레에 가까운 천 조각을 두르고 있었다. 사시나무 떨 듯 머리가 흔들리며 조그만 눈은 움푹 들어간데다 얼굴은 물론 손이나 목까지 모두 쪼글쪼글 주름투성이였다. 입술은 잇몸 아래로 옴쑥 들어가고 입 둘레에는 흰 털이 솔처럼 나 있어서 어루만져놓은 고양이 같은 몰골이었다. 그 허물어져가는 집의 안팎도 노파만큼 형편없었다. 사방 벽은 석회로 발라놓았고 천장의 대들보는 세월의 때가 새카맣게 앉았으며, 벽난로도 다 깨졌고 구석마다 거미줄투성이에 방 한가운데는 절름발이 테이블과 의자들이 놓였으며 잿더미 속에는 지저분한 어린아이 하나가 앉아 있었다. 안쪽에는 층계라기보다는 사다리 하나가 천장의 뚜껑 문을 향해 놓여 있었다. 그 안으로 들어가면서 푀부스의 동행인은 망토를 눈꺼풀 위까지 추어올렸다. 그사이, 중대장은 사라센 사람처럼 욕을 하면서, "생트 마르트의 방을 줘!"라고 말하며 노파에게 돈을 건넸다.

노파는 그를 귀족처럼 대접하며 에퀴 금화를 서랍에 넣었다. 물론 그 금화는 조금 전 망토의 사나이가 푀부스에게 준 것이었다. 노파가 등을 돌린 사이, 잿더미 속에서 놀던 어린아이가 재빨리 서랍에 다가가 그 금화를 움켜쥐고는 대신 가랑잎 하나를 넣어 놓았다.

노파는 그들을 귀족이라고 부르며 자기를 따라오라고 신호하고 앞장서서 사다리를 올랐다. 위층에 이르러 노파는 램프를 선반 위에 내려놓았다. 푀부스는 단골답게 그 집의 구조를 잘 알고 있었으므로 어두운 방으로 통하는 문을 열며 동행인에게 말했다.

"이리로 들어가시오."

망토의 사나이는 아무 말 없이 그가 가리키는 곳으로 들어갔다. 이어서 문이 닫혔다. 그는 푀부스가 문의 빗장을 잠그고 잠시 후 노파와 함께 다시 아래로 내려가는 소리를 안쪽에서 듣고 있었다. 새어드는 불빛도 사라지고 어둠 속이었다.

chapter 8

강으로 향한 창문의 이용 가치

클로드 프롤로는(왜냐하면, 여러분은 이 사건에 나온 도사 귀신이 다름 아닌 부주교임을 알고 있으리라고 짐작하므로) 어두운 방 안에서 잠시 동안 이리저리 손으로 더듬어보았다. 그 방은 건축가가 지붕과 옹벽의 접촉점에 만들어놓은 것과 같은 식의 공간이었다. 푀부스는 그것을 개집이라고 불렀는데 수직으로 잘린 방은 세모꼴이었으며 창문도 채광창도 없었고 지붕의 경사가 심해 똑바로 서 있는 것이 불가능했다. 그래서 클로드 부주교는 발밑에서 풀썩거리는 먼지와 벽토 부스러기 속에 그냥 웅크리고 앉을 수밖에 없었다. 머리가 타는 듯이 뜨거워지고 있었다. 그는 주위를 더듬거려 깨진 유리 조각을 찾아냈다. 뜨거운 이마에 그것을 갖다 대자 열이 식는 듯하여 마음이 차분해졌다.

그때, 부주교의 어두운 마음속에서는 어떤 생각들이 떠오르고 있었을까? 그것은 그 자신과 신밖에 알 수 없을 것이다.

에스메랄다, 푀부스, 자크 샤르몰뤼, 그가 그토록 사랑했는데도 이젠 진흙 속에 버려두고 온 동생, 부주교라는 성직, 혹은 그의 명성, 파루르델의 집에까지 끌고 온 사회적인 명성, 이런 모든 영상과 사건은 도대체 어떤 숙명적인 순서에 따라 그의 머릿속에서 짜여갔을까? 나는 설명할 수 없다. 그러나 이런 생각들이 그의 머릿속에서 끔찍스럽고 무서운 덩어리를 이루고 있었던 것만은 분명하다.

그는 그렇게 십오 분 정도를 기다리고 있었는데 그 시간이 마치 100년은 되는 것처럼 길게 느껴졌다.

갑자기 나무 계단이 삐걱거리는 소리가 들리며 인기척이 느껴졌다. 이내 마룻바닥의 뚜껑 문이 열리고 한줄기 빛이 들어왔다. 그가 웅크리고 앉은 다락방의 벌레 먹은 문에 큼직한 틈이 있어서 그곳에다 얼굴을 바짝 댔다. 그렇게 하여 그는 옆방에서 일어나는 일을 모두 엿볼 수 있었다. 먼저 고양이 얼굴을 한 노파가 뚜껑 문에서 등불을 들고 들어왔다. 다음으로 푀부스가 콧수염을 말아 올리며 들어오고 마지막으로 아름답고 어여쁜 에스메랄다가 들어왔다. 그녀의 모습이 부주교의 눈에는 마치 땅속에서 나온 눈부신 유령처럼 보였다. 클로드는 몸을 부들부들 떨었다. 눈에는 구름이 끼고 혈맥이 몹시 뛰어 모든 것이 자신의 주위에서 요란한 소리를 내며 소용돌이치는 듯했다.

다시 정신을 차렸을 때, 퓌부스와 에스메랄다 둘이서 등불 옆의 궤짝 위에 앉아 있었는데 부주교의 눈에는 젊은 두 사람의 얼굴과 다락방 안쪽의 초라한 침대가 불빛 속에 두드러져 보였다.

그 낡은 침대 옆에는 작은 창이 있었는데 비 맞은 거미줄처럼 빠끔히 뚫린 창 너머로 하늘과 부드러운 구름 위에 기운 달이 보였다.

처녀는 발갛게 상기된 얼굴로 어쩔 줄 몰라 하며 가슴을 두근거리고 있었다. 기다란 속눈썹이 발그레한 볼에 그늘을 만들고 있었다. 그녀가 감히 똑바로 쳐다보지도 못하는 장교는 환히 빛나고 있었다. 그녀는 어색한 듯 귀엽고도 반복적인 몸짓으로 긴 의자 위에 손가락 끝으로 알 수 없는 무늬를 그리면서 자기 손가락을 쳐다보고 있었다. 그녀의 발은 새끼 염소가 웅크리고 앉아 있어서 보이지 않았다.

중대장의 옷차림은 매우 멋스러웠다. 목과 팔목에 리본 술이 달려 있었는데 당시로서는 매우 세련된 복장이었다.

클로드 신부는 관자놀이에서 피가 끓어오르는 바람에 두 사람의 대화를 제대로 들을 수가 없었다. (연인들의 대화는 매우 진부한 것이다. 그것은 '당신을 사랑해요'의 반복일 뿐이다. 더구나 그것이 어떤 수식으로 장식되지 않았을 때 관계없는 사람들이 들으면 그저 따분한 음악적인 말에 불과할 뿐이다. 그러나 클로드는 결코 무관한 사람처럼 듣고 있지 않았다.)

"저…… 제발 저를 경멸하지는 말아주세요, 퓌부스 님! 제가 큰 실수를 저지른 것 같아요……."

"경멸하다니, 무슨 말이오? 그런 바보 같은 소리가 어디 있소? 왜 그런 소릴 하는 거요?"

장교는 다정한 얼굴로 물었다.

"제가 당신 뒤를 쫓아다녔잖아요……."

"그런 이야기라면, 아가씨, 우리는 아직 서로를 오해하고 있는 거요. 당신 말대로 남자 뒤를 쫓아다닌 당신을 경멸하는 것이 아니라 미워하고 있소."

그녀는 깜짝 놀라며 그를 쳐다보았다.

"왜요? 저를 왜 미워하세요? 제가 뭘 잘못했나요?"

"당신은…… 그토록 비싸게 굴며 나를 애타게 만들었잖소?"

"그건…… 그렇지 않으면 제가 한 서원을 저버리게 되기 때문이었어요 ……. 그렇게 되면 부모님을 영영 다시 만나지 못할 거고…… 부적도 효력을 잃게 되지요. 하지만…… 이젠 상관없어요! 이제 와서, 무엇 때문에 굳이 부모님이 필요하겠어요?"

그렇게 말하는 여자는 기쁨과 애정으로 눈물이 글썽거리는 크고 검은 눈으로 푀부스를 가만히 바라보았다.

"아, 무슨 소린지 못 알아듣겠소!"

그가 이렇게 외치자, 에스메랄다는 잠시 그대로 있었다. 이윽고 크고 검은 두 눈에서 눈물이 흐르고 붉은 입술 사이로 깊은 한숨이 새어 나왔다.

"장교님…… 당신을 사랑해요……."

그녀의 주위로 순결한 향기와 정절의 굳은 매력이 강렬하게 감돌고 있어서인지 푀부스는 그녀와 함께 있어도 아주 마음이 편한 상태는 아니었다. 하지만 바로 그 말을 듣는 순간, 온몸에서 용기가 솟구쳤다.

"오, 나를 사랑한다고?"

그는 몹시 들뜬 기분으로 말하며 여자의 허리를 감싸 안았다. 그가 기다리던 진정한 순간이었다.

부주교는 그 광경을 엿보며, 품에 감추었던 비수의 끝을 손가락으로 만지작거렸다.

"푀부스……."

집시 여자는 자기 허리에 감긴 중대장의 손길을 부드럽게 풀어내면서 말을 이었다.

"당신은…… 좋은 분이세요. 다정하시고 친절하시고…… 저를 살려주셨지요. 보잘것없이 버려진 집시 계집에 불과한 제 목숨을 구해주셨지요. 저는 오래전부터 제 목숨을 구해주는 장교가 나타나는 꿈을 꾸어왔어요. 당신을 알기도 훨씬 전부터 꿈꾸어온 것이 바로 당신이었어요. 푀부스 님, 나의 꿈속에서처럼 당신은 아름다운 제복을 입고 긴 칼을 찬 멋진 모습이었어요. 푀부스, 아름다운 이름이에요. 당신의 이름도 사랑해요. 당신의 긴 칼도…… 그러니 푀부스, 그 칼을 뽑아서 한번 보여주세요!"

"어린애같이……."

중대장은 미소를 띠며 칼집에서 칼을 조심스레 꺼내 들었다. 집시 여자는 칼자루와 칼날을 유심히 살펴보고 호기심 어린 눈으로 칼날 밑에 새겨진 이름자를 살펴보고, 입을 맞추며 칼에게 말했다.

"너는 용사의 칼이로다. 나는 나의 중대장님을 사랑한다!"

그때, 푀부스가 또 한 번의 기회를 이용해 그녀의 아름다운 목덜미에 입을 맞추자 그녀는 얼굴이 버찌처럼 새빨개져서는 얼른 목을 움츠렸다. 부주교는 어둠 속에서 다만 이를 갈 뿐이었다.

"푀부스, 제가 당신과 이야기하게 해주세요. 그리고 조금 걸어보세요. 멋진 걸음걸이를 보여주세요. 당신의 발끝에서 박차가 울리는 소리를 듣고 싶어요. 정말로 멋지고 늠름하기도 하셔라!"

중대장은 그녀의 환심을 사기 위해 일어서서는 기분 좋은 듯 미소를 띠며 그녀를 꾸짖었다.

"당신, 어려도 한참 어린애로군! 그런데 아가씨, 내가 군복 입은 것을 본 적이 있나?"

"아니요, 아직 못 봤어요."

그녀가 대답했다.

"정말 멋진 건 그 옷인데 말이야!"

푀부스는 다시 그녀 곁에, 처음보다는 훨씬 가까이 다가앉았다.

"들어봐요, 내 사랑……."

집시 여자는 너무 즐거워서 어쩔 줄 모르는 귀여운 어린아이처럼 작고 고운 손으로 그의 입술을 몇 번 살며시 토닥거렸다.

"어머머…… 싫어요, 싫어……. 안 들어요…… 절 사랑하세요? 정말 그렇다면 사랑한다고 말해주세요!"

"그럼, 사랑하고말고, 내 생명의 천사!"

그러면서 중대장은 아예 반쯤 무릎을 꿇으면서 계속 외쳤다.

"내 몸도 내 피도 내 마음도…… 모두 당신 것이야! 모두 당신을 위해 있는 거야! 당신을 사랑해! 이제껏 당신 외에는 사랑해본 적도 없어요!"

그는 이런 말을 이와 비슷한 수많은 경우에 끝없이 되풀이해왔기에 한마디도 틀리지 않고 단숨에 술술 내뱉었다. 이처럼 열정이 담긴 말을 들은 집시 여자는 천국에 가 있기라도 한 듯 행복이 가득한 눈빛으로 허공을 우러러보았다.

"아! 지금 당장 죽는대도 여한이 없어요!"

그녀가 이렇게 중얼거렸다.

푀부스는 또다시 '이 순간'이야말로 그녀에게서 또 한 번의 키스를 훔쳐낼 절호의 기회라 생각하고 있었으나, 그 키스는 옆방에 숨은 가련한 부주교의 가슴에는 비수를 꽂는 것과 같은 커다란 고통을 안겨주었다.

"죽는다고?"

황홀한 연정에 달아오른 중대장이 외쳤다.

"그게 무슨 소리요, 내 천사? 지금이야말로 살아 있다는 보람을 느끼는 진정한 순간인걸. 그렇지 않다면 유피테르는 짓궂은 악동일 뿐이야. 이렇게 달콤한 순간이 시작될 때 죽음이라니! 아무리 농담이라도 심했어! 절대 안 돼! 내 말 들어봐요, 사랑하는 시밀라르…… 에스메나르다…… 아, 미안 …… 아무래도 당신 이름은 꼭 사라센식 이름 같아서 잘 안 나온단 말이오, 꼭 가시덤불에 걸리는 것처럼 말이야."

"어머나! 저는 제 이름이 특이하고 멋지다고만 생각했었는데, 당신 마음에 안 드신다니…… 절 그냥 '거리의 여자'라고 부르고 싶은 거겠죠!"

그녀가 말했다.

"아, 별것 아닌 것을 마음에 두지 말아요, 내 사랑. 이름이야 익숙해지면 나아질 거야. 여봐요, 사랑하는 시밀라르, 나는 당신을 너무나 사랑해요. 진정으로 내 가슴이 터져버릴 지경이야. 그게 기적일 정도로 말이야. 그것 때문에 내가 아는 어떤 여자는 화가 나서 죽을 지경이지……."

여자는 질투를 느끼며 그의 말을 가로막았다.

"어떤 여자? 그게 누군데요?"

"그게 무슨 상관이야? 그보다, 당신은 나를 사랑하나?"

푀부스가 되물었다.

"그럼요, 당신을 너무나 사랑해요!"

그녀가 대답했다.

"그럼 됐어! 내가 당신을 얼마나 사랑하는지 당신도 알게 될 거야. 내가 당신을 세상에서 가장 행복하게 해주지 못한다면 대악마 넵투누스가 내 위에 올라타도 좋다! 우리 어딘가에 작은 집을 구합시다. 그리고 부하들을 당신 방 창문 아래 세워놓겠어. 그들은 모두 말을 타고 있고, 미뇽 중대장의 부하들 따위는 깔보고 있지. 창병들도 있고 장포병도 있어. 그리고 뤼리 창고 앞에서 펼쳐지는 파리 시민의 행렬에도 당신을 데려갈 거요. 대단한 장관이야! 8만 명의 무장병, 3만 개의 흰 갑옷, 동의 또는 쇠사슬 갑옷, 67개의 직장 단기, 고등재판소, 회계 감사원, 조세국, 조폐국 등등의 깃발 그리고 끝으로 어마어마한 대행렬! 또 궁에 있는 사자들도 보여주겠어. 여자들은 그런 구경거리를 좋아하니까."

여자는 황홀하고 즐거운 생각에 빠져서 그의 말뜻보다는 목소리만 꿈결처럼 듣고 있었다.

"당신을 행복하게 해줄 거야……."

그러면서 중대장은 슬그머니 여자의 허리띠를 풀어 내렸다.

"어머, 뭐 하는 거죠?"

그녀는 깜짝 놀라 격하게 말했다. 퇴부스의 돌발행동에 놀란 그녀가 몽상에서 깨어나는 순간이었다.

"아니요, 아무것도…… 난 다만 우리가 함께 있을 때만이라도 요란스럽고 거추장스러운 옷차림은 벗어 던져야 한다고 말하려는 것뿐이오."

"우리가 함께 있을 때라고요? 나의 퇴부스!"

그녀는 다정스레 말하고 다시 생각에 잠겼다.

중대장은 그녀의 다정한 태도에 힘을 얻어 그녀의 허리를 살짝 안아보았는데, 이제 그녀는 저항하지 않았다. 이어서 그는 가련한 처녀의 코르셋을 조심스레 풀어헤치기 시작했는데, 어둠 속에서 숨을 헐떡이던 신부는 침을 삼키며, 지평선의 안개 속에서 솟아오르는 달덩이처럼 그녀의 벌거벗은 포동포동하고 아름다운 밤색 어깨가 엷은 천에서 서서히 드러나는 것을 지켜보고 있었다.

그녀는 이제 퇴부스가 하는 대로 가만히 있었다. 더욱 대담해진 중대장의 눈빛이 욕정으로 번들거리는 것을 그녀는 미처 알아차리지 못하는 것 같았다.

갑자기 그녀가 돌아보며 무한한 사랑을 담아 그를 불렀다.

"퇴부스! 당신의 종교는 뭔가요? 가르쳐주세요."

"내 종교? 그걸로 뭘 하려고?"

중대장은 싱겁다는 듯 웃으며 말했다.

"우리가 결혼하기 위해서 알아야 해요."

그녀가 대답했다.

그 순간, 중대장의 얼굴은 놀라움과 경멸과 태연스러움과 방종한 열정이 뒤섞인 표정으로 물들었다.

"무슨…… 누가 결혼한댔나?"

푀부스가 이렇게 말하자 아가씨는 금세 얼굴이 파리해지며 서글픈 듯 고개를 떨구었다.

"여봐요, 아름다운 아가씨……."

푀부스는 다시 정답게 말을 이었다.

"결혼, 그 미친 짓거리가 그렇게 중요한가? 신부 앞에서 라틴어를 지껄이는 사람들에게만 사랑할 자격이 생기는 것일까?"

더없이 부드럽고 간사한 목소리로 말하면서 그는 여자 곁으로 바싹 다가앉아 그녀의 매끈하고 매혹적인 허리를 다시 감싸 안았다. 그의 눈은 더욱 불타오르고, 유피테르 자신이 그토록 많은 어리석은 짓거리를 하므로 착한 호메로스에게 구름을 불러 도와달라고 하지 않을 수 없는 그런 순간[189]에 푀부스가 분명히 이르렀음을 모든 것이 알려주고 있었다.

클로드 신부는 그 모든 광경을 보고 있었다. 신부는 다 썩은 술통의 널빤지로 만들어진 문틈 새로 사나운 짐승과 같은 눈을 이글거리며 노려보았다. 그는 연흑색의 살갗에 어깨가 넓은 사나이였으나 지금까지 수도원의 엄숙한 공기 속에서 청백한 생활을 해온 터라 애욕과 밤의 쾌락과 육욕에 불타는 광경을 목격하자 몸은 떨리고 피는 끓어오르고 말았다. 열렬한 청년에게 온전히 몸을 맡기고 있는 젊고 아름다운 여자는 그의 혈관 속에 뜨거운 납물을 들이붓고 있었다. 그의 내부에서는 비상한 움직임이 일기 시작했다. 그의 눈은 음탕한 질투의 정으로 불타 그녀의 옷핀이 모두 빠져버린 그 밑을 조용히 바라보고 있었다. 그때 벌레 먹은 문살에 몸을 바싹 붙이고 있는 이 불쌍한 사나이의 얼굴을 보았다면 산양을 허겁지겁 잡아먹는 승냥이를 왕실 야경대는 기마대장의 지휘를 받는다.

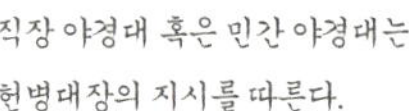

직장 야경대 혹은 민간 야경대는
헌병대장의 지시를 따른다.

철모는 이탈리아 북쪽 지역에서 제작된 것이다.
왕실 야경대와 병사들에게 지급되었다.

헌병대장의 지휘 하에 움직이는 야경대는 약 60여 명의
하사관과 100여 명에 달하는 무장 병력으로 구성된다.
왕실 야경대는 기마대장의 지휘를 받으며 대략 200여 명의
인원으로 구성된다. 거리를 맴돌며 임무를 수행하는
순시 야경대와 일정한 장소(문, 교각, 망루, 성벽)를 지키는
고정 야경대로 구분한다.

16세에서 60세에 이르는 주민들에게 야경대 복무는
필수 의무 사항이다. 이 부역을 면하려면 3분의 1세를
바치거나, 따로 뇌물이라도 건네야 한다.
순찰대는 분구장(分區長)이나 소분구장의 지휘 하에
움직인다. 야경대의 근무자는 3주마다 동업조합에서
교대로 충원한다. 민간 야경대 근무자들은 자기가 쓸
장비를 자신이 마련해야 한다.

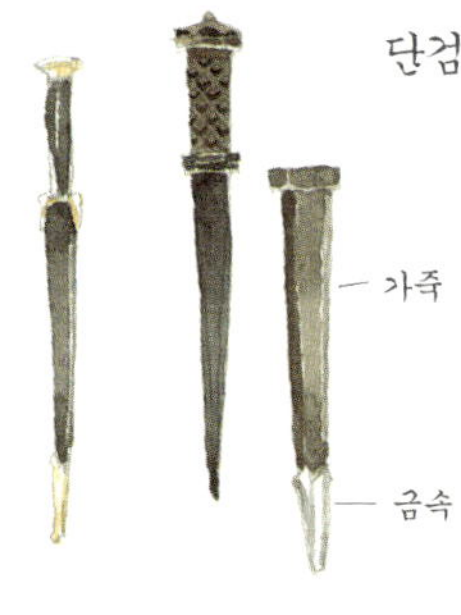

단검

- 가죽
- 금속

단검집

무장 병사

여러 종류의 미늘창들

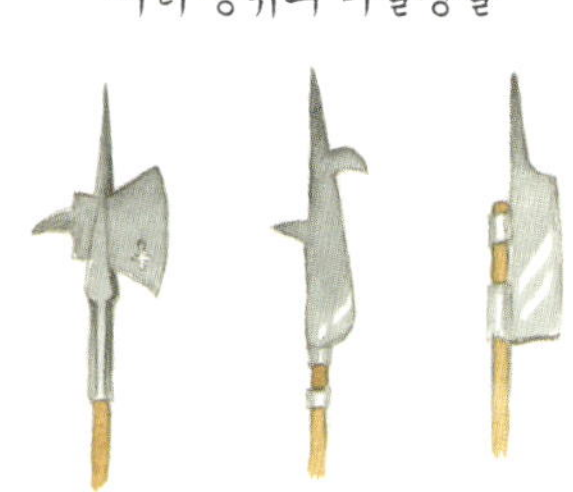

우리 속에서 노려보는 호랑이의 얼굴을 보는 듯했을 것이다. 그의 눈동자는 문틈에서 촛불처럼 반짝거리고 있었다.

갑자기 푀부스는 날쌘 동작으로 집시 처녀의 깃 장식을 잡아 뜯었다. 창백한 얼굴로 몽상에 잠겨 있던 가련한 처녀는 꿈에서 깨어나듯 소스라치게 놀라며 대담한 장교로부터 얼른 떨어져 나왔다. 그리고 발가벗겨진 자신의 가슴과 어깨를 내려다보고는 부끄러움과 당황스러움으로 붉어진 얼굴을 숙이며 고운 두 팔로 가슴을 감싸 안았다. 타오르는 불길 같은 그녀의 뺨이 없었더라면 말없이 서 있는 그녀의 모습은 마치 수치심의 조상처럼 보였을 것이다. 그녀는 두 눈을 내리깔고 있었다.

그때, 중대장은 그녀의 목에 걸려 있는 부적을 발견했다.

"그건 뭐요?"

이렇게 물으며 그는 다시 자신을 놀라게 한 여자에게 다가갔다.

"손대지 마세요!"

그녀는 다급하게 말했다.

"이건 저의 수호신이에요. 제가 언제까지나 순결을 지킨다면 가족을 만나게 해줄 부적이에요. 저를 그만 보내주세요⋯⋯ 네? 중대장님! 어머니! 어디 계세요, 어머니! 저를 도와주세요! 제발 부탁이에요, 푀부스 씨. 제 깃 장식을 돌려주세요!"

이제 푀부스는 한 걸음 뒤로 물러나며 차갑게 말했다.

"그렇군, 아가씨! 나를 사랑하지 않는다는 뜻이군, 잘 알겠어!"

"당신을 사랑하지 않는다니요?"

가련하고도 불행한 아가씨는 이렇게 외치며 중대장에게 매달렸다.

"당신을 사랑하지 않는다니요? 나의 푀부스! 그게 무슨 소리예요. 나쁜 사람⋯⋯ 제 가슴을 이렇게 찢어놓기에요? 그래요, 다 가지세요, 저를 마음대로 하세요. 저는 모두 당신 것이에요. 부적 따위가 무슨 소용이에요? 당신이 제겐 곧 어머니예요. 당신을 사랑하니까! 퓌부스! 나의 사랑! 저를 보세요, 저는 당신을 잃고 싶지 않아요. 제 발로 걸어와서 당신을 찾는 이 계집을 버리지 말아주세요. 제 마음도 몸도 영혼도 모두 당신 것이에요. 그래요, 좋아요, 결혼 같은 건 그만두지요. 당신이 싫다는 것은 하고 싶지 않아요. 저는 그저 떠돌아다니는 비참한 인생이에요. 하지만 당신은 당당한 귀족이시니까! 정말로 말도 안 되는 일이죠, 떠돌이 춤추는 계집이 귀족과의 결혼을 꿈꾸다니 말이에요! 저는 그냥 당신의 애인이 되어드릴게요. 당신이 싫으니 그만 떠나라고 하기 전까지는 당신의 여자로 당신에게 즐거움을 드리며 그냥 곁에 있을게요! 태생이 그런걸요. 더럽혀지고 업신여김 당하고 정조를 빼앗기고…… 그래도 뭐 어때요? 당신에게 사랑을 받을 수만 있다면! 여자들 중에서 가장 자랑스럽고 가장 행복한 여자가 될 거예요. 하지만 제가 늙거나 추해지면, 당신을 사랑하기에 어울리지 않게 되어도 당신께 시중드는 것을 용서해주세요. 다른 여자들은 당신의 견장에 수를 놓겠지만 저는 하녀니까 박차를 닦고 군복을 손질하고 승마용 장화의 먼지를 털어드릴게요. 그 정도는 가엾게 봐주시겠지요? 퓌부스, 다만 저를 사랑해주세요. 집시 여자들에게 필요한 것은 오직 그것뿐이에요. 공기와 사랑뿐이에요……."

그렇게 말하면서 그녀는 퓌부스의 목에 두 팔을 감고서 애원하듯 눈물로 가득 찬 아름다운 미소를 지으며 그를 찬찬히 바라보았다. 그녀의 부드러운 젖가슴은 장교복의 저고리와 딱딱한 장식들에 눌려 문질러지고 있었다. 벌거숭이가 된 그녀의 상체가 무릎 위에서 뒤틀리고 있었다. 중대장은 취한 듯 그 불타는 입술을 아름다운 아가씨의 어깨에 바싹 붙였다. 처녀는 고개를 뒤로 젖힌 채 허공을 멍하니 쳐다보며 그 입맞춤 아래에서 몸을 가늘게 떨었다.

그 순간, 난데없이 퓌부스의 머리 위로 그녀는 또 하나의 머리를 보았다. 그것은 창백하고 엄숙한 얼굴이었다. 그 얼굴 옆에는 비수를 든 손 하나가 있었다. 그것은 클로드의 얼굴과 손이었다. 그는 문을 부수고 뛰쳐나왔던 것이다. 푀부스는 그를 미처 발견하지 못하고 있었다. 처녀는 갑자기 나타난 그 존재를 보고도 얼어붙은 것처럼 꼼짝 못 하고 있었다. 마치 흰꼬리독수리가 눈을 크게 뜨고 비둘기집 안을 조용히 노리고 있을 때 머리를 들고 있는 비둘기 한 마리와도 같았다.

그녀는 소리조차 낼 수 없었다. 칼이 푀부스의 머리 위에서 아래로 내려갔다가 김을 뿜으며 다시 올라가는 것이 보였다.

"이런 제기랄!"

중대장은 이렇게 말하면서 바닥으로 쓰러졌다.

그녀도 정신을 잃었다.

눈이 감기고 모든 감각이 사라져갈 때 그녀는 자기 입술 위에 불처럼 뜨거운 것이 닿는 것을 느꼈다. 그것은 사형집행인의 달군 쇠보다도 더 뜨겁게 불타오르는 입맞춤이었다.

겨우 정신을 차렸을 때, 그녀는 야경 군인들에게 둘러싸여 있었다. 피투성이가 된 푀부스는 어디론가 옮겨졌고 신부도 이미 사라진 뒤였으며 장교의 소지품이라고 사람들이 짐작하는 망토 하나가 발견되었다. 그녀는 자신의 주위에서 사람들이 이렇게 떠드는 소리를 듣고 있었다.

"마녀가 중대장을 찔렀다!"

제 8 부

chapter 1

가랑잎으로 변한 금화

그랭구아르와 '기적의 소굴' 사람들은 모두들 근심에 싸여 있었다. 벌써 한 달 가까이 에스메랄다의 소식을 알 수 없었기 때문인데, 이집트 공작과 거지 친구들은 슬픔에 잠겼으며, 그랭구아르도 그녀와 염소의 행방을 알지 못해 전전긍긍하고 있었다. 어느 날 오후에 갑자기 자취를 감춘 집시 여자는 그 후로 아무런 소식도 없었다. 찾을 만한 곳은 다 뒤져보았으나 헛수고였다. 실의에 빠진 그랭구아르에게 짓궂은 놈들이 그날 저녁 생 미셸 다리 부근에서 에스메랄다가 어떤 장교와 함께 가는 것을 보았다고 말해주었으나 그는 귀담아듣지 않았다. 왜냐하면 보헤미안식 남편인 그랭구아르는 사람의 말을 곧이곧대로 믿지 않는 철학자일 뿐 아니라 자신의 아내가 얼마나 순결한 여자인지 누구보다도 잘 알고 있기 때문이었다. 그는 에스메랄다가 부적과 집시라는 두 가지 힘으로 얼마나 굳은 정절을 지켜왔는지 이해하고 있었다. 또, 제2의 힘에 대한 그 지조의 저항력을 수학적으로도 계산해두고 있었으므로 그는 아내에 대해 충분히 안심할 수 있었다.

그렇기 때문에 그는 더욱 그녀의 행방불명을 이해할 수 없어 괴로웠으며 점점 깊은 슬픔에 빠져들었다. 지금 그의 몸은 더 이상 여지가 없을 만큼 야위었으나 더 빠질 살이 남아 있다면 바로 그 슬픔 때문에 더욱 야위었을 것이다. 또한 그는 그로 인해 모든 것에 의욕과 열정을 잃어버렸으며 문학적 취미에 대한 열정까지도 식어버렸다. 돈이 마련되기만 하면 인쇄를 하려고 벼르고 있던 그의 대작인 '규칙적 및 불규칙적 문채론'까지도 방구석으로 밀려나 있었다. (그는 뱅들랭드 스피르의 저 유명한 활자로 인쇄된 위그 드 생빅토르[190]의 『디다스칼리콘(Didascalon)』을 보고 난 뒤부터 입버릇처럼 인쇄 이야기를 해왔다.)

어느 날, 서글픈 심정으로 형사재판소 앞을 지나던 그는 파리 재판소 문 앞에 사람들이 모여 웅성거리는 것을 보았다.

"무슨 일이 있습니까?"

그곳에서 막 나서는 청년에게 그가 물었다.

"몰라요…… 어떤 헌병 장교를 죽인 여자를 재판한다고 하는데, 그 사건에 마법이 관련되어 있다고 하고 주교와 종교재판소 판사가 그 사건에 관여하고 있어서 조자스의 부주교인 우리 형님도 이 일로 신경을 쓰고 있지요. 난 형님을 만날 일이 있는데 사람들 때문에 가까이 갈 수가 없네요…… 당장 돈이 필요한데……."

청년이 이렇게 대답했다.

"저런 안됐네요…… 나라도 돈을 빌려드리고 싶지만 바지에 구멍이 뚫려 있는 것이 금화 탓이 아니라서요."

그랭구아르가 안타까운 듯 말했다.

그는 자신도 그 청년의 형님이라는 부주교와 잘 아는 사이라고 차마 말할 수 없었다. 지난번 성당에서 옥식각신하다 헤어진 이후로 다시 찾아가지 않았기 때문에 알은체를 하기가 좀 쑥스러운 생각이 들었던 것이다.

이내 청년은 제 갈 길을 갔고 그랭구아르는 사람들에 섞여 대강당으로 통하는 계단을 오르기 시작했다. 기분이 울적할 때는 형사소송을 구경하는 것도 좋을 것이라고 생각했던 것이다. 어리석고 엉뚱한 재판관들이 하는 짓은 보는 이들을 즐겁게 해주었다. 사람들은 줄줄이 조용히 걸어갔다. 낡은 건물 내부의 배수구나 창자처럼 구불구불한 어둡고 긴 재판소 안 복도를 한참 걸어서 강당으로 통하는 낮은 문 앞에 도착했을 때 그는 사람들보다 큰 키 덕분에 그들의 머리 위로 실내를 둘러볼 수 있었다.

강당은 넓고 어둑어둑했다. 그래서 더욱 넓게 보이는 듯했다. 이미 해가 지기 시작한 시각이었다. 첨두홍예형의 긴 창문으로 푸르스름한 빛 한줄기가 흘러들 뿐이었는데 그 빛도 조각된 대들보에 커다란 격자가 되어 있는 둥근 천장까지 이르지 못하고 사라져버렸다. 천장에 있는 수많은 조각상들이 그늘 속에서 어수선하게 꿈틀거리는 것 같았다. 여기저기 널려 있는 책상 위에는 이미 촛불 여러 개가 밝혀져 서류 더미 속에 파묻힌 서기들의 머리를 비추고 있었다. 강당 쪽은 방청객들이 자리를 차지하였으며 좌우 양쪽 테이블에는 법복을 입은 사람들이 있고 앞쪽의 높은 자리에는 많은 재판관들이 앉아 있었다. 뒷줄의 재판관들의 자리에는 빛이 채 닿지 않아 어둠 속에 묻혀 있어서 그 얼굴들이 음산해 보이기까지 했다. 사방의 벽면은 나리꽃으로 장식되어 있고 재판관들의 머리 위쪽으로는 커다란 십자가상이 하나 걸려 있는 것이 희미하게 보였다. 그 외에도 곳곳에 늘어서 있는 창과 미늘창이 촛불 속에 번득이고 있었다.

"말씀 좀 여쭙겠습니다, 저기 고위 성직자들처럼 늘어앉은 양반들은 어떤 분들이십니까?"

그랭구아르가 옆 사람에게 물었다.

"오른쪽은 고등법원 판사들이고, 왼쪽은 심문관들이고 검은 법복을 입은 사람들은 공증인, 붉은 법복은 변호사들일 거요."

그의 질문을 받은 사람이 친절하게 대꾸했다.

"그래요? 저기 그 사람들 위쪽으로 땀을 흘리고 앉아 있는 저 얼굴이 붉은 뚱뚱한 사람은 뭐 하는 사람입니까?"

그랭구아르가 다시 물었다.

"그 사람은 재판장이오."

"그 뒤에 있는 저 양들은요?"

그랭구아르는 계속 그런 식으로 질문했는데, 이미 말했듯이 그는 법관을 좋아하지 않았다. 그것은 자신의 연극이 실패한 이후로 줄곧 파리 재판소에 대하여 품게 된 원한 때문인 듯했다.

"왕실의 사문관들이오."

"그럼 저 앞에 있는 멧돼지는?"

"고등재판소 서기요."

"저 오른쪽, 악어 같은 자는?"

"국왕 특별 변호사인 필리프 릴리에 선생이라오."

"그 왼쪽에 앉은 뚱뚱보 검은 고양이는요?"

"종교재판소 국왕 검사 자크 샤르몰뤼 선생인데, 종교재판소의 관리들과 함께 왔습디다."

"그런데 저 높으신 양반들이 죄다 여기 모여서 뭘 하는 겁니까?"

"재판을 하는 거지요."

"누굴요? 아무도 안 보이는데……."

"피고인은 여자라는데…… 저 앞에 있어요. 우리 쪽으로는 등을 돌리고 있고 사람들 때문에 가려서 보이질 않는 것이에요. 저것 봐요, 저기 미늘창이 늘어서 있는 곳에 그 여자가 있어요!"

"그 여자는 어떤 사람인가요? 이름을 아세요?"

그랭구아르가 물었다.

"글쎄요, 잘 모릅니다. 나도 방금 왔어요. 종교재판소 판사가 나온 걸 보면 마법과 관련된 사건이 아닌가 생각할 뿐이에요. 지켜봐야죠."

"옳거니! 이제 저 근엄하게 법복을 차려입으신 양반들이 힘없는 인간을 잡아먹는 기막힌 구경을 할 수 있단 말씀이군요! 이보다 더 좋은 볼거리는 없으니까!"

우리의 철학자가 이죽거렸다.

"저것 봐요, 자크 샤르몰뤼 선생은 인상이 매우 온화해 보이지 않습니까?"

옆의 사내가 지적했다.

"흥! 천만에요, 나는 코가 삐죽하고 입술이 얄팍한 사람의 온화한 모습 따위는 믿지 않습니다."

그때 그들 주위에 있던 사람이 이제 그만 조용히 하라고 주의를 주었다. 중요한 진술이 시작되었던 것이다.

"여러 높으신 분들."

재판정 한복판에 웬 노파가 서서 이렇게 이야기하고 있었는데 얼굴이 누더기 옷에 가려져 있어서 마치 한 무더기의 누더기가 말을 하는 것 같았다.

"여러 높으신 분들께 있는 그대로 말씀드리겠습니다…… 제가 팔루르델임이 틀림없는 사실이듯이 이 일 역시 하나도 틀림없는 사실 그대로입니다 …… 저는 40년 전부터 생 미셸 다리 근처에 살면서 세금도 꼬박꼬박 내고 있습니다. 저희 집은 강 상류 쪽의 염색업자 타생카야르의 맞은편입니다. 저도 지금은 이렇게 한심하게 늙어 꼬부라진 할망구가 다 되었지만, 예전에는 저에게도 한창 꽃다운 시절이 있었습니다. 어르신! 얼마 전부터 사람들이 제게 이런 말을 하더군요. '팔루르델, 밤중에는 물레 좀 작작 돌려요. 악마란 놈은 할멈의 물렛대에서 뿔로 빗질하기를 좋아하니까요. 도사 귀신이 작년에는 탕플 쪽에 있었지만 지금은 시테 안에서 얼쩡거리는 게 분명해요. 팔루르델, 악마가 할멈의 집 대문을 두드릴지도 모르니 조심하세요.' 그런데 어느 날 저녁이었어요. 정말로 제가 물레질을 하고 있는데 누가 문을 두드렸어요. 제가 누구냐고 묻자 밖에서 마구 욕설을 늘어놓더군요. 저는 너무 놀라서 문을 열고 보니 두 남자가 서 있었어요. 한 사람은 검은 망토와 번쩍이는 눈동자만 보였고 다른 한 사람은 늠름한 장교였지요. 그들이 이렇게 말했어요. '생트 마르트의 방을 주시오.' 그건 위층에 있는 방을 달라는 뜻이지요. 그 방은 제 집에서 가장 깨끗한 방이지요…… 그러면서 대가로 에퀴 금화 한 닢을 주었어요. 저는 그걸 서랍 속에 잘 넣어두었어요. 그 돈으로 다음 날 글로리에트 도살장에서 국거리 내장을 살 생각이었어요. 저는 그분들을 모시고 위층으로 올라갔어요. 그런데 위에서 제가 눈 깜짝할 사이에 그 망토를 입은 사람은 어디론가 사라져버렸어요. 전 좀 놀랐지만 모른 체하고 장교와 함께 다시 아래로 내려왔어요. 장교는 곧 집 밖으로 나갔다가 얼마 후 예쁜 처녀를 하나 데리고 돌아왔어요. 모자만 갖춰 썼더라면 여자는 태양처럼 빛나는 인형 같았을 거예요. 그 여자는 염소도 한 마리 데리고 왔어요. 커다란 염소였는데 흰색이었는지 검은색이었는지는 생각나지 않아요. 그때 이런 생각을 했어요. 여자를 데려오는 건 상관없지만 웬 염소 새끼를 다 끌고 들어오는 건가…… 사실 전 그런 짐승은 싫어요. 뿔이며 수염이며…… 꼭 사람 같아서 말이죠. 게다가 토요일 밤에 열린다는 마녀들의 야회가 생각나서 기분이 나빠요. 어쨌거나 저는 아무 말도 하지 않았습니다. 돈을 받았으니까요. 그렇죠, 어르신들? 저는 여자와 장교를 위층으로 보낸 뒤 다시 물레질을 했지요. 저희 집은 1, 2층으로 되어 있어요. 다리 위에 있는 집들과 마찬가지지요. 우리 집도 뒤쪽은 강이어서 1층의 창과 2층의 창은 강 쪽으로 나 있어요. 아무튼 저는 계속 물레질을 했지요. 그런데 제가 왜 염소를 보고 도사 귀신이 자꾸 생각났는지는 모르겠어요. 게다가 그 예쁜 처녀도 좀 야한 복장을 하고 있었어요. 얼마 있다가 갑자기 큰 소리가 나고 뭔가 바닥에 떨어지고 우당탕…… 창문이 열리는 소리가 들렸어요. 그 창 아래 있는 제 방 창문으로 가보니 무언가 시커먼 물체가 2층 창에서 물속으로 떨어지는 게 보였어요. 그건 틀림없는 신부 옷을 입은 유령이었어요. 달이 밝아서 모두 보았지요. 그것이 시테 쪽으로 헤엄쳐 갔어요. 저는 덜덜 떨

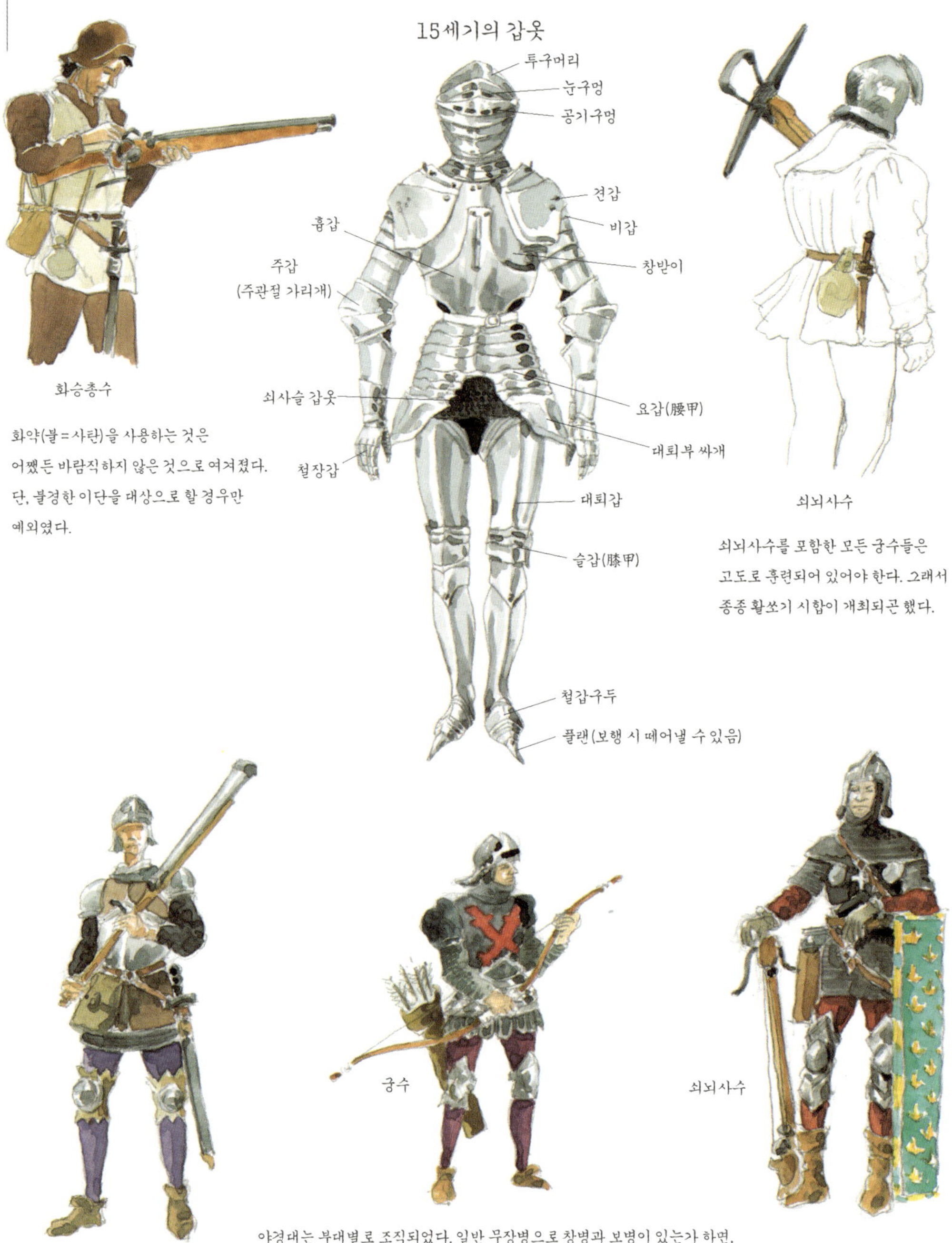

화약(불＝사탄)을 사용하는 것은
어쨌든 바람직하지 않은 것으로 여겨졌다.
단, 불경한 이단을 대상으로 할 경우만
예외였다.

쇠뇌사수를 포함한 모든 궁수들은
고도로 훈련되어 있어야 한다. 그래서
종종 활쏘기 시합이 개최되곤 했다.

야경대는 부대별로 조직되었다. 일반 무장병으로 창병과 보병이 있는가 하면,
장모수, 궁수, 쇠뇌사수 등의 사수들이 있었다.

면서 야경대원을 불렀어요. 열두 명 정도가 들어왔는데, 처음엔 별일 아닌 줄 알고 그들이 제게 큰 소리를 치고 위협했어요. 그래서 제가 설명을 했지요. 그리고 우리가 모두 위층으로 올라갔을 때, 그 장교는 목에 칼이 꽂혀 죽어 있고 여자는 죽은 듯이 늘어져 있더군요. 그 옆에서 염소도 놀라서 발발 떨고 있었지요. '세상에, 바닥 청소를 하려면 보름은 걸리겠구나. 큰일 났네…….' 이런 생각을 할 때 야경대원들이 죽은 장교를 옮겨 나갔어요. 그렇게 죽다니 참 안됐어요. 그리고 참, 여자는 옷을 제대로 입지 않은 상태였어요. 아, 잠깐만요 어르신, 무엇보다도 어이가 없는 일은 내 금화를 훔쳐간 거예요! 다음 날 국거리를 사러 가려고 서랍을 열어보니 그 자리에 달랑 가랑잎 하나가 들어 있더라고요!"

노파는 이야기를 끝내고 입을 다물었다. 사람들 속에서 공포감 어린 웅성거림이 일어났다.

"그…… 유령이며 염소며…… 아무래도 마귀의 짓이 아닐까요?"

그랭구아르의 옆 사내가 말했다.

"그 가랑잎도 말이오!"

다른 사내도 덧붙였다.

"그건 의심의 여지가 없네요! 장교들을 해치우기 위해서 마녀가 도사 귀신과 한패가 된 거야."

세 번째 남자도 맞장구를 쳤다.

그랭구아르 자신도 그런 이야기를 들으니 끔찍스러우면서도 있음직한 일이라고 생각하지 않을 수 없었다.

"팔루르델, 더 할 이야기는 없소?"

재판장이 위엄 있게 말했다.

"없습니다, 재판장님. 단 저의 집에 대해서 삐뚤어지고 썩은 내가 진동하는 다 쓰러져가는 집이라고 한 표현에 대해서는 삼가주십시오. 높으신 분들이 보시기에는 그렇게 보일지 몰라도 제게는 아늑한 보금자리입니다. 또한 다리 위의 집들은 다 그런 정도입니다. 모두 서민들이니까요. 그리고 푸줏간 주인들은 꽤 부자이면서도 한동네에 삽니다. 어여쁜 여인들과 결혼해서 잘살고 있지요."

노파가 이렇게 덧붙였다.

그때 그랭구아르에게 악어 같은 인상을 주었던 법관이 일어섰다.

"조용히 하시오! 여러분, 피고인 옆에서 칼이 발견되었다는 점을 잊지 마십시오. 팔루르델, 당신은 악마에게 받았으나 가랑잎으로 변해버렸다는 금화를 가져왔소?"

"예, 바로 이겁니다."

서기가 가랑잎을 노파에게 받아 악어에게 전달하자 악어는 심각한 얼굴로 고개를 끄덕이고는 재판장에게 넘겨주었다. 재판장은 다시 그것을 종교재판소 국왕 검사에게 건네고 하여 그 가랑잎은 사람들 손을 타고 법정을 한바퀴 돌았다.

"음…… 이것은 자작나무 이파리인데?"

자크 샤르몰뤼가 말했다. 마술의 새로운 증거인 셈이었다.

그때 판사 하나가 질문했다.

"증인, 당신은 장교와 검은 옷 입은 남자가 함께 위층으로 올라갔다고 했지요. 처음에는 검은 옷을 입은 자가 갑자기 사라졌다고 했고, 나중에는 신부 옷을 입은 사람이 센 강을 헤엄쳐 갔다고 했소. 당신에게 돈을 준 사람은 누구요?"

노파는 한참 동안 생각하다가 대답했다.

"장교였습니다."

대답이 끝나자 사람들 사이에서 웅성거림이 일어났다.

'아니 그렇다면, 이야기가 좀 달라지는데…….'

그랭구아르는 생각했다.

그때 국왕 특별 변호사 필리프 룈리에가 끼어들었다.

"판사 여러분께서도 기억하시겠지만 그 장교가 병상에서 진술한 바에 의하면, 그는 비록 기억이 희미하기는 하나 검은 옷을 입은 사나이가 장교에게 다가와서 저 피고 여인을 소개해달라고 하면서 어서 그 여자를 만나러 가라고 재촉했으며 장교가 돈이 없다고 하자 그가 바로 그 금화를 주면서 비용으로 쓰라고 했다고 합니다. 그 돈으로 장교는 증인 팔루르델에게 방값을 치른 것이지요. 그러므로 그 금화는 틀림없이 지옥의 화폐라고 단언합니다."

이런 결정적인 의견은 그랭구아르를 비롯한 수많은 방청객들의 의혹을 풀어주는 듯했다.

"여러분 앞에 놓인 서류를 보시고 퀴부스 드 샤토페르의 진술을 참고하시면 되겠습니다."

국왕 변호사는 덧붙이고는 자리에 앉았다.

그 이름이 들려오자 피고인은 자리에서 일어섰다. 그녀의 머리가 불쑥 치솟듯이 올라왔다. 그랭구아르는 그녀가 바로 에스메랄다임을 알아보고는 깜짝 놀랐다.

그녀의 얼굴은 창백했고 예전에는 사랑스럽게 땋아 금화 장식을 덧붙였던 머리는 완전히 흐트러져 있었으며 입술은 파랗게 질린 채, 겁에 질린 두 눈은 움푹 들어가 있었다. 세상에 이럴 수가!

"퀴부스…… 그분은 어디 계시나요? 판사님들 저를 죽이기 전에 그분이 아직 살아 있는지 아닌지만이라도 알려주세요, 제발 부탁이에요!"

집시 처녀는 완전히 넋을 잃은 듯 중얼거렸다.

"입 다물어라! 그런 것은 우리가 상관할 바 아니다."

재판장이 딱딱하게 말했다.

"제발 저를 불쌍히 여기시어 그분이 살아 계신지만이라도 알려주세요!"

여자는 야위어 앙상해진 손을 맞잡으며 기도하듯 말을 이었는데 가냘픈 몸이 움직일 때마다 묶여 있는 쇠사슬이 떨리는 소리가 이어졌다.

"그래? 그는 죽어가고 있다, 만족하는가?"

국왕 변호사가 냉정하게 말했다.

그러자 여자는 말없이, 눈물도 흘리지 않고 밀랍처럼 얼굴이 하얘져서 그 자리에 풀썩 주저앉아버렸다. 재판장은 아래쪽에 서 있던 남자 쪽으로 몸을 돌렸다. 그는 금빛 모자를 쓰고 검은 법복을 입고 있었는데 목에는 쇠사슬을 걸고 손에는 채찍을 들고 있었다.

"안내인, 두 번째 피고를 데려오시오."

재판정 내의 모든 사람들의 눈이 작은 문으로 향했다. 이내 문이 열리고 뿔과 금빛 발을 가진 예쁜 염소 한 마리가 들어왔다. 염소를 보자 그랭구아르의 가슴은 걷잡을 수 없이 뛰기 시작했다. 예쁜 염소는 잠시 문 앞에 서서 목을 쭉 뺐는데, 그 모양이 바위 끝에 서서 넓은 수평선을 내려다보는 것처럼 보였다. 염소는 집시 처녀를 발견하고는 갑자기 책상과 서기의 머리를 뛰어넘어 자기 주인의 무릎 위로 한달음에 달려갔다. 그러고는 제 주인의 발밑에서 귀엽게 뒹굴며 말을 걸어주기를, 머리를 쓰다듬어주기를 기대하였다. 그러나 그녀는 꼼짝 않고 있을 뿐, 가엾게도 잘리를 거들떠보지도 않았다.

"아…… 저게 그 흉측한 짐승이에요! 저 여자와 염소 모두 분명히 알아볼 수 있어요. 틀림없어요!"

팔루르델이 말했다.

그때 자크 샤르몰뤼가 말했다.

"여러분이 좋으시다면 염소를 심문하겠습니다."

염소는 두 번째 피고인이었다. 당시에는 동물에 대해서 제기된 마술 공판보다 더 간단한 것은 없었다. 그중에서도 특히 1466년의 ‘재판보고서’에는 ‘코르베유에서 그들의 죄과에 대하여 집행된’, 질레술라르와 그의 돼지의 소송 비용에 관한 희귀한 세목이 있다. 거기에는 모든 것이 들어 있으니, 곧 돼지를 파묻기 위한 구덩이 비용, 모르상 항구에서 훔친 100다발의 나뭇단, 3파인트의 포도주와 빵, 사형집행인과 의좋게 나누어 먹은 사형수의 마지막 식대 등에서부터 일당 파리 주화 8드니에로 쳐서 11일 분의 돼지 관리비와 먹이 비용에 이르기까지. 때로는 짐승 이상의 것에까지 미치는 수도 있었다. 샤를마뉴와 루이 르 데보네르의 법령집은 감히 공중에 나타난 도깨비불에 중형을 내린 기록도 있다.

그때, 종교재판소 검사가 소리쳤다.

“만약 이 염소에 달라붙어 마귀 추방을 가로막으려는 마귀가 언제까지라도 그 마법을 멈추지 않는 한. 그리고 또 이 법정을 혼란하게 하려는 한, 우리는 이 마귀를 교수대나 화형장에 끌고 가지 않으면 안 된다는 것을 여기서 말씀드리는 바입니다.”

그랭구아르는 식은땀을 흘렸다. 샤르몰뤼는 책상 위에서 집시 처녀의 탬버린을 들고 어떤 몸짓을 염소에게 보이며 물었다.

“지금이 몇 시니?”

영리한 염소는 그것을 잠시 바라보더니 금빛 발을 들어 바닥을 일곱 번 찍었다. 정확히 일곱 시였다. 사람들은 그 순간 공포에 사로잡혀 웅성거렸다.

그랭구아르는 더 이상 가만히 있을 수 없다고 생각했다.

“염소가 뭘 압니까? 자기가 지금 뭘 하는지도 모르고 있다고요!”

그는 큰 소리로 외쳤다.

“구석에 있는 사람들 조용히 하시오!”

안내인이 호통치듯 말했다.

자크 샤르몰뤼는 다시 탬버린을 두드리며 염소에게 날짜를 묻거나 몇 월인지를 묻고 그 밖의 여러 가지 재주를 시켜보았다. 만약, 그런 공연이 네거리 광장이었다면 잘리의 그 영리한 재주에 사람들은 엄청난 박수를 보냈을 것이다. 하지만 같은 구경꾼이라도 법정의 관객으로 앉아 있는 이들에게는 공포심을 안겨주었다. 그러니 그들이 보기에 염소는 틀림없는 악마였던 것이다.

게다가 더 불리한 것은, 국왕 검사가 잘리의 목에 걸린 문자 카드 주머니를 풀어 바닥에 늘어놓았을 때였다. 어지럽게 널린 문자 카드를 보자 염소는 발끝으로 '푀부스'라는 이름을 만들어낸 것이다. 장교가 마법의 희생양이 된 결정적 증거가 눈앞에 나타난 것이다. 모든 사람들의 눈에 그렇게 아리땁고 매혹적이던 집시 여자는 이제 한낱 무서운 마녀로 돌변했다.

그녀는 완전히 사색이 되어 있었다. 잘리의 귀여운 재주도, 법관들의 위협도, 사람들의 웅성거림도 더 이상 그녀에게는 들리지 않는 듯했다.

그녀의 정신을 차리게 하기 위해 집행계가 사정없이 그녀를 잡고 흔들어 일깨우거나 재판장이 엄숙하게 소리를 높여야만 했다.

"젊은 처녀야! 너는 주문을 외우고 마법을 펼치는 집시족이다. 너는 지난 3월 29일 밤에 일어난 사건에서 주문과 의식을 통해 악마들과 함께 친위 헌병대 중대장 푀부스 샤토페르를 단도로 찔러 살해하려 했다. 그래도 계속 부인할 셈인가?"

"어머나, 세상에!"

여자는 두 손으로 얼굴을 가리며 외쳤다.

"오, 나의 푀부스! 이건 꿈이에요…… 지옥일 거예요!"

"계속 부인할 건가?"

재판장이 다시 차갑게 물었다.

"부인합니다!"

그녀는 무서운 어조로 말하면서 자리에서 일어섰다. 눈에는 불이 번쩍였다.

재판장은 퉁명스레 계속 말했다.

"그럼 너는 무슨 일로 이곳에 와 있다고 생각하는가?"

그녀는 이제 더듬더듬 말했다.

"저는 아무것도 모릅니다. 그분을 찌른 건 어떤 신부였어요. 저는 모르는 사람이지만, 저를 뒤쫓는 악마 같은 신부라고요!"

"바로 그거야! 도사 귀신!"

판사가 말했다.

"재판장님, 제 말을 믿어주세요. 저는 가엾은 떠돌이 계집일 뿐이에요."

"집시 계집이지!"

판사가 말했다.

그러자 자크 샤르몰뤼가 부드러운 표정으로 말했다.

"피고인이 끝까지 부인하므로 엄중히 심문할 것을 요구합니다."

"좋소!"

재판장이 말했다.

불쌍한 처녀는 온몸을 달달 떨었다. 그러면서도 창을 든 관리들의 명령에 따라 일어나서 샤르몰뤼와 종교재판소 신부들의 뒤를 따라 두 줄로 늘어선 미늘창 사이로 중간 문을 향해 또박또박 걸어 나갔다. 그 문은 갑자기 열렸다가 다시 닫혀버려서 슬픈 그랭구아르에게는 그 문이 그녀를 집어삼켜버린 끔찍한 아가리같이 생각되었다.

그녀가 사라지자 염소는 구슬피 울기 시작했다.

재판은 휴정에 들어갔다.

어느 재판관이 여러분 모두 피곤하겠지만 고문이 끝날 때까지 기다리려면 무척 지루할 것이라고 말했다. 그러자 재판장은, 법관이란 자기 의무를 위해 스스로 희생할 줄도 알아야 한다고 대답했다.

"젠장, 아직 저녁밥도 안 먹었는데…… 재수 없게 저런 악질적인 계집을 고문해야 하다니!"

어느 늙은 판사가 투덜거렸다.

chapter 2

'가랑잎으로 변한 금화' 이후에 벌어진 일들

에스메랄다는 음산한 간수들에 에워싸인 채, 대낮에도 등불을 밝혀놓아야 할 만큼 어두컴컴한 복도와 계단을 몇 번씩 오르내린 뒤, 재판소 경관들에게 떠밀리다시피 음침한 방으로 들어갔다. 동굴과도 같은 그 방은 창문 하나 없이 커다란 철문 외에는 아무것도 없었으며, 현대식 건물들이 낡은 파리 시내를 뒤덮으며 새로운 파리를 형성해가고 있는 시점에서 여전히 저 커다란 탑들 중 하나의 맨 아래를 차지하고 있었다. 창이 없다고는 하나 벽 속에 붙어 있는 가마에서 불이 활활 타고 있었다. 가마에서 나오는 빛이 그 방 안을 훤하게 비추어 한쪽 구석에 켜놓은 한 자루의 촛불 따위는 있으나 마나 한 것이었다. 올렸다 내렸다 하며 가마를 여닫는 쇠살문은 이때 올라가 있었으므로 검은 벽 위에 타는 듯한 환기창으로 들여다보아도 창살의 한쪽 끝밖에는 보이지 않았다. 그 모양은 마치 날카롭고 듬성듬성한 검은 이가 한 줄로 박혀 있는 것 같았다. 그래서 이 가마는 마치 전설에 나오는 불을 내뿜는 용의 아가리처럼 보였다. 가마에서 나오는 불빛 덕분에 처녀 죄수는 방 안에 여기저기 널려 있는 갖가지 무시무시한 도구들을 죄다 볼 수 있었다. 방 안에는 가죽 침대가 놓여 있었는데 그 위에는 궁륭의 종석에 새겨놓은 들창코 괴물이 물고 있는 구리 고리에 비끄러맨, 버클 달린 가죽 끈 하나가 던져져 있었다. 또 집게며 노루발이며 널찍널찍한 보습들이 가마 안에 들어차서 시뻘건 불길에 벌겋게 달구어져 있었다. 핏빛과도 같은 가마의 불빛은 방 안의 끔찍한 도구들을 더욱 생생하게 비추었다.

그 지옥 같은 방은 다만 '심문실'로만 불렸다.

침대 위에는 고문관 피에라 토르트뤼가 제멋대로 걸터앉아 있었다. 네모난 얼굴을 한 난쟁이 같은 부하 둘이 가죽으로 만든 앞치마를 입고 사람을 매달 때 쓰는 삼밧줄을 어깨에 메고는 뜨거운 불 속에서 쇠붙이를 뒤적이고 있었다.

가련한 처녀는 기운을 내려고 애를 써보았으나 별 소용이 없었다. 그 방에 들어서는 순간 그녀는 더럭 겁이 났고 아무것도 생각할 수 없었다.

방 한쪽에 재판소 법관들이 늘어섰고 다른 한쪽으로는 종교재판소 성직자들이 늘어섰다. 서기 한 명과 문구 상자, 책상 하나는 한쪽 구석에 자리 잡았다. 자크 샤르몰뤼는 상냥하게 미소 지으며 집시 처녀에게 다가갔다.

"귀여운 아가씨야, 아직도 모른다고 할 테냐?"

그가 말했다.

"네……."

그녀는 꺼져 들어가는 목소리로 대답했다.

"그렇다면 우리들도 즐겁지는 않지만, 더욱 엄중하게 심문을 할 수밖에. 이 침대에 앉으시지? 피에라 고문관, 아가씨에게 자리를 내주고 거기 문을 닫으시오."

피에라는 투덜거리며 일어섰다.

"문을 닫으면 불이 꺼질 겁니다."

"그렇다면 열어놓든지."

샤르몰뤼가 다시 말했다.

심문 준비가 이루어지는 동안 그녀는 그대로 서 있었다. 그 가죽 침대에서 수많은 불쌍한 사람들이 몸을 비틀며 괴로워했을 것을 생각하니 그녀는 공포감으로 등골이 오싹해졌다. 겁에 질린 채 그녀는 멍하니 서 있었다. 마침내 샤르몰뤼의 신호에 따라 두 부하가 그녀를 붙잡아 침대 위에 올렸다. 그들이 그녀를 아프게 하지는 않았으나 그들의 손길이 그녀의 몸에 닿거나 가죽 침대에 그녀의 몸이 닿을 때는 온몸의 피가 거꾸로 흐르는 것만 같았다. 겁에 질린 눈으로 그녀는 방 안을 둘러보았다. 끔찍한 고문 도구들이 갖가지 연장들과 뒤섞여 마치 벌레와 새들 사이에 있는 박쥐와 다족류와 거미들처럼 그녀의 몸 위로 기어올라 물고 뜯기 위해 자신을 향해 몰려오는 것 같았다.

"의사는 어디 있지?"

샤르몰뤼가 물었다.

"여깁니다."

그때까지 그녀의 눈에 띄지 않았던 검은 옷의 사나이가 대답했다.

집시 처녀는 발발 떨었다.

"아가씨!"

종교재판소 검사가 말을 이었다.

"세 번째로 묻는데, 당신이 기소당한 사실을 계속 부인하는가?"

그녀는 이제 고개만 끄덕일 뿐 목소리도 나오지 않았다.

"계속 부인한다고? 그렇다면 어쩔 수 없지. 나는 내 임무를 다할 책임이 있다."

"국왕 검사님, 어디서부터 시작할까요?"

피에라가 갑자기 샤르몰뤼에게 물었다.

샤르몰뤼는 하나의 운(韻)을 찾는 시인처럼 애매하게 얼굴을 찌푸리고 한참을 망설이다가 "먼저 족쇄부터 하지"라고 말했다.

이 불행한 처녀는 신으로부터, 그리고 인간으로부터 완전히 버림받았다고 단념했는지, 움직일 힘도 없는 물체처럼 머리를 가슴에 떨구고 말았다.

고문관과 의사가 동시에 그녀에게 다가갔다. 그와 함께 두 부하가 무서운 도구들을 뒤지기 시작했다.

무시무시한 쇠붙이들이 부딪치는 소리만으로도 그녀는 전기에 감전된 개구리처럼 몸을 떨었다.

"오, 나의 푀부스!"

그녀는 아무에게도 들리지 않는 아주 작은 소리로 중얼거린 뒤 또다시 얼어붙은 듯 까딱도 하지 않았다. 이러한 광경을 재판관 이외의 사람이 보았다면 누구나 가슴이 터지는 느낌을 받았을 것이다. 이 가련한 영혼은 마치 지옥의 붉은 문 밑에서 사탄에게 심문을 받고 있는 것 같았다. 무서운 톱니며 바퀴며 목마의 고문 도구들이 이제 곧 가서 달라붙으려 하는 가련한 육체, 가혹한 망나니와 집게의 손이 이제 곧 다루려는 인간, 그것은 바로 그 부드럽고 희고 연약한 여인이었던 것이다. 인간의 손으로 이루어지는 이 재판이라는 것이 고문이라는 무서운 맷돌을 이용해 가루로 만들려 하는 것은 가련한 좁쌀 한 알인 것이다!

그사이, 피에라 토르트뤼의 부하들은 투박한 그 손으로 그녀의 아름다운 다리를 발가벗겨놓았다. 파리 네거리에서 아름다움과 매력으로 수많은 사람들의 눈길을 사로잡았던 바로 그 다리를 말이다.

"참으로 안타깝구나!"

고문관은 그녀의 곱고 아리따운 다리의 곡선을 바라보며 중얼거렸다.

"만약에 부주교님이 계셨더라면 틀림없이 이 순간 그 거미와 파리의 상징을 회상하셨을 텐데……."

이내 가련한 처녀는 어슴푸레한 눈앞에서 족쇄가 점점 다가오는 것을 보았다. 이윽고 그녀의 발이 쇠를 붙인 널빤지 사이에 끼여 그 무시무시한 기계 사이로 사라지는 것을 보았다. 공포가 극에 달하자 그녀는 오히려 있는 힘껏 외쳤다.

"제발 풀어주세요!"

그녀는 머리털이 헝클어진 채 벌떡 일어서며 다시 외쳤다.

"제발 풀어주세요, 제발!"

그녀는 국왕 검사의 발아래 몸을 던지려 했으나 무거운 쇠사슬과 철구에 끼여 있어서 총알 맞은 벌보다 더 지쳐 쓰러져버렸다.

샤르몰뤼의 신호가 떨어지자 여자는 다시 침대 위에 앉혀지고 둥근 천장에서 늘어뜨린 가죽끈으로 허리가 묶였다.

"이제 마지막이다. 사실대로 자백하겠느냐?"

샤르몰뤼는 여전히 태연하고 관대한 표정으로 물었다.

"저는 죄가 없습니다."

"그렇다면, 네가 고발된 이유는 무엇이라고 생각하느냐?"

"저는 정말 아무것도 모릅니다."

"끝까지 혐의를 부인하는 것이냐?"

"네, 부인합니다!"

"좋아, 시작해라!"

샤르몰뤼가 피에라에게 말했다.

피에라가 기중기의 손잡이를 돌리자 족쇄는 점점 조여들기 시작했다. 가엾은 아가씨는 인간의 어떤 언어로도 옮겨 적을 수 없는 끔찍한 고함을 질러대기 시작했다.

"중지하라."

샤르몰뤼가 피에라에게 다시 말했다.

그리고 집시 처녀를 향해 물었다.

"인정하는가?"

"인정합니다, 모두요. 제발 용서해주세요."

가여운 처녀는 고통스럽게 외쳤다.

그녀는 심문에 직면했을 때, 자신의 힘을 계산하지 않았던 것이다. 지금까지의 생활이 그렇게도 즐겁고 감미롭고 유쾌했건만, 소녀는 결국 난생처음으로 당하는 고통에 꼼짝없이 굴복하고 만 것이다.

"나도 인간이라 해두는 말인데, 모든 것을 인정하면 너는 죽음을 면치 못할 것이다."

국왕 검사가 말했다.

"차라리 그게 낫겠어요."

그녀가 말했다.

그러면서 죽어가는 사람처럼 허리가 꺾여 가슴에 고리로 매어놓은 가죽끈에 매달린 채 가죽 침대 위로 다시 널브러졌다.

"이봐 아가씨, 기운을 내라고. 너는 부르고뉴 전하의 목에 걸린 황금 양털 목걸이[191] 같구나!"

피에라가 그녀를 일으켜 세우며 말했다.

"서기, 필기 준비! 이봐 집시 처녀, 너는 여러 가지 원귀나 마녀, 흡혈귀와 더불어 지옥의 애찬이나 향연, 마술에 참석한 것을 시인하는가? 대답하라."

자크 샤르몰뤼가 소리 질렀다.

"네."

그녀는 힘없이 대답했는데 그 소리가 너무 작아서 그녀의 숨소리에 묻혀 사라졌다.

"너는 베엘제불이 야연을 벌이기 위해 구름 속에 출현케 하는 숫양을, 마술사의 눈에만 보이는 그 숫양을 보았음을 시인하는가?"

"네."

"너는 성전 기사단원들의 저 가증할 우상인 바포메트[192]의 머리들에 예배했음을 자백하는가?"

"네."

"이 공판에 연루된 저 염소의 탈을 쓴 악마와 사귀었다고 자백하는가?"

"네."

"끝으로, 너는 지난 3월 29일 밤에, 흔히 도사 귀신이라고 불리는 유령의 도움으로 퓌부스 드 샤토페르라는 자를 칼로 찔러 죽이려 하였음을 자백하는가?"

그녀는 크고 둥근 눈을 들어 검사를 조용히 바라보았다. 몸을 떨지도 않고 그저 기계적으로 '네'라고만 대답했다. 그녀는 이미 완전히 지쳐버린 것이었다.

"기록하시오, 서기."

샤르몰뤼가 말했다.

그리고 고문하던 사람들을 향해 지시했다.

"죄수를 풀어 법정으로 데리고 가라."

그녀의 발에서 족쇄가 풀리자 종교재판소 검사는 고통으로 여전히 마비되어 있는 그녀의 발을 살펴보며 말했다.

"자, 가자! 너는 아주 적당한 순간에 자백을 했다. 아직 그 발로 춤도 출 수 있겠다, 예쁜아!"

그러고는 종교재판소의 사제들을 돌아보며 말했다.

"마침내 정의가 밝혀졌소. 이 아가씨는 우리가 최대한 자신을 관대하게 다루었다고 증언할 것이오."

chapter 3

가랑잎으로 변한 금화의 결말

그녀가 창백한 얼굴로 절름거리며 법정으로 돌아오자 방청석에서 기다리던 사람들은 일제히 반가움으로 술렁거렸다. 그녀의 재등장은 방청객들에게는 극장에서 막간극이 끝나고 다시 막이 올라 연극의 피날레가 시작되려고 하는 순간과 같은 느낌을 주었으며, 판사들에게는 이제 곧 저녁 식사를 먹을 수 있다는 기대를 갖게 하는 것이었다. 귀여운 새끼 염소도 그녀를 보고 기쁨에 찬 울음을 울었다. 염소는 주인에게 달려가고 싶어 했으나 의자에 묶여 있는 신세라 그럴 수 없었다.

이제 아주 밤이 깊었다. 그러나 실내를 비추는 촛불의 숫자는 더 늘지 않아서 전체적으로 희미하고 어둑어둑하고 벽도 잘 보이지 않았다. 모든 것이 어둠의 안개 속에 싸여 있었다. 재판관들의 굳은 얼굴들만이 희미한 불빛 속에서 그 음영이 더욱 두드러지게 드러나 보일 뿐이었다. 그들과 마주 보이는 기다란 법정의 구석 쪽 깊은 어둠 속에 희미한 점처럼 보이는 집시 처녀가 있었다.

그녀는 원래의 자리로 끌려갔다. 샤르몰뤼도 자기 자리에 가서 앉았다가 다시 일어나 자신의 공을 드러내지 않으려 애쓰는 표정으로 말했다.

"피고가 자신의 죄를 모두 인정했습니다."

"집시 처녀!"

재판장이 그녀를 불렀다.

"그대는 자신의 마법과 매춘 행위와 푀부스 드 샤토페르 살해 기도에 관한 사실을 모두 인정하는가?"

재판장의 물음에 그녀는 가슴이 찢어지는 듯한 고통을 느꼈다. 어둠 속에서 그녀의 흐느낌이 들려왔다.

"원하시는 대로 하십시오. 제발 빨리 죽여주십시오!"

"종교재판소 국왕 검사님! 법정은 검사님의 논고를 듣기로 하겠습니다."

재판장이 샤르몰뤼에게 말했다.

샤르몰뤼는 두꺼운 서류 다발을 펼쳐들고 과장된 몸짓을 해가며 라틴어로 된 연설문을 읽기 시작했다. 연설문에는 모든 공소 사실의 증거가 그가 좋아하는 희극시인 플라우투스에서 따온 인용문을 곁들인 키케로식의 완곡한 표현법으로 꾸며져 있었다. 그 멋진 작품을 여러분에게 보여주지 못하는 것을 매우 유감스럽게 생각한다. 몸짓과 화법도 화려한 우리의 변사는 그것을 멋들어지게 낭독하고 있었다. 아직 서두를 다 끝내기도 전에 벌써 그의 이마에서는 땀이 비 오듯 흐르고 눈동자도 튀어나올 듯 열정을 다하고 있었다. 그러다 갑자기, 긴 문장을 한창 읽어 내리다가는 뚝 멈추었는데 평소 꽤 부드럽고 멍청해 보이기까지 한 그의 눈에서 불꽃이 튀는 것 같았다. 갑자기 그는 "여러분"이라고 외쳤다. (이번에는 프랑스어로 말했다. 왜냐하면 그것은 서류에 적혀 있는 것이 아니었기 때문이다.) "이 사건에는 분명히 악마가 끼여 있을 것입니다. 보십시오, 저 악마가 우리의 공판에 참석하여 사탄의 연극을 하고 있습니다, 저것 보십시오!"

그러면서 샤르몰뤼는 새끼 염소를 가리켰다. 염소는 샤르몰뤼의 몸짓을 보고는 그 행동을 따라 하면 된다고 생각했는지, 궁둥이를 땅에 대고 앉아서 앞발과 수염 달린 머리를 놀려 종교재판소 국왕 검사의 그 훌륭한 무언극을 열심히 재현하고 있었다. 그 역시, 여러분도 이미 알다시피, 염소의 뛰어난 재주 가운데 하나였던 것이다. 이 마지막 '증거'는 매우 중대한 결과를 낳고 말았다. 사람들은 염소의 발을 묶어버렸고 국왕 검사는 계속 덧붙였다. 그것은 매우 길었으나 결론은 훌륭했다. 샤르몰뤼의 목쉰 소리와 헐떡이는 숨소리와 몸짓을 덧붙여 감상해보라.

"그런 이유로, 여러분! 진실이 확인된 한 마녀 앞에서 그 범죄가 명백하고 범의가 실재하였던 까닭에 이 시테의 순결한 섬 안에서, 높고 낮은 온갖 종류의 사법권을 소유하고 있는 파리의 노트르담 성당의 이름으로, 현 재판의 내용에 따라 본관은, 첫째 약간의 벌금을, 둘째 노트르담 대성당 정문 앞에서의 공개사과를, 셋째 이 마녀와 그 염소를 속칭 '라 그레브'라고 일컫는 광장이나 왕실 정원의 첨단 근처인 센 강의 섬 출구에서 처형하는 선고를 내릴 것을 요구하는 바입니다!"

그는 다시 모자를 쓰고 자리에 앉았다.

"아, 슬프다!"

그랭구아르는 실의에 빠져 큰 한숨을 내쉬었다.

"지독한 라틴어로다!"

검은 법복을 입은 한 사나이가 피고 옆에서 일어섰다. 그녀의 변호사였다. 아직까지 저녁을 먹지 못한 재판관들이 투덜거리기 시작했다.

"변호인, 간단히 합시다!"

재판장이 말했다.

"재판장님, 피고인이 죄를 자백한 이상, 저는 여러분께 드릴 말씀이 하나도 없습니다. 그러나 여기에 살리카 법전의 조문에 따르면 이렇습니다. '마녀가 사람을 잡아먹고 그로 인해 유죄라고 인정될 경우, 8000드니에, 즉 금화 200수에 해당하는 벌금을 내야 한다.' 그러므로 재판관 여러분들께 피고인을 벌금형에 처해주시기를 바라는 바입니다."

변호사가 이렇게 말했다.

"그건 폐기된 법조문일 텐데요."

국왕 특별 변호사가 말했다.

"그렇지 않습니다."

변호사가 반박했다.

돌출부
축대
모퉁이에 지은 건물
가구를 끌어올리기 위한 도르래
목골벽(木骨壁)으로
세워진 건물
벽돌로 된 1층
상점
기둥 위에 지은 건물
왕대공
지붕들보
서까래의 돌출부
성 안드레아의
십자가형 보조아치
벽체 매설기둥
꼬마기둥(난간기둥)
상인방
가로장
창살대
버팀목
샛기둥
마루보
문틀기둥
보조아치
기저보
축대
조각이 새겨진
모퉁이 나무 기둥

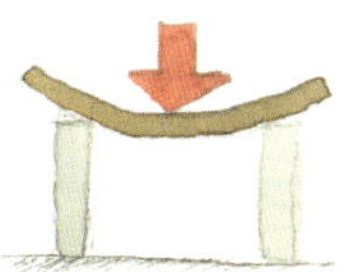

돌출부의 원리

돌출부를 통해서 건물의 상층부가 거리 쪽으로 튀어나오면
나머지 상당 부분에 그늘이 드리워져, 채광이 원활하지 못하다.

도장벽

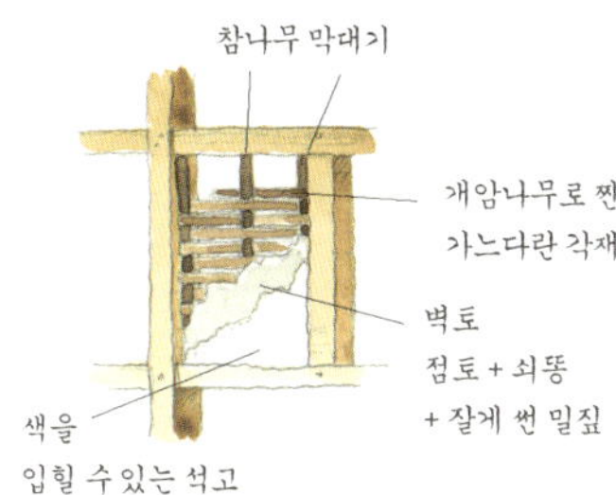

일부 시민이나 귀족들은 루브르나 레알, 마레지구 등등
권력이 집중된 지역 근처에 석재 가옥을 지어 살곤 했다.

격자형으로 짠 도장벽

벽돌 도장벽

  건물 파사드에 부착된 철제물
루이 12세의 이니셜이다.

“그럼 투표로 정합시다.”

배심판사 한 사람이 말했다.

“죄는 명백한데 시간이 너무 늦었습니다.”

사람들은 곧바로 투표를 시작했다. 판사들은 모자를 벗어 찬성과 반대를 표시하기로 했다. 그들은 서두르고 있었다. 재판장이 그들에게 낮은 소리로 질문을 던지자 한 사람 한 사람 어둠 속에서 모자를 벗는 것이 보였다. 불쌍하게도 피고인 처녀는 그들을 조용히 보고 있기는 했지만, 흐려진 그녀의 눈에는 더 이상 아무것도 보이지 않았다.

곧이어 서기가 기록을 끝내고 재판장에게 긴 양피지가 제출됐다.

그러자 가련한 처녀는 사람들이 웅성거리며 움직이고 창이 서로 부딪치는 소리에 섞여 냉정한 목소리가 다음과 같이 말하는 것을 들었다.

“피고인 집시 처녀는 들으시오. 국왕 폐하께서 정하시는 날, 정오에 그대는 속옷 차림에 맨발로 목에 밧줄을 매고 수레에 태워져 노트르담 대문 앞으로 끌려 나갈 것이다. 그곳에서 무게가 2파운드인 양초 한 자루를 켜 들고 공개적으로 사과한 뒤 다시 그레브 광장으로 끌려가 교수형에 처해질 것이다. 저 염소도 같은 처벌을 받을 것이며 또한 그대가 자백한 대로 푀부스 드 샤토페르 살인 기도와 마술과 마법과 음란죄에 대하여 금화 세 닢을 종교재판소에 지불할 것을 명한다. 하느님은 너의 영혼을 가져가시리라!”

재판장의 선고가 끝났다.

“오, 하느님…… 이건 꿈이야!”

그녀는 멍한 눈길로 중얼거렸다. 그리고 거친 손길이 어딘가로 자신을 끌고 가는 것을 느꼈다.

chapter 4

모든 희망을 버려라[193]

중세에 있어서 건축물이 완공되었다고 할 때는 지상에 있는 부분과 거의 같은 규모의 구조가 지하에도 있었다. 예를 들면 노트르담과 같이 기초 말뚝 위에 세워져 있는 것을 제외하면, 궁전이나 성채 그리고 성당 모두 반드시 이중의 지하 부분을 가지고 있었다. 대성당으로 말하자면 밤낮으로 파이프오르간과 종소리가 울리고 불빛으로 넘쳐흐르는 지상의 홀 아래, 낮고 캄캄하고 신비롭고 빛 없고 소리 없는, 말하자면 또 하나의 지하 대성당이 있었다. 궁궐이나 성에는 감옥이 있었고 때로는 분묘가 있었으며 또 때로는 그 두 가지가 다 있었다. 이러한 당당한 건축물의 구조나 생육의 양식에 대해서는 다른 곳에서 설명하였는데, 이것들은 단순히 기초공사가 있었다고 하는 것이 아니라 말하자면 뿌리를 가지고 있는 것이나 다름없으며, 그 뿌리는 땅속에 널리 퍼져 마치 지상의 건축물과 마찬가지로 방도 되고 복도도 되고 계단도 되었다. 그리하여 성당과 궁궐의 성들은 하반신이 땅속에 들어가 있었던 것이다. 한 건물의 지하실은 사람들이 내려가는 또 하나의 건물이었으며, 그것은 대건축물 외부층의 산더미 아래 지하층을 붙여놓았던 것이니, 마치 호숫가의 숲과 산 아래, 호수 물속에 거꾸로 비쳐 보이는 저 숲과 산과도 같은 것이었다.

생 탕투안 성이나 파리 재판소 그리고 루브르 궁에서는 그러한 지하 건물이 감옥이었다. 이 감옥들의 층은 땅속으로 깊이 들어갈수록 더욱더 좁아지고 어두워졌다. 그것은 모두 온갖 종류의 공포가 펼쳐져 있는 지대였다. 단테는 그의 감옥을 위해 이보다 더 좋은 것은 발견할 수 없었다. 보통, 이 깔때기 모양의 지하 감옥 맨 끝은, 단테는 사탄을 넣어두고, 사회는 사형수를 넣어놓았던, 밑바닥이 물통 같은 지하 감방이었다. 어떤 가련한 인생이 한 번 거기에 들어가는 날에는, 햇빛도, 공기도, 생명도, 희망도 모두 영영 이별이었다. 그가 거기서 나오는 것은 다만 교수대나 화형장으로 가기 위해서였다. 때로 그는 거기서 썩는 수도 있었다. 인간의 정의는 그것을 '망각'이라고 불렀다. 사형수는 인간들과 자기 사이에서 돌과 간수들의 더미와 감옥 전체가 머리 위를 짓누르는 것을 느꼈으며, 그 육중한 성은 살아 있는 인간들의 세계 밖으로 자기를 몰아내놓고 잠가버리는 하나의 거대한 자물쇠에 불과했다.

교수형을 선고받은 에스메랄다가 갇힌 곳은 바로 머리 위에 거대한 재판소가 솟아 있는 이러한 큰 물통의 밑바닥, 즉 루이 왕의 명령에 의해 투르넬 재판소 감옥 안에 만들어진 지하 감옥이었다. 가련한 벌레와도 같은 이 처

건물(II)

녀의 힘으로는 이 감옥의 석벽에 있는 어떤 작은 돌멩이조차도 움직일 수 없었다.

확실히 하느님의 섭리와 인간 사회가 다 같이 옳지 못했을 것이, 그토록 연약한 여자를 부서뜨리는 데는 그다지도 엄청난 불행과 고문이 필요 없었던 것이다.

그녀는 그곳 어둠 속에 오직 홀로 묻히고 갇혀 사람들의 눈으로부터 감추어졌다. 이 처녀가 햇살 아래서 생긋생긋 웃으며 춤을 추는 것을 본 다음에 이런 상태에 놓인 것을 본다면 운명의 잔인함에 몸을 떨지 않을 사람이 과연 있을까? 밤처럼 차갑고 죽음같이 냉랭한 이곳 감방에는 머리카락을 날리는 바람 한 점 없고 사람의 소리도 들리지 않으며 햇빛조차 들어오지 않았다. 몸은 두 개로 접혀지고 쇠사슬로 눌려 있었고, 지하 감옥의 벽에서 새어 나오는 물이 흥건히 고인 웅덩이 위에 짚을 조금 깔고 웅크리고 앉아서 까딱도 하지 못하고 거의 숨도 쉬지 않은 채 물병 한 개와 빵 한 조각 옆에서 이미 고통조차 느끼지 못하고 있었다. 푀부스며 태양, 대낮, 파리의 거리, 갈채를 받던 춤, 장교와의 사랑의 속삭임, 그리고 신부, 노파, 단도, 고문, 교수대…… 이러한 것들이 모두 아직 그녀의 마음속에 떠돌았다. 어느 때는 노래를 부르는 것 같은 황금빛 환영으로, 또 어느 때는 기괴한 악몽이 되어 나타났다. 그것은 이미 어둠 속에서 사라져가는 무섭고 막막한 한바탕의 갈등, 또는 땅 위 아주 높은 곳에서 연주되는 것이지만, 이 불행한 처녀가 떨어진 깊은 곳에서는 이미 들을 수 없는 먼 음악에 불과했다.

이곳에 갇힌 뒤로 그녀는 밤을 새우지도, 잠을 자지도 않았다. 이 불행 속에서, 이 지하 감방에서, 그녀는 낮과 밤을 구별하지 못하는 것과 마찬가지로 밤샘과 잠을, 꿈과 생시를 구별할 수 없었다. 그 모든 것은 그녀의 생각 속에서 어렴풋이 뒤섞여 있었고 부서져 나부끼고, 흩어져 있었다. 그녀는 감각도 지각도 생각도 없었다. 몽상에 잠기는 게 고작이었다. 살아 있는 인간으로서 이토록 허무 속에 깊이 빠져본 일은 일찍이 없었다.

이렇게 감각도 없어지고 몸은 싸늘해지고 화석처럼 몸을 움직이지도 못하게 된 처녀의 귀에는 위쪽 어딘가에서 들어 올려 열도록 되어 있는 출입문 열리는 소리가 두세 번 난 것이 간신히 들렸을 뿐이었다. 그러나 빛은 조금도 들어오지 않았다. 그 문으로 손 하나가 들어오더니 검은 빵 하나를 던졌다. 이것이 인간과 그녀 사이에 남겨진 단 하나의 연줄, 즉 간수가 간혹 찾아온다는 사실이었다.

오직 하나 아직도 기계적으로 그녀의 귀에 들려오는 소리가 있었다. 머리 위의 습기가 둥근 천장의 이끼 낀 돌에 스며 있어 규칙적인 간격을 두고 물방울이 뚝뚝 떨어지는 것이었다. 그녀는 이 물방울이 자기 옆의 작은 물웅덩이에 떨어지는 소리를 멍청히 듣고 있었다.

물웅덩이에 떨어지는 물방울, 이것이 그 감옥 안에서 그녀의 주위에 아직 움직이고 있는 유일한 움직임이요, 시간을 알리는 유일한 시계요, 지상에 울리는 모든 소리 가운데 귀에까지 닿는 유일한 소리였다. 간혹 이 아무것도 분간할 수 없는 흙탕물과 어둠 속에서 뭔지 모르는 차가운 것이 발이나 팔 위를 이리저리 기어 다니는 것을 느끼고 몸을 떨곤 했는데, 그것도 이 물방울 때문이었다.

그곳에 갇힌 지 얼마나 되었을까. 그녀는 알 수 없었다. 다만 어디선가 누군가에 대해 사형 판결이 내려졌다는 것과 그런 뒤에 사람들에게 끌려갔다는 것과 어둠과 고요 속에서 언 채로 깨어났다는 것만이 기억에 남아 있었다. 그녀는 손을 짚고 기었는데 그때 쇠사슬이 발목을 자르는 듯 했고, 바닥에 끌리는 쇠사슬 소리가 울렸다. 그녀는 주위가 온통 벽으로 둘러싸여 있고 자기 밑에는 물이 흥건한 타일 바닥과 짚더미가 있는 것을 알아보았다. 그러나 등불이나 환기창은 없었다. 그녀는 짚더미 위에서 자세를 바꿔 앉기도 하고 감옥 안 돌계단의 마지막 층계 위에도 앉아보았다. 한동안 그녀는 물방울

침대

짚을 꼬아 만든 매트리스

침대의 닫집

이불

난방용 커튼

보조침대

걸상(등받이가 딸린 의자는 영주와 주교의 몫이었다.)

잘게 썬 밀짚을 속에 넣은 베개

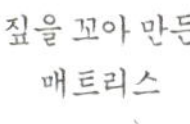

실내에 향기를 감돌게 하고 또 기생충을 몰아내기 위해 라벤더 같은 각종 방향초를 밀짚 매트리스 안에 넣어두었다.

창문

안쪽 덧문

각 방 사이의 한기를 차단하기 위해 벽걸이 천을 이용했다.

유리는 너무 비싸서 없다. 대신 송진에 적신 아마포를 격자로 고정한 창문이 대부분이었다.

불 수레

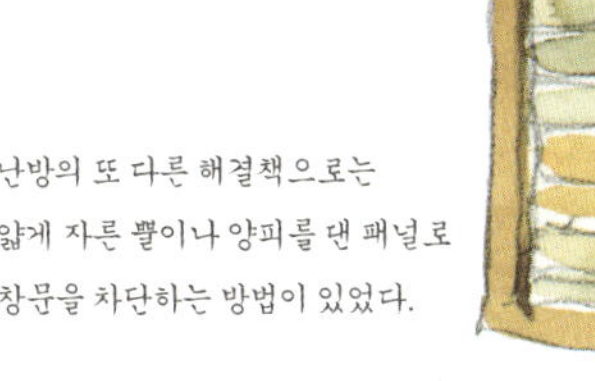

난방의 또 다른 해결책으로는 얇게 자른 뿔이나 양피를 댄 패널로 창문을 차단하는 방법이 있었다.

벽난로는 그다지 많지 않았다. 이 같은 이동용 난방기로 인해 화재의 위험성은 매우 높았다.

이 떨어지는 시간을 헤아려보기도 했으나 오래지 않아 병든 머리의 서글픈 작업은 저절로 중단되었고 다시금 그녀를 혼미한 상태로 돌려놓았다.

그러던 어느 날인지 어느 밤에 (왜냐하면 한밤과 한낮이 이 무덤 속에서는 다 같은 색깔이었기 때문에) 머리 위에서 언제나 간수가 빵과 물병을 가져다줄 때 울리는 것과는 좀 다른 강한 소리가 들려왔다. 그녀는 머리를 들었다. 한 줄기 불그스름한 빛이 감옥의 둥근 천장에 만들어진 뚜껑 문 같은 것의 틈으로 흘러 들어왔다. 그와 동시에 무거운 쇠 장식이 울리는 소리가 나더니 문은 그 녹슨 돌쩌귀 위를 삐걱거리며 돌았다. 그리고 초롱 하나와 한쪽 손, 두 사나이의 하반신이 보였다. 너무 낮았기 때문에 머리는 보이지 않았다. 불빛에 눈이 몹시 부셔서 그녀는 눈을 감아버렸다.

그녀가 다시 눈을 떴을 때, 문은 닫혀 있었고 큼직한 초롱불은 층계 위에 놓여 있었다. 한 남자가 홀로 그녀 앞에 서 있었다. 그는 성직자가 입는 검은 옷을 입고 있었는데 옷자락이 발끝까지 덮고 있고 같은 색의 두건으로 얼굴을 가리고 있었다. 얼굴이나 손도 볼 수 없었고 누군지도 알 수가 없었다. 길고 검은 수의가 서 있는 것 같았고 그 옷 속에서 무언가가 움직이는 듯했다. 그녀는 그 유령 같은 인간을 바라보았다. 그사이 그녀와 그 사이에는 한마디도 오가지 않았다. 마치 마주 바라보는 두 조각상 같았다. 오직 두 개만이 이 무덤에서 살고 있는 것 같았다. 감방 안의 습한 공기 때문에 타닥거리는 심지와 천장에서 똑똑 단조롭게 떨어져 물웅덩이의 기름 뜬 물 위에 동그란 무늬를 그리며 불빛을 흔들리게 하는 물방울, 오직 그 두 개만이 살아 있는 것 같았다.

마침내 처녀가 입을 열었다.

"누구세요?"

"성직자요."

그 목소리, 어투를 들은 여자는 몸을 떨었다.

신부는 더욱 낮은 목소리로 그녀에게 말했다.

"준비되었소?"

"준비라니요?"

"죽을 준비 말이오."

"아…… 언제 죽나요……."

"내일이오."

그녀는 기쁜 듯 머리를 쳐들었으나 이내 다시 고개를 깊이 떨구었다.

"아직 멀었군요……."

그녀가 중얼거렸다.

"왜 오늘이 아닌가요?"

"무척 불행한가 보군?"

신부가 잠시 침묵하다가 물었다.

"여긴 너무 추워요."

그녀가 대답했다.

그리고 두 손으로 자신의 두 발을 꼭 쥐었는데 그것은 추위를 느끼는 불행한 이들이 흔히 하는 몸짓으로, 투르롤랑의 은자도 그러한 몸짓을 하는 것을 우리는 본 적이 있다. 그녀는 이를 덜덜 떨었다.

신부는 그의 두건 아래로 눈을 돌려 감방 안을 둘러보았다.

"햇빛도 불빛도 없고, 온통 물바다로군! 정말 끔찍한 곳이다."

"그래요!"

그녀는 불행에 빠진 사람의 놀란 표정으로 대답했다.

"햇빛은 모두에게 공평한 것인데 왜 나는 이런 어둠 속에 갇혀 있어야 하는 거죠?"

"왜 여기 와 있는지 알고 있소?"

신부가 한참 후 다시 입을 열었다.

"알 것 같기도 하고……."

그녀는 기억을 더듬듯 여윈 손가락으로 눈썹을 쓸며 말했다.

"……하지만 이젠 아무것도 알 수가 없어요."

그러더니 여자는 아이처럼 울기 시작했다.

"여기서 나가고 싶어요. 춥고 무서워요…… 벌레들이 내 몸을 기어올라요……."

"그럼 내 뒤를 따라오시오."

신부는 그렇게 말하고 그녀의 팔을 잡았다. 그녀의 몸은 뼛속까지 얼었지만 그 손은 그녀에게 더욱 차가운 느낌을 주었다.

"어머나…… 이 손은 죽은 사람처럼 차네요? 당신은 도대체 누구세요?"

그러자 신부는 두건을 벗고 그녀를 바라보았다. 그는 오래전부터 자신의 뒤를 따라다니던 그 음흉한 얼굴이었다. 팔르루델의 집에서 사랑하는 푀부스의 머리 위에 나타났던 그 악마의 얼굴이며 단검 옆에서 빛나던 그 눈이었다.

그가 나타날 때마다 집시 처녀는 항상 위험에 처했고, 결국은 사형에 이르도록 불행에서 불행으로 몰아넣더니 마침내 이토록 괴로운 지경에까지 몰아넣은 것이다.

그녀는 그 모습을 보고 무감각의 상태에서 깨어났다. 기억 위에 두껍게 덮여 있던 베일 같은 것이 찢어지는 것 같았다. 팔르루델의 집에서부터, 재판소에서 유죄선고를 받기까지, 그 우울한 사건의 세세한 것 하나하나가 남김없이 한꺼번에 확연히 마음속에 떠올랐다. 그것은 지금까지처럼 막연하고 헝클어진 것이 아니라 확실하고 생생하며 분명히 살아 움직이는 무서운 것이 되어 되살아난 것이었다. 마치 그것은 백지 위에 보이지 않는 잉크로 쓰인 글자가 불에 가까이 가면서 종이 위에 선명하게 떠오르는 것과도 같은 것이었다. 그녀는 마음에 받은 모든 상처가 동시에 입을 열면서 스며 나오는 것 같았다.

"아, 그 신부야!"

그녀는 두 손으로 눈을 가리고 덜덜 떨면서 소리 질렀다.

그러고는 온몸의 기운이 다 빠져나간 듯 그 자리에 털썩 주저앉고 말았다. 고개를 떨군 채 눈은 바닥을 응시하고 입은 꾹 다문 채 몸을 부들부들 떨고 있었다.

신부는 그녀를 바라보고 있었다. 마치 밀밭에 앉은 가엾은 종달새 주위를 하늘 높이 오래오래 돌면서 소리 없이 원을 좁혀 날다가 별안간 번개처럼 먹이를 덮쳐 그 발톱으로 퍼덕이는 새를 낚아채는 솔개 같은 눈초리를 하고서.

그녀는 나지막이 중얼거렸다.

"저까지 죽여주세요. 제발 죽여주세요!"

그녀는 푸주한의 칼날이 떨어지기를 기다리는 순한 양처럼 겁에 질린 채 머리를 어깨 사이에 파묻었다.

"내가 그렇게 무서운가?"

그가 물었다.

"내가 그렇게 무서운가?"

그녀가 되풀이했다.

그녀의 입술은 웃음을 띠는 것처럼 실룩거렸다.

"그래요. 사형집행인이 사형수를 비웃고 있어. 벌써 몇 달째, 저 사람이 나를 쫓아다니며 위협하고 겁주었어. 저 사람만 아니었으면 나는 얼마나 행복할까! 나를 이 지옥에 빠뜨린 건 저 사람이야! 오 하느님, 저 사람이 푀부스를 죽였어요. 나의 푀부스를!"

그녀는 이렇게 소리치고 흐느끼다가 다시 신부를 쳐다보며 말했다.

"악마 같으니라고! 당신은 대체 누구죠? 왜 나에게 이런 짓을 하는 거죠?

왜 이렇게 나를 미워하는 거예요?"

"당신을 사랑하고 있다!"

신부가 외쳤다.

갑자기 그녀는 울음을 멈추었다. 뜻밖의 대답에 그녀는 백치와 같은 멍한 눈으로 그를 바라보았다. 신부는 이제 무릎을 꿇고 불같이 타오르는 눈빛으로 그녀를 지그시 바라보았다.

"알아들었나? 내가 너를 사랑하고 있단 말이다!"

그는 다시 외쳤다.

"무슨 사랑이 그래요?"

불행한 여인은 온몸을 떨며 말했다.

그가 다시 말했다.

"저주받은 사나이의 사랑이다."

두 사람은 잠시 아무 말도 하지 못한 채 그대로 있었다. 너무나 무거운 감동에 압도당해 두 사람 다 얼이 빠진 듯, 멍하니 선 채.

"내 말을 들어보시오."

신부가 다시 입을 열었다. 이제 그는 침착성을 되찾고 있었다.

"당신도 곧 다 알게 될 것이오. 하느님께서도 더 이상 우리를 볼 수 없을 듯한 칠흑 같은 밤이었지. 나는 내 양심에 물었어. 나 자신에게도 차마 할 수 없었던 이야기를 당신에게 해주겠다. 들어봐, 당신을 보기 전까지 나는 행복했다⋯⋯."

"나도 그랬어요."

그녀는 힘없이 한숨지었다.

"일단 조용히 들어주시오⋯⋯ 그래, 난 행복했어. 적어도 그렇게 믿고 있었다. 난 순수했고, 내 마음은 투명한 빛으로 가득 차 있었어. 이 세상에 내 머리보다 더 당당하게 쳐든 더 빛나는 머리는 없었어. 신부들은 순결에 관

길거리에는 염소, 소, 닭, 양, 당나귀
심지어 늑대들조차 흔히 돌아다녔다.

활기찬 거리 풍경

장을 보는 아낙

해 내게 물었고 박사들은 학설에 관해 내게 물었다. 그래 학문은 내게 전부였어. 그것은 누이였고 누이만으로 나는 충분했어. 그렇다고 해서 나이를 먹어가면서 다른 관념들이 내게 떠오르지 않은 것은 아니야. 내 육신은 여자의 모습이 지나가는 걸 보고 흥분했던 적이 한두 번이 아니야. 정열적인 사춘기에 내가 영원히 억눌러버린 줄 알았던 저 사내의 성과 피의 힘이, 비참하게도 나를 싸늘한 제단의 돌에 잡아매놓고 있는 철석같은 서원의 사슬을 발작적으로 들어 올렸던 적이 한두 번이 아니었어. 그러나 단식과 기도, 연구 그리고 수도원의 고행은 다시 영혼이 육체를 지배하게 해주었어. 그리고 나는 여자들을 피했어. 게다가 또 책을 열기만 하면 머릿속에 있던 부정한 것은 모조리 학문의 빛 앞에 사라져버렸어. 잠시 시간이 흐르면 지상을 휘덮고 있는 무거운 것이 멀리 저편으로 도망쳐 사라지는 것을 느꼈다. 다시금 조용한 경지를 되찾아 영원한 진리의 편안한 빛을 앞에 하고 그것에 현혹되어 마음은 아주 밝게 깨어 있었어. 악마가 나를 괴롭히려고 하여도, 성당 안에서나 거리에서, 또는 들판에서 내 눈앞을 흘끗흘끗 오가고 또 꿈속에 희미하게 떠오르는 여인의 망막한 그림자를 내가 있는 곳에 보내준다 해도, 나는 손쉽게 그것을 무찔렀어. 아, 그렇지만 승리가 내게 남아 있지 못한 건 주님의 잘못이야. 주님은 인간과 악마를 똑같은 힘으로 만들어놓지 않았으니까 말이야. 들어봐, 어느 날……"

여기까지 말하고 신부는 잠시 멈추었는데 그녀는 그의 가슴에서 매우 고통스런 탄식이 새어 나오는 것을 들었다.

그는 다시 말을 이었다.

"어느 날이었어…… 나는 내 독방 창가에서 책을 읽고 있었어. 어떤 책이던가? 아, 머릿속이 소용돌이치고 있구나. 아무튼 나는 책을 읽고 있었어. 광장 쪽으로 난 창문으로 탬버린과 음악 소리가 들려왔어. 몽상에 잠겨 있던 나는 그렇게 방해받은 것에 화가 나서 광장을 내려다봤어. 그러자 사람들이 무언가를 열심히 바라보고 있더군. 그러나 그것은 사람의 눈을 위해 이루어진 광경이 아니었어. 거기 햇볕이 내리쬐는 한낮의 광장 한복판에서 한 여자가 춤을 추고 있었던 거야. 어찌나 아름다운 여자였는지. 주님이 인간이 되셨을 때 만약 그녀가 있었다면 주님은 성모 마리아가 아닌 그녀를 더 좋아했을 거라고 생각했어. 당신의 어머니로 그녀를 택하여 그녀에게서 태어나기를 바랐으리라 싶을 지경이었어! 그녀의 눈은 새카맣고 반짝였으며 검은 머리 몇 가닥은 햇살을 받아 황금빛으로 빛났어. 그녀의 발은 빨리 돌아가는 수레의 살대처럼 움직여 잘 보이지 않을 정도였지. 땋아 늘인 검은 머리채에는, 금속 장식이 햇빛에 번쩍거려서 마치 별의 관을 이마에 얹은 것 같았지. 의상에는 반짝이들이 여기저기 달려서 파란빛을 발하고 있었고 한여름 밤의 별빛처럼 수천을 헤아리는 섬광이 사방으로 퍼지고 있었어. 보드라운 다갈색 팔뚝은 두 개의 스카프처럼 허리 둘레를 감았다 풀었다 하고 있었지. 몸의 선은 놀라우리 만치 아름다웠어. 아, 빛나는 것 같기도 한 그녀의 얼굴은 태양 빛 속에서조차 더욱 빛이 나는 듯 뚜렷한 모습을 하고 있었어. 아! 당신, 그녀가 바로 당신이었어! 나는 그 순간 취한 것처럼 넋을 빼앗기고 말았어. 그렇게 조용히 당신을 바라보다가 갑자기 놀라서 몸을 떨었지. 그 순간 운명이 나를 사로잡는 것을 느꼈어."

신부는 너무나 감격스러워 숨이 막힌 듯 다시 말을 끊었다. 그리고 잠시 후 다시 계속했다.

"이미 나는 거의 정신을 빼앗긴 사람처럼 무언가에 매달리려 애썼어. 어떤 악마가 나를 떨어뜨리기 위해 마련한 함정이라고 생각했어. 나의 눈에 띈 그 인간은 천국 아니면 지옥에서 왔을 거라고 생각될 정도로 아름다웠어. 이 지상에서 얼마 되지 않는 흙으로 만들어진 여자의 영혼의 빛이 희미하게 내부를 비치는 단순한 여인이 아니었어. 그것은 천사였어! 그러나 암흑의 천사, 불꽃의 천사였어. 광명의 천사는 아니었어. 그런 생각을 하고 있을 때 당신 옆에서 염소 한 마리가, 마술사의 야연에 나오는 짐승 한 마리가 웃으면서 나를 바라보고 있는 것을 보았어. 한낮의 태양은 그 염소의 뿔을 새빨갛게 만들고 있었어. 그때 나는 악마의 함정을 보는 듯했고 당신이 지옥에서 왔다는 것을, 당신이 지옥에서 온 것이 오직 내 영혼을 멸망시키기 위함이라는 것을 믿어 의심치 않았어. 나는 그렇게만 믿었어."

여기서 신부는 여자의 얼굴을 똑바로 바라보고 차갑게 덧붙였다.

"나는 지금도 그렇게 믿고 있어. 그러는 동안에 사람의 마음을 유혹하는 그 힘은 점점 커지기 시작했어. 너의 춤이 내 머릿속에서 소용돌이 쳤어. 신비스러운 주문이 마음속에 생겨나고 있음을 느낄 수 있었어. 영혼 속에서 깨어 있어야만 할 것이 모두 깊은 잠에 빠져버린 거야. 그리고 눈 구덩이에서 얼어 죽는 사람처럼 밀어닥치는 졸음에 몸을 맡기고 있는 편이 훨씬 기분이 편했어. 그런데 갑자기 당신은 노래를 부르기 시작했어. 이렇게 되니 정말 비참한 노릇이지만, 어떻게 할 수가 없었어. 너의 노래는 춤보다 더 매력적이었어. 나는 도망치려고 했지만 할 수 없었어. 나는 땅바닥에 못 박혀 있었어. 땅에 뿌리가 내린 듯 계속 서 있었지. 내 무릎까지 땅속에 박혀버린 듯했어. 끝까지 그곳에 있을 수밖에 없었어. 발은 얼음처럼 차가웠으나 머리는 불덩이처럼 끓고 있었어. 마침내 당신은 나를 가엽게 여겼는지 노래를 마치고 어디론가 사라져버렸어. 눈부신 환영의 반짝임과 황홀한 음악의 울림은 내 눈과 귀 속에서 점차 스러져갔어. 그제야 나는 힘없이 창가 한구석으로 쓰러지고 말았어. 저녁 기도를 알리는 종소리가 울리는 것을 듣고서야 겨우 눈을 뜰 수 있었지. 그러나 나는 다시 일어나 도망치기 시작했어. 하지만 나의 마음속에서 무언가가 허물어져내려 이제는 일어나지도 못하는 그런 것이 있었고 피할 수 없는 무언가가 엄습해 오는 것을 느꼈어."

그는 다시 쉬었다가 계속 말했다.

"그래 그날부터였어. 내 안에는 내가 모르는 한 사나이가 자리 잡았어. 나는 모든 방법을 다 써보았어. 수도원에 틀어박혀 제단에 조아리기도 하고 땀을 흘리며 일을 하기도 하고 독서에 몰두하기도 했지. 하지만 모두 어리석은 짓이었어. 정열로 가득 찬 머리로 절망적으로 학문을 대할 때, 학문은 얼마나 공허한지! 그 후 내가 책과 나 사이에서 늘 무엇을 보았는지 알겠나? 바로 당신이었어. 당신의 그림자였어. 어느 날 내 앞을 지나갔던 빛나던 당신의 환영 말이야. 그러나 그 모습은 더 이상 같은 빛깔이 아니었어. 그것은 태양을 응시한 경솔한 자의 시각에서 오래도록 떠나지 않는 저 검은 동그라미처럼, 어둡고 침침하고, 캄캄한 것이었어.

당신의 노랫소리가 늘 내 머릿속에서 울리고 당신의 다리가 언제나 내 성무일과서 위에서 춤을 추었어. 또 밤이면 언제나 꿈속에서 당신의 모습이 나의 육체 위를 기어 다니는 것을 느꼈어. 그러면서도 좀처럼 떨쳐버릴 수가 없었지. 그래서 나는 또 한 번 당신을 만나 당신의 육체에 손을 대서 당신이 무엇인지를 알고, 내 마음에 새겨진 당신의 이상적인 조상과 당신이 정말 닮았는지 아닌지를 확인하는 동시에, 당신이 당신의 현실의 모습으로 내 꿈을 깨트려주기를 바랐어. 어쨌든 나는 새로운 인상이 첫인상을 지워주기를 바랐고, 첫인상에 견딜 수가 없게 됐던 거야. 나는 당신을 찾았어. 당신을 다시 봤어. 그런데 그것이 불행이었어! 다시 한 번 당신을 보았을 때 나는 천 번을 다시 보고 싶었고 항상 보고 싶어졌어. 그러니 어떻게 이 지옥의 비탈에서 멈출 수가 있겠어? 나는 더 이상 나 자신을 마음대로 할 수가 없어졌어. 악마가 내 날개에 묶어놓은 줄의 반대쪽 끝을, 당신의 발에 비끄러매놓은 거야. 나는 망연해져서 당신처럼 정처 없이 돌아다니게 되었어. 나는 이 집 저 집 현관 아래서 당신을 기다렸어. 거리 모퉁이에 서서 당신이 오기를 기다렸지. 탑 위에서 당신을 지켜보고 있을 때도 있었어. 매일 밤 더욱더 매혹되고 절망하여 점점 더 회복의 가망조차 없는 내 자신이 되고 있음을 느꼈어!

나는 당신이 어떤 여자인지 알아. 이집트, 보헤미아, 스페인, 이탈리아 등을 방랑하는 집시 처녀라는 것을 말이야. 그러니 어떻게 마술에 걸리지 않을 수 있겠어? 들어봐, 그래서 나는 당신을 재판소에 고소하면 나에게 걸린 마술에서 풀려날 거라고 생각했어. 브루노 다스티는 한 마녀에게 홀린 일이 있는데, 그는 그 여인을 화형에 처하고 나서야 그 마력에서 벗어날 수 있었지. 나도 그런 식으로 구원의 길을 찾으려고 생각했어. 그래서 우선 당신이 노트르담 광장에 오는 일을 금지시키려 했어. 만약 더 이상 그곳에 당신이 나타나지 않으면 잊어버릴 수 있을 거라고 생각했으니까. 그런데 당신은 그런 것은 전혀 개의치 않았지. 당신은 또다시 그곳에 나타났고 나는 당신을 납치하려고 했어. 어느 날 밤에 그걸 시도했지. 우리 편은 둘이었고 이미 당신을 붙잡았는데 그때 그 장교가 뜻밖에 덤벼든 거야. 그리고 당신을 구해 주더군. 그렇게 해서 당신과 나 그리고 그 장교의 불행이 시작된 거지. 마침내 나는 어떻게 해야 할지 어떻게 되어가는지 도무지 알 수가 없어졌어. 그래서 너를 종교재판소에 고소하기에 이른 거야. 나도 브루노 다스티처럼 구원받을 수 있다고 생각했어. 또 고소를 하면 당신을 내 마음대로 할 수 있을 거라고 생각했어. 감옥 안에서 당신의 손을 잡고 당신을 껴안을 수 있을 거라고 생각했어. 당신은 내게서 도망칠 수 없으리라고 생각했어. 당신이 오래전부터 나를 사로잡았으니 이제는 내가 당신을 사로잡을 차례라고 생각했어. 사람이 악을 행할 때에는 모든 악을 행하지 않으면 안 되는 거야. 흉악한 일을 하다가 중간에 멈추는 건 바보 같은 짓이지. 죄악의 극단엔 기쁨의 열광이 있는 거야. 신부와 마녀는 지하 감방의 짚다발 위에서 황홀경 속에 서로 녹아들 수가 있는 거야!

그래서 당신을 고발했어. 당신은 만날 때마다 나에게 겁을 먹었어. 내가 당신에 대해 꾸미고 있던 음모, 내가 당신의 머리 위로 몰아 보내고 있던 폭풍우, 그것이 위협과 번갯불로 내게서 발산되고 있었던 거야. 그러나 나는 여전히 망설이고 있었어. 내 계획의 무서운 면이 나로 하여금 뒷걸음치게 만든 거야.

어쩌면 나는 이 계획을 포기했을지도 몰라. 어쩌면 내 끔찍한 생각은 열매를 맺지 못하고 머릿속에서 말라비틀어졌을지도 몰라. 이 소송을 계속하느냐 중단하느냐 하는 것은 여전히 내게 달렸다고 생각했어. 그러나 모든 사악한 생각이란 냉혹한 법이어서 하나의 사실이 되기를 바라는 거야. 아, 정말 슬픈 일이야. 당신을 사로잡아, 내가 은밀히 꾸며놓은 흉계의 무서운 톱니바퀴에 당신을 넘겨준 것은 바로 숙명이야. 내 말을 다 들어. 끝나가니까.

어느 화창한 날이었지. 한 사나이가 당신의 이름을 말하며 웃는 것을 보았는데 그 눈에 음란한 빛이 가득했어. 빌어먹을! 난 그 녀석의 뒤를 밟았어. 그다음은 당신도 알고."

그는 입을 다물었다.

그때 그녀의 머릿속에 떠오르는 것은 이 한마디뿐이었다.

"아, 푀부스!"

"제발, 그 이름만은 입에 올리지 마!"

신부는 그렇게 말하면서 거칠게 여자의 팔을 잡아챘다.

"그 이름을 입에 올리지 마! 당신과 나를 이토록 비참하게 만든 게 바로 그 이름이야! 아니 오히려 우리들은 모두 숙명의 헤아릴 수 없는 장난으로 말미암아 파멸한 거야! 당신은 고통스러워하고 있겠지? 당신은 춥고, 어둠이 눈앞을 가리고 지하 감방이 당신을 둘러싸고 있지만 그래도 아마 아직도 마음속 밑바닥에 어떤 빛을 가지고 있을 거야. 비록 그것이 당신의 애정을 농락했던 그 허랑방탕한 사내에 대한 당신의 철없는 사랑에 지나지 않는다 할지라도 말이야! 그런데 나는 말이지, 내 안에 지하 감방을 가지고 있어. 내 마음은 겨울이고 얼음장이고 절망 그 자체야. 나는 내 마음속에 어둠을 갖고 있어. 내가 얼마나 고통 받고 있는지 당신이 알기나 할까? 나는 당신의 공판에 참석했어. 종교재판소의 방청석에 앉아 있었지. 그래, 그 성직자들의 두건들 가운데 하나, 저주받은 사나이의 몸부림이 있었어. 당신이 끌려왔을 때 난 바로 그 자리에 있었어. 당신이 심문을 당할 때 바로 거기 있었지. 그 늑대들의 소굴에 말이야! 나의 범죄가, 나의 교수대가 당신의 이마 위에 서서히 세워지는 걸 보고 있었어. 증인이 나설 때마다, 증거가 제시될 때마다, 변론이 이어질 때마다, 나는 그 자리에 있었어. 당신이 고통스러운 길을 걸어가는 것도 나는 하나하나 헤아릴 수 있었지. 아, 나는 당신이 고문을 당하리라고는 생각지 못했었어. 내 말을 들어, 나는 당신을 따라 고문실까지 갔어. 당신의 옷이 벗겨지고 고문관의 징그러운 손이 당신의 몸에 닿는 것도 보았어. 나는 당신의 발도 보았어. 한 나라를 희생해서라도, 하다못해 단 한 번의 입맞춤을 하고 죽고 싶다고 생각했던 그 발, 그 아래서 환희에 취해 내 머리가 으스러져버려도 좋다고 생각했던 그 발이, 산 인간의 발을 피투성이로 만들어버리는 끔찍한 족쇄에 끼워지는 광경을 보았어. 아, 이 무슨 비참한 일인가! 난 그 광경을 보다가 그만 옷 속에 감춰 가지고 있던 단검으로 내 가슴을 찔렀어. 당신이 고통에 비명을 지를 때마다, 나는 그걸로 내 살을 후벼 파고 있었어. 두 번째로 비명을 질렀을 때 그 단검은 내 심장에까지 닿아 있었어! 자, 이걸 봐, 아직도 피가 흐르고 있을 거야⋯⋯.”

신부는 자신의 옷자락을 헤쳐 보였다. 실제로 그의 가슴은 호랑이 발톱에 긁힌 것처럼 찢겨 있었고 옆구리에도 제법 큰 상처가 미처 아물지 않은 채 있었다.

그녀는 두려움에 떨며 뒷걸음쳤다.

신부가 그녀에게 말했다.

“오, 아가씨, 제발 나를 불쌍하게 여겨다오! 당신은 스스로가 가장 불행하다고 생각하겠지만 그러나 당신은 불행이란 어떤 것인지 모르고 있어. 오, 여인을 사랑한다는 것! 성직자라는 것! 미움을 받고 있다는 것! 그런데도 영혼이 몸부림치는 것처럼 여인을 사랑한다는 것! 그녀의 가냘픈 미소를 얻기 위해 피도 창자도, 그리고 명성이나 영혼의 구원이나 불멸도 영원도, 더구나 이 세상의 생명이나 저세상의 생명조차 내던져도 좋다고 느끼는 것, 그녀의 발밑에서 노예가 되어 시중을 들기 위해, 왜 나는 왕이나 천재나 황제, 천사장이나 신으로 태어나지 못했는지 안타까운 것, 밤낮으로 그녀의 꿈을 꾸며 그리움에 못 이겨 끌어안지만, 그 여인은 군복의 사나이에게만 빠져 있는 것을 보며 그녀에게 줄 것이라고는 그녀가 두려워하는 보잘것없는 단 한 벌뿐인 성직자 옷밖에 없음을 깨닫는 것, 사랑하는 여인이 터무니없이 허세만 부리는 한 사나이에게 사랑과 아름다움이라는 보물을 아낌없이 뿌려주는 것을 지켜보는 동안 질투심과 분노에 휩싸이는 것! 보기만 해도 내 가슴을 불타오르게 하는 그 육체와 감미롭고 보드라운 젖가슴과 다른 사내의 키스 아래 두근거리며 빨갛게 달아오른 저 살갗을 생각하면서 쓸쓸한 독방의 차가운 바닥 위에서 수많은 밤을 지새우며 몸부림치는 것, 그리고 그녀를 위해 꿈꾸었던 모든 애무가 결국 고문으로 끝나는 것을 보아야 하는 것…… 그 모든 것이 고통이고 불행이야. 그녀를 가죽 침대에 눕히는 것만은 겨우 성공했으나 그 일 때문에 내 마음은 지옥의 불로 달군 형틀로 고통을 받았어. 널빤지 사이에 끼여 톱질 당하고 네 마리의 말로 사지를 찢기는 형벌을 받는 편이 더 행복하도다. 당신은 아는가. 수많은 긴긴밤을 끓어오르는 혈관이, 찢어지는 가슴이, 끊어지는 머리가, 제 손을 물어뜯는 이가 사람에게 겪게 하는 고통이 무엇인가를. 마치 달궈진 석쇠 위에서 돌리듯, 사람을 쉴 새 없이 사랑과 질투와 절망의 생각 위에서 돌리는 악착스러운 고문이 무엇인지 말이야! 아가씨, 제발 살려주시오. 잠깐만 멈추어다오, 이 타오르는 불길 위에 재를 좀 뿌려다오! 제발 부탁이오, 내 이마 위에 흘러내리는 이 굵은 땀방울을 씻어주시오. 여자여, 한 손으로 나를 고문하더라도 다른 손으로는 나를 위로해주오. 제발 가엾게 여겨주시오. 나를 불쌍히 여겨주시오!"

신부는 바닥에 흥건히 고인 물구덩이에도 아랑곳없이 몸부림치며 돌계단 모서리에 머리를 찧으며 고통스러워했다. 그녀는 그의 말을 들으며 조용히 바라볼 뿐이었다. 그가 지치고 숨이 차서 입을 다물자 그녀는 나지막한 소리로 되뇌었다.

"오, 나의 푀부스!"

신부는 무릎으로 기어서 그녀에게 다가갔다.

"이렇게 부탁하오, 당신에게 인정이 있다면 나를 뿌리치지 마오! 아, 나는 당신을 사랑하고 있소. 나도 불쌍한 사나이란 말이오. 당신이 그 이름을 입에 올릴 때마다 내 마음의 모든 줄기가 당신의 이로 물어뜯기는 것 같다는 생각이 들어. 제발 부탁이야, 당신이 지옥에서 왔다면 나는 당신과 함께 그곳으로 얼마든지 가겠어. 나도 지옥에 빠질 만한 일을 이미 저질렀으니까. 당신이 있다면 지옥도 나에겐 천국이나 다름없어. 당신의 모습은 주님보다 나를 더 즐겁게 하지. 오, 말해봐, 당신은 내가 싫은가? 당신이 이런 내 사랑을 뿌리친다면 나는 산이 움직이는 것 같은 생각이 들 거야. 만약 당신이 원한다면 우리는 행복하게 살 수도 있어. 둘이서…… 함께 도망가는 거야. 우리는 태양이 빛나고 나무가 우거져 있고 그 어디보다도 하늘이 맑게 갠 땅을 찾아갈 수 있을 거야. 우리는 서로 사랑하고 우리 두 마음을 서로의 마음속에 쏟아 붓고, 우리들 자신의 가시지 않는 목마름을, 이 마를 줄 모르는 사랑의 잔으로 둘이서 함께 끊임없이 풀 수 있을 거야!"

그녀는 갑자기 폭소를 터뜨려 신부의 말을 중단시켰다.

"여보세요, 신부님! 당신에겐 손톱만 있는 줄 알았더니 피도 있군요!"

신부는 한동안 돌처럼 굳은 자세로 조용히 자신의 손을 바라보았다.

"……그래, 좋다."

잠시 후 그는 아주 부드러운 목소리로 말을 다시 이었다.

"그래, 나를 모욕해도 좋아. 비웃어도 좋고 더욱 실망시켜도 상관없어. 그러니 함께 가자. 빨리, 당장 내일이야, 당신이 그레브 교수대에 오를 날은. 알겠나? 교수대는 언제든 준비돼 있어. 그 끔찍한 형벌을 받을 생각인가? 당신이 그 수레를 타고 가는 것을 본다는 것은 너무나 끔찍한 일이다. 제발, 내가 얼마나 당신을 사랑하는지 지금처럼 뜨겁게 느껴본 적은 없었다. 오! 제발 날 따라와. 당신이 나를 사랑하는 일은 내가 당신을 살려낸 다음이라도 할 수 있으니까. 아니면 언제까지든 나를 미워해도 상관없어. 그러니 제발, 내일이라고, 교수대는 당장 내일이야! 어서 달아나, 나와 함께, 나를 좀 봐다오!"

신부는 그녀의 팔을 잡았다. 그는 이미 정신 없이 서두르기 시작했고 그녀를 끌고 가려고 했다.

그러나 그녀는 신부의 얼굴을 똑바로 보며 물었다.

"내 사랑 퀴부스는 어찌 되셨나요?"

"아, 정말 매정한 사람이구나……."

신부는 그녀의 팔을 놓으며 중얼거렸다.

"그분은 어떻게 됐냐고요?"

그녀는 차갑게 되풀이했다.

"죽었어!"

신부가 외쳤다.

"죽다니요?"

그녀는 여전히 차갑게 굳은 표정으로 꼼짝도 하지 않은 채 물었다.

"그럼 왜 나더러 살라고 하는 거죠?"

신부는 그녀의 말을 듣고 있지 않았다.

"그럼, 그럼!"

신부는 자신에게 하듯 혼잣말을 중얼거렸다.

"틀림없이 죽었을 거야. 칼이 아주 깊이 들어갔으니까. 칼끝이 심장에 닿는 걸 분명히 느꼈어. 아, 내 단검의 칼끝까지 살아 있었어!"

그녀는 갑자기 성난 호랑이처럼 신부에게 덤벼들었다. 그리고 엄청난 힘으로 그를 계단 위까지 밀어붙였다.

"당장 꺼져! 이 괴물 같은 살인자야! 그가 죽었다면 나도 죽어버릴 테다! 우리 두 사람의 피로 네 이마를 영원히 물들게 할 테다! 나를 네 것으로 만들겠다고? 천만에! 절대로 그런 일은 없어! 누구도, 무엇도 당신과 나를 결합시키지 못해! 지옥에 빠지는 한이 있어도! 이 천벌을 받을 놈!"

신부는 계단에서 비틀거리다 말없이 발끝에 감긴 옷자락을 정리한 다음 초롱불을 들고 천천히 밖으로 향하는 계단을 오르기 시작했다. 그리고 문을 열고 나갔다. 그러다 갑자기 신부는 얼굴을 그녀 쪽으로 들이밀었다. 그 얼굴은 무시무시한 표정을 하고 있었다. 그는 노여움과 절망으로 숨을 헐떡거리며 마지막으로 그녀에게 외쳤다.

"그놈은 죽었어! 죽었다고!"

그녀는 그대로 바닥으로 푹 고꾸라졌다. 그리고 다시 암흑에 잠긴 지하 감방 안에는 물 구덩이로 떨어져 내리는 물방울의 한숨 소리밖에는 아무 소리도 들리지 않았다.

chapter 5

어머니

어머니가 자기 아기의 조그만 신발을 볼 때 마음속에서 싹트는 여러 가지 생각만큼 흐뭇한 것은 이 세상에 다시 없으리라고 나는 생각한다. 특히 그 신발이 축제일이나 일요일, 그리고 세례 받을 때 신는 것이었을 때, 그 안쪽까지 예쁘게 수놓은 신발일 때, 그 신발을 신어도 아기가 아직 한 걸음도 걷지 못하는 경우 같은 때에 그런 신발을 보는 어머니는 한결 흐뭇할 것이 분명하다. 이와 같은 신발은 매우 정답고 귀여우며, 또 아이가 그것을 신어도 걷지를 못하므로, 어머니로서는 마치 자기의 아기를 보는 것 같은 마음이 드는 것이다. 어머니는 그 신발에 미소를 던지고, 입을 맞추고, 또 그 신발을 향해 말을 걸게 된다. 그리고 아기의 발이 이렇게 작은 것일까 하는 의심도 하게 된다. 아기가 비록 그곳에 없어도 그 신발만 눈앞에 놓여 있으면 이미 그것으로 귀엽고 연약한 아기가 거기에 있는 것 같은 마음이 드는 것이다. 어머니는 자기 아기를 보고 있는 것 같은 마음이 든다. 아니, 실제로 보고 있는 것이다. 아기의 모습 전체를. 발랄하고 즐거운 아기를, 그 가냘픈 손을, 그 동그란 머리를, 그 순결한 입술을, 흰자와 그 파랗고 맑은 눈을. 때가 겨울이라면, 아기는 양탄자 위를 기어 다니고, 힘들여 걸상 위로 기어오르고, 어머니는 아기가 행여 불 옆에 갈까 걱정한다. 때가 여름이라면, 아기는 마당이며 정원에서 기어 다니고, 바닥에 깔린 돌 틈에서 풀을 뽑아내고, 순진한 눈으로 무서워할 줄도 모르고 커다란 개나 말들을 바라다보고, 조개껍질이며 꽃들을 가지고 놀고, 꽃밭에 모래가 있고 통로에 흙이 있게 만들어 정원사로 하여금 투덜거리게 한다. 아기의 주위에서는 그처럼 모든 것이 웃고 빛나게 뛰논다. 아기의 곱슬곱슬한 흩어진 머리털 속에서 뛰노는 바람결과 햇살에 이르기까지. 아기의 신은 그 모든 것을 어머니에게 보여주고, 마치 불이 양초를 녹이듯 어머니의 마음을 녹여준다.

그러나 아기를 잃어버리기라도 했을 때, 수놓은 그 귀여운 신발 주위에 밀려들었던 이런 수천을 헤아리는 기쁨의 모습과 매력적이고 애정 어린 이미지는 그만큼 무서운 것으로 변해버린다. 수놓은 아름다운 신발이 이제는 영원히 어머니의 마음을 짓누르는 하나의 고문 기계가 되는 것이다.

어느 날 아침, 가로팔로 거리의 〈그리스도의 십자가 강하도〉 그림의 배경으로 어울릴 만한 5월의 태양이 짙푸른 하늘에 떠올랐다. 그레브 광장에서 수레가 삐걱거리는 소리와 말 울음소리, 그리고 쇠붙이 연장이 부딪치는 소리들이 투르롤랑 속에 갇혀 있는 여인의 귀에 들려왔다. 그녀는 그 소리에 잠이 깨서는 소음을 줄이려고 귀를 머리카락으로 덮었다. 그리고 15년 전부터 그녀가 열렬히 사랑하고 있는 생명 없는 물건을 무릎을 꿇고 바라보기 시작했다. 이 조그만 신은, 내가 이미 말한 바와 같이, 그녀에게는 우주였다. 그녀의 생각은 그 속에 갇혀 있었다. 죽어서밖에는 거기서 헤어나지 못할 것이었다. 이 귀여운 분홍색 새틴 장난감을 앞에 놓고, 그녀가 하늘을 향해 던진 고통스런 저주며 서글픈 한탄, 기도 그리고 흐느낌은 오직 투르롤랑의 어두컴컴한 지하실만이 알고 있었다. 이보다 더 많은 절망이 이보다 더 곱고 예쁜 것 위에 흩어진 일은 일찍이 없었다.

그날 아침은 그녀의 비통한 한숨이 어느 때보다 더 격렬하게 울리는 듯했고 듣는 이의 가슴까지 아프게 하는 단조롭고 높은 울음소리가 바깥에서도 들릴 정도였다.

"오오, 내 딸아! 불쌍한 내 귀여운 아기! 이젠 너를 만날 수 없단 말이냐. 이젠 모든 것이 끝인 게냐. 아, 나에게는 바로 엊그제 일어난 일만 같은데, 아아 신이여! 그렇게 빨리 제게서 그 아이를 데려가시려거든 차라리 아이를 주시지 않으셨으면 더 좋았을 겁니다. 신이여 당신께서는 자식이란 어머니의 배와 이어져 있다는 것과 아이를 잃은 어머니는 이미 신을 믿지 않는다는 것을 모르시나요? 아, 내가 죽일 년이지, 그날 왜 하필 외출을 해서는! 신이여, 그 애를 그렇게 빼앗아가시다니, 그 애가 저와 같이 있는 것을 보신 적이 없으십니까? 그때 저는 정말 행복했고 제 체온으로 아기를 따뜻하게 해주었습니다. 그 아이는 제 젖을 빨면서 제게 웃음을 주었고 저는 가슴에 그 아이의 발을 끌어안고 입을 맞추었습니다. 아아 신이여, 만약 당신이 그것을 보셨다면 저의 기쁨을 가련하다고 생각했을 텐데요. 또 제 마음에 남은 단 하나의 사랑을 제게서 빼앗아가는 일도 없었겠지요. 저는 신에게 버림받기 전에 한 번쯤 돌봄도 받지 못할 만큼 불행한 인간일까요? 아, 보세요, 여기 그 신발이 있는데 그 발은 어디 있나요? 그 나머지는 어디 있나요? 아기는 어디 있나요? 내 딸아, 내 딸아! 사람들이 너를 어떻게 했느냐? 신이여, 그 아이를 돌려주세요. 하느님, 저는 당신께 15년 동안이나 기도를 드리느라 무릎이 다 벗겨졌지만 그래도 충분치 않은가요? 그 애를 돌려주세요. 하루만이라도, 한 시간만이라도, 아니 단 일 분만이라도 그 애를 볼 수 있게 해주세요! 그런 뒤에는 저를 영원히 악마에게 던져도 좋습니다. 만약 당신의 옷자락이 어디 드리워져 있는지 안다면 두 손으로 매달릴 텐데. 그러면 당신은 아이를 돌려주지 않을 수 없을 텐데! 그 아이의 작고 귀여운 신발을 당신은 가련하게 생각하지 않으시나요? 한 사람의 가련한 어머니에게 15년 동안이나 이런 가혹한 형벌을 주시다니 정말 당신께서 그러실 수 있다고 생각하시나요? 선한 마리아여! 하늘에 계시는 마리아님! 제 아기, 사랑스런 귀염둥이를 돌려주소서, 누가 그 아이를 빼앗아 갔나요. 누가 그 아이를 훔쳐 갔나요. 히스가 우거진 황야에서 그 애를 잡아먹었나이다. 그 아이의 피를 마셨나이다. 그 뼈를 씹어 먹었나이다! 선한 마리아시여, 저를 가엾게 여기소서! 제 딸을 돌려주소서! 저는 딸 없이는 살 수가 없습니다. 그 아이가 낙원에 있다 해도 그것이 제게 무슨 소용일까요. 당신의 천사는 원치 않습니다. 제 아이를 원합니다. 저는 암사자, 저는 제 새끼를 원합니다. 오! 저는 땅바닥에서 몸을 비틀고, 제 이마로 돌을 깨고 그리고 지옥에 떨어지겠나이다. 주여 그리고 당신을 저주하겠나이다. 만약 당신이 제 아이를 끝내 돌려보내지 않으신다면! 당신도 보다시피, 제 팔은 이렇게 물어 뜯겨 있습니다. 신이여, 당신은 측은지심도 없으십니까? 오, 제 딸만 있다면 제 딸이 저를 태양처럼 따스하게 해준다면, 저에게 소금과 검은 빵밖에는 아무것도 주지 마소서! 아, 천주이신 하느님이여, 저는 죄 많은 천한 계집에 불과하지만,

제 딸은 제게 두터운 신앙심을 갖게 했나이다. 저는 딸을 사랑하는 까닭에 독실한 믿음을 가졌나이다. 그리고 저는 마치 하늘에 열린 구멍을 통해 보듯 제 딸의 미소를 통해서 당신을 보았나이다. 오, 꼭 한 번만, 단 한 번만, 그 예쁜 장밋빛 조그만 발에 이 작은 신발을 신겨줄 수 있게 해주소서. 그러면 마리아여, 저는 당신을 축복하며 기쁘게 죽겠나이다! 오, 15년! 그 아이는 이제 다 컸을 텐데…… 불쌍한 아이…… 그래 정말 사실일까…… 다시는 내 아이를 볼 수 없다는 것이, 천국에서조차도! 나는 천국에 가지 못할 테니까. 오, 얼마나 비참한 일인가. 여기 여전히 그 아이의 신발이 있는데, 오직 그뿐이라니!"

이 불행한 어머니는 그토록 오래전부터 자기의 위안과 절망의 원천이었던 신발 위에 흐느끼며 몸을 던졌다. 그러고는 잃어버린 최초의 날처럼 오장육부가 찢기는 듯 고통스럽게 울었다. 매일 매일이 그녀에게는 항상 아이를 잃어버린 첫날이었다. 그 고통은 결코 늙지도 녹슬지도 않았다. 상복이 닳아 떨어지고 빛이 바래도 마음은 언제나 검고 어둡게 흐려 있었다.

그때, 어린이들의 발랄하고 즐거운 목소리들이 독방 앞을 지나갔다. 아이들의 모습이 보이고 소리가 귀에 들려오면 언제나 이 가련한 어머니는 그 무덤 같은 방의 가장 어두운 구석으로 달려가 돌에 머리를 처박는 것이었다. 그러나 오늘은 여느 때와 달리 펄쩍 뛰어 일어나 탐이 나는 듯 귀 기울였다. 작은 아이 하나가 다가와서 말했다.

"그건, 오늘 집시 처녀가 목을 매달게 되기 때문이야."

이미 앞에서 보았듯이 거미줄이 흔들릴 때 파리에게 달려드는 거미처럼 그녀는 별안간 펄쩍 뛰어서 그레브 광장을 향해 난 채광창으로 달려갔다. 과연 평상시에 세워져 있던 교수대 옆에 사다리 하나가 놓여 있고 사형집행인이 비로 녹슨 쇠사슬을 손질하고 있었다. 그 주위에는 부지런한 구경꾼들 몇몇이 서성이고 있었다.

웃으며 떠들어대는 아이들의 무리는 이미 사라진 뒤였다. 자루 수녀는 지나가는 사람을 붙들고 무엇이든 물어보려고 두리번거리며 행인을 찾았다. 그때 그녀는 자기 방 바로 옆에 신부 하나가 서서 공중용 성무일과서를 읽는 체하는 것을 보았다. 그러나 그는 쇠 그물로 둘러친 책보다는 교수대 쪽에 더 정신을 팔고 있었는데, 우울하고 어두운 눈초리로 교수대를 바라보곤 했다. 그녀는 그가 성자라고 일컬어지는 조자스 부주교임을 알아보았다.

"신부님, 저기 오늘 누가 교수형에 처해지나요?"

그녀가 물었다.

신부는 그녀를 힐끗 보았으나 아무 대답도 하지 않았다. 그녀는 다시 한 번 같은 질문을 했다. 그러자 그가 대답했다.

"나도 모르오."

"조금 전에 지나가는 아이들이 집시 처녀라고 하던데요?"

자루 수녀가 다시 물었다.

"그럴지도 모르지."

신부가 대답했다.

그러자 파케트 라 샹트플뢰리는 통쾌하다는 듯 웃음을 터뜨렸다.

"수녀님, 당신은 집시 여자를 싫어하오?"

"저 말인가요? 물론이에요. 그들은 마녀예요, 어린애 도둑질도 서슴치 않아요! 그것들이 제 아이를 훔쳐갔어요. 세상에 단 하나뿐인 제 사랑스런 아기를 훔쳐다 잡아먹었어요! 이젠 저의 심장도 없어졌어요. 제 심장까지도 그들에게 먹혀버린 거나 마찬가지예요!"

그녀의 표정은 무시무시했으나 신부는 싸늘한 눈으로 말없이 쳐다보았다.

"그중에 제가 더욱 미워하는 여자가 하나 있어요. 아주 젊고 발랄한 계집애인데, 만약에 그년의 어미가 제 딸을 먹지 않았다면 아마 제 딸과 같은 나이일 겁니다. 그 계집애가 이 방 앞을 지날 때면 억울함 때문에 온몸의 피가 끓어올라요!"

그녀가 이렇게 말하자 신부가 묘지의 석상처럼 차갑게 입을 열었다.

"그렇군요, 그럼 이제 기뻐해도 되겠어요. 바로 그 여자가 오늘 죽는 모습을 보게 될 테니까!"

이렇게 말하고 신부는 고개를 떨어뜨리고 천천히 자리를 떴다.

은자는 갑자기 뛸 듯이 기뻐하며 자기 팔을 꼬집어보았다.

"벌써부터 내가 말했었지! 그년은 반드시 교수대에 서게 될 거라고 말이야! 감사합니다, 신부님!"

그러고는 그녀는 채광창의 창살 앞을 오락가락하기 시작했다. 마치 오랫동안 굶주린 우리 안의 늑대가 식사 시간이 다가온 것을 느꼈을 때와 같은 표정을 하고 풀어헤친 머리와 이글이글 타오르는 눈빛으로 어깨를 벽에 부딪치면서.

chapter 6

각기 다른 세 사나이의 마음

페부스는 죽지 않았다. 이런 부류의 사람들은 웬만해서는 쉽게 목숨이 끊어지지 않는다. 국왕 특별 변호사 필리프 릴리에가 저 가련한 에스메랄다에게 "그는 죽어가고 있다"라고 한 것은 잘못 알았거나 아니면 농담이었던 것이다. 부주교가 사로잡힌 여인을 향해 "그놈은 죽었다"라고 되풀이해서 말한 것 역시 아무것도 모르고 한 소리였다. 그러나 그는 그렇게 믿고 있었고 실제로 그런 줄 알았을 뿐 아니라, 그 점에 대해 한 치의 의심도 하지 않았으며 정말 그러길 바라고 있었던 것이다. 그에게 있어서 사랑하는 여인에게 경쟁자에 대한 좋은 소식을 전하는 것은 매우 고통스러운 일이었을 것이다. 누구나 그 입장에 놓이면 그렇게 했을 것이다.

그렇다고 해서 푀부스의 상태가 가벼운 것은 아니었으나 부주교가 기뻐할 만큼 위독한 것도 아니었다. 야경 순찰병들이 처음 그를 의사에게 데려갔을 때 의사는 일주일도 장담할 수 없다고 진단했으며 그에게 라틴어로도 그렇게 말했다. 그러나 한창 젊은 사나이였던 만큼 위기를 이겨냈던 것이다. 흔한 일이지만 자연의 힘은 예측과 진단을 뒤엎고 의사의 코끝에서 환자를 살려놓고 기뻐하였다.

그가 아직 병원 침대에 누워 있을 때, 필리프 뢸리에와 종교재판소 조사관들이 찾아왔다. 그는 최초의 심문을 받았다. 이런 일에 난처해진 그는, 어느 날 아침 기분이 좋아지자 치료비 대신 금으로 된 박차를 놓고 병실을 빠져나왔다.

하지만 이 일은 사건의 심리에는 조금도 지장을 주지 않았다. 당시 재판에서는 피고에 대한 소송이 올바르게 이루어지는가 하는 것은 거의 문제가 되지 않았다. 피고가 교수형에 처해지면 그것으로 충분했기 때문이다. 그리고 판사들은 에스메랄다의 범죄 행위에 대해 많은 증거를 가지고 있었다. 그들은 푀부스가 죽은 것으로 믿었고 그것으로 모든 것이 결정되었던 것이다.

한편 푀부스는 그리 멀리 도망치지도 않았다. 파리에서 몇 파발 떨어진 일 드 프랑스의 쾨 앙 브리에 주둔하고 있는 자기 소속 부대로 돌아간 것이다.

그는 이 소송에 몸소 출두하고 싶은 생각이 전혀 없었다. 그는 자신이 공판정에 나간다면 몹시 우스운 꼴을 당하리라는 것을 잘 알고 있었다. 그리고 솔직하게 말해서, 이 사건에 대해서 어떻게 생각해야 할지 도무지 알 수가 없었다. 그저 단순한 군인에 불과한 이들이 그렇듯 그 역시 신앙도 없을뿐더러 꽤 미신을 따르는 편이었으므로, 자신이 에스메랄다를 만나게 된 이상한 경위나, 그녀가 자신에게 사랑을 암시하던 묘한 태도와 더불어 그녀가 집시라는 점, 그리고 그 정체를 알 수 없는 도사 귀신에 관해서 모두 무언가 찜찜하고 의문투성이였다. 그는 이 이야기 속에는 사랑보다도 마법이 얽혀 있으며, 그녀가 정말로 마녀일지도 모른다고 생각했다. 즉, 한 편의 희극에서 자기는 매우 운 나쁜 역할, 공격이 대상이 되거나 웃음의 씨앗이 되는 역할을 하고 있는 것만 같아서 아주 불쾌한 느낌이 들었다. 그래서 그는 무척 수치스러웠다. 그의 이런 느낌은 우리의 라 퐁텐이 다음과 같은 시구에서 훌륭하게 표현한 그런 종류의 수치감이었다.

    닭에게 사로잡힌 여우처럼 부끄러워라.

더구나 그는 이 사건이 더 이상 확대되지 않기를, 세상에 자기 이름이 알려지지 않기를, 적어도 투르넬 재판소 밖으로 새 나가지 않기를 간절히 바라고 있었다. 그런 점에서는 어김없이 그의 뜻대로 되었다. 당시에는 '법정 신문' 같은 것이 없었으며 일주일 동안 파리의 무수한 재판소 어딘가에서 위조 화폐범이 끓는 물에 쪄죽는 형을 받는다는지, 마녀가 교수형을 받았다든지, 이교도가 화형을 받았다든지 하는 사건이 벌어지지 않는 날이 없었기 때문이다. 사람들은 네거리에서 소매를 걷어붙인 채 갈퀴나 사다리 그리고 효수대를 사용하여 재판을 하는 봉건시대 때부터 있었던 법의 여신 테미스를 자주 보아 익혀왔던 터여서, 그러한 일들은 별달리 생각하지 않았다. 상류사회 사람들은 죄수가 지나는 것을 보아도 그 이름 같은 것을 알려고도 하지 않았으며 일반인들도 그저 흔한 구경거리일 뿐이었다. 처형은 마치 제과점이나 가죽을 벗기는 도살장에서 하는 것처럼 거리에서 예사로 행해지는 사건에 불과했다. 사형집행인도 보통의 푸주한보다 약간 정도가 높은 일종의 푸주한에 불과했던 것이다.

그래서 푀부스는 마녀 에스메랄다, 또는 그가 말하던 대로 시밀라르에 관해서, 이 집시 계집애 또는 도사 귀신(어느 것이든 그에겐 별 상관이 없었다)의 단도질에 관해서, 그리고 공판 결과에 관해서 마음의 평온을 되찾았다. 그러나 그의 마음이 그런 면에서 비워지자마자, 거기에는 플뢰르드리스의 모습이 도로 찾아들었다. 퐈부스 중대장의 마음은 그때의 육체와 마찬가지로 공허를 싫어했다.

게다가 쾨 앙 브리란 참으로 무미건조한 지역이었는데, 그도 그럴 것이, 그곳은 제철공과 손이 튼 소 치는 여자들이 사는 마을이었던 것이다. 그 지역은 오 리에 걸쳐서 신작로 양쪽에 오막살이와 초가집들이 길게 늘어서 있는, 말하자면 파리의 '꼬리'에 해당했다.

플뢰르드리스는 그가 품은 마지막에서 두 번째의 정열로서, 매혹적인 지참금을 가진 예쁜 처녀였다. 그러므로 어느 날 아침, 상처를 완전히 회복한 그는 사건이 있고 두 달이나 지났으니 집시 계집애 사건도 다 잊혔으리라 생각하고 가벼운 마음으로 연정을 품은 기사답게 의기양양하게 공들로리에 저택 앞에 도착했다.

그는 노트르담 정면 현관 앞 광장에 모여 있는 꽤 많은 군중에 대해서는 별로 신경 쓰지 않았다. 그는 지금이 5월이라는 것을 생각하고 무슨 종교 행렬이나 아니면 성신강림 축일이나 축제가 있는 것이라고 생각했던 것이다. 그는 현관 문고리에 말을 묶어두고, 즐거운 마음으로 아리따운 약혼녀의 방으로 올라갔다.

집에는 마침 그녀와 어머니 단둘뿐이었다.

플뢰르드리스는 지난번 일이 있고 난 이래 줄곧 마녀와 그 염소, 저주스러운 알파벳 그리고 퐈뷔스가 오랫동안 나타나지 않고 소식도 없는 것 따위에 마음을 쓰고 있던 참이었다. 그래서 사랑하는 사람이 군복을 입고 견장과 띠를 빛내며 매우 정열적인 표정으로 나타난 것을 보고 무척 기뻐하며 얼굴을 붉히지 않을 수 없었다. 이 귀족 아가씨는 여느 때보다 더욱 사랑스러워 보였다. 멋진 금발을 곱게 땋아 늘어뜨렸으며 백인 여자들에게 매우 잘 어울리는 하늘빛 옷으로 온몸을 휘감았는데 그것은 콜롱브에게서 배운 교태였으며, 그녀들에게 더더욱 어울리는 사랑의 우수에 찬 촉촉한 눈을 하고 있었다.

페부스는 그동안 기껏해야 쾨 앙 브리의 수다스런 시골 처녀들밖에는 미인을 보지 못한 탓에 플뢰르드리스에게 그 순간 매혹되고 말았다. 그래서 그는 그녀의 기분을 맞춰주며 친절하게 대하여 그동안의 어색했던 분위기가 해소되었다. 플뢰르드리스가 마음에 담고 있던 여러 가지 원망들도 어느덧 모두 풀어지고 말았다. 그녀의 어머니인 공들로리에 부인은 여전히 자애로운 표정으로 큰 안락의자에 앉아 있었으나 그를 꾸짖을 힘이 없었다. 플뢰르드리스의 비난에 대해 말하자면 그것은 부드러운 사랑의 속삭임으로 변해버렸다.

플뢰르드리스는 창가에 앉아 여전히 그 넵투누스의 동굴을 수놓고 있었다. 중대장은 그녀가 앉은 의자 등받이에 기대서 있었고 그녀는 그에게 낮은 목소리로 투정의 말을 애무하듯 던지고 있었다.

"두 달이나 연락도 없이 어떻게 지내셨어요? 너무해요……."

"아…… 맹세하지, 당신은 대주교라도 반하게 할 만큼 아름다워!"

페부스는 그녀의 질문에 난처해하며 대답했다.

그녀는 절로 웃음을 지을 수밖에 없었다.

"좋아요, 됐어요. 그런 말은 그만두세요…… 제 물음에 답이나 해주세요! 나의 멋쟁이!"

"글쎄, 사랑하는 누이야, 내가 말이지, 주둔지에 호출돼서 갔던 거야."

"어머, 그래요? 왜 작별인사도 없이 갔어요?"

"쾨 앙 브리에 가 있었어."

그는 첫 번째 질문이 두 번째 질문을 피하도록 도와주는 것을 기뻐했다.

"그리 먼 곳이 아니잖아요? 어떻게 한 번도 절 보러 안 오셨어요?"

이 질문에 그는 매우 곤란해하며 대답했다.

"그건 근무를 해야 하니까…… 그리고 실은, 내가 좀 아팠거든……."

"어머나, 아팠다고요?"

그녀가 놀란 눈을 동그랗게 떴다.

"그래, 좀 다쳤었지."

그녀는 불쌍하게도 놀라 정신을 잃을 지경이 되었다.

"아니, 아니, 이제 괜찮아."

퓌부스는 별일 아니라는 듯 말했다.

"별일 아니야 싸움을 하다가 칼에 조금 찔렸을 뿐이니까. 다 나았으니 걱정할 것 없어."

"걱정 말라고요?"

플뢰르드리스는 눈물이 가득 고인 눈을 치켜뜨며 말했다.

"그런 말을 하다니…… 대체 무슨 생각을 하고 있는지 말해주세요. 칼에 찔리다니 어떻게 된 거예요? 다 알고 싶어요!"

"실은 말이야…… 사랑하는 아가씨야, 마에 페디와 싸웠어. 알지? 생 제르맹 앙 레의 소대장. 그래서 둘 다 조금씩 다쳤는데 이젠 다 괜찮아졌어."

거짓말쟁이 이 중대장은 결투 이야기를 하면 언제든지 여자의 눈에 사나이가 멋지게 보인다는 것을 잘 알고 있었다. 실제 플뢰르드리스는 두려움과 기쁨과 찬탄의 눈으로 그를 물끄러미 바라보았다. 그러나 완전히 안심이 되는 것은 아니었다.

"어서 빨리 완쾌됐으면 좋겠어요. 퓌부스! 그 마에 페디가 누군지는 모르지만 나쁜 사람이네요. 왜 싸운 거죠?"

그녀가 물었다.

퓌부스는 상상력이 그리 풍부한 편이 아니었으므로 어떻게 무용담을 마무리해야 할지 몰라 속으로 쩔쩔 매기 시작했다.

"아니, 뭐…… 별거 아니래도, 말 한마디 때문에 그런 거였어! 그건 그렇고…… 사랑하는 누이, 저 성당 앞 광장에서 무슨 일이 있나? 왜 이렇게 시끄럽지?"

그는 결국 화제를 바꾸기 위해 이렇게 말했다.

그리고 광장이 내다보이는 창문께로 다가갔다.

"무슨 일로 사람들이 저렇게 많이 모였지? 저것 좀 봐!"

푀부스가 외쳤다.

"글쎄요, 저도 몰라요. 오늘 마녀 하나가 교수형에 처해진다는 것 같은데…… 성당 앞에서 공개사과를 하나 봐요."

중대장은 에스메랄다의 사건이 이미 끝나버린 것으로 알고 있었으므로 그녀의 대답에도 별로 놀라지 않았다. 그는 무심코 그녀에게 물었다.

"마녀? 이름이 뭔데?"

"그건 저도 몰라요."

그녀가 대답했다.

"무슨 짓을 저질렀대?"

이번에는 어깨를 으쓱해 보이며 그녀가 말했다.

"몰라요. 아무것도."

그러자 그녀의 어머니가 말문을 열었다.

"아이고 세상에나! 요즘은 마법사가 어찌나 많은지, 죄다 태워 죽이면서도 그 이름조차도 모르는 것 같아. 그건 하늘에 있는 숱한 구름의 이름을 일일이 알려고 애쓰는 것과 같지. 어쨌든 우리와는 상관없는 일이니까. 감사하게도 하느님은 틀림없이 장부에 다 기록해두셨을 테니까!"

그러고는 자리에서 일어나 창가로 갔다.

"어머나 정말, 푀부스! 자네 말이 맞네! 무슨 사람들이 이렇게 많이 모였을까? 지붕 위에까지 사람들로 가득 찼어! 저걸 보니 옛날 생각이 나는군. 샤를 7세가 입성하셨을 때도 저렇게 많은 사람들이 몰려나왔었지. 언제였는지는 잊어버렸지만 말이야. 이런 말 하면 자넨 낡아빠진 일이라고 생각하겠지? 그런데도 난 새로운 일같이 느껴지거든. 아, 그때는 지금보다 더 많은 사람이 모였었어. 생 탕 투안 성문의 돌출 회랑 위에까지 사람들이 바글거렸지. 임금님은 당신의 말 위에 왕비를 태우고 계셨고 왕자들 뒤로는 모든 영주들이 부인들을 말 위에 태우고 있었지. 사람들이 크게 웃던 일이 생각나는데, 왜냐하면, 키가 아주 작은 아마뇽 드 가를랑드 옆에 키가 엄청 큰 기사 마트플롱 나리가 있었거든. 그 거인은 영국군을 수도 없이 죽인 영웅이었지. 참으로 장관이었어. 프랑스의 모든 귀족들이 모두 빨갛게 빛나는 깃발을 세우고 행진했어. 가문기를 든 귀족들이 있는가 하면 군기를 든 귀족들도 있었고. 나는 잘 모르지만, 칼랑 나리는 가문기를 들었고, 장 드 샤토모랑은 군기를 들고, 쿠시 나리도 군기를 들었는데 그분은 부르봉 공작을 제외하고는 다른 어떤 사람보다도 화려하게 차리고 있었지…… 아, 이런 것들이 모두 옛일이 되어버렸다니! 오늘날엔 다 사라져버렸다고 생각하면 얼마나 슬픈지…….”

이 존귀한 노부인의 이야기 따위는 두 사람에게는 들리지도 않았다. 푀부스는 약혼녀가 앉은 의자 뒤로 와서 팔꿈치를 괴고 있었다. 그곳은 참으로 좋은 장소였다. 플뢰르드리스의 깃 장식 사이로 그녀의 가슴까지 들여다볼 수 있는 좋은 위치였다. 그 장식은 적당하게 벌어져 있어 절호의 전망을 만끽할 수 있었고 그 밖의 여러 가지 일도 생각나게 했다. 푀부스는 공단같이 윤기가 반지르르하게 흐르는 살결을 바라보며 황홀하여 마음속으로 이렇게 생각하고 있었다.

‘이렇게 피부가 흰 여인이 있는데 어떻게 다른 여자를 사랑할 수가 있단 말인가.’

플뢰르드리스는 때때로 황홀한 듯 다정한 눈길로 그를 쳐다보았고 두 남녀의 머리칼은 봄햇살 속에 섞여들고 있었다.

"푀부스, 이제 우리는 3개월 후에 결혼하는 거죠? 저 이외에는 결코 어떤 여자도 사랑한 적이 없다고 맹세해주세요!"

플뢰르드리스가 갑자기 나지막한 목소리로 그에게 말했다.

"그럼 맹세하지! 나의 천사여!"

푀부스는 이렇게 대답했는데, 그의 정열에 넘치는 눈은 그녀에게 확신을 주기 위하여 그의 진지한 음성과 함께 제대로 어우러졌다. 그 자신도 그 순간만큼은 자신의 말을 진실이라 믿고 있는 듯했다.

그러는 동안 노부인은 약혼자들이 다정하게 이야기하는 것을 보고 기뻐하며 집안일을 처리하기 위해 그 방을 나갔다. 그것을 알아챈 푀부스는 다른 사람이 없는 것을 다행으로 여기며 대담하고 묘한 생각을 품기 시작했다. 플뢰르드리스는 나를 사랑하고 있다, 그녀는 나의 약혼녀다, 그녀는 지금 나와 단둘이 남겨져 있다, 그녀에 대한 나의 옛 느낌은 그저 그런 것이었지만, 오늘은 완전히 격렬하게 되살아났다. 어쨌든 결국은 내 것이 될 열매인데 조금 일찍 따먹는다 한들 누가 뭐라 하겠는가……. 이런 생각들이 짧은 순간 그의 머릿속을 스쳐갔을지 아닌지는 나로서는 잘 모르겠지만, 아무튼 자신을 바라보는 푀부스의 눈빛에 플뢰르드리스가 갑자기 겁을 집어먹은 것은 분명했다. 그녀는 당황하여 주위를 둘러보았으나 이미 어머니의 모습은 보이지 않았다.

"어머나! 왜 이렇게 날이 덥지요?"

그녀는 얼굴이 빨개져서는 불안한 듯 허둥거렸다.

"아, 정말 그러네…… 이제 곧 한낮이 되니 햇볕이 뜨거워지는군…… 커튼을 내리면 어떨까?"

푀부스가 말했다.

"아니에요…… 아니요, 그냥 두세요…… 바람을 좀 쐬고 싶어요……."

그녀는 당황하여 대답했다.

그러고는 사냥개 떼의 거친 숨결을 느낀 암사슴처럼 그녀는 얼른 일어나 창가로 달려가 문을 활짝 열고는 발코니로 나갔다.

푀부스는 그녀의 행동에 울컥 화가 치미는 것을 느꼈으나 그대로 그녀를 뒤따랐다.

여러분이 이미 알다시피, 그 발코니는 노트르담 광장 쪽으로 향해 있었는데 그 광장에서는 그때 무섭고 기묘한 광경이 벌어지고 있었다. 그것을 보자 마음 약한 플뢰르드리스는 평소의 침착한 태도를 잃어버렸다.

수많은 사람들이 거리에서 거리로 흘러 들어와 광장은 엄청난 인파로 넘치고 있었다. 성당 앞뜰을 둘러싸고 있는 팔꿈치 높이의 낮은 담벼락은 만약에 화승총병과 순검들이 몇 겹으로 둘러서지 않았더라면 사람들이 떠밀려 들어가는 것을 막지 못했을 것이다. 다행히도 창과 총 덕분에 성당 앞뜰은 고요하게 비워진 채였다. 성당 입구에는 주교의 문장이 붙은 쌍날창을 든 병사 한 무리가 지키고 서 있었다. 성당의 커다란 창문은 닫혀 있었으나 광장으로 향한 수많은 창문은 그와는 대조적으로 합각머리가 있는 데까지 활짝 열려 있어 마치 포병창에 쌓인 산더미 같은 탄환처럼 수천을 헤아리는 사람들의 머리가 보였다.

군중들은 얼추 짙은 흙빛으로 보였다. 그들이 기다리는 구경거리는 분명 사람들 중에서 가장 비천한 것을 끄집어내어 불러내는 것이었다. 그 누런 모자나 더러운 머리가 와글거리는 혼란 속에서 일어나는 소동만큼이나 불쾌한 것도 없었다. 이 군중 속에는 고함보다 웃음소리가, 남자보다 여자가 더 많았다.

군중의 떠들썩한 소리들 중에서도 이따금 귀에 거슬리고 쩌렁쩌렁 잘 들리는 소리가 두드러지게 울려왔다.

…………

"어이, 이봐, 마예 발리프르! 그 여자가 여기서 교수형 당하는 게 사실이야?"

"바보 같은 소리 집어치워! 여기서는 속옷 바람으로 공개사과만 하는 거야! 하느님이 저 여자 얼굴에 라틴어로 기침을 하실 거라고! 그건 항상 정오에 시작하지! 교수형을 보려거든 그레브 광장으로 가라고!"

"나중에 가야지."

…………

"이봐, 부캉드리, 그 여자가 고해 신부님을 거절했다며?"

"그런가 봐요, 베셰뉴."

"그것 봐, 틀림없는 이교도라니까!"

…………

"여보세요, 그건 관례예요. 법원장은 형의 집행을 위해서 평민들은 파리 시장에게 넘기고 성직자들은 주교의 종교재판소로 넘기게 되어 있어요."

"아 예, 고맙습니다."

…………

"어머나 세상에! 정말 안됐어요. 불쌍한 여자야……."

발코니에서 그 광경을 지켜보던 플뢰르드리스가 말했다.

군중들을 둘러보고 있는 그녀의 눈에는 슬픈 기색이 가득했다. 그러나 군중들보다 그녀에게 더 정신이 팔린 중대장은 그녀의 뒤쪽에서 애정 어린 손길로 허리띠를 만지작거리고 있었다. 그녀는 애원하듯 미소를 지으며 뒤돌아보고 말했다.

"제발…… 그러지 마세요…… 푀부스! 어머니가 갑자기 들어오시다 보시기라도 하면 어쩌려고요?"

마침 그때 노트르담 대성당의 큰 시계가 천천히 정오를 알리는 종을 울리기 시작했다. 기쁨의 함성이 사람들 속에서 터져 나왔다. 열두 번째 치는 마지막 진동이 사라지기도 전에 사람들은 바람을 만난 파도처럼 술렁거렸고, 요란한 웅성거림과 동시에 커다란 고함 소리가 일어났다.

"저기 온다!"

플뢰르드리스는 보지 않으려고 두 손으로 눈을 가려버렸다.

"사랑스런 아가씨, 그만 들어갈까요?"

퇴부스가 그녀에게 말했다.

"아니요."

그녀는 이렇게 대답했다. 그리고 두려워 감았던 두 눈을 참기 어려운 호기심으로 다시 뜨고는 광장을 바라보았다.

광장에는 죄수 호송 수레 한 대가 튼튼한 노르망디산 말에 끌려 오고 있었다. 수레는 흰 십자가 문장이 붙은 자색의 제복을 입은 기병대 병사들에게 둘러싸여 생 피에 로 뵈 거리를 지나 방금 도착한 것이다. 파수를 보는 관리는 곤봉을 마구 휘둘러 군중들을 헤쳐 길을 만들고 있었다. 수레 주위에는 재판소 관리들과 경관들이 말을 타고 따르고 있었는데 그들의 검은 옷과 말을 타는 태도가 서투른 것으로 보아 금세 알 수 있었다. 자크 샤르몰뤼가 그들의 선두에서 폼을 잡고 있었다.

죽음을 향해 달려온 이 수레 안에는 한 여자가 앉아 있었는데, 두 팔을 뒤로 묶인 채 동승한 성직자도 없이 홀로였다. 그녀는 속옷 차림이었으며 긴 검은 머리(당시의 관습은 교수대 아래서 비로소 머리를 자르게 되어 있었다)는 절반쯤 드러난 가슴과 어깨 위로 드리워져 있었다.

까마귀의 깃털보다 더 윤기가 흐르는 머리털 밑에는 회색의 거칠고 굵은 밧줄이 휘감겨 매어져 있었다. 그것은 그녀의 쇄골 주위의 피부를 벗기고 꽃 위의 지렁이처럼 가련한 처녀의 매력적인 목 주위를 감고 있었다. 밧줄 아래로 초록의 유리구슬 장식이 붙어 있는 작은 부적이 빛나고 있었다. 이 것은 아마도 죽으러 가는 사람에 대한 배려로 이제 더 이상 끔찍한 말도 하지 않고, 부적도 그대로 달아두게 놔둔 것이리라. 창문에 자리 잡고 있는 구경꾼들의 눈에도 수레 안에 있는 여인의 맨발이 보였는데 그녀는 여자의 마지막 본능에서인지 자꾸 감추려 하고 있었다. 발밑에는 작은 염소 한 마리가 묶여 있었다. 처녀는 몸에서 미끄러져 내려오는 속옷을 이로 붙들고 있었다. 비록 이런 비참한 처지에서도 발가벗은 몸을 모든 사람들 눈앞에 내놓고 있는 것이 괴로운 것 같았다. 아, 수치심이란 그렇게 떨기 위해 만들어진 것이 아닐 텐데.

"어머나!"

플뢰르드리스가 중대장에게 힘주어 말했다.

"저것 보세요, 오빠! 염소를 데리고 다니던 그 천한 집시 계집애예요!"

그렇게 말하면서 그녀는 퓌부스를 돌아보았다. 중대장은 말없이 수레 쪽을 바라보기 시작했는데 그의 얼굴이 파랗게 질리고 있었다.

"염소를 데리고 다니던 집시라고?"

그가 더듬거리며 말했다.

"아니, 왜 생각이 안 나세요?"

플뢰르드리스가 물었다.

그러자 퓌부스가 그녀의 말을 가로막았다.

"무슨 말을 하는지 모르겠군."

그러면서 그는 방으로 돌아가려고 걸음을 옮겼다. 그러나 플뢰르드리스는 집시 처녀 때문에 심하게 질투심을 느꼈던 바로 그 사건이 생각나면서 다시금 그런 감정이 되살아나는 것을 느꼈다. 그녀는 마음 깊숙한 데까지 꿰뚫어보는 것 같은 의심의 눈초리로 그를 바라보았다. 그 순간 그녀의 머릿속에 마녀의 소송 사건에 어떤 중대장이 연관되어 있다는 소문을 들은 것이 어렴풋이 떠올랐다.

"왜 그래요? 저 계집애 때문에 당신 마음이 다시 흔들리는 건가요?"

그녀가 푀부스에게 물었다.

푀부스는 대수롭지 않은 듯 히죽히죽 웃으며 지나치려고 애쓰며 말했다.

“내가? 아니야, 천만에 말씀! 전혀!”

“그래요, 그렇다면 여기 그냥 계세요. 끝까지 같이 보자고요!”

그녀는 명령하듯 말했다.

하는 수 없이 중대장은 그 자리에 그대로 머물러 있어야 했다. 그나마 죄인인 처녀가 죄수 호송 수레의 바닥에서 눈을 떼지 않고 있었기에 조금 마음을 놓을 수 있었다. 그녀는 틀림없는 에스메랄다였다. 치욕과 불행의 밑바닥에 있어도 그녀는 여전히 아름다웠다. 크고 검은 눈은 볼이 여윈 탓에 더욱 크게 보였다. 그 창백한 옆얼굴은 아주 맑고 품위 있게 보였다. 마치 라파엘로의 성모상을 닮은 것처럼 예전 모습을 가지고 있었는데 더욱 야위고 가녀리고 쇠약해져 있었다.

게다가 그녀 안에 말하자면 뒤흔들리지 않은 것이라고는 아무것도 없었고 정숙함을 제외하고 모든 것을 아무렇게나 되는 대로 내버려두었는데, 그만큼 그녀는 망연자실 절망 속에 깊이 빠져 있었다. 그녀의 육체는 죽은 물건이나 깨진 물건처럼, 수레가 흔들리는 대로 까불리고 있었다. 그녀의 눈은 멍청하고 흐릿했다. 그녀의 눈동자에는 아직도 눈물이 고여 있었으나 얼어붙은 듯 움직이지 않았다.

그러는 동안, 이 음산한 기마행렬은 기쁨의 함성과 호기심으로 가득 찬 사람들 사이를 통과했다. 그러나 그렇게도 아름다운 그녀가 주위에 압도된 것을 보고 측은해하는 사람들도 많았는데, 가장 냉혹한 사람들까지도 그러했다. 죄수의 수레는 마침내 성당 안뜰로 들어갔다.

중앙 현관문 앞에서 수레가 멈춰 섰다. 호위병은 전투대형을 갖추고 양쪽으로 줄지어 섰다. 군중의 와글거리는 소리도 멎었다. 이 장엄과 불안의 정적 속에 두 대문은 자연히 열린 것처럼 회전하며 삐거덕 소리를 내고 있었다.

그러자 깊숙하고 음울한 성당의 내부가 보였는데, 거기에는 장례식 때의 검은 휘장이 내려져 있었다. 그리고 안쪽의 주 제단에서 반짝반짝 빛나고 있는 몇 개의 촛불 덕분으로 훨씬 안쪽까지 볼 수가 있었다. 안쪽의 후미진 그늘 속에서 은으로 된 커다란 십자가가 천장에서 깔개돌까지 늘어뜨려져 있는 검은 천을 배경으로 걸려 있는 것이 보였다. 중랑에는 사람 그림자 하나 보이지 않았다. 그러나 그때 한구석에 있는 성가대에서 조금 떨어진 성직자 자리에서 몇 사람의 머리가 이리저리 움직이는 것이 보였다. 정문이 활짝 열렸을 때, 장엄하고 단조로운 노랫소리가 울려 퍼지기 시작했다. 그것은 사형수의 머리 위에 가끔 생각난 듯이 슬픈 찬미가 몇 편을 던져주고 있었다.

"……천만 인이 나를 에워싼다 하여도 나는 두려워하지 아니하리라. 여호와여 일어나소서 나의 하느님이여, 나를 구원하소서!"

"……주여, 나를 구하소서, 물이 나의 넋에까지 스며들었으니."

"……나는 구렁의 진흙 속에 처박혔다. 그리하여 의지할 곳 없노라."

이와 동시에 다른 목소리가 성가대와는 달리, 주 제단의 계단 위에서 다음과 같은 우울한 봉헌문을 읊고 있었다.

"……내 말을 듣고 또 나를 보내신 이를 믿는 자는 영생을 얻고 심판에 들지 아니하리니, 죽음에서 생명으로 옮겼느니라."

어둠 속에 파묻혀 있어서 잘 보이지는 않았으나 몇몇 노인들이 멀리서 이 아름다운 처녀, 젊음과 생명이 넘쳐흘러 봄의 부드러운 대기에 애무를 받고 햇볕을 받는 처녀에게 들려주는 이 노래는 바로 죽음의 미사였던 것이다.

사람들은 숨을 죽이고 열심히 귀를 기울였다.

불쌍한 처녀는 공포에 질려 있었는데 그녀의 시선도 생각도 캄캄한 성당의 내부를 헤매고 있는 듯했다. 입술도 핏기를 잃고 기도를 올리는 것처럼 가냘프게 떨리고 있었다. 사형집행인이 수레에서 내리려는 처녀를 도와주러 다가갔을 때, 그녀가 '푀부스'라는 말을 낮은 소리로 되풀이하고 있는 것을 들었다.

처녀의 팔을 묶었던 밧줄이 풀리고 역시 함께 풀려난 염소가 같이 수레에서 내려졌다. 염소는 몸이 자유로워지자 즐거운 듯 울었다. 그녀는 맨발로 대현관의 계단 밑까지 단단한 포석 위를 걸어갔다. 목을 묶은 밧줄이 뒤에서 질질 끌렸다. 마치 뱀 한 마리가 그 뒤를 따르는 것 같았다.

그때 성당의 노랫소리가 멎었다. 커다란 금 십자가와 촛불을 든 한 줄이 어둠 속에서 움직이기 시작했다. 여러 색깔의 옷으로 몸을 단장하고 대성당을 지키던 파수병들의 창이 부딪치는 소리가 들려왔다. 잠시 후 제의를 입은 신부와 법의를 입은 부제들이 긴 행렬을 이루며 엄숙하게 찬미가를 부르면서 사형수를 향해 다가가는 것이 보였다. 그러나 그녀의 시선은 십자가를 든 사람 바로 뒤, 행렬의 선두에 선 사람에 고정되어 움직이지 않고 있었다.

"오, 또 그 사람이로구나! 그 신부야⋯⋯."

그녀는 낮은 목소리로 떨면서 중얼거렸다.

그것은 틀림없는 부주교였다. 왼쪽에는 성가대원을, 오른쪽에는 지휘봉을 든 대장을 거느리고 있었다. 그는 머리를 뒤로 젖히고 눈을 딱 부릅뜬 채 힘찬 목소리로 찬미가를 부르며 걸어 나오고 있었다.

"내가 스올[194]의 뱃속에서 부르짖었더니 주께서 내 음성을 들으셨나이다. 주께서 나를 깊음 속 바다 가운데 던지셨으므로 큰물이 나를 둘렀고 주의 파도와 큰 물결이 다 내 위에 넘쳤나이다."

그가 검은 십자가 줄무늬가 있는 은빛 제복으로 몸을 휘감고, 대낮에 첨두형의 높다란 정문 아래 나타났을 때 그 얼굴빛이 어찌나 창백하였던지, 성가대석의 묘석 위에 무릎을 꿇고 있는 대리석 주교 석상 하나가 벌떡 일어나 무덤 입구 근처에서 여인을 마중하러 온 것이 아닌가 하고 생각한 사람이 있을 정도였다.

그녀도 그 못지않게 창백하고, 조각상 같았는데, 불을 붙인 묵직한 양초

한 자루가 자기 손에 쥐여지는 것도 거의 깨닫지 못하고 있었으며 그 숙명적인 공개사과문을 읽어 내리는 서기의 날카로운 음성도 귀에 들어오지 않았다. 그녀는 누가 옆에서 "아멘"이라고 대답하라고 했을 때도 그저 "아멘"이라고 따라했을 뿐이었다. 신부가 자신의 호위자들에게 자리를 비키라고 신호하고 홀로 그녀 쪽으로 걸어 나오는 것을 보았을 때야 비로소 그녀는 얼마간 정신을 차렸다.

그러자 그녀의 머릿속에 갑자기 피가 끓어오르는 것을 느꼈으며, 남아 있던 분노가 이미 마비되고 식어버린 마음속에서 다시 타오르기 시작했다.

부주교는 천천히 그녀에게 다가갔다. 이 극단적인 상황에 처해서도, 그가 자기의 벌거숭이 몸을 음란과 질투와 정욕으로 번쩍거리는 눈으로 훑어보는 것을 그녀는 알아차렸다. 그는 그녀에게 다가가서 큰 소리로 말했다.

"아가씨, 그대는 그대의 잘못과 무신앙에 대해 하느님께 용서를 빌었는가?"

그는 그녀의 귀에 몸을 기울이고 다시 덧붙였다(구경꾼들은 그가 그녀의 마지막 참회를 받는 줄 알고 있었다).

"넌 나를 원하느냐? 난 아직도 너를 살려낼 수 있다."

그녀는 그를 쏘아보다가 외쳤다.

"가라, 이 악마야! 그렇지 않으면 널 고발해버릴 거야!"

그러나 그는 음산한 미소를 지었다.

"아무도 네 말에 귀 기울이지 않을 것이다. 그건 또 하나의 죄를 덮어쓰는 것밖에는 되지 않는다. 빨리 대답해라! 넌 나를 원하느냐?"

"나의 푀부스 님을 어떻게 했느냐?"

"그는 죽었다."

신부가 대답했다.

그 순간, 이 파렴치한 부주교는 문득 고개를 들었다가 광장 반대편, 공들로리에 댁의 발코니에 바로 그 중대장과 플뢰르드리스가 나란히 서 있는 것을

보았다. 순간 당황한 그는 비틀거리며 손으로 눈을 가렸다가 다시 바라보고
는 입속으로 저주의 말을 중얼거렸다. 그의 얼굴에 심한 경련이 일어났다.

"그렇다면 너는 죽어라!"

그는 입속으로 중얼거렸다.

"아무도 너를 갖지 못할 것이다!"

그렇게 말하고 신부는 집시 처녀에게 손을 올리고 침통한 목소리로 외쳤다.

"이제, 가라, 흔들리는 넋이여, 하느님께서 그대에게 자비를 베푸시기를!" [195]

그것은 이 음울한 의식을 마칠 때면 언제나 사용하는 무서운 관용이었으
며 성직자가 사형집행인에게 보내는 신호이기도 했다.

군중들은 무릎을 꿇었다.

"주여 불쌍히 여기소서!"

현관문의 첨두홍예 아래 서 있던 신부들이 말했다.

"주여 불쌍히 여기소서!"

군중들도 되풀이했는데 그 중얼거림은 성난 파도가 출렁이는 바다의 소음
처럼 군중들 머리 위로 흐르고 있었다.

"아멘!"

부주교가 말했다.

그는 사형수에게 등을 돌리고 고개를 깊이 숙인 채 두 손을 깍지 끼고 신
부의 행렬 속으로 되돌아갔다. 이윽고 십자가와 촛불과 여러 제복들과 함께
그의 모습은 대성당의 침침한 둥근 천장 아래로 사라져 들어갔다. 또한 그
의 우렁찬 목소리도 다음과 같은 절망적인 시구를 노래하면서, 점차 희미해
져가는 성가대 합창 속으로 꺼져 들어갔다.

"그대의 모든 소용돌이가, 그대의 모든 파도가 내 위로 지나갔다!"

그와 동시에, 끊어졌다 이어졌다 하던 대성당 파수병의 덜커덕거리는 창
소리도 차츰 중랑의 기둥 사이로 사라져갔는데, 이는 마치 죄수의 마지막을

알리는 큰 시계의 망치 소리 같았다.

그사이 노트르담의 문은 여전히 열린 채였고 대성당은 사람의 그림자도 촛불도 없고, 아무런 소리도 나지 않는, 죽음과 같은 정적에 휩싸였다.

에스메랄다는 그 자리에 우두커니 선 채 조용히 처분만 기다리고 있었다. 채찍을 든 관리가 샤르몰뤼의 주의를 돌리지 않으면 안 될 정도로, 샤르몰뤼는 이런 광경이 전개되는 동안 줄곧 중앙 현관의 음각을 연구하기 시작했는데, 어떤 사람들은 그것이 아브라함의 희생을 상징한다 하고, 다른 사람은 연금술의 실행을 표현하는 것이라고도 했다. 천사로 태양을, 장작으로 불을, 아브라함으로 장인(匠人)을 나타내고 있다는 것이다.

언제까지나 그렇게 조용히 바라보고만 있는 것을 그치게 하기 위해 상당히 애를 쓴 결과, 마침내 그가 돌아서서 신호를 하자 사형집행인의 하인인 노란 옷을 입은 두 사나이가 다가가 집시 처녀의 손을 다시 밧줄로 묶었다.

불행한 처녀는 숙명의 죄수 호송 수레에 다시 실려 최후의 장소로 출발해야 했다. 그리로 가는 동안, 아마도 생명에 대한 애석한 정에 사로잡혔는지 충혈되고 눈물도 말라버린 눈으로 하늘과 태양과 창공에 사다리꼴이나 세모꼴로 여기저기 떠돌고 있는 은색 조각구름들을 예사롭지 않게 바라보았다. 그러고는 눈을 돌려 지상과 군중, 집들을 둘러보았다……. 그러다 뜻밖에, 그녀는 기쁨에 넘친 비명을 질렀다. 저쪽 광장 한쪽의 저택 발코니에 서 있는 그의 모습을 발견한 것이었다. 자기가 사랑하는 사나이이며 주인인 푀부스의 모습이, 자기 생명의 또 다른 출현이라고도 할 수 있는 그 사나이가 눈에 띄었던 것이다. 재판관은 거짓말을 했던 것이다. 부주교도 거짓말을 했던 것이다. 틀림없이 그 사람이었다. 이제 의심의 여지가 없었다. 그는 저곳에 있다. 눈부신 군복을 입고 머리에는 깃털 장식을 꽂고 허리에는 칼을 차고 있다!

"푀부스!"

그녀는 목청껏 그를 불렀다.

"푀부스!"

그러면서 그에게 사랑과 기쁨으로 떨리는 손을 뻗으려 했으나 그녀는 묶여 있었다. 그때 그녀의 눈에 들어온 것은 중대장이 눈살을 찌푸리고, 그에게 몸을 기대고 있는 아름다운 아가씨가 경멸적인 입술과 성난 시선으로 그를 쳐다보는 광경이었다. 잠시 후 푀부스가 무어라고 말을 건넸는데, 그 소리는 물론 집시 처녀에게까지는 들리지 않았다. 두 사람은 이내 발코니 안쪽으로 사라지고 곧 창문도 굳게 닫혀버렸다.

"푀부스!"

그녀는 미친 듯이 소리쳤다.

"당신도 제가 그랬다고 생각하나요?"

그러다 문득 그녀의 머리에 끔찍한 생각 하나가 떠올랐다. 푀부스 드 샤토페르를 살해한 죄목으로 사형 선고를 받았다는 것.

그때까지 그녀는 모든 것을 조용히 참아왔다. 그러나 그 후의 타격은 너무 엄청난 것이었다. 그녀는 그대로 그 자리에 쓰러져버렸다.

"자, 저 여자를 수레에 태워라. 어서 처형시켜라!"

샤르몰뤼가 귀찮은 듯 말했다.

한편, 현관의 첨두홍예 바로 위 역대 왕의 조각상이 있는 회랑에 한 이상한 구경꾼이 있다는 것을 눈치챈 사람은 미처 없었다. 그는 그때까지 태연하게 목을 빼고 매우 기괴한 얼굴을 한 채로 광장에서 일어나는 크고 작은 모든 일을 하나도 빠뜨리지 않고 보고 있었다. 그 사나이가 절반은 붉고 절반은 자주색인 이상한 옷차림을 하고 있지 않았다면 사람들은 그를 600년 전부터 줄곧 대성당의 긴 물받이를 입으로 받치고 있는 석조 괴물 조각의 하나로 잘못 보았을 것이 틀림없다. 이 구경꾼은 노트르담의 현관 앞에서 정오부터 일어나고 있던 일을 낱낱이 보고 있었다. 그리고 아무도 예상하지 못한 일이지만, 처음부터 그 사나이는 매듭이 진 굵은 밧줄을 회랑의 한 기둥에 꽉 붙들어 매고 있었고, 그 밧줄의 끝을 아래에 있는 현관 앞의 계단에까지 늘어뜨리고 있었다. 그 일이 끝나자 그는 또 조용히 바라보기 시작했다. 그리고 간혹 지빠귀가 그의 앞을 날아갈 때면 휘파람도 불었다. 그러고 있다가 갑자기 사형집행인이 샤르몰뤼의 명령을 집행하려는 순간, 그는 회랑의 난간을 뛰어넘어 발과 무릎과 손으로 밧줄을 잡았다. 그러고는 사람들이 보는 앞에서 마치 유리 창문을 따라 미끄러져 내려가는 한 방울의 빗물처럼 정면으로 미끄러져 내려와 지붕에서 떨어지는 고양이처럼 날쌔게 두 사람의 사형집행인 쪽으로 달려갔다. 그리고 큰 주먹으로 그들을 때려눕히고는 마치 어린아이가 인형을 끌어안듯 한 손으로 집시 처녀를 낚아 안았다. 그는 그녀의 몸을 머리 위에 얹음과 동시에 몸을 날려 대성당 안으로 뛰어올라가 크게 소리를 질러댔다.

"여기는 성역이다!"

참으로 재빠른 동작이었으므로 만약에 밤에 일어난 일이었다면 번개가 한번 번쩍하는 사이에 모든 일이 해치워졌다고 할 수 있을 정도였다.

"성역이다! 성역이다!"

군중들도 따라서 되풀이하기 시작했다. 점차 수만의 박수 소리가 카지모도의 애꾸눈을 기쁨과 자랑스러움으로 빛나게 했다.

이 갑작스런 소동으로 여자도 정신을 되찾았다. 그리고 눈을 뜨고 카지모도를 보았으나 곧 자기를 구해준 사람의 모습에 놀란 것처럼 얼른 눈을 감아버렸다.

샤르몰뤼는 어리둥절해 그저 멍하니 바라볼 뿐이었다. 사형집행인도 경비병도 모두 망연자실하여 서 있었다. 사실 노트르담 울타리 안에서는 유죄를 선고받은 사람도 어떻게 할 수가 없었다. 대성당은 피신처였다. 인간의 모든 법은 대성당의 문턱을 넘는 순간 소멸되어버리는 것이다.

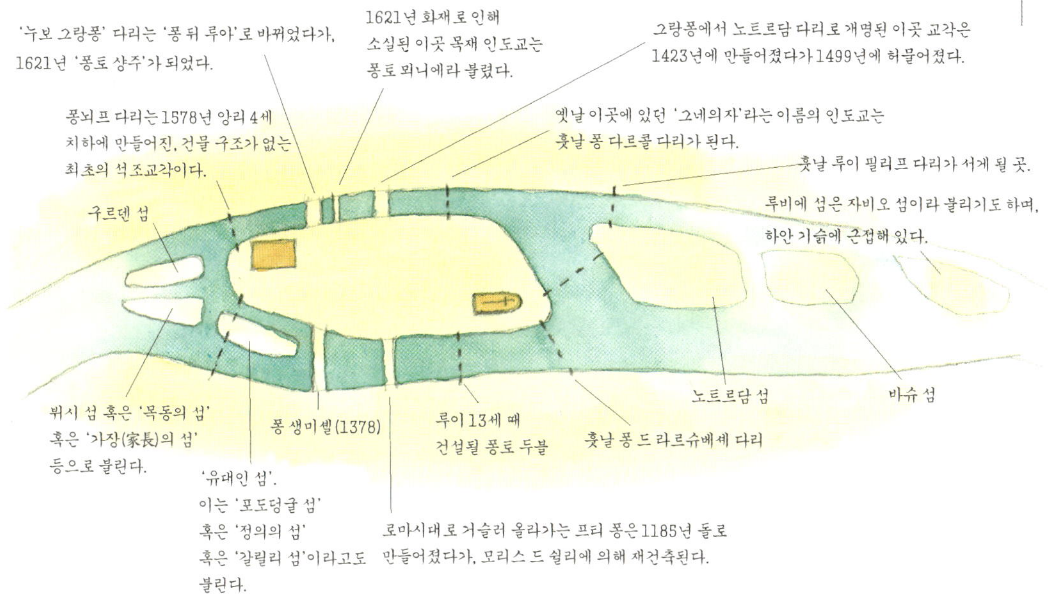

카지모도는 현관 아래에 멈추어 섰다. 그의 커다란 발은 마치 로마의 장엄한 돌기둥처럼 이 성당의 포석을 단단히 버티고 서 있었다. 또 머리카락이 텁수룩한 큰 머리는 마치 갈기만 있고 목은 없는 사자처럼 어깨에 파묻혀 있었다. 그는 팔딱거리는 처녀를 하얀 휘장처럼 손에 드리워 쥐고 있었으나 매우 조심스러워서 행여나 부서뜨리거나 시들게 할까 봐 두려워하는 것 같았다. 마치 그것이 섬세하고 미묘하고 소중한 것이어서 자신의 손이 아닌 다른 손을 위해 만들어진 것이라고 느끼고 있는 것 같았다. 때때로 그는 그녀에게 감히 손을 대지 못하는 듯한, 숨결만으로도 접촉하지 못하는 듯한 표정을 짓곤 하였다. 그러더니 느닷없이 그녀를 그 울룩불룩한 자신의 가슴에 꼭 껴안았다. 자기의 재산처럼, 보물처럼, 마치 이 여인의 어머니가 그렇게 했을 것처럼. 그녀를 내려다보는 그의 눈에는 애정과 고통과 연민으로 가득 차 있었다. 문득 그는 그 번쩍이는 눈을 치켜떴다. 그러자 여자들은 울고 웃고 하였고, 군중들은 열광하여 발을 동동 굴렀다. 왜냐하면 그 순간 카지모도는 실로 아름다웠기 때문이다. 고아이며 업둥이이며 허섭스레기였던 그는 그 자신이 존엄하고 굳세다는 것을 그때 처음 느끼고 있었던 것이다. 그는 자기가 쫓겨나 있는, 그리고 지금 자기가 강력하게 개입하고 있는 그 사회를, 자기가 그 먹이를 빼앗은 인류의 법을, 공연히 헛다리만 짚게 된 그 모든 잔인한 인간들을, 그 경관들을, 그 법관들을, 그 망나니들을, 미미한 자기가 하느님의 힘으로 방금 분쇄해놓은 그 모든 국왕의 힘을, 자기 앞에서 똑바로 바라보고 있었다.

그리고 그토록 추악한 인간으로부터 그토록 불행한 인간 위에 떨어진 그 보호는, 카지모도에게 구출된 여자 사형수의 모습은, 실로 감격적인 것이었다. 이 두 사람은 바로 자연과 사회의 두 극단에 서 있는 불행한 존재였다. 그런데 이 두 사람이 몸을 맞대며 서로를 돕고 있었던 것이다.

그사이, 한참 열렬한 갈채를 받고 난 뒤 카지모도는 그의 짐을 가지고 후다닥 성당 안으로 들어가버렸다. 영웅적인 행위라면 무엇이고 사랑하는 민중은 그가 그토록 빨리 도망쳐버린 것을 아쉬워하면서 어두컴컴한 성당의 홀 안에서 그를 눈으로 찾고 있었다. 갑자기 그가 프랑스 역대 왕들의 조상이 있는 회랑의 한쪽 끝에 다시 나타나는 것이 보였다. 그리고 마치 미친 사람처럼 그 회랑을 빠져나갔다. 그리고 팔을 뻗어 획득한 것을 쳐들고 "성역이다!"라고 외쳤다. 군중은 또다시 환호성을 질렀다. 회랑을 다 지나서 그는 다시 성당의 안쪽으로 들어갔다. 잠시 후 그는 맨 위의 옥상에 다시 나타났다. 여전히 집시 여자를 양팔로 안고, 여전히 미친 듯이 뛰면서 여전히 "성역이다!"를 외치면서. 그리고 군중은 갈채를 보내고 있었다. 그는 마지막으로 큰 종루 꼭대기에 나타났다. 거기서 그는 온 도시에 자기가 살려낸 여인을 자랑스럽게 보여주려는 것 같았으며 사람들이 좀처럼 들을 수 없고 자기 자신도 한 번도 들어본 적이 없었던 우렁찬 목소리로, 미친 듯이 구름까지

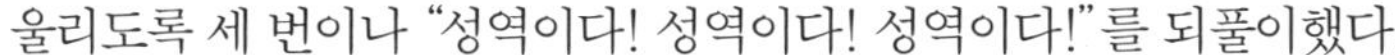

울리도록 세 번이나 "성역이다! 성역이다! 성역이다!"를 되풀이했다.

"와! 잘했다!"

군중들도 덩달아 부르짖었다. 이 거대한 환호성은 강 건너편까지 울려 퍼져서 그레브 광장의 군중들과 교수대를 조용히 응시하며 사형의 시간만을 기다리던 투르롤랑의 자루 수녀를 놀라게 했다.

제 9 부

신열

불행한 클로드 프롤로가 집시 처녀는 물론 자기 자신도 함께 빠져버린 운명의 올가미를 느닷없이 양자인 카지모도가 끊어버리고 있을 때, 부주교는 이미 노트르담 안에 있지 않았다. 그는 곧장 제의실로 돌아가 성직자의 장백의와 제복과 영대를 어리둥절해하는 성당지기의 손에 벗어 던지고는 수도원의 비밀 문을 통해 빠져나갔다. 그는 테랭의 뱃사공에게 센 강 좌안으로 가달라고 이야기하고는 대학가의 기복이 심한 거리로 들어가 정처 없이 걷기 시작했다. 그곳에서 그는 마녀가 목 매달리는 것을 구경할 시간은 아직 충분하다며 생 미셸 다리로 신나게 몰려가는 사람들과 마주치곤 했는데, 그의 얼굴은 창백하고 넋이 나간 듯, 마치 한낮에 아이들에게 쫓기는 올빼미보다 더 당황하고 사나운 표정을 하고 있었다. 그는 자기가 어디에 있는지, 무엇을 생각하는지, 또는 꿈인지 생시인지도 알지 못했다. 어디라고 할 것 없이 거리에서 거리로 정처 없이 돌아다니거나 갑자기 달리거나 하면서 그저 막연히 자기 뒤쪽에 그레브 광장이 있다는 것을 의식하며 그 무서운 그레브에 떠밀려 쉬지 않고 닥치는 대로 앞으로 밀려 나가고 있을 뿐이었다.

그는 그렇게 생트 주느비에브 산을 따라 가다가 마침내 생 빅토르 문을 지나 거리를 빠져나갔다. 그는 계속 뒤를 돌아다보고 대학가의 몇 개의 탑을

교각
퐁 뒤 루아 교각 위에는 촘촘히
들어선 건물들 안에 금은 세공사들과
이탈리아 환전상들이 진을 치고 있었다.
이와 같은 다리들 중 이웃한 교각 한 곳이
1612년 화재로 전소되었는데,
그것이 바로 퐁토 뫼니에 다리다.
그 당시 모든 다리들 위에는 건물들이
빽빽이 들어서 있었다.

건물-교각-방앗간

물레방아가 다리 아래 고정되어 있는 경우,
교각은 목재로 되어 있었다. 물레방아와 풍차는
12세기에 나타난 것이다.

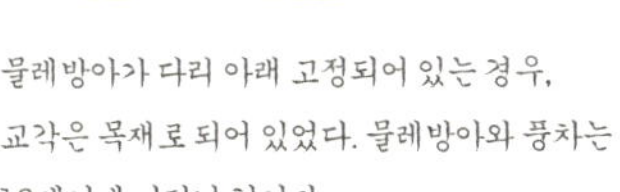

물레방아선들은 교각이나
강기슭 가까이 정박해두었다.

영주들의 거처에는 상수도가,
평민들의 거처에는 우물이,
하층민들의 거처에는 샘이나 센 강이
주된 식수원 역할을 담당했다.
그중에서 우물은 13세기부터
조성이 되었으나, 그 깊이는 일천한
수준이었다.

근본적으로 생활용수의 대부분을
센 강에 의존했는데, 도시의 모든
하수구와 배수구가 죄다 그곳으로
흘러들기 때문에 강물의 수질은
무척 오염된 상태였다.

둘러싼 벽이나 시외에 흩어져 있는 집들이 보이는 동안 계속 도망쳤다. 마침내 지층의 습곡 하나가 그 추악한 파리의 시가지를 가려주면서 파리에서 400킬로미터나 떨어진 들판에 왔다고 믿어질 때에야 그는 도망치던 발걸음을 멈추고 간신히 안도의 숨을 쉬는 듯했다.

그때 다시 그의 머릿속으로 무서운 생각이 들이닥치기 시작했다. 그는 스스로의 마음속을 똑똑히 들여다보고는 몸을 떨었다. 그는 자기 자신은 물론 자기가 절망의 구렁텅이로 몰아넣은 그 불행한 집시 처녀를 생각했다. 그는 숙명이 그들 두 사람의 운명을 서로 부딪치게 하고 무자비하게 부서뜨려버린 그 교차점에 이르기까지 그들이 걸어온 두 갈래의 꼬불꼬불한 길을 험악한 눈길로 돌아보았다. 그는 영원한 서원의 어리석음을, 정결과 학문과 종교와 미덕의 허무함을, 하느님의 무용함을 생각했다. 그는 마음껏 나쁜 생각들 속으로 빠져들어갔고, 그 속에 깊이 잠겨들수록 자신의 내면에서 악마의 웃음이 터지는 것을 느끼고 있었다.

그리고 그렇게 자신의 마음속을 파고들어가면서, 자연이 거기에 얼마나 넓은 자리를 정열에게 준비해놓았는지를 보았을 때, 그는 더욱 고통스럽게 비웃어주었다. 그는 자기 마음의 밑바닥에서 자신의 모든 증오를, 자신의 모든 악의를 휘저어보고, 환자를 진찰하는 의사처럼 냉철한 눈으로 그 증오와 악의는 부패한 사랑에 불과하다는 것을, 인간의 모든 미덕의 원천인 이 사랑은 신부의 가슴속에서는 끔찍한 것으로 변한다는 것을, 그리고 자기 같은 인간은 신부가 됨으로써 악마가 된다는 것을 깨달았다. 그리고 그는 소름 끼치는 웃음을 터뜨렸다. 그러다 그는 갑자기 자신의 숙명적인 정열, 결국 한 여자에게는 교수대를, 한 남자에게는 지옥을 가져다주어 그 여자는 사형수가 되고 자기는 저주받은 사나이가 되는 결과밖에 얻지 못한 그 부식적이고 유독하고 증오에 넘친, 빙탄 같은 사랑의 가장 끔찍한 면을 생각하고는 다시 창백해졌다.

그런 뒤에, 푀부스는 아직 살아 있으며 중대장으로 살아가고 여전히 쾌활하고 즐거워하며 그 어느 때보다 멋진 군복을 입고 새로 생긴 애인과 함께 옛 여자가 교수형 당하는 것을 구경하러 다닌다는 것을 생각하고는 또다시 웃음을 터뜨렸다. 그는 죽어주었으면 하고 바랐던 살아 있는 사람들 중에서 유일하게 자신이 미워하지 않았던 집시 처녀만이 도리어 죽음의 과녁에 세워진 단 한 사람이라는 것을 생각하자 쓴웃음을 지을 수밖에 없었다.

그러자 그의 생각은 중대장으로부터 광장에 몰려들었던 군중으로 옮아가면서 엄청난 질투심에 사로잡혔다. 광장에 몰려든 전체 군중들이 자신이 사랑하는 여인의 거의 벌거벗은 모습을 보고 있었다는 사실이 떠올랐다. 그가 혼자 어둠 속에서 그녀의 모습을 어렴풋이 보았을 때는 자기에게 최고의 행복을 주었으나 겉보기에 향락의 밤을 보낼 때와 비슷한 차림새로 한낮에 광장을 가득 메운 군중들 앞에 내팽개쳐졌다는 생각을 하면 그의 팔을 비비 꼬게 만들었다. 영원히 모욕당하고, 모독당하고, 노출되고, 오욕당한, 사랑의 모든 비밀을 생각하자 그는 분노가 치밀어 올라 울음을 터뜨렸다. 더욱 분해서 더 크게 울었다. 얼마나 많은 추잡한 눈들이 그 풀어헤쳐진 속옷 자락을 보고 즐거움을 느꼈을까 상상하면서, 그리고 또 그 순결한 백합꽃과도 같은 아름다운 아가씨가, 그 자신은 떨려서 감히 입술도 제대로 가까이하지 못했던 정숙하고 감미로운 술잔이 어중이떠중이의 밥그릇처럼 내돌려져서 파리의 가장 추악한 천민들이, 도둑놈들이, 거지들이, 하인배들이 거기에 함께 몰려들어 파렴치하고 불순하고 타락한 쾌락을 마셨다는 것을 상상하면서.

그리고 만약 그녀가 집시 여자가 아니고 자신 또한 신부가 아니었다면, 그리고 푀부스라는 존재가 처음부터 있지 않고 그녀가 자신을 사랑했더라면 그가 이 세상에서 발견할 수 있었을지도 모르는 행복이란 어떤 것일까를 생각해보았다. 그러면…… 어쩌면 평온과 사랑의 삶이 자신에게도 가능했으리라. 바로 이 순간에도 이 세상 여기저기에, 오렌지 나무 아래서, 시냇가에서, 저물어가는 석양 앞에서, 별이 총총 뜬 밤하늘 아래서, 끝없는 이야기에 잠겨 있는 행복한 남녀의 쌍들이 있으리라. 그리고 만약 하느님께서 바라셨더라면, 자신도 그녀와 함께 그 축복 받은 쌍들 중 한 쌍을 이룰 수도 있었으리라는 상상을 하자, 그의 가슴은 애정과 절망 속에 녹아드는 것이었다.

오, 그녀! 그녀다! 끊임없이 되돌아와서 그를 괴롭히고, 그의 머릿골을 물어뜯고, 그의 오장육부를 갈가리 찢는 것은 이 고정관념이었다! 그는 뉘우치지도 후회하지도 않았다. 자기가 이미 저지른 짓은 무엇이든 또다시 할 용의가 있었다. 그는 그녀가 중대장의 손에 들어가 있느니보다는 차라리 망나니들의 손에 넘겨지는 것을 보는 게 낫다고 생각했다. 그러나 그는 괴로워하고 있었다. 그 고통이 얼마나 컸던지, 자신의 머리카락을 한 움큼씩 뽑아서는 하얗게 세어버린 것은 아닌지 들여다볼 정도였다.

가지가지 순간들 중에서도 특히, 그가 아침에 보았던 끔찍한 쇠사슬이 그토록 연약하고 아리따운 그녀의 목둘레를 쇠고리 매듭으로 지금쯤 옭죄고 있지 않을까 하는 생각이 떠오른 순간이 있었다. 이런 생각을 하면 모든 털구멍에서 땀이 솟아올랐다.

또 때로는 악마처럼 자기 자신을 비웃으면서도, 자기가 처음 보았던 에스메랄다, 즉 발랄하고 활달하고, 쾌활하며 갖가지 장식을 하고 춤을 추는 경쾌하고 조화로운 에스메랄다와 마지막 날 속옷 차림으로 밧줄에 목이 감기고 맨발로 교수대에 올라 사다리를 오르고 있는 마지막 순간의 에스메랄다를 동시에 상상해보기도 했다. 그는 이 두 가지 그림을 한 번에 머릿속에 떠올리다가 너무도 끔찍하여 비명을 질렀다.

이처럼 절망적인 감정의 폭풍우가 그의 마음속에서 모든 것을 부서뜨리고 찢고 휘어뜨리고 뽑아내는 동안, 그는 주변의 자연을 바라보았다. 그의 발 아래서 닭 몇 마리가 덤불 속을 뒤지고 다니며 부리로 쪼아대고, 아롱다롱한 풍뎅이들이 햇볕에 뛰어다니고 그의 머리 위로는 회색 구름들이 양 떼처럼 뭉게뭉게 푸른 하늘을 지나고, 지평선에는 생 빅토르 수도원의 첨탑이 언덕의 곡선 위로 그 슬레이트 뾰족탑을 우뚝 세우고, 코포 언덕의 방앗간 주인은 풍차날개가 부지런히 돌아가는 것을 휘파람을 불면서 바라보고 있었다. 그의 주위에서 갖가지 형태로 나타난 그 모든 부지런하고 조화로우며 조용한 삶들이 그의 마음을 아프게 했다.

그는 다시 달아나기 시작했다. 그는 그렇게 날이 저물 때까지 계속 달렸다. 자연이나 인생 그리고 자기 자신과 인간, 신 등 모든 것으로부터 하루 종일 도망쳤다. 대지에 몸을 던져 봉오리가 나온 밀 이삭을 손톱으로 꺾었다. 또 어떤 마을의 인기척 없는 거리에서 발걸음을 멈추기도 했다. 자기가 했던 생각들이 견딜 수 없이 미워져 두 손으로 머리를 움켜쥐고 어깨에서 뽑아 포석에 내동댕이쳐버릴까 하고 생각하기도 했다.

해가 저물 무렵 다시 한 번 자신의 모습을 돌아보니 마치 미친 사람 같았다. 집시 처녀를 구하려는 희망이나 의지를 잃은 순간부터 마음속에는 폭풍우가 몰아치고 있었다. 이 폭풍우는 마음속으로부터 성실한 생각을 모조리 불어서 날려버렸다. 이성은 거의 두들겨 부서진 지 오래였다. 마음속에는 이제 두 가지 모습이 뚜렷하게 떠오르고 있을 뿐이었다. 에스메랄다와 교수대가 바로 그것이었다. 그 외의 것은 모두 어둠 속에 묻혀 있었다. 두 개의 모습은 서로 얽혀 하나의 무서운 모습이 되었다. 마음속에 아직 남아 있는 주의나 생각을 모아 두 개의 모습을 보면 볼수록 그 무서운 모습은 생각할 수 없을 정도의 속도로 커지고 있었다. 한편에서는 그 우아함과 매력, 아름다움, 광명의 정도를, 다른 한편에서는 그 공포의 정도를 높이면서, 마침내 에스메랄다는 별같이, 그리고 교수대는 살이 빠져버린 거대한 팔같이 보이는 것이었다.

그런데 그가 이렇게 고통스러워하는 동안에도 죽고 싶은 마음이 한 번도 일어나지 않은 것에 주목해야 한다. 이 비열한 사나이는 그런 인간이었던 것이다. 그는 삶에 집착하고 있었다. 어쩌면 그는 실제로 뒤에 지옥을 보고 있었는지도 모른다.

그러는 동안에도 해는 저물었다. 그의 안에서 아직도 존재하는 생명은 대성당으로 돌아갈 것을 어렴풋이 생각했다. 그는 파리에서 멀리 떨어져 있다고 생각했으나 자신의 위치를 분간해보니 여전히 대학가 주위를 맴돌고 있었을 뿐이라는 사실을 깨달았다. 생 쉴피스의 첨탑과 생 제르맹 데 프레의 높은 탑이 우측 지평에 솟아 있었다. 그는 그쪽을 향해 갔다. 생 제르맹의 총구가 달린 참호 부근에서 수도원 경비병의 수하(誰何) 소리를 듣자 그는 돌아서서 수도원의 방앗간과 읍내의 나병원 사이로 통하는 작은 길로 들어갔다. 잠시 후 프레 오 클레르 목장의 가장자리로 나왔다. 이 목장은 밤낮으로 일어나는 소동으로 유명했다. 그것은 생 제르맹의 가엾은 수도사들의 히드라였다. 성직자들이 항상 새로운 토론 거리를 일으켰기 때문이다. 부주교는 거기서 혹시 누굴 만날까 봐 두려웠다. 모든 사람의 얼굴이 무서웠다. 그는 조금 전에도 대학과 생 제르맹의 마을을 피해 왔었다. 시내로 돌아가더라도 되도록 늦게 돌아가고 싶었다. 그래서 프레 오 클레르 목장을 따라, 디외뇌프와 목장 사이의 쓸쓸한 오솔길을 걸어서 마침내 강가에 이르렀다. 거기서 클로드 신부는 마주친 뱃사공에게 파리 주화 몇 드니에를 주고 배에 올랐다. 뱃사공은 시테 섬 끝까지 센 강을 거슬러 올라가 가느다란 반도 위에 그를 내려주었는데 이 반도는 여러분이 아는 바, 그랭구아르가 몽상에 잠겨 있던 모습을 보았던 바로 그 버려진 땅으로, 파쇠르 오 바슈 섬과 나란히 왕실 정원의 저쪽까지 뻗어 있었다.

배의 단조로운 흔들림과 물소리는 불행한 클로드의 기분을 어느 정도 가라앉혔다. 뱃사공이 떠난 후 그는 멍하니 강가에 서서 강물을 바라보았다. 사물이 모두 흔들려 보였고 그 흔들림은 점점 격렬해져 일종의 환상처럼 보였다. 엄청난 고통에서 오는 피로가 정신에 그런 효과를 빚어내는 것은 당연한 일일 것이다.

해는 이제 높게 서 있는 넬 망루 뒤로 넘어가고 있었다. 때는 황혼이었다. 하늘은 희고 강물도 희었다. 그 두 가지 흰빛 사이로, 그가 응시하고 있는 센 강의 왼쪽 강변이 검게 누워 있었다. 그것은 멀리 갈수록 가늘어지고, 검은 방첨탑처럼 지평의 안개 속으로 사라져갔다. 기슭 위로는 집들이 꽉 들어차 있었고, 그 검은 실루엣은 어둠 속에서 밝은 하늘과 물을 배경으로 뚜렷하게 떠오르고 있었다. 이쪽저쪽 집들의 창문은 그 속에 타오르는 불을 넣은 구멍처럼 붉게 반짝이기 시작했다. 하늘과 강물의 두 흰 면과는 별도로 뻗어 있는 검고 커다란 방첨탑 같은 강변은, 이 부근에서 매우 폭이 넓어져 있어 클로드 부주교에게 이상한 느낌을 주었다. 마치 스트라스부르의 종루 아래 땅바닥에 드러누워서 그 거대한 첨탑을 올려다보는 느낌이었다. 다만 이 곳에서는 서 있는 것이 클로드이며, 누워 있는 것이 방첨탑이었다. 그러나 강물이 하늘을 투영하여 그의 발밑에 심연처럼 드러누워 있었기 때문에 이 거대한 곳은 어떤 대성당의 첨탑처럼 허공에 대담스레 솟아올라 있는 것 같아서 그 인상이 똑같았다. 더구나 그 인상은 신기하고 감명 깊은 것이어서, 이것이 바로 스트라스부르의 종루이다, 무엇인가 전대미문의 거창하고 막대한 것이다, 어떠한 인간의 눈도 본 적이 없는 건축물이다, 일종의 바벨탑이다, 라는 인상까지 주는 것이었다. 집집의 굴뚝, 성벽의 총안, 지붕의 깎아지른 듯한 합각머리, 오귀스탱의 첨탑, 넬 망루, 거대한 방첨탑의 옆모습을 들쭉날쭉하게 만드는 그 모든 돌출물들은 얼추 보아 이상야릇하게도, 복잡하고 환상적인 조각물의 투조 구실을 함으로써 더욱더 환상을 북돋워주고 있었다. 환각 상태에 빠진 클로드는 자신의 살아 있는 눈으로 지옥의 종루를 보는 줄로만 알았다. 그는 이 무시무시한 종루의 전면에 흩어져 있는 수천의 불빛이 모두 안쪽에 위치한, 거대한 가마의 문처럼 보였다. 거기서 들려오는 목소리나 소음은 모두 고함 소리와 단말마의 헐떡거림 같았다. 그러자 그는 두려웠다. 그는 다시는 듣지 않으려고 귀를 막고, 다시는 보지 않으려고 등을 돌린 채 그 무시무시한 환영으로부터 성큼성큼 떠나갔다.

그러나 환영은 여전히 그의 안에 있었다.

그가 거리로 돌아갔을 때, 밀리는 통행인의 모습들이 가게의 진열창 불빛에 비치는 것이 보였는데, 마치 그의 주위를 영원히 오가는 망령들처럼 보였다. 그의 귓속에서는 이상한 소리가 울리고 있었다. 엉뚱한 상상이 정신을 어지럽히고 있었다. 그의 눈에는 집들도, 포석도 그리고 짐수레도 남자도 여자도 보이지 않았다. 다만 뚜렷하지 않은 물체의 모습들이 서로 융합하면서 뒤죽박죽되어 있었다. 바리유리 거리 모퉁이에 식료품 가게 하나가 있었는데 그 가게의 처마에는 예전의 습관대로 함석고리가 많이 달려 있고 나무로 만든 양초가 고리처럼 매달려 있었다. 그것이 바람에 흔들려 캐스터네츠처럼 딸각거리면서 서로 부딪쳤다. 그에게는 그것들이 몽포콩의 해골 묶음이 어둠 속에서 서로 부딪치고 있는 소리처럼 생각되었다.

"오!"

그는 중얼거렸다.

"밤바람이 해골들을 서로 부딪치게 하는구나. 그리고 해골들을 결박한 쇠사슬 소리는 뼛소리에 뒤섞이는구나! 그녀도 아마 저기에, 저 해골들 사이에 있겠지!"

그는 이미 미칠 것 같은 상태가 되어 자신이 어디로 가고 있는지도 알지 못했다. 몇 걸음 더 걸은 끝에 그는 생 미셸 다리 위에 서 있는 자신을 발견했다. 어느 건물의 1층에서 불빛이 보였다. 다가가보니 금이 간 유리창 너머로 더러운 방 하나가 눈에 들어왔다. 그 방의 풍경은 그의 마음에 어떤 기억을 희미하게 떠올려주기에 충분했다. 작은 등불로 희미하게 밝힌 방 안에서 금발머리에 싱싱한 젊은이가 즐거운 얼굴로 요란하게 몸치장을 한 젊은 여자를 끌어안고 큰 소리로 웃고 있었다. 등불 옆에서는 노파 하나가 떨리는 목소리로 노래를 부르며 물레질을 하고 있었다. 젊은이의 웃음소리가 그칠 때마다 노파의 노랫소리가 드문드문 신부의 귀에 들려왔다. 내용은 분명치 않으나 무언가 끔찍스러운 노래였다.

그레브 광장아, 짖어라, 그레브 광장아, 우글거려라!
자아라, 자아라, 내 토리대야,
안마당에서 휘파람 불고 있는
망나니에게 밧줄을 자아주어라.
그레브야, 짖어라, 그레브야, 우글거려라!

아름다운 삼밧줄을!
이시에서 방브르까지 씨를 뿌려라,
밀씨는 말고 삼씨를 뿌려라.
도둑놈은 훔치지 않았네,
아름다운 삼밧줄을!

그레브야, 우글거려라, 그레브야, 짖어라!
눈곱 낀 교수대에 목을 매다는
갈보를 보기 위해선
창문이 눈이라네.
그레브야, 우글거려라, 그레브야, 짖어라!

　노파가 이런 노래 가사를 흥얼거릴 때 금발의 젊은이는 품에 안은 여자를 애무하고 있었다. 그 노파는 파르루델이었고 여자는 창녀, 젊은이는 바로 신부의 동생인 장이었다.

그는 그 광경을 계속 지켜보고 서 있었다.

그는 장이 방 안쪽으로 가서 창문을 열고 강가 쪽으로 눈을 돌리는 것을 보았으며, 그가 다시 창을 닫으며 지껄이는 소리도 들었다.

"젠장! 벌써 밤이잖아? 시민들이 촛불을 켜고 하느님은 별에 불을 켜는 시간이란 말이야."

그러고는 여자에게 돌아와 테이블 위에 놓여 있던 술병 하나를 깨뜨리며 소리쳤다.

"빌어먹을! 술이 벌써 다 떨어졌잖아! 이젠 돈도 다 떨어졌는데 말이야! 이봐, 이자보! 유피테르가 네 허연 젖가슴 두 개를 술병으로 바꿔놓아 밤낮으로 빨아 마실 수 있게 하지 않는 한 그에게 고맙다는 생각을 못 하겠어!"

이런 농담에 여자가 웃음을 터뜨릴 때, 장은 갑자기 밖으로 나갔다.

클로드 신부는 그곳에서 동생과 정면으로 맞닥뜨리지 않기 위해 엉겁결에 땅바닥에 엎드렸다. 다행히 거리는 캄캄했고 장은 술에 취한 상태였다. 그럼에도 그는 누군가 흙바닥에 엎드려 있는 것을 알아차리고 중얼거렸다.

"얼씨구, 이 친구도 오늘 하루 무사히 지났구먼!"

그러면서 클로드 신부를 발로 툭툭 건드렸으나 신부는 꿈쩍도 하지 않았다.

"완전히 맛이 갔구나! 뻗었어, 젠장! 완전히 술통에서 건진 거머리 새끼로구나! 이것 봐라, 대머리 영감이네? 행복한 영감탱이로다!"

장은 이렇게 중얼거리며 걸음을 옮겼다. 클로드 부주교는 멀어져가는 장이 계속 중얼거리는 소리를 들었다.

"이유야 어찌됐든 말이지, 우리 부주교 형님은 현명하시고 돈도 있으니 매우 행복한 사람이란 말이거든!"

장이 사라지자, 부주교는 벌떡 일어나 노트르담을 향해 달려갔다. 대성당의 거대한 탑들이 어둠 속에서 모든 집들 위로 솟아 있는 것이 보였다.

숨을 헐떡이며 노트르담 성당 앞 광장에 도착한 그는 순간적으로 멈칫거리며 그 불길한 건물을 제대로 쳐다보지도 못했다.

"아! 정말 그런 일이 오늘 아침 이곳에서 일어났었단 말이지, 그게 정말, 사실일까?"

그는 중얼거리며 용기를 내어 성당을 바라보았다. 정면은 어두웠다. 뒤편의 하늘에는 별들이 반짝이고 있었다. 초승달이 막 지평선에서 솟아올라 마침 그때 오른쪽 탑 꼭대기에 걸려 있었다. 그것은 가장자리가 검은 클로버 잎 모양으로 된 난간가에 마치 한 마리 빛나는 새가 앉아 있는 것 같았다.

수도원의 문은 굳게 닫혀 있었다. 그러나 부주교는 자기 방이 있는 종탑의 열쇠를 항상 가지고 있었으므로 그 열쇠로 성당 안으로 들어갈 수 있었다.

성당 안에는 동굴과 같은 어둠과 고요가 가득했다. 넓은 현수막처럼 사방에 커다란 그림자가 늘어져 있는 것은 새벽 미사를 올릴 때 걸어놓은 휘장이 아직 그대로 걸려 있기 때문이었다. 은으로 된 커다란 십자가가 이 묘지의 밤을 비추는 은하처럼 반짝거리는 별을 아로새기며 어둠 속에서 빛나고 있었다. 성가대석의 기다란 창들은 검은 휘장 위에 첨두홍예의 위쪽 끝을 보여주고 있었는데 달빛이 스며들고 있는 그 창유리는 밤의 희미한 빛깔, 즉 자주색이나 흰색, 아니면 푸른빛이라고도 할 수 없는 죽은 사람의 얼굴에 떠오르는 빛을 하고 있었다. 이 창백한 첨두홍예의 상단을 보며 부주교는 저주받은 주교들의 주교관을 보는 것 같다고 생각했다. 눈을 감았다 다시 떴을 때, 창백한 얼굴들이 둘러서서 자신을 노려보고 있는 것만 같았다.

그는 성당을 지나 도망치듯 달렸다. 그러자 성당 역시 흔들리고 움직이고 생기를 띠기 시작하여, 커다란 기둥 한 개가 거대한 다리가 되어 커다란 발바닥으로 땅바닥을 밟고 서 있는 것 같기도 하고 거대한 대성당이 코끼리가 되어 숨을 내뿜고, 기둥은 다리가 되고 두 탑은 코가 되고 거대한 검은 장막은 코끼리 옷이 되어 숨을 쉬며 걷고 있는 것 같았다.

이와 같이 그의 상태는 이미 신열이 올라 정신착란이 극에 달한 상태였다.

이제 이 불행한 사나이에게 외부세계란 그저 눈에 보이고 손에 만져지는 무시무시한 공포의 계시록일 따름이었다.

스스로를 진정시키기 위해 그는 가까스로 걸음을 멈추었다. 옆에 있는 복도로 들어갔을 때 그는 육중한 원기둥들 뒤에서 붉은색의 한줄기 빛을 보았다. 마치 별을 본 듯 그는 달려갔다. 그것은 노트르담의 참례자용 성무일과서를 비추는 작은 램프의 빛이었는데 밤낮으로 그곳을 밝히고 있었다. 그는 뭔가 위로가 되거나 힘이 되는 말을 찾을 수 있기를 기대하며 성서를 향해 달려갔다. 책은 '욥기' 부분이 펼쳐져 있었다. 그는 멍한 눈으로 그것을 읽어 내려갔다.

'그리고 하나의 정령이 내 얼굴 앞을 지나갔으며, 나는 작은 숨소리를 들었고, 내 살갗의 털은 곤두섰다.'

이렇게 음산한 글귀를 읽으며 그는 마지 소경이 자기가 주운 막대기에 찔렸을 때와 같은 아픔을 느꼈다. 다리에서 힘이 쭉 빠지는 것을 느끼며 그는 힘없이 그 자리에 쓰러졌다. 그리고 그날 낮에 죽은 여인을 생각했다. 그의 머릿속에서 괴이한 연기 한줄기가 감돌다 사라지는 것을 느끼며 자신의 머리가 지옥의 굴뚝이 된 것 같은 착각에 사로잡혔다.

이런 상태에서 아무것도 생각하지 않고 악령의 손아귀에서 짓눌려 터지고 저항도 할 수 없이 오랜 시간이 지난 것 같았다. 이윽고 얼마간 기운을 되찾자 그는 탑에 올라가 저 충실한 카지모도 옆에서 쉬어야겠다고 생각했다. 그는 자리에서 일어섰다. 그리고 두려웠으므로, 길을 밝히기 위해 성무일과서와 램프를 손에 들었다. 그것은 신성모독이었다. 그러나 더 이상 사소한 일에 신경 쓸 경황이 없었다.

그는 남모를 공포심에 사로잡힌 채 힘겹게 종탑의 계단을 오르기 시작했다. 그렇게 늦은 시간에 총안을 거처 종탑으로 오르는 것은 성당 앞뜰을 지나는 심야의 통행인들에게까지 공포감을 퍼뜨릴 수 있다는 것 또한 그는 알고 있었다.

갑자기 얼굴에 섬뜩한 느낌을 받은 그는 어느새 가장 높은 회랑의 문 아래 이른 것을 알아차렸다. 공기는 차갑고 하늘에는 구름이 흐르고 있었다. 구름의 흰 파도는 그 구석구석을 부수면서 몇 겹이나 겹쳐 굽이치고 겨울에 강의 얼음이 녹을 때와 같은 모습을 하고 있었다. 구름 사이에 보이는 초승달은 마치 공중의 얼음 덩어리들 사이에 좌초된 하늘의 배 같았다.

그는 눈길을 떨어뜨리고 두 종탑을 연결하는 난간의 작은 기둥들 사이에 서서 안개와 연기의 장막을 통해 여름밤 조용한 바다의 파도처럼 서로 밀고 당기는 파리의 말없는 뾰족 지붕들을 바라보았다.

달은 하늘과 땅을 잿빛으로 물들이고 있었다. 그때 큰 시계가 가냘픈 쇳소리로 종을 쳤다. 밤 열두 시를 알리는 것이었다. 그러자 신부는 정오를 떠올렸다. 그로부터 열두 시간이 흐른 것이다.

"오! 에스메랄다는 지금쯤 싸늘하게 식었겠지!"

그는 이렇게 중얼거렸다.

그때 갑자기 바람이 휙 불면서 램프가 꺼져버렸다. 그와 동시에 반대편 종탑 모퉁이에 하나의 그림자가 나타났다. 그것은 하나의 형체이자 하나의 여인이었다. 그는 무의식적으로 몸을 떨었다. 그림자 곁에는 작은 염소도 있어서 마지막을 울리는 시계 소리에 그 울음소리가 섞여 들려왔다.

그는 정신을 바짝 차리고 그림자를 바라보았다. 그녀, 에스메랄다였다!

그녀는 창백하고 침울했으며 머리카락은 아침과 마찬가지로 어깨에 늘어져 있었으나 목에는 밧줄이 걸려 있지 않았고, 손도 묶여 있지 않았다. 이제 그녀는 자유의 몸이었고 죽어 있었다. 그녀는 흰옷을 입고 머리에는 흰 베일이 덮여 있었다.

그녀는 하늘을 우러러보면서 그를 향해 다가오고 있었다. 신비로운 염소가 그 뒤를 따랐다. 그 순간 그의 몸은 돌처럼 굳어진 듯 도망칠 수도 없었다.

그녀가 한 걸음씩 다가올 때마다 그는 겨우 한 걸음씩 뒤로 물러날 수 있을 뿐이었다. 그렇게 그는 둥근 천장 밑 계단 아래까지 밀려갔다. 그는 그녀도 그곳으로 들어올 거라고 생각하며 얼어붙어 있었다. 만약 그녀가 그렇게 했더라면 그는 그 순간의 공포를 이기지 못하고 숨이 멎어버렸을지도 모른다.

그녀는 계단 문 앞까지 와서 잠시 어둠 속을 응시했으나 신부를 보지 못한 듯 그냥 지나쳐버렸다. 그녀는 살아 있을 때보다 키가 더 커 보였다. 흰 옷자락을 통해 달이 보였고 그녀의 숨소리도 들려왔다.

그녀가 지나간 후, 그는 다시 계단을 내려가기 시작했다. 자신이 유령에게서 본 것처럼 느린 걸음으로, 자신도 유령이 된 거라고 생각하며, 사나운 얼굴로 머리털을 곤두세우고 손에는 여전히 꺼진 램프를 든 채, 나선형 계단을 내려가는 그의 귓가에 어떤 목소리가 웃으면서 이렇게 되풀이하고 있었다.

"……하나의 정령이 내 얼굴 앞을 지나갔고, 나는 작은 숨소리를 들었고, 내 살갗의 털은 곤두섰다."

chapter 2

곱사등이, 애꾸눈, 절름발이

중세 무렵에는 어느 거리에나, 또 프랑스에서는 루이 12세 때까지 곳곳에 성역이 있었다. 이런 성역은 도시에 범람하고 있던 형법이라든가 야만적인 재판권의 홍수 속에서 인간이 행하는 재판의 수면 위에 한층 높이 솟아올라 있는 섬과 같았다. 어떤 죄인이라도 이곳에 당도하기만 하면 모두 구조받을 수 있었다. 또한 교외에는 교수대가 설치된 곳이 있었는데, 그와 동시에 이 교수대의 수와 같은 수의 성역도 마련되어 있었다. 그것은 형벌의 남용과 병행되는 처벌을 모면한다는 것의 남용이기도 했는데, 이 두 가지의 악폐는 서로 협력하여 결함을 보충하고 있었던 것이다. 국왕의 궁전, 귀족의 성 그리고 성당 등이 이 비호권을 가지고 있었다. 인구를 증가시키지 않으면 안 되는 시기에는 하나의 도시 전체를 일시적으로 성역으로 지정하는 일도 있었다. 루이 11세는 1467년에 파리를 성역으로 지정하였다.

일단 성역에 발을 들여놓기만 하면 죄인은 불가침이었다. 그러나 거기서 나오지 않도록 조심해야 했다. 한 걸음이라도 그 밖으로 나가면 그는 다시 형벌의 파도에 휩싸여버리게 되는 것이다. 성역 주위는 교수대와 능지처참형틀 등으로 엄중히 둘러싸여 있었다. 마치 고래나 상어가 배 주위를 맴도는 것처럼 끊임없이 먹이를 노리고 있었던 것이다. 그리하여 죄수들이 수도원에서, 궁전의 계단에서, 수도원의 경작지에서, 성당의 문 아래에서 백발이 되는 모습을 종종 볼 수 있었다. 이런 까닭에 성역 역시 일종의 감옥이었다. 때로 최고재판소의 엄숙한 판결이 특권을 침해하고 피고를 사형집행인에게 넘기는 일도 있었으나 그런 일은 흔치 않았다. 최고재판소는 주교들을 멀리하였고, 이 두 법의가 서로 감정이 뒤틀리는 날에는 법복은 사제복과 더불어 수월하게 일을 볼 수 없었다. 그러나 때로는 파리의 사형집행인 프티장의 살인 사건과 장 발르레의 살해자 에므리 루소 사건에서 보듯이, 재판소는 성당의 벽을 뛰어넘었고, 판결의 집행을 강행하기도 했다. 그러나 최고재판소의 판결이 없다면, 흉기를 들고 성역을 침범한 자는 화를 입었다. 프랑스 원수 로베르 드 클레르몽과 샹파뉴 원수 장 드 샬롱의 죽음이 어땠는지는 누구나 다 알 것이다. 그 사건은 페랭 마르크라는 환전꾼의 사환이 저지른 별 볼일 없는 소행으로 밝혀졌지만, 두 원수는 생 메리의 문을 부쉈고 그것은 크나큰 중죄였다.

성역의 주위에는 대단한 경의가 감돌고 있었으므로, 전설에서 말하는 것을 들어보면, 심지어 짐승에 이르기까지도 경의를 품었다고 한다. 에무앵의 이야기에 따르면, 다고베르에게 쫓기는 사슴 한 마리가 성 드니의 무덤 옆으로 달아났을 때, 사냥개 떼가 걸음을 멈추고 짖기만 했다는 것이다.

성당들은 보통 애원하는 사람을 수용하기 위해 작은 방을 마련해두었다. 1407년에 니콜라 플라멜은, 생 자크 드 라 부슈리의 둥근 천장 위에 방을 하나 만들게 했는데, 그 비용으로 무려 파리 주화 4리브르 6솔 16드니에가 들었다고 한다.

노트르담 대성당에서는 수도원에 면한 측랑의 지붕 위 바람벽 밑에 그러한 작은 방을 만들어두었는데 현재의 종탑 문지기 아내가 정원을 꾸며놓은 바로 그 장소였다. 이 정원은 바빌론의 공중 정원들에 비하면, 한 그루의 종려나무와 한 포기의 상추, 삼무 라마트[196]와 문지기 아줌마 같은 격이다.

종탑과 회랑 위를 미친 듯이 의기양양하게 달린 뒤에, 카지모도가 에스메랄다를 내려놓은 곳이 바로 거기였다. 카지모도가 그렇게 달음박질치는 동안, 그녀는 제정신을 차릴 수가 없었다. 다만 공중을 날아다니는 것 같은 느낌뿐이었다. 반쯤 조는 듯 마는 듯, 깨는 듯 마는 듯, 아무것도 느끼지 못했으나 다만 공중으로 올라가고 몸이 붕붕 뜨고 날고 있는 느낌, 무엇이 자기를 지상에서 휘몰아가고 있는 듯한 느낌뿐이었다. 때때로 그녀는 카지모도의 폭소와 요란스런 목소리를 듣고 설핏 눈을 뜨기도 했는데 그럴 때면, 자신의 몸 아래로 붉고 푸른 모자이크처럼 슬레이트와 기와의 무수한 지붕들로 이어진 시가지가 보이고 눈앞으로는 카지모도의 무시무시하면서도 즐거운 듯한, 기괴한 표정이 보이는 것이었다. 그녀는 놀라 다시금 눈을 감았고 몽롱해진 가운데 모든 것이 끝났다. 자신이 까무러쳐 있는 동안에 사형이 집행된 것이다. 그녀는 자신의 운명을 주재하던 괴이한 정령이 다시 자신을 잡아가는 것이라고만 믿었다. 그리고 차마 그 정령을 바라보지도 못하고 그가 하는 대로 내버려두었다.

　그러나 머리를 풀어헤친 이 종지기가 숨을 헐떡이며 자기를 피난처의 작은 방에 내려놓고, 그 커다란 손으로 팔에 상처를 입힌 밧줄을 조심스레 풀어내는 것을 알았을 때, 그녀는 어두운 한밤중에 뭍에 닿은 배의 손님들을 깨워 일어나게 만드는 그런 종류의 동요를 느꼈다. 정신이 돌아오면서 그녀의 기억도 하나 둘 되살아났다. 자신은 지금 노트르담에 있으며 사형집행인의 손에서 벗어나 있다는 것, 그리고 아직 푀부스가 살아 있으며 더 이상 그녀를 사랑하지 않는다는 것. 이 두 가지 생각 중 한 가지는 그녀에게 깊은 고통을 안겨주었다. 그때 그녀는 자기 앞에 서 있는 카지모도를 돌아보았다. 그의 모습은 여전히 그녀에게 공포의 대상이었다. 그녀가 그에게 물었다.

　"왜 나를 살려냈나요?"

　그는 그녀의 말을 이해하려고 애쓰는 것처럼 불안한 태도로 그녀를 조용히 바라보았다. 그녀는 다시 한 번 물었다. 그러자 그는 몹시 슬픈 눈으로 그녀를 한 번 보고는 이내 달아나버렸다.

　그녀는 놀라서 한동안 멍하니 있었다.

　얼마 뒤 그는 작은 꾸러미를 하나 가지고 돌아왔다. 그것은 자비로운 여인네들이 그녀를 위해 성당 앞에 놓고 간 옷가지였다. 그제야 그녀는 문득 속옷 바람인 자신의 차림새를 알아차리고 얼굴을 붉혔다. 생명이 되살아난 것이다.

　그녀의 태도를 보고 카지모도도 무언가 수치심 같은 것을 느낀 듯했다. 그는 얼른 커다란 손으로 제 눈을 가리고 자리를 떴는데 그 발걸음은 느릿느릿했다.

　그녀는 급히 옷을 입었다. 그것은 흰 베일이 달린 시립병원 수련 수녀복이었다.

　그녀가 옷을 채 다 갈아입기도 전에 카지모도가 돌아왔다. 그의 한쪽 손에는 광주리가, 다른 손에는 이불이 들려 있었다. 광주리 속에는 포도주와 빵

파리에 있는 생 자크 드 라 부슈리 성당은
에스파냐의 콤포스텔라로 향한 순례가
출발하는 기점이었다.

'생 자크'라는 이름이
부여된 가리비

그것은 대성당 앞에서만 판매가
허용된 품목이었다. 그리고 예전 순례자가
앞으로 순례를 떠날 사람에게 주는 물건이기도 했다.
집의 문 옆에는 "이곳에 순례자가 살았거나
지금 살고 있다"라는 문구와 함께
이 가리비 모양이 새겨지곤 했다.

순례자의 차림새

- 짐승의 모피가죽으로 만든 모자
- 머리가 둥글고 끄트머리가 뾰족한 쇠로 처리된,
  사제의 축성을 받은 순례용 지팡이
- 사슴 가죽으로 된 배낭
- 지팡이에 매단 수통
- 둘둘 감고 잠을 청할 수 있을 만큼 넉넉한 망토

생 자크의 순례자

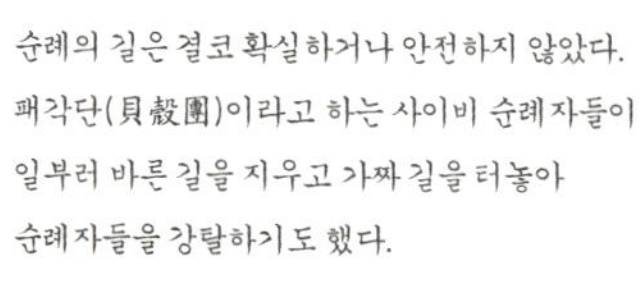

순례의 길은 결코 확실하거나 안전하지 않았다.
패각단(貝殼團)이라고 하는 사이비 순례자들이
일부러 바른 길을 지우고 가짜 길을 터놓아
순례자들을 강탈하기도 했다.

진짜 순례자들은 다음 순례자들의
안내를 위해 길가에 작은 돌멩이들을 쌓아
석총을 만들어놓곤 했다.

피레네산맥을 넘으면서 순례자들은 나무 십자가를 세운 뒤, 기도를 올리고 나서 다시 길을 떠났다.

성당의 측랑에서 유숙하고 있는 순례자

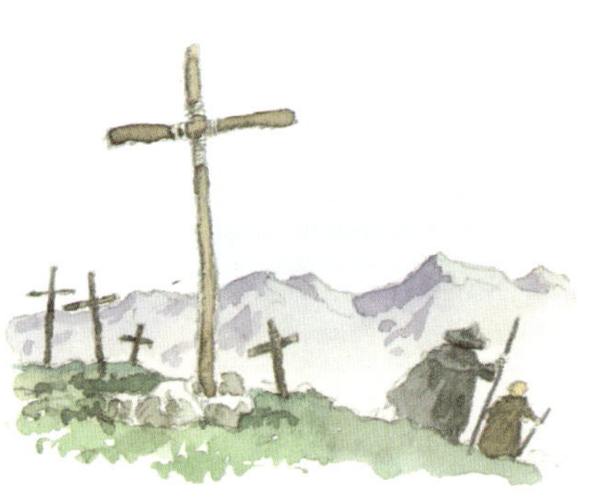

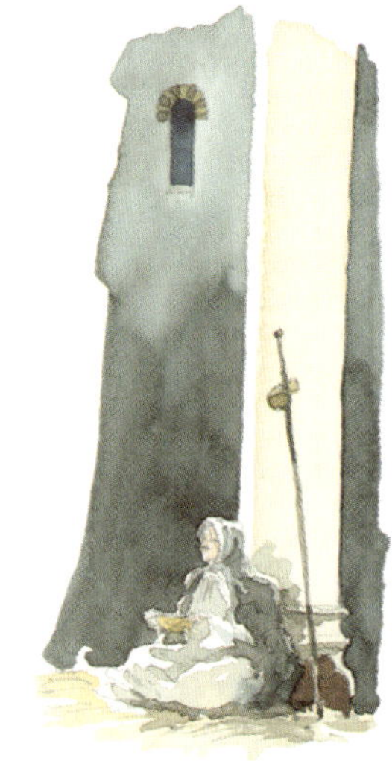

순례자를 위한 숙박소에서도 여름에는 하룻밤, 겨울에는 사흘 밤 이상은 묵을 수 없었다.

로마로 간 순례자들은 베드로 사도의 조각상에 입을 맞추었다.

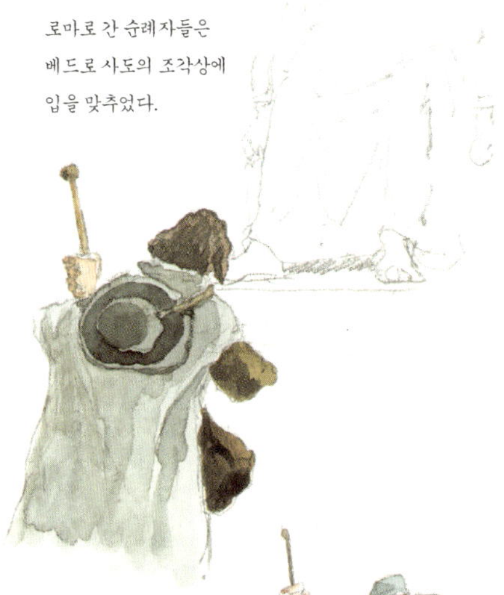

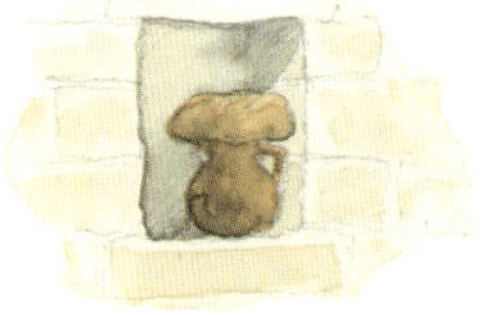

순례의 도정 중간중간에 자리한 수도원이나 숙박소 건물 바깥 벽감에는 순례자들을 위해 갖다 놓은 빵과 물이 종종 발견된다.

순례자들이 허기를 달랠 수 있도록 적선을 해주는 것은 당시 사람들에게 거의 의무나 다름없었다. 그만큼 순례자들은 성스런 위치에 있었고 청빈과 겸손의 미덕을 추구하는 자들로 여겨졌다.

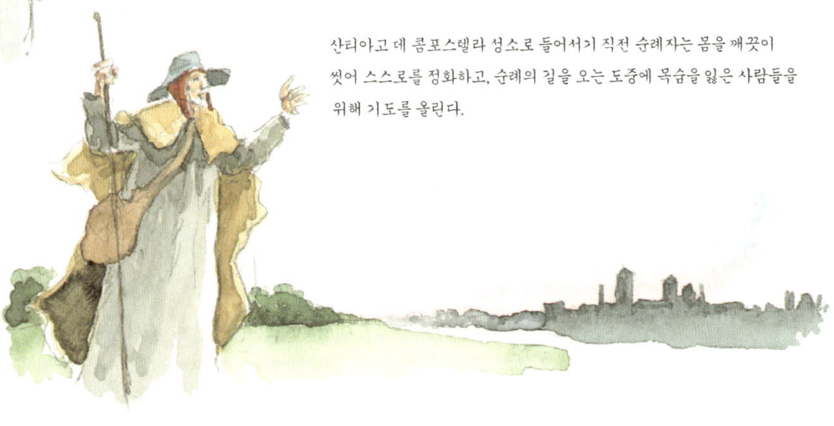

산티아고 데 콤포스텔라 성소로 들어서기 직전 순례자는 몸을 깨끗이 씻어 스스로를 정화하고, 순례의 길을 오는 도중에 목숨을 잃은 사람들을 위해 기도를 올린다.

을 비롯한 먹을거리가 들어 있었다. 그는 광주리를 바닥에 내려놓으며 먹으라고 말했다. 그리고 바닥에 이부자리를 펴주며 자라고 말했다. 종지기가 가져온 것은 그녀의 식사와 잠자리였던 것이다.

집시 처녀는 그에게 감사의 말을 전하려고 그를 쳐다보았으나 한마디도 할 수가 없었다. 그의 모습은 정말 흉했던 것이다. 그녀는 무서워서 떨면서 고개를 숙였다.

그러자 카지모도가 말했다.

"제가 무섭죠? 정말 흉하게 생겼어요. 그러니 제 얼굴을 똑바로 보지 말고 그냥 듣기만 하세요. 낮에는 여기에만 계셔야 합니다. 밤에는 성당 안을 돌아다녀도 돼요. 하지만 절대로 밤이고 낮이고 성당 밖으로 나가면 안 됩니다. 그럼 끝장이에요. 아가씨도 저도 죽게 될 거예요!"

그녀는 감동하여 대답하기 위해 고개를 들었으나 그의 모습은 이미 보이지 않았다. 그녀는 혼자 남아 거의 괴물 같은 사나이의 괴상한 말소리를 생각했다. 비록 목이 쉬었으나 그처럼 부드럽게 들리는 목소리가 놀라울 따름이었다.

그런 뒤에 그녀는 찬찬히 자신이 남겨진 방 안을 둘러보았다. 그것은 사방이 2미터도 안 되는 공간으로, 평평한 돌 지붕이 약간 기울어진 면 위에 작은 들창과 문이 한 개씩 붙어 있었다. 동물 형상을 한 여러 개의 배수구가 들창 너머로 자기를 보려고 목을 길게 빼고 들여다보는 것만 같았다. 지붕 가장자리에는 파리의 모든 연기를 올려 보내는 수없이 많은 굴뚝 꼭대기들이 보였다. 그것은 조국도 가족도 집도 절도 부모도 없는 업둥이에 사형수이며 한없이 불행한 그녀에게는 서글픈 광경이었다.

자신은 이제 완전히 외톨이라는 생각이, 그때까지 한 번도 느껴본 적이 없을 만큼 격렬하게 그녀를 괴롭혔다. 바로 그때, 그녀는 덥수룩한 털과 수염이 달린 머리 하나가 자기 손안으로, 자기 무릎 위로 슬그머니 들어오는 것을 느꼈다. 그녀는 몸을 떨며(그녀는 지금 모든 것에 놀라고 있었다) 바라보았다. 그것은 가엾은 염소, 날쌘 잘리였다. 카지모도가 샤르몰뤼 일당을 때려눕힐 때 그녀의 뒤를 따라 도망쳐 나와 벌써 한 시간 전부터 그녀의 발밑에서 열심히 몸을 비비고 있었는데도 정작 그녀는 알아차리지 못하고 있었던 것이다. 집시 처녀는 염소를 발견하고는 반가운 마음에 미친 듯이 입을 맞추었다.

"어머나, 잘리야! 내가 너를 까맣게 잊고 있었어! 너는 언제나 내 생각뿐인데 말이야! 너는 나를 배신하지 않는구나!"

그렇게 말하는 순간, 무언가 눈에 보이지 않는 손이 그녀의 마음속에서 줄곧 눈물을 억누르고 있던 무거운 돌을 치워주기라도 한 것처럼 눈물이 마구 솟구치기 시작했다. 눈물이 흘러나오면서 마음속의 고통도 함께 녹아내리는 것만 같았다.

어둠이 내리자 그녀는 밤이 매우 아름답고 달이 하도 다정스러워 보여 대성당을 두르고 있는 높은 회랑을 한 바퀴 돌아보기 시작했다. 그렇게 하고 나니 어느 정도 흥분이 가라앉는 듯했다. 그 높은 곳에서 내려다볼 때 지상은 지극히 고요하고 평화롭게 보였다.

chapter 3

귀머거리

다음 날 아침, 잠에서 깼을 때 그녀는 자기가 잠을 잤다는 사실을 알았다. 그것은 그녀에게 무척 이상한 일이었다. 그녀는 이미 오래전부터 제대로 잠을 자지 못해왔던 것이다. 아침의 부드러운 태양 빛이 들창에서 들어와 머

리 위에 빛을 던지고 있었다. 태양과 함께 들창에서 어떤 물체를 발견했는데 그것은 불쌍한 카지모도의 얼굴이었다. 엉겁결에 그녀는 눈을 감았으나 이미 늦은 뒤였다. 그녀의 장밋빛 눈꺼풀을 통해 애꾸눈이자 앞니가 빠진, 땅속에서 나온 귀신 같은 얼굴이 보이는 것만 같았다. 그녀는 여전히 눈을 감은 채 거칠지만 매우 조용조용한 말소리를 들었다.

"너무 두려워하지 마세요. 저는 당신의 친구입니다. 아가씨가 자는 것을 확인하기도 했어요. 당신이 자고 있을 때 여기 와도 아무렇지 않았잖아요? 눈을 감고 있을 때 제가 여기 있다 해도 뭐가 달라요? 이젠 갈게요. 자, 벽 뒤로 숨었으니 이젠 눈을 떠도 돼요."

이런 말속에는 말 이상으로 연민의 정을 자아내는 것이 있었다. 집시 처녀는 감동하여 눈을 떴다. 그의 말대로 그는 이미 보이지 않았다. 그녀가 채광 창으로 가서 보니 가련한 카지모도는 슬픈 듯, 체념한 표정으로 벽 한구석에 웅크리고 있었다. 그녀는 그에게서 느껴지는 불쾌감을 억제하려 애쓰며 말했다.

"이리 와요……."

그녀가 그에게 조용히 말했다. 카지모도는 그녀의 입술이 움직이는 것을 보고는 자기를 더 멀리 쫓아내려는 것으로 알고는 일어나 절룩거리며 원망의 눈으로 그녀를 쳐다보지도 못한 채 고개를 숙이고 천천히 그녀로부터 더 멀리 걸어갔다.

"이리 오라고요!"

그녀는 다시 한 번 외쳤으나 그는 계속 걸어갔다. 그러자 그녀는 방에서 달려나가 그의 팔을 잡았다. 그녀에게 팔이 잡힌 것을 알고 그는 사지를 떨었다. 그는 애원하는 눈으로 그녀를 보다가 그녀가 곁으로 자신을 끌어당기는 것을 알아차렸다. 그 순간, 그의 얼굴은 기쁨과 애정으로 반짝였다. 그녀는 그를 방에 들어오게 하려 했으나 그는 문 앞에 멈춰 선 채 도무지 들어서

려 하지 않았다.

"안 돼요. 부엉이는 종달새의 둥지에 들어가는 게 아니랍니다."

그가 말했다.

그러자 그녀는 잠든 염소 옆자리에 살포시 앉았다. 그렇게 두 사람은 한동안 말없이 꼼짝도 않고 서로를 바라보았다. 카지모도는 아리땁기 그지없는 그녀를, 그녀는 추하기 그지없는 그의 모습을. 카지모도의 모습은 하나하나 뜯어볼수록 추하기 이를 데 없었다. 그녀의 시선은 다리가 안쪽으로 휜 무릎에서 곱사등으로, 곱사등에서 외눈으로 옮아가고 있었다. 그녀는 세상에 이렇게도 서투르게 그려지다 만 인간이 존재하리라고는 생각조차 할 수 없었다. 그러나 그 모든 것 위에는 슬픔과 부드러움이 넘치고 있음을 알게 되었고 그녀는 그의 모습에 점점 익숙해지는 듯했다.

카지모도가 먼저 입을 열었다.

"저를 불렀나요? 왜요?"

그녀는 고개를 끄덕이며 말했다.

"그래요."

그는 그녀의 고갯짓을 알아차렸다.

"아! 저 사실은…… 저는 소리를 듣지 못해요."

"어머나, 세상에! 가엾어라!"

집시 처녀는 호의와 연민의 표정을 지으며 외쳤다.

그는 고통스러운 듯 미소 짓기 시작했다.

"제가 귀까지 먹었으리라고는 생각 못 했나요? 그래요 전 귀머거리예요. 그렇게 생겨먹었지요. 끔찍하죠? 아가씨는 정말 아름다운데!"

그의 말투에는 자신의 처지에 대한 깊은 자각이 담겨 있어서 그녀는 차마 더 이상 한마디도 할 수가 없었다. 무슨 말을 한다 해도 그에게 들리지 않을 테니 말이다. 그는 말을 계속했다.

"저는 지금처럼 제가 추하다는 것을 느껴본 적이 없어요. 아가씨와 비교해 보니 제가 너무나 가엾어요……. 저는 참으로 가련하고 불쌍한 괴물이에요. 아가씨에게는 정말 괴물같이 보이겠지요! 그렇죠. 그런데 아가씨는 한 줄기 햇살이에요! 한 방울의 이슬이고 아름다운 새의 노랫소리 같아요! 저는 끔찍하고 사람도 짐승도 아니고 돌멩이보다도 더 단단하고 더 자주 짓밟히면서도 도무지 정체가 불분명한 괴물이지요!"

그는 이렇게 말하고 웃기 시작했는데 그 웃음소리는 그녀에게 아픈 느낌을 충분히 전하고 있었다. 그는 말을 이었다.

"그렇죠, 저는 귀머거리예요. 그래도 아가씨가 손짓이나 몸짓을 하면 알아들을 수 있어요. 저를 구해주고 길러준 주인과도 저는 그렇게 이야기하거든요. 아가씨의 눈을 보면 무슨 말을 하려는지 금방 알아차릴 수 있을 거예요!"

"그런데 말이에요, 왜 날 구해줬냐고요? 말해줘요!"

그는 그녀가 말하는 동안 유심히 얼굴을 쳐다보았다.

"……아, 왜 아가씨를 구했느냐고요? 아마 잊어버렸겠지만, 어느 날 밤엔가 아가씨를 납치해 가던 녀석이 있었어요. 그다음 날 아가씨는 그 끔찍한 죄인 공시대에서 그 녀석의 목숨을 살려주었지요. 물 한 모금의 자비심을 베풀어준 덕분에 그날 그는 죽지 않았어요. 그건 제 목숨으로 다 갚지 못할 거예요. 아가씨는 그 녀석의 일을 모두 잊으셨겠지만…… 그는 아직도 잊지 않고 있거든요……."

그의 말을 들으며 집시 처녀는 깊은 감동을 받았다. 카지모도의 눈 속에 뜨거운 눈물이 어렸으나 흘러내리지는 않았다. 그는 명예를 걸고 눈물을 흘리지 않으려 애쓰는 듯했다.

"제 얘기를 조금만 더 들어주세요."

더 이상 눈물이 흐를 염려가 없어지자 그는 다시 말을 이었다.

"저기 아주 높은 종탑들이 있지요. 만약에 저기서 떨어지기라도 한다면 바닥에 닿기도 전에 숨이 멎어버릴 거예요. 만약…… 제발 제가 아가씨 눈앞에서 사라져주었으면 좋겠다고 생각될 때는…… 말 한마디도 필요 없어요. 그냥, 눈짓 한 번이면 돼요."

그렇게 말하고 나서 그는 불현듯 자리에서 일어섰다. 집시 처녀는 그 자신이 충분히 불행한 처지이면서도 마음속으로부터 이 알 수 없는 사나이에게 약간의 동정심이 일어나는 것을 느꼈다. 그녀는 그에게 조금 더 있으라는 손짓을 했다.

"아니요, 너무 오래 있으면 안 돼요. 당신이 저를 바라보는 것은 제 마음이 편치 않아요. 당신이 눈을 돌리지 않는 건 불쌍하게 여기기 때문이라는 걸 알아요. 차라리 당신에겐 제가 보이지 않아도 제가 당신을 마음 놓고 볼 수 있는 곳으로 가는 게 제 마음이 편할 것 같아요. 그렇죠?"

그러면서 그는 주머니에서 금속으로 된 작은 호루라기를 꺼냈다.

"받으세요. 제가 필요할 때, 제가 와주길 바랄 때, 저를 보고도 무섭지 않을 때 이걸 불어주세요. 이 소리는 들을 수 있거든요!"

카지모도는 반짝이는 호루라기를 바닥에 내려놓고는 도망치듯 사라졌다.

chapter 4

질그릇과 수정 그릇

흐르는 강물처럼 시간은 흘러갔다.

에스메랄다는 하루하루 마음의 안정을 되찾아가고 있었다. 극도의 고통은 지나치게 큰 기쁨과 마찬가지로 강렬한 만큼 오래 지속되지 않는 것이다.

사람이란 극단적인 감정에 영원히 머물 수는 없는 법이다. 집시 처녀도 잠깐 동안 매우 고통스런 경험을 겪었기 때문인지 큰 충격에서는 벗어났으며 작은 일에 깜짝깜짝 놀라는 정도로 호전되고 있었다.

이제 신변의 위협으로부터 벗어났다고 생각되자 그녀에게도 희망이 되살아나고 있었다. 그녀는 세상 밖으로, 생활 밖으로 격리된 상태였으나 막연히 언젠가는 그곳으로 돌아가는 일이 아주 불가능하지는 않을 것이라고 느끼고 있었다. 그녀는 자신이 자기 무덤 열쇠를 가진 채 죽은 사람 같다고 생각했다.

그녀는 오랫동안 자기에게서 떠나지 않던 무서운 그림자들이 하나 둘 사라져가는 것을 느꼈다. 생각조차 하기 싫은 피에라 토르트뤼도, 자크 샤르몰뤼도 머릿속에서 지워져가고 있었다. 그 신부의 모습조차도.

하지만 푀부스는 살아 있었다. 그것은 확실했다. 제 눈으로 그의 모습을 틀림없이 보았으니까. 그녀에게는 푀부스가 살아 있다는 것이 중요했다. 치명적인 타격을 차례로 받고 마음속에 지니고 있던 것은 모두 허물어져버렸으나 그래도 아직 영혼 속에는 또 하나의 것이, 하나의 감정만이, 중대장에 대한 사랑만이 그대로 남아 있었던 것이다. 사랑이란 한 그루 나무 같은 것이어서 저절로 자라고 온 생명 속에 깊이 뿌리를 내리고 황폐해진 마음 위에서도 푸르름을 더해가는 것이었다.

그리고 설명하기는 어렵지만, 이 정열은 맹목적이면 맹목적일수록 더욱 강하게 뿌리를 내린다는 것이다. 어리석게 보이면 보일수록 더욱 강인한 것이다.

에스메랄다는 푀부스를 생각할 때면 언제나 고통스러움을 같이 느꼈을 것이다. 그가 자신에게 배신당했다고 생각한다면, 그 말도 안 되는 일을 사실이라고 믿고 있다면, 그를 위해서라면 몇 번이라도 목숨을 버릴 수 있다고 생각하는 그녀의 칼에 찔렸다고 생각했다면 그야말로 섬뜩한 일이었을 것이다. 그럼에도 그녀는 그를 원망할 수 없었다. 왜냐하면 그녀는 '자신의 죄'를 자백했기 때문이다. 연약한 그녀는 엄청난 고문의 힘 앞에 무력하게 굴복해버렸던 것이다. 그러니 모든 잘못은 그녀에게 있는 것이었다. 차라리 손톱과 발톱이 모두 뽑히더라도 그런 거짓 자백은 하지 말았어야 옳았다. 하지만 그녀는 그를 단 한 번, 단 일 분만이라도 다시 만날 수만 있다면 그가 잘못 알고 있는 사실을 바로잡아주고 그의 마음을 다시 돌릴 수 있을 것이라고 믿어 의심치 않았다. 그녀의 진심 어린 한마디, 한 번의 눈짓이면 충분하리라고 믿고 있었다. 그녀는 또한 여러 가지 해괴한 일들에 관해서, 공개 사과를 하던 날 공교롭게도 그가 나타났던 일이며, 그와 함께 있던 여자에 관해서는 잊으려 하였다. 그 여자는 아마 그의 누이동생일 것이라고 자신에게 이야기했다. 이치에 맞지 않는 설명이지만 그녀는 그것으로 만족했다. 왜냐하면 그녀는 푀부스가 여전히 자기를 사랑한다고 믿고 싶었기 때문이다. 그가 그녀에게 그렇게 맹세하지 않았던가? 그녀에게 더 이상 무엇이 필요하겠는가, 소박하고 남의 말을 의심 없이 곧이듣는 그녀에게? 또한 이번 사건은 외견상으로 그보다는 그녀에게 훨씬 불리하지 않던가? 그러므로 그녀는 기다리고 있었다. 희망을 품고 있었던 것이다.

대성당의 일에 대해 덧붙여두거니와, 그녀를 사방에서 둘러싸고 그녀의 목숨을 구하고 지키고 있는 이 거대한 성당은 그 자체가 최고의 진정제였다. 이 건축물의 장엄한 직선, 그녀를 둘러싼 종교적인 분위기, 즉 이 석조 건물의 모든 구멍에서 뿜어져 나오는 경건하고 침착한 상념들이 부지불식간에 그녀에게 영향을 미치고 있었던 것이다. 건물은 또한 축복과 장엄함의 울림을 지니고 있어서 그녀의 병든 영혼도 치유되어갔다. 성직자가 부르는 단조로운 노래, 참회자가 성직자에게 대답하는 목소리의 울림, 스테인드글라스의 조화로운 떨림, 수백 개의 나팔처럼 터지는 파이프오르간, 왕벌들의 벌집처럼 윙윙거리는 세 개의 종탑, 회중으로부터 종루까지 쉴 새 없이 오르내리는 거대한 음계가 춤을 추는 관현악은 그녀의 기억이나 상상력은 물론 고뇌를 진정시켜주었다. 특히 종소리들이 그녀의 마음에 큰 위로가 되었다. 그것은 마치 거대한 기계들이 그녀 위에서 커다란 파도처럼 펼치는 강력한 최면술과도 같았다.

그러므로 매일 아침 해가 떠오를 때마다 그녀는 한결 더 진정되고 더 잘 숨 쉬고, 점점 더 생기가 돌기 시작했다. 마음속의 상처가 아물어감에 따라 그녀의 아리따움과 다정함이 꽃처럼 다시 피어나기 시작했는데, 그것은 그 전에 비하여 한층 더 차분하고 고요한 아름다움이었다. 그녀는 예전의 성격 도 되찾았다. 쾌활하고 입술을 삐죽거리는 특징도, 염소에 대한 사랑도, 노 래를 흥얼거리는 취미는 물론 수줍어하는 태도도 모두 되살아났던 것이다. 그녀는 가까운 다락방에 사는 누군가가 들창으로 자신을 엿보는 것은 아닐 까 걱정스러워 아침이면 제 방의 한쪽 구석에서 옷을 입느라 신경 쓰게 되 었다.

퍼부스를 떠올리다가도 그녀는 문득문득 카지모도를 생각했다. 그것은 살아 있는 사람들과 그녀 사이에 남아 있는 유일한 유대이자 관계이며 교섭 이었다. 불행한 여인! 그녀는 어쩌면 카지모도보다도 더 멀리 세상 밖으로 격리되어 있었던 것이다! 그녀는 우연히 알게 된 그 이상한 친구를 아직까 지 전혀 이해하지 못하고 있었다. 때때로 그녀는 눈을 감아버리고 감사를 표하지 않은 것을 스스로 뉘우치곤 했으나 도무지 그 가엾은 종지기에게는 더 이상 익숙해질 수가 없을 것 같았다. 그는 너무나 추악한 모습이었기 때 문이다.

그녀는 카지모도에게서 받은 호루라기를 그냥 바닥에 내버려두고 있었다. 그날 이후로 카지모도는 며칠 동안 그녀에게 먹을 것을 주기 위해 나타나곤 했다. 음식 바구니와 물병을 가지고 오면, 그녀는 그에게서 얼굴을 돌리지 않으려고 무척 애를 썼다. 그러나 그는 아무리 사소한 몸짓이라도 금세 알아차리고는 쓸쓸하게 돌아가는 것이었다.

한번은 그녀가 염소 잘리의 머리를 쓰다듬고 있을 때 그가 갑자기 찾아온 적이 있었다. 그는 염소와 그녀의 모습을 보며 잠시 생각에 잠긴 듯 서 있더니 그 무겁고 흉측한 머리를 저으며 말했다.

"저의 불행은 인간을 닮았다는 데 있었군요. 차라리 제가 짐승이라면, 저 염소라면 좋겠어요!"

그 말에 그녀는 깜짝 놀라 그를 쳐다보았다.

그는 그녀의 눈빛을 보고 이렇게 대답했다.

"왜 그렇게 보는지 잘 알고 있어요."

그러고는 얼른 그곳을 떠나버렸다.

또 한번은, 에스메랄다가 스페인의 옛 민요를 부르고 있을 때 그가 방문 앞에 나타났다. (그는 안으로는 절대로 들어오지 않았다.) 그녀는 그 노래 가사의 뜻은 모르지만, 아주 어릴 적 집시 여자들이 그 노래를 부르며 재워주던 기억이 남아 있었던 것이다. 노래에 빠져 열심히 흥얼거리던 그녀는 느닷없이 나타난 카지모도의 얼굴을 보고는 본의 아니게 깜짝 놀라 입을 다물고 말았다. 역시 당황한 종지기는 갑자기 문가에 무릎을 꿇어앉으며 투박하고 흉한 두 손을 모아 잡았다.

"오! 제발, 부탁이에요, 그 노래를 멈추지 말아주세요. 저를 쫓아내지 말아요."

그는 고통스러운 듯 애원했다.

그녀는 그를 슬프게 하지 않으려고 덜덜 떨면서도 노래를 계속했다. 노래를 할수록 그녀는 마음속에서 두려움이 사라져가는 것을 느꼈다. 어느새 그녀는 자신이 부르는 우울하고 단조로운 노랫가락에 몸을 맡기게 되었다. 그녀의 노래를 듣는 그 역시 마치 기도하듯 여전히 무릎을 꿇고 두 손을 맞잡은 채 숨도 쉬지 않는 것처럼 온몸의 신경을 집중하여 집시 처녀의 타는 듯한 눈동자를 깊이 응시하고 있었다. 마치 그는 그녀의 눈 속에서 그 노래를 듣고 있는 것만 같았다.

또 어느 땐가는 주저하듯 겁먹은 모습으로 그녀에게 다가와 힘들여 이렇게 말했다.

"저기요…… 할 말이…… 있어요……."

그녀는 손짓으로 듣겠다는 표시를 했다. 그러나 그는 한숨을 내쉬고는 입술을 움직이며 무언가 말을 하려다가 도로 입을 다물고는 그녀를 바라보며 안 되겠다는 듯 고개를 저었다. 그러고는 어리둥절해진 집시 처녀를 뒤로한 채 투박한 손으로 이마를 감싸며 그냥 돌아가버렸다.

벽에 새겨진 기괴한 인물들 가운데 그가 특히 좋아하는 인물이 있었는데 그는 종종 그것과 더불어 우정 어린 시선을 나누는 듯했다. 언젠가 그녀는 그가 벽의 인물을 향해 이렇게 말하는 것을 들었다.

"아, 나도 너처럼 돌로 되었으며 좋았을 것을!"

마침내 어느 날 아침, 에스메랄다는 지붕 끝까지 걸어나가 생 장 르 롱의 뾰족한 지붕 너머로 광장을 내려다보았다. 카지모도 역시 그곳, 그녀의 뒤쪽에 있었다. 그녀가 자기 얼굴을 보고 불쾌하지 않도록 일부러 뒤쪽에 있었던 것이다. 그때 갑자기 집시 처녀가 몸을 떨었다. 눈물과 기쁨의 빛이 한꺼번에 그녀의 눈 속에서 반짝거렸다. 그녀는 지붕 가장자리에 무릎을 꿇고 앉아 고통스러운 듯 광장 쪽으로 팔을 뻗으며 소리쳤다.

"푀부스! 여기예요! 제발, 이리로 와주세요! 한마디만, 꼭 한마디만 해주세요. 제발, 푀부스!"

그녀의 목소리며 얼굴, 몸짓뿐 아니라 몸 전체가 멀리 수평선 위에서 햇빛 속을 지나는 행복한 배에 구조신호를 보내는 사람 같은 비통한 심정을 고스란히 담고 있었다.

카지모도가 광장을 굽어보니, 타오르는 그리움에 사무친 집시 처녀가 애타게 부르는 상대가 보였다. 그것은 젊은 장교였다. 갑옷과 투구로 몸을 장식하고 중대장의 제복을 입은 미남 기사였는데, 광장 저쪽에서 말을 달리며 발코니에서 미소를 짓는 아름다운 아가씨에게 깃털 장식을 흔들며 인사를 하고 있었다. 그러나 그를 애타게 부르는 가련한 여인의 소리는 그에게 닿지 못하고 있었다. 그는 너무도 멀리 있었던 것이다.

그러나 이 가련한 귀머거리는 그 소리를 들을 수 있었다. 긴 한숨이 그의 가슴에서 새어 나왔다. 그는 고개를 돌려버렸다. 그의 심장은 삼켜버린 수많은 눈물로 부풀어 올라 있었다. 그는 경련하듯 두 주먹을 떨며 머리카락을 쥐어뜯었다. 주먹을 내렸을 때 두 손에는 붉은 머리털이 한 움큼씩 쥐여 있었다.

집시 처녀는 그런 그에게는 전혀 신경도 쓰지 않고 있었다. 그는 이를 갈며 중얼거렸다.

"제기랄! 저렇게 생겨먹어야 된단 말이지. 겉보기에 미남이기만 하면 되는 거야!"

그러는 동안에도 에스메랄다는 여전히 무릎을 꿇은 채 흥분하여 소리치고 있었다.

"오! 그분이 말에서 내리셨어! 저 집으로 들어가시려고 하네! 푀부스! 내 소리가 안 들리는 거야! 푀부스! 나와 동시에 말을 하다니 참 고약한 여자로구나! 푀부스, 여기예요! 푀부스!"

카지모도는 조용히 그녀를 바라보았다. 그에게는 무언극으로 보이는 그녀의 행동이 모두 이해되었던 것이다. 가련한 종지기의 눈에는 눈물이 가득 차 있었으나 한 방울도 흘러내리지는 않았다. 갑자기 그는 부드럽게 그녀의 옷깃을 잡아끌었다. 그녀가 돌아보자 그는 침착한 표정을 되찾고 있었다. 그가 그녀에게 말했다.

"저 사람을 데려올까요?"

그러자 그녀는 기쁨의 환호성을 올렸다.

"정말이에요? 어서 가요! 어서! 빨리 저 중대장을 데려와요! 제발!"

그녀는 그의 무릎에 매달렸다. 그는 괴로웠으나 고개를 끄떡일 수밖에 없었다.

"지금 가서 데려올게요……."

그는 힘없는 소리로 대답했다. 그러고는 고개를 돌리고 계단을 한달음에 뛰어내리기 시작했다. 흐느낌에 숨이 막힌 채로.

그가 광장에 도착했을 때 공들로리에의 저택 앞에는 문 앞에 묶어놓은 훌륭한 말 한 마리 외에는 아무도 없었다. 중대장은 방금 전에 집 안으로 들어간 것이다.

그는 성당의 지붕 쪽을 올려다보았다. 에스메랄다는 여전히 같은 자리에 그대로 있었다. 그는 그녀를 향해 서글프게 고개를 끄덕여 보이고는 공들로리에 저택의 현관 앞에 기대어 섰다. 그곳에서 중대장이 나오기를 기다리기로 마음먹은 것이다.

그날, 공들로리에 저택에서는 결혼식 전에 베푸는 연회가 있었다. 그 집 안으로 많은 사람들이 들어갔으나 쉽사리 나오는 사람은 아무도 없었다. 가끔 그는 성당 지붕 쪽을 쳐다보았는데 그녀 역시 꼼짝도 않고 있었다. 마부가 나와서 묶여 있던 말들을 풀어 마구간으로 끌고 갔다.

그날 하루가 그렇게 지나갔다. 카지모도는 현관 앞에 기대선 채로, 에스메랄다는 성당 지붕에 선 채로, 그리고 푀부스는 아마도 플뢰르드리스의 발치에 기대앉은 채로 말이다.

그리고 마침내 밤이 되었다. 달도 없는 칠흑 같은 밤이었다. 카지모도는 에스메랄다의 모습을 찾아 눈을 비볐지만 소용없었다. 얼마 후 그 모습은 어둠 속에서 희미한 그림자가 되었다가 마침내 아무것도 보이지 않게 되었다. 모든 것이 스러지고 어둠에 휩싸여버렸다.

공들로리에 저택의 정면 창문은 위층에서 아래층까지 모두 불이 켜져 있었다. 또 광장에 접한 다른 집들의 창문에도 하나 둘 불이 켜지기 시작했다. 그는 그러한 불빛들이 다시 하나 둘 꺼져가는 것도 보았다. 밤이 이슥해지도록 그곳에 서 있었던 것이다. 그러나 중대장은 나오지 않았다. 행인들이 모두 집으로 돌아가고 다른 집들의 유리창이 모두 어두워졌을 때도 카지모도는 오직 홀로 그 집 앞에 선 채로 남아 있었다. 그 당시 노트르담 광장에는 등불이 없었다.

그러나 공들로리에 저택의 창문에는 한밤중이 지나도 계속 불이 대낮처럼 밝혀져 있었다. 카지모도는 꼼짝도 하지 않고 주의 깊게 가지각색의 스테인드글라스 너머로 여러 사람들의 그림자가 경쾌하게 춤추는 모습을 보고 있었다. 만약 그가 귀머거리가 아니었다면 파리 시내의 소음이 잦아들수록 공들로리에 저택에서 새어 나오는 웃음소리와 음악 소리가 점점 더 또렷해지는 것을 알아차렸을 것이다.

새벽 1시쯤 하나 둘 초대 손님들이 돌아가기 시작했다. 카지모도는 어둠 속에 몸을 숨기고 등불로 밝힌 현관을 지나 거리로 나가는 손님들을 바라보았다. 그러나 푀부스는 보이지 않았다.

그의 가슴속은 슬픈 생각으로 가득 차올랐다. 간혹 지친 듯한 얼굴로 하늘을 쳐다보았다. 검고 무겁고 찢어진 모양의 커다란 구름들이 별이 뜬 하늘에 걸려 있었다. 그것은 마치 하늘의 둥근 천장에 매달린 거미줄 같았다.

그러다가 우연히 발코니의 창문이 살며시 열리는 것을 보았다. 그리고 난간 위로 두 사람의 모습이 나타나더니 소리 없이 문이 닫혔다. 그중 남자는 미남 대장이며 여자는 아침에 그곳에서 그를 반기던 여자라는 것을 알아차리자 카지모도는 마음이 아팠다. 광장은 칠흑처럼 어두웠고 문이 닫혔을 때 그 뒤로 내려진 진홍빛 커튼은 방의 불빛을 충분히 차단하고 있었다.

그들의 말소리는 귀머거리의 귀에는 전혀 들리지 않았는데, 그것은 아마도 젊은 남녀가 정답게 사랑을 속삭이는 것 같았다. 아가씨는 장교가 팔로 자신의 허리를 감싸는 것을 허락한 듯했으나 키스는 피하고 있었다.

카지모도는 그들 바로 아래에서 그 광경을 지켜보고 있었는데 그것은 사람들에게 보이기 위해 꾸민 행동이 아니어서 더욱 운치 있게 보였다. 그는 이 행복을, 이 아름다움을 고통스런 마음으로 보고 있었다. 요컨대 이 가련한 사나이에게도 서정적인 면이 있었으니, 그의 등뼈가 아무리 고약하게 뒤틀렸다고 해도 남들 못지않게 등뼈가 떨리고 있었던 것이다. 그는 하느님이 자기에게 준 비참한 소임을 생각했다. 여자도 사랑도 육체적 향락도 모두 눈 아래로 지나갈 뿐 자신은 그저 남들의 행복을 언제까지나 지켜보는 수밖에 없는 신세라는 생각이 들었다. 그러나 그 광경을 보고 가장 가슴 아프고 원통하고 분노를 자아낸 것은 바로 집시 처녀가 그 광경을 본다면 얼마나 괴로울까 하는 생각을 할 때였다. 그러나 그날 밤은 매우 어두웠고 에스메랄다가 여전히 지붕 위 그 자리에 있다 하더라도(그는 그것을 의심하지 않았다) 무척 멀리 떨어져 있다는 것이 위안이 되었다. 발코니 바로 아래 있는 자신만이 발코니의 연인들을 알아볼 수 있을 정도였으니 말이다.

그러는 동안에도 연인들의 속삭임은 더욱 달아올랐다. 아가씨는 중대장에게 더 이상 자신에게 아무것도 요구하지 말아달라고 애원하는 듯했다. 모든 것이 불분명한 어둠에 휩싸여 있음에도 카지모도는 두 손을 맞잡은 아가씨의 고운 손과 눈물을 머금은 미소를 지은 채 하늘의 별을 우러러보는 눈길과 그런 그녀를 뜨거운 눈길로 주시하는 중대장의 모습은 충분히 알아볼 수 있었다.

그것은 다행히도 아가씨가 더 이상 젊은 장교의 의지를 거부하지 않았기 때문이었으나 그때 갑자기 발코니 문이 열리며 노부인이 나타나자, 황홀경에 젖어 있던 아가씨는 당황한 듯했고 장교는 실망한 기색이 보이는 듯했으며 이내 세 사람 모두 실내 쪽으로 사라졌다.

그로부터 얼마 후 말 한 마리가 대문간에서 땅을 차기 시작하고 밤의 어둠 속으로 망토로 몸을 감싼 멋진 장교가 카지모도의 앞을 빠르게 지나갔다.

카지모도는 그가 길모퉁이를 돌아갈 때까지 그대로 있다가 이윽고 날쌘 원숭이처럼 그 뒤를 쫓아 달렸다.

"여보세요, 중대장님!"

그가 어둠 속에서 외쳤다.

"뭐야, 이 밤중에?"

푀부스는 갑작스런 외침에 놀라며 자신을 향해 달려오는, 허리뼈가 휘어진 것처럼 보이는 낯선 그림자를 보고 중얼거렸다.

그때 카지모도는 그를 따라잡아 앞에 와 서서는 말고삐를 잡으며 말했다.

"중대장님이시죠? 미안하지만 저와 함께 가주시겠어요? 누가 중대장님을 기다리고 있어요, 잠깐 이야기를 나누고 싶어 하는 사람이요."

"뭐? ……아니, 넌 언젠가 본 적이 있는 괴물딱지로구나! 고삐를 놔라, 무슨 짓이냐, 이 밤중에!"

"중대장님, 그 사람이 누군지 궁금하지도 않으세요?"

카지모도가 말했다.

"고삐 놓고 당장 꺼지지 못해? 내 말머리에 매달려서 무슨 수작이냐? 여기가 교수대로 보이느냐?"

푀부스는 초조한 듯 소리쳤다.

그러나 카지모도는 말고삐를 놓기는커녕 말머리를 돌리려 했다. 그로서는 푀부스가 거부하는 것을 이해할 수 없었으므로 다급하게 말했다.

"같이 가세요. 중대장님을 어떤 여자가 기다리고 있어요. 그 사람은 중대장님을 사랑하고 있어요!"

"별 미친놈 다 보겠네! 나 좋다는 여자들한테 내가 모두 찾아가서 감사의 인사라도 해야 한단 말이냐? 어떤 계집인지 몰라도 널 닮았다면 어떻게 되는 거냐? 누군지 몰라도 그 여자한테 가서 전해라. 난 곧 결혼할 몸이니까 그만 꺼져달라고 말이야!"

중대장은 거칠게 말했다.

"잠깐만요, 같이 가보시면 알게 돼요. 중대장님도 잘 아시는 집시 여자란 말이에요!"

카지모도는 이렇게 말하면 푀부스의 망설임을 멈출 수 있을 줄 알고 소리쳤다.

그 말은 실제로 푀부스에게 적잖은 충격을 주었다. 그러나 그것은 귀머거리 카지모도가 의도한 대로 그의 마음을 움직이지는 못했다. 여러분도 알다시피, 이 장교는 카지모도가 샤르몰뤼의 손에서 죄수 처녀를 구하기 직전에 플뢰르드리스의 집으로 들어갔고 그 뒤로 그 저택을 방문할 때마다 집시 처녀 이야기를 입 밖에 내지 않으려고 조심하고 있었다. 그 여자에 대한 기억은 아무래도 그에게는 고통스러운 것이었으며, 플뢰르드리스 쪽에서도 그 여자가 살아 있다는 말을 일부러 하지 않았던 것이다. 그러니 푀부스로서는 안타깝지만 그 '시밀라르'는 죽었으며, 그것도 이미 한두 달 전의 일이라고 믿고 있었던 것이다. 또한 조금 전부터 중대장은 이 칠흑 같은 어둠 속에서 이 세상의 것이라고 생각하기 어려운 흉한 사나이를 만난 것이며, 마치 무덤에서 나온 듯한 이상한 심부름꾼의 괴이한 목소리에 대해 생각하고 있었다. 자정이 넘은 시각이었고, 그에게 다가와 말을 걸던 도사 귀신과 만났던 날처럼 밤거리는 적막에 휩싸여 있었으며, 그의 말은 카지모도를 보며 숨을 몰아쉬었던 것이다.

"집시 여자?"

그렇게 되묻는 그의 등줄기에서 식은땀이 주르륵 흘렀다.

"그, 그럼 넌…… 저승에서 왔느냐?"

이렇게 외치며 그는 허리춤의 단검에 손을 올렸다.

"자자, 이쪽이에요! 어서요."

카지모도는 이렇게 말하며 말을 끌고 가려 했다.

그러자 푀부스는 그의 가슴을 장화 발로 힘껏 걸어찼다. 카지모도는 순간 눈에서 불똥이 튀는 것 같았다. 거의 반사적으로 그는 중대장에게 덤벼들려다가 움찔하며 말했다.

"장교님은 행복한 사람입니다. 누군가 당신을 사랑하고 있으니까요."

카지모도는 '사랑'이라는 단어에 힘을 주어 말했다. 그리고 잡고 있던 말 고삐를 놓으며 말했다.

"어서 가십시오……."

푀부스는 욕설을 퍼부으며 황급히 그 자리를 떠났다. 가련한 귀머거리 카지모도는 그가 밤의 안개 속으로 사라지는 것을 바라보며 중얼거렸다.

"아, 그녀의 사랑을 거절하다니!"

카지모도는 얼마 후 노트르담으로 돌아가 램프를 켜 들고 종탑으로 올라갔다. 역시 집시 여자는 그 자리에 그대로 있었다.

멀리서 그의 모습을 발견한 그녀가 달려왔다.

"왜 혼자예요?"

그녀는 슬프게 물었다.

"아무리 해도 찾을 수가 없었어요."

카지모도는 차갑게 말했다.

"그럼 날이 샐 때까지 더 기다렸어야지!"

그녀는 화가 난 듯 말했다.

성난 그녀의 몸짓을 본 그는 그녀가 자신을 꾸짖는 것을 알았다.

"다음엔 꼭 그렇게 할게요."

"가버려!"

그녀가 내뱉자 그는 즉시 자리를 떴다. 집시 여자는 그가 불만스러웠다.

그는 그녀를 슬프게 하느니보다는 차라리 구박을 받는 것이 더 낫다고 생각했다. 슬픔이나 고통 따위는 모두 자기가 떠맡고 싶었다.

그 일이 있은 뒤로 집시 처녀는 그의 모습을 볼 수가 없었다. 그는 더 이상 그녀의 방으로 찾아오지 않았다. 기껏해야 종탑 꼭대기에서 슬픈 듯 자신을 물끄러미 바라보는 종지기의 모습을 어쩌다 한 번씩 볼 수 있을 뿐이었다. 그나마도 그녀의 눈에 띄기라도 하면 얼른 모습을 감추어버리곤 했다.

그러나 가련한 꼽추가 더 이상 자신에게 오지 않는 것을 그녀는 별로 괴로워하지 않았음을 여기서 말해두어야겠다. 오히려 그녀는 마음속으로 고맙게 여기고 있었으며 카지모도 역시 그렇다는 걸 잘 알고 있었다.

그럼에도 그가 눈에 띄지 않을 뿐, 그녀의 주위에 언제나 수호천사처럼 존재하고 있다는 것을 그녀도 충분히 느끼고 있었다. 자고 먹고 생활하는 데 필요한 모든 것이 그녀가 잠든 사이에 늘 새로운 것으로 마련되어 있었다. 어느 날 아침에는 눈을 떴을 때 창문 위에 작은 새장 하나가 새로 눈에 띄기도 했다. 그녀의 방에서 내다보이는 어떤 조각상이 무섭다며 카지모도에게 몇 번인가 엄살을 떤 적이 있었는데 어느 날부터인가 그것이 더는 보이지 않기도 했다. 누군가가 그것을 부숴버린 것이었다. 그 조각상까지 손이 닿으려면 목숨을 걸어야 했는데 말이다.

때로는 저녁에 종탑의 차양 아래 숨은 목소리가 자장가 같은 이상하고 서글픈 노래를 부르는 것을 듣곤 했다. 그것은 귀머거리라도 부를 수 있는 운도 없는 시구였다.

겉모습만 보지 마세요,
아가씨, 속마음을 보세요.
잘생긴 젊은이의 마음은 대개 더러운 법이지.
사랑이 오래가지 못하는 마음들이 있어요.

아가씨, 전나무는 아름다운 나무가 아니지만,

미루나무처럼 아름답지는 않지만,

겨울에도 잎을 간직한다오.

아, 말해봤자 무슨 소용 있나?

아름답지 않은 것이 잘못인 것을,

아름다움은 아름다움밖에 사랑하지 않는 것을,

4월은 정월에 등을 돌리는 것을.

아름다움은 완전한 것,

아름다움은 전능한 것,

아름다움은 반 조각으론 존재하지 않는 유일한 것.

까마귀는 낮에만 하늘을 날고,

올빼미는 밤에만 하늘을 날지만,

백조는 밤낮으로 날아다니죠.

어느 날 아침, 에스메랄다가 눈을 떴을 때, 창문 위에 꽃이 가득 꽂힌 꽃병 두 개가 놓여 있었다. 한 개는 아름답고 반짝이는 수정 꽃병이었으나 금이 가 있어서 채운 물이 새어버리고 꽃은 시들어 있었다. 또 하나의 꽃병은 허술하고 어디서나 볼 수 있는 질그릇이었는데 물이 잘 채워져 있고 꽃들도 싱싱했다.

일부러 그렇게 한 것인지는 알 수 없으나 그녀는 시든 꽃들을 하루 종일 가슴에 안고 있었다.

그날, 그녀는 종탑의 노랫소리를 들을 수 없었다.

그녀는 그런 것에 별로 개의치 않고 잘리와 놀거나 공들로리에 저택을 엿보거나 자기 자신에게 푀부스 이야기를 중얼거리기도 하고 빵 부스러기들을 새들에게 던져주기도 하면서 하루하루를 보냈다.

어느덧 그녀는 카지모도를 아예 보지도 듣지도 못하게 되었다. 마치 그 성당에서 자취를 감춰버린 것 같았다. 그러나 어느 날 밤, 잠을 이루지 못하고 멋진 중대장을 그리워하고 있을 때, 방문 근처에서 가느다란 한숨 소리가 들려왔다. 그녀가 깜짝 놀라 내다보니 달빛 사이로 사나운 몰골을 한 카지모도가 방문 앞에 가로누워 있는 것이 보였다. 그는 그곳 돌 위에서 잠들어 있었던 것이다.

chapter 5

포르트 루주의 열쇠

부주교는 어떻게 기적적으로 집시 여자가 구출되었는지 세상 사람들이 전하는 소문을 듣고 알게 되었다. 그것을 알았을 때의 기분은 그 자신도 뭐라 표현할 수 없는 것이었다. 그는 에스메랄다가 분명히 죽었을 것이라고 생각하고 완전히 마음을 놓고 있었다. 그는 인간으로서 느낄 수 있는 고통의 밑바닥까지 닿았었다. 인간의 마음(클로드 부주교는 이에 관해 깊이 생각해본 적이 없었다)이란 절망 역시도 어느 정도 이상은 담을 수 없는 것이다. 물을 가득 빨아들인 해면은 그 위로 바닷물이 쏟아져도 더 이상은 한 방울도 더 빨아들이지 못하는 법이다.

그런데 에스메랄다가 죽었을 때, 해면은 물을 다 빨아들여버렸고 클로드 부주교로서는 이 세상에서의 모든 일이 다 끝나버린 것이었다. 그런데 에스메랄다와 푀부스가 살아 있다는 것을 알게 된 순간부터 다시 고통이 시작되고 있었다. 동요와 혼란, 요컨대 인생이 다시 시작된 것이다. 이제 클로드 신부는 모든 것에 지쳐버렸다.

그런 소식을 들은 후 클로드 신부는 수도원의 자기 독방에 처박힌 채 참사회에도 제식에도 나타나지 않았다. 누가 와도, 심지어 주교에게도 문을 열어주지 않았다. 이렇게 몇 주일 동안 방에서 꼼짝도 하지 않았다. 사람들은 모두 그가 병이 났다고 생각했다. 말 그대로 그는 병이 나 있었던 것이다.

그렇게 틀어박힌 채 그는 무엇을 하고 있었을까? 이 불행한 사나이는 대체 무엇을 생각하며 몸부림치고 있었던 것일까? 자기의 무서운 정열과 마지막 싸움을 하고 있었을까? 아니면 그녀에게는 죽음을, 자신에게는 영벌을 줄 마지막 계획을 짜고 있었던 것일까?

그의 사랑하는 동생 장이 한 번 찾아온 적이 있었다. 그는 방 앞에 와서 문을 두드리고 욕설을 퍼부어대기도 하고 간청을 하기도 하면서 자기 이름을 말하고 문을 열라고 했으나 클로드 신부는 끝내 방문을 열지 않았다.

그는 자기 방 유리창에 붙어 서서 며칠을 보냈다. 수도원 안에 있는 그 창으로 에스메랄다와 염소의 모습을, 때로는 카지모도의 모습을 지켜보곤 했다. 그는 세상에 둘도 없이 흉측한 카지모도가 집시 처녀를 세심하게 보살피고 그녀에게 순종하며 고분고분한 광경을 보았다. 그는 어느 날 저녁엔가 춤추는 집시 처녀를 바라보던 종지기의 의미심장한 눈빛을 기억해냈다. 이는 그의 기억력이 좋기 때문이었는데 기억력이란 질투심을 유발하여 사람의 마음을 괴롭히는 씨앗이 되기도 한다. 신부는 문득 카지모도가 무슨 이유로 그녀를 구했을까를 생각해보았다. 그는 집시 처녀와 귀머거리 사이의 자잘한 장면들을 볼 수 있었는데, 귀머거리의 행동은 그녀에 대한 정열을 가진 신부가 멀리서 보고 해석할 때, 그녀에게 매우 다정다감함을 충분히 느낄 정도였다. 여자의 마음은 헤아릴 수가 없으니 더욱 신경 쓰였다. 그러자 그의 마음속에서 지독한 질투심이 서서히 고개를 드는 것을 느끼며 분노와 수치심으로 얼굴이 벌겋게 달아올랐다.

'좋아, 중대장 정도라면 경쟁 상대가 될지도 모르겠지만, 어떻게 저런 놈하고!'

이런 생각이 들자 그는 기가 막혔다.

그로부터 그는 날마다 무서운 밤을 보내게 되었다. 집시 처녀가 살아 있다는 것을 알고 난 뒤로 어느 날엔가 하루 종일 그를 괴롭히던 유령과 무덤에 관한 생각이 사라져버리고 어느새 되살아난 육체적 욕망 때문에 고통스러웠다. 잠자리에 누워서 검은 머리를 늘어뜨린 집시 처녀가 바로 자기 옆에 와 있다는 상상만 해도 온몸이 뒤틀리곤 했다.

밤마다 그의 광적인 상상력은 그녀의 온갖 자태를 눈앞에 그려내며 날이 새도록 피를 끓게 했다. 칼에 찔린 중대장의 몸 위로 눈을 감은 그녀가 그 아름다운 젖가슴을 푀부스의 붉은 피로 물들인 채 누워 있던 모습이 바로 어제 일처럼 눈앞에 어른거렸다. 그 순간, 그가 그녀의 핏기 없는 입술에 뜨겁게 키스를 했을 때 가여운 그녀는 반쯤 정신을 잃었으면서도 그의 열정을 알아차렸다. 그의 눈앞에는 또 거칠게 발가벗겨진 그녀의 작은 발과 미끈한 다리에 고문관들이 족쇄를 채우던 모습도 떠올랐다. 토르트뤼의 무서운 형구 밖으로 홀로 튀어나와 있던 그 상아 같은 무릎도 떠올랐다. 마지막 날, 거의 발가벗겨진 채 목에 밧줄을 매고 있던 모습도 떠올려보았다. 이러한 관능적인 영상들은 그의 온몸에 경련이 일게 했다.

그런 광적인 상상의 밤들 중에서도 특히 심했던 어느 날, 그런 환영들이 그의 혈관 속에 흐르는 동정의 피를 잔인하리만큼 들끓게 한 나머지, 그는 베개를 집어던지고 침대에서 뛰어내려 속옷 위에 아무렇게나 옷을 걸치고는 등불을 들고 방을 뛰쳐나갔다. 반쯤은 벌거벗은 채, 얼굴은 넋이 나간 듯하지만 눈만은 이글이글 불타오르는 모습으로.

그는 수도원에서 성당으로 통하는 포르트 루주의 열쇠가 어디 있는지 알고 있었으며 여러분도 알다시피, 종탑의 계단 열쇠는 늘 지니고 있었다.

chapter 6

포르트 루주의 열쇠 – 계속

그날 밤, 에스메랄다는 희망과 즐거운 생각에 가득 차 자기 방에서 잠들어 있었다. 언제나와 마찬가지로 퓌부스의 꿈을 꾸면서 잠이 든 지 얼마 안 되었을 때 그녀는 언뜻 무슨 소리를 들은 듯했다. 그녀는 새처럼 잠귀가 밝고 겁이 많은 편이어서 작은 소리에도 곧잘 깨곤 했다. 그녀가 눈을 떴을 때 주위는 캄캄했다. 그러나 채광창에서 어떤 그림자가 자신을 보고 있는 것은 알 수 있었다. 등불이 그 주위를 비추고 있었던 것이다. 그 얼굴은 그녀가 자신을 발견한 것을 눈치채고 얼른 등불을 꺼버렸다. 그러나 그녀는 순간적으로 그 얼굴을 알아보았다. 그녀는 질겁하여 눈을 도로 감으며 꺼져가는 소리로 중얼거렸다.

"어머나! 그…… 신부야!"

그러면서 지나간 모든 불행의 나날이 번개처럼 머릿속에 떠올랐다. 그녀는 소름이 끼치는 것을 느끼며 침대 위로 쓰러졌다.

잠시 후, 그녀는 무언가 섬뜩한 느낌이 몸에 닿는 것을 느끼고 소스라치게 놀라며 벌떡 일어났다.

그 곁으로 신부가 소리 없이 들어와 있었던 것이다. 그는 두 팔로 그녀를 껴안고 있었다.

그녀는 소리를 지르려 했으나 아무 소리도 나오지 않았다.

"나가! 이 도깨비! 살인자! 이 괴물아! 나가!"

그녀는 공포와 분노에 휩싸인 채 떨리는 목소리로 가까스로 말했다.

"용서하시오! 용서! 제발 용서하시오!"

신부는 그녀의 어깨에 입술을 갖다 대며 중얼거렸다.

그녀는 그의 대머리에 남아 있는 머리털을 움켜잡고 그의 입술을 물리치려 애썼다.

"제발 용서하시오!"

불행한 신부는 이렇게 되풀이했다.

"내가 얼마나 당신을 사랑하는지 알아주시오! 내 뜨거운 가슴속 불 같은, 녹은 납 같은, 수천 개의 비수 같은 내 사랑을 말이오!"

그러면서 엄청난 힘으로 그녀의 두 팔을 붙잡았다.

그녀는 그럴수록 미친 듯이 날뛰며 악을 썼다.

"놔! 나를 놓지 않으면 네 얼굴에 침을 뱉을 거야!"

그는 그녀를 잡은 손을 놓으며 말했다.

"비겁한 놈이라고 욕해도 좋소, 때려도 좋고 지옥에 떨어지라고 악담을 해도 좋소. 하고 싶은 대로 하시오. 하지만 제발 나를 용서하시오, 나를 사랑해주시오!"

그러자 그녀는 화가 난 어린아이처럼 그를 마구 때렸다. 아름다운 손에 힘을 주어 그의 얼굴을 후려갈겼다.

"당장 꺼져! 이 악마!"

"사랑해주시오, 날 사랑해줘! 날 불쌍히 여겨줘!"

신부는 가련하게 외치며 그녀의 몸을 덮쳐서 그녀가 주먹을 휘두를 때마다 애무를 퍼부었다.

어느 순간 그녀는 자기가 그의 힘을 당해내지 못할 것임을 알았다. 그러자 그는 이를 갈면서 말했다.

"이제 끝을 보아야겠군!"

그녀는 그에게 짓눌린 채 숨을 헐떡이다가 기운을 모두 잃고서 완전히 그의 품에, 그의 손아귀에 놓여버렸다. 그런 와중에도 그녀는 더러운 생각으로 가득한 손길이 자신의 몸을 더듬는 것을 느꼈다. 그녀는 마지막 힘을 다해 악을 쓰기 시작했다.

"사람 살려! 살려줘요! 살인자요, 살인자!"

그러나 아무도 오지 않았다. 잘리만이 놀라 잠에서 깨어 불안하게 울고 있었다.

"입 닥쳐!"

신부가 헐떡거리며 말했다.

바닥을 기며 몸부림치던 그녀의 손에 무언가 작고 차가운 쇠붙이가 잡혔다. 그것은 카지모도가 두고 간 호루라기였다. 그녀는 순간적으로 그것이 구원이 되어줄 것이라 생각하고 필사적으로 그것을 입술로 가져가 있는 힘을 다해 불었다. 맑고 날카로운 소리가 어둠을 뚫고 퍼져 나갔다.

"그건 뭐지?"

신부가 물었다.

그와 동시에 그는 자신의 몸이 어떤 힘센 팔에 의해 끌어올려지는 것을 느꼈다. 어둠 속이라 누군지 분간할 수는 없었으나 분노 때문에 이를 갈고 있는 소리가 또렷이 들렸으며 작은 머리 위에서 번쩍거리는 넓적한 식칼의 날도 보였다.

신부는 카지모도를 본 것 같았다. 그리고 그일 수밖에 없다고 생각했다. 그는 방에 들어올 때 문 앞쪽에 가로막듯이 놓여 있던 꾸러미 같은 것이 발에 걸리던 것을 떠올렸다. 그러나 새로 들어온 사람이 아무 말도 하지 않으니 그는 어떻게 해야 할지 알 수가 없었다. 그는 식칼을 쥐고 있는 팔에 달려들면서 외쳤다.

"카지모도!"

그는 이 절박한 순간에 카지모도가 귀머거리라는 사실을 잊고 있었던 것이다.

눈 깜짝할 사이에 부주교는 바닥으로 쓰러졌고 곧장 묵직한 무릎 하나가 그의 가슴을 내리누르기 시작했다. 그 무릎의 울퉁불퉁하고 딱딱한 느낌만으로도 신부는 그가 카지모도라는 것을 알아차렸다. 그러나 어찌한단 말인가? 어떻게 자신이 누구인지 알릴 것인가? 어둠은 귀머거리를 장님으로까지 만들어버린 것이다.

신부는 이제 끝장이라고 생각했다. 처녀는 성난 호랑이처럼 매정해져서 그의 목숨을 동정하지 않았다. 식칼이 그의 머리로 다가왔다. 절체절명의 순간이었다. 그러나 갑자기 칼날은 주저하는 것 같았다.

"여자에게 피가 튀면 안 돼!"

어둠 속의 목소리가 희미하게 말했다. 역시 카지모도였다.

신부는 그 투박한 손이 방 밖으로 자신의 발을 끌고 나가는 것을 느꼈다. 이제는 정말로 끝이었다. 하지만 다행스럽게도 조금 전부터 달이 훤히 떠올라 있었다.

그들이 방문을 넘어서자 허연 달빛이 신부의 얼굴 위로 떨어졌다. 카지모도는 그것을 보고는 몸을 떨다가 신부를 놓고 한 걸음 물러났다.

그것을 본 집시 여자는 두 사람의 입장이 갑자기 뒤바뀐 것을 보고는 놀랐다. 이제 상대방을 위협하는 것은 신부였고 그 앞에서 고개를 숙이고 애원하는 것은 카지모도였던 것이다.

부주교는 분노와 비난의 몸짓으로 귀머거리를 나무라더니 물러가 있으라고 거칠게 손짓했다.

귀머거리는 고개를 숙이고 있다가 여자의 방문 앞에 와서 무릎을 꿇었다.

"나리, 어쩔 수가 없습니다. 마음대로 하십시오. 그러나 저를 먼저 죽여주세요."

그렇게 말하고는 부주교에게 칼을 내밀었다. 부주교는 미친 사람처럼 그것을 잡으려고 덤볐으나 그보다 더 빨리 여자가 카지모도의 칼을 빼앗아 미친 듯이 웃으며 소리쳤다.

"좋아, 자 덤벼!"

그녀는 칼을 높이 쳐들었다. 부주교는 어떻게 해야 할지 몰랐다. 그녀는 정말 달려들어 찌를지도 몰랐다.

"가까이 오지도 못하는 비겁한 놈!"

그렇게 비웃어준 뒤 그녀는 자신의 다음 말이 클로드 부주교의 마음을 불에 달군 쇠 젓가락으로 쑤시는 것 같을 거라고 생각하면서 외쳤다.

"난 푀부스가 죽지 않은 걸 알고 있어!"

그러자 부주교는 카지모도를 발로 걸어차 바닥에 쓰러뜨린 뒤 분노로 몸을 떨면서 계단의 둥근 천장 아래로 사라져버렸다.

신부가 사라지자, 카지모도는 조금 전 집시 처녀를 구한 그 호루라기를 바닥에서 주워 그녀에게 건네며 말했다.

"녹이 슬었네요⋯⋯."

그러고는 말없이 어둠 속으로 사라졌다.

갑작스럽게 일어난 상황에서 필사적으로 저항하다 겨우 한숨을 돌리게 되자 그녀는 완전히 지쳐 쓰러져서 흐느끼기 시작했다. 그녀의 앞날에 또다시 어두운 먹구름이 드리우기 시작한 것이다.

한편 부주교는 더듬더듬 어둠을 더듬어 자기 방으로 돌아갔다.

이제는 그야말로 끝장이었다. 클로드 신부는 카지모도를 질투하고 있었던 것이다!

그는 생각에 잠긴 표정으로 숙명처럼 떠오르는 말을 되풀이하기 시작했다.

"아무도 그녀를 갖지 못하리라!"

제 10 부

그랭구아르, 베르나르댕 거리에서 여러 좋은 생각이 연신 떠오르다

피에르 그랭구아르는 이번 사건이 어떻게 돌아가는지, 그리고 그 연극의 주인공들이 교수형을 받거나 불쾌한 일을 당하게 되리라는 것을 알게 된 뒤로는 더 이상 그 일에 관심을 갖지 않기로 했다. 그는 오랜 생각 끝에 거지들이 파리에서 가장 훌륭한 동료라는 결론을 내리고는 그들과 계속 함께 지내고 있었는데, 그 거지들은 여전히 집시 처녀의 일을 걱정하고 있었다. 그들로서는 지극히 당연한 일임을 그는 잘 알고 있었다. 그녀와 마찬가지로, 샤르몰뤼와 토르트뤼의 손에 넘어가는 것 외에는 다른 길이 없으며, 자기처럼 페가수스의 두 날개를 타고 공상의 세계를 날아다닐 줄도 모르는 사람들로서는 지극히 당연한 일이라고 그는 생각했다. 그는 그들로부터 항아리를 깨고 혼인한 자기 아내가 노트르담에 피신해 있다는 이야기를 듣고는 무척 다행으로 여겼다. 그러나 그곳에 찾아가서 그녀를 만나보고 싶은 생각은 전혀 없었다. 가끔 그 귀여운 새끼 염소가 생각나곤 했지만 그것이 다였다. 그는 낮에는 살기 위해 곡예를 하고 밤에는 늦게까지 파리의 주교를 공격하는 소송을 위한 서류 작성에 매달렸다. 그것은 그가 주교의 물방앗간에서 물벼락을 맞은 일로 한이 맺혔기 때문이었다. 또한 그는 누아용과 투르네의 주교 보드리 르 루주의 훌륭한 저서인 『돌을 자르는 방법』에 주석을 다는 일에도 몰두해 있었는데, 그 책이 건축술에 관한 흥미를 불러일으켰던 것이다. 건축술에 관한 흥미는 연금술에 대한 관심을 뛰어넘을 정도였는데, 연금술과 석공술은 결국 밀접한 관련이 있으므로, 따지자면 그의 새로운 취미는 연금술에서 비롯된 필연적인 귀결이라고 할 수 있었다. 그랭구아르의 관심과 호기심은 하나의 관념에서 그 관념의 형식으로 옮아갔던 것이다.

어느 날 그는 생 제르맹 록세루아 근처에 있는 포르 레베크라고 불리는 저택의 모퉁이에 서 있었다. 그 저택은 포르 르 루아라고 하는 또 다른 저택과 마주 보고 있었다. 포르 레베크에는 14세기의 훌륭한 예배당이 있었는데, 예배당의 뒷면은 거리를 향해 있었다. 그랭구아르는 그 외부의 조각품들을 감탄 어린 시선으로 세심하게 바라보았다. 그 순간 그는 세계 속에서 예술 밖에는 보이지 않으며 예술 속에서 세계를 보는 지극히 이기적이고 배타적인 기쁨의 절정을 맛보고 있었다. 그때 갑자기 자신의 어깨 위에 어떤 묵직한 것이 놓이는 것을 느꼈다. 반사적으로 돌아보니 그것은 옛 친구이자 스승인 부주교였다.

그는 잠시 놀라 멍하니 있었다. 그가 부주교를 본 것은 아주 오랜만이었는데 클로드 신부는 엄숙하고 정열적인 사람이어서 그랭구아르는 그를 만날 때면 언제나 회의적인 철학자로서의 마음의 평정을 잃어버리곤 했다.

부주교는 잠시 아무 말도 하지 않고 있었는데, 그사이 그랭구아르는 그의 모습을 유심히 살필 수가 있었다. 그가 만나지 못한 사이, 클로드 신부는 어딘가 많이 변해 있었다. 겨울 아침처럼 창백한 안색이며 퀭하게 들어간 눈과 거의 백발이 다 되어버린 머리카락이 그랬다. 이내 클로드 신부가 입을 열었다. 그는 차분하고도 냉정한 어조로 말했다.

"어떻게 지냈나, 피에르 군?"

"글쎄요…… 좋을 것도 나쁠 것도 없지요. 그냥 전반적으로는 좋은 편이에요. 저는 원래 어느 한쪽으로 치우치는 편이 아니라 건강에도 문제없어요. 선생님도 잘 아시지요? '그것은 곧 먹을 것도, 마실 것도, 잠도, 베누스도, 모든 것에 절제가 있어야 한다'고 히포크라테스가 말한 건강의 비결 말이에요."

"그래, 자네는 아무 걱정 없이 지낸단 말이지?"

클로드 신부는 그랭구아르를 빤히 보면서 말했다.

"네, 그럼요."

"그건 그렇고 지금 여기서 뭐 하는 중이었나?"

"선생님께서 보신 대로, 저 돌들을 어떻게 잘랐는지, 돋을새김은 어떤 모양으로 홈을 이루고 있는지를 관찰하던 중이었습니다."

그러자 신부는 한쪽 입꼬리만 끌어올리는 쓴쓸한 미소를 지었다.

"그런 게 재미있던가?"

"그럼요, 알아갈수록 재미있는 분야예요!"

그랭구아르는 외쳤다. 그러고는 생생한 현상들을 증명하는 사람처럼 환한 얼굴로 조각품들을 쳐다보면서 말했다.

"그러니까 저걸 한번 보세요. 교묘하고 우아하고 참을성 있게 시공된 저 돋을새김의 환상적인 선들을요. 다른 어떤 기둥머리 주위에서 이보다 더 부드럽고 더 잘 어루만져진 잎사귀들을 본 적이 있으세요? 여기 장 마유뱅의 환조 작품 세 점이 있는데 그 천재의 가장 훌륭한 작품은 아니지만, 얼굴의 순진함과 부드러움, 태도와 주름 장식의 유연함은 물론 결점들 속에 섞여 있는 설명하기 어려운 매력까지도 이 작은 조각품들을 대단히 쾌활하고 우아하게 만들어주고 있어요. 이렇게 조각품을 관찰하는 것이 재미있는 일이 아니라고 생각하세요?"

"물론 그렇지!"

신부가 대답하자, 그는 제 흥에 겨운 듯 신나서 수다스럽게 말을 이었다.

"그리고 만약 예배당의 내부를 보신다면, 곳곳에 양배추 속처럼 빽빽하게 조각품이 들어차 있다는 것을 아시게 될 거예요! 이 예배당의 뒷면은 지극히 종교적일 뿐 아니라 독특해요. 전 그 어디서도 이처럼 멋진 것을 본 적이 없어요!"

신부는 그의 말을 자르며 말했다.

"그래서 자네는 행복한가?"

그랭구아르는 진심으로 대답했다.

"그럼요! 행복하고말고요. 저도 처음엔 여자를 사랑했고 그다음엔 짐승을 사랑했어요. 하지만 지금은 돌의 매력에 푹 빠지고 말았어요. 돌도 짐승이나 여자만큼 흥미진진한데도 중요한 점은, 결코 배신하지 않는다는 것이죠!"

신부는 버릇처럼 제 이마에 손을 얹으며 말했다.

"사실 그렇지!"

"아 참! 재미있는 게 있는데 보여드릴게요!"

그랭구아르는 이렇게 말하며 신부의 팔을 잡았다. 그는 포르 레베크의 계단에 있는 소탑 아래로 신부를 잡아끌었다.

"보세요, 여기 계단이 있는데, 파리에서 가장 단순하고 진귀한 양식으로 된 거예요. 이걸 볼 때마다 저는 신이 나요. 모든 계단은 아래 모서리가 깎여 있어요. 그 너비가 한 자 정도 되는 디딤판 하나하나에 이 계단의 아름다움과 단순함이 담겨 있는데, 디딤판이 서로 얽히고 끼워지고 박히면서 매우 견고하고 아름답게 연결되어 있거든요."

"그렇군. 그런데 자네는 아무 욕심도 없나?"

"없어요."

"미련도 없어?"

"미련도 욕심도 없어요. 저는 세속적인 삶에 대한 욕망을 모두 버렸어요. 마음속으로 모두 정리했지요."

"인간들이 정리해놓은 것을 사물들이 어질러놓지……"

클로드 신부가 말했다.

"저는 회의주의자여서 모든 것에 욕심을 버리려고 노력하지요."

그랭구아르가 말했다.

"그럼 생활비는 어디서 나나? 먹고는 살아야 할 것 아닌가?"

"지금도 여기저기서 일이 들어오면 서사시와 비극을 쓰고는 있습니다만, 그래도 가장 짭짤한 건 선생님도 아시다시피 곡예를 하는 거지요. 이 위에다 의자로 피라미드를 쌓는 일 말이에요."

"철학자에겐 어울리지 않는 일이야."

"그것도 저에겐 욕심을 버리는 일이에요. 사람은 어떤 생각을 가지고 있을 땐 모든 것 속에서 그것을 찾아내거든요."

그랭구아르가 말했다.

"그건 나도 알아."

부주교는 말했다. 그리고 잠시 말을 쉬었다가 다시 입을 열었다.

"자넨 그래도 무척 가난하지 않은가?"

"가난하긴 하지만 불행하지는 않으니 다행이지요."

그때 멀리서 말들이 달리는 소리가 들려왔다. 클로드 신부와 그랭구아르가 소리 나는 곳을 쳐다보니 거리 저쪽 끝에서 친위 헌병대의 한 중대가 장교를 선두로 줄을 지어 지나가는 것이 보였다. 현란한 기마행렬은 요란스럽게 땅을 울리고 있었다.

"선생님, 저 장교를 잘 아십니까? 유심히 보시네요?"

그랭구아르가 부주교에게 물었다.

"누군지 짐작 가는 사람인 듯해서 말이야."

"누군데요?"

"이름이…… 푀부스 드 샤토페르라고 하던가……."

"푀부스? 특이한 이름이네요! 푸아 백작 푀부스라는 사람도 있는데, 아,

그리고 제가 아는 어떤 여자는 무슨 맹세를 할 때면 꼭 푀부스라는 이름을 내걸곤 했었죠."

"자네 이리 좀 오겠나, 할 얘기가 있네."

신부가 말했다.

기마행렬이 지나간 뒤, 시종 냉정하던 부주교의 얼굴에 약간의 감정적인 변화가 스치고 지나갔다. 말을 마친 뒤 신부는 말없이 걷기 시작했다. 카리스마 넘치는 클로드 부주교와 한 번이라도 가까이서 대화를 나누어본 사람이라면 누구라도, 그 자신도 모르는 사이에 그를 따르게 되었는데, 그랭구아르도 마찬가지여서 그는 말없이 신부의 뒤를 따르고 있었다. 그들은 어느새 꽤 한적한 베르나르댕 거리에 이르렀다. 클로드 신부는 그곳에서 걸음을 멈추었다.

"하실 말씀이라는 게 뭔가요, 선생님?"

그랭구아르가 물었다.

"조금 전, 우리가 보았던 그 기병대의 제복 말이야……."

부주교는 잠시 생각에 잠긴 듯한 얼굴로 말을 이었다.

"그 옷이 자네나 내 옷보다 몇 배는 더 멋지다고 생각되지 않나?"

그랭구아르는 고개를 저었다.

"아니요! 저는 요란스런 쇠붙이와 강철비늘로 뒤덮인 딱딱한 제복보다는 이 울긋불긋한 제 옷이 마음에 들어요. 그래도…… 걸을 때마다 땅을 울리는 고철 소리가 나는 건 재미있을 것 같긴 하네요."

"그럼 자네는 그런 군복 입은 멋진 청년들을 부러워해본 적도 없단 말인가?"

"뭐가 부러워요? 그 갑옷이요? 규율이요? 아님 그들이 행사하는 힘 말인가요? 그보다는 누더기를 입더라도 철학과 자유가 훨씬 낫지 않나요? 저는 사자의 꼬리가 되느니 차라리 파리의 머리가 되겠어요!"

"그것 참 이상하군…… 그래도 제복이란 남자들에게는 환상 같은 것인데 말이야."

신부는 꿈을 꾸듯 말했다.

그랭구아르는 그가 몽롱하게 생각에 잠긴 것을 보고는 슬며시 옆으로 빠져서는 옆집의 현관문을 구경하러 갔다가 잠시 후 손뼉을 치며 신부에게 돌아왔다.

"선생님이 군인들의 제복에 그렇게 몰두하지 않으셨다면 저와 함께 저 집의 대문을 한번 보시자고 할 텐데요. 정말로 오브리 나리는 세상에서 가장 호화로운 문을 가지고 계신 것 같아요, 볼 때마다 하는 말이지만요!"

"피에르 그랭구아르 군, 자네의 그…… 집시 처녀는 어떻게 됐나?"

"아, 에스메랄다 말씀이세요? 갑자기 화제를 바꾸시니 어리둥절하네요."

"그 여자가 자네 아내 아니었나?"

"맞아요, 항아리를 깨고 얻은 신부였지요. 그런데…… 신부님 아직도 그 얘기를 기억하고 계셨어요?"

그랭구아르는 약간 조롱 섞인 눈빛으로 부주교를 보면서 말했다.

"그럼 정작 남편인 자네는 그 여자를 잊었단 말인가?"

"그렇게 한가하지 않거든요, 저는 날마다 할 일이 너무 많으니까요! 그래도 그 새끼 염소는 정말 귀여웠죠……."

"그 여자가 자네 목숨을 구해줬다고 하지 않았었나?"

"그건 사실이에요."

"그런데 그 여잔 어떻게 됐지? 자네가 어떻게 했느냐고?"

"별로 말하고 싶지 않았는데요, 교수형을 당했다고 들었어요."

"그래?"

"더 자세한 건 몰라요. 그들이 그녀를 교수형시키려고 하는 걸 보고 전 관계를 끊기로 결심했으니까요."

"자네가 아는 건 그뿐인가, 정말로?"

"아니요, 들리는 말로는 에스메랄다가 노트르담에 안전하게 피신해 있다고 하더군요. 그렇다면 그건 다행으로 여기고 있어요. 그 염소도 함께 있는지는 모르겠지만 제가 아는 건 그 정도예요."

"그렇군, 내가 그 이상의 사실을 알려줄까!"

갑자기 클로드 신부가 외쳤다.

그전까지만 해도 나지막하고 흐릿하던 목소리가 또렷해졌다.

"그 집시 여자는 정말로 노트르담에 숨어 있다네. 하지만 사흘 후면 다시 재판소에서 그녀를 잡으러 나올 걸세. 다시 잡아다가 교수형에 처하기로 되어 있어. 최고재판소에서 그렇게 판결이 난 거야!"

이렇게 말하고 신부는 다시 침착해졌다.

"거참, 그거 큰일이네요."

그랭구아르가 걱정스레 말을 이었다.

"도대체 어떤 못된 녀석이 그런 일에 참견을 해서 체포 청원서를 냈을까요? 불쌍한 여자 하나를 못 잡아먹어서 안달이라도 난 어떤 미치광이일까요? 노트르담 담벽 안에 가엾은 여자 하나가 몸을 숨긴다고 해 뭐 그리 큰일이래요?"

"세상에는 여러 종류의 악마가 있으니까."

부주교가 대답했다.

"허 참, 정말 곤란하게 됐네요."

그랭구아르는 한숨을 쉬었다.

부주교는 잠시 말없이 있다가 입을 열었다.

"그러니까 그 여자가 자네 목숨을 구했단 말이지?"

"네. 지금은 모두 친구가 되었지만 그 당시에 저는 거지 소굴에서 하마터면 목이 달아날 뻔했거든요. 정말 그렇게 되었더라면 그들도 지금쯤 후회하게 됐을지도 모르지요."

"자네는 그 여자를 위해 무언가 해줄 생각이 없는가?"

"할 수 있다면 하고 싶어요. 하지만 신부님, 그런 골치 아픈 사건에 휘말려도 괜찮을까요?"

"그게 대수야? 은혜를 갚을 생각이 있다면 말이야!"

"뭐라고요? 선생님은 별일 아니라고 생각하실지 몰라도, 전 요즘 할 일이 많아요. 벌써 큰 작품을 두 개나 시작했거든요."

부주교는 자기의 이마를 탁 쳤다. 겉으로는 평온한 척 가장하고 있어도 이따금 격한 동작을 하는 것으로 보아 그의 내부는 몹시 혼란에 사로잡혀 있음을 알 수 있었다.

"어떻게 그 여자를 구해낼까?"

그랭구아르가 대답했다.

"저는 이렇게 대답하겠어요. '이르 파데르트'라고요. '하느님은 우리의 희망이니라'라는 뜻의 터키어예요."

"어떻게 구출하느냐가 문제야!"

클로드 부주교는 꿈꾸듯 중얼거렸다.

이번에는 그랭구아르가 자기 이마를 탁 쳤다.

"좋은 생각이 떠올랐어요! 임금님께 특사를 청원해보면 어떨까요?"

"루이 11세에게 말이야? 특사를 보낸다고?"

"왜 안 될 것도 없잖아요?"

"차라리 산 호랑이의 뼈를 발라내는 것이 쉽겠다!"

그랭구아르는 다시 새로운 방법을 궁리하기 시작했다.

"아, 이건 어떨까요? 산파에게 부탁해서 그녀가 임신을 했다고 말하게 하면 되지 않을까요?"

그러자 신부의 퀭한 두 눈이 반짝거렸다.

"임신? 뭐야, 네가 그런 짓을 했단 말이야?"

그랭구아르는 신부의 태도에 놀라 서둘러 대답했다.

"아니에요, 결단코 우리의 결혼은 완전히 별실 결혼이었다고요! 저는 항상 방 밖에 있었어요. 어찌됐든 집행유예만 얻으면 되는 거 아닌가요?"

"시끄러워, 미친놈아, 수치스럽다!"

"무조건 화를 내실 일이 아니에요. 집행유예를 받는 게 누구에게 피해를 주는 게 아니잖아요. 그렇게 일을 꾸미면 가난한 산파에게도 파리 주화 40드니에가 돌아가니까 서로 좋은 일이에요."

그랭구아르가 투덜거리며 설명했다.

그러나 부주교는 그의 말에 귀 기울이지 않았다.

"아무튼 그 여자는 노트르담에서 나가야만 돼!"

부주교는 이렇게 중얼거렸다.

"사흘 안에 그 여자를 체포하러 올 거야! 하지만 카지모도란 놈은 체포되지 않을 거다. 여자들이란 참 독특한 취향이 있단 말이야!"

그러고는 소리 높여 계속했다.

"피에르 군, 내가 곰곰이 생각해봤는데, 그 여자를 구할 방법은 딱 하나뿐이야."

"그게 뭔가요? 전 이제 아무 생각도 안 나요."

"여보게, 자네는 그 여자가 생명의 은인이라는 사실을 잊지 말게. 솔직히 말하지. 노트르담은 밤낮으로 지키는 사람이 있고 늘 드나드는 사람만 출입이 허용되어 있으니 자네는 들어갈 수가 없어. 그러니까 자네가 오면 내가 나서서 그 여자에게 자네를 데려가주겠네. 자네와 그 여자가 서로 옷을 바꿔 입는 거야."

"그러고요? 그다음엔 어떻게 되는 거죠?"

그랭구아르가 물었다.

"그다음엔, 자네가 여자 옷을 입은 채로 노트르담에 남고 여자는 자네 옷을 입고 밖으로 나오는 거지. 그럼 자네는 여자 대신 교수형을 받고 여자는 살아남는 거지."

그랭구아르는 매우 심각한 얼굴로 귀를 만지작거렸다.

"허! 그렇게까지는 상상도 못 했는데요."

생각지도 못했던 제안을 클로드 부주교로부터 받은 시인의 얼굴은 갑자기 먹구름으로 뒤덮이기 시작했다. 언제나 화창하고 아름다운 이탈리아 풍경에 거센 바람이 불어와 태양 위로 무거운 구름을 걸어놓은 것처럼.

"그랭구아르, 어떤가?"

"아무리 생각해도 그렇게 되면, 제가 교수형을 당하는 게 거의 확실하네요."

"그런 건 상관없지!"

"뭐라고요?"

그랭구아르가 물었다.

"잊지 말게, 그 여자는 자네 목숨을 구한 사람이야. 그 빚을 갚을 기회란 말이야!"

"제가 갚아야 할 빚은 그것 말고도 널려 있어요!"

"피에르 군, 내 생각엔 반드시 그렇게 해야 할 것이네!"

부주교는 명령조로 말했다.

"제발, 신부님! 왜 꼭 그래야 합니까? 왜 제가 남 대신 죽어야 하는지 모르겠어요."

"자넨 무엇 때문에 그렇게 목숨에 집착하는 거지?"

"이유야 얼마든지 많지요!"

"어디 말해봐."

"좋아요, 공기도 그렇고 하늘도 아침도 달빛도 이 세상에 있으니까요. 또 거지 친구들과 창녀들과 함께 맛좋은 음식을 먹는 일도, 파리의 아름다운 건축술을 연구하고 싶은 희망도 있고요. 그리고 방대한 세 권의 저술도 준비 중이에요. 그중 하나는 주교와 그 물방앗간을 해치우는 내용이고요. 그 외에도 얼마든지! 아낙사고라스[197]도 자기는 태양을 찬양하기 위해 이 세상에 살고 있다고 하지 않았습니까? 그리고 저는 아침부터 밤까지 하루 종일 저라는 천재와 더불어 지내는 행복을 누리고 있어요. 그보다 즐거운 일은 없죠."

"자네 머리는 방울같이 텅 비어 있군!"

부주교는 불만스럽게 중얼거렸다.

"그래, 그 즐거운 인생을 살도록 위태롭던 자네 목숨을 구해준 사람이 누구였더라? 누가 종달새처럼 어리석고 덜떨어진 자네에게 지금까지 살아서 공기를 마시고 하늘을 바라보도록 해준 거지? 그 여자가 없었다면 자네는 지금 어디 있을 거라고 생각되나? 자네는 그 여자가 죽기를 바란단 말인가? 정작 자네는 그 여자 덕분에 이렇게 살아 있으면서 말이야! 그 아름답고 부드럽고 사랑스러운 여자가, 하느님보다도 더 거룩하고 이 세상의 광명을 위해 없어서는 안 될 그 여자가 말이야! 그에 비해 자네는 아무것도 아닌 어설픈 지식을 휘두르는 반미치광이에다가 스스로 걷고 있는 줄 착각하는 초목 같은 존재가 아닌가. 그 여자에게서 구걸한 대낮의 등불처럼 쓸모없는 목숨을 부지하려는 이유가 대체 뭔가? 여보게, 조금이라도 동정심을 가져보게, 그랭구아르! 처음엔 그 여자가 용기 있게 자네를 구했으니 이번엔 자네가 사나이답게 행동할 차례야!"

부주교는 격렬하게 말했다. 그랭구아르는 처음에는 대수롭지 않게 듣고 있다가 점점 감동을 받고 마침내 몹시 괴로운 표정을 지으며 신부를 바라보았다. 그리고 마치 배앓이를 하는 어린아이처럼 창백한 얼굴로 입을 열었다.

"선생님의 말씀을 들으니 비장하군요……."

그는 눈물을 닦으며 말했다.

"그럼 저도 잘 생각해보겠습니다. 그렇게까지 생각하셨다니 정말로 놀랍습니다. 하지만……."

그는 잠시 말을 끊었다가 다시 입을 열었다.

"모르는 일이죠. 들통이 나더라도 저를 교수형에 처하지 않을 수도 있잖아요? 약혼을 했다고 해서 반드시 결혼을 하라는 법도 없어요. 제가 치마를 입고 여장을 하고 있는 것을 그들이 본다면 아마 웃음을 터뜨리지 않을까요? 너무나 괴상해서 말이죠. 아무튼 좋아요. 교수형도 결국은 다 똑같은 죽음이니까. 아니지, 다른 죽음과는 좀 다르다고 해야겠네요. 그건 평생을 혼돈 속에 살았던 현자에게 어울리는 죽음이요, 진정한 회의주의자의 정신처럼 결정이라는 것이 없는 죽음이며, 회의주의와 망설임의 자국이 찍힌 죽음이요, 하늘과 땅 사이에 몸을 두고 사람을 공중에 매달아놓는 그런 죽음이겠지요. 그야말로 철학자에게 어울리는 죽음이지요. 어쩌면 저는 태어날 때부터 그런 운명을 타고났을지도 몰라요. 사람이 사람답게 사는 것만큼이나 죽음조차도 훌륭하고 뜻깊은 일이죠!"

신부는 그의 말을 가로막았다.

"그래? 그럼 결정했나?"

"그런데 죽음이란 진짜 뭔가요?"

그랭구아르는 흥분하여 말을 계속했다.

"죽음이란…… 한순간의 불쾌감? 아니면 일종의 통행세가 아닐까요? 하찮은 것에서부터 무(無)의 상태로 통과하는. 어떤 사람이 메갈로폴리스 사람인 케르키다스에게 당신은 기꺼이 죽겠소? 하고 물으니, '왜 그러지 못하겠소. 왜냐하면 나는 죽은 뒤에, 철학자들 중에서는 특히 피타고라스, 역사가들 중에서는 헤카테우스, 시인들 중에서는 호메로스를, 음악가들 중에서는 올림포스와 같은 위대한 인물들을 만나보게 될 테니까 말이오'라고 대답했답니다."

부주교는 그에게 손을 내밀었다.

"그럼 결정한 거지? 내일 내게 오게."

그러자 그랭구아르는 다시 현실을 깨닫고 고개를 저었다.

"아니요, 절대로 싫습니다!"

그는 막 잠에서 깨어난 사람처럼 말했다.

"다른 사람 대신 교수형을 당하다니! 그건 바보 같은 짓이에요. 싫어요!"

"그럼 잘 있게!"

그러고 나서 부주교는 입속으로 이렇게 중얼거렸다.

"그래, 어디 두고 보자!"

신부가 돌아가는 뒷모습을 보며 그랭구아르는 '두고 보자니, 절대로 그렇게는 안 될 거야!'라고 생각했다. 그리고 신부의 뒤를 쫓아가 말했다.

"잠시만요, 신부님! 옛정을 생각해서라도 이런 일로 화를 내지는 마세요. 보니까, 그 아가씨, 아니 제 아내에게 선생님께서 무척 관심이 많으신 것 같은데 어쨌든 그렇게 걱정해주시니 감사합니다. 그 여자를 노트르담에서 무사히 빼내기 위해 계략을 꾸미신 것까지도 이해를 하지만 사실 저로서는 지극히 불쾌하네요. 만약 제게 기막힌 다른 방법이 있다면 얼마나 좋을까요! 아…… 지금 문득, 아주 멋진 묘안이 떠올랐는데, 제가 교수대의 올가미에 걸릴 위험도 없고 그 여자도 지금의 곤경에서 무사히 살려낼 방법이 있다면 어떨까요? 그렇다면 그야말로 누이 좋고 매부 좋은 일 아니겠어요? 아니면 선생님은 꼭 제가 교수대에 올라야만 속이 시원하시겠습니까?"

신부는 초조한 듯 자신의 법의 단추를 잡아 뜯었다.

"터진 입이라고 말은 청산유수로군! 그래 그 멋진 묘안이나 말해보게!"

"좋아요!"

그는 뭔가 깊이 생각하는 표시로 집게손가락을 코에 대고 말을 이었다.

"들어보세요. 저와 함께 생활하는 거지들은 아주 용감 무식한 자들입니다.

게다가 집시들도 그 여자를 사랑합니다. 그러니까 제가 한마디만 하면 주저 없이 여자를 구하러 나설 거예요. 그보다 쉬운 일은 없어요. 그들이 여자를 구하러 몰려와 소란을 피울 때 슬쩍 여자를 빼돌리는 겁니다! 당장 내일 저 녁에라도 실행에 옮길 수 있어요. 그런 소동이야말로 그자들이 바라던 놀이 이기도 하니까요."

"어떻게 한다는 거야, 말을 해봐!"

신부는 그를 잡아 흔들며 말했다.

그랭구아르는 뻐기듯이 그를 돌아보았다.

"좀 가만 계세요. 저도 궁리 중이잖아요!"

그는 잠시 생각하더니 손뼉을 치면서 외쳤다.

"좋아, 바로 그거야! 기가 막힌 성공이야! 틀림없어!"

"그래, 그것이 뭐냐고?"

클로드 신부는 짜증스레 되물었다.

그랭구아르는 흐뭇한 미소를 띠며 소곤거렸다.

"가까이 오세요, 귀엣말로 할게요. 이건 실로 대담하고 적의 허를 찌르는 유쾌한 대항책이에요. 모두가 곤경에서 벗어날 수 있는 방법이에요. 제가 바보가 아니라는 걸 인정해주셔야 합니다."

그는 갑자기 말을 멈추었다가 다시 이었다.

"아 참! 거기 새끼 염소도 같이 있던가요?"

"그래, 왜?"

"그럼 그 염소도 같이 죽는 거잖아요?"

"그게 무슨 상관이냐?"

"그렇군요, 그 녀석도 죽게 되는 거예요. 지난달에도 돼지 한 마리가 그렇 게 죽었잖아요. 그런 뒤에 망나니들이 그걸 구워 먹었거든요. 그 귀여운 염 소 잘리가 죽다니! 가여운 것!"

"이런 미친놈!"

클로드 신부가 외쳤다.

"너야말로 망나니다, 인마! 대체 어떤 방법을 생각해냈는지 말하란 말이야! 왜 자꾸 엉뚱한 소리만 지껄이느냐? 네 생각을 핀셋으로 끄집어내야만 되겠느냐?"

"아주 좋은 방법이에요, 선생님, 들어보세요."

그랭구아르는 신부의 귀에 입을 대고는 지나다니는 사람이 하나도 없는 텅 빈 거리를 불안한 듯 살피며 아주 낮은 소리로 속삭였다. 그가 이야기를 끝내자 클로드 신부는 그의 손을 잡고 냉랭하게 말했다.

"그래, 내일 보세."

"내일 뵙겠습니다."

그랭구아르도 그렇게 답하고는 부주교가 돌아서서 가는 동안 다른 쪽으로 걸어가며 혼자 중얼거렸다.

"이건 대단한 사업이 될 거야. 대단해, 피에르 그랭구아르! 사람이 키가 작다고 해서 큰 사업을 못 하라는 법은 없지! 아무렴! 비톤[198]은 커다란 황소 한 마리를 어깨에 짊어졌다. 할미새와 꾀꼬리와 딱새는 대양을 건넌다."

chapter 2

거지가 되려무나

클로드 부주교가 수도원에 돌아갔을 때, 그의 방 앞에는 동생인 장 뒤 물랭이 와서 기다리고 있었다. 장은 형님을 기다리는 동안 숯으로 코만 크게 과장시킨 형님의 옆얼굴을 벽에다 그리고 있었다.

신부는 동생을 거들떠보지도 않았는데 그의 머릿속에는 딴생각으로 가득했기 때문이었다. 날건달 같은 동생의 유쾌한 얼굴을 볼 때면 신부는 침울하다가도 금세 기분이 나아지곤 했는데 이번에는 그런 동생의 얼굴도 썩어서 악취를 풍기는 그의 영혼에 더욱더 짙어져가는 안개를 걷어내기에는 역부족이었다.

"형님, 저 왔어요……. 형님 뵈러 왔어요."

장은 아무래도 형의 태도가 이상하다고 생각하며 머뭇머뭇 말했다.

부주교는 여전히 그를 쳐다보지도 않고 대답했다.

"그래서?"

"형님."

이 위선자는 이렇게 말을 이었다.

"형님은 언제나 저를 위해 걱정하시고 도와주시고 여러 가지로 좋은 말씀도 해주시기 때문에 늘 형님을 찾아오게 됩니다."

"그래서?"

"아, 형님이 늘 제게 말씀하셨죠. '장! 학자의 교학이, 학생의 학문이 해이해지고 있다. 장, 얌전하게 굴어라, 그리고 열심히 공부해라, 그리고 정당한 사유 없이 늦게까지 거리를 쏘다니지 마라. 피카르디 사람을 괴롭히지 마라. 학교의 볏짚 위에서 무식한 나귀처럼 썩지 마라. 장, 선생님이 벌을 주시면 달게 받아라. 저녁마다 성당에 가서 영광스러운 성모 마리아께 기도 드리고 찬양하여라.' 이 모든 말씀들은 참으로 훌륭한 충고였어요!"

"또?"

"형님, 형님은 저를 죄 많고 나쁜 짓만 하는 사악한 인간이며, 노름꾼에 지독하고 엉뚱하기 그지없는 골칫덩어리라고 생각하지요. 사랑하는 형님, 저는 형님의 진심 어린 충고를 짚이나 먼지처럼 짓밟고 쏘다녔어요. 그 덕분에 저는 톡톡한 대가를 치렀지요. 하느님은 정말로 공정하심을 알았어요.

돈이 있으면 먹고 놀고 신나게 흥청거렸어요. 아, 방탕함이란! 그 순간엔 그렇게 달콤하고 매력이 넘치지만 그다음에 기다리는 것은 후회와 추악함뿐이라는 것을 깨달았어요. 그런 방탕의 결과로 이제 저는 땡전 한 푼 없는 빈털터리 신세랍니다. 제 물건 중에 쓸 만한 것들은 모두 팔아버렸어요. 속옷도 수건까지도 모조리. 이제 꿈같은 시절은 다 가버렸어요. 빛나는 촛불은 꺼지고 이제 남은 것이라고는 콧속으로 연기가 올라오는 기름 등잔뿐이에요. 계집애들조차 완전히 저를 무시하고, 후회와 빚쟁이들에게 시달리고 있어요. 겨우 물로 허기를 달래고 있답니다.”

“그리고?”

부주교가 말했다.

“아, 세상에서 가장 사랑하는 우리 형님! 저는 앞으로 아주 착실한 생활을 하겠다고 결심했어요. 지난날에 대한 후회와 회개하는 마음을 안고 형님께 찾아왔어요. 저는 회개하고 있습니다. 진심으로 과거를 뉘우치고 있어요. 주먹으로 제 가슴을 치면서 말이에요. 형님은 제가 장차 토르시 대학을 졸업하고 조교가 되기를 바라셨지요. 그 바람이 옳다는 걸 이제야 깨달았어요. 제가 그 직업에 매우 적합하다는 걸 알게 됐거든요. 그런데 공부를 하려고 보니 잉크도 펜도 다 떨어져서 새로 사야 될 것 같아요. 그리고 종이도 책도 필요하고요. 그러니 돈이 좀 필요해서 형님께 회개하는 마음으로 온 거예요.”

“그래, 그뿐이냐?”

“네, 돈이 조금 필요해요.”

장이 대답했다.

“돈 없다!”

부주교가 이렇게 대답하자, 장은 매우 단호한 어조로 말했다.

“그럼 형님, 이런 말씀드리기 뭣하지만 다른 곳에서 매우 좋은 돈벌이가 있으니 함께 일해보자고 하는데 어떻게 할까요? 그래도 형님은 제게 돈을 주고 싶지 않다 이거죠? 그럼 전 그냥 거지가 되겠어요."

그런 기막힌 소리를 지껄이며 장은 아이아스[199]와 같은 천연덕스런 얼굴을 하고서 제 머리 위로 벼락이 떨어지기를 기대하고 있었다.

그러나 부주교는 쌀쌀맞게 내뱉었다.

"그럼 거지가 되거라!"

장은 곧바로 형님을 향해 공손히 절을 하고는 휘파람을 불며 수도원 계단을 내려갔다.

장은 형님의 방 창문 아래를 지날 때 창문이 열리는 소리에 고개를 들었는데 부주교의 준엄한 대머리가 나오는 것이 보였다.

"당장 꺼져, 나에게서 받는 마지막 돈이 될 것이다!"

클로드 신부는 이렇게 외치며 무언가를 아래로 던졌는데 보니 지갑이었다. 지갑은 정통으로 장의 이마를 맞춰 커다란 혹까지 만들어주었다. 장은 마치 맛좋은 뼈다귀로 얻어맞은 개처럼 화가 나면서도 기뻐하며 사라졌다.

chapter 3

기쁨이여, 만세!

여러분은 '기적의 소굴'의 일부가 도시의 옛 성벽에 의해 닫혀 있었다는 이야기를 기억할 것이다. 그 성벽의 탑들은 대부분 벌써 이 시대부터 허물어지기 시작하고 있었다. 그런 탑들 중 하나는 거지들에 의해 유흥장으로 바뀌었다. 낮은 층 방에는 술집이 있었고, 그 밖의 것들은 위층에 있었다. 이 탑은 거지 왕국의 가장 활기 띤 장소, 따라서 가장 추악한 장소였다. 그것은 밤낮으로 윙윙거리는 일종의 끔찍한 벌집이었다. 밤에 거지 왕국 전체가 잠들어 있을 때, 광장의 흙빛 정면들에 불 켜진 창문 하나 남아 있지 않을 때, 그 수많은 집들로부터, 도둑놈들이며 창녀들이며 훔친 아이들 또는 사생아들이 득실거리는 그 소굴로부터 큰 소리 하나 들려오지 않을 때, 사람들은 들려오는 소음으로, 환기창이며 창문이며 갈라진 벽 틈에서 동시에 마치 털구멍에서 새어 나오듯 새어 나오는 새빨간 불빛으로 언제나 그 즐거운 탑을 알아볼 수 있었다.

탑의 지하실은 술집이었다. 그곳은 나지막한 문 하나가 있고 고전주의의 12음절 시구처럼 가파른 계단으로 내려가게 되어 있었다. 문 위에는 간판 대신에, 반짝이는 동전들과 죽은 닭들을 되는 대로 휘갈긴 그림 하나가 있고, 그 아래에는, '죽은 이들을 위해 조종을 치는 사람들에게'라는 문구가 적혀 있었다.

어느 날 밤의 일이었다. 파리 시에 있는 모든 종루에서 소등을 알리는 종소리가 울려 퍼질 무렵, 야경대원들이 저 무서운 '기적의 소굴'에 들어갈 수 있었다면, 이 거지들의 술집에서 평소보다 더 큰 소동이 벌어지고 더 많은 술을 마시고 더 요란스레 욕설을 해대는 것을 볼 수 있었을 것이다. 밖의 광장에서는 수많은 사람들이 여기저기 모여 무언가 큰 계획이라도 꾸미듯 낮은 소리로 쑥덕이고 있었으며 불량배들도 여기저기서 무리 지어 칼날을 갈고 있었다.

그러는 동안 술집 안에서는 거지 패거리들이 그날 밤 그들의 머릿속을 차지한 상념들을 술과 노름으로 털어버리려는 심산이었으므로 술꾼들이 무엇에 관해 떠들고 있는지 말소리만으로는 알아듣기가 힘들었다. 다만 그들은 평소와 달리 더 유쾌한 모습이었는데, 다리 사이에서 낫이나 도끼, 커다란 쌍날 장검, 낡은 화승총의 갈고리 등 갖가지 무기들이 번쩍거렸다.

그 방은 둥글고 매우 넓었으나 테이블이 가득 들어차 있고 술꾼들도 워낙 많아서 술집 안에 있는 것은 남자, 여자, 벤치, 맥주병, 술을 마시고 있는 것,

잠을 자고 있는 것, 노름하고 있는 것, 몸이 성한 자, 병신 등등 모두 한 무더기의 굴 껍질처럼 아무렇게나 뒤죽박죽으로 엉키고 겹쳐 있는 것 같아 보였다. 테이블 위에는 기름 등불이 켜져 있었으나 술집의 진짜 불빛, 즉 선술집이나 오페라극장의 샹들리에 역할을 하는 것은 장작불이었다. 이 지하 동굴은 매우 습해서 한여름에도 벽난로에 항상 불을 지폈다. 맨틀피스에 조각을 한 이 거대한 벽난로에는 묵직한 장작 받침쇠와 취사도구가 가득 놓여 있었고 장작과 이탄의 큰 불꽃이 활활 타오르고 있었다. 벽난로의 커다란 불꽃은 밤에 흔히 마을길 같은 곳에서 대장간의 창문에 비치는 유령과 같은 그림자를 맞은편 벽 위에 빨갛게 비추고 있었다. 키 큰 똘마니 하나가 벽난로 곁 재 속에 앉아서 쇠꼬챙이에 고기를 꿰어 들고 이리저리 돌려가며 굽고 있었다.

이처럼 술집 풍경이 어수선하고 혼란하기는 해도 한번만 둘러보면, 그곳에 모인 무리가 대략 세 무리로 나뉜다는 것을 알 수 있었다. 그 세 무리는 여러분이 이미 알고 있는 세 사람을 중심으로 각각 모여 있었다. 먼저, 그중 한 사람은 동양풍의 가짜 금칠을 한 옷을 난잡하게 이상한 모양으로 입고 있었는데, 그는 이집트와 보헤미아의 공작 마티아스 운가디 스피칼리였다. 이 건달은 테이블 위에 두 다리를 꼬아 얹고 손가락을 허공에 쳐들고, 입은 떡 벌리고 자기 주위에 둘러선 사람들에게 큰 소리로 요술과 마술에 대하여 지껄이고 있었다. 또 하나의 무리는 전신에 완전 무장을 한 용감한 '쩐'의 왕을 중심으로 모여 있었다. 클로팽 트루이유푸는 부하들이 눈앞에서 밑바닥을 도려낸 큰 나무통 속에 가득 담긴 무기들을 서로 다투며 빼앗는 모습을 매우 진지한 얼굴로 감독하고 있었다. 그 통에서는 도끼와 검, 투구, 쇠사슬로 된 갑옷, 사냥칼, 창, 화살촉, 화살 등이 보물 상자에서 쏟아져 나오는 사과와 포도송이처럼 튕겨져 나왔다. 사람들은 서로 밀고 당기며 투구나 가느다란 검, 자루가 십자가로 되어 있는 단검 등을 집어 들었다. 아이들도 무장을 하고 있었으며 앉은뱅이들도 갑옷이며 흉갑을 입고 풍뎅이처럼 술꾼들 사이를 기어 다니고 있었다.

마지막으로 세 번째 무리는 가장 시끄럽고 쾌활한 무리였는데 수도 그중 제일 많았다. 그들은 의자나 테이블을 가득 메우고 있었는데 그중 한 사람이 큰 소리로 떠들고 상말로 저주의 소리를 지껄이고 있었다. 그 소리는 갑옷에서 박차까지 빈틈없이 완전 무장한 한 사나이에게서 나오는 것이었다. 그는 갑옷으로 몸을 완전히 감싸고 있어서 보이는 것이라고는 뻘건 들창코와 금발 곱슬머리, 붉은 입과 대담한 눈초리뿐이었다. 그의 허리띠에는 단검과 비수가 잔뜩 달려 있고 옆구리에도 커다란 칼을 차고 있었으며 왼손에는 녹슨 큰 활을 들고, 커다란 포도주 병 하나를 앞에 놓고 있었다. 그의 오른쪽에는 옷깃을 풀어헤친 뚱뚱한 여자가 붙어 있었다. 그의 주위에 있는 무리들은 모두 킬킬거리며 천박한 이야기를 떠벌리면서 술을 마시고 있었다.

그 외에도 그리 적지 않은 여러 무리들이 있었는데 심부름을 하는 남자들과 여자들을 비롯하여, 도박꾼들은 구석에서 당구를 하거나 돌차기, 혹은 주사위 놀이를 하기도 하고 어떤 이들은 카드 노름에 열중하고 있었다. 그런가 하면 다른 쪽 구석에서는 티격태격 싸움을 벌이거나 키스를 하느라 정신없는 이들도 있었다. 벽난로의 불꽃은 흔들거리며 선술집의 벽에 터무니없이 크고 기괴망측한 숱한 그림자를 너울거리게 하고 있었다.

이처럼 요란한 광경에서 빚어지는 소음이란, 사정없이 내리치는 종의 내부와도 같았다.

불고기의 기름 받는 그릇 속으로 빗방울처럼 떨어져 내리는 기름 방울이 계속 토닥거리는 소리가 방 안 구석구석에서 주고받는 무수한 대화 사이사이를 메우고 있었다.

이런 소동 중에 술집의 안쪽 벽난로 옆 벤치에 철학자 한 사람이 앉아서 재 속에 발을 뻗고는 깜부기불을 바라보며 생각에 잠겨 있었다. 그는 바로 그랭구아르였다.

"자, 이제 시간이 다 돼간다! 어서 빨리 무장을 갖추어라! 한 시간 후에 출발이다!"

클로팽 트루이유푸가 자신의 무리들에게 말했다.

한 아가씨가 이런 노래를 입속으로 중얼거렸다.

안녕히 주무세요. 엄마 아빠!
불은 마지막 남은 이들이 끌게요.

카드 노름을 하던 두 사람이 다투기 시작했다.

"잭이다!"

둘 중 얼굴이 벌겋게 달아오른 한 사람이 상대에게 주먹을 들이대며 외쳤다.

"클로버에선 널 엄중하게 검시할 거야! 넌 임금님과 카드놀이를 해도 클로버의 잭을 바꿔칠 놈이니까!"

"아이고!"

한 사나이가 이렇게 외쳤는데, 그 소리로 보아 노르망디 사람임을 알 수 있었다.

"여긴 카유빌 성자들처럼 콩나물시루 속이구나!"

"얘들아."

이집트 공작이 가성으로 청중에게 말했다.

"프랑스의 마녀들은 그들의 야연에 빗자루도, 비계도, 탈것도 없이 주문 몇 마디만 갖고 간다. 이탈리아 마녀들에겐 으레 염소 한 마리가 있는데 염소는 그들의 문 앞에서 그들을 기다리지. 마녀들은 모두 굴뚝으로 나가는 것으로 알려져 있다."

머리부터 발끝까지 완전히 무장한 한 젊은 사나이의 목소리가 그 시끄러운 소음 속에서도 단연 우렁차게 울려 퍼졌다.

"만세! 좋아!"

그는 소리쳤다.

"오늘이 내 첫 출전이다! 나는 거지다, 나는 거지란 말이야! 여러분 술 한 잔 따라주시오! 나는 풍차의 장 프롤로 뒤 물랭이고 귀족이다. 내 생각엔 만약 하느님이 헌병이라면 아마도 그는 약탈자가 될 거다. 그렇지, 형제들! 우리는 지금 근사한 원정을 떠나려 한다. 우리는 용맹한 사람들이다. 성당을 포위하고 문을 두들겨 부수고 아름다운 처녀를 판사들과 성직자들의 손아귀에서 구하자. 수도원을 파괴하고 주교관의 주교를 태워 죽이고 하는 일들은 시장이 수프 한 숟가락 먹는 것보다 빨리 해치울 수 있다. 우리들은 정당하다. 그러니 노트르담을 약탈하자. 그러면 모든 것이 끝장난다. 카지모도를 교수대로 보내자. 여인들께선 카지모도가 누군지 알고 계시던가? 성신강림절에 대종 위에서 숨을 헐떡이는 꼴을 본 일이 있는가? 말도 마시오. 참으로 볼 만했지. 악마가 짐승의 아가리 위에 걸터앉은 것 같았지. 친구들이여, 내 말을 들어보시오. 나는 마음속 밑바닥에서부터 우러난 진짜 거지다. 내 영혼의 밑바닥으로부터 우러난 진짜 거지 말이오. 나는 원래 부자였는데 재산을 모두 탕진해버렸소. 어머니는 내가 장교가 되길 바

주막에서

라셨고 아버지는 나를 부주교로 만들고 싶어 하셨지. 숙모는 심문관, 할머니는 왕의 대법관, 백모는 짧은 법복을 입은 재무관으로 만들고 싶어 하셨소. 그러나 나는 거지가 되었소. 그 말을 아버지께 했더니 그분은 내 얼굴에 저주를 퍼부었고 어머니는 하염없이 울면서 저 벽난로 받침쇠 위의 장작처럼 거품을 내뿜으셨다…… 기쁨이여 만세! 나는 진짜 엉터리다. 어이, 주모! 여기 포도주 한 병 더 주시오! 돈은 아직 있고. 이젠 쉬렌 포도주는 싫어. 그걸 마시면 내 목구멍이 짜증을 내거든. 그런 걸 마시느니 차라리 바구니로 목구멍을 헹구겠다, 제기랄!"

그러는 동안 어중이떠중이들은 너털웃음을 터트리며 박수갈채를 보내고 있었는데 자기 주위가 더욱 시끄러워진 것을 보고 장이 외쳤다.

"오! 아름다운 소음이여! 격분하는 민중의 대중적 흥분이여!"

그러면서 황홀경에 빠진 듯한 눈으로 만과를 영창하는 참사원 같은 어조로 노래를 부르기 시작했다.

"무슨 성가를! 무슨 악기를! 무슨 노래를! 무슨 곡조를 여기서 사람들은 끝없이 노래하고 있는가? 꿀처럼 달콤하게 울려 퍼지누나, 찬가의 악기 소리, 천사들의 다시없이 감미로운 노랫가락, 희한한 아가(雅歌)[200]!"

그는 노래를 멈추었다.

"젠장, 주모! 저녁밥 좀 주쇼!"

이어 잠시 술집 안에는 전체적으로 이야기들이 중단되면서 어색한 침묵 비슷한 것이 맴돌았다. 그사이 이번에는 손아래 집시들에게 무언가를 가르치는지 이집트 공작의 날카로운 목소리가 침묵을 가르며 솟아올랐다.

"……족제비는 아뒨이라 불리고, 여우는 피에블뢰 또는 쿠뢰르데부아라 하고 이리는 피에그리 또는 피에도레라 하고 곰은 늙은이 혹은 할아버지라고 불린다. 난쟁이의 모자를 쓰면 자기 모습이 보이지 않게 되고, 보이지 않는 것이 보이게 된다. 두꺼비란 놈은 세례를 받을 때는 모두 붉거나 검은 비로드를 입고 목과 발에 한 개씩 방울을 달아야 한다. 대부는 머리를 움켜쥐고, 대모는 엉덩이를 붙잡는다. 벌거벗은 처녀들을 춤추게 하는 힘을 가진 것은 시드라가숨이라는 악마다."

"젠장!"

그때 장이 말을 가로막았다.

"나도 그 악마 시드라가숨이 되고 싶다!"

그러는 동안 거지들은 술집의 한쪽 구석에서 수군거리며 무장을 서두르고 있었다.

"불쌍한 에스메랄다!"

집시 하나가 말했다.

"그 여자는 우리 누이동생이야! 반드시 그곳에서 구해 와야 해!"

"그럼 그 여잔 계속 노트르담에 있었단 말이야?"

유대인처럼 생긴 얼굴의 장사치 거지가 말했다.

"그럼 그렇지!"

"그러면 친구들!"

장사치 거지가 외쳤다.

"모두들 노트르담으로 가자! 페레올과 페뤼시옹 성자의 성당에는 조각상이 두 개나 있거든. 하나는 성 장바티스트의 상이고 또 하나는 성 앙투안의 상인데, 모두 금이야. 두 개를 합친 금의 무게가 17마르크에 15에스텔랭이며 발밑에 도금한 은은 17마르크 5온스나 된다고! 난 금은세공사라 잘 알지!"

그때 장에게 저녁밥이 나왔다. 그는 옆에 있는 여자의 풍만한 가슴에 대하여 너스레를 떨면서 소리를 질렀다.

"사람들 사이에서 성 고글뤼라고 부르는 성 불드뤼크에 걸고 맹세하는데 난 정말 행복한 놈이야! 거기 내 앞에서 숙맥 하나가 대공 같은 매끈매끈한 얼굴로 나를 바라보고 있구나. 거기 내 왼쪽에 있는 숙맥 하나는 이빨이 하도 길어서 턱을 가리고 있고, 그리고 나는 퐁투아즈 포위 전 때의 지에 원수(元帥)처럼 내 오른손으로 젖꼭지 하나를 누르고 있다. 염병할 것! 이봐, 친구! 넌 공장수같이 보이는데, 내 옆에 와서 앉는구나! 난 귀족이네, 친구. 장사는 귀족과 양립할 수 없는 거야. 거기서 꺼져버려. 어어이! 애들아! 싸우지 마! 바티스트 크로쿠아종, 넌 그렇게도 코가 아름다운데, 어째서 저 우악스러운 놈의 투박한 주먹에다 그 코를 다치려 드느냐! 이 숙맥아! 아무나 코를 가질 수 있는 것은 아니다. 넌 정말 훌륭하구나! 자클린 롱조레유! 하지만 머리털이 없는 게 흠이다. 다들 잘 들어, 나는 장 프롤로이고, 나의 형님은 부주교님이시다. 귀신은 뭐 하나, 우리 형님 좀 잡아가지 않고, 쳇! 내가 하는 말은 모두 사실이다. 난 내가 원해서 거지가 되었고 그럼으로써 형님이 약속해준 '천국에 있는 집 한 채의 절반'을 기꺼이 포기했다. 난 티르샤프 거리에 영지도 있고 보는 여자들마다 나한테 홀딱 빠져드는데, 그것은 성 엘루아가 뛰어난 금은세공사였다는 것이 사실인 것처럼 분명한 사실이란 말이야. 그뿐 아니라 파리 시의 다섯 개 직업이 가죽제품 판매업자, 가죽 가공업자, 견장 제조업자, 지갑 제조업자, 가죽 닦기업자인 것이 사실인 것처럼 내 말은 명명백백한 사실이란 말이지! 또, 성 로랑이 계란 껍데기에 타 죽은 것이 사실인 것처럼 사실이란 말이야. 맹세할 수 있지, 여러분에게!

내가 여기서 거짓말을 하면
일 년이 가기 전엔 술을 마시지 않으리!

아이고, 이쁜아, 달이 밝구나! 창 너머로 한번 보아라. 바람 때문에 구름이 구겨지고 있구나! 내가 네 깃 장식을 그렇게 만든 것처럼 말이다! 여자들아!

아이들의 코를 풀어주고 양초 심지를 끊어라. 제기랄! 내가 지금 무얼 먹고 있나? 젠장! 이봐 갈보! 너의 집 매춘부들의 머리카락이 왜 오믈렛 속에 들어가 있는 거야? 난 대머리 오믈렛을 좋아하거든. 악마가 자네 코를 납작하게 만들어줬으면 좋겠다! 이 대단한 베엘제불의 여인숙에서는 매춘부들이 포크로 머리를 빗는구나!"

그렇게 말하고 나서 그는 접시를 바닥에 던져버리고는 큰 소리로 노래를 시작했다.

그런데 나는 없네,
배라먹을!
신앙도, 법도,
집도, 절도,
임금님도,
하느님도!

그러는 사이, 클로팽 트루이유푸는 무기 분배를 끝마쳤다. 그리고 그랭구아르의 옆으로 다가갔으나 그는 장작 받침쇠 위에 발을 올려놓고 깊은 생각에 잠겨 있었다.

"이봐, 피에르!"

'쩐'의 왕이 말했다.

"뭘 그렇게 생각하고 있느냐?"

그랭구아르는 우울한 미소를 지으며 그를 쳐다보았다.

"저는 불을 좋아하거든요, 각하. 언 발을 녹여주거나 저녁 식사를 만들 수 있다는 그런 이유에서가 아니라 불꽃이 있기 때문이지요. 어느 때는 몇 시간씩 불꽃을 바라보며 앉아 있기도 해요. 난로의 어두운 안쪽에서 반짝거리는 별들 속에서 저는 별의별 것들을 볼 수 있어요. 저 별들도 역시 우주랍니다."

"뭔 소리를 지껄이는지 모르겠다. 젠장! 지금이 몇 시인지나 알고 있느냐?"

'쩐'의 왕이 말했다.

"모르겠는데요."

그랭구아르가 대답했다.

그러자 클로팽은 이집트 공작에게 다가갔다.

"이보게, 마티아스! 아무래도 시기가 좋지 않은데. 루이 11세가 파리에 와 있다는 말이 있어."

"그럴수록 더욱 우리 누이동생을 구해내야지."

늙은 집시가 대답했다.

"마티아스, 역시 사내답구먼!"

'쩐'의 왕이 말했다.

"우리가 재빠르게 해치울 테니까 문제없어. 성당 놈들은 저항하지 않을 테니까. 그놈들은 토끼 같은 놈들이고 우리는 떼로 몰려갈 테니까. 법원에서 내일 사형수를 잡으러 와봤자 이미 한발 늦은 걸 알게 될 거야! 말이야 바른 말이지, 그 예쁜 아가씨의 목을 매달다니 절대로 그럴 수는 없지!"

클로팽은 술집 밖으로 나갔다.

장은 여전히 목쉰 소리로 외치고 있었다.

"좋아, 난 마신다, 먹고 취해버리겠다. 난 유피테르야! 야, 피에르 라소뫼르, 한 번 더 그런 눈으로 날 봤다간 손가락으로 네 코를 튕겨주마!"

이제 그랭구아르는 명상에서 깨어나 주위의 시끄럽고 요란스러운 광경을 둘러보며 입속으로 중얼거렸다.

"포도주와 소란스러운 주점은 음란한 것이다! 아, 술을 안 마시길 정말 잘했군. 성 브누아가 '포도주는 현인들마저도 변절하게 한다'고 말한 건 정말 명언이다."

이때 클로팽이 돌아와서는 천둥 같은 소리로 외쳤다.

"자정이다!"

마치 휴식 중이던 부대에 집합 나팔이라도 울려 퍼진 것처럼, 그 말이 떨어지기가 무섭게 그곳에 모여 있던 모든 거지들은 남녀노소 할 것 없이 함성을 지르며 각자 무기와 고철들을 흔들어대며 밖으로 몰려나갔다.

달은 구름에 가려 있었다.

'기적의 소굴'은 칠흑같이 캄캄한 어둠에 휩싸인 채 불빛 하나 보이지 않았다. 그러나 적막하지는 않았다. 한 떼의 남녀들이 작은 소리로 이야기하고 있었다. 어둠 속에서 그들이 웅성거리는 소리가 들리고 갖가지 무기들이 번쩍거렸다. 클로팽은 커다란 돌 위로 올라가 소리쳤다.

"줄을 서라, 거지패들아! 이집트 조! 줄을 지어! 갈릴리아 패들, 어서 줄을 서라!"

어둠 속에서 행동이 개시되었다. 수많은 무리들이 종대로 늘어섰다. 잠시 후 '쩐'의 왕이 다시 소리를 질렀다.

"이제 조용히 파리를 통과해야 한다. 암호는 '어슬렁 불꽃'이다. 노트르담에 도착할 때까지는 불을 켜서는 안 된다! 출발!"

그로부터 십여 분이 흐른 뒤, 야경대는 집들이 늘어선 중앙시장 지대를 사방으로 연결하고 있는 복잡한 거리들을

지나 퐁 토 샹주 쪽으로 내려가는 검은 그림자들의 긴 행렬을 보고 질겁을
하여 도망쳐버렸다.

chapter 4

서툰 친구

———

그날 밤, 카지모도는 아직 잠들지 않고 있었다. 그는 성당 안을 마지막으
로 한 바퀴 돌아보고 오는 길이었다. 그가 성당 문을 잠글 때, 부주교가 옆을
지나갔다. 카지모도가 단단히 쇠로 된 커다란 빗장을 지르고 자물통을 걸어
그 커다란 문이 장벽처럼 굳게 닫히는 것을 보고 부주교는 약간 불쾌한 기
색을 띠었으나 카지모도는 알아차리지 못했다. 클로드 신부는 어느 때보다
더 깊은 생각에 잠겨 있는 것 같았다. 더구나 그날 밤 그 독방에서의 사건 이
후로는 카지모도를 매우 학대하였다. 그러나 아무리 고통스럽게 학대를 해
도 이 충실한 종지기의 복종과 인내와 헌신적인 체념은 흔들리지 않았다.
부주교의 일이라면 욕설이나 협박은 물론, 구타와 어떤 비난에도 한마디 불
평 없이 참고 견디어냈다. 고작해야, 클로드 신부가 종탑의 계단을 오를 때
불안한 눈으로 그 뒷모습을 지켜보는 정도였다. 그러나 부주교 자신도 집시
처녀 앞에 다시 나타나기를 삼가고 있었다.

그런데 그날 밤, 카지모도는 지금까지 완전히 버려둔 채 놔두었던 가련한
종들을, 자클린이며, 마리, 티보를 힐끔 바라본 뒤 북쪽의 탑 꼭대기까지 올
라갔다. 그리고 튼튼한 사각 등을 홈통 위에 기대고 파리의 밤 풍경을 바라
보기 시작했다. 앞서 말했듯이 밤은 매우 캄캄했다. 당시의 파리는 말하자
면 외등도 없던 시절이었으므로 다만 희미하게 굽이굽이 흐르는 센 강에 의

해 여기저기 끊긴, 희미한 검은 덩어리들이 눈에 비칠 뿐이었다. 불빛이라고는 멀리 떨어진 한 채의 건물 창에 켜진 것 외에는 아무것도 없었다. 그 건물의 어둡고 멍청한 옆얼굴은 생 탕투안 성문 쪽에, 집들의 지붕 위에 우뚝 솟아 있었다. 그곳에도 또 누군가 잠들지 않고 있었던 것이다.

애꾸눈으로 안개와 밤의 지평선 위를 휘돌아보던 종지기는 문득 말로 형언할 수 없는 막연한 불안감에 사로잡혔다. 며칠 전부터 그는 이렇게 파수를 보고 있었는데 흉측한 얼굴을 한 사나이들이 성당 주위를 서성거리며 처녀의 은신처를 살피는 것이 자주 눈에 띄었던 것이다. 그는 불행한 처녀에 대해 어떤 음모가 꾸며지고 있는 것이라고 생각했다. 사람들이 자신에 대하여 그러하듯 그녀에 대해서도 증오심이 쏠려, 머지않아 무슨 일이 일어날 것만 같았다. 그래서 그는 자기 종탑 위에 붙어 서서 망을 보는 것이었다. 라블레의 말마따나, '그의 꿈 그릇 속에서 꿈을 꾸고', 독방과 파리를 번갈아 둘러보고, 한 마리의 충견처럼, 마음속에 수만 가지 의심을 품고 철통같이 경계를 하면서.

자연은 일종의 보상으로 그에게 뛰어난 시력을 주었다. 카지모도에게 결여된 다른 기관의 거의 전부를 대신할 수 있을 정도였는데, 그가 그 하나뿐인 눈으로 이 큰 도시를 살펴보다가 갑자기 이상한 느낌을 받았다. 느닷없이 비에유 펠트리 강둑의 윤곽이 이상해지고 그 부근에 무언가 움직임이 있으며, 흰 강물 위에 검게 떠오른 난간의 선이 다른 강기슭의 선처럼 곧은 것이 아니라 강물의 여울처럼 또는 행진해 가는 군중의 머리들처럼 파도치는 것같이 보였던 것이다.

그것은 분명 이상한 광경이었다. 그는 더욱 주의하여 바라보았다. 그 움직임은 시테 쪽으로 오는 듯했다. 하지만 불빛은 보이지 않았다. 그 움직임은 한동안 강둑 위에서 계속되다가 이윽고 섬 안으로 들어오는 듯 조금씩 흘러들고, 마침내 완전히 그쳐서 보이지 않게 되었는데 강둑의 선은 다시 곧아지고 아무런 움직임도 보이지 않았다.

카지모도가 혼자 갖가지 추측을 하고 있을 때 노트르담의 정면과 직각으로 시테 안에 뻗어 있는 성당 앞뜰의 거리에서 그 움직임이 다시 나타나는 것이 보였다. 그리고 칠흑 같은 어둠 속에서 행렬의 선두가 그 거리로 밀어닥치는 것이 보였는데, 그것이 한 떼의 군중이라는 것뿐 그 외에는 아무것도 알 수가 없었다.

그것은 무서운 광경이었다. 그 괴상한 행렬은 짙은 어둠 속에 형체를 감추려고 주의하고 있었으며 그뿐 아니라 소리조차 내지 않으려 더욱 조심하고 있는 것 같았다. 비록 발소리 정도는 났을 테지만 귀머거리에게는 들려오지 않았으며, 대군중이 바로 그의 곁에서 움직이고 걷고 있음에도 그는 거의 보지도 듣지도 못하고 있었으므로 그에게는 연기에 싸인 죽은 자들의 무리처럼 생각되었다. 인간으로 가득한 안개가 자기를 향해 다가오는 듯했고, 또 그림자 속에서 그림자가 움직이고 있는 것 같았다.

그러자 그는 다시금 공포심에 휩싸이며 집시 처녀를 해치려 한다는 생각이 떠올랐다. 그는 희미하기는 하지만 뭔가 격렬한 상태가 다가오고 있음을 느꼈다. 이런 위기에 직면하자 그렇게도 어리석은 그의 머리로서는 도저히 생각하기 어려울 것 같은 이성이 재빨리 움직였고, 카지모도는 마음속으로 여러 궁리를 했다. 저 집시 처녀를 깨워야 할까? 도망치게 할 것인가? 그렇다면 어디로? 거리는 포위되었고 성당 바로 뒤는 강인데? 배도 출구도 없다! 가능한 것은 한 가지뿐, 구원의 손길이 올 때까지, 노트르담 문 앞에서 죽을 때까지 싸우는 것이다. 적어도 구원자가 있다면 말이지만. 에스메랄다의 단잠을 방해하지는 말자, 저 불행한 처녀의 잠을 방해하는 것은 언제라도 늦지 않을 것이다. 이런 결심을 하자, 카지모도는 오히려 차분해져서 어둠을 헤치고 쳐들어온 '적'들의 동향을 침착하게 살피기 시작했다.

그들은 점점 성당 앞뜰로 모여들고 있었다. 그러나 그들은 매우 조심스럽게 행동하며 소리를 거의 내지 않고 있었다. 그것은 광장과 거리의 창들이 여전히 닫혀 있는 것으로 보아 짐작할 수 있었다. 그때 갑자기 한줄기 빛이 반짝하더니 순식간에 일고여덟 개의 횃불이 켜지고 불꽃이 흔들리면서 머리 위로 그것들이 움직이기 시작했다. 카지모도는 그제야 성당 앞뜰에, 누더기를 걸친 남녀들의 어마어마한 무리가 끝이 번쩍이는 창이며 군용 낫과 미늘창, 낫 도끼 등으로 중무장한 채 물결치듯 몰려드는 것을 볼 수 있었다. 여기저기에서 새카만 쇠스랑들이 그 끔찍한 얼굴들에 뿔처럼 돋아 있었다. 그는 그 광경 속에서, 몇 달 전에 자기를 '광인교황'으로 추대하던 얼굴들을 알아볼 수 있을 듯했다. 한 손에 횃불을 들고, 다른 한 손에 곤봉을 쥔 사나이가 수레의 통행을 막기 위해 세워놓은 돌 위에 올라가 뭐라고 지시를 내리고 있었다. 그와 동시에 이 기묘한 군대는 성당 주위에 뺑 둘러서기 시작했다. 카지모도는 등불을 집어 들고 더 자세히 살피며 방어할 방법을 찾기 위해 종탑 사이의 지붕 위로 내려갔다.

클로팽 트루이유푸는 노트르담의 높은 정면 현관 앞에 이르러, 계획대로 부하들을 전투 대열로 배치했다. 아무런 저항도 예상하지 않았지만 신중한 사령관처럼 만약의 경우를 대비하여 야경대나 순검대의 기습에도 즉시 반격할 수 있는 대형으로 늘어세웠다. 그러므로 멀리 높은 데서 보면 에크놈 전투 때의 로마군의 삼각 진이나 알렉산드로스의 돼지머리 진 또는 구스타브 아돌프의 유명한 각 진을 보는 것 같았다. 이 세모꼴의 밑변은 광장의 안쪽을 향해 성당 앞뜰의 거리를 막도록 되어 있었고, 한쪽 변은 시립병원을 향해 있으며 다른 측면은 생 피에 로 뵈 거리를 바라보고 있었다. 클로팽 트루이유푸는 이집트 공작과 우리들의 친구인 장과 그 밖의 대담한 '가짜 지랄병 환자'들과 함께 제일 꼭대기 지점에 서 있었다.

거지들이 이때 노트르담을 향해 시도하던 것과 같은 기도는 중세 도시들에서는 흔한 일이었다. 오늘날의 '경찰'이 당시에는 존재하지 않았다. 인구가 많은 도시, 특히 수도에서 중앙권력은 단일한 규제 권력이 없었다. 봉건제는 그 커다란 자유시들을 기이하게 건설해놓았다. 하나의 도시는 무수한 영지들의 집합체였고, 이것들이 도시를 온갖 형태와 크기를 지닌 구획으로 나누어놓고 있었다. 거기서 무수한 대립적인 경찰이 유래했으니, 곧 경찰이 없는 셈이었다. 이를테면 파리에서는, 토지세 수세권을 요구하는 141명의 영주와는 별도로, 105개의 거리를 가지고 있었던 파리 주교로부터 4개의 거리를 가지고 있던 노트르담 데 샹 수도원장에 이르기까지, 재판권과 토지세 수세권을 요구하는 영주가 25명이나 있었다. 이 모든 봉건적 재판권자들은 명목상으로만 국왕의 종주권을 인정하고 있었을 뿐, 모두가 자기들의 왕국 안에 있었다. 루이 11세라고 불리는, 이 지칠 줄 모르는 노동자가 왕권을 위해 대대적으로 시작했던 봉건적 건물의 파괴는 리슐리외와 루이 14세에 의해 계속되었고, 민중을 위해 미라보에 의해 종결되었다. 루이 11세는 두세 가지의 일반 경찰 법규를 널리 강요함으로써, 파리를 뒤덮고 있는 영주권의 그물을 부서뜨리려고 시도해보기도 했다. 그리하여 1465년에는, 주민들에게 밤이 되면 창을 촛불로 밝히고 개를 가두되 위반할 때는 교수형에 처한다는 명령을 내렸고, 또 같은 해에, 저녁에는 거리를 쇠사슬로 차단하고, 밤에 거리에서는 단검이나 흉기를 휴대하지 못한다는 명령을 내렸던 것이다. 그러나 얼마 못 가서 이 모든 시법(市法)의 시도는 무효로 돌아갔다. 시민들은 창가의 촛불이 바람에 꺼져도 다시 켜지 않았고, 개들이 얼쩡거려도 내버려두었으며, 쇠사슬은 계엄령 때밖에는 치지 않았고, 단검 휴대 금지는 '쿠프 괼 거리'[201]의 이름을 '쿠프 고르주 거리'[202]라는 이름으로 바꾸어놓은 것밖에는 아무런 변경도 가져다주지 않았는데, 그것은 분명 하나의 발전이라 하겠다. 봉건적 재판권들의 낡은 더미는 여전히 존속했고, 영주의 재판소와 장원들의 막대한 퇴적은 도시 위로 서로 교착되고, 엉클어지고, 뒤섞이고, 엇걸리고, 얽혀들어 있었고, 야경대와 보조 야경대, 비밀 야경대 등의 공연한 중복, 이러한 야경대의 덤불숲 너머로도 흉기를 손에 들고 강도질이며 약탈, 폭동이 행해지고 있었다. 그러므로 이렇게 어지러운 판국에, 인구가 조밀한 지역에서 천민의 일부가 궁궐이나 저택, 인가에 대하여 그런 과감한 행동을 저지른다는 것은 신기한 사건이 아니었다. 대개의 경우, 이웃 사람들은 약탈이 자기네들 집에까지 이르는 경우가 아니면, 굳이 사건에 개입하지 않았다. 그들은 화승총 사격에 귀를 막고, 겉창을 닫고, 문에 방책을 치고, 분쟁이 야경대의 개입 여부로 해결되도록 내버려두었으며, 이튿날이 되면 파리에서 사람들은 이런 말을 주고받는 것이었다. "간밤에 에티엔 바르베트가 약탈당했어", "클레르몽 원수가 체포됐어" 등등……. 그러므로 루브르나 팔레, 바스티유, 투르넬과 같은 왕가의 궁궐뿐 아니라, 프티 부르봉이나 상스관, 앙굴렘관 등과 같은 영주의 저택들에도 벽에는 총안이 있고, 문 위에는 돌출 회랑이 있었다. 성당들은 그들의 신성에 의해 지켜지고 있었다. 그러나 어떤 것들은, 이중에 노트르담은 들어가지 않았는데, 방어 시설을 갖추고 있었다. 생 제르맹 데 프레의 수도원장은 남작처럼 총안을 뚫어놓았고, 그의 수도원에서는 종보다 구포를 만드는 데 더 많은 구리쇠를 소비하고 있었다. 1610년에도 여전히 그 수도원의 요새를 볼 수 있었다. 오늘날은 그의 성당만이 겨우 남아 있을 뿐이다.

다시 이야기가 벌어지고 있는 노트르담으로 돌아오자.

클로팽 트루이유푸의 1차 배치가 끝났을 때, 거지들은 훈련이 잘되어 있었다는 것과 클로팽의 명령이 조용하게 그리고 놀라울 만큼 정확하게 실행되었음을 말해두겠다. 이들의 훌륭한 대장은 성당의 광장 벽에 올라가 노트르담을 돌아다보고 횃불을 흔들면서 거칠고 쉰 목소리로 외쳤는데, 바람에 흔들리고 쉴 새 없이 연기에 가려지곤 하는 그의 횃불 빛이 성당의 불그스름한 정면을 눈앞에서 보였다 사라졌다 하게 만들고 있었다.

"파리 주교이자 최고재판소 판사인 루이 드 보몽에게, '쩐'의 왕이자 거지

대왕이며 거지 왕국의 국왕, 바보들의 주교인 나 클로팽 트루이유푸가 말하노라. 우리의 누이동생은 마녀라는 억울한 누명을 쓰고 너의 성당으로 몸을 숨겼다. 네 덕에 그녀는 안식처를 구한 것이다. 그러나 최고재판소는 그녀를 다시 잡아가려 하며 너는 그것에 동의하였다. 만약 하느님과 거지들이 여기에 없다면 그녀는 내일 그레브 광장 교수대의 이슬로 사라질 것이다. 그러므로 우리가 온 것이다. 주교야, 너의 성당이 신성하다면 우리의 누이 역시 그렇다. 우리 누이가 신성하지 않다면 너의 성당 역시 그렇다. 그런 이유로, 네가 너의 성당을 구하고 싶다면 그녀를 우리에게 돌려줄 것을 요구한다. 거절한다면, 우리는 그녀를 탈취하고 성당을 약탈할 것이다. 그 증거로 여기에 나의 깃발을 꽂는다. 하느님의 가호가 너희에게 내리기를, 파리 주교야!"

카지모도는 불행히도 그의 거칠고 음산하고 장엄하기까지 한 그 말을 알아들을 수가 없었다. 한 거지가 클로팽에게 군기를 건네자 그는 그것을 엄숙하게 두 포석 사이에 세웠다. 그것은 작살이었는데, 갈퀴에는 피가 흐르는 썩은 고기 한 토막이 매달려 있었다.

그 일을 마치자 '쩐'의 왕은 돌아서서 자기 군대를 휘둘러보았는데, 그들의 눈초리는 날카로운 창끝처럼 빛나고 있었다. 잠시 사이를 두었다가 그가 소리쳤다.

"진격하라! 투사들아, 이제부터 시작이다!"

단단해 보이는 팔다리를 가진 억세게 생긴 사나이들 서른 명 정도가 망치와 장도리, 철봉 등을 어깨에 메고 열에서 앞으로 나섰다. 그들은 성당 앞쪽으로 걸어 나가 계단을 오르더니 쇠망치와 지렛대를 이용해 문을 부수기 시작했다. 그 뒤를 이어 한 떼의 거지들이 몰려들어 그들을 거들거나 혹은 바라보았다. 정면 현관의 계단은 그들로 가득 메워져버렸다.

그러나 문은 꿈쩍도 하지 않았다.

"이런 우라질! 얼마나 튼튼한지 꼼짝도 않는구나!"

한 사람이 투덜거렸다.

"문짝도 나이를 먹으니 연골까지 굳어버린 거야!"

다른 사람이 말했다.

"모두들 힘을 내라, 친구들!"

클로팽이 말을 이었다.

"성당지기가 잠을 깨기 전에 우리의 누이를 데리고 나오는 것은 물론 제단을 털어라! 그렇지! 자물쇠가 부서지기 시작했다!"

그 순간, 클로팽은 자신의 뒤쪽에서 울리는 엄청난 소리에 놀라 말을 중단해야 했다. 그는 뒤돌아보았다. 거대한 대들보 하나가 하늘에서 떨어져 성당 계단에 있던 거지들 수십 명을 덮친 뒤 대포 같은 소리를 내며 포석 위로 다시 튀어 올랐으므로 무리들은 일제히 비명을 지르며 사방으로 흩어졌다. 순식간에 성당 앞뜰의 경내는 텅 비어버렸다. 정문 현관 깊숙한 아치 밑에 있어서 그다지 위험하지 않았던 자들도 놀라 달아나버렸고 클로팽 자신도 성당에서 멀찍이 물러나버렸다.

"큰일 날 뻔했군!"

장이 소리쳤다.

"바로 내 옆으로 바람을 가르며 떨어져 내렸어! 젠장! 피에르 라소뫼르가 당했구나!"

이 불한당들에게 대들보와 더불어 얼마나 큰 경악과 공포가 덮쳤는지는 말할 수도 없다. 그들은 잠시 아무 말 없이 하늘만 바라본 채 2만 명의 왕실 친위대의 습격보다도 무서운 그 대들보 공격을 떠올리며 떨고 있었다.

"이건 아무래도 마법에 걸린 것 같군!"

이집트 공작이 중얼거렸다.

"아무래도 저 큰 대들보를 던진 건 달님이 틀림없어!"

앙드리 르 루주가 말했다.

"달님이 성모 마리아의 친구라는 말이 맞는 것 같아!"

프랑수아 샹트프륀이 말했다.

"젠장! 네놈들은 어쩜 그렇게 똑같이 바보 같으냐?"

클로팽이 소리쳤다. 그러나 그 역시 어떻게 해서 그런 일이 벌어졌는지는 설명할 수 없었다.

대들보가 떨어져 내린 성당 정면 위쪽에는 아무것도 보이지 않았고 횃불도 위쪽 멀리까지 빛이 닿지는 않았던 것이다. 육중한 대들보는 성당 앞뜰 한가운데 누워 있고 그것에 맞아 돌계단의 모서리에서 뱃가죽이 갈라진 사나이들의 고통스런 신음 소리가 들려왔다.

'쩐'의 왕은 점차 정신을 가다듬고는 그의 부하들이 알아들을 만한 설명을 찾아냈다.

"이런 벼락 맞아 죽을 놈들! 역시 참사원 놈들이 저항한다 이거지? 그럼 대공격이다! 공격!"

"공격! 공격!"

군중은 다시 사기 충천하여 사납게 부르짖으며 되풀이했다. 그리고 성당의 정면을 향해 활과 화승총을 발사했다.

마침내 그 소리에 근처의 민가에서 놀라 잠을 깨고 여러 창문들이 열리는 것이 보였다. 사람들은 나이트캡을 쓴 채 손에 촛불을 들고 창가로 모여들었다.

"창문을 향해 발사!"

클로팽이 외치자 창들을 순식간에 닫혀버렸다. 그 불빛과 소란의 장면을 놀란 눈으로 제대로 둘러볼 겨를도 없었던 시민들은 다시금 마누라들 곁으로 돌아가 공포에 질려 식은땀을 흘리면서, 마녀들의 야연이 오늘 밤 노트르담 광장에서 열리는 것인지, 아니면 64년과 같이 부르고뉴 군사들이 쳐들어 오는 것인지를 생각하였다. 그러자 남편들은 도둑을 생각하고 여편네들은 강간을 생각하며 모두들 불안에 떨었다.

"공격하라!"

거지들은 거듭거듭 외쳤으나 감히 가까이 가지는 못하고 있었다. 그들은 성당과 대들보를 번갈아 바라볼 뿐이었다. 성당 앞뜰 한가운데 누워 있는 대들보는 꿈쩍도 하지 않았으며 건물도 쥐 죽은 듯 고요했으나 무언가, 거지들의 느낌에 왠지 간담이 서늘해지는 것이 있었다.

"어서 시작하란 말이다! 문을 부숴라!"

트루이유프가 외쳤다.

그러나 아무도 앞으로 나서려 하지 않았다.

"이런 염병할 것들! 대들보 따위가 무서워서 겁을 내고 있나? 한심한 놈들!"

그때 나이 든 건달이 그에게 말을 건넸다.

"대장, 우리 걱정은 들보 따위가 아니오, 문짝에 쇠로 만든 빗장이 단단히 채워져 있어서 장도리나 지렛대 따위로는 안 된단 말이오!"

"그럼 뭐가 필요한가?"

클로팽이 물었다.

"그래요, 파성(破城)망치가 있으면 좋겠소!"

그러자 '쩐'의 왕은 용감하게 무서운 대들보에 뛰어가 다리를 걸치고 말했다.

"여기 하나 있네! 이건 참사원 신부들이 보내준 것이다!"

그러고는 성당을 향해 조롱하듯 꾸벅 절을 하고 말했다.

"대단히 고맙소, 신부님들!"

그의 대담한 행동은 매우 효과적이었다. 마침내 대들보의 마력은 풀려버렸다. 거지들은 다시 용기를 되찾았고 200개의 튼튼한 팔로 깃털처럼 가볍게 들어 올려진 묵직한 대들보가 커다란 문짝에 맹렬하게 부딪혔다. 거지들의 횃불이 만드는 희미한 불빛 속에서 수많은 사람이 대들보를 한꺼번에 쳐 들고 내달려 성당 문짝에 들이박는 장면은 마치 천 개의 발이 달린 한 마리의 괴이한 짐승이 머리를 숙이고 육중한 돌의 거인을 공격하는 것 같았다.

대들보로 한 번씩 칠 때마다 반 정도는 금속으로 되어 있는 문짝이 거대한 북처럼 울렸다. 문은 뚫리지 않았으나 성당 전체가 흔들리고 진동하였으며 건물의 깊은 안쪽으로부터 신음하는 듯한 소리가 들려왔다. 그와 거의 동시에, 커다란 돌멩이들이 성당 정면 위쪽에서 공격군들의 머리 위로 비 오듯 쏟아져 내렸다.

"제기랄! 종탑들이 제 난간을 흔들어 떨어뜨리기라도 하는 거냐?"

장이 외쳤다.

그러나 이미 싸움은 시작되었고 '쩐'의 왕은 앞장서서 모범을 보이고 있었다. 틀림없이 주교가 나서서 저항을 하는 것으로 보였으므로, 거지 군사들은 돌멩이가 빗발치듯 떨어져 좌우 여기저기에 쓰러지는 사람들이 늘어가는데도 더욱 격분하여 문짝 부수기에 박차를 가하고 있었다.

중요한 것은 돌멩이들이 무더기로 떨어진 것이 아니라, 틈을 주지 않고 하나씩 하나씩 연속적으로 떨어지고 있었다는 것이다. 거지 패거리들은 줄곧 한 번에 두 개씩 돌멩이를 맞는다고 여기고 있었는데, 하나는 다리였고 또 하나는 머리였다. 한 대라도 맞지 않은 사람이 없을 정도였고 사상자들이 산처럼 쌓여가기 시작했다. 공격자들은 이제 미칠 듯이 날뛰면서 끊임없이 번갈아 들이닥치고 있었다. 돌멩이들이 계속 비 오듯 쏟아지는 속에서도 대들보는 계속 종을 치는 쇠망치처럼 일정한 간격으로 문짝을 두드려댔고, 그때마다 문짝은 굉장한 소리를 내며 울리고 있었다.

이 거지 군중들을 격노하게 만든 뜻밖의 저항은 바로 카지모도의 짓이었음을 여러분은 이미 짐작했을 것이다.

우연이 불행히도 이 용감한 귀머거리를 도와주었던 것이다.

그가 종탑 사이의 평평한 지붕에 내려왔을 때, 그의 머릿속은 매우 혼란스러웠다. 그는 잠시 동안 미치광이처럼 이리저리 왔다 갔다 하면서 성당을 공격하려고 모여드는 거지들의 무리를 위에서 내려다보며 악마에게 또는 하느님에게 집시 처녀를 구해달라고 기도했다. 그는 남쪽의 종루에 올라 경종을 울릴 생각도 했으나 종이 울리기도 전에 성당의 문이 부서질지도 모르는 일 아닌가? 그때는 공격자들이 갖가지 무기들을 가지고 성당을 향해 달려들던 순간이었다. 어떻게 해야 할까?

불현듯 그의 머릿속에 석공들이 그날 하루 종일 남쪽 탑의 벽과 내부와 지붕을 수리하던 것이 떠올랐다. 그야말로 한줄기 빛이었다. 벽은 돌로, 지붕은 양철로, 내부는 나무로 만들어져 있었다. 이 거대한 뼈대는 매우 복잡하여, 사람들은 그것을 '숲'이라고 불렀다.

때강도의 우두머리

카지모도는 주저 없이 그 종탑으로 달려갔다. 아래쪽에 있는 방에는 역시 갖가지 건축 재료들이 가득 차 있었다. 토막 낸 돌들이 산처럼 쌓여 있고 함석 두루마리며 오리목 다발, 잘게 쪼갠 널빤지 묶음, 톱으로 켜놓은 튼튼한 들보, 자갈 더미들이 쌓여 있는 훌륭한 무기고였다.

한시가 급했다. 아래쪽에서는 지렛대와 쇠망치로 작업 중이었다. 위태롭다고 느낀 그는 여느 때보다 큰 힘을 발휘하여 대들보 하나를 채광창으로 내보낸 뒤 종탑 밖에서 다시 그것을 붙잡아 지붕 주위의 난간 귀퉁이로 굴려 와서는 심연을 겨누어 떨어뜨렸다. 이 거대한 목재는 50미터 높이에서 떨어지면서 벽을 긁고 조각상을 부수며 마치 풍차의 날개처럼 허공을 뱅글뱅글 돌았다. 그 시커먼 대들보는 마침내 바닥에 닿아 어마어마한 소리를

루이 11세(1423~1483)
1461년부터 1483년까지 재위했다.

샤를 7세와 마리 당주 사이에서
태어난 루이 11세는 매우 반항적인
아이였으며, 아버지와는 늘 긴장감이
팽팽한 관계였다. 샤를 7세에 대한
귀족들의 반란에 참여했을 당시
그의 나이는 열일곱이었다.
1461년에 왕이 된 직후, 루이 11세는
아버지의 참모들을 모두 쫓아내고
주위를 자신의 측근들로 채웠다.
그리고 귀족들에게 과세율을 높이고,
관세도 올렸으며 성직자의 수입을
철저히 통제했다.

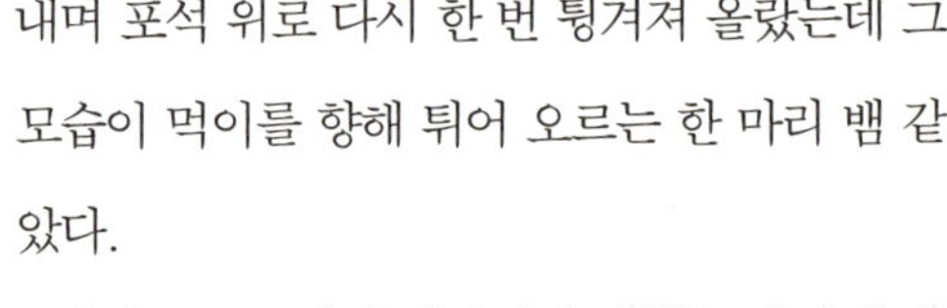

법의 지팡이

내며 포석 위로 다시 한 번 튕겨져 올랐는데 그 모습이 먹이를 향해 튀어 오르는 한 마리 뱀 같았다.

카지모도는 마치 아이들이 내뿜는 숨결에 재가 날아가듯 거지들이 대들보에 맞아 뿔뿔이 흩어지는 것을 보았다. 카지모도는 그들이 놀란 것을 다행으로 여겼고, 그들이 하늘에서 떨어진 들보를 미신적인 눈으로 바라보고, 화살이나 총을 쏘아 정면 현관에 있던 성자 석상의 눈을 맞추거나 하는 동안 은밀하게 자갈과 돌멩이와 석재, 그리고 석공들의 연장 포대까지 묵묵히 난간의 가장자리에 쌓아올리고 있었다.

그리하여 그들이 다시 문을 공격하기 시작했을 때 돌덩이가 빗발치듯 쏟아져 내리게 된 것이다. 마치 성당이 그들의 머리 위로 무너져 내리는 것처럼 생각될 정도였다.

그때 만약 카지모도의 얼굴을 보았다면 누구라도 겁이 났을 것이다. 난간 위에 쌓았던 포탄과 별도로 그는 지붕 위에도 한 무더기의 돌멩이를 쌓아두었다. 바깥 난간 가장자리에 쌓은 석재가 다 떨어지자 그 무더기에서 집었다. 셀 수 없이 몇 번이나 엎드렸다 일어났다 하면서 그야말로 믿지 못할 활약을 펼쳤다. 그 커다란 머리가 난간 위에서 아래를 내려다보기만 하면 커다란 돌이 한 개, 또 한 개 떨어져 내

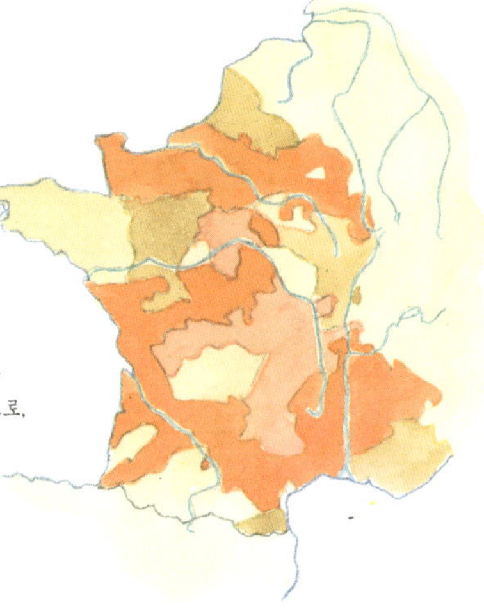

루이 11세는 물질적으로 큰 혜택을 누리며 살지는 않았다.
그는 호화스런 생활을 즐기던 아버지 샤를 7세와는 딴판으로,
옷차림도 무척 궁색한 편이었고 지독한 구두쇠였다.
그는 왕국 여기저기를 돌아다니는 것을 좋아했고,
궁정 생활은 그다지 내켜하지 않았다. 귀족을 전적으로
내치지는 않았지만, 주로 어울리며 함께 다니는 사람들은
의사라든가 헌병대장, 전속 이발사 등등 다소 신분이 낮은
계층 출신들이었다. 루이 11세는 경건한 품성을 타고난 사람이
었다. 그런 그의 성향은 나이가 들수록 짙어만 갔고,
순례를 비롯한 각종 신앙 활동에 십혈을 쏟았다.
그런가 하면 그는 사람 다루는 솜씨가 탁월한 사람이기도 했다.
적들을 포섭하는 능력이 뛰어나(별명이 '거미발'일 정도),
일단 자기 사람으로 만들고자 점찍은 상대에게는 폭넓은 호
의를 베풀길 주저하지 않았다. 정치적으로는 매우 권위적이면서
종종 잔혹하고 파렴치한 행위도 불사했다.

루이 11세가 왕좌에 등극한 1461,
프랑스는 국왕에게 충성을 바치도록 되어 있는
봉신들의 연합체였다. 그런 상황에서 브르타뉴와 부르고뉴가
프랑스 통일을 위협하는 세력으로 대두되자,
루이 11세는 그들을 분쇄하여 왕권을 재확립하고자 했다.
그 일환으로 그는 인두세와 조세, 소금세 등 정기세 징수를
복원했다. 치세 기간 동안 그는 역참 업무를 정비했고,
군대구조와 도로망을 개선했으며, 인쇄를 발전시키고,
최초의 견직물 공장을 건설했다.
이와 같은 모든 개혁 작업들을 통해 프랑스 르네상스의
기틀이 세워졌다고 해도 과언이 아니다.

플레시 레 주르 성 안, 왕의 침실

플레시 레 주르 성

말년이 다가옴을 느끼자 루이 11세는 플레시 레 주르 성으로
은거하여 극도의 신앙 생활에 뛰어들었고, 1483년 8월 30일 숨을 거두었다.

렸다. 간혹 굉장한 돌이 아래로 떨어지는 것을 내려다보다가 그것이 멋지게 명중하여 상대를 죽이면 그는 승리감에 도취되어 "그래!" 하고 중얼거렸다.

그러나 거지들도 쉽사리 용기를 잃지는 않았다. 그들이 끈질기게 공격하던 두꺼운 문짝은 장정들 백 명의 힘이 가세된 떡갈나무로 된 파성 망치의 무게에 벌써 스무 차례 이상 크게 흔들리고 있었다. 대문의 널빤지는 삐걱거리고, 조각된 장식도 산산이 날아오르고, 돌쩌귀는 칠 때마다 배목 위에서 펄쩍펄쩍 뛰어오르고, 널판은 망그러지고, 나무는 철근 사이에서 산산이 가루가 되어 떨어져 나갔다. 카지모도에게 다행인 것은 문짝에는 나무보다 쇠가 더 많다는 것이었다.

그러나 그는 대문이 흔들리는 것을 느끼고 있었다. 그의 귀에 들리지는 않았지만 파성추의 타격이 한 번씩 가해질 때마다 성당의 지하실과 심부에 그 소리가 메아리쳤다. 그는 거지패들이 의기양양하여 건물 정면을 향해 날뛰며 주먹질을 하고 삿대질하는 것을 보면서, 머리 위를 날아가는 부엉이의 날개가 집시 처녀와 자기 자신에게 없는 것이 원망스러웠다.

그가 아무리 열심히 돌멩이를 퍼부어도 공격자들을 물리치기에는 역부족이었다.

그러한 비통한 순간에 그는, 자기가 거지 패거리들을 공격하고 있는 그 난간보다 좀 더 아래쪽에, 돌로 된 기다란 빗물받이 홈통 두 개가 대문 바로 위로 뚫려 있는 것을 보았다. 그 홈통의 안쪽 구멍은 지붕의 돌바닥에 끝이 닿아 있었다. 한 가지 생각이 떠올랐다. 그는 종지기의 다락방으로 달려가 나뭇가지 한 묶음을 가져다가 그 위에 많은 오리목과 함석 두루마리를 올려 놓고 장작 다발을 두 개의 홈통 구멍 앞에 잘 배치한 다음, 등불로 불을 지폈다.

그러느라 돌멩이가 더 이상 떨어지지 않자 거지들은 위를 올려다보는 것을 그만두었다. 그들은 마치 멧돼지를 굴속으로 몰아대는 사냥개처럼 헐떡거리면서 대문 주변에 모여들었는데, 대문은 파성추로 완전히 우그러졌으나 그래도 아직 서 있기는 했다. 그들은 몸을 떨면서 결정적인 타격을, 그 대문에 구멍을 뚫게 할 최후의 일격을 기다리고 있었다. 대문이 열릴 때, 그 풍요로운 대성당 안으로, 3세기의 재물과 보화가 쌓인 그 방대한 저장소 안으로 먼저 뛰어들 수 있도록 서로 앞다투어 가까이 다가서고 있었다. 그들은 기뻐 날뛰고 입맛을 다시며 서로에게 상기시켜주고 있었다. 그 아름다운 은 십자가들이며, 금란의 제복들, 주홍빛 보석의 무덤들, 성가대석의 그 호화찬란함 그리고 번쩍거리는 성탄절, 햇빛으로 반짝이는 부활절, 성골함과 촛대와 성함과 감실과 성유물함들이 금과 다이아몬드로 이루어진 껍질처럼 제단들을 울퉁불퉁하게 만들고 있는 그 모든 현란하고 엄숙한 것들을. 확실히 그런 대단한 순간에 촉새들과 약골들, 앞잡이들과 떨거지들은 집시 처녀의 해방보다는 노트르담의 약탈을 훨씬 더 생각하고 있었을 것이다. 오히려 그들 대부분에게 에스메랄다의 구출은 하나의 핑계였을지도 모른다. 물론 도둑놈들에게도 핑계가 필요하다면 말이다.

그들이 전력을 다해 결정적인 타격을 가하려고 숨을 죽이고 근육을 긴장시켜 마지막으로 한 번 더 밀어붙이기 위해 파성 망치 주위로 모여든 바로 그때, 갑자기 조금 전에 커다란 대들보에 맞아 죽어간 이들의 비명보다 더 무시무시한 비명이 그들의 한가운데서 터져 나왔다. 비명을 지르지 않는 사람, 즉 아직 살아 있는 사람들은 두 줄기의 납물이 건물 꼭대기에서부터 사람들이 가장 많이 모여 있는 곳으로 쏟아져 내리고 있는 것을 볼 수 있었다. 구름처럼 모여 있던 사람들은 녹아 흐르는 금속의 액체에 뒤덮여 가라앉듯 사라져갔다. 부글부글 끓어 녹아 흐른 금속 액체가 닿은 지점에는 흰 눈밭에 뜨거운 물을 부었을 때처럼 군중 속에 두 개의 시커먼 구멍이 뚫려 있었다. 그곳에는 온몸이 절반쯤 타서 고통에 몸부림치는 빈사 상태의 사람들이 꿈틀거리고 있었다. 두 줄기의 금속 액체 줄기에서 튀어 나간 무서운 빗방울은 밀고 들어오는 군중들 위로 산산이 흩어져 마치 불꽃에 달군 송곳처럼 그들의 두개골을 뚫었다. 그 무거운 불은 가련한 부랑자들에게 숱한 우박 덩어리를 퍼부어주고 있었던 것이다.

죽어가는 이들의 비명은 가슴을 찢을 듯 비통했다. 그들은 대담한 사람이나 비겁한 사람이나 모두 하나같이 대들보를 시체 더미 위에 팽개치고는 혼비백산하여 달아나버렸다. 성당 앞뜰은 또다시 아무도 남아 있지 않게 되었다.

사람들은 모두 성당 위쪽을 올려다보았다. 그들에게는 이상한 것이 보였다. 중안의 장미창보다도 높은, 가장 높은 곳의 회랑 꼭대기에서 회오리치는 커다란 불길이 타오르고 있었는데 그 커다란 화염은 바람에 날리어 때때로 불꽃 한 덩어리가 연기 속까지 날아오르는 것이었다. 그 화염 아래서, 잉걸불이 된 클로버형 조각이 있는 어두운 난간 아래서 괴물의 아가리처럼 생긴 두 개의 홈통은 쉴 새 없이 뜨거운 비를 토해내고 있었다. 그 은빛 빗물의 흐름이 홈통의 입에서 떨어져 나와 어둠에 잠긴 건물 정면 아래로 흘러 내려갔다. 액체가 된 납의 두 줄기는 지면에 가까이 가면서 물뿌리개의 숱한 구멍에서 뿜어지는 물줄기처럼 고개 숙인 이삭 모양으로 퍼져 나갔다. 그 불꽃 위로 거대한 탑 두 개가 솟아 있고 그 탑의 면은, 하나는 새카맣고 또 하나는 새빨갛게 보였는데 하늘까지 투사하는 어마어마하게 큰 그림자로 인해 더욱더 커 보였다. 이 종탑들에 새겨진 무수한 악마와 용의 조각물들은 불길한 형상을 하고 있었다. 흔들거리는 불꽃 때문에 보는 사람들의 눈에는 마치 조각상이 움직이는 것처럼 보였다. 구렁이들은 웃고, 이무기들은 울부짖고, 불도마뱀들은 불 속에서 신음하며, 용들은 연기 속에서 재채기를 하는 것 같았다. 그리고 그 화염과 소동으로 인하여 막 잠에서 깨어난 괴물들 가운데 하나가 촛불 앞을 지나는 박쥐처럼 시뻘겋게 된 장작 앞을 지나가는 것이 보이곤 했다.

아마도 이 괴이한 등불은 멀리 비세트르 언덕의 나무꾼의 잠을 깨워, 놀라

루이 11세

왕의 측근

루이 11세는 인적 쇄신을 단행하고
새로운 세금을 부과하는 등 다소 과격한 정책을
밀고 나가는 바람에 심각한 어려움에 직면하게 된다.
소위 '공익동맹'이라는 귀족 세력의 연합이
결성되어 왕을 굴복시키고자 한 것이다.
이 연합의 우두머리는 부르고뉴 공 필리프 르 봉의
아들인 호담공(豪膽公) 샤를이었는데,
호담공 샤를이 사망하자, 루이 11세는 부르고뉴와
피카르디, 앙주, 르맨 그리고 프로방스 지방까지
프랑스 왕국의 영토로 복속시켰다. 이후 그는
자신의 왕국을 든든하게 다스려나갔다.

부르고뉴 궁정

호담공 샤를
1467년에서 1483년까지 부르고뉴 공

부르고뉴 궁정의
여인들

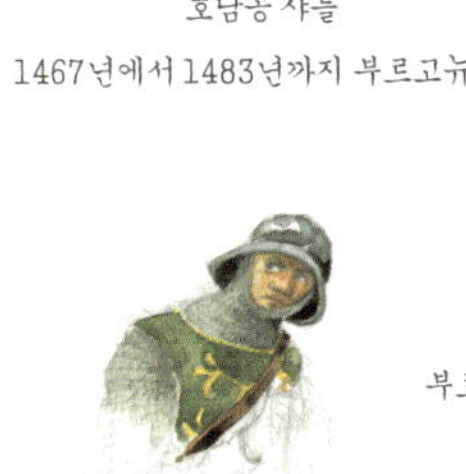

부르고뉴 공국의
군인들

일어난 나무꾼에게 히스가 우거진 황야에 노트르담 종탑들의 거대한 그림자가 흔들리는 것을 보여줬을 것이다.

갑작스레 겪은 너무나 엄청난 봉변에 놀란 거지들은 공포에 질린 채 한동안 아무도 섣불리 입을 열지 못하고 있었다. 간혹 들리는 것이라고는 수도원에 틀어박혀 있던 성직자들이 불타는 마구간의 말보다 더 불안하고 다급하게 급보를 알리는 고함 소리와 갑자기 열렸다가 후다닥 닫혀버리는 창문 소리, 시립병원의 입원실 병동에서 일어나는 어수선한 소리, 불길 속을 지나는 바람 소리, 죽어가는 사람들의 마지막 숨 넘어가는 소리 그리고 여전히 쉴 새 없이 포석 위로 쏟아져 내리는 납 빗물의 소리뿐이었다.

그동안에 거지들의 우두머리들은 공들로리에 저택의 현관 아래 모여 대책 회의를 열었다. 이집트 공작은 길가의 돌 위에 앉아 공중 65미터나 되는 곳에서 타오르는 마술 같은 장작불을 올려다보고 있었다. 클로팽 트루이유푸는 몹시 화가 나서 제 주먹을 물어뜯으며 말했다.

"도무지 들어갈 방법이 없단 말이야?"

"낡은 도깨비 성당이야!"

늙은 집시 마티아스 운가디 스피칼리가 투덜거렸다.

"이런 제기랄! 성당의 홈통은 렉투르 성의 돌출 회랑보다도 더 잘 녹은 납을 쏟아내는구나!"

군대에 갔다 온 적이 있는 반백의 상이용사가 말했다.

"불 앞을 왔다 갔다 하는 저 악마가 보이나?"

이집트 공작이 외쳤다.

"맞아! 저놈은 카지모도야! 지옥에나 떨어질 종지기 놈이라고!"

클로팽이 말했다.

그러자 늙은 집시 스피칼리는 고개를 저었다.

"아니야, 저놈은 대후작 사브나크의 망령이야, 요새의 악마라고! 그건 무장한 군인의 모습을 하고 있는데 머리는 사자 같고 때로는 흉측한 말을 타고 있을 때도 있지. 맞아 그놈이야! 사람을 돌로 둔갑시켜서 그걸로 탑을 쌓기도 하지. 그리고 오십 개의 군단을 지휘하고 있어. 바로 그 망령이야! 맞아, 어느 때는 터키풍의 아름다운 금빛 옷을 입기도 하지."

"벨비뉴 드 레투알은 어디 있지?"

클로팽이 물었다.

"죽었어요!"

여자 거지 하나가 대답했다.

앙드리 르 루주는 바보 같은 웃음을 지으며 말했다.

"노트르담 시립병원에 일거리를 만들어주는구나!"

"그러니까 저 문을 부술 방법이 없단 말이냐?"

'쩐' 의 왕은 발을 구르며 소리쳤다.

이집트 공작은 마치 인(燐)으로 된 두 개의 긴 달집 기둥처럼 쉴 새 없이 검은 정면 현관에 줄을 긋고 있는 뜨거운 납 두 줄기를 서글프게 가리키며 말했다.

"옛날부터 성당들은 스스로 저렇게 지켜왔던 거야."

그러고는 한숨을 지으며 말을 이었다.

"벌써 40년 전 일인데, 콘스탄티노플에 있는 성 소피아 성당은 계속해서 세 번이나 자신의 머리인 둥근 지붕을 흔들어서 마호메트의 초승달[203]을 땅바닥에 내동댕이쳤어. 그 성당을 지은 사람이 기욤 드 파리스라는 마법사였거든."

"그럼 대로를 걸어가는 거지들처럼 처량하게 물러가는 수밖에 없단 말이야? 우리의 누이가 내일이면 두건을 쓴 늑대들에게 목을 내주도록 두고 보자는 것인가!"

클로팽이 말했다.

"게다가 보물이 산처럼 쌓여 있을 저 성구실을 내버려두고!"

이렇게 거지 하나가 덧붙였는데, 그의 이름을 알 수 없는 것이 유감이다.

"제기랄!"

트루이유푸가 외쳤다.

"그러지 말고 한 번 더 해봅시다!"

그 거지가 다시 말했다.

그러나 마티아스 운가디는 고개를 저었다.

"아무래도 정문으로는 못 들어갈 것 같아. 저 늙은 성당의 허점을 찾아내는 수밖에. 개구멍이든 뭐든 아니면 숨겨진 뒷문이라든지…… 아니면 무슨 이음새의 벌어진 틈이라든지 말이야."

"누가 날 따라가겠소? 나는 한 번 더 가볼 생각이야. 그런데 그렇게 단단하게 갑옷과 투구로 무장한 학생 장은 어디 간 거야?"

클로팽이 말했다.

"아마 죽지 않았을까요? 그 녀석 웃음소리가 들리지 않는 걸 보니까."

누군가가 이렇게 대답했다.

'쩐'의 왕은 눈살을 찌푸리며 말했다.

"그거 안됐구나. 씩씩한 녀석이었는데 말이야. 그런데 피에르 그랭구아르는 어디 있나?"

"클로팽 두목, 그 인간은 우리가 아직 퐁 토 샹죄르 다리에 오기도 전에 어디론가 내빼버렸어요!"

앙드리 르 루주가 말했다.

클로팽은 괘씸하다는 듯 발을 굴렀다.

"이런 쥐새끼 같은 놈! 우리를 이 일에 끌어들인 게 누군데, 일이 벌어지니 저 혼자 살겠다고 달아나다니! 비겁한 놈! 슬리퍼를 대가리에 뒤집어쓴 놈 같으니라고!"

"클로팽 대장! 보세요, 저쪽에 그 학생이 있어요."

앙드리 르 루주가 성당 앞뜰의 거리를 바라보다가 외쳤다.

"그래 다행이구나! 그런데 뭘 끌고 오는 거지?"

클로팽이 말했다.

클로팽의 말대로 그는 틀림없는 장이었다. 그런데 자기보다 수십 배는 더 큰 풀잎을 끌고 가는 개미처럼 헐떡거리며 무거운 갑옷을 입은 채 긴 사다리를 끌고 열심히 뛰어오고 있었다.

"이젠 이겼다! 테 데움![204] 이건 생 랑드리 문의 인부들이 쓰는 사다리야!"

장이 외쳤다.

클로팽이 그에게 다가갔다.

"그래, 얘야, 그 사다리로 뭘 어쩌려는 거냐?"

"제가 이걸 손에 넣었어요."

장은 가쁜 숨을 몰아쉬며 말했다.

"이게 어디 있는지 알고 있었거든요. 어떤 중위의 집 창고 옆에 있었어요. 그 집엔 내가 사귀는 여자애가 사는데 그 애는 나를 큐피드처럼 미남이라고 생각하죠. 이 사다리를 얻기 위해 그 여자앨 이용했죠. 하하, 그 바보 같은 계집애가 속옷 바람으로 나와서 문을 열어주더군요!"

"그래, 그런데 이걸로 뭘 할 거냐고?"

클로팽이 다시 물었다.

장은 영리하고 꾀바른 표정으로 그를 바라보고는 손가락을 캐스터네츠처럼 튕겼다. 그런 그의 모습은 장엄해 보이기까지 했다. 머리에는 투구를 쓰고 있었는데, 머리 꼭대기에 괴이한 장식이 달려 있는 15세기의 것으로, 한때 그 장식으로 적을 놀라게 했던 그런 투구들 중 하나였다. 그의 투구는 쇠로 된 주둥이 같은 것이 열 개나 거꾸로 서 있어서 호메로스에 나오는 네스토르[205]의 배와 저 무서운 '열 개의 충각으로 무장된'이라는 형용사와 다툴 수도 있을 정도였다.

"제가 이걸로 뭘 하려는 걸까요? '쩐' 마마? 저쪽 정면 현관 위에 바보 같은 얼굴을 한 조각상 세 개가 보이시죠?"

"그래서?"

"그건 프랑스 역대 왕들의 회랑이죠."

"그런데?"

클로팽이 말했다.

"좀 들어보세요, 저 회랑 끝에 문이 하나 있는데 그건 빗장이 아니면 잠그지 못하는 거예요. 이 사다리로 거기까지만 올라가면 간단하게 대성당 안으로 들어갈 수 있다, 이거예요!"

"그러냐? 그럼 나를 먼저 올려다오."

"그건 안 돼죠! 이건 내 사다리예요. 내가 먼저 올라가고 그다음에 올라오세요."

"이런, 우라질 놈! 모가지를 비틀어버릴라! 쳇, 누구도 나보다 앞서는 꼴은 못 본다!"

클로팽이 투덜거리며 말했다.

"그럼 가서 사다리를 하나 찾아오시죠?"

장은 그렇게 내뱉고는 사다리를 끌고 광장을 향해 달리며 소리쳤다.

"모두들 나를 따르라!"

곧이어 눈 깜짝할 사이에 사다리가 옆문이 있는, 회랑 난간에 걸쳐졌다. 거지 떼는 다시금 떠들썩하게 환호성을 내지르며 사다리에 오르기 위해 몰려들었다. 그러나 장은 자기의 권리를 주장하며 사다리의 가로대에 자기 발을 제일 먼저 올려놓았다. 사다리로 꼭대기까지 오르는데도 갈 길은 멀었다. 프랑스 역대 왕의 회랑은 오늘날 그 높이가 포석 바닥으로부터 약 20미터 정도에 이른다. 당시에는 정면 입구에 11개의 계단이 있어서 그 높이가 더욱 높았다. 장은 무거운 갑옷 때문에 행동이 자유롭지 못했는데 다른 손으로는 활을 쥐고, 다른 한 손으로는 사다리를 잡은 채 오르기 시작했다. 사다리의 중간쯤 올랐을 때 그는 계단에 깔려 있는 거지들의 시체를 우울한 눈으로 내려다보았다.

"아, 불쌍하구나! 말 그대로 '일리아스'의 제5가[206]를 방불케 하는 시체의 산이로구나!"

이렇게 중얼거리고는 계속 사다리를 올랐다. 그 뒤로 거지들이 따라 오르고 있었다. 사다리의 가로장마다 거지 하나씩이 매달려 있었다. 갑옷을 입고 열을 지어 어둠 속에서 사다리를 오르는 그 뒷 모습이 마치 강철 비늘이 달린 뱀이 성당 벽에 붙어 기어오르는 것 같았다. 더욱이 장이 맨 앞에서 휘파람을 불어대자 더욱더 그렇게 보였다.

마침내 장이 회랑의 발코니에 도착했다. 거지들의 환호와 박수를 받으며 그는 가뿐하게 회랑 안으로 건너뛰었다. 이렇게 성채를 정복한 기쁨에 넘쳐 소리를 지르던 장은 갑자기 그 자리에 돌처럼 굳어져 서버렸다. 왕의 조각상 뒤 어둠 속에서 카지모도가 눈을 번쩍이는 것을 보았던 것이다.

두 번째 포위병이 회랑 안으로 발을 들여놓기도 전에 이 무시무시한 꼽추는 말없이 그 힘센 손으로 사다리의 양끝을 잡아 벽에서 떼어놓았다. 그리고는 위에서 아래까지 거지들이 다닥다닥 달라붙어 있는 기다란 사다리를 모든 사람들이 비명을 지르는 가운데 한동안 흔들어대다가 초인적인 힘으로 그것을 광장을 향해 밀어버렸다. 아무리 배짱이 두둑한 사람이라도 가슴이 두근거리는 순간이었다. 뒤로 밀쳐진 사다리는 잠시 동안 그 자리에 선 채 머뭇거리며 흔들리다가 갑자기 반경 25미터 정도의 커다란 원을 그리며 사람들을 주렁주렁 매단 채 쇠사슬이 끊긴 도개교보다도 더 빠르게 포석 바닥으로 넘어졌다. 한순간 엄청난 저주의 소리가 일었으나 오래지 않아 사라져버렸으며 중상을 입은 사람들이 죽은 사람들 속에서 기어서 빠져나갔다.

최초의 승리의 환호성도 어디론가 사라지고, 포위군들 사이에서는 고통과 분노의 아우성이 터져 나왔다. 그러나 카지모도는 태연하게 난간에 팔을 기대고 서서 그 광경을 바라보고 있었다. 그 모습은 바람에 머리를 나부끼며 창가에 서 있는 늙은 왕과 같았다.

장 프롤로는 그야말로 위태로운 상황에 처해 있었다. 그는 25미터 이상 되는 깎아지른 벽으로 친구들과 격리되어 회랑 안에 그 끔찍한 종지기와 단둘이 남겨져 있었다. 카지모도가 사다리를 집어 던지는 동안 그는 도망칠 구멍이 있기를 바라며 뒷문으로 달려갔다. 그러나 그 문은 열려 있지 않았다. 귀머거리가 회랑에 들어올 때 이미 잠가놓은 것이다. 그러자 장은 왕의 석상 뒤에 몸을 숨기고 숨을 죽인 채 괴물 같은 꼽추를 지켜보고 있었는데, 그 광경은 마치 동물원지기의 아내에게 구애하는 사나이가 어느 날 데이트에 나가면서 담을 잘못 뛰어넘었다가 무시무시한 불곰과 마주친 꼴이었다.

처음에는 귀머거리도 장을 경계하지 않았으나 이윽고 뒤를 돌아보더니 몸을 일으켰다. 장이 있는 것을 알아차렸던 것이다.

장은 당장 공격이 가해올 것을 각오하였으나 뜻밖에 귀머거리는 꼼짝도 하지 않았다. 단지 장이 있는 쪽으로 돌아서서 바라보기만 할 뿐이었다.

"이봐! 왜 그런 애꾸눈으로 날 보는 거냐?"

그러면서 이 젊은이는 엉큼하게 강철 활을 쏠 채비를 하였다.

"야, 카지모도! 이제부터는 별명을 바꿔주겠다, 널 소경이라 불러주마!"

동시에 화살이 날아갔다. 날개 달린 화살은 바람을 가르는 소리를 내며 날아가 꼽추의 왼쪽 팔뚝에 꽂혔다. 카지모도는 파라몽 왕이 입은 찰과상만큼도 놀라지 않았다. 그는 팔에 꽂힌 화살을 잡아 뽑아서는 자기 무릎에 대고 꺾어버렸다. 그리고 두 동강 난 화살을 바닥에 던졌다기보다는 그대로 떨어뜨렸다. 그러나 장은 다시 활을 쏠 겨를이 없었다. 카지모도가 화살을 꺾어버린 뒤 숨을 거칠게 내쉬며 메뚜기처럼 팔짝 뛰어 장을 덮쳐버렸기 때문이다. 그 순간 장의 갑옷은 벽에 부딪혀 납작하게 찌그러져버렸다.

그러자 횃불이 일렁거리는 희미한 빛 속에서 무시무시한 광경이 보였다. 카지모도는 왼손으로 장의 두 팔을 잡고 있었는데 장은 아무런 저항도 할 수 없었다. 카지모도는 오른손으로 조용히, 천천히, 그의 무장을 하나씩 해제하기 시작했다. 칼, 단도, 투구, 갑옷, 팔받이 등등을 한 조각씩 자기 발아래 던졌는데 마치 원숭이가 호두 껍데기를 벗기는 것 같았다.

무장이 해제되고 옷이 벗겨지고, 그 무서운 손안에서 벌거숭이가 되자, 장은 귀머거리에게 말을 걸어보려고 하는 대신, 그의 얼굴을 향해 뻔뻔스럽게 웃기 시작했다. 그리고 열여섯 살짜리답게 태연하고도 대담한 태도로 그 당시에 유행하던 노래를 부르기 시작했다.

아름다운 옷을 입고 있었지.
캉브레의 거리는,
마라팽이 도시를 약탈하였네…….

그러나 그는 노래를 끝마치지 못했다. 카지모도가 회랑의 난간 위에 서서 한 손으로 장의 발을 잡고는 투석기처럼 심연 위에서 상대를 빙빙 돌려 아래로 던져버렸던 것이다. 그러자 순식간에 뼈 상자가 벽에 부딪쳐 박살나는 듯한 소리가 들리고 무언가 떨어지는 것이 보였다. 그것은 3분의 1쯤 떨어지다가 건물의 한 돌출부에서 멈추었는데, 허리가 부러져 두 동강이 나고 두개골이 터져버린 시체가 되어 거기에 걸렸던 것이다.

공포의 외침이 거지들 속에서 일어났다.

"원수를 갚자!"

클로팽이 외쳤다.

"원수를 갚자!"

군중들이 호응했다.

"쳐들어가자! 돌격이다!"

무서운 고함 소리가 이어졌는데 온갖 나라말과 시골말, 사투리가 섞인 엄청난 아우성이었다. 가련한 학생의 죽음을 본 군중이 미쳐 날뛰기 시작한 것이다. 성당 앞까지 와서 한낱 꼽추에 의해 이토록 오랫동안 저지를 당했다는 것에 군중은 부끄러움과 분노로 몸을 떨었다. 격분한 거지들은 다시금 사다리를 찾아내고 더 많은 횃불을 켜 들었다. 잠시 후 그 무시무시한 개미 떼 같은 거지들의 노트르담 공격이 시작되자 카지모도는 당황했다. 사다리가 없는 이들은 밧줄을 이용했고 밧줄이 없는 이들은 조각물의 돋을새김을 붙잡고 성당 벽을 기어올랐다. 또한 그들은 서로의 누더기에도 매달렸다. 무서운 얼굴로 밀물처럼 들이닥치는 대군에 저항할 방법은 없어 보였다. 그들의 표독스런 얼굴들은 분노로 번쩍거리고 흙빛 이마에는 땀이 흘렀으며 눈은 광기로 번들거렸다. 찌푸린 얼굴들, 추악한 형상들이 카지모도를 에워싸고 있었다. 마치 어떤 다른 성당이 노트르담의 공격에 대항하여, 제 성당의 고르고들과 개들과 용들과 악마들을 그리고 가장 환상적인 조각물들을 내보낸 것 같았다. 그것은 건물 정면의 돌로 된 괴물들을 덮고 있는 산 괴물들 같았다.

그러는 동안 광장은 수많은 횃불로 밝혀졌다. 그때까지 어둠에 묻혀 있던 혼란한 광경이 갑자기 빛을 받으며 타올랐다. 성당 앞뜰은 밝게 빛나며 하늘로까지 빛을 던지고 있었다. 높은 지붕 위에 붙은 장작불은 여전히 타오르며 먼 곳까지 비추었다. 두 탑의 거대한 그림자는 멀리 저편 파리의 지붕 위에까지 퍼져 나가 주위를 비추는 빛 속에 커다란 그림자의 단면을 만들었다. 도시는 동요하기 시작했다. 멀리서 경종들이 호소하듯 울려 퍼지고 거지들은 노여움에 아우성치고 숨을 헐떡거리며 욕설을 퍼부어대면서 기어올랐다. 카지모도는 그토록 많은 적들을 어떻게 해야 할지 모른 채, 집시 처녀

를 걱정하며 몸을 떨었다. 미쳐 날뛰는 얼굴들이 점점 자기가 있는 회랑으로 다가오는 것을 보면서 그는 하늘에 기적을 구하며 절망한 나머지 팔을 비틀며 몸부림쳤다.

chapter 5

루이 드 프랑스 전하가 삼종기도를 드린 은신처

거지들이 떼를 지어 어둠 속을 뚫고 오는 것을 발견하기 전에 카지모도가 종탑 위에서 파리를 살폈을 때, 생 탕투안 문 옆의 어느 높고 새카만 건물의 초고층에 있는 유리창 하나를 별처럼 반짝이게 하던 불빛이 있었음을 여러분은 기억할 것이다. 그 건물이 바스티유였다. 그 별은 루이 11세의 촛불이었다.

루이 11세는 이틀 전부터 파리에 와 있었다. 그 이틀 후에 그는 몽틸 레 투르 성채를 향해 다시 떠날 예정이었다. 왕은 파리 시에는 자주 나타나지 않았는데 그 이유는, 파리에서는 자기 주위에서 충분한 함정과 교수대와 친위대를 느끼지 못하기 때문이었다.

그날 그는 바스티유에 잠을 자러 왔던 것이다. 그의 루브르 궁에 있는 25평짜리 방과 열두 마리의 커다란 짐승과 10대 예언자 상이 위에 늘어서 있는 커다란 벽난로와 열한 자에 열두 자짜리 큰 침대는 별로 마음에 들지 않았다. 그는 그 모든 큰 것들 속에 있으면 머리가 다 어지러워졌다. 이 정말로 평민적인 왕은 작은 방 하나와 작은 침대 하나가 있는 바스티유를 더 좋아했다. 그리고 바스티유 성은 루브르 궁보다 방비가 튼튼했다.

그 유명한 국사범의 감옥 속에 국왕이 자기 몫으로 잡아두고 있었던 그

'작은 방'은 그래도 꽤 넓었으며, 아성의 주루 속에 박힌 소탑의 가장 높은 층을 차지하고 있었다. 이 원형의 누실은, 반드러운 밀짚 돗자리를 깔고, 천장에는 금빛 주석의 나리꽃으로 장식된 들보들을 가로지르고, 장선과 장선 사이에는 단청을 하였으며, 벽에는 흰 주석의 장미꽃으로 군데군데 장식하고 웅황(雄黃)과 고급 쪽〔藍〕으로 된 밝고 아름다운 초록빛으로 채색한, 풍부한 목 세공이 붙어 있었다.

거기에 하나밖에 없는 창문은 놋쇠 줄과 철봉으로 격자를 엮어 붙인 기다란 첨두홍예를 이루고 있는데다가, 국왕과 왕비의 문장이 든, 아름다운 스테인드글라스들로 말미암아 캄캄했는데, 그 유리 한 장은 202솔의 값어치였다.

입구는 하나밖에 없었는데, 나직한 아치 틀로 된 근대적인 문으로, 안으로는 벽포가 걸려 있고 밖으로는 아일랜드식 나무 현판이 붙어 있었다. 이 나무 현판이라는 것은 이상하게 소목 세공을 한 가냘픈 건조물인데, 150년 전까지만 해도 수많은 낡은 저택에서 그것을 볼 수 있었다. "그것은 보기에도 흉하고 주체스러웠지만" 하고 소발은 개탄하고 있다. "그래도 우리의 늙은 어르신네들은 그것을 걷어치우려 하지 않고 모두가 싫어하는데도 불구하고 보존하고 있다."

이 방 안에는 보통의 주택에 갖추어져 있는 가구라곤 아무것도, 벤치도, 사각대(四脚臺)도, 앉을깨도, 상자 모양의 평범한 걸상도, 다리와 다리 가로장이 아래에 붙은 아름다운 걸상도 볼 수 없었다. 거기엔 팔걸이가 달린, 매우 훌륭한 접의자 하나밖에 보이지 않았다. 그 나무는 붉은 바탕에 장미꽃들이 그려져 있고, 앉는 자리는 주홍빛 코르도바 가죽에 가장자리는 기다란 명주 술로 장식되고, 수많은 금 못이 박혀 있었다. 이 의자만이 홀로 있는 것을 보면, 이 방 안에선 단 한 사람만이 앉을 권리가 있다는 것을 알 수 있었다. 의자 옆으로 바로 창가에, 새들의 무늬가 든 보를 씌운 책상 하나가 있었다. 이 책상 위에는 양피지 몇 장과 깃털 펜 몇 개 그리고 조각된 은잔 하나가 있었다. 좀 더 저쪽으로 탕파(湯婆) 하나와, 진홍빛 비로드에 금장식을 한 기도대가 있었다. 끝으로 안쪽엔 노랑과 살빛의 다마스쿠스산 피륙으로 된 수수한 침대 하나가 있는데, 금은박도 장식끈도 없고, 가장자리의 술 장식도 변변치 않았다. 루이 11세의 수면 또는 불면을 받쳐준 것으로 유명한 이 침대는, 200년 전만 하더라도 어느 장관의 집에서 구경할 수 있었는데, '키루스'[207] 속에 등장하는 저 유명한 필루 노부인이 이 침대를 본 것도 바로 그 장관 댁에서였다.

'루이 드 프랑스 전하가 삼종기도를 드린 은신처'라고 불리는 방은 바로 그러했다.

이 은거처는 매우 어두웠다. 소등 신호는 한 시간 전에 이미 울렸고 주위는 캄캄했는데 방 안 책상에 놓인 촛불 하나만이 흔들리는 불빛 속에 여기저기 흩어져 있는 다섯 사람을 밝혀주고 있었다.

불빛에 비춰진 첫 번째 인물은 명주 반바지에 은 줄무늬가 있는 붉은 저고리를 입고 검은 무늬가 들어간 비단 외투를 걸치고 있었다. 이 호화로운 의상은 촛불의 빛을 받아 그 주름마다 불꽃의 광이 나는 것 같았다. 이 사나이는 산뜻한 색깔로 수놓은 문장을 가슴에 달고 있었다. 방패 모양 문장에서 산과 같이 생긴 곳의 끝머리에는 노루가죽 고리가 달려 있고 우측에는 올리브 가지, 좌측에는 사슴뿔이 달려 있었다. 그리고 허리에는 훌륭한 단검을 차고 있었다. 도금한 손잡이는 투구 꼭대기 꼴의 무늬가 새겨져 있고 맨 꼭대기는 백작의 관(冠) 모양으로 되어 있었다. 그는 험상궂은 얼굴로 오만하게 머리를 쳐들고 있었다. 첫눈에는 거만한 티가 흘렀고 다시 보면 교활한 얼굴이었다.

그는 모자를 쓰지 않고 손에는 기다란 종이를 들고 팔걸이가 달린 의자 뒤에 서 있었다. 이 의자에는 매우 초라한 복장을 한 사람이 몸을 보기 흉하게 두 개로 접은 듯한 모습으로 책상에 팔꿈치를 짚고 있었다. 호사스러운 코르도바 가죽 의자에, 다리가 안쪽으로 휜 두 무릎과, 검은 털실로 짠 옷을 초라하게 걸친 비쩍 마른 두 다리, 털보다는 가죽이 더 많이 보이는 모피가 붙은 비로드 외투로 감싼 몸통, 끝으로, 기름때 흐르는 모자는 납으로 만든 인형이 달린 고리 모양의 장식끈으로 가장자리를 두르고 있는 것을 상상해보라. 이것이 의자에 앉아 있는 인물의 모습이었다. 그는 머리를 가슴에 묻고 있었으므로 얼굴은 그림자에 가려 보이지 않았다. 다만 코끝은 광선에 비치어 간신히 보였다. 그 코는 우뚝 솟았을 것이 틀림없다. 그 주름 잡힌 손이 아주 말라 있는 것으로 보아 노인이라는 것을 알 수 있었는데 그가 바로 루이 11세였다.

그들 뒤로 조금 떨어진 곳에서, 플랑드르식으로 재단된 옷을 입은 두 사나이가 작게 속삭이고 있었다. 그들은 어둠에 파묻힌 게 아니어서 그랭구아르의 희곡 상연을 본 사람이라면 플랑드르 수석사절 중 두 사람이라는 것을 알 수 있을 것이다. 한 사람은 강 시에서 이름을 떨치는 연금 수령자인 기욤 랭이고, 또 한 사람은 그때 민중의 인기를 모았던 옷장수 자크 코프놀이었다. 그러고 보니 이 두 사람이 루이 11세의 정치에 은밀히 관여하고 있었다는 사실이 생각난다.

마지막으로, 맨 안쪽 문 옆의 가까운 어둠 속에 건장한 체구의 사나이 하나가 조각상처럼 말없이 서 있었는데, 손발은 다부지고 군복에 문장이 달린 외투를 입었으며 각진 얼굴에는 두 눈이 부리부리하게 불거진데다 입도 큼직했으며 이마는 양쪽으로 차양처럼 쳐진 머리털에 가려 보이지 않았다. 언뜻 보기에 그 얼굴은 개를 닮은 것도 같고 호랑이를 닮은 것도 같은 그런 형상이었다.

국왕 말고는 아무도 모자를 쓰지 않고 있었다. 왕의 뒤쪽에 서 있는 사람이 장부를 펼쳐 들고 내역서 같은 것을 읽어주었고, 왕은 그것을 주의 깊게 듣고 있었다. 플랑드르 사람 둘이 무언가 수군거렸다.

"젠장! 계속 서 있으려니 피곤하구먼, 의자도 없나요?"

랭은 살짝 미소를 지으며 없다는 뜻을 몸짓으로 전했다.

"이런 젠장!"

코프놀은 다시 투덜거렸는데, 그렇게 말소리를 낮추어야 하는 것이 더욱 불만스러운 듯했다.

"내 가게에서처럼 책상다리를 하고 바닥에 편히 앉았으면 좋겠는데!"

"조금만 참으시오, 자크 나리!"

"여봐요, 기욤 나리! 여기선 언제까지나 이렇게 서 있어야 된단 말이오?"

"아니면 무릎을 꿇든가!"

랭이 대답했다.

그때 갑자기 왕의 목소리가 들렸으므로 두 사람은 입을 다물 수밖에 없었다.

"이게 대체 뭔가? 하인들의 옷에 50솔, 왕실 성직자들의 망토가 12리브르? 아예 황금을 갖다 퍼붓게나! 올리비에, 머리가 어떻게 된 것 아닌가?"

그러면서 늙은 왕은 머리를 쳐들었다. 그의 목에서 성 미카엘 목걸이의 금빛 조가비들이 번쩍거렸다. 살이 빠지고 까다로워 보이는 그의 옆얼굴을 촛불이 정면으로 비추고 있었다. 그는 상대방의 손에서 장부를 뺏어 들었다.

"자네는 나를 파산시키려고 작정했나 보군?"

그는 퀭하게 들어간 눈으로 장부를 훑어보면서 소리쳤다.

"대체 이게 다 뭔가? 무엇 때문에 내게 이런 어마어마한 집이 필요하다고 생각하는가? 한 달에 한 사람 당 10리브르씩 지급해야 할 궁중 전속 신부 두 사람, 또 성당 소속 신부 한 사람에게는 100솔을 지급하고! 사환 한 명에게는 1년에 90리브르! 조리사 네 명에게는 1인당 1년에 120리브르씩, 불고기 요리사 한 명, 수프 조리사 한 명, 소스 조리사 한 명, 요리장 한 명, 식료품 보관무사 한 명, 짐바리 마부 두 명까지 모두 일곱 명에게 매월 각 10리브르씩이고, 소년 조리사 둘에게 8리브르하며, 마부와 그 조수 둘에게 매월

24리브르! 짐꾼 한 명, 제과사 한 명, 제빵사 한 명, 짐수레꾼 둘에게 1인당 1년에 60리브르! 대장장이 한 명에게는 120리브르, 국고 수입 과장에게 1200리브르! 또 감사관에게 500리브르라니! 이게 대체 무슨 소린가? 정말 미친 짓이야! 하인들 봉급 때문에 나라가 망하게 생겼잖아! 아무리 많은 돈을 루브르에 숨겨두었다고 해도 이렇게 물 쓰듯 하다가는 금세 동이 날 거란 말이야! 나중엔 밥을 먹기 위해 밥그릇까지 내다 팔아야 할지도 모르겠구먼! 만약 내년에도 하느님과 성모 마리아께서(여기서 그는 모자를 벗었다) 내 목숨을 부지시켜주신다면 나는 탕약을 대접으로 마셔야겠구나!"

이렇게 말하고 그는 책상 위에서 반짝거리는 은잔을 바라보았다. 그는 기침을 하고는 다시 말을 이었다.

"올리비에! 국왕이든 황제든, 광대한 영지를 지배하는 군주들은 사치를 해서는 안 되는 거요. 왜냐하면, 윗물이 흐려지면 아랫물도 더러워지게 마련이기 때문이오. 이 점을 항상 명심해주시오. 왕실의 경비를 해마다 늘려가고 있는데 그건 옳은 일이 아니오. 이유가 뭐요, 대체? 70년까지만 해도 36000리브르를 넘지 않았었는데, 80년엔 43619까지 늘었소! 난 틀림없이 똑똑히 기억하고 있소. 81년에는 무려 66680리브르였고 올해엔 자그마치 80000리브르에 육박하고 있잖소? 겨우 4년 동안 비용이 배로 늘다니! 엄청난 일이오!"

그는 잠시 숨이 찬 듯 말을 그쳤다가 다시 격분하여 말을 이었다.

"내가 살이 빠지고 야위어가는 동안 투실투실하게 살쪄가는 이들만 주위에 가득하구나! 그대들은 온통 내게서 돈을 빼낼 궁리만 하고, 털구멍에서까지 돈을 빨아먹는 거머리들이야!"

누구도 쉽사리 입을 열지 못하고 눈치만 보고 있었다. 왕의 노여움은 터뜨리는 대로 그냥 두어야 하는 것이었다.

"이건 마치 프랑스 영주권에 대한 라틴어 청구서 같은 것이라, 아무래도 내가 왕권의 큰 책무를 회복시켜야만 할 것 같구나. 하기는 이것도 과연 책무이고말고! 그야말로 큰 책무다! 여보게들, 내가 식사 시중도 술 시중도 받지 않고 군림하는 그런 국왕은 아니라고 말하겠지! 좋아, 내가 국왕인지 아닌지 분명히 보여주겠소!"

이렇게 말하고 그는 자신의 권력을 생각하며 미소를 지었다. 그래서인지 늙은 왕의 노기도 다소 누그러져서 플랑드르 사람들 쪽을 돌아보며 말을 건넸다.

"기욤 경, 안 그렇소? 빵 관리장도, 술 창고 관리장도, 시종장도 주방장도 하찮은 하인보다 못하다오. 코프놀 나리, 이 점을 잘 기억해두시오. 그들은 아무짝에도 쓸모가 없는데, 그런데도 국왕 주위에 몰려 있는 걸 보면, 최근에 필리프 브리유가 수리한 재판소에 있는 큰 시계의 문자반을 둘러싼 4복음서의 네 저자 상(像) 같단 말이오. 그것들은 금칠을 했어도 시간을 알리는 게 아니고, 시곗바늘은 그것들이 없어도 잘 돌아가니까 말이야."

왕은 잠시 생각하더니, 늙은 머리를 흔들며 말했다.

"허허! 천만에! 나는 결코 필리프 브리유가 아니야! 그러니 절대로 영주들을 화려하게 꾸며주는 일은 없어. 나도 에드워드 왕과 같은 생각이니까. '민중을 구하고 영주들을 죽이라'고 말이야! 그다음을 계속 읽어보게, 올리비에."

올리비에라는 이름으로 불린 인물은 왕에게서 장부를 돌려 받아 목소리를 높여 읽어 내려갔다.

"……파리 시청의 인감계 아당 트농에게, 지금까지의 인감이 낡고 헐어서 더 이상 제대로 사용할 수 없는 이유로 새로 만들게 한 도장들의 재료비와 가공 임금, 그리고 새로 각인하는 비용으로, 파리 주화 12리브르.

기욤 프레르에게, 금년 1월, 2월, 3월 석 달 동안 투르넬 재판소의 옥상에서 비둘기를 사육하고 7섹스체의 보리를 사료로 쓴 데 대한 보수로 파리 주화 4리브르 4솔의 금액 지불.

성 프란체스코 수도회 수사 한 명에게 파리 주화 4솔, 어떤 범인을 자백시킨 공로 인정."

왕은 말없이 듣고 있다가 가끔 기침을 했다. 그럴 때마다 은잔을 입술로 가져가 얼굴을 찌푸리며 입을 축이곤 했다.

"올해 들어, 재판관의 결정에 따라 파리의 네거리에서 나팔을 불어 56회의 포고를 외쳤으나 비용은 아직 결제하지 않았음. 파리와 그 밖의 장소들에 돈이 숨겨져 있다는 소문이 돌아 유력한 장소를 수색했으나 아무것도 찾아내지 못했음. 그 비용으로 파리 주화 45리브르."

"동전 한 닢을 찾으려고 금화 한 닢을 내버리는 꼴이구나!"

왕은 혀를 차며 말했다.

"……투르넬 재판소에서, 쇠로 된 감방에 유리 여섯 장을 끼운 비용 13솔, 열병식 날 왕명에 의해 주위에 장미모자 무늬를 두른 영주의 갑옷 문장 네 개를 새로 만들어 지급한 비용 6리브르. 왕의 낡은 옷소매 두 개를 새로 갈아댄 비용 20솔. 왕의 검은 돼지들의 새 우리에 30리브르. 생 폴의 사자들을 가두기 위해 만든 칸막이와 널빤지와 뚜껑문의 비용 22리브르."

"동물을 기르는 데도 돈이 그렇게나 든단 말이냐?"

루이 11세는 놀라며 말했다.

"어쨌거나, 좋다! 그야말로 국왕의 호사니 말이야. 커다란 적갈색 사자는 얼마나 귀여운지 내가 아주 아끼는 놈이야. 기욤 경, 어떻소? 군주들은 그 정도 동물은 가지고 있어야 한다오! 국왕쯤 되면, 개 대신에 사자를 기르고, 고양이 대신에 호랑이를 길러야 하지! 위대한 군주에겐 그 정도 동물이 적당하다오. 유피테르의 우상을 신봉하던 시절에는 군중들이 성당에 소 100마리와 양 100마리를 바치면 제왕은 사자 100마리와 독수리 100마리를 주었다오. 얼마나 야성적이고 아름다운 일인지. 프랑스 왕들은 항상 주위에 그런 짐승의 울음소리가 끊이지 않게 했소. 하지만 나는 그들보다는 훨씬 더 비용을 줄였고, 사자도 곰도 코끼리도 표범도 그들보다 그 수를 줄였다는 걸 인정해줄 거요. 계속하게, 올리비에. 그것을 나의 플랑드르 친구들에게도 말해주고 싶었다네.”

기욤 랭은 허리 숙여 공손히 절했으나 코프놀은 무뚝뚝한 표정으로 왕이 하는 이야기 속의 곰 같은 모습을 하고 있었다. 그러나 왕은 그것에 마음을 두지 않은 채 은잔으로 입을 축였다가 다시 내뱉으며 말했다.

“크! 정말 맛도 고약한 탕약이다!”

“······적당한 조치를 취할 때까지 도살장 골방에 감금하고 있는 부랑자의 6개월 식비로 6리브르 4솔.”

“뭐라고?”

왕이 가로막고 물었다.

“교수형에 처할 인간을 왜 여태 먹여 살리고 있나? 뭐 하는 짓인가? 앞으로 그런 놈에겐 한 푼도 쓰지 않겠다. 올리비에, 그 일은 데스투트빌 경과 의논하여 오늘 저녁에라도 즉시 그 부랑자를 까치발과 결혼시킬 준비를 하시오. 계속 읽으시오.”

올리비에는 그 ‘부랑자’라는 줄에 엄지손가락으로 표시를 하고 다음으로 넘어갔다.

“파리 재판소의 수석 사형집행위원장 앙리에 쿠쟁에게 파리 주화 67솔, 이것은 파리 시장의 명령으로 지정된 가격으로 구입한 칼날이 넓은 장도의 대금이며, 이것은 재판에서 죄과로 인해 사형 선고를 받은 자의 형을 집행하기 위해 사용되며 칼집과 그 밖의 부속품을 포함한다. 또한 명백하게 알려진 대로, 루이 드 뤽상부르 공의 형을 집행하면서 이가 빠졌던 칼을 수리하는 비용도 포함한다······.”

왕은 다시 말을 가로막았다.

"잠깐, 좋아……. 그런 비용은 얼마든지 지불하도록 허가할 것이며 지금까지도 아끼지 않았소, 계속하시오……."

"대감옥을 새로 지었으며……."

"아, 그렇지!"

국왕은 두 손으로 의자 팔걸이를 잡으며 말했다.

"맞아. 내가 바스티유에 온 건 이유가 있어서지. 올리비에, 잠깐만 기다려 주게. 내가 직접 그 감옥을 둘러보고 싶은데, 그러는 동안 그 사용 내역을 읽어주게. 플랑드르 양반들, 같이 감옥 구경을 가실까요, 볼 만할 거요."

그렇게 말하고 왕은 자리에서 일어나 상대방의 팔에 몸을 기대서서 문 앞의 벙어리 같은 사람에게 안내하라는 신호를 했다. 그리고 플랑드르인들에게도 따라오라는 신호를 하고는 앞서 방을 걸어 나갔다.

철구로 무겁게 무장한 군사들과 횃불을 든 날씬한 시동들이 은거처의 문에서 국왕의 일행에 합류했다. 일행은 한참 동안 캄캄한 아성의 주루 속을 걸어갔는데, 거기에는 두꺼운 벽 속까지도 계단과 복도가 뚫려 있었다. 바스티유의 대장은 선두에 서서 걸어가면서, 병들고 허리가 굽은 늙은 왕 앞에서 쪽문을 열게 했는데 임금은 걸으면서 기침을 하고 있었다.

쪽문에서마다, 모두들 머리를 수그려야 했지만 나이가 많고 이미 허리가 꼬부라진 늙은 왕의 머리만은 예외였다.

"흠!"

왕은 이가 없었으므로 이가 아닌 잇몸 사이로 말했다.

"나는 이미 죽을 때가 된 것 같구나. 그대들은 모두 낮은 문에선 허리를 굽히고 지나가는데."

한참 만에, 자물쇠가 어찌나 많이 걸려 있는지, 그것을 다 여는 데만 십오 분이 넘게 걸린 마지막 쪽문을 통과했다. 일행은 모두 첨두홍예의 높고 넓은 어느 방으로 들어갔다. 횃불 빛 속에 쇠와 나무로 지은 크고 육중한 입

제과인

재단사

제철공

제화공

수공업자와 상인들은 동업 조합이나 훈련소, 길드 등으로
조직되어 있었다. 그들은 때로 각자 독특한 제복을 착용하기도
했다. 아울러 자기들을 대표하는 깃발과 인장을 소지하고,
거리로 나누어지는 주소지마다 소그룹을 이루기도 했다.

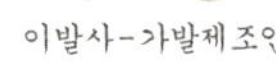

이발사-가발제조인
공동체 단기를 들고 있는 기수

제빵사

프랑스어 '제빵사(Boulanger)'는
빵을 둥글게(boule) 굽는 것에서
유래한 명칭이다.

청어 장수

푸주한

약제사

13세기 말 파리에서는 총 101개에 달하는 동업조합이 있었다. 각 조합들은
교구성당이나 대성당 안에 자기들의 수호성인을 모셔놓고 그 가호 아래
활동을 했다. 예컨대, 중앙시장 근처에 있는 생 자크 드 라 부슈리(Boucherie)
성당은 '푸주한(boucher)을 수호하는 성인 야고보'를 모시는 성당으로,
훗날 산티아고 데 콤포스텔라로 향하는 성지순례의 출발점이 되기도 했다.
각 동업조합은 그 구성원들을 보호하고 지원하는 기능을 담당했으며,
직업수행의 준칙들을 정했다. 또한 자체 경찰 조직도 운영하면서 구성원들의
윤리를 통제했는데, 누군가 사기를 치면 공시대에 오르는 형벌을 받을 뿐 아니라,
왕과 동업조합에 벌금까지 물어야 했다. 동업조합은 그것이 소재한 도시나 마을에서
독점권을 행사했으며, 그로 인해 막대한 부를 축적할 수 있었다.
이를테면, 수상교역을 통제한 한자동맹의 막강한 부와 권력이 그 좋은 예가 될 수 있다.
대개 그 구성원 중에서 뽑은 사람들이 행정관과 사법관으로서 해당 도시의
치안과 행정을 관리한다.

은행가와 환전상

화폐가 다시 모습을 드러낸 것은 1천 년 무렵이다. 당시는 금속이 무척 귀했기에
동전 크기가 아주 작았다. 금화가 등장한 것은 13세기 말에 이르러서다.
보통 사람들은 구리나 보통 금속으로 된 동전만을 사용할 뿐이었다.
환전상은 화폐용 정밀 저울을 이용해 정확한 현금 가치를 측정할 수 있었다.
이렇게 해서 저 유명한 피렌체의 플로린이나 베네치아의 두카토 금화처럼
항상 일정한 중량을 보이는 화폐가 '양화(良貨)'로 취급받았다. 환전상들은
사각대 위에 설치된 판자를 작업대 삼아 일을 했는데, 그 판자를 방코(banco)라고
부름으로써 훗날 은행(banque)이라는 단어가 탄생한 것이다.

금고 열쇠

이탈리아의 환전상들

방체의 건조물이 방 한가운데에서 드러났다. 그 내부는 매우 깊숙해 보였다. 그것은 이른바 '임금님의 계집애'라고 불리는 국사범들을 가두는 유명한 감옥 중 하나였다. 칸막이벽에는 두세 개의 조그만 창이 있었는데, 퉁퉁한 철봉으로 어찌나 촘촘히 격자를 쳐놓았던지 창유리가 보이지 않았다. 문은 무덤의 돌 같은 커다란 평석이었다. 들어가는 데밖엔 결코 사용하지 않는 그런 문들 중 하나였다. 다만 여기서는 죽은 사람이 있어야 할 자리에 살아 있는 사람이 있었던 것이다.

국왕은 그 조그만 건조물을 유심히 살피면서 그 주위를 천천히 걷기 시작했다. 그사이에 그의 뒤를 따르는 올리비에는 큰 소리로 계속 비용 내역서를 읽고 있었다.

"굵은 대들보와 뼈대와 들보의 커다란 나무 우리 하나를 새로 만들었는데, 그 길이 2.7미터에 너비는 약 2.4미터, 위아래 두 널빤지 사이의 높이 2미터, 굵은 철근으로 보강하였고, 생 탕투안 요새의 한 탑 속에 있는 방 한 칸에 설치되었는데, 국왕 폐하의 명에 따라 이 우리 안에는 노후한 낡은 우리 안에 종전에 살았던 죄수 하나를 투옥 구금하고 있음. 위의 새 우리에는 96개의 널장선과, 나뭇결을 거슬러 깎은 52개의 장선과, 길이 5.4미터의 대들보 10개가 사용되었고, 바스티유의 마당에서 22일간 위의 모든 목재를 자르고 가공하고 깎는 데 열아홉 명의 목수가 종사하였음……."

"꽤 아름다운 떡갈나무 심이로군."

왕은 주먹으로 뼈대를 두드리며 말했다.

"……이 우리에는 2.7미터와 2.4미터짜리 굵은 철근 220개와 그 밖에 중간 길이의 것, 그리고 위의 철근을 위해 쇠고리와 철망이 사용되었고, 위의 철물의 전 중량은 3735파운드. 그 밖에 이 우리를 고정시키는 데 꺾쇠와 못과 더불어 8개의 굵은 연접 철물이 사용되었는데, 그 전체 중량은 218파운드, 그 밖에도 우리를 설치해놓은 방의 창에 격자용 철물과 그 방의 문에

철봉이 사용되었으며, 또 그 밖에도 다른 것이……."

올리비에가 다시 이렇게 읽어 내렸다.

"한 인간의 경솔한 마음을 가두는 데, 그렇게도 많은 쇠가 필요하다니!"

국왕은 놀랍다는 듯 말했다.

"……이 모든 것에 들어간 총 비용은 317리브르 5솔 7드니에입니다."

"이런 빌어먹을!"

왕이 불쑥 외쳤다.

루이 11세가 입버릇처럼 하는 이 욕설을 들었는지, 우리 안에서 누군가 잠을 깬 듯 마룻바닥을 거칠게 긁는 쇠사슬 소리가 들려왔다. 그러더니 마치 무덤 속에서인 듯 힘없는 목소리가 새어 나왔다.

"폐하, 제발 용서해주십시오!"

그러나 그 모습은 볼 수 없었다.

"317리브르 5솔 7드니에라고!"

루이 11세는 말을 이었다.

우리 안에서 들려나온 그 목소리는 올리비에를 비롯하여 듣는 이들의 머릿속을 오싹하게 만들었다. 다만 늙은 국왕만이 못 들은 체하고 있었다. 그의 명령으로 올리비에는 읽기를 계속했으며 국왕은 냉정하게 감옥 둘러보기를 멈추지 않았다.

"……그리고 그 외에도, 창살을 박기 위해 구멍을 만들고, 우리를 세우는 방의 마룻장을 새로 만들었으며…… 그것은 왜냐하면, 새로 만든 우리는 무거워서 기존의 마룻장으로는 버티지 못한다는 판단이 내려졌고, 그로 인해 석공에게 지불한 돈은 파리 주화 27리브르 14솔……."

우리 안의 목소리는 다시 울부짖기 시작했다.

"용서해주십시오, 폐하! 맹세컨대 저는 반역을 꾀하지 않았습니다. 반역을 도모한 것은 앙제의 추기경이옵니다!"

"석공의 솜씨가 서툴구나! 계속하게, 올리비에!"

왕이 말했다.

올리비에는 다시 장부를 들여다보았다.

"……창과 침상, 구멍 뚫린 변기, 그 밖의 것들을 위해 한 소목장이에게 파리 주화 20리브르 2솔……."

비통한 울부짖음은 계속되었다.

"폐하, 저는 억울합니다! 한 번만 제 말씀을 들어주십시오! 맹세컨대, 그것을 기엔 공에게 써 보낸 건 라 발뤼 추기경이옵니다!"

"소목은 비싸구나! 그게 다인가?"

왕이 물었다.

"아닙니다, 폐하. 유리 장수에게 위의 감옥 창유리 비용으로 파리 주화 46솔 8드니에."

"폐하! 제발 용서하여주소서! 저의 전 재산을 판사들에게 주고 식기류를 토르시 씨에게 주고, 저의 장서들을 피에르 도리올 나리에게 주고, 저의 장식용 융단들을 루시용 지사에게 준 것으로도 충분하지 않습니까? 저는 억울합니다. 벌써 14년째 이 쇠로 된 우리에서 떨고 있습니다. 용서하여주십시오, 그러면 폐하께서도 복을 받으실 것입니다!"

"올리비에, 합계는 어떻게 되나?"

왕이 물었다.

"합계는, 파리 주화 367리브르 8솔 3드니에입니다."

"어이쿠! 정말 대단한 우리로다!"

그는 올리비에의 손에서 장부를 받아 들고 비용 내역서와 우리를 번갈아 쳐다보면서 하나하나 손가락으로 따져가며 셈을 하기 시작했다. 그러는 동안에도 우리 안에서는 흐느낌 소리가 흘러나왔다. 어둠 속에서 울리는 흐느낌은 더욱 처량하여 듣는 사람들을 파랗게 질린 얼굴로 서로를 쳐다보게 만들었다.

"14년입니다, 폐하! 벌써 14년이 흘렀습니다. 1469년 4월부터 지금까지. 성모의 이름으로 제발 제 말씀 좀 들어주십시오! 폐하께서는 그동안 따스한 햇볕을 누리셨지만 저는 어둠 속에서 야위어갈 뿐 해를 보지 못한 지 14년이 흘렀습니다. 제발 용서해주십시오. 자비를 베풀어주십시오. 관용은 왕자의 미덕, 분노의 흐름을 끊어줍니다. 군주가 어떠한 죄도 처벌하지 않고 내버려둔 것이 없었을 때, 임종 시에 크게 만족할 거라고 생각하십니까? 하지만 폐하 저는 결코 한 번도 폐하를 배반한 적이 없습니다. 반역자는 앙제 추기경입니다. 제 발에는 무거운 쇠사슬과 엄청난 무게의 쇠공이 달려 있습니다. 폐하! 저를 불쌍히 여겨주소서!"

"올리비에!"

늙은 국왕은 머리를 절레절레 저으며 말했다.

"한 말에 12솔밖에 하지 않는 회반죽을 여기는 20솔로 계산해놓았군? 계산서를 새로 만들도록!"

그는 우리 쪽으로 등을 돌린 채, 방에서 나갈 채비를 했다. 가련한 우리 속의 죄수는 횃불과 발소리가 멀어져가는 것을 느끼며 절망적으로 외쳤다.

"폐하! 폐하!"

그는 필사적으로 외쳤으나 문 닫히는 소리가 들린 것을 마지막으로 다시 아무것도 보이지 않게 되었다. 그리고 다음과 같은 노래를 불러주는 문지기의 거친 목소리밖엔 아무것도 들리지 않았다.

장 발뤼 나리는

주교직을 모두 잃었네,

베르됭 선생도 이제

하나도 가진 것이 없지,

　　모두들 저승에 갔기 때문이라네.

　　국왕은 말없이 자신의 은거처로 돌아가고 있었고 뒤따르는 일행들은 죄수의 마지막 몸부림과도 같은 울부짖음에 몸이 움츠러든 채 걸음을 재촉하고 있었다. 그러다 갑자기 루이 11세가 바스티유의 사령관 쪽을 돌아보며 말했다.

　　"아 참, 그 우리 안에 누가 있었나?"

　　"있었습니다, 폐하!"

　　사령관은 그 질문에 당황하여 대답했다.

　　"그가 누군가, 대체?"

　　"베르됭 주교입니다."

　　왕은 누구보다도 그것을 잘 알고 있었다. 그러나 그것은 일종의 괴벽이었다.

　　"아, 그렇군!"

　　그는 마치 그것을 이제야 처음 생각하는 체하며 말했다.

　　"기욤 드 아랑쿠르, 라 발뤼 추기경의 친구였지!"

　　잠시 후, 은거처의 문이 다시 열리고 이 장의 첫머리에서 본 다섯 인물이 모두 안으로 들어선 뒤 다시 닫혔다. 그들은 모두 원래의 자리로 돌아가 같은 자세로 선 채, 나직한 소리로 서로 이야기를 나누기 시작했다.

　　국왕이 자리를 비운 사이, 책상 위에는 몇 통의 공용 속달이 놓였다. 왕은 그것을 일일이 뜯어 읽어본 뒤, 올리비에에게 펜을 잡으라고 일렀다. 올리비에는 왕의 곁에서 대신의 직무도 보고 있었다. 왕은 속달의 내용은 말하지 않은 채 작은 소리로 답장을 받아쓰게 했다. 올리비에는 매우 불편하게 책상 앞에 무릎을 꿇고 답장을 작성해나갔다.

　　기욤 랭은 말없이 지켜보고 있었다.

　　왕의 목소리는 매우 낮아서 어떤 내용을 받아쓰게 하는지 플랑드르인들에

직물점

추

모피상

제화공이 코르도바산
가죽으로 작업을 하고 있다.

문단속한 가게

덧문들은 닫아놓으면 문단속용이고,
열어놓으면 진열대 역할을 해준다.

건물의 석조 기반에는
보통 상점이 자리한다.

장색

장인(匠人)은 도제(徒弟)와 장색을 거느린다.
장색은 품삯을 받으며 일하고, 도제는 그렇지 못하다.
보통 열두 살에서 시작해 열일곱 살까지 도제가 될 수 있고,
그 수련 기간은 직종에 따라 2년에서 10년까지도 갈 수 있다.
장인의 단계에 오르고자 하는 장색은 스스로 지원자가 되어,
걸작을 완성할 수 있음을 증명하는 일련의 시험을 통과해야만 한다.
그것을 목표로 장색은 동업조합 안의 공동 작업실에서
몇 달이고 파묻혀 지내곤 한다.
동업조합에 받아들여진 떠돌이 장색은 실제 직업을 수행하기 전에
세금을 물어야 하며, 조합은 그의 첫 일감을 조달해준다.

유리세공업자

재단사

색은 천연염료를 통해 얻어진다.
a,b,c는 꼭두서니, d는 목서(木犀),
e는 목서와 대청의 혼합, f는 대청이나 인디고
그리고 g는 떡갈나무가 원료다.

염색업자

제철공

게는 들리지 않았고, 이따금 의미를 알 수 없는 단어들이 겨우 귀에 들어오는 정도였다.

"……생산물이 풍부한 곳은 상업으로, 불모지는 수공업으로 유지할 것……. 영국의 제후들에게 런던, 브라방, 부 랑 브레스, 생 토메르의 우리의 네 구포를 보여줄 것…… 대포는 이제 더 정확히 판단하여 전쟁을 해야 하는 이유다……. 우리 친구, 브레쉬르 님에게…… 세금 없이는 군대를 유지할 수 없다……."

한번은 문득 왕의 목소리가 높아졌다.

"우라질! 시칠리아 왕이 프랑스 국왕과 마찬가지로 편지를 노란 밀랍으로 봉인하는구나! 그것을 허락한 것은 내 실수로다. 나의 사촌인 부르고뉴 공은 붉은 바탕의 가문을 주지 않았구나. 왕가의 영광은 특권을 올바르게 사용함으로써 비로소 떳떳하게 누릴 수 있는 것이다. 이것을 잘 적어두게, 올리비에 경."

또 이렇게 말했다.

"허허! 이것은 그야말로 막돼먹은 편지로다! 이 독일 황제는 무엇을 요구하는 거지?"

그러면서 눈으로 편지를 읽으며 가끔 감탄사를 던졌다.

"어허, 독일 제국이 믿을 수 없을 만큼 위대하고 강력한 것은 사실이지만 이런 격언을 잊어서는 안 되지! '가장 아름다운 백작령은 플랑드르이고, 가장 아름다운 공작령은 밀라노이며, 가장 아름다운 왕국은 프랑스이다' 어떻소? 플랑드르 양반들!"

그러자 코프놀이 기욤 랭과 함께 머리를 숙였다. 옷장수의 애국심이 발동했던 것이다.

마지막 속달을 보며 루이 11세는 눈살을 찌푸렸다.

"이게 뭐야?"

그는 소리쳤다.

"피카르디 수비대에 대한 원망과 호소인가? 올리비에, 루오 원수에게 어서 편지를 쓰게. '군대의 규율이 해이해지고 있다. 헌병, 소집 귀족, 정규 사격병, 스위스 용병들이 평민들에게 나쁜 짓을 저지르고 있다. 병사들은 농가를 습격하여 재산을 약탈할 뿐 아니라 곤봉이나 창을 휘둘러 사람들을 위협하여 포도주와 생선, 식료품, 잡화 등 온갖 것들을 빼앗고 있다. 그것이 내 귀에까지 들어왔다. 왕은 우리 백성들을 절도나 강도 등으로부터 지켜주고자 한다. 그것이 나의 참뜻이다! 또한 편력 악사나 이발사, 종군 하인이나 병사들도 군주처럼 비로드와 비단과 금반지를 몸에 걸치지 않기를 바란다. 이런 허영 또한 하느님께서 좋아하지 않으신다. 우리 귀족들조차 17솔짜리 옷감으로 만든 방한용 속옷으로 만족하고 있다. 군대에 속한 제군들도 그런 정도까지 스스로를 낮추어 생활하길 바란다. 이런 내용을 모두에게 전달하고 주지할 것을 명령하라. 나의 친구, 루오 원수에게.' 이상."

왕은 그 편지를 단호하고 격앙된 음성으로 구술했다. 편지가 끝날 즈음, 문이 열리고 새로운 인물이 숨을 헐떡이며 안으로 뛰어 들어왔다.

"폐하! 지금 파리 시내에 폭동이 일어났습니다!"

근엄하던 루이 11세의 얼굴에 한순간 긴장감이 감돌았으나 곧 번개처럼 지나가버렸다. 그는 이내 침착성을 되찾고 준엄한 얼굴로 말했다.

"자크, 그렇게 갑자기 들이닥치니 사람이 놀라잖나?"

"폐하! 폭동입니다! 폭동이요!"

자크라는 자가 헐떡이며 말했다.

왕은 자리에서 벌떡 일어나 그의 팔을 잡고 화를 억누르며, 플랑드르인들을 곁눈질하면서 그에게만 들리도록 귀에 바짝 입을 대고 말했다.

"조용히 하든지 작은 소리로 해!"

그제야 갑자기 뛰어든 자크는 상황을 알아차리고 매우 낮은 소리로 왕에게 무시무시한 상황을 이야기하기 시작했다. 왕은 그것을 조용히 듣고 있었으며 기욤 랭은 코프놀에게 방금 들어온 사나이의 얼굴과 옷차림을 가리키며, 그의 모피 두건과 짧은 외투와 검은 비로드 법복을 보아 회계감사원장 같다고 알려주고 있었다.

그가 왕에게 폭동 상황에 대해 몇 마디 설명했을 때, 루이 11세는 큰 소리로 웃으며 소리쳤다.

"그게 정말이면 좀 더 큰 소리로 이야기하게나, 쿠악티에! 그렇게 작은 소리로 할 거 있나? 우리 플랑드르 친구들께도 감출 일이 없다는 것을 성모 마리아께서도 알고 계시니까."

"하지만 폐하……."

"크게 말하래도!"

쿠악티에는 당황하여 그만 입을 다물고 말았다.

"그래서? ……어서 이야기하게. 우리 파리 시에서 민중들이 소동을 일으켰단 말이야?"

왕이 이렇게 재촉하자 쿠악티에가 대답했다.

"그렇습니다, 폐하!"

"그래서 파리 재판소 대법관에게 몰려가고 있다고?"

"그런 것 같습니다."

그는 이렇게 대답했지만 왕의 머릿속에서 갑작스럽게 일어나는 변화에 대해서는 여전히 어리둥절한 상태로 말을 더듬거렸다.

루이 11세는 말을 이었다.

"야경대는 어디서 그 폭도들과 마주쳤지?"

"그랑드 트뤼앙드리에서 퐁 토 샹죄르로 가는 도중이었습니다. 저 자신도 폐하의 명을 받으러 이리 오던 중 만났는데 그중 몇 놈들이 '재판소 대법관을 타도하자!'고 외치는 소리를 들었습니다."

"대법관한테 뭐가 불만이라던가?"

"그건, 대법관이 놈들의 영주 노릇을 하는 것이 불만이랍니다."

"정말?"

"그렇습니다, 폐하! 놈들은 '기적의 소굴'의 부랑자들인데 이미 오래전부터 대법관에게 불만을 품고 있었습니다. 그래서 대법관을 재판관이나 감독관으로 인정하지 않았습니다."

"그렇군!"

왕은 만족스러운 듯 미소 지으며 말했는데, 그런 미소를 감추려 애썼지만 소용이 없었다.

"그들은 고등재판소에 제출한 청원서에서 자기들의 주인은 폐하와 신(神)뿐이라고 주장하고 있습니다. 그런데 그들의 신이라는 건 제 생각엔 악마를 가리키는 것이라고 봅니다만……."

"그렇군! 그래!"

왕은 두 손을 문지르며 매우 만족스러워하고 있었다. 그의 얼굴은 마음속 깊은 곳에서 우러나온 기쁨에 빛나고 있었다. 때때로 태연스러운 태도를 꾸미려 했으나 솟아오르는 기쁨은 어찌할 수가 없었다. 그 자리에 있던 사람 어느 누구도 그게 무슨 의미인지 알 수 없었다. 그는 잠시 생각에 잠긴 듯 그러나 만족스러운 표정으로 침묵을 지켰다.

"놈들이 무장을 했던가?" 왕이 갑자기 묻자 자크가 대답했다.

"물론 그렇습니다."

"몇 명이나 되지?"

"적어도 6천 명은 될 겁니다."

그 대답에 왕은 자기도 모르게 "옳거니!" 하고 내뱉고는 다시 물었다.

"그래, 무기들도 갖췄다고 했겠다?"

"낫, 창, 도끼, 총, 곡괭이…… 온갖 흉기란 흉기는 다 들고 나온 것 같습

니다."

이런 대답에도 왕은 전혀 걱정하는 눈치가 아니었다. 그래서 자크는 덧붙여 말했다.

"폐하께서 즉시 구원대를 보내지 않으시면 대법관은 파멸입니다."

"그럼 보내야지!"

왕은 정색하고 대답했다.

"물론! 대법관은 나의 친구니까. 6천 명이라고? 정말 대단한 놈들이구나. 간이 큰 것은 대견하지만 몹시 화가 나는구나! 그러나 오늘 밤에는 그리 보낼 군사가 많지 않으니 내일 아침에 보내도 늦지 않겠지?"

그러자 자크는 부르짖듯 말했다.

"아닙니다, 폐하! 지금 당장 보내셔야 합니다! 내일 아침이면 늦습니다. 그동안 재판소는 몇 번이라도 노략질당하고 권리를 침해받으며 대법관은 교수형을 당하고도 남을 것입니다. 부디, 지금 당장 원군을 보내주십시오!"

왕은 그의 얼굴을 똑바로 쏘아보며 말했다.

"분명히 내일 아침이라고 말했네!"

왕의 눈빛은 상대로 하여금 더 이상 아무 말도 할 수 없게 만들고 있었다.

잠시 침묵을 지키던 루이 11세는 다시 입을 열었다.

"여보게, 자크. 자네는 알고 있겠지? 뭐더라…… 그…… 대법관의 토지 관할 구역은 어떻게 되나?"

"폐하, 대법관의 관할 구역은 칼랑드르 거리에서 레르브리 거리까지, 생 미셸 광장과 노트르담 데 샹 성당(여기서 루이 11세는 자기 모자의 테두리를 올렸다) 근처에서 흔히들 뮈로라고 부르는 장소인데, 그곳에 있는 저택이 13채, '기적의 소굴'과 말라드리, 또 이 말라드리에

서부터 포르트 생 자크에서 끝나는 모든 도로입니다. 대법관은 이 지역 전체의 감독관이고 재판관이며 전권을 가진 영주이기도 합니다."

"그렇구나!"

왕은 오른손으로 왼쪽 귀를 긁으면서 말했다.

"그야말로 그가 내 수도의 훌륭한 한 부분을 차지하고 있구나! 아, 대법관이 그 지역 전체에서는 왕이나 다름없었구나!"

이번에는 그렇게 말했을 뿐 다시 묻지는 않았다. 왕은 꿈을 꾸는 것처럼 자기 자신을 향해 중얼거렸다.

"참 대단한 대법관이구나! 당신은 지금껏 우리 파리에서 가장 좋은 곳을 꿰차고 있었어!"

그러다 그는 갑자기 분노를 터뜨렸다.

"우라질! 내가 다스리는 나라에서 감독관이다 사법관이다 영주다 상전이다 하고 자처하는 놈들은 대체 무슨 짓을 하는 놈들이냐? 걸핏하면 통행세를 받고 재판을 하고 어느 길목에서나 나의 백성들을 재판하고 처형할 권리를 가지고 있다니, 이게 무슨 일이냐! 마치 그리스인이 샘마다 신이 있다고 믿고 페르시아인이 하늘에 보이는 별들의 수만큼이나 많은 신을 믿었던 것처럼 프랑스인들은 교수대의 수만큼 많은 국왕을 받들고 있었던 셈이다! 이건 잘못된 일이다. 이런 혼란은 바라지 않는다. 파리에 국왕 이외의 감독관이 있고, 왕의 최고재판소 외에 재판소가 있으며 이 제국에 나 말고도 황제가 존재한다는 것이 하느님의 섭리인지 아닌지 알고 싶구나! 천국에 하느님이 한 분뿐이듯이 프랑스에도 국왕은 단 한 사람, 영주가 한 사람, 재판관이 한 사람, 참수역이 한 사람뿐인 그런 날이 와야만 할 것이다!"

왕은 다시 자기 모자를 들고 여전히 꿈을 꾸듯 사냥개를 몰아대는 사냥꾼 같은 표정과 어조로 말했다.

"좋다, 내 백성들아! 더욱 용감해져라! 저 가짜 영주들을 몰아내라! 끝까지 해치워라! 자, 어서! 저들을 약탈하고 목 매달고 노략질하라! 영주들아, 너희가 왕이 되려 한단 말인가? 백성들아, 어서!"

여기까지 말하고 왕은 갑자기 입을 다물었다. 목구멍까지 넘어온 말을 도로 삼키려는 듯 입술을 깨물며 주위에 둘러선 다섯 사람을 차례로 쏘아보았다. 그러다 갑자기 두 손으로 모자를 움켜쥐고 정면으로 모자를 노려보며 말했다.

"오, 내 머릿속에서 무슨 생각이 일어나고 있는지 네가 안다면 너를 불태워버리겠다!"

그러고는 자기 굴속으로 돌아오는 교활한 여우와 같은 조심스럽고 불안한 눈빛으로 주위를 둘러보며 말했다.

"어쨌든 좋소! 우선은 대법관을 구해야겠지. 하지만 지금 이곳엔 그렇게 많은 민중에 맞설 만큼의 군사가 없으니 어쩔 수 없이 내일까지 기다려야만 하오. 시테의 질서를 회복하고, 잡히는 자들은 남김없이 교수해버릴 것이오."

"그렇지만 폐하! 처음엔 경황이 없어 깜빡 잊었으나, 야경대가 낙오자 둘을 사로잡았습니다. 여기에 있으니 폐하께서 보실 수 있습니다."

쿠악티에가 말했다.

"물론, 보고말고! 어떻게 그런 것을 깜빡할 수가 있나? 얼빠진 놈아! 빨리 가라, 올리비에! 가서 이리 데려오너라!"

서둘러 밖으로 나간 올리비에는 잠시 후 친위대에 둘러싸인 포로 두 사람을 데리고 돌아왔다. 한 사나이는 술에 취하고 놀란 바보 같은 커다란 얼굴을 하고 있었다. 그는 누더기 차림에 무릎을 구부린 채 다리를 질질 끌며 걸어왔다. 두 번째는 창백한 얼굴에 미소를 짓고 있었는데 여러분이 이미 아는 얼굴이었다.

왕은 한동안 말없이 그들을 쳐다보다가 불쑥 첫 번째 사나이에게 말했다.

"이름이 뭐냐?"

"지에프루아 팽스부르드라고 합니다."

"직업은?"

"거지입니다."

"그 난동에 가담해서 넌 뭘 하려던 거냐?"

거지는 넋이 나간 사람처럼 멍한 표정으로 팔을 흔들면서 왕을 쳐다보았다. 그는 촛불 끄는 덮개 아래의 불과 같이 거의 캄캄하고 아무 생각도 없어 보일 만큼 잘못 생긴 두뇌의 소유자였다.

"모르겠는데요…… 그냥 사람들이 가기에 저도 따라갔지요."

"너는 대법관을 습격하여 약탈하려던 게 아니냐?"

"사람들이 누구네 집에서 뭘 훔치려 한다는 건 알았어요, 제가 아는 건 그뿐입니다."

한 병사가 그 거지에게서 압수한 낫 도끼를 앞에 내놓았다.

"이게 누구 것이냐?"

왕이 물었다.

"제 겁니다. 포도밭에서도 일하거든요."

"그럼 저 사내와 한패거리냐?"

루이 11세는 또 한 사람의 포로를 가리키며 물었다.

"아니요, 모르는 사람입니다."

"그만 됐다."

그러면서 왕은 문 옆에 잠자코 서 있는 인물에게 손가락으로 신호했다.

"트리스탕, 이놈은 너에게 맡긴다."

트리스탕 레르미트는 머리 숙여 절하고는 그 가련한 거지를 데려온 헌병에게 낮은 소리로 명령을 내렸다.

그사이 왕은 두 번째 포로에게 다가갔다. 그 포로는 구슬 같은 땀을 흘리고 있었다.

"이름이 뭐냐?"

"피에르 그랭구아르라고 합니다, 폐하."

"직업은?"

"철학자입니다, 폐하."

"무엄한 놈, 어찌 감히 내 친구인 대법관의 저택을 약탈하려 했느냐? 이런 민중의 동요를 어떻게 생각하느냐?"

"폐하, 저는 그 일과 무관하옵니다."

"뭐야? 이런 도둑놈! 넌 그 폭도들과 함께 있다가 붙잡힌 게 아니냐?"

"아닙니다, 폐하. 저는 운 나쁘게 걸린 것뿐입니다. 저는 비극을 쓰는 사람입니다. 제 말씀을 들어주십시오. 저는 시인이기도 합니다. 시인들은 우울증 때문에 주로 밤에 거리로 나갑니다. 저는 밤중에 마침 그곳을 지나고 있었을 뿐입니다. 참으로 우연이었지요. 그 자리에 있었다는 이유만으로 저를 체포한 것일 뿐 그 폭동과는 아무런 관계도 없습니다. 보시다시피 방금 그 거지도 저를 모르지 않습니까? 간절히 바라옵건대……."

"닥쳐라!"

왕은 약을 한 모금 마시다가 멈추고 말했다.

"넌 말이 많은 놈이로구나!"

트리스탕 레르미트가 다가와 그랭구아르를 가리키며 말했다.

"폐하, 이놈도 교수형으로 할까요?"

그가 처음으로 입을 열었다.

"흠! 나쁠 것 없지."

"그렇지 않습니다, 폐하!"

그랭구아르는 필사적으로 말했다.

그 순간 우리의 철학자 얼굴은 올리브보다도 더 새파랗게 변해버렸다. 그는 왕의 냉담하고 무관심한 얼굴을 보며 최후의 가장 비장한 것에 호소하는 수밖에 없다는 사실을 깨달았다.

"폐하! 폐하께서는 부디 한 번만 제 말씀에 귀를 기울여주십시오. 저와 같이 보잘것없는 것을 향해 천둥처럼 노여워하지 마십시오. 하느님의 위대한 벼락은 결코 양상추와 같은 작은 물체 위에는 떨어지지 않는 것입니다. 폐하, 폐하는 매우 존귀한 분이십니다. 부디 불쌍하고 정직한 인간에게 연민의 정을 베풀어주십시오. 얼음 조각에 불꽃이 튀기지 못하는 것처럼 저는 폭동을 선동하는 일 따위는 결코 할 수 없는 인간입니다. 지극히 인자하신 폐하, 인자하심이야말로 죽은 자와 군왕의 미덕입니다. 아, 가혹한 정치는 사람의 인심을 잃게 할 뿐입니다. 북풍이 불어와도 나그네의 외투를 벗기지 못하지만 태양은 그 빛으로 나그네를 녹이고 속옷 바람으로 만들 수가 있습니다. 폐하, 폐하는 태양이시옵니다. 감히 말씀드리건대, 최고 지배자이며 군주이신 폐하, 저는 결코 거지패도 도적패도 난동을 부리는 폭도도 아닙니다. 반란과 강도질은 아폴론의 도구가 아닙니다. 제가 폭도들의 무리 속에 뛰어드는 일 따위는 결코 없습니다. 저는 폐하의 충성스러운 신하입니다. 아내의 정조를 위하여 남편이 갖는 질투심, 아버지를 사랑하기 위하여 자식이 품는 효심, 이러한 것들을 착한 신하는 임금님의 영광을 위하여 가져야 하고, 자기 집에 대한 열성을 위하여, 자기 봉사의 증가를 위하여 노심초사하여야 합니다. 그를 열중케 하는 그 밖의 모든 정열은 발광에 불과합니다. 폐하, 이것이 국가에 대한 저의 신조입니다. 그러므로 팔꿈치가 닳은 저의 누더기를 보시고 폭도나 강도라고 판단하지 말아주소서. 만약 폐하께서 저를 용서해주신다면, 저는 무릎이 다 닳도록 폐하를 위하여 아침저녁으로 하느님께 기도드리겠습니다. 오호! 저는 사실 부자가 아닙니다. 오히려 가난한 편입니다. 그렇다고 해서 못돼빠지진 않았습니다. 가난한 건 제 탓이 아니지요. 문학에선 큰 부자가 나오지 않고, 훌륭한 책에 가장 정통한 자들이라 해서 반드시 겨울에 큰 불을 갖게 되지는 않는다는 건 누구나 다 아는 사실입니다. 엉터리 변호사질만이 곡식알을 모두 차지해버리고, 다른 학문적인 직업들에는 짚밖에 남겨놓지 않습니다. 철학자들의 구멍 뚫린 외투에 관한 훌륭한 속담이 수십 개가 있습니다. 오, 폐하! 인자함은 위대한 마음속을 밝혀줄 수 있는 유일한 빛입니다. 인자함은 다른 모든 미덕 앞에서 횃불을 들어줍니다. 그것이 없으면 하느님을 더듬어 찾는 소경들과 같습니다. 자비로움은 인자함과 같은 것으로, 신하들의 사랑을 얻게 하며, 신하들의 사랑은 군주의 몸에 가장 강력한 호위대가 되는 것입니다. 이 지상에 저처럼 가련한 사나이가 하나 더 있다 해도, 불행이 암흑 속에서 절벽거리는, 쑥 들어간 배 위에서 텅 빈 호주머니를 짤랑거리는, 가련하고 무고한 철학자가 하나 더 있다 해도, 용안이 빛나시는 폐하께 무슨 상관이겠습니까? 또한 폐하, 저는 문학자입니다. 위대한 임금님들은 문학을 보호함으로써 그들의 왕관에 구슬 하나를 더하여주는 것입니다. 헤라클레스는 '뮤즈의 인도자'라는 칭호를 무시하지 않았습니다. 마티야슈 코르뱅은 수학의 영광인 장 드 몽루아얄을 우대했습니다. 그런데 문학자를 교수대로 보내심은 문학을 보호하는 나쁜 방법입니다. 만약 알렉산드로스가 아리스토텔레스를 교수에 처했다면 그 자신에게 얼마나 오점이 되었겠습니까! 그런 행위는 명성 자자한 그의 얼굴에 애교 있는 점 하나가 아니라, 보기 흉한 종양 덩어리가 되고 말 것입니다. 폐하! 저는 플랑드르 공주와 지존하신 왕태자 전하를 위하여 매우 훌륭한 축혼시를 만든 적이 있습니다. 그것은 반란의 선동자가 할 일이 아닙니다. 폐하께서도 보셨듯이 저는 결코 변변치 못한 예술가가 아닙니다. 연구도 잘하였고, 웅변술도 타고났습니다. 저를 용서하여주십시오, 폐하. 성모 마리아께 착한 일을 하시는 것이 될 겁니다. 솔직히 말씀드려, 교수형을 받는다는 생각만으로도 저는 몹시 두려워하고 있습니다.”

그렇게 말하면서 비탄에 젖은 그랭구아르는 왕의 발끝에 입을 맞추었다.

기욤 랭은 코프놀에게 작은 소리로 말했다.

"저렇게 바닥에 엎드리는 건 잘하는 짓이지. 임금들이란 크레타 섬의 유피테르와 같아서 발에만 귀가 있거든."

그러자 옷장수는 크레타의 유피테르에는 관심 없는 듯 그랭구아르만을 뚫어지게 쳐다보며 무거운 미소를 지은 채 말했다.

"참 기분 좋은 일이구려! 마치 대법관인 위고네가 나에게 사면을 구하는 소리를 듣는 것 같소이다."

그랭구아르는 마침내 숨을 헐떡이며 겨우 입을 다물고 몸을 떨면서 왕을 향해 슬며시 고개를 우러렀다. 왕은 바지에 묻은 얼룩을 손톱으로 긁어내더니 은잔의 탕약을 마시기 시작했다. 그동안의 침묵이 그랭구아르에게는 천년같이 길게 느껴졌다. 왕은 마침내 그를 바라보며 말했다.

"아주 말이 많은 놈이로구나!"

그러고는 뒤에 있는 트리스탕 레르미트를 돌아보며 명령했다.

"좋아, 저놈은 놔줘라!"

그랭구아르는 너무 놀라 그만 뒤로 나동그라지고 말았다.

"석방이라고요?"

트리스탕이 투덜거렸다.

"그래도 잠시 우리에 쳐 넣어야 하지 않나요?"

"이보게, 저런 놈들을 위해서 내가 367리브르 8솔 3드니에나 들여서 우리를 만들었다고 생각하나? 저런 부랑자(루이 11세는 이 말을 좋아했는데 그것은 '우라질'이라는 말과 더불어 그의 쾌활한 성격의 바탕을 이루고 있었다)들은 두들겨 패서 얼른 내쫓아버려라!"

"어이구 십년감수했네! 참으로 위대하신 임금이십니다!"

그랭구아르는 이렇게 외쳤다.

그러고는 다시 취소라도 될까 봐 두려워하며 탐탁지 않아 하는 트리스탕이 열어주는 문으로 얼른 뛰어갔다. 병사들은 주먹을 휘두르며 그를 쫓아나갔다. 그랭구아르는 참된 금욕주의적 철학자답게 모든 것을 참아냈다.

대법관에 대한 반란 소식을 듣고 기분이 좋아진 왕은 여러 면에서 그 반응을 드러내고 있었다. 이러한 관용 역시 전례가 없는 것이었다. 트리스탕 레르미트는 구석에서 먹이를 보고도 놓쳐버린 개처럼 얼굴을 구기고 있었다.

그러는 동안 왕은 의자 팔걸이에 손가락으로 퐁 토드메르의 행진곡을 두들겨대고 있었다. 왕은 자신의 감정을 잘 드러내지 않는 편이었는데 특히 고통을 더 잘 감추었다. 반면 기쁨은 감추지 못하고 이렇게 밖으로 참을 수 없는 감정을 쉽게 드러내곤 했다. 이를테면, 샤를 르 테메레르 왕이 죽었을 때는 생 마르탱 드 투르 성당에 은 난간을 봉헌했고, 자신이 왕위에 오를 때는 부친의 장례식을 치르는 것조차 잊어버리고 명령을 내리지 않았다.

"그런데 폐하! 저를 찾으셨던 그 병환의 통증은 어찌되었습니까?"

자크 쿠악티에가 생각난 듯 왕에게 물었다.

"아 그렇지, 몹시 괴롭다오. 귀에서는 바람 소리가 끊이지 않고 이 심장은 누군가 불 갈퀴로 헤집는 것 같소!"

그러자 쿠악티에는 능숙한 표정으로 왕의 손목에서 맥을 짚어보았다.

"이보게, 코프놀."

랭이 작은 소리로 말했다.

"국왕은 지금 쿠악티에와 트리스탕 사이에 끼여 있구려. 궁중에 있는 신하들이란 저들이 전부인 것이나 다름없소. 의사는 왕을 위해서, 그리고 사형 집행인은 왕 이외의 사람들을 위해서 있는 거지."

국왕을 진맥하며 쿠악티에는 점점 근심스러운 표정을 지었다. 루이 11세도 걱정스러운 듯 그를 바라보았다. 그러는 동안에도 쿠악티에의 얼굴은 눈에 띄게 어두워지고 있었다. 그에게는 왕의 질병만이 훌륭한 경작지였다. 그래서 그는 그것을 최대한 이용하고 있었던 것이다.

"하, 이것 참……."

그는 근심스럽게 중얼거렸다.

"정말로 매우 위중하십니다……."

"그렇지?"

왕은 걱정스러운 듯 말했다.

"호흡이 곤란하고, 맥박도 급한데다가 시끄럽고 고르지 못합니다……."

의사는 계속해서 진단한 내용을 설명했다.

"우라질!"

"사흘도 못 가서 이것이 생명을 앗아갈 수도 있습니다."

"어이쿠! 그래, 치료 방법은 있나?"

왕이 물었다.

"지금 생각하는 중입니다, 폐하!"

이제 그는 루이 11세에게 혀를 내밀게 하여 들여다보며 고개를 젓고는 찌푸린 얼굴로 잠시 고민하는 듯하더니 불쑥 말을 꺼냈다.

"저, 폐하…… 긴히 드릴 말씀이 있습니다만, 교구 세리직 하나가 비어 있고 제게 조카 하나가 있습니다."

"그래? 그 자리를 자네 조카에게 주겠네! 그러니 어서 이 타는 듯한 가슴 속 불부터 꺼다오."

"폐하께서는 매우 관대하시니 드리는 말씀입니다만, 생 탕드레 데 자르크 거리에 짓고 있는 가옥의 공사 비용 약간을 보조하시는 것도 가능하시겠지요?"

"뭐야?"

왕이 말했다.

쿠악티에는 계속 말했다.

"제가 가진 것이 부족하여 공사에 어려움이 많습니다. 집을 지어도 지붕이 없다면 우스운 일 아니겠습니까? 집은 그저 단순하고 조촐하게 서민적으로 지었습니다. 그나마 벽을 장식하는 장 푸르보의 그림을 위해서 말입니다. 거기엔 공중을 나는 디아나의 그림 하나가 있는데 매우 훌륭하고 부드럽고 섬세하며 동작도 세밀할 뿐 아니라 그 머리에 쓴 반달도 매우 신비롭고 그 살갗이 어찌나 흰지! 그녀를 유심히 바라보는 사람들은 자신도 모르는 사이에 유혹을 느낄 정도랍니다. 또 케레스의 그림도 하나 있는데, 그 역시 매우 아름다운 여신입니다. 그녀는 밀 다발 위에 앉아 있고 선모(仙茅)와 그 밖의 꽃들을 섞어서 엮은 밀 이삭의 아리따운 화환을 쓰고 있습니다. 그 눈보다 더 사랑스럽고 그 다리보다 더 포동포동하고 그 자태보다 더 고상하고 그 치마보다 더 우아한 것은 어디에도 없을 겁니다. 그것은 이제까지 어떤 그림보다도 가장 순결하고 완전한 미인들의 모습입니다!"

"이런 고약한 놈! 그래서 뭘 어쩌자는 거냐?"

루이 11세가 중얼거렸다.

"그 그림들이 상하지 않도록 아무래도 지붕을 얹어야 할 것 같은데, 적은 돈이긴 하지만 수중에 돈이 한 푼도 없거든요."

"그 지붕을 올리는 데 얼마가 드느냐?"

"지붕은…… 그림이 들어간 금빛 동판으로 만들 것인데, 그래 봐야 2000리브르 정도입니다."

"이런 도둑놈 같으니라고!"

왕은 소리쳤다.

"네놈은 내게서 다이아몬드를 쏙쏙 뽑아먹을 작정이로구나!"

그러나 쿠악티에는 여전히 태연하게 말했다.

"폐하, 지붕은 어떻게 할까요?"

"좋아! 그러니 입 닥치고 내 병이나 고쳐다오."

자크 쿠악티에는 머리가 땅에 닿도록 허리를 숙여 절하고 말했다.

"폐하, 소염제를 쓰면 곧 회복되실 겁니다. 밀랍 연고와 아르메니아 진흙과 달걀 흰자위와 기름과 초를 혼합하여 폐하의 허리에 붙여드리겠습니다. 지금 드시는 탕약은 계속 드셔야 합니다. 그러면 폐하의 병환은 제가 책임지고 완쾌시켜드리겠습니다."

잘 타고 있는 양초는 단지 모기 한 마리를 끌어들이는 것으로 만족하지 않는다. 올리비에는 왕이 이처럼 너그러운 것을 보고 자신도 무언가 부탁할 좋은 기회라고 생각하여 한 걸음 다가갔다.

"폐하⋯⋯."

올리비에가 입을 열었다.

"자넨 또 뭔가?"

루이 11세가 말했다.

"폐하께서는 알고 계시겠지만, 시몽 라댕 나리가 얼마 전에 죽었습니다."

"그런데?"

"그는 국고 담당 국왕 보좌관이었습니다."

"그래서?"

"지금 그 자리가 비어 있는 상태입니다."

그러면서 올리비에의 거만한 얼굴은 건방진 표정이 사라지면서 점점 비굴한 표정으로 변해갔다. 그것은 왕을 섬기는 사람이 갖는 또 다른 얼굴이었다. 왕은 그를 쏘아보더니 냉랭하게 말했다.

"알고 있다."

그리고 왕은 말을 이었다.

"올리비에 경, 부시코 원수가 이런 말을 한 적이 있지. '하사품은 오로지 왕으로부터, 어부는 오로지 바다로부터'라고 말이야. 자네가 부시코와 같은 의견을 가졌다는 것을 잘 알고 있네. 내 얘기를 좀 들어보게, 나는 기억력이 무척 좋거든. 내가 68년에 자네를 나의 시종으로 삼았고, 69년에는 투르 주화 100리브르의 급료를 받는 퐁 드 생 클루 성의 관리자 자리에 앉혔어. 기억하나, 자네는 파리 주화로 받기를 원했지. 그리고 73년 11월에는 제르졸에서 사령장을 주어, 그대를 질베르 아클 대신 뱅센 숲의 관리자로 삼았어. 그후 75년에는 자크 를 메르 대신 루브레 레 생 클루 숲의 영주로 봉하였고, 78년에는 이중의 부전(附箋)을 붙여 녹색 밀납으로 봉인한 국왕의 사령장에 의해 생 제르맹 학교에 있는 시장을 관리하게 했다. 그럼으로써 자네와 자네 안사람에게 파리 주화 10리브르의 연금을 받게 하고 79년에는 저 불쌍한 장 데즈를 대신해서 그대에게 스나르 숲의 영주 자리를 주었고 그다음엔 로슈 성의 대장, 생 캉탱의 사령간, 퐁 드 밀랑의 대장을 시켜주어서 자네는 밀랑 백작으로 불리고 있지 않은가. 축제일에 면도해주는 이발사들이 내는 벌금 5솔 중에서 3솔은 자네에게 돌아가고 나는 그 나머지를 받을 뿐이야. 나는 '르 모베'[208]라는 자네의 성을 바꿔주려고도 했어. 그게 자네 모습과 너무나 닮았었거든. 74년에는 귀족들의 반대를 무릅쓰고 자네에게 공작새의 가슴처럼 화려한 온갖 빛깔의 문장을 하사했다. 제기랄! 그러고도 아직 자네는 뭐가 부족한가? 자네가 누리고 얻은 혜택은 그만하면 충분하지 않은가? 배는 그만하면 충분히 훌륭하고 풍족하지 않은가 말이야! 욕심껏 연어 한 마리를 더 채워 넣었다가 배가 뒤집힐까 봐 걱정되지도 않는가? 교만은 스스로를 파멸로 이끌게 마련이야. 그 뒤에는 몰락과 치욕만이 뒤따르게 되어 있네. 내 말을 잘 새겨듣고 가만히 있게나."

왕의 준엄한 꾸짖음에 올리비에의 오만한 태도에는 원망스런 표정이 떠올랐다.

"좋습니다."

그는 일부러 왕에게 들으라는 듯이 큰 소리로 중얼거렸다.

"오늘은 폐하께서 몹시 편찮으셔서 뭐든지 의사에게만 주시는구나."

그러나 루이 11세는 그런 발칙한 소리를 듣고도 화를 내지 않고 오히려 부드럽게 말을 이었다.

"아, 그렇지. 내가 잊은 게 하나 있구나. 내가 자네를 사신으로 삼아 마리 왕비가 있는 곳에 보냈었던 일 말이야. 암, 그렇고말고! 여러분!"

그러면서 왕은 플랑드르 사람들을 돌아보았다.

"이 친구가 나의 사신이었소. 그러니 여보게."

왕은 올리비에를 바라보며 말했다.

"우리는 오래된 친구 아닌가. 이제 밤도 많이 깊었으니 오늘은 그만하기로 하지. 내 수염이나 깎아주게."

여러분은 아마도 이 올리비에에게서 저 위대한 극작가이신 하느님의 섭리가 그토록 교묘하게 루이 11세의 길고 피비린내 나는 극 속에 섞어놓은 저 무서운 피가로의 모습을 발견할 수 있었으리라. 내가 굳이 여기서 저 기묘한 인물에 대해 더 설명할 생각은 없다. 그는 왕의 전속 이발사이면서 세 개의 이름으로 불리었다. 궁정에서 그는 예의 바르게도 '멋쟁이 올리비에'라 불렸고, 백성들 사이에서는 '악마 올리비에'로 불렸으나, 그의 진짜 이름은 '못된 이 올리비에'였다.

'못된 이 올리비에'는 왕에게 앙심을 품고 자크 쿠악티에를 흘끔거리며 꼼짝 않고 서 있었다.

"그래, 좋다! 어디 두고 보자, 의사 놈아!"

그는 입속으로 중얼거렸다.

"그럼 그렇지! 의사는 당연히 자네보다 믿을 만한 사람이지."

루이 11세는 이상하리만치 친절하게 말을 이었다.

"그야 뻔한 거 아닌가? 의사는 내 몸 전부를 살피고 책임지고 있지만 자네가 맡은 부분은 내 몸에서 턱뿐이잖은가? 그러니, 이 가련한 이발사야, 자네청을 들어줄 기회가 또 있을 테니 오늘은 실망하지 말게. 내가 만약에 힐페리히 1세처럼 한 손으로 자기 수염을 붙잡는 버릇이 있었다면 자네는 어떻게 되겠는가? 그러니 자네는 어서 할 일을 하게. 수염이나 얼른 깎게 가서 필요한 도구를 가져오게."

올리비에는 계속 웃는 왕을 보며 아무리 해도 왕을 화나게 할 수 없음을 알고 투덜거리면서도 명령을 따르기 위해 방을 나갔다.

왕은 자리에서 일어나 창가로 다가가더니 갑자기 매우 흥분된 모습으로 창문을 열었다.

"아, 그렇구나!"

그러면서 손뼉을 치며 외쳤다.

"정말로 시테의 하늘이 붉게 물들었구나. 대법관을 불태우는 모양이다! 틀림없어. 야, 정말 훌륭한 백성들이로다! 드디어 그대들이 나를 도와 영주권을 타도하는구나!"

그러면서 플랑드르 사람들을 돌아보며 말했다.

"여러분도 와서 보시겠소. 저 붉은 하늘은 불 때문이 아니겠소?"

두 사람이 다가가 창을 내다보다가 기욤 랭이 말했다.

"큰불인 듯합니다."

"와! 저 광경을 보니 앵베르쿠르 영주의 집이 불타던 때가 생각납니다. 틀림없이 큰 반란이 일어나고 있을 겁니다."

이렇게 덧붙이는 코프놀의 눈빛이 반짝거렸다.

"그렇소? 코프놀 나리?"

이렇게 말하는 루이 11세의 눈빛도 의류 상인 코프놀처럼 기쁨으로 반짝였다.

"저것을 막기도 쉽지 않겠지?"

"그렇습니다, 폐하. 몇 중대의 군사를 보내도 모자랄 겁니다."

"사실, 그렇지 않아요! 정말로 내가 원한다면 말이오……."

왕이 말하자 옷장수가 대담하게도 대꾸했다.

"만약 저 폭동이 제 추측대로라면 폐하께서 아무리 수를 써도 어려울 듯합니다."

"여보게, 내 친위대 2개 중대와 세르팡틴 대포만 있으면 저 정도 천민 떼거지들은 얼마든지 해치울 수 있어."

옷장수는 기욤 랭이 몇 번이나 신호를 하는데도 불구하고 끝까지 왕에게 맞서고 있었다.

"폐하, 스위스 용병들도 저런 정도였습니다. 하지만 부르고뉴 공작은 큰 귀족이어서 그들을 깔보고 무시했습니다. 그가 그랑종 전투에서 이렇게 외쳤지요. '포병들아 저 천민들에게 발포하라!' 그러면서 욕설을 퍼부었습니다. 하지만 수석 사법관 샤르나흐탈은 곤봉을 휘두르며 부하를 데리고 공작에게 덤벼들었고, 부르고뉴의 무공 혁혁한 군대도 물소가죽을 쓴 농민들과 부딪쳐서는 조약돌에 맞은 유리창처럼 산산이 부서져버렸던 겁니다. 수많은 말들이 그들에게 죽임을 당하고 부르고뉴의 최대 영주였던 드 샤토기용 씨도 그 커다란 회색 말과 함께 어느 습지의 풀밭에 시체로 남겨졌지요."

"여보게, 그건 전쟁 얘기가 아닌가. 지금 이건 폭동이란 말이야. 그러니 이런 정도쯤은 내가 눈살을 한 번만 찌푸려도 몽땅 쓸어버릴 수가 있다니까."

상대방은 무심하게 대꾸했다.

"그럴지도 모르지요. 하지만 폐하, 그건 민중들에게 이른바 '때'가 아직 되지 않았을 때의 얘기입니다."

기욤 랭은 더 이상 두고 볼 수가 없어서 참견해야겠다고 생각했다.

"코프놀 씨, 자네는 지금 강대한 힘을 지니신 국왕 폐하께 말씀을 드리고 있는 것이라오."

"나도 잘 알고 있어요."

코프놀이 정색하고 말했다.

"그냥 두게, 랭 씨."

왕이 말했다.

"나도 이렇게 꾸밈없이 솔직하게 말하는 걸 좋아하네. 부친이셨던 샤를 7세는 진실은 병들었다고 말씀하셨소. 나도 진실은 죽었고 고해신부조차 찾지 못했다고 믿었소. 그런데 코프놀 씨가 내 생각이 잘못됐다는 걸 알려주시는구려."

그리고 왕은 코프놀의 어깨 위에 손을 얹었다.

"아, 자크 나리, 좀 전에 뭐라고 했었소?"

"아마 폐하의 말씀이 옳을지도 모르겠습니다. 제 말씀은 민중들에게 아직 때가 오지 않았다고 했습니다."

루이 11세는 그를 뚫어보는 듯한 시선으로 가만히 바라보았다.

"그래, 그때는 언제 오는가?"

"폐하께서도 그 종소리를 들으실 수 있을 것입니다."

"어느 시계가 울리는가?"

코프놀은 침착한 태도로 왕을 창가로 이끌며 말했다.

"들어보세요, 폐하! 여기에는 주루나 종루는 물론이고 대포도 시민도 군사도 있습니다. 종루의 종이 울려 퍼지고 대포 소리가 울리고, 주루가 굉음을 내며 무너지고 시민이나 군사들이 신음하고 서로 죽일 때, 그때가 바로 종이 울리는 순간입니다."

그러자 왕의 얼굴이 이내 망연한 듯 침울해지고 있었다. 한동안 아무 말 없이 그렇게 있다가 왕은 다시금 말의 엉덩이를 어루만지듯 주루의 두꺼운 벽을 손으로 쓰다듬었다.

"아니! 결코 그렇지 않을 것이다! 나의 바스티유, 너는 그렇게 쉽게 무너지지는 않겠지?" 왕은 이렇게 말하고는 고개를 휙 돌려 대담한 플랑드르인을 돌아보며 물었다.

"자크 나리, 자네는 지금까지 반란이 일어난 것을 직접 본 적이 있는가?"

"그보다, 제가 직접 반란을 일으켰었습니다."

옷장수 코프놀이 대답했다.

"그래, 반란은 어떻게 일으키는가?"

왕이 물었다.

"그것은 별로 어려운 일이 아닙니다. 방법은 여러 가지입니다만 첫 번째로, 시민들로 하여금 불만을 품게 해야 합니다. 원래 시민들은 세금이라든가 여러 가지 면에서 불만이 있게 마련이니 그건 어려운 일이 아니지요. 그 다음으로, 시민들의 성격이 중요합니다. 강의 시민들은 반란에 적합합니다. 그들은 군주의 자식은 좋아하지만 군주는 결코 좋아하지 않습니다. 그런데 어느 날 아침이었지요, 아마. 사람들이 제 가게에 들어와서 이런 얘기를 했습니다. '코프놀 씨, 이러저러한 일이 있었는데, 플랑드르의 왕비 마마가 대신을 구출하려 하고 있어요' 하고 말이지요. 저는 가게 일도 팽개치고 거리로 뛰쳐나갔습니다. 그리고 '공격하라!' 하고 외쳤지요. 그런 일이 벌어지는 거리에는 빈 술통 같은 것이 뒹굴게 마련이라, 저는 그 위로 올라가서 생각나는 대로, 마음속에 품고 있던 불만사항을 떠벌렸습니다. 평민의 입장에서는 누구나 가슴속에 크고 작은 불만들이 쌓이게 마련입니다, 폐하. 제가 떠드는 소리를 듣고 사람들이 순식간에 주위로 몰려들어 함성을 지르고 경종을 울리거나 병사들의 무기를 빼앗아 무장을 하고, 시장 사람들도 가담하여 폭동이 시작되었습니다. 영지에 영주가 있고 시에 시민이 있고 시골에 농민이 있는 한 그것은 언제나 그럴 것입니다, 폐하."

"그런데 그런 반란은 누구에 반대해서 일으키는 것인가?"

왕이 물었다.

"대법관에 대해서였는가, 아니면 영주들에 대해서였는가?"

"그것은 경우에 따라 달라지지요. 대법관이나 영주는 물론 공작에 대해서도 반란을 일으키는 경우가 있습니다, 폐하."

루이 11세는 자기 자리로 돌아가 앉아 미소를 띠우며 말했다.

"아, 그러고 보니 여기서는 아직 대법관에 대한 반란이로구먼."

그때 마침 올리비에가 돌아왔다. 그의 뒤에는 왕의 화장도구를 든 시동 둘이 따르고 있었다. 루이 11세는 그를 보다가 깜짝 놀랐는데, 올리비에 뒤로는 시동들 말고도 파리 시장과 야경 기마대장이 따라오고 있었기 때문이다. 그들의 얼굴은 몹시 당황한 표정이었으며 자신의 청을 거절한 왕에게 앙심을 품은 이발사 역시 당황한 기색이었으나 속으로는 은근히 좋아하는 듯했다. 그가 입을 열었다.

"폐하, 좋지 못한 소식을 알려드리게 되어 황공하옵니다만……."

그 소리에 왕은 황급히 돌아보다가 앉아 있던 의자 다리로 바닥의 돗자리를 벗기고 말았다.

"무슨 일이냐?"

"폐하."

올리비에는 왕에게 가히 심한 타격을 줄 수 있게 된 것이 매우 기쁜 듯 심술궂은 얼굴로 말을 이었다.

"이번에 일어난 폭동은 대법관을 겨냥한 것이 아니랍니다."

"그럼 누가 목표란 말이냐?"

"그것은 폐하를 겨냥한 것입니다."

갑자기 늙은 임금은 청년처럼 벌떡 일어섰다.

"이유를 대라, 올리비에! 그 이유를 말해라! 그리고 네 머리를 잘 지키도록 해라. 생 로의 십자가에 대고 맹세하건대, 만약에 네가 한 말이 거짓이라면 뤽상부르 공의 목을 벤 칼이 네 목을 자를 수 없을 만큼 무뎌지지 않았다는 것을 보게 될 것이다!"

맹세는 무시무시했다. 루이 11세가 생 로의 십자가에 대고 맹세한 일은 평생 두 번뿐이었다.

올리비에는 대답하려고 입을 열었다.

"폐하……."

"무릎을 꿇어라!"

왕은 매몰차게 그의 말을 가로막으며 엄하게 소리쳤다.

"트리스탕, 이자를 잘 감시하라!"

올리비에는 시키는 대로 무릎을 꿇고 냉정하게 다시 입을 열었다.

"폐하, 마녀 하나가 재판소에서 사형 선고를 받은 일이 있습니다. 그런데 그 마녀가 노트르담으로 피신하여 있는데, 민중들이 그녀를 그곳에서 빼내려고 하였습니다. 그 폭동 현장에 있던 헌병대장과 야경대장이 와 있으니 물어보시면 제 말이 거짓인지 아닌지 금방 아실 것입니다. 폭동을 일으킨 자들이 둘러싸고 있는 것은 노트르담입니다, 폐하."

"그래?"

왕의 얼굴은 분노로 파랗게 질려서 온몸을 부들부들 떨며 낮은 목소리로 말했다.

"노트르담을! 그놈들이 우리 거룩한 마리아의 대성당인 노트르담을 포위하고 공격하고 있단 말이지! 일어서라, 올리비에! 네 말이 옳다. 네게 시몽 라댕의 자리를 주겠다. 네 말대로 놈들이 나를 공격하는 것이다. 그 마녀는 그 성당의 보호 아래 있으며 그 성당은 나의 보호 아래 있으니 말이다. 내가 대법관의 일이라고 생각했었다니! 이건 나에 대한 반역이다!"

크게 노한 왕은 오히려 활력을 되찾은 듯 성큼성큼 방 안을 돌아다녔다. 더 이상 웃음이 보이지 않는 왕의 얼굴은 무시무시했다. 여우는 하이에나로 변해 있었다. 그는 이리저리 왔다 갔다 할 뿐, 숨이 막혀 말을 하지 못하는 것 같았다. 입술이 실룩거리고 앙상한 주먹은 부들부들 떨렸다. 그러다 별안간 고개를 들었는데, 퀭하니 들어간 눈에 번개 같은 광채가 번쩍이며 목소리는 나팔처럼 울려 퍼졌다.

“모두 쳐부숴라, 트리스탕! 나에게 반역하는 놈들은 모두 잡아 죽여라! 가라, 트리스탕! 죽여라, 죽여!”

화산이 폭발하듯 이렇게 쏟아낸 뒤에 왕은 다시 자리에 앉아 냉정을 되찾으려 애쓰는 노여운 어조로 말했다.

“이리 오너라, 트리스탕! 이 바스티유에는 지프 자작의 창기병 오십 명이 있으니 기병 삼백 명에 해당한다. 그들을 네가 데리고 가라. 그리고 샤토페르의 왕실 친위대 중대가 있으니 그들도 함께 데리고 가라. 너는 기마 헌병 대장이니 부하들도 데리고 가거라. 생 폴 저택에는 황태자의 호위 친위대가 사십 명 있으니 그들도 모두 네가 거느리고 노트르담으로 가라. 아, 파리의 천민들아, 너희들은 프랑스 왕권에 도전하고, 노트르담의 신성을 모독하고 이 나라의 평화를 뒤흔들려 하는구나! 저항하는 놈들은 하나도 남김없이 죽여버려라, 트리스탕! 모조리 잡아서 몽포콩의 형장으로 보내버려라!”

트리스탕은 머리를 숙이며 대답했다.

“분부대로 하겠습니다, 폐하!”

그는 잠시 후 물었다.

“그런데 마녀는 어떻게 할까요, 폐하?”

왕은 잠시 생각하다가 대답했다.

“아, 그 마녀 말이구나! 데스투트빌, 민중은 그 여자를 어떻게 할 생각이라던가?”

파리 시장이 대답했다.

“폐하, 민중들이 그 여자를 노트르담에서 끌어내려는 것은 그 여자가 벌을 충분히 받지 않은 데 대한 분노 때문이라고 생각됩니다. 하여, 그 여자의 목을 매달고자 하는 것으로 보입니다.”

시장의 대답에 왕은 고심하는 듯하더니, 트리스탕 레르미트에게 말했다.

“좋다! 폭동을 일으킨 자들을 몰살한 다음, 그 마녀도 교수형에 처하라!”

"옳거니."

뒤쪽에서 지켜보던 랭이 코프놀에게 나지막한 소리로 말했다.

"민중들의 요구를 들어주는 동시에 그런 요구를 한 민중들도 벌을 받게 되는구먼."

"알겠습니다, 폐하."

트리스탕이 대답했다.

"그런데 만약 마녀가 아직 노트르담 안에 있다면 성역을 침범해야 그녀를 잡을 수 있는데, 그렇게라도 해야 할까요?"

"제기랄, 성역이라고?"

왕은 귓바퀴를 긁어대며 중얼거렸다.

"할 수 없지, 그 여자는 교수형에 처해야 되니까."

이렇게 말한 왕은 무슨 생각이 난 듯, 의자 앞에서 무릎을 꿇고는 모자를 벗어 자리에 놓고서 모자에 달려 있는 납으로 만든 부적 하나를 경건하게 바라보며 두 손을 모아 중얼거렸다.

"오! 파리의 노트르담이여, 자애로우신 저의 수호성인이여, 저를 용서하십시오. 두 번 다시 이런 일은 없을 것입니다. 저 죄인을 벌하지 않으면 안 되겠습니다. 성모 마리아여, 저의 주님이시여, 그 마녀는 당신의 자비 깊은 보호를 받을 자격이 없습니다. 성모 마리아여, 당신도 알고 계시듯, 매우 신앙심 두터운 수많은 사람들이 하느님의 영광과 국가의 필요를 위해 성당의 특권을 넘어선 적이 있었습니다. 영국의 주교인 성 위그는 에드워드 왕에게 자기 성당 안에서 마술사 하나를 잡아가는 것을 허락했습니다. 저의 주인이신 프랑스의 생 루이 왕 역시 같은 목적으로 성 바울로 성당을 침범하였고 예루살렘의 왕자인 알퐁스 씨는 성묘의 성당마저도 침범하였나이다. 그러하오니 이번에 제가 파리의 노트르담을 침범하는 것을 용서하여주소서. 이런 일은 두 번 다시 없을 것입니다. 그리고 지난해에 에쿠이의 노트르담에 바친 것과 같은 아름다운 은 조상을 당신께 바치겠습니다, 아멘!"

그는 가슴에 성호를 긋고, 다시 일어나 모자를 쓰고 트리스탕에게 말했다.

"어서 서둘러라! 드 샤토페르도 함께 가도록 해라. 경종을 울리고 폭도들을 무찔러라. 마녀를 교수형에 처하되 그 집행 역시 네가 책임지고 해주길 바란다. 그 결과도 내게 직접 보고하라. 자, 올리비에, 나는 오늘 밤엔 자지 않을 테니 수염을 밀어다오."

트리스탕 레르미트는 고개를 숙이고 밖으로 나갔다. 다음으로 왕은 랭과 코프놀에게 물러가도록 신호를 하며 말했다.

"하느님의 가호가 그대들에게 있기를. 플랑드르 친구들, 가서 조금 휴식을 취하시오. 밤도 깊어 곧 날이 밝겠구려."

두 사람은 바스티유 수비대장의 인도를 받으며 자기들 방으로 돌아갔다. 방으로 들어가자마자 코프놀이 랭에게 말했다.

"쳇, 기침만 해대는 왕에겐 난 질렸소. 주정뱅이 샤를 드 부르고뉴도 봤지만 저 병든 루이 11세만큼 괴팍하지는 않았소."

"여봐요, 자크. 포도주가 탕약보다 왕들에게 덜 해롭기 때문이 아니겠소."

chapter 6

바그노의 작은 불꽃

바스티유를 나온 그랭구아르는 달리는 말처럼 생 탕투안 거리를 향해 내달렸다. 보두아예 문에 이르러 광장 한가운데 서 있는 돌 십자가를 향해 걸어갔는데, 그 십자가의 돌계단 위에 앉아 있는 검은 옷에 검은 두건을 쓴 사나이를 알아보고 그러는 것 같았다.

"선생님이십니까?"

그랭구아르가 사나이를 향해 말했다.

그러자 검은 옷의 사나이가 자리에서 일어서며 말했다.

"야, 이 나쁜 자식아! 내 속을 새까맣게 태울 생각이냐, 그랭구아르. 생 제르베 탑 위의 사나이가 조금 전에 새벽 1시 반을 알렸단 말이다."

"아, 그건 제 탓이 아니에요. 야경대와 루이 11세 때문이에요. 겨우겨우 목숨을 부지하고 위험에서 벗어났다고요. 늘 목이 달랑달랑한 게 제 팔자인가 봐요!"

"넌 늘 일을 그르치는구나. 잔소리 말고 어서 가자. 암호는 알고 있겠지?"

상대방이 말했다.

"상상해보세요, 제가 루이 11세를 만나고 오는 길이에요. 그분은 비로드 바지를 입고 계시더군요. 정말 간이 콩알만 해질 만한 모험이었어요."

"아, 무슨 쓸데없는 소리가 그렇게 많은가? 자네가 어떤 모험을 하든지 말든지 그게 내게 무슨 상관이냐? 입 닥치고, 거지들의 암호나 대란 말이다."

"알고말고요. 걱정 마세요. '바그노의 작은 불꽃'이에요."

"좋다, 안 그러면 성당 안으로 들어갈 수가 없잖아. 수많은 거지들이 거리를 다 막고 있어. 다행스럽게 그놈들이 저항을 받고 있는 것 같으니 아직 안 늦었을 수도 있어."

"네. 그런데 노트르담엔 어떻게 들어가죠?"

"나한테 종탑 열쇠가 있다."

"나올 때는요?"

"수도원 뒤에, 테랭 쪽으로 나 있는 문이 하나 있다. 거기서 강 쪽으로 나갈 수 있다. 그 열쇠를 집어 왔지. 오늘 아침엔 그쪽에 배도 한 척 매놓았단 말이야."

"전 정말 죽을 뻔했어요!"

그랭구아르는 다시 그 말을 꺼냈다.

"얼른 가자!"

사나이는 말했다.

두 사람은 시테를 향해서 서둘러 걸음을 옮겼다.

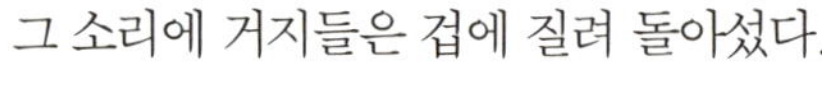

chapter 7

샤토페르의 구원병이 출동하다!

여러분은 아마 카지모도가 어떤 위기 상태에 있었는지 기억할 것이다. 그 씩씩한 귀머거리는 사기를 완전히 잃은 것은 아니지만, 사방의 적에게 둘러싸인 채 자기 자신이 아닌(그는 자기 걱정은 하지 않고 있었다) 그 집시 여자를 구출하려는 희망을 모두 잃어버리고 있었다. 그는 정신없이 회랑 위를 뛰어다녔다. 노트르담은 이제 당장이라도 거지들에게 점령당할 상황이었다. 그때 갑자기 말발굽 소리가 요란하다 싶더니 횃불의 행렬과 전속력으로 내닫는 기마부대의 대열이 엄청난 소리를 내며 태풍처럼 광장으로 밀려들어왔다. 프랑스! 프랑스! 천민들을 무찔러라! 샤토페르의 구원병이 출동했다! 헌병대다! 헌병대다!

그 소리에 거지들은 겁에 질려 돌아섰다.

카지모도의 귀에는 그 소리가 들리지 않았으나, 번쩍이는 칼날과 횃불과 창들의 날카로운 촉을 비롯한 기마대 전체를 알아볼 수 있었다. 그리고 그 선두에 선 사람이 다름 아닌 중대장 푀부스라는 것도 알아보았다. 또한 그 대단한 위용에 놀란 거지들이 혼란에 빠져 허둥거리다 놀라 자빠지고 몹시 당황하는 것을 보았다. 카지모도는 이 뜻밖의 구원에 힘을 얻어 이미 회랑으

로 발을 들여놓은 공격군들을 다시 성당 밖으로 밀어 내던지기 시작했다.

그것은 정말로 급습해온 왕의 군대였던 것이다.

그러나 거지들은 만만찮게 필사적으로 저항했다. 생 피에 로 뵈 거리에서는 측면 공격을 받고, 성당 앞뜰의 거리 사이에 끼여 후면 공격을 받으면서 그들은 자신들이 여전히 포위하고 있는 노트르담 성당으로 밀리고 있었다. 노트르담에서는 카지모도가 선전하고 있었다. 결국 그들은 포위자인 동시에 포위를 당하고 있는 셈이었다. 이는 훗날, 1604년의 저 유명한 토리노 포위전 당시, 앙리 다르쿠르 백작이 자신이 포위하고 있는 토마 드 사부아 공작과 그를 봉쇄하고 있는 르가네즈 후작 사이에서, 그의 묘비명이 말하고 있듯이, '포위자인 동시에 포위당한 자'로서 다시 빠지게 되었던 그런 이상야릇한 처지가 된 것이었다.

거지들과 왕의 군대와의 결투는 무시무시했다. P. 마티외의 말마따나 그것은 늑대의 살을 물어뜯는 개의 이빨 격이었다. 국왕의 기병들 한복판에서는 퇴부스 드 샤토페르가 닥치는 대로 칼로 베며 용감히 싸우고 있었다. 가차 없이 무찔러대고 쳐서 죽지 않으면 베어서 죽였다. 거지들은 왕의 군대에 비하면 무장이 충분하지 않았는데도 입에 거품을 물고 필사적으로 덤벼들었다. 여자도 남자도 어린애도 가릴 것 없이 모두들 말 엉덩이나 가슴팍에 덤벼들어 고양이처럼 물어뜯거나 손톱 발톱으로 매달렸다. 또한 사수들의 얼굴을 횃불로 후려치거나 기사의 목에 쇠갈퀴를 걸어 끌어당기기도 했다. 그들은 쓰러진 자들을 갈가리 찢어 죽이고 있었다. 그들 중에 번쩍번쩍 빛나는 커다란 낫 한 자루를 들고 말의 다리만 베어 넘어뜨리는 자가 눈에 띄었다. 그는 콧노래를 부르며 쉴 새 없이 낫을 던졌다 당겼다 하고 있었는데 그때마다 주위에는 동강 난 다리들이 쌓여갔다. 그는 침착하고 여유 있게 밀밭을 베는 농부처럼 머리를 흔들고 숨을 고르며 기병들이 밀집한 곳을 찾아 조용히 돌진해 갔다. 그는 바로 클로팽 트루이유푸였다. 그러나 그는 곧바로 이어진 화승총의 사격에 쓰러져버렸다.

그러는 사이에 집집마다 창문이 다시 열렸다. 부근에 사는 사람들은 왕의 군대가 지르는 고함 소리를 듣고 창턱에서 거지들을 향해 총격을 퍼부었다. 성당 광장은 연기로 가득해졌고 그 가운데 일제사격의 총화가 빗발치듯 했다. 그 연기 속에 노트르담의 정면 현관이 희미하게 떠오르고 역시 희미하게 보이는 낡은 파리 시립병원의 지붕 위에서 핏기 없는 환자들이 그 광경을 내려다보고 있었다.

마침내 거지들은 왕의 군대 앞에 무릎을 꿇었다. 피로와 무기의 부족과 갑작스런 공격에 대한 두려움, 그리고 주변 집들의 창문들에서 쏟아진 총알 세례와 군사들의 격렬한 공격 등 모든 것이 그들의 사기를 꺾어놓았다. 그들은 포위망을 뚫고 뿔뿔이 흩어져 달아나기 시작했다. 그들이 사라진 성당 앞뜰에 엄청난 시체를 남겨놓은 채.

카지모도는 잠시도 쉬지 않았는데 드디어 적들이 도망치는 것을 보자 털썩 무릎을 꿇고 앉아 두 손을 하늘까지 쳐들고 감사의 기도를 드렸다. 그리고 기쁨에 취해 지금까지 용감하게 싸워 적이 침입하지 못하게 필사적으로 막았던 독방으로 새처럼 재빨리 뛰어올랐다. 이제 그에게는 한 가지 생각밖에 없었다. 그것은 자신이 또다시 생명을 구해준 바로 그 여인 앞에 가서 무릎을 꿇는 것이었다.

그가 한달음에 독방으로 달려갔을 때, 방은 이미 텅 비어 있었다.

제 11 부

chapter 1

조그만 신발 한 짝

거지들이 대성당을 공격하고 있을 때, 에스메랄다는 잠들어 있었다.

그러나 얼마 지나지 않아 건물 주위에서 시시각각으로 커져가는 소음과 그녀보다 먼저 잠을 깬 염소가 불안하게 우는 소리에 그녀도 잠을 깼다. 그녀는 이불 위에 앉아서 밖의 소리에 귀를 기울이다가 불빛과 요란한 소리에 겁에 질려 방 밖으로 나가보았다. 광장에서 일어나는 광경이며, 그곳에 움직이며 돌아다니는 환영, 야습의 혼란, 어둠 속에 희미하게 개구리들처럼 뛰어다니는 끔찍한 군중들을 그녀는 보았다. 목쉰 군중들의 개구리 울음 같은 소리, 안개 낀 늪의 수면을 달리는 도깨비불처럼 흔들리는 몇 개의 횃불들도 보았다. 그러한 모든 광경이 그녀에게는 마치 마녀들이 벌이는 향연의 환영과 성당 안의 석조 괴물들 사이에 벌어진 괴이한 싸움처럼 보였다. 그녀는 어릴 때부터 집시족의 미신에 젖어 있었으므로 불현듯 떠오른 생각은 밤중에만 나온다는 괴물들이 마술을 부리고 있는 것을 본 것이 아닌가 하는 것이었다. 거기까지 생각이 미치자 그녀는 겁에 질려 자기 방으로 뛰어 들어가 그보다 덜 무서운 악몽을 꾸는 것이 낫겠다고 생각하며 잠을 청했다.

조금씩 처음보다는 공포감이 사라졌으나 끊임없이 커져가는 소음과 그밖의 여러 가지 현실적인 표적으로 그녀는 자기가 유령들이 아니라 인간들에게 포위되어 있음을 깨달았다. 그녀는 자신을 은신처에서 끌어내기 위한 민중들의 폭동일 거라고 짐작했다. 다시 한 번 목숨을 잃게 되는가 하는 생각, 희망, 항상 자기의 미래 속에 어렴풋이 그려보던 퓌부스, 자기의 무력함에 대한 완전한 허망감, 달아날 길이 완전히 막혀버렸다는 생각, 망각과 고립무원에 빠져 있는 신세, 이러한 생각들이며 그 밖의 오만 가지 생각으로 허탈감에 빠져 있었다. 그녀는 무릎을 꿇고 머리를 침대에 처박고, 두 손을 머리 위로 맞잡고, 불안과 전율에 가득 차서, 비록 집시 여자로서 우상숭배의 이교도이기는 하지만, 흐느끼면서 기독교의 하느님에게 용서를 빌고 은신처의 여주인인 성모 마리아에게 기도를 올리기 시작했다. 사람이란 아무것도 믿지 않는다 할지라도, 살다 보면 바로 가까이에 있는 신전의 종교에 다소간 속하는 때가 있게 마련이기 때문이다.

그녀는 한참 동안 엎드려 있었다. 사실 기도한다기보다는 오히려 부들부들 떨면서 시시각각 미친 듯이 날뛰는 군중의 거친 숨결에 두려워하며 마음 졸이고 있었던 것이다. 그녀는 왜 그렇게 사람들이 날뛰는지 전혀 알지 못했고, 무엇이 계획되고 있는지, 무엇을 하는지, 무엇을 바라는지에 대해서도 조금도 알지 못했는데, 다만 무서운 일이 일어날 것 같은 예감만이 들었을 뿐이었다.

그때, 그녀의 방 쪽으로 누군가 걸어오는 발소리가 들렸다. 뒤를 돌아보니 두 사람이 안으로 들어섰다. 그중 한사람은 초롱불을 들고 있었다. 그녀가 가냘픈 비명을 질렀다.

"두려워하지 말아요."

한 목소리가 말했는데 낯익은 목소리였다.

"나요."

"누구세요?"

그녀가 물었다.

“나요, 피에르 그랭구아르.”

그제야 그녀는 안도의 숨을 내쉬었다. 그녀가 쳐다보니 아닌 게 아니라 정말로 시인이 서 있었다. 그러나 그 옆에는 또 한 사람이 발끝까지 시커먼 복장을 하고 서 있었다. 그를 본 그녀는 말문이 막혔다.

“아, 당신보다 잘리가 먼저 나를 알아보는군!”

그랭구아르가 그녀를 나무라는 투로 말했다.

정말로 염소는 그랭구아르가 이름을 대기도 전에 먼저 그에게 다가가 무릎에 몸을 비비면서 털갈이 중인 제 하얀 털을 듬뿍 묻혀놓았던 것이다. 그랭구아르도 염소를 다정하게 어루만져주었다.

“옆에 저 사람은 누구예요?”

집시 처녀가 작은 소리로 물었다.

“걱정 말아요, 내 친구예요.”

그랭구아르가 대답했다.

그리고 철학자는 초롱불을 바닥에 내려놓고 주저앉아 잘리를 팔에 안고 기쁜 듯 외쳤다.

“아, 정말 사랑스러운 짐승이야. 크지는 않지만 예쁘고 영리하고 민첩하고 문법학자처럼 유식하니 말이야! 어때, 잘리야 그 귀여운 재주를 잊어버린 건 아니겠지? 자크 샤르몰뤼 나리는 어떤 사람이었지?”

검은 옷의 사나이는 그랭구아르의 말을 가로막으며 어깨를 거칠게 잡았다. 그랭구아르는 일어서며 말했다.

“아차 그렇지, 지금 이럴 때가 아니지. 하지만 그렇게까지 서두를 필요도 없잖아요? 에스메랄다, 지금 당신 목숨이 위태로워요. 잘리도 마찬가지예요. 사람들이 당신을 다시 잡아가려고 하거든요. 우리는 당신 편이오, 우리가 당신을 구출하러 온 거요. 어서 우리와 함께 갑시다.”

그가 말했다.

"어머, 정말이에요?"

그녀는 깜짝 놀라 외쳤다.

"그래요, 정말이에요. 그러니 어서 갑시다."

"아…… 알았어요. 그런데 당신 친구는 왜 아무 말도 없으시죠?"

그녀가 더듬거리며 물었다.

"그건, 이 친구의 부모님이 좀 괴팍스러우셔서 이 친구를 과묵하게 만들었기 때문이죠."

그녀는 그 설명에 만족해야 했다. 그랭구아르는 그녀의 손을 잡고 동행한 사나이는 등불을 들고 앞장섰다. 그녀는 몹시 겁에 질려 얼이 빠진 상태로 그가 이끄는 대로 따를 뿐이었다. 염소는 팔짝팔짝 뛰면서 그들을 뒤따랐는데 그랭구아르를 다시 본 것이 기뻐서인지 그의 발 사이로 뿔을 디밀었다가 몇 번이고 그를 비틀거리게 했다.

"이런 게 인생이지."

철학자는 쓰러질 뻔할 때마다 이렇게 말했다.

"우리를 넘어뜨리는 건 항상 가장 친한 친구들이지!"

그들은 서둘러 종탑의 계단을 내려가 성당을 가로질러 포르트 루주 문을 통해 수도원 마당으로 나갔다. 성당은 칠흑처럼 캄캄하여 사람 그림자도 보이지 않았고 소동이 울려 퍼진 외부와는 무서운 대조를 이루고 있었다. 참사원들은 수도원을 버리고 주교관에서 함께 기도를 드리기 위해 달아나버린 뒤였다. 마당은 텅 비고 놀란 하인들 몇이 어두운 마당 구석에 모여 앉아 있었다. 세 사람은 테랭 쪽으로 난 문을 향해 걸어갔다. 검은 옷의 사나이가 열쇠를 꺼내 문을 열었다. 여러분도 알다시피, 테랭은 시테 쪽이 담으로 둘러싸인 하나의 가늘고 긴 땅으로, 노트르담의 주교좌에 속해 있고 동쪽으로는 성당의 뒤쪽 섬에서 끝나 있었다. 여기도 역시 사람의 그림자조차 보이지 않았다. 거지들이 공격해 오는 소음도 여기에서는 덜 시끄럽게 들렸다.

바스티유 감옥

그랑 샤틀레 감옥에는 출입문이 없이,
깔때기를 뒤집어 놓은 모양의 감방이 있다.
죄수는 밧줄을 이용해 내려지고 또 올려진다.

물고문

사형집행인

교수형

몽포콩의 사형장
(현재의 뷔트쇼몽)

강물의 수면을 스쳐 불어오는 서늘한 바람은 테랭의 툭 튀어나온 끝머리에 심어진 나무 한 그루의 잎을 흔들어 이제 제법 커다란 소리를 내고 있었다. 그러나 그들은 여전히 바로 옆에 있었으므로 완전히 위험에서 벗어났다고 는 할 수 없었다. 그들에게 가장 가까운 건물은 주교관과 성당이었다. 주교 관 안에서는 큰 소동이 일어나고 있었다. 그 캄캄한 건물 덩어리 안에서는, 불빛이 이 창에서 저 창으로 이리저리 뛰어다니고 있었는데, 그것은 마치 종이를 막 태우고 났을 때, 거기에 남아 있는 새카만 잿더미에서 세찬 불똥 이 이리저리로 이상하게 튀는 것과 같았다. 그 옆에 서 있는 노트르담의 거 대한 종탑들은 성당의 기다란 중랑과 더불어 후면에서 볼 때, 성당 앞뜰을 가득 채우고 있는 새빨갛고 거대한 불빛 속에 새카맣게 우뚝 솟아 있어서, 마치 외눈박이 거인들의 아궁이 불의 거대한 두 장작 받침쇠같이 보였다.

파리의 온갖 장소에서 사람들이 언뜻 본 것은 모두 불빛 섞인 어둠 속에서 흔들리고 있었다. 렘브란트의 작품 중에도 그와 같은 배경을 그린 그림들을 볼 수 있다.

초롱불을 든 사나이는 테랭의 끝 쪽으로 곧장 걸어갔다. 물가에는 좁은 널 빤지로 엮어 세운 울타리의 낡은 잔해가 있었는데, 키 작은 포도나무 덩굴 하나가 사람이 손가락처럼 펼쳐진 모양으로 가지를 그 위로 뻗치고 있었다. 그 뒤에는 윗가지로 그늘진 곳에 작은 배 한 척이 숨겨져 있었다. 검은 옷의 사나이는 그랭구아르와 집시 처녀에게 먼저 배에 타라고 신호했다. 염소도 그들을 따라 배에 올랐다. 사나이는 제일 나중에 배에 올라 배를 묶었던 줄 을 끊고 긴 갈고리로 배를 기슭에서 밀어내고는 두 자루의 노를 잡고 앞쪽 에 앉아 바다 쪽으로 힘껏 저어 나갔다. 센 강은 그 부근에서는 물살이 빨라 서 섬 끝을 빠져나오는 일이 쉽지 않았다.

그랭구아르는 배에 오른 다음 우선 염소를 제 무릎 위에 올리는 것을 잊 지 않았다. 그는 뒤쪽에 앉았고, 집시 처녀는 그 정체불명의 사나이가 신경 쓰여 그랭구아르의 옆에 바짝 다가앉았다.

배가 흔들리며 출발하기 시작하자 우리의 철학자는 기쁜 듯 손뼉을 치며 품에 안은 잘리의 이마에 입을 맞추고 말했다.

"야, 이제 우린 살았어요!"

그러더니 이내 생각에 잠긴 듯한 얼굴로 덧붙였다.

"큰일을 도모하여 좋은 결과를 얻었으니 때로는 운명과 계략에 대해 감사를 드려야겠어요."

그들이 탄 배는 오른쪽 기슭을 향해 천천히 나아갔다. 그녀는 여전히 겁먹은 얼굴로 그 알 수 없는 사나이를 틈틈이 살피고 있었다. 그러나 그는 미리 초롱불 빛이 제 모습을 비추지 않도록 적당히 가려놓고 있었으므로 배 앞머리의 어둠 속에서 묵묵히 노를 젓는 모습이 마치 유령처럼 어렴풋했다. 검은 외투와 두건은 충분히 그의 모습을 감추는 역할을 하는 가면과 같았고 노를 저을 때마다 널찍한 소맷자락이 펄럭거리는 모양은 박쥐의 커다란 날개처럼 보였다. 더구나 그는 배를 탄 뒤에도 전혀 입을 열지 않고 있었으며 숨도 쉬지 않는 것 같았다. 배 안에서는 나룻배를 따라 일렁이는 물결 소리에 섞여 노 젓는 소리밖에는 들려오지 않았다.

"정말이지."

배 안의 적막을 깨고 그랭구아르가 큰 소리로 외쳤다.

"우리는 날벌레처럼 쾌활하고 즐겁군요! 우리 모두 피타고라스 학파나 물고기처럼 침묵을 지키고 있어요! 젠장, 여보세요들, 누가 말 좀 걸어줘요. 사람의 목소리는 사람의 귀에는 음악이나 마찬가지잖아요. 이런 말을 한 건 내가 아니라 알렉산드리아의 디디무스예요. 아주 유명한 말이죠. 지금 느끼는 건데, 알렉산드리아의 디디무스는 결코 시시한 철학자가 아니었네요. 무슨 말 좀 해봐요, 여봐요, 아가씨! 부탁이에요. 아, 그러고 보니 아가씨는 입술을 비쭉거리는 버릇이 있었는데, 아직도 그러나요? 저 최고재판소는 성역에 대해서도 재판권을 가지고 있어서 당신이 노트르담의 깊숙한 방 속에 숨어 있어도 매우 위험한 처지에 놓였었다는 걸 알고 있소? 아 참, 작은 물새 트로실뤼는 악어의 입속에 집을 짓기는 하지만 말이오. 선생님, 달이 다시 훤하게 비추네요. 제발 사람들 눈에 띄지 말아야 할 텐데……. 우리가 사람을 구출한 것은 잘한 일이지만, 여기서 붙잡히는 날에는 왕명에 의해서 셋 다 교수형을 면치 못할 겁니다! 아, 인간의 행위는 두 개의 손잡이로 잡을 수 있다. 한쪽에서는 상을 받을 일이 다른 한쪽에서는 벌 받을 일이 되니까. 카이사르를 숭배하는 자는 카틸리나[209]를 비난한다. 안 그렇습니까, 선생님? 이런 철학을 어떻게 생각하십니까? 저는 본능의 철학, 자연의 철학을 갖고 있지요. 별들이 기하학을 갖고 있듯이 말이에요. 나 참, 아무도 내 말에 상관을 안 하는군요. 두 분 모두 별로 기분이 안 좋으신 모양이죠? 그럼 나 혼자라도 좀 떠들어야겠습니다. 연극으로 치자면 독백이라고 하는 거죠. 우라질! 아까도 말씀드렸지만 조금 전에 저는 루이 11세를 만나고 왔어요. 우라질, 하는 욕설은 그분께 배웠다는 걸 알려드립니다. 이런 우라질! 시테에선 아직도 난리법석인가 보군요. 그 양반, 이젠 다 늙어빠져서인지 대단히 고약하고 심술궂으시더군요. 늙은 몸을 모피로 휘감고 있어요. 내가 지어준 축혼가에 대한 비용도 치르지 않았으면서 어젯밤 내게 겨우 베푼 것이라고는 교수형을 면제해준 것뿐이에요. 안 그랬더라면 사실 난 정말 난처해졌겠지만요. 어쨌거나 그분은 재능 있는 사람을 알아보지 못하시더군요. 적어도 살비앵 드 콜로뉴의 책 네 권 『인색에 대하여』는 꼭 읽어야 할 텐데 말이에요. 정말 그는 문인들을 무시하고 대하는 태도도 옹졸하고 야만적일 뿐 아니라 가혹한 늙은 왕이에요. 그는 가엾은 민중들에게 들러붙어 돈을 빨아먹는 거머리라구요. 그가 아끼는 건 비장(脾臟)인데, 다른 모든 사지가 말라붙어갈수록 그것만 부풀어가지요. 마찬가지로 혹한에 대한 불평은 바로 군주에 대한 불만으로 터져 나오는 겁니다. 이 신앙심 두터운 온화한 임금님 아래서 쇠스랑은 처형당한 시체들로 삐걱거리고, 단두대는 피에 젖어 있고 감옥은 죄수들로 터져 나갈 지경이랍니다. 이 임금은 한 손으로는 백성을 수탈하고 다른 한 손으로는 목을 잘라대고 있어요. 그야말로 그는 '염세서(鹽稅署)'의 경리관이자 '교수대'의 검찰관이라고 할 수 있지요. 귀족들은 품계를 박탈당하고 서민들은 쉴 새 없이 새로운 착취에 시달리지요. 이러니 상도에도 맞지 않는 군주라고 할 수 있어요. 전 이 왕이 싫어요. 선생님은 그를 어떻게 생각하세요?"

검은 옷의 사나이는 이 수다스러운 시인이 마음대로 지껄이도록 내버려둔 채, 자신은 오늘날 생 루이 섬이라고 불리는 노트르담 섬과 시테 섬 사이의 좁고 빠른 물살을 거슬러 헤쳐 나가려 애쓰고 있었다.

"그런데, 선생님!"

그랭구아르가 불쑥 그를 불렀다.

"저 미쳐 날뛰는 거지들을 뚫고 우리가 성당 앞뜰에 왔을 때, 그 귀머거리 종지기가 역대 왕의 조각상이 있는 회랑 난간에서 어떤 어린애의 머리통을 박살내고 있었는데, 그게 누군지 아시겠습니까? 저는 눈이 나빠서 잘 모르겠던데요. 누구였나요?"

그 사나이는 아무 말도 하지 않았다. 그러나 노를 젓던 손을 멈추고 두 팔의 힘이 빠진 듯 늘어뜨린 채 고개를 아래로 꺾었다. 그녀는 그가 갑자기 경련을 일으키듯 한숨을 몰아쉬는 것을 들었다. 그 순간 그녀도 몸을 부르르 떨었다. 그 한숨 소리는 이미 들은 적이 있었던 것이다.

노 젓기를 멈추자 배는 한동안 제멋대로 물결을 따라 흘러갔다. 그러나 이윽고 사나이는 다시 몸을 일으켜 노를 잡고 강물을 거슬러 올라가기 시작했다. 노트르담 섬의 끝을 돌아, 포르 토 푸앵 기슭의 나루터를 향해 나아갔다.

"아! 저기가 바르보 저택이군요. 보세요, 선생님, 저기 특이한 모양으로 모가 난 검은 지붕들이 있어요. 그 위로 흐릿한 달걀노른자처럼 달빛이 흩어져 있네요. 정말 훌륭한 저택이네요. 거기엔 예배당이 하나 있는데, 작고 둥근 천장은 잘 꾸며진 장식물로 가득하답니다. 그 지붕 위로는 매우 섬세하게 구멍을 뚫어놓은 종탑을 보실 수 있어요. 또 잘 꾸며진 정원도 있는데 정원 안에는 연못도 있고 새장, 메아리 터, 펠멜 놀이터, 미궁, 맹수들의 우리뿐 아니라 베누스에게 매우 기분 좋은, 숲이 우거진 수많은 오솔길이 있어요. 거기엔 또 나무 한 그루가 서 있는데 그 잡놈의 나무는 어떤 유명한 공작 부인과 어떤 재치 있고 멋들어진 프랑스 원수의 행락에 사용됐다 해서 '음란의 나무'라고 불리지요. 아! 우리 같은 가련한 철학자들이야 원수 같은 사람에 비하면, 루브르 궁 정원에 한 뙈기 배추밭이나 무밭을 비교하는 것에 불과하겠죠. 그러나 결국 그게 무슨 상관이겠습니까. 고귀한 양반들의 인생도 우리의 인생과 마찬가지로, 선과 악으로 섞여 있는걸요. 고통은 늘 기쁨 곁에 있고, 장장격(長長格)은 장단단격(長短短格) 옆에 있게 마련이지요. 선생님, 이바르보 저택의 이야기를 해드릴까요. 그것은 참 비참하게 끝나긴 했는데, 1319년, 프랑스의 역대 왕들 중에서 가장 오래 재위한 필리프 5세 치하에서 있었던 일입니다. 역사의 교훈은 육체의 유혹이 해롭고 위험하다는 것입니다. 비록 우리의 관능이 그 여자의 아름다움에 아무리 민감하다 해도, 이웃 남자의 아내를 너무 뚫어지게 바라보지 맙시다. 간음은 매우 방종한 생각입니다. 간통은 남의 육체를 즐겨보려는 호기심입니다…… 아니, 저기서는 소동이 점점 더 심해지는 것 같네요!"

그의 말대로 노트르담 주위에서는 소란이 더욱 심해지고 있었다. 그들은 그곳을 향해 귀를 기울였다. 승리의 함성이 제법 분명하게 들려왔다. 그러다 갑자기 무장한 사람들의 투구에 반사되어 번쩍거리는 수백 개의 횃불이 성당 위 높은 곳 여기저기에 퍼졌다. 횃불은 무언가를 찾는 듯하더니 곧 멀리까지 이런 고함 소리가 또렷하게 들려왔다.

"집시 계집을 찾아라! 마녀가 도망갔다, 마녀를 잡아 죽여라!"

가엾은 집시 처녀는 두 팔로 제 머리를 감싸 쥐었고 그 사나이는 강기슭을 향해 더욱더 미친 듯이 노를 저었다. 그러는 동안 우리의 철학자는 줄곧 무언가 생각에 잠겨 있었다. 그는 염소를 두 팔로 감싸 안고 집시 처녀에게서 슬그머니 떨어져 앉으려 했으나, 그녀는 그럴수록 더욱 그의 곁으로 바싹 다가앉았다. 그녀에게는 그가 마지막 피난처라도 되는 듯이.

그랭구아르가 매우 곤란한 처지가 된 것은 분명해 보였다. 그는 속으로 이런 생각을 하고 있었다. '염소도 다시 잡히는 날에는 틀림없이 현행법에 따라 목이 달아날 게 틀림없다. 그건 정말 유감인데, 가엾은 잘리! 사형수가 둘씩이나 내게 매달리는 건 정말 부담스러운 일이야. 하긴 내 동행인은 두말없이 에스메랄다를 맡겠다고 나서겠지…….' 그의 머릿속에서는 이처럼 복잡한 생각들이 어지럽게 꼬리를 물고 이어졌다. 그 어지러운 생각 속에서 '일리아스'의 유피테르처럼 집시 처녀와 염소는 번갈아 그의 마음을 얻기는 했지만 그는 서글픈 눈으로 그들을 바라보며 입속으로 중얼거렸다.

"너희 둘 모두를 내가 구할 수는 없으니 정말 미안하다……."

그러는 동안 배가 흔들렸고, 그들은 마침내 강기슭에 닿은 것을 알았다. 시테는 아직도 시끄럽고 험악한 소란으로 가득했다. 그 사나이가 먼저 일어나 집시 처녀에게 다가와 팔을 잡고 배에서 내리는 것을 도와주려 했다. 그녀는 놀란 듯 뿌리치고 그랭구아르의 소매에 매달렸으나 그랭구아르는 그랭구아르대로 염소를 챙기느라 정신이 팔려 있어서 거의 그녀를 밀치다시피 하고 말았다. 하는 수 없이 그녀는 혼자서 배 아래로 뛰어내렸다. 그녀는 몹시 당황하여 자기가 무엇을 하는지 또 어디로 가는지도 알지 못한 채 그냥 한동안 멍하니 흘러가는 강물만 바라보고 서 있었다. 다시 정신을 차리고 보니 그녀 곁에는 그 사나이뿐이었다. 그랭구아르는 배에서 내리자마자 교묘한 방법으로 염소와 함께 그르니에 쉬를 로 거리의 빽빽한 집들 사이의 골목으로 사라져버린 것 같았다.

가련한 집시 여자는 그 사나이와 단둘이 남겨진 것을 알고 온몸을 부들부들 떨었다. 그녀는 소리를 지르고 그랭구아르의 이름을 소리쳐 부르고 싶었으나 입이 떨어지지 않았다. 혀가 움직이지 않고 입술에서는 아무 소리도 나오지 않았다. 그때 갑자기 그 사나이의 손이 자기 손에 닿는 것을 느꼈다. 차고 억센 손이었다. 그녀는 이가 떨리고 자신을 비추는 달빛보다도 창백해졌다. 사나이는 한마디도 하지 않은 채 그녀의 손을 잡고 그레브 광장 쪽으로 서둘러 올라가기 시작했다. 그 순간 그녀는 운명이라는 거역할 수 없는 힘을 어렴풋이 느끼고 있었다. 이제는 반항할 힘도 없이 그저 이끄는 대로 끌려갈 뿐이었다. 앞장선 그는 걷고 있었으나 그녀는 달려야 했다. 강기슭은 오르막길이었으나 그녀에게는 비탈길을 내리달리는 것처럼 느껴졌다.

주위를 돌아보아도 지나가는 사람은 보이지 않았다. 강변은 고요 속에 잠겨 있었다. 시끄럽고 붉게 타오르는 시테에만 사람의 그림자가 굼실거리는 것이 보였다. 그녀와 시테 사이에는 겨우 센 강의 지류가 가로놓였을 뿐인데 그녀를 부르는 소리는 죽음의 절규와 뒤섞여 그녀가 있는 곳까지 들려왔다. 파리의 그 밖의 부분은 여전히 커다란 어둠의 덩어리가 되어 그녀 주위에 퍼져 있었다.

그사이에도 그 사나이는 여전히 침묵한 채 똑같은 속도로 그녀를 어디론가 이끌고 있었다. 그녀는 아무리 기억을 더듬어도 자신이 어디로 가는 것인지 알 수 없었다. 어느 불 켜진 창문 앞을 지날 때 그녀가 갑자기 힘을 내어 외쳤다.

"사람 살려!"

불 켜진 창에서 주인이 속옷 바람으로 창을 열고 등불을 비추며 나타나서는 긴가민가하는 표정으로 밖을 내다보며 그녀에게는 제대로 들리지도 않는 말을 혼자 중얼거리다가 곧 문을 닫아버렸다. 그로써 그녀의 마지막 희망이 사라진 것이었다.

검은 옷의 사나이는 아무 말 없이 그녀를 더욱 꼭 붙잡고 더 빨리 걷기 시작했다. 이제 그녀는 저항할 기력도 남지 않은 채 그저 끌려갈 뿐이었다.

닦이지 않은 길을 걷다가 돌에 걸려 넘어지거나 숨이 차 헐떡거리며 그녀는 간신히 말을 더듬듯 내뱉었다.

"당신은…… 누구세요? 누구시냐고요?"

그러나 그는 아무 말이 없었다.

그들은 계속 강기슭을 걸어서 제법 커다란 광장에 이르렀다. 그곳에 달빛이 희미하게 비치고 있었다. 그곳은 그레브 광장이었다. 광장 한가운데 시커먼 십자가가 서 있어서 알아볼 수 있었다. 그것은 교수대였다. 그녀는 모든 것을 확인하고는 자기 위치를 알아차렸다.

그는 그제야 걸음을 멈추고는 그녀를 돌아보며 두건을 벗었다.

"어머나! 역시 당신이었어!"

그녀는 돌처럼 굳어진 채 더듬거렸다.

그는 클로드 부주교였다. 달빛 때문에, 그는 마치 그 자신의 망령처럼 보였다. 달빛 아래서는 사물의 환영밖에는 보이지 않는 듯했다.

"이봐."

그가 그녀에게 말했다.

그녀는 벌써 귀에 익은 그 음산한 목소리에 소름이 끼친 듯 몸을 떨었다. 그는 계속 말했다. 숨이 차서 헐떡이듯이 한마디씩 끊어서 말을 했는데, 그 떨림은 마음속의 동요를 나타내는 것이었다.

"이봐, 우리는 여기에 있소. 당신에게 이야기하겠소. 여긴 그레브 광장이오. 여기가 막다른 골목인 셈이지. 운명이 우리를 서로에게 넘겨주고 있어. 당신은 내 영혼을, 나는 당신 목숨을 각자의 뜻대로 할 수 있지. 이곳과 이 밤의 저 너머엔 아무것도 보이지 않아. 그러니 내 말을 들으시오…… 첫째, 내 앞에서 푀부스 얘기를 꺼내지 마시오. (그러면서 그는 마치 한자리에 서 있지 못하는 사람처럼 왔다 갔다 하며 그녀를 끌어당기곤 했다.) 그놈 애길랑은 하지 말란 말이야, 알겠어? 만약 그 이름을 또다시 지껄이는 날에는 내가 무슨 짓을 할지 모르지만 그건 아마 무서운 일일 거야."

그렇게 말하고는 다시 제 중심을 찾은 물체처럼 태연해졌다. 그러나 목소리는 여전히 흥분을 감추지 못하고 있었다. 그의 목소리는 점점 낮아졌다.

"그렇게 얼굴 돌리지 말고 내 말을 들어. 이건 중대한 일이다. 우선 그동안 있었던 일을 알려주겠어. 다시 말하지만 이건 절대 웃을 일이 아니야. 내가 무슨 말을 하다 말았지? 아, 그렇지. 최고재판소에서 다시 너를 체포하라는 결정이 났다. 그래서 내가 너를 구출한 거야. 하지만 그들이 저렇게 널 찾아 뒤쫓고 있어. 잘 봐."

사나이는 시테 쪽으로 팔을 뻗었다. 실제로 그곳에서는 그녀를 찾느라 혈안이 되어 있는 듯했다. 수색대의 소음이 점점 가까워지고 있었다. 그레브 광장의 맞은편에 있는 경찰 대리관 저택의 탑은 소음과 불빛으로 가득했고 건너편 강기슭에서는 횃불을 든 군사들이 "집시 계집을 잡아라! 집시 계집은 어디 있느냐? 잡아 죽여라!" 하고 외치는 것이 보였다.

"어때? 저들이 널 찾아 헤매고 있지? 내 말이 틀림없다는 걸 알겠지? 나는 너를 사랑한다. 입을 열지 마라, 차라리 아무 말도 하지 마라, 날 미워한다고 말할 거면 말이야. 이제 그런 말은 듣지 않기로 결심했다. 난 널 살려냈다. 우선 내 말을 들어라. 나는 너를 완전하게 살려낼 수가 있어. 모든 준비를 끝냈지. 그러니 이젠 네 마음에 달렸다. 네가 원하는 대로 해줄 것이다."

그는 거칠게 말을 끊었다.

"아니야, 그런 말을 해선 안 돼!"

그러더니 그는 그녀를 붙잡은 채 내달려 교수대 앞까지 다가가서는 교수대를 가리키며 차갑게 말했다.

"나를 택할 것인가, 이것을 택할 것인가 네 선택에 달려 있다."

그녀는 그의 손을 뿌리치고 교수대 아래 쓰러지며 죽음의 받침돌을 끌어안았다. 그러고는 그 아름다운 얼굴을 돌려 어깨 너머로 그를 쳐다보았다. 그런 그녀의 모습은 마치 십자가 아래 있는 성모상 같았다. 신부 역시 조각상처럼 손가락을 들어 올려 교수대를 가리키던 자세 그대로 꼼짝도 않고 있었다.

마침내 집시 처녀가 입을 열었다.

"이게 차라리 당신보다 덜 무서워요."

그 말에 신부는 천천히 팔을 내리고 완전히 낙담한 듯 바닥으로 시선을 떨구었다.

"만약 이 포석이 말을 할 수 있다면…… 그래, 이 돌들은 이렇게 말할 거야, 여기에 매우 불행한 사나이가 서 있었다고 말이야."

그는 다시 설득을 계속했다. 그녀는 긴 머리채를 늘어뜨린 채 교수대 앞에 무릎을 꿇고 앉아서 그의 말을 듣고 있었다. 그는 이제 애처롭고 부드러운 어조로 말을 했는데, 그의 준엄한 외모와는 극적인 대조를 이루고 있었다.

"난 당신을 사랑하고 있어. 아, 그건 정말 사실이오. 내 가슴은 밤이고 낮이고 불타고 있는데 조금도 꺼지는 법이 없어. 그래도 전혀 가여운 생각도 들지 않소? 고통스럽소, 아, 나는 너무나 고통스러워! 사랑스런 여인아, 나를 불쌍히 여겨주면 안 되겠소? 당신도 보다시피 나는 이렇게 조용조용히 이야기하잖아, 당신이 나를 두려워하지 않았으면 좋겠다고 얼마나 바라는지 아시오? 한 남자가 한 여자를 사랑하는데 그게 남자의 잘못은 아니잖소? 오, 이럴 수가. 그러니까 당신은 나를 영원히 용서할 수 없단 말이오? 언제까지나? 그래서 모두 끝장이로구먼! 바로 그런 이유로 내 성질이 고약해지고 자꾸 포악해지는 거야. 당신이 나를 거들떠보지도 않으니까! 우리 두 사람이 영원한 기로에서 떨며 이야기하는 동안에도 당신은 딴생각 중이겠지. 하지만 그 장교 얘기는 꺼내지도 마시오. 아니, 그래, 내가 당신 앞에 무릎을 꿇고 발아래 흙바닥에 입을 맞추고(발에 입 맞추는 건 원치 않을 테니까) 어린애처럼 흐느껴 울고, 사랑한다는 말을 하기 위해 내 염통과 창자를 모두 잡아 뽑아내도 아무 소용없단 말인가? 하지만 당신 영혼 속에는 다정하고 너그러움 외에는 없다는 것을 안다. 이 세상에서 더 없이 유순한 빛으로 반짝이고 아리따움과 상냥함과 자비로움과 사랑스러움이 가득한 당신이, 왜, 오직 나에게만 심술궂고 냉정한 거요! 이게 무슨 운명의 장난인가?"

그는 두 손으로 얼굴을 가렸다. 그녀는 그의 울음소리를 들었다. 그가 눈물을 보인 것은 처음이었다. 그렇게 흐느끼는 모습은 무릎을 꿇고 애원할 때보다 더 불쌍하고 애처롭게 느껴졌다.

"아!"

잠시 후 눈물이 그치자 그는 말을 계속했다.

"무슨 말을 해야 할지 모르겠소. 할 말을 미리 생각해두었는데, 더 이상 아무 생각도 나지 않소. 지금 우리는 어떤 결정적인 순간에 놓여 있음을 느끼지만 나는 기운이 빠져서 어떻게 해야 할지 몰라 허둥거리고 있소. 아, 제발 당신이 나를 가엾게 여기지 않고, 당신 자신도 가엾게 여기지 않는다면 바로 지금 이 순간 이 자리에서 쓰러져버리겠어. 우리 두 사람을 모두 포기하지 말아주오. 내가 얼마나 당신을 사랑하는지 당신이 알 수 있다면 얼마나 좋을까! 내 가슴이 어떤지 당신이 알 수 있다면 얼마나 좋을까! 아, 모든 미덕이 내게서 떠나버렸어. 나는 완전히 자포자기한 상태야! 학자이면서 학문을 비웃고, 귀족이면서 내 이름을 더럽힌다. 신부이면서 미사 경본을 음란한 꿈의 베개로 삼았을 뿐 아니라 하느님의 얼굴에까지 거침없이 침을 뱉는다. 그 모든 것은 당신 때문이야. 당신이 나를, 나의 정신을 흔들고 어지럽혀놓았기 때문이야! 네가 질퍽거리는 지옥에 나도 같이 어울리는 사람이 되고 싶어서야! 그런데 너는 이 저주받은 사나이를 원치 않는다고? 이제 더 이상 숨김없이 무슨 말이고 다 해버리겠어! 그보다도 더욱 끔찍한 것, 더욱 무서운 것을 말이야!"

마지막 말을 토해낼 때 그의 얼굴은 완전히 넋이 나간 사람 같았다. 그리고 한참 후에야 그는 다시 거친 목소리로 말을 이었다.

"카인이여, 네 동생을 어찌하였느냐?"

또다시 한참 말이 없다가 그는 다시 말했다.

"어찌하다니요? 주여, 저는 그 아이를 맞아 기르고 먹이고 사랑했습니다. 우상처럼 떠받들었음에도 결국 그 애를 죽이고 말았습니다! 주여, 조금 전에 그 아이는 제가 보는 앞에서 당신의 집 돌 위에서 머리가 깨어져 죽고 말았습니다. 저 여자 때문이에요, 저 여자 때문이에요, 바로 저 여자 때문이에요……."

그의 눈초리는 매서웠다. 목소리는 점점 꺼져가는 촛불처럼 잦아들고 있었으나 몇 번이나 반복적으로, 마치 마지막 여운을 길게 끄는 종소리처럼 상당히 긴 간격을 두고 되풀이하고 있었다.

"저 여자 때문이오…… 저 여자 때문이오……."

그런 뒤에도 그의 입술은 계속 움직이고 있었으나 더 이상 아무것도 알아들 수 없었다. 그러다 갑자기 커다란 벽이 무너져 내리듯 바닥으로 주저앉아 무릎 사이에 머리를 처박고는 꼼짝도 하지 않았다.

그녀가 그의 몸 아래 깔린 발을 살그머니 빼내려고 가볍게 스치는 소리를 내자 그의 정신이 돌아왔다. 그는 핼쑥해진 자신의 얼굴을 손으로 어루만지다가 눈물이 묻어난 손가락을 한동안 멍하니 바라보았다.

"이런, 내가 울고 있었구나!"

그렇게 중얼거리고는 몹시 고통스러운 표정으로 집시 처녀 쪽으로 몸을 돌렸다.

"아, 내가 우는 꼴을 보면서도 당신은 어떻게 그렇게 냉정할 수 있었지? 아가씨, 이 눈물은 소금물이 아니라 쇳덩이도 녹일 만큼 뜨거운 용암이라는 걸 알고 있나? 그럼 그게 사실인가, 미운 사람은 무슨 짓을 해도 상대방을 감동시키지 못한다는 게. 넌 내가 이 자리에서 피를 토하며 죽어도 무심하게 웃어넘기겠지. 아, 제발, 나는 네가 죽는 것을 보고 싶지 않아. 제발 한마디만 해다오, 한마디만. 날 사랑한다는 말은 기대하지도 않아. 다만 용서한다고만 말해다오. 그뿐이다, 내가 바라는 것은. 그러면 널 살려주겠다. 그렇지 않다면…… 오, 점점 시간이 흘러가는구나! 모든 신성한 것에 맹세하거니와 네 목숨을 기다리는 교수대처럼 내가 다시 돌이 되기를 기대하지 마라! 다시 한 번 생각해봐, 우리 둘의 운명을 손에 쥔 사람이 바로 나라는 것을! 그리고 무서운 일이지만 나는 이미 제정신이 아니라는 사실을, 그리고 나는 모든 것을 쓰러뜨릴 수 있다는 것을 말이야! 이봐, 불쌍한 아가씨, 우리의 발밑에는 끝없는 나락이 펼쳐져 있고 나는 그곳에 떨어지더라도 영원히 너를 뒤쫓을 거야! 다정한 말 한마디만 해다오, 제발, 한마디만, 꼭 한마디만!"

그녀는 무언가 대답하려고 입을 열었다. 그는 재빨리 그녀의 입술에서 흘러나올, 어쩌면 감동적인 말일지도 모를 대답을 열정적으로 기대하며 그녀 앞에 무릎을 꿇었다. 그녀가 그에게 말했다.

"당신은 살인자야!"

그러자 신부는 열정적으로 그녀를 끌어안으며 기묘한 웃음을 터트렸다.

"하하, 그렇다, 살인자다! 그러니 이제 네 목숨은 내 것이다. 너는 나 같은 노예를 원치 않으니 차라리 나를 주인으로 삼아라. 널 해치워버리겠다. 나에겐 은신처가 있다. 너를 끌고 그리로 갈 것이다. 너는 나를 따라야만 한다. 그렇지 않으면 너를 그들에게 넘겨버릴 테다. 어여쁜 아가씨! 너는 이제 죽거나 아니면 내 것이 되는 길밖엔 없다! 이 신부의 것, 배교자의 것, 살인자의 것이 되는 것이다! 바로 오늘 밤부터! 알아들었느냐? 자, 기쁨의 키스를 해라, 이 창녀야! 무덤이냐 내 이불 속이냐!"

그의 눈은 분노와 음란의 빛으로 반짝거렸다. 그의 음란한 지껄임에 수치심을 느낀 그녀는 목덜미까지 붉게 물들었다. 그녀는 그의 품에 갇힌 채 버둥거렸다. 그는 그녀에게 격정적인 키스를 퍼부어댔다.

"물어뜯지 마, 이 끔찍한 괴물아! 싫어! 더럽고 추잡하고 썩어빠진 사제 놈아! 봐, 그 더러운 흰머리를 쥐어뜯어 해괴한 낯짝에 던져줄 테다!"

그의 얼굴은 붉으락푸르락하더니 여자를 놓아주고는 비통한 얼굴로 쳐다보았다. 그녀는 더욱 기가 살아서 계속 퍼부어댔다.

"이봐, 난 푀부스의 연인이야! 내가 사랑하는 건 오직 푀부스 님뿐이야, 그분이야말로 미남이란 말이야! 다 늙어빠진 사제 놈아, 보기도 싫은 꼬락서니하고는. 당장 꺼져버려!"

그는 빨갛게 달궈진 인두로 단근질당하는 가련한 사나이처럼 끔찍한 비명을 질렀다.

"그래, 죽어라!"

그녀는 이를 갈며 악을 썼다. 그녀는 그의 섬뜩한 눈초리를 보고는 달아나려 했으나 그는 다시금 그녀를 잡아 흔들더니 바닥으로 쓰러뜨렸다. 그리고 그녀의 고운 손을 움켜잡고 바닥에 질질 끌면서 투르롤랑의 망루 모퉁이로 곧장 걸어갔다.

그곳에 이르러 그는 여자를 돌아보았다.

"끝으로 한 번 더 묻겠다, 아직도 내 것이 되길 거부하느냐?"

그녀는 더욱 힘차게 대답했다.

"싫어! 죽어도 싫어!"

그러자 그는 큰 소리로 외쳤다.

"귀딀! 여봐요, 귀딀! 여기 집시 계집을 데려왔다. 마음껏 복수를 해!"

그녀는 갑자기 누군가가 자신의 팔꿈치를 붙잡는 것을 느꼈다. 고개를 돌려보니 앙상하게 마른 팔 하나가 벽에 난 채광창에서 튀어나와 쇠 같은 손으로 그녀를 꽉 누르고 있었다.

"꼭 잡아! 이게 바로 그 교수대에서 도망친 집시 계집이야. 놓지 말고 있어. 나는 가서 순검들을 데려오겠다. 이 계집이 교수당하는 꼴을 볼 수 있게 해주마!"

그 무자비한 말에 대한 대답처럼 벽 안쪽으로부터 마치 목구멍 깊숙한 곳에서 치밀어 터져 나오는 듯한 웃음소리가 들려왔다.

"하하하! 하하하하!"

집시 처녀는 신부가 노트르담 다리 쪽으로 내달려 가는 것을 보았다. 그 부근에서 마침 기마대의 말발굽 소리가 들려오고 있었다.

그녀는 그 웃음소리가 심술궂은 은자의 것임을 알아차렸다. 그녀는 두려움에 떨면서 그 손아귀에서 벗어나려고 안간힘을 썼으나 그럴수록 상대방은 더욱 무지막지한 힘으로 움켜쥐었다. 뼈만 남은 앙상한 손가락들은 놀라운 힘으로 그녀에게 상처를 내고 살 속 깊이 파고 들어갔다. 마치 그 손은 그녀의 팔뚝에 박혀 있는 것처럼 보였다. 그것은 쇠사슬이나 족쇄보다 더욱 단단하게 조여들었다. 살아 있는 영리한 집게가 벽에서 나와 있는 것 같았다.

그녀는 마침내 완전히 지쳐 벽에 기대어 쓰러졌다. 그러자 죽음의 공포가 엄습해왔다. 그녀는 생각했다. 삶의 아름다움, 젊음, 푸른 하늘, 자연의 경치, 사랑과 퓌부스 그리고 모든 사라져가는 것들과 다가오는 것들을, 자신을 고발한 신부와 이제 곧 나타날 망나니와 교수대를 떠올렸다. 그럴수록 머리카락이 모두 쭈뼛 설 만큼 엄청난 공포가 밀려왔다. 그때 은자가 기괴한 웃음을 흘리며 그녀에게 나지막한 소리로 말했다.

"흐흐! 이제 넌 곧 교수형을 당할 거야!"

그녀가 이미 숨이 끊어진 듯 창백한 얼굴로 채광창을 돌아보자 창살 너머로 독기 어린 자루 수녀의 얼굴이 보였다.

"내가 당신에게 뭘 잘못했다고 이러는 거예요."

그녀는 거의 까무러칠 듯한 심정으로 말했다.

은자는 대답 대신 성난 듯 비웃는 듯한 어조로 노래를 부르듯 중얼거리기 시작했다.

"집시 계집이란! 집시 계집이란! 집시 계집이란 년!"

불쌍한 에스메랄다는 자신이 상대하는 것은 사람이 아니라는 것을 깨닫고는 고개를 숙여버렸다.

그러자 갑자기 은자가 외쳤다. 그것은 마치 집시 처녀의 질문이 은자의 생각에까지 가 닿는 데 그 정도 시간이 필요했던 것처럼 보였다.

"네가 무슨 짓을 했느냐고? 네가 나한테 무슨 짓을 했느냐 그 말이냐? 요 가증스런 계집아, 그 얘기를 해줄 테니 들어봐라! 나한테 어린 딸이 있었지. 알겠어? 어린 딸이 있었단 말이다. 그 예쁘고 어린 딸, 아녜스가 있었어!"

그녀는 그러면서 어둠 속에서 무엇엔가 입을 맞추며 얼빠진 듯 말을 이었다.

"그런데! 알겠어? 이 집시 계집아, 알겠느냐? 누가 내 아이를 데려갔다. 내 사랑스런 아이를 훔쳐 갔단 말이야. 그리고 그 아이를 잡아먹어버렸지. 그래, 바로 네년의 짓이 아니란 말이냐!"

집시 처녀는 어린 양처럼 대답했다.

"세상에! 난 그때 아직 태어나지도 않았을 때예요!"

"아니! 천만에! 그렇지 않아!"

은자는 이렇게 되쏘았다.

"넌 틀림없이 그때 이미 태어나 있었어. 그 도둑년들 틈에 끼여 있었어. 내 딸이 살아 있다면 네 또래일 거야! 그렇지, 벌써 15년 동안이나 여기서 그 아이를 위해 기도하고 있다. 15년째 고생하고 있다. 15년 동안이나 사방 벽에 머리를 찧으며 살아왔어. 내 아이를 훔쳐 간 건 바로 집시 계집들이란 말이다! 알았어? 그리고 그년들이 그 잔인한 이빨로 내 아이를 먹어치웠단 말이다. 넌 인정도 없느냐? 놀고 있는 아기를, 젖을 빨다가 잠이 드는 그 천진한 아이를 상상해봐라, 얼마나 순결한 존재인지! 그런데 그런 천사 같은 어린아이를 그년들이 훔쳐다가 죽여버렸다. 하느님은 알고 계시지. 그러니 오늘은 네 차례다. 이젠 내가 집시 계집을 먹어치우겠다. 아, 이 창살만 없다면 벌써 네년을 잘근잘근 씹어 먹었을 것을, 내 머리가 너무 크구나. 가엾은 우리 아기! 아기가 자는 동안에 그만! 만약에 우리 아기가 잡혀가다 잠에서 깨어 울었더라도 소용없었겠지. 내가 거기에 없었으니! 아, 지독한 집시 에미들 같으니라고! 네년들은 내 아이를 잡아먹었어! 이제 와서 너희들 아이를 보아라!"

그러고 나서 은자는 웃는 것인지 이를 가는 것인지 알 수 없는 소리를 내기 시작했다. 어느 쪽이건 미쳐 날뛰는 얼굴은 마찬가지였다. 어느새 동이 트고 있었다. 희부연 햇빛이 이 광경을 어슴푸레 비추고 있었고 교수대가 광장에서 점점 분명한 모습을 드러내고 있었다. 반대쪽으로 노트르담 다리 쪽에서는 다가오는 기마대의 말발굽 소리가 점점 뚜렷해지고 있었다.

"아주머니!"

그녀는 두 손을 맞잡아 무릎을 꿇고 머리를 흐트러뜨린 채 공포에 질려 얼이 빠진 모습으로 부르짖었다.

"아주머니, 제발 가엾게 여겨주세요! 기마대가 오고 있어요. 난 정말 당신에게 아무 짓도 하지 않았어요. 당신은 눈앞에서 내가 끔찍하게 죽기를 바라세요? 인정 많으신 분인 걸 알아요. 제발 도망치게 해주세요. 용서해주세요. 이렇게 죽고 싶지는 않아요!"

"내 아이를 돌려줘!"

은자는 말했다.

"용서해주세요, 부탁이에요!"

"내 아일 내놔!"

"제발, 살려주세요!"

"내 아일 내놔!"

그녀는 다시 녹초가 되어 쓰러졌다. 그녀는 이미 무덤 속에 들어간 사람처럼 유리알 같은 눈을 하고 더듬거렸다.

"아, 슬픈 일이네요. 아주머니는 아이를 찾고 계시지만 저는 부모님을 찾고 있어요."

"내 사랑스런 딸 아녜스를 내놔! 정말로 그 애가 어디 있는지 모른다고? 그렇다면 죽어라! 말해주지, 난 창녀였고 아이가 하나 있었다. 그런데 누가 그 아일 훔쳐 갔다. 틀림없이 집시 계집들이다. 그러니 왜 네가 죽어야 하는지 알겠지. 네 어미 년들이 너를 내놓으라고 한다면 난 그년들에게 말해줄 거다. '어미야, 저 교수대를 봐라!'라고 말이다. 그게 싫으면 내 아일 내놔. 어디 있느냐, 내 딸아! 옜다 이걸 받아라. 내 딸이 신었던 신발이다. 내 딸의 물건은 그것밖에 남지 않았다. 다른 한 짝은 어디 있는지 어서 말해라. 비록 세상 끝이라 해도 무릎으로 기어서라도 끝까지 찾으러 갈 테다!"

그러면서 은자는 다른 한 손으로 수놓은 작은 분홍색 신발 한 짝을 채광창 밖으로 내밀어 집시 처녀에게 보여주었다. 이미 날이 밝기 시작했으므로 신발의 모양과 색깔은 충분히 알아볼 수 있었다.

"그걸 제대로 보여주세요."

집시 처녀는 떨리는 목소리로 말했다.

"어머나! 오, 하느님!"

그러면서 그녀는 은자에게 잡히지 않은 자유로운 한쪽 손으로 제 목에 걸고 있던 초록색 유리 세공품으로 장식된 작은 주머니를 열었다.

"그래그래, 네 악마의 부적을 실컷 뒤져봐라."

은자는 이렇게 중얼거리다가 말을 뚝 멈추었는데, 순간적으로 몸을 떨면서 가슴 깊숙한 곳에서 울려나오는 듯한 소리로 울부짖기 시작했다.

"아, 내 딸아!"

집시 처녀가 조그만 주머니에서 꺼낸 것은 은자가 꺼내 보인 작은 신발 한 짝과 같은 것이었다. 그 작은 신발 한 짝에는 양피지가 달려 있었고 거기에는 이런 주문이 적혀 있었다.

같은 짝이 발견될 때,
네 어미는 네게 팔을 뻗치리라.

번갯불보다 더 빠른 순간에 은자는 두 신발의 짝을 맞추어보고 양피지에 쓰인 글을 읽고는 채광창 창살 사이로 천사 같은 기쁨으로 빛나는 얼굴을 들이대고 외쳤다.

"내 딸아! 오, 하느님! 내 딸이로구나!"

"어머니!"

집시 처녀도 이렇게 외쳤다.

이 장면은 더 이상 묘사하지 않겠다.

두 여자는 벽과 창살 사이에 있었다.

"오, 이 망할 놈의 벽!"

은자는 소리쳤다.

"아, 내 딸을 보고도 껴안지 못하다니. 네 손을 다오, 네 손을!"

그녀는 채광창 너머로 팔을 넣고 은자는 그 손에 매달려 입을 맞추고 감격에 젖어 있을 뿐 움직일 줄 몰랐다. 간혹 어깨를 들먹이며 흐느껴 우는 것만이 아직 살아 있다는 증거였다. 그동안에 그녀는 밤에 내리는 비처럼 어둠 속에서 억수 같은 눈물을 흘리고 있었다. 이 가련한 어머니는 그 귀여운 손에 눈물을 흘리며 자신의 마음속에 있던 어둡고 깊은 우물을 퍼내고 있었던 것이다.

그러다 은자는 갑자기 벌떡 일어나, 이마에 흘러내린 백발을 헤치고 아무

말 없이 두 손으로 채광창의 창살을 맹렬하게 흔들기 시작했다. 그러나 창살은 끄떡도 하지 않았다. 그러자 방 한구석에 놓여 있던 베개로 사용하던 커다란 돌 하나를 가져다가 창살을 향해 집어던졌다. 창살 하나가 불똥을 튀기며 부러져 나갔다. 다시 한 번 돌을 던지자 창살을 막고 있던 낡은 쇠 십자가가 완전히 부러져버렸다. 그러나 그녀는 남아 있던 녹슨 창살 토막까지도 꺾어 젖혀버렸다. 앙상하게 말라빠진 여자의 손도 이처럼 놀라운 힘을 발휘할 때가 있는 것이다.

일 분도 걸리지 않아서 구멍이 만들어지자, 그녀는 딸의 몸을 잡아 자기의 독방 안으로 들어오게 했다.

"들어오너라! 너를 지옥의 구렁텅이에서 구해주마!"

그녀는 이렇게 중얼거렸다.

딸이 방으로 들어오자 그녀는 조심스레 바닥에 앉혔다가 다시 일으켜 세워 그 옛날의 어린 딸처럼 품에 안아보며 정신없이 소리를 지르고 노래를 부르고 입을 맞추고 이야기하고 눈물을 흘리기도 하면서 방 안을 왔다 갔다 하는 것이었다.

"내 딸아! 내 딸아! 내 딸이 여기 있구나. 하느님이 나에게 딸을 돌려주셨구나. 여러분 여기 와서 다들 보세요! 아무도 없나요! 내게 딸이 있는 것을 봐줄 사람이 아무도 없나요? 주 예수여, 내 딸이 얼마나 아름다운지 보세요. 하느님 당신은 저를 15년 동안이나 기다리게 하셨지만 이렇게 아름답게 돌려보내시려고 그랬군요. 집시들이 내 아이를 잡아먹은 게 아니었군요. 누가 그런 말을 했을까. 내 귀여운 딸아! 내 귀여운 딸아! 내게 입을 맞춰다오. 집시 여자들은 좋은 사람들이야. 그래, 나는 집시 여자를 좋아한다. 이게 바로 너였구나. 그래, 그래서 네가 지날 때마다 내 가슴이 그렇게 두근거렸던 거야. 그런데 난 그게 미움 때문인 줄 알았다. 날 용서해다오. 나의 사랑스런 아녜스야! 나를 무서운 여자라고 생각했겠지. 널 사랑한단다. 어디 보자, 그래 여전히 갖고 있구나, 넌 역시 아름답구나. 그 커다란 눈을 네게 준 건 바로 나란다. 아가씨야 입을 맞춰다오. 다른 어미들에게 아무리 많은 아이가 있어도 그런 건 이제 아무 상관없다. 이제는 모두 웃어줄 수 있다. 다들 와서 보라지. 내 아이가 여기 있다. 보라, 내 딸의 아름다운 목과 눈과 머리와 손을. 이렇게 아름다우니 수많은 사내들을 울리겠구나! 나는 15년 동안이나 눈물을 흘렸다. 그래서 나의 아름다움은 모두 사라졌지만 그것이 네게 옮겨갔구나. 입을 맞추어다오!"

그녀는 딸에게 의미를 알 수 없는 말들을 했는데 그 말투는 그지없이 부드러웠다. 딸의 얼굴이 붉어질 정도로 옷을 헤치고 머리털을 쓰다듬고 발과 무릎과 이마와 눈에 입을 맞추고 모든 것에 감격한 듯 넋을 잃고 있었다. 딸은 어머니가 하는 대로 몸을 맡기고 있었는데 이따금 매우 낮고 한없이 부드러운 소리로 다정하게, "어머니" 하고 되풀이할 뿐이었다.

"내 사랑스런 딸아."

은자는 다시 말을 이었으나 중간중간 키스를 하느라 끊어지곤 했다.

"얘야, 난 너를 너무나 사랑한단다. 이곳을 떠나 함께 행복하게 살자꾸나! 우리 고향 랭스에 내가 상속받은 재산이 조금 있으니 그곳으로 가자. 랭스를 아니? 아, 그래, 모르겠구나. 그땐 넌 아직 어렸으니 모를 수밖에! 네가 태어난 지 겨우 4개월 정도였을 때…… 그때 넌 얼마나 예쁘고 사랑스러웠는지! 28킬로미터나 떨어진 에페르네에서도 네 그 조그만 발을 보려고 사람들이 찾아왔었단다! 가자, 가서 조그만 집을 구하고 텃밭을 일구며 살자. 내 딸아, 너를 예쁜 침대에 재워주마! 아아, 이 얘기를 누가 곧이들어줄까! 내 딸이 다시 돌아온 사실을 말이야!"

"아, 어머니!"

딸은 마침내 감격스런 심정을 다독이며 겨우 말을 꺼냈다.

"집시 여자들이 늘 제게 그런 말을 하곤 했어요……. 그중에서도 작년에 돌아가신 친절한 아주머니는 유모처럼 저를 자상하게 돌보아주셨지요. 그분이 이 주머니를 제게 주시며 말씀하셨어요. '얘야, 이것을 소중하게 간직해라. 이건 네 어머니를 만나게 해줄 보물이다. 목에 걸고 다니면 넌 항상 어머니를 품에 지니고 다니는 것과 같다'라고요. 그분이 오늘 일을 예언한 거예요!"

은자는 또다시 딸을 품에 안으며 말했다.

"이리 오너라, 얘야, 네게 한없이 입을 맞추고 싶구나! 어쩜 그리도 사랑스럽게 말을 하는지! 고향으로 돌아가면, 성당의 아기 예수께 이 작은 신발을 신겨드리자꾸나. 성모 마리아께 은혜를 입었으니 꼭 갚아드려야 한단다. 목소리도 어쩜 그리 고운지! 얘야, 네가 말을 하는 소리는 마치 음악과도 같구나! 아, 하느님 아버지시여! 제 사랑스런 딸을 기적처럼 다시 만났습니다. 어쩜 이런 기적 같은 일이 있을 수 있을까요? 세상에, 사람의 목숨이란 어찌나 질긴 것인지. 널 볼 수 없어 그리워하던 15년 동안은 네가 그리워 죽을 것 같았고 다시 만난 이제는 너무나 기뻐 죽겠는데도 죽지 않는 걸 보면 말이다!"

그러고는 또다시 기뻐 어쩔 줄 몰라 박수를 치며 감격적인 웃음을 터뜨렸다.

"하하하! 아, 이제 우리는 다시 행복해지는 거다, 얘야!"

그때, 말들이 달리는 소리와 무기 부딪치는 소리로 그 작은 방이 쿵쿵쿵 울리기 시작했다. 땅을 울리는 말발굽 소리는 노트르담에서 출발하여 강기슭 쪽으로 점점 다가오고 있었다. 집시 처녀는 그 소리에 놀란 듯 자루 수녀의 품 안으로 안타깝게 몸을 던졌다.

"어머니, 저 좀 살려주세요! 그들이 저를 잡으러 오고 있어요!"

은자는 얼굴이 파랗게 질리며 물었다.

"그게 무슨 소리야? 잊고 있었구나. 그래 넌 쫓기는 몸이라 했지. 무슨 잘

못을 했기에 그러느냐, 얘야?"

"저도 잘 몰라요. 그런데도 전 사형 선고를 받았어요!"

"세상에, 사형 선고라고!"

은자는 그야말로 날벼락을 맞은 사람처럼 비틀거리며 중얼거렸다.

"사형이라니, 세상에! 우리 딸을, 사형이라니!"

"그래요, 어머니."

딸은 두려움에 넋이 나간 듯 더듬더듬 말을 이었다.

"사람들이 저를 죽이려 해요. 저를 잡으러 이리로 오고 있어요! 저 교수대
는 저를 기다리고 있는 거예요. 어머니, 저 좀 살려주세요! 제발요!"

어머니는 한동안 돌처럼 꼼짝도 하지 않고 있다가 이윽고 머릿속이 혼란
스러운 듯 갸우뚱하더니 미친 듯이 웃음을 터뜨렸다. 그 모습은 앞서 보았
던 그 괴기스런 웃음과 같은 것이었다.

"하! 천만에! 그럴 리가 없어! 네가 지금 꿈을 꾸고 있는 거겠지. 그렇고말
고! 난 널 15년 만에 다시 만났는데, 만난 지 몇 분 만에 다시 헤어지다니,
그럴 수는 없는 거야. 내 소중한 딸을 다시 빼앗아 간다고? 이렇게 아름다운
처녀가 다 된 내 딸을, 이런 감격스런 순간에 나타나서 내 딸을 잡아먹겠다
고? 바로 이 어미 앞에서! 오, 천만에! 절대로 그럴 수는 없어! 하느님도 결
코 허락하지 않으실 거야!"

그때 기마대의 발소리가 잦아들며 이런 말소리가 멀리서 들려왔다.

"이쪽입니다, 트리스탕 님! 그 여자는 '쥐구멍'에 있다고 부주교가 알려
주었습니다."

그리고 가까이 다가오는 말발굽 소리가 다시 들려왔다.

은자는 자리에서 벌떡 일어서며 절망적으로 소리 질렀다.

"얘야, 어서 달아나거라! 어서! 이제야 생각이 나는구나. 네 말이 옳아. 저
놈들은 널 잡아 죽일 거야! 아, 끔찍해라! 어서 달아나!"

그리고 채광창으로 머리를 내밀었다가 다시 들여놓고는 작은 소리로 말했다.

"아니야, 가만히 있어!"

공포 때문에 얼굴이 흑빛으로 변한 딸의 손을 부들부들 떨리는 손으로 부여잡으며 어머니는 낮고 짧은 목소리로 속삭였다.

"그대로 있어라. 숨도 크게 쉬지 말고! 도망칠 곳이 없다. 군사들이 쫙 깔렸다. 날이 밝아서 달아나도 숨을 곳이 없겠구나."

바싹 여윈 은자의 눈은 근심으로 더욱 퀭해졌다. 그녀는 한동안 말을 잊은 채 방 안을 오락가락하다가 간혹 걸음을 멈추고는 백발이 된 머리카락을 한 움큼씩 뽑아 물어뜯었다.

갑자기 그녀가 말했다.

"놈들이 다가온다. 애야, 내가 이야기할 테니 너는 보이지 않는 곳에 숨어라. 네가 진즉에 도망쳐버렸다고, 널 놓쳐버렸다고 말할 거야. 젠장! 얼른 숨어!"

그녀는 밖에서는 보이지 않는 방의 한쪽 모퉁이에서 딸을 조심스레 풀어놓았다. (그때까지 어머니는 딸을 안고 있었던 것이다.) 그녀는 딸의 몸을 작게 웅크리게 하고 손이나 발끝도 보이지 않도록 꼭꼭 감춰놓았다. 딸의 검은 머리채는 흰옷을 가리도록 풀어서 덮어놓고 자신의 몇 가지 안 되는 살림살이인 돌베개와 물병도 딸을 숨기는 도구로 활용하였다. 그러고 나서 그녀는 침착한 태도로 무릎을 꿇고 기도를 드리기 시작했다. 주위는 이제 막 밝아오기 시작했으므로 '쥐구멍'은 아직 어두웠던 것이다.

때마침 독방 바로 옆을 지나가는 부주교의 섬뜩한 목소리가 들려왔다.

"여기요, 여기! 푀부스 드 샤토페르 중대장!"

방구석에 숨죽여 웅크리고 앉아 있던 에스메랄다는 그 이름을 듣고는 저도 모르게 몸을 움찔거렸다.

"가만! 절대로 움직이지 마!"

은자가 다급하게 속삭였다.

그 말이 채 끝나기도 전에 독방 주위로 사람들과 말들의 웅성거림이 들려오다가 이내 잠잠해졌다. 어머니는 재빨리 일어나 채광창을 가리기 위해 앞으로 다가섰다. 그리고 말을 타거나 걸어오는 무장 군인들의 대부대가 그레브 광장에 가득 늘어선 것을 보았다. 그들을 지휘하는 듯한 군인 하나가 말에서 내려 그녀가 서 있는 곳으로 다가왔다.

"이보게, 할멈!"

인상이 매우 험악한 그 사나이가 그녀에게 말했다.

"우리는 교수형에 처할 마녀를 찾고 있다. 네가 그 마녀를 잡고 있다던데?"

가련한 어머니는 가능한 한 태연한 표정을 지으려 애쓰며 대답했다.

"무슨 말을 하는지 모르겠네요."

그러자 상대방은 투덜거렸다.

"이런 젠장! 그 얼빠진 부주교란 놈이 그럼 헛소리를 지껄였나? 그놈 어디 있나?"

"어디로 갔는지 사라지고 없습니다."

병사 하나가 다가와 보고했다.

"이런! 이봐, 미치광이 할망구! 똑똑히 대답해라. 마녀를 지키라고 분명히 네게 맡겼다고 했다. 어디로 숨겼는지 솔직히 말하라!"

은자는 무조건 모른다고 하면 오히려 의심을 살 듯하여 진지하고 무관심한 투로 대답했다.

"조금 전에 누군가 제 손에 붙잡힌 키 큰 처녀가 있긴 했습니다만, 그년이 제 팔을 물어뜯고는 도망쳐버렸습니다. 그게 전부입니다. 더 이상 귀찮게 하지 말고 저를 그냥 내버려두십시오."

지휘관은 실망스러운 듯 인상을 더욱 구겼다.

"거짓말하지 마라, 이 늙어빠진 할망구야! 나, 트리스탕 레르미트는 국왕의 신임을 얻은 사람이다. 알겠느냐?"

그는 이렇게 말하고 그레브 광장을 둘러보며 덧붙였다.

"이 주위에선 내 이름만 대면 모두들 겁을 먹는단 말이다!"

여자는 조금씩 안도감을 되찾으며 다시 조심스레 대꾸했다.

"당신이 '사탄' 레르미트라 하더라도 그것밖에는 더 이상 해드릴 말씀이 없거니와, 난 아무것도 두려울 게 없습니다."

"제기랄! 이런 빌어먹을 여편네가 있나! 좋아, 그년이 달아났단 말이지? 그럼 어느 쪽으로 갔지?"

트리스탕이 신경질적으로 물었다.

은자는 덤덤한 태도로 말했다.

"무퉁 거리 쪽으로 달려갔을걸요, 아마도."

트리스탕은 늘어선 부대를 향해 돌아서서는 다시 출발 준비를 하라고 신호했다. 은자는 안도의 숨을 내쉬었다.

"각하!"

그때 그의 부하 하나가 불쑥 말했다.

"그런데 채광창의 창살은 왜 그렇게 부러졌는지 물어보십시오!"

그 소리를 들은 가련한 어머니는 또다시 마음을 졸이기 시작했다. 그러나 끝까지 마음을 가라앉히고는 중얼거렸다.

"늘 이런 상태였어요……."

"무슨 소리! 창살이 어제까지도 멀쩡하게 검은 십자가 모양을 하고 있는 걸 봤는데!"

부하가 되받았다.

그러자 트리스탕도 긴가민가하는 표정으로 은자를 쏘아보았다.

"이 할망구, 지금 당황하고 있구나!"

이 불행한 어머니는 모든 것이 자신의 침착한 태도 때문임을 깨닫고, 고통스런 감정을 숨긴 채 실성한 듯 킬킬거리기 시작했다.

"크크크! 무슨 헛소리요! 저 양반이 취했나? 돌을 잔뜩 싣고 가던 수레가 꽁무니로 여길 들이받은 지가 벌써 1년도 전인데! 그 수레꾼에게 얼마나 욕설을 퍼부었는 줄 아시오?"

"맞아, 나도 봤어."

다른 군사가 이렇게 증언했다.

언제든 이런 경우 무엇이든 보았다고 하는 사람들이 있게 마련이다. 다른 군사의 증언은 은자에게 새로운 용기를 북돋워주었는데 그 순간 그녀의 심정은 마치 칼날 위를 걸어서 불구덩이를 건너는 것만 같았다.

그러나 그녀는 희망과 불안 사이를 오가며 괴로움을 당할 수밖에 없었다.

"그래? 만약에 수레가 그렇게 했으면."

첫 번째 군사가 의문을 제기했다.

"창살의 동강들이 안쪽으로 휘어져 있어야 맞는 게 아니오? 그런데 지금은 밖으로 휘어져 있으니 이상하군!"

"아, 그렇지! 그래! 자네는 샤틀레 재판소의 취조관 같은 코를 가지고 있군그래! 자, 이 말에 대답해봐라, 할멈!"

트리스탕이 그 군사를 돌아보며 말했다.

"어머나, 세상에!"

그녀는 그들의 추궁에 당황한 듯 울먹이는 소리로 외쳤다.

"정말 맹세합니다. 이 창살을 부순 건 그 수레였어요. 저 양반도 봤다고 하지 않았습니까? 그리고 이 창살이랑 집시 계집이랑 무슨 상관입니까?"

"흠!"

트리스탕이 미심쩍은 듯 중얼거렸다.

"이런! 부러진 자국을 보니 창살은 방금 그런 것 같은데요!"

자신에게 칭찬을 받은 군사가 다시 이렇게 말하자 트리스탕은 고개를 천천히 끄덕였다. 동시에 은자의 얼굴이 파랗게 질리기 시작했다.

"그래, 수레가 들이받은 지 얼마나 됐다고?"

"한 달이나, 보름쯤 전이던가요? 각하, 잘 기억나지 않습니다."

"보세요, 이 할멈이 처음엔 1년 전이라고 했습니다."

그 군사가 다시 지적했다.

"수상하구나!"

헌병대장 트리스탕이 말했다.

"각하!"

그녀는 여전히 채광창 앞에 바싹 붙어 서서 의심쩍어하는 그들이 머리를 디밀고 독방을 살피려 들지나 않을까 하는 두려움에 떨며 소리쳤다.

"정말 맹세합니다. 이 창살을 부순 건 수레였어요! 천국에 있는 거룩한 천사들에게 대고 맹세합니다. 만약 그게 수레가 아니라면 저는 영원히 하느님께 버림받아도 좋아요!"

"그 맹세에 유난히 열정적이로구나?"

트리스탕은 종교재판소의 판사 같은 눈초리로 쏘아보며 말했다.

이 가련한 은자는 말을 할수록 점점 침착성이 흐려지는 것을 느꼈다. 그래서 자칫하면 말실수를 할 것 같아 스스로 조마조마할 지경이었으며 하지 않아도 될 말까지 하는 것을 깨닫고 겁을 먹기 시작했다.

그때 또 다른 군사가 다가오며 말했다.

"각하, 저 할멈은 거짓말을 했습니다. 마녀는 무통 거리 쪽으로는 가지 않았습니다. 거리의 쇠사슬은 아직 밤새 쳐져 있던 그대로고, 쇠사슬지기도 지나가는 사람을 보지 못했답니다."

트리스탕은 점점 인상이 험악해지며 은자에게 물었다.

"이 군사의 말에 어떻게 대답하겠느냐?"

그녀는 이 새로운 사태에 다시 잘 대처하려 애를 썼다.

"글쎄요, 그것까지는 저도 모릅니다. 제가 잘못 알았을 수도 있지요. 저는 꼭 그 마녀가 강을 건너간 것으로 알았습니다."

"그건 반대쪽인데, 아무리 생각해도 시테에서 쫓겨 나왔는데 그리로 돌아가려고 했을 것 같지는 않구나. 그러니 네가 거짓말을 하는 거다, 이 할망구야!"

트리스탕은 날카롭게 말했다.

"게다가 강물 이쪽이나 저쪽 어디에도 배는 없습니다!"

처음의 군사가 다시 덧붙였다.

"그럼 헤엄쳐서 건넜을지도 몰라요."

은자는 필사적으로 대응했다.

"여자들도 헤엄을 치나?"

그 군사가 되받았다.

"이런 빌어먹을 노파를 보겠나? 넌 지금 거짓말을 하고 있어! 거짓말을!"

트리스탕은 몹시 화를 내며 소리쳤다.

"그 마녀는 내버려두고 차라리 네년의 목을 매달고 싶구나! 십오 분만 더 추궁하면 넌 틀림없이 사실을 털어놓을 것이다. 우리를 따르거라!"

그녀는 그 말을 기다렸다는 듯 반갑게 대꾸했다.

"좋을 대로 하십시오. 어서 그렇게 해주십시오! 부디 저를 끌고 가십시오! 당장 따르겠습니다."

그러는 사이에 딸이 안전한 곳으로 도망치기를 그녀는 바라고 있었다.

"이런 제기랄! 고문당하는 걸 이렇게 좋아하는 미친년은 처음 보겠네! 그러니 미쳤다고들 하겠지!"

헌병대장 트리스탕이 중얼거렸다.

그때 머리가 허연 중년의 야경대원 하나가 나서며 헌병대장에게 말했다.

"각하, 정말 미친년입니다. 그 집시 계집을 잡고 있다가 놓쳤다고 해도 저 할멈 잘못은 아닙니다. 왜냐하면 저 할멈은 원래 집시 여자들을 몹시 증오했거든요. 제가 15년째 야경대원으로 일하는데 밤이면 밤마다 집시 여자들에 욕설을 퍼부어대는 걸 들어서 잘 압니다. 우리가 쫓고 있는 여자가 염소를 데리고 다니는 그 집시 처녀라면 누구보다도 저 할멈이 그 여자를 미워하고 있습니다."

그 말에 은자는 다시 한 번 용기를 얻어 말했다.

"그래요, 누구보다도 그 계집을 미워하오!"

야경대원들의 일치된 증언은 헌병대장에게 중년 대원의 말을 믿게 해주었다. 트리스탕 레르미트는 결국 은자에게서 아무것도 얻지 못한 채 실망하여 그대로 발길을 돌렸다. 그녀는 그가 말을 타기 위해 걸음을 옮기는 것을 이루 말할 수 없이 불안하고 초조한 심정으로 바라보고 있었다.

"자, 가자! 다시 다른 방향으로 수색을 계속한다! 집시 계집의 목을 매달기 전에는 잠도 자지 않을 것이다!"

그러나 그는 말에 오르기 전, 다시 한동안 주저하고 망설였다. 그가 마치 짐승의 소굴 냄새를 맡고 킁킁거리는 사냥개처럼 자리를 떠나지 않고 주위를 두리번거리는 것을 보며 그녀는 삶과 죽음의 갈림길에서 가슴을 졸이고 있었다. 이윽고 그는 고개를 저으며 말안장에 올라앉았다. 그러자 그토록 가슴을 졸이던 은자는 후련해지는 것을 느끼며 수색대가 온 다음부터 한 번도 쳐다보지 못했던 자신의 딸을 흘낏 쳐다보며 낮은 소리로 말했다.

"살았다!"

가련한 딸은 그동안 방구석에서 눈앞으로 다가온 죽음을 생각하며 숨도 제대로 쉬지 못한 채 죽은 듯 웅크리고 있었다. 그녀는 어머니와 트리스탕이 나누는 대화를 한마디도 놓치지 않고 듣고 있었으며 어머니의 고통이 그대로 자신의 심장을 찌를 듯이 전해

져오는 것을 느꼈다. 그녀는 자신을 둘러싸고 소용돌이치는 심연에 매달려 있는 밧줄이 끊어져가는 불안한 소리를 남김없이 들었으며 마침내 밧줄이 끊어지는 듯한 절망적인 순간도 여러 번 느꼈다. 그때 그녀의 귀에 누군가가 헌병대장 트리스탕에게 말을 건네는 것이 들려왔다.

"젠장! 헌병대장, 마녀의 목을 다는 것은 내가 할 일이 아니라고 생각하오. 난동을 일으킨 천민들은 모두 진압했으니 이 일은 그냥 당신이 하는 것이 좋겠소. 부대를 오래 비울 수 없으니 나는 그만 내 중대로 돌아가겠소. 당신도 그게 옳다고 생각할 거라 믿소."

그 목소리는 바로 푀부스 드 샤토페르였다. 에스메랄다의 마음속에서 어떤 일이 일어났을지는 말로 설명할 수 없을 것이다. 그래, 그가 거기 있었구나. 내 애인, 내 보호자, 내 원조자, 내 피난처인 나의 푀부스가! 그녀는 튕겨져 오르듯 일어나서는 어머니가 미처 막을 새도 없이 채광창으로 뛰어가 외쳤다.

"푀부스! 오, 나의 푀부스, 이리 오세요. 여기예요!"

그러나 푀부스는 이미 거기에 없었다. 그는 이미 말을 달려 쿠텔르리 거리 모퉁이를 돌아가버렸다. 그러나 트리스탕은 아직 그 자리에 있었다.

어머니는 난폭하게 딸에게 달려들었다. 그리고 딸의 목덜미를 갈퀴처럼 앙상한 손가락으로 낚아채었다. 어미 호랑이 같은 심정으로 그녀는 딸을 보호하기 위해 필사적으로 버둥거렸다. 그러나 때는 이미 늦어버렸다. 모든 것을 트리스탕이 보아버린 것이었다.

"흐흥!"

트리스탕은 이를 전부 드러내며 유쾌한 듯 소리 내어 웃어젖혔는데, 그 순간 그의 얼굴은 먹이를 발견한 굶주린 늑대였다.

"오호, 저 쥐구멍에는 쥐가 두 마리로구나!"

"역시 그렇군요!"

옆에 있던 군사가 말했다.

트리스탕은 그의 어깨를 두드렸다.

"자네는 매우 훌륭한 고양이로구나! 앙리에 쿠쟁은 어딨나?"

그러자 군복도 입지 않고 군인같이 생기지도 않은 사나이 하나가 대열에서 달려나왔다. 그는 회색과 갈색 줄무늬 옷을 입고 있었으며 머리털은 뻣뻣하고 투박한 손에는 밧줄을 들고 있었다. 트리스탕이 루이 11세를 따라다니는 것처럼 그는 늘 트리스탕의 뒤를 따르고 있었다.

"여보게, 우리가 애타게 찾던 마녀가 저기 있다. 끌어내어 목을 매달아라. 사다리는 갖고 있겠지?"

트리스탕 레르미트가 말했다.

"사다리는 '기둥집'의 창고에 있습니다. 이번 일은 저 사형대에서 하는 건가요?"

그는 돌로 만든 교수대를 가리키며 말했다.

"물론이다!"

"하하, 정말 신나는 일이에요!"

그는 헌병대장보다도 야만적인 웃음을 터트리며 말을 이었다.

"정말 누워서 떡 먹기예요!"

"그래, 서둘러라! 웃는 건 나중에 해도 된다."

트리스탕이 말했다.

그러는 동안, 자신의 딸이 트리스탕에게 발각되어 모든 희망의 빛이 꺼진 뒤로 어머니는 더 이상 아무 말도 하지 않고 있었다. 그녀는 거의 죽음에 이른 가엾은 딸을 독방의 한구석으로 몰아놓고는 채광창으로 다가와 맹수처럼 손톱을 세우고 서 있었다. 그녀는 군사들과 맞서는 자세가 되었고, 그 눈빛도 다시금 사납게 번쩍이고 있었다. 앙리에 쿠쟁이 그 옆으로 다가가자 그녀는 사나운 맹수 같은 얼굴로 그를 노려보았고 그는 주춤거리며 뒷걸음질을 쳤다.

"각하."

앙리에 쿠쟁이 헌병대장에게 돌아오며 말했다.

"누가 마녀입니까?"

"젊은 년이다."

"그럼 다행이네요. 저 늙은이는 얼마나 고약하고 골치 아픈지 몰라요."

"안됐구나, 염소를 데리고 다니며 춤을 추곤 하던 그 젊은 계집이!"

중년의 야경대원이 말했다.

앙리에 쿠쟁은 다시 채광창으로 다가갔다. 은자의 날카로운 눈빛 앞에서 그는 시선을 내리깔고 머뭇거리며 말했다.

"여봐요, 할멈……."

그녀는 몹시 성난 목소리로 말을 끊었다.

"원하는 게 뭐요?"

"당신 말고 다른 계집이오."

그가 말했다.

"다른 계집?"

"젊은 계집 말이야."

그녀는 고개를 가로저으며 미친 듯이 외쳤다.

"아무도 없어! 아무도 없어! 아무도 없다고!"

"천만에!"

그는 말을 이었다.

"잘 알 텐데, 그 젊은 년을 내놓으시오. 당신을 해칠 생각은 없어."

그녀는 이상한 웃음을 띠며 말했다.

"오, 날 해치진 않는다고?"

"그래, 그 여자를 넘겨주시오. 헌병대장님의 명령이오!"

그녀는 정신이 나간 듯 되풀이했다.

"여긴 아무도 없어!"

"그렇지 않아! 두 사람이 거기 있는 걸 우리가 다 봤어!"

"그러지 말고 들여다보면 될 거 아닌가? 이 안으로 머리를 처넣어 보라고!"

은자는 히죽거리며 말했다.

앙리에 쿠쟁은 그녀의 날카로운 손톱을 보고는 감히 그럴 엄두를 내지 못했다.

"자, 서둘러라!"

뒤쪽에서 트리스탕이 외쳤다. 그는 조금 전 '쥐구멍' 주위에 부대원들을 둘러 세워놓고 말을 탄 채 교수대 옆에 서 있었다.

앙리에는 당황하여 다시 헌병대장에게 돌아갔다. 그는 밧줄을 내려놓고는 망설이듯 모자를 만지작거렸다.

"각하, 어디로 들어가야 하나요?"

그가 물었다.

"문으로."

"문이 없는데요."

"그럼 창으로."

"창은 너무 좁아서 들어가기 힘듭니다."

"그럼 넓혀라. 곡괭이가 없느냐?"

트리스탕은 화를 내며 말했다.

어머니는 자기 방 안에서 먹잇감을 지키는 사냥개처럼 버티고 선 채 꼼짝 않고 있었다. 그녀에게는 더 이상 아무 희망도 없었으며 또 자기가 무엇을 바라는지 알 수 없었으나 딸을 빼앗기지 않으려 애쓰고 있었다.

앙리에 쿠쟁은 '기둥집'의 창고로 사형 집행에 쓰이는 도구상자를 가지러 갔다. 그는 먼저 접혀 있는 사다리를 꺼내어 교수대에 붙여 세웠다. 트리스탕은 곡괭이와 지렛대 등을 챙겨 든 부하들과 함께 채광창으로 돌아왔다.

"이봐, 할멈! 순순히 그 계집을 내놓아라!"

헌병대장은 엄숙한 어조로 말했다.

그러나 은자는 무슨 말인지 모르겠다는 듯 그를 쳐다보았다.

"망할 놈의 할망구야, 그 마녀를 국왕의 뜻에 따라 처단하려는데 자꾸 방해하는 이유가 뭐냐?"

트리스탕이 물었다.

"이유라고? 내 딸이기 때문이오! 내 딸!"

그녀의 어조는 너무나 처절해서 앙리에 쿠쟁마저도 몸에 소름이 끼칠 정도였다.

"그래? 그거 참 안됐구나! 하지만 국왕의 명을 어길 수는 없다!"

헌병대장은 차갑게 대꾸했다.

그녀는 이제 특유의 섬뜩한 웃음을 더욱 크게 터뜨리면서 발작적으로 외쳤다.

"그런 게 무슨 상관이야, 그깟 국왕 따위가 무슨 대수라고? 내게 중요한 건 내 딸뿐이야!"

"벽을 헐어내라!"

트리스탕이 외쳤다.

사람이 들어가기에 적당한 크기로 구멍을 넓히기 위해서는 채광창 아래서 한 줄 정도의 벽돌을 뽑아내기만 하면 되었다. 트리스탕의 부하들이 곡괭이와 지렛대를 이용해 요새를 허물기 시작하자 가엾은 어머니는 끔찍한 비명을 지르고 우리에 갇힌 야수처럼 무서운 속도로 방 안을 돌기 시작했다. 그녀는 이제 아무 말도 없었으나 두 눈에서는 뜨거운 불길이 치솟고 있었다. 군사들도 내심 얼어붙는 것 같았다.

그녀는 포악한 웃음을 흘리며 갑자기 돌덩이를 집어 들어 벽을 헐고 있는 군사들을 향해 사정없이 내던졌다. 그러나 그녀의 손이 떨리고 있어서 던져진 돌덩이는 위협적이기는 했으나 아무도 맞히지 못하고 트리스탕이 타고 있는 말의 발치까지 굴러가서 멎었다. 그녀는 분한 듯 이를 갈았다.

아직 해는 떠오르지 않은 시각이었으나 날은 이미 훤히 밝아 기둥집의 썩어 무너진 굴뚝 주위를 아름다운 장밋빛으로 물들였다. 이제 도시에서 가장 일찍 일어나는 사람들의 집 창문들이 즐겁게 열리는 때였다. 사람들 몇몇과 과일장수들이 나귀를 타고 시장에 가기 위해 그레브 광장을 가로지르다가 '쥐구멍' 주위에 모여 있는 군사들을 보고는 잠시 걸음을 멈추고 놀라서 바라보다 지나가곤 했다.

은자는 딸의 옆으로 다가가 제 몸으로 딸을 감싸안고 똑바로 앞만 노려보고 있었다. 가련한 딸은 미동도 하지 않은 채 쭈그리고 앉아 낮은 소리로 이렇게 중얼거리고 있었다.

"푀부스…… 푀부스!"

벽을 헐어내는 일이 진척될수록 어머니는 점점 뒤로 물러나면서 딸을 더욱 구석 쪽으로 몰아넣었다. 은자는 벽돌이 허물어지는 것을 보았고(그때 그녀는 그들을 감시하는 눈길을 잠시도 떼지 않았다) 군사들을 격려하는 트리스탕의 목소리도 들었다. 그러자, 그녀는 그때까지 녹초가 되어 있던 상태에서 정신을 다시 차리고 미친 듯이 소리를 질렀는데, 그 소리는 어느 때는 톱처럼 고막을 찢을 듯했고 어느 때는 세상의 모든 저주가 한꺼번에 쏟아져 나오기 위해 그녀의 입술 위로 모여든 것처럼 더듬거렸다.

"아, 세상에 이런 일이! 천벌을 받을 놈들아! 네놈들은 강도짓을 하는구나! 정말로 내 딸의 목을 가져갈 생각이냐? 이 애는 내 딸이란 말이다, 이 비겁한 놈들아! 망나니 종놈들아! 천하에 없는 살인청부업자의 하수인들아! 사람 살려! 사람 살려요! 불이야! 야, 이놈들아 이렇게까지 해서 내 딸을 데려가겠다는 거야? 아, 하느님은 도대체 뭐 하시는 분이란 말이냐?"

그러고는 입에서 거품을 품고 두 눈은 살기로 번득이며 성난 표범처럼 네

발로 어슬렁거리면서 머리털을 곤두세워 트리스탕을 향해 소리를 질렀다.

"이리 와서 내 딸을 데려가보시지! 이 아이는 내 딸이라고 하지 않았느냐? 어미에게 자식이 어떤 것인지 아느냐 모르느냐? 이 살쾡이 같은 놈아! 넌 한 번도 새끼를 가져본 적이 없단 말이냐! 네놈에게도 새끼가 있다면 새끼들이 울부짖을 때 네 창자는 아무렇지도 않더냐?"

"돌을 치워라! 이제 그만하면 됐다."

트리스탕이 말했다.

무거운 토대도 지렛대로 간단히 옮겨버렸다. 마지막 보루였던 돌이 치워지자 은자는 그것을 잡으려 달려들어 붙들고 군사들을 할퀴며 대항했다. 그러나 여섯 명이 떼미는 바람에 육중한 돌덩이는 은자의 손에서 벗어나 지렛대를 따라 땅바닥으로 미끄러져 내리고 말았다.

그렇게 휑하니 커다랗게 구멍이 헐린 것을 보고 어머니는 구멍 앞에 가로누워 몸으로라도 막아보려는 듯 버둥거리고 머리를 바닥에 찧고 팔을 휘저으며 잘 알아들을 수도 없게 지치고 잠긴 목소리로 발악을 했다.

"사람 살려! 사람 살려요! 불이야!"

"자, 이제 마녀를 끌어내라!"

트리스탕은 여전히 싸늘한 목소리로 명령했다.

그러나 어머니가 미친 듯 몹시 사나운 눈초리로 군사들을 쏘아보았으므로 그들은 차마 구멍 안으로 발을 들여놓지 못하고 머뭇거렸다.

"자, 이봐, 앙리에 쿠쟁! 자네라면 할 수 있겠지?"

헌병대장이 말했으나 아무도 앞으로 나서지 않았다.

"이런 바보 같은 놈들을 보겠나! 계집 하나 끌어내는 게 뭐가 무서우냐?"

"각하, 저건 그냥 계집이 아닙니다."

앙리에 쿠쟁이 말했다.

"저 계집은 사자와 같은 발톱이 있습니다!"

다른 군사가 말했다.

"시끄럽다! 보다시피 구멍은 커졌다. 퐁투아즈 성의 돌파구로 쳐들어가듯이 한번에 세 명이 밀고 들어가라. 이제 그만 끝장을 내야 한다. 누구든지, 물러나는 놈은 그 자리에서 두 토막을 내주마!"

이렇게 위협하는 헌병대장과 은자 사이에서 군사들은 갈등하였으나 결국 결심을 하고는 '쥐구멍'을 향해 나아갔다.

그것을 본 은자는 무릎을 꿇은 채 상체를 일으켜 세우고는 얼굴에 가려진 머리카락을 쓸어 넘기고 앙상하게 말라서 뼈와 가죽만 남은 손가락을 넓적다리 위로 내려뜨렸다. 갑자기 커다란 눈물 방울이 눈에서 뚝뚝 떨어져 내리더니 마치 급류가 저절로 파인 강바닥을 흘러가듯 그녀의 야윈 볼을 따라 흘러 떨어졌다. 그와 동시에 그녀는 무슨 말을 시작했는데, 그 소리가 어찌나 애절하고 처량하고 부드럽고 비통한지 사람 고기라도 먹을 만큼 사나워 보이는 트리스탕의 관록 있는 늙은 군사들조차 눈물을 지을 정도였다.

"여러 군인들께 꼭 한마디만 하겠습니다! 일이 어찌 되든 이 이야기는 꼭 해야겠습니다. 여기 있는 건 제 귀여운 딸입니다. 보세요, 제가 15년 전에 잃어버렸던 사랑스런 딸이에요. 제 말을 좀 들어주십시오. 이건 지어낸 이야기가 아니랍니다. 저는 여러 나리들을 잘 알고 있습니다. 한창 꽃다운 시절에 저는 매춘 생활을 했습니다. 그때는 어린아이들도 제게 돌을 던지던 시절이었습니다. 그 시절에도 나리님들은 제게 늘 친절했습니다. 아시겠어요? 그 이유를 아시게 되면 여러분은 제 딸을 그냥 두고 가시리라 믿습니다. 저는 가련한 창녀였습니다. 집시 여자들이 제 딸을 훔쳐 갔습니다. 그로부터 15년간 저는 제 딸을 찾고 싶은 마음에 딸이 흘린 신발 한 짝을 고이 간직해왔습니다. 이것 보세요. 이 작은 신발, 이렇게 앙증맞았어요. 랭스에서 저는 샹트플뢰리로 불렸어요. 폴 펜 거리에서도요! 여러분도 잘 아실 겁니다. 그게 바로 접니다. 여러분이 한창 젊었을 적에, 그 당시는 좋은 시절이었고,

사람들은 잠깐씩 즐거운 시간을 보냈어요. 여러분은 저를 가엾게 여기실 겁니다. 집시 계집들이 제 딸을 훔쳐 갔어요. 그리고 15년 동안이나 그 아이를 감춰두고 있었어요. 저는 딸아이가 죽었다고 생각했지요. 생각해보세요. 여러분, 저는 정말로 그 애가 죽은 줄만 알았어요. 그리고 15년간 여기서 이 힘겨운 지하실에서 겨울에도 온기 없이 살았어요. 그 세월이 얼마나 고통스러웠는지. 이 작고 가련하고 사랑스러운 신발 한 짝! 날마다 울면서 하느님께 울부짖었더니 어느 날 그분이 마침내 제 소원을 들어주셨어요. 바로 오늘 밤, 제게 딸을 돌려주신 거예요. 하느님의 기적이 일어난 거예요. 제 딸은 죽지 않았던 거예요. 여러분, 제게서 딸을 빼앗아 가지 않으시겠지요. 저는 믿어요. 차라리 제가 잡혀가야 한다면 얼마든지 그러겠어요. 하지만 딸은 겨우 열여섯 살이에요. 아직 햇빛을 좀 더 보게 해주세요. 저 아이가 여러분에게 무슨 짓을 했다는 건가요? 아무 짓도 하지 않았어요. 저도 마찬가지예요. 제발 그것만 알아주세요. 저에겐 이제 저 아이밖에 없어요. 다 늙은 저에게 성모님께서 축복을 내려주신 거예요! 저는 딸아이를 사랑하고 있어요! 높으신 헌병대장님, 저 아이의 손가락에 상처 하나라도 생기는 것보다는 차라리 제 창자에 구멍이 뚫리기를 더 바라겠어요. 인자하신 대장님! 이렇게 말씀드리면 잘 아셨을 거예요. 제 아이를 사랑할 시간을 빼앗지 말아주세요. 예수님께 빌 듯이 이렇게 대장님께 무릎 꿇고 빌고 있어요! 저는 더 이상 어떤 것도 바라지 않아요. 저는 랭스 사람이에요. 그곳에 제 아저씨 마예 프라동의 밭뙈기를 조금 가지고 있어요. 저는 빈털터리가 아니고 아무것도 여러분께 바라지 않아요. 그저 제 딸을 지키는 것뿐이에요. 제가 그 아이를 지키고 싶어요. 하느님께서 제게 아이를 돌려보내셨어요. 국왕의 명령이라고요? 아무리 그렇다 해도 제 어린 딸을 죽이는 것은 임금님을 기쁘게 하지 못할 거예요! 인자하신 임금님께서 그런 것을 바라실 리가 없어요. 이 아이는 제 아이예요. 저희는 여기를 떠날 거예요. 두 여자가 떠날 때, 하나는 어미고 하나는 딸이니 그냥 가게 해주세요. 저희들을 그냥 지나가게 해주세요. 랭스로 돌아갈게요. 오, 인자하신 여러분! 모두에게 아무것도 바라지 않아요. 다만 사랑스런 제 딸을 데려가지만 말아주세요. 그럴 수는 없어요. 제발요! 아, 사랑스런 내 아가! 내 아가!"

그녀의 몸짓이나 말투, 말하면서 삼키는 눈물, 마주 잡았다 비틀었다 하는 손, 비통한 미소, 눈물 젖은 두 눈, 신음과 한숨과 갈피를 잡을 수 없게 부질없고 두서없는 말속에 섞여드는 가슴을 에는 가련한 울부짖음 등에 관하여 더 이상 어떤 설명이 필요하겠는가. 그녀가 마침내 입을 다물었을 때, 트리스탕 레르미트는 짜증스럽게 눈살을 찌푸렸으나 그것은 사실 호랑이 같은 그의 눈에 고인 눈물을 감추기 위함이었다. 그는 흔들리는 마음을 가다듬고 짧게 말했다.

"국왕의 명령이다!"

그러고는 앙리에 쿠쟁의 귀에 아주 낮은 소리로 말했다.

"빨리 끝내라!"

냉혈한인 이 헌병대장 역시 자신에게서 용기가 사라지는 것을 느꼈던 것이다.

또다시 사형집행인과 군사들이 그 방 안으로 들어갔다. 이제 가련한 어머니는 더 이상 저항하려 하지 않았으며 다만 딸에게 바짝 다가가 필사적으로 몸을 던졌다. 다가오는 군사들을 보며 미칠 듯한 죽음의 두려움 속에서 집시 처녀는 정신을 잃지 않으려 애쓰며 고통스럽게 중얼거렸다.

"어머니! 아, 저들이 다가와요! 저를 지켜주세요. 어머니!"

"그래, 애야! 내가 지켜주마!"

어머니는 점점 꺼져가는 듯한 목소리로 힘겹게 대답하고 딸을 품에 안고 입을 맞추었다. 딸과 어머니가 한 몸뚱이가 되어 바닥에 쓰러져 있는 모습은 더없이 측은한 광경이 아닐 수 없었다.

앙리에 쿠쟁은 집시 처녀의 아름다운 어깨 아래로 손을 넣어 붙잡았다. 낯선 손길을 느낀 처녀는 "으악!" 하는 비명을 지르며 정신을 잃었다. 사형집행인도 커다란 눈물방울을 흘리며 그녀를 끌어올리려 했다. 그는 딸의 허리 주위를 꽉 끌어안은 어머니를 떼어내려 했으나 마치 자물쇠처럼 매달려 있어서 마음대로 되지 않았다. 앙리에 쿠쟁이 처녀를 잡아 밖으로 끌어내자, 딸에게 매달린 어머니도 같이 딸려 나왔다. 어머니도 정신을 잃은 것인지 눈을 감은 채였다.

때마침 아침 해가 떠오르기 시작했다. 광장에는 이미 군중들이 모여들어, 교수대 쪽으로 끌려가는 모녀의 모습을 보고 있었다. 그것이 헌병대장 트리스탕의 사형집행 방식이었다. 그는 구경꾼들이 교수대 근처로 몰려드는 것을 좋아하지 않았다.

광장 주변 집집의 창문에는 아무도 없었다. 다만 그레브 광장을 내려다보는 노트르담의 종탑 꼭대기에 맑게 개인 아침 하늘을 배경으로 유심히 이곳을 내려다보는 두 사나이의 윤곽이 떠오를 뿐이었다.

앙리에 쿠쟁은 끌고 온 '그들'과 함께 숙명의 사다리 아래서 걸음을 멈추고 한숨을 내쉬었다. 너무나 가여워 숨을 쉬는 것조차 힘겨운 듯했다. 그는 처녀의 사랑스런 목덜미에 밧줄을 감았다. 불쌍한 처녀는 밧줄의 섬뜩한 느낌에 눈을 뜨고 제 머리 위로 우뚝 서 있는 돌로 만든 교수대의 가로대를 보았다. 그녀는 온몸을 부르르 떨며 가슴을 찢는 듯한 처절한 소리로 외쳤다.

"싫어요! 싫어! 살려주세요!"

어머니는 딸의 옷 아래 머리를 파묻은 채 말없이 있었다. 다만 사람들은 그녀가 온몸을 떨며 딸에게 더욱 열렬히 입을 맞추는 소리를 들을 수 있을 뿐이었다. 사형집행인은 그 틈을 타서 딸을 부여잡은 어머니의 팔을 난폭하게 풀어헤쳤다. 힘이 빠졌기 때문인지 체념했기 때문인지 알 수 없으나 그녀는 이제 그가 하는 대로 가만히 있었다. 그러자 그는 처녀를 어깨에 들쳐

메고 사다리를 오르려 했다.

그 순간, 바닥에 쓰러져 있던 어머니는 눈을 번쩍 뜨고는 소리도 지르지 않고 무서운 표정을 지으며 벌떡 일어나 먹이를 향해 덤비는 맹수처럼 앙리에 쿠쟁의 손에 달려들어 물어뜯었다. 전광석화와도 같은 순간이었다. 그가 고통스런 비명을 지르자 사람들이 쫓아왔다. 그리고 어머니의 이 사이에서 피투성이가 된 그의 손을 간신히 빼냈다. 그녀는 그들을 쏘아보며 깊은 침묵을 지키고 있었다. 그녀는 군사들의 난폭한 손길에 떠밀려 머리가 바닥으로 쿵 소리를 내며 나가떨어지고 말았다. 사람들이 그녀를 일으켜 세웠으나 다시 축 늘어지고 말았다. 그녀는 이미 죽어 있었던 것이다.

그때까지도 처녀를 메고 있던 사형집행인은 다시 사다리를 오르기 시작했다.

chapter 2

흰옷의 미녀

카지모도는 집시 처녀가 이미 그 방에 없다는 것을 확인하고, 자기가 지키고 있는 동안에 누군가 처녀를 어디론가 데려가버린 것을 알고는 두 손으로 머리를 움켜쥐고 놀라움과 슬픔으로 발을 굴렀다. 그러다 온 성당 안을 뛰어다니며 집시 처녀를 찾기 시작했다. 그는 구석구석 찾아 헤매며 고함을 지르거나 제 붉은 머리카락을 쥐어뜯고 있었다. 그때가 바로, 왕의 군사들이 의기양양하게 노트르담 안으로 밀고 들어와 마찬가지로 집시 처녀를 찾고 있을 때였다. 카지모도는 슬프게도 귀머거리였으므로 그들의 계략을 알지 못하고 그들을 도와주었다. 그는 집시 처녀의 적이 거지 떼인 줄로만 알

왔던 것이다. 그는 자진해서 트리스탕 레르미트를 그녀가 숨을 만한 곳으로 안내하여 비밀 출입문이나 제단의 이중문, 성구실의 뒷방까지 열어 보였다. 만약에 그녀가 아직 그곳에 있었더라면 그녀를 넘겨준 것이 카지모도 자신이 될 뻔했던 것이다. 아무것도 발견하지 못하자, 쉽게 지치지 않는 그 유명한 트리스탕도 그만 피로에 지치고 말았다. 그래도 카지모도는 혼자서 쉬지 않고 이곳저곳을 찾아 헤매었다. 그는 수십, 수백 번 성당을 돌았다. 탑을 이리저리 오르내리고 이름을 불러보기도 하고 큰 소리를 지르거나 냄새를 맡거나 구멍이란 구멍은 모조리 들여다보고, 둥근 천장마다 일일이 횃불을 비춰보기도 했다. 절망으로 미칠 지경이 된, 암컷을 잃은 수컷도 그렇게 사납게 굴지는 않았을 것이다. 마침내, 그녀가 더 이상 그곳에 없다는 것을, 누군가에게 빼앗겨버렸다는 사실을 확신하게 된 카지모도는 얼마 전에 그가 처음 그녀를 살려주던 날 그렇게도 흥분하여 신나게 올랐던 그 탑의 계단과 같은 장소들을 다시 고개를 떨구고, 말없이, 눈물도 흘리지 않으며, 숨도 쉬지 않고서 천천히 지나갔다. 성당은 다시 적막 속에 빠져버렸다. 군사들이 노트르담을 떠나 마녀를 쫓아 시테로 향해 가버렸던 것이다. 방금 전까지 사람들에게 둘러싸여 시끄러웠던 이 넓은 노트르담 안에 오직 홀로 남게 된 카지모도는 집시 처녀가 자기의 보호를 받으며 몇 주 동안 지냈던 방 쪽으로 걸음을 옮겼다. 그쪽으로 다가가면서 그는 어쩌면 그녀를 다시 볼지도 모른다는 기대를 하기도 했다. 낮은 지붕 쪽에 있는 회랑의 모퉁이에서 나뭇가지 밑에 있는 새집과 같이 커다란 공중 부벽 아래 작게 만들어진 창문과 출입문이 붙은 조그만 방이 눈에 띄자, 가련한 이 사나이는 완전히 기운이 빠져 비틀거리다 기둥에 기대섰다. 그녀는 어쩌면 다시 돌아왔을지도 모른다, 어떤 친절한 사람이 그녀를 다시 데려다놓았을 것이다, 이 방은 아주 조용하고 안전하고 쾌적하므로 그녀가 없을 리가 없다, 이런 상상을 하며 그런 상상이 깨질까 봐 두려워 더 이상 걸음을 내딛지 못했다. '그래, 그녀는 지금 자고 있거나 기도를 드리고 있을 거야. 방해하지 말자.' 그는 혼자 마음속으로 중얼거렸다.

마침내 용기를 낸 그가 조심스레 방 안을 들여다보면서 걸어 들어갔다. 비어 있다! 역시 방 안은 텅 비어 있었다. 가련한 귀머거리는 천천히 방 안을 돌아보면서 행여나 이불 속에라도 숨어 있지 않을까 하고 이불을 들춰보고 침대 밑을 살피고 하다가 머리를 흔들고 멍하니 서 있었다. 그러다 갑자기 분노가 치밀어 오르는 듯 횃불을 짓밟아버리고 말없이 전속력으로 벽을 향해 돌진하여 머리를 부딪치고는 정신을 잃고 쓰러져버렸다.

얼마 후 정신이 돌아오자, 그는 침대 위로 몸을 던져 그 위를 뒹굴며 그녀가 잠을 자던 온기가 아직 남아 있는 듯한 자리에 입을 맞추었다. 마치 그곳에서 숨을 거두려는 듯 한동안 꼼짝도 않더니 곧 땀을 뻘뻘 흘리고 숨을 헐떡이며 정신없이 다시 일어나 시계추처럼 무서울 정도로 규칙적으로 벽에다 머리를 들이받기 시작했다. 마치 머리를 박살내버리기로 결심한 것 같았다. 그러다 그는 다시 기진하여 쓰러졌으나 무릎으로 기어서 방을 나와, 문 앞에 웅크리고 앉았다. 그는 그렇게 꼼짝도 하지 않고 사람의 그림자도 없는 방을 바라보며, 몇 시간 동안 그대로 있었다. 텅 빈 요람과 시체가 든 관 사이에 앉아 있는 어느 어머니보다도 더 어두운 얼굴을 하고 더 깊은 생각에 잠겨 있는 것 같았다. 한마디 말도 없이 가끔씩 격렬하게 온몸을 떨며 흐느껴 울 뿐이었다. 그것은 소리도 없는 한여름의 번갯불처럼 눈물 없는 흐느낌이었다.

그제야 비로소 그는 절망에 빠진 집시 처녀를 빼앗아 간 사람이 과연 누구일까를 머릿속에서 찾다가 문득 부주교에게 생각이 미쳤다. 클로드 부주교만이 이 방으로 통하는 계단의 열쇠를 가지고 있다는 생각이 든 것이다. 그는 부주교가 한밤중에 그녀를 덮치려 했던 일들이 생각났는데, 첫 번째는 카지모도 자신이 그를 도왔었으나 두 번째는 자신이 그를 방해했던 것이다.

그 외에도 여러 가지 일들이 그의 머릿속에 떠오르면서, 집시 처녀를 자신에게서 빼앗아 간 사람은 틀림없이 부주교라고 믿어 의심치 않게 되었다. 그러나 그의 부주교에 대한 존경과 감사와 사랑은 매우 깊은 것이었으므로 그 순간에도 그에게 질투와 증오의 마음을 갖기가 쉽지 않았다.

그는 부주교의 짓임을 확신했다. 그러나 부주교가 아닌 다른 사람이라면 피와 죽음의 분노를 느꼈겠지만 대상이 클로드 프롤로였던 까닭에, 그런 분노도 감히 품지 못하고, 그의 가슴속에서 그것은 점차 고통으로 변해갈 뿐이었다.

이렇게 조용히 부주교에 대해 생각하고 있다가 문득 아침 햇빛이 희미하게 밝아오는 벽을 올려다보니 노트르담의 가장 높은 층 부근, 바로 건물 뒤쪽을 둘러싼 바깥 난간이 굽어 돌아가는 곳에 사람의 그림자 하나가 보였다. 이 그림자는 그가 있는 쪽으로 걸어왔다. 그가 누구인지 금세 알 수 있었다. 바로 부주교였다. 클로드는 무겁고 느린 발걸음으로 다가왔다. 그는 걸으면서 앞을 보지 않고 있었다. 그는 북쪽 탑을 향해 가고 있었으나, 그의 얼굴은 옆으로, 센 강의 우안 쪽으로 돌려져 있었으며, 마치 지붕들 너머로 무엇을 보려고 애쓰는 것처럼 머리를 높이 쳐들고 있었다. 부엉이는 흔히 그런 곁눈질을 한다. 어느 한곳을 향해 날면서도 다른 점을 바라본다. 신부 역시 카지모도를 보지 않고 그렇게 그 머리 위를 지나갔다.

난데없이 부주교가 나타난 데 놀란 귀머거리는 그가 북쪽 탑 계단의 문 아래로 들어가는 것을 보았다. 이 탑에서는 시립병원이 보인다. 카지모도는 일어나 그의 뒤를 쫓았다.

카지모도는 왜 신부가 탑으로 올라가는지 알고 싶어서 탑 계단을 따라 올랐다. 그러나 이 가련한 종지기는 자기가 무엇을 하려는지 알지 못했다. 자기가 무엇을 말하려고 하는지, 또 무엇을 바라는지도 알지 못했다. 그의 가슴은 분노와 두려움으로 가득 차 있었다. 그의 가슴속에서는 부주교와 집시 처녀가 서로 부딪치고 있었다.

종탑 꼭대기에 도착한 카지모도는 계단 그늘에서 나와 평평한 지붕 위로 나서기 전에 부주교가 어디 있는지 조심스레 살폈다. 부주교는 그에게 등을 돌리고 있었다. 종탑 옥상의 둘레에는 구멍 뚫린 난간이 있었다. 신부는 도시를 굽어보고 있었는데, 노트르담 다리 쪽에 면한 난간에 가슴을 기대고 있었다.

카지모도는 살며시 그의 뒤로 다가가 그가 무엇을 그리도 열심히 내려다보는지 보았다. 부주교는 완전히 정신이 다른 데 팔려 있어서 종지기가 가까이 다가오는 것도 몰랐다.

여름 새벽의 산뜻한 빛에 감싸인 노트르담의 탑 꼭대기에서 바라보는 파리의 광경은, 특히 당시의 파리 경관은 훌륭하고 아름다웠다. 아마 7월의 어느 날이었을 것이다. 하늘은 맑았다. 때늦은 별들이 여기저기서 꺼져가고 있었는데, 동쪽 가장 밝은 하늘에 유난히 빛나는 별 하나가 있었다. 해는 곧 솟아오르려는 찰나였다. 파리는 웅성거리기 시작했다. 새하얗고 맑디맑은 햇빛이 동쪽을 향해 있는 수많은 집들의 구석구석을 생생하고 산뜻하게 비추었다. 종탑들의 거대한 그림자가 그 큰 도시의 한쪽 끝에서 다른 쪽 끝으로, 이 지붕에서 저 지붕으로 뻗어갔다. 이미 시내에서는 발소리와 소음이 일고 있었다. 여기서는 종이 울리고 저기서는 망치 소리가 나고, 또 어디선가는 덜컥거리며 굴러가는 수레 소리가 들려왔다. 벌써 연기들이 여기저기 그 모든 지붕들의 표면에서 마치 거대한 지옥의 계곡 틈바구니에서 나오는 것처럼 솟아오르고 있었다. 많은 다리의 아치와 섬의 첨단에서 주름지는 센 강의 물결은 은빛으로 아른거리고 있었다. 도시의 주위, 성벽 밖으로는 솜 같은 안개가 자욱하게 끼어 있어 잘 보이지 않았다. 다만 그 안개 너머로 선명하지 않은 평야의 선이나 완만한 언덕의 모양을 어렴풋이 알 수 있을 뿐이었다. 온갖 떠드는 소음들이 잠에서 반쯤 깨어난 도시 위에 흩어져 있었다. 아침 바람은 언덕의 안개 털에서 뽑아낸 흰 솜뭉치들을 공중에서 동쪽으로 쫓고 있었다.

성당 앞뜰에서는 우유 단지를 든, 나이 든 여인들이 노트르담의 대문이 부서지고 납이 두 줄기로 흘러 돌바닥 사이의 틈새에 굳어져 있는 것을 서로 가리키며 놀라워하고 있었다. 그것이 간밤에 일어난 소동의 흔적이었다. 종루 사이에 카지모도가 불태운 장작불은 이미 꺼져 있었다. 트리스탕은 이미 광장을 정리하고 시체들은 센 강에 던져버리도록 조처했다. 루이 11세와 같은 왕들은 학살이 일어난 후에 재빨리 현장을 씻어내고 정리하는 것을 잊지 않았다.

종탑의 난간 밖으로 부주교가 서 있던 지점 아래쪽에는, 고딕 건물 위에 붙어 있는 기괴하게 깎아 세운 이무깃돌 하나가 뻗어 있었다. 그 이무깃돌의 벌어진 틈새에는 두 송이의 예쁜 무꽃이 산들바람에 지친 듯 서로 나부끼며 살아 있는 것처럼 명랑한 인사를 주고받고 있었다. 종탑의 위쪽, 저 하늘 멀리에서는 새들의 지저귐도 아련히 들려오고 있었다.

그러나 부주교에게는 그 어느 것도 귀에 들리지 않았고 눈에 들어오지도 않았다. 그에게는 아침 풍경도, 새도, 꽃도 무의미한 것 같았다. 그의 주위에서 그토록 다양한 모습을 나타내고 있는 그 광막한 지평 속에서 그의 시선은 단 하나의 점 위에 집중되어 있었다.

카지모도는 그에게 에스메랄다를 어떻게 했느냐고 묻고 싶었다. 그러나 그 순간 부주교는 이미 이 세상 사람 같지 않았다. 그는 분명히, 땅이 무너져도 모를 만큼 인생의 가장 격렬한 순간에 놓여 있었던 것이다. 말없이 어느 한 지점을 조용히 응시한 채 그는 미동도 하지 않고 서 있었는데, 그러한 침묵과 정지 상태가 왠지 종지기에게는 까닭 없는 두려움을 느끼게 했다. 그리하여 겁 많은 카지모도는 앞에서 떨고 있을 뿐 감히 부딪쳐볼 용기도 내지 못했다. 겨우 부주교에게 물어보는 방법으로 택한 것이, 그의 시선이 어디를 향하고 있는지 더듬어보는 것뿐이었으며, 그렇게 하여 이 불행한 귀머거리의 시선은 그레브 광장으로 가 닿게 되었다.

마침내 그 역시 부주교가 바라보는 것을 알 수 있었다. 그것은 사다리가 옆에 세워져 있는 돌 교수대였다. 광장에는 약간의 구경꾼들과 그보다 많은 수의 군사들이 모여 있었다. 한 사나이가 어떤 흰 물체 하나를 길바닥 위에서 질질 끌고 있었다. 거기에는 또 다른 검은 물체도 매달려 있는 듯했다. 그 사나이는 교수대 아래서 걸음을 멈추었다.

그때 어떤 일이 일어났지만 카지모도는 잘 볼 수 없었다. 그의 하나뿐인 눈의 시력이 나빠서가 아니라 그곳에 모여선 군사들에 가려졌기 때문이었다. 또한 때마침 아침 해가 솟아올라 눈부신 햇살을 사방으로 퍼뜨리자 파리에 있는 수많은 첨탑들이며 굴뚝이며 가파른 지붕들이 일제히 불이 붙은 것 같았기 때문이었다.

그동안 그 사나이는 사다리를 오르기 시작했다. 그때 카지모도는 그의 어깨에 한 여자가 업혀 있는 것을 똑똑히 보았는데, 그녀는 흰옷을 입었으며 목에는 밧줄 같은 것이 감겨 있었다. 카지모도는 그 여자가 누구인지 금세 알아보았다. 바로 '그녀'였다.

사나이는 마침내 사다리 끝까지 오른 뒤, 밧줄의 매듭을 단단히 했다. 여기서 신부는 좀 더 잘 보기 위해 난간 위에서 무릎을 꿇었다.

다음 순간, 사나이는 사다리를 발로 차서 떨쳐버렸다. 그리고 그녀를 알아본 순간부터 숨도 제대로 쉬지 못하고 있던 카지모도는 보았다. 그 불행한 처녀가 바닥에서 4미터 정도 되는 높이의 밧줄 끝에 매달린 채 흔들리는 것을. 그녀의 어깨 위에 올라앉은 사나이도 밧줄의 흔들림에 따라 함께 빙글빙글 돌고 있었다. 숨이 끊어져가는 집시 처녀의 몸이 무서운 경련으로 심하게 떨리는 것도 카지모도는 보았다. 그러는 동안, 부주교는 목을 앞으로 쑥 내밀고 눈을 부릅뜨고는 사나이와 처녀의, 마치 거미에게 먹히는 파리 같은 끔찍한 광경을 지켜보았다.

가장 참혹한 순간에 악마의 웃음소리가, 인간이기를 포기했을 경우에만 가능할 것 같은 그런 웃음소리가 부주교의 창백한 얼굴에서 폭발하듯 터져 나왔다. 카지모도는 그 소리를 들을 수는 없었으나 눈에는 생생하게 보였다. 종지기는 부주교의 뒤로 몇 걸음 물러났다가 격분한 듯 거칠게 달려들어 억센 두 팔에 온 힘을 모아 클로드가 굽어보고 있던 구렁텅이를 향해 힘껏 그의 등을 밀어버렸다.

클로드 신부는 "으아!" 하는 비명을 지르며 떨어졌다.

그는 떨어지는 도중에 건물에 돌출되어 붙어 있는 이무깃돌에 매달렸다. 그가 다시 죽을힘을 다해 비명을 지르려고 입을 여는 순간, 머리 위의 난간 가장자리로 카지모도의 복수심 가득한 얼굴이 보였다. 그러자 그는 다시 입을 다물어버렸다.

아래로는 까마득한 심연이 놓여 있었다. 70미터 정도 아래 바닥은 돌이 깔려 있었다. 이런 절체절명의 순간에 놓인 부주교는 더 이상 비명도, 아무 소리도 내지 못한 채, 다시 올라오기 위해 필사적으로 이무깃돌을 붙잡고 몸부림칠 뿐이었다. 그러나 수직으로 뻗은 벽 위에서 그가 잡을 것이라고는 보이지 않았으며 그의 발도 마찬가지로 디딜 만한 곳이 없어 헛발질만 할 뿐이었다. 노트르담에 올라가본 사람들이라면 난간 바로 아래에 하나의 배흘림기둥이 있는 것을 알 것이다. 이 처량한 부주교는 바로 그 요각(凹角) 위에서 필사의 몸부림을 치고 있었다. 그가 매달린 곳은 깎아지른 듯한 벽이 아니라 그의 아래서 달아나는 벽이었다.

카지모도가 이제라도 부주교를 구하고자 했다면 손만 뻗치면 됐을 것이다. 그러나 그는 더 이상 부주교에게 관심이 없었다. 그는 그레브 광장만을 바라볼 뿐이었다. 귀머거리는 바로 조금 전까지 부주교가 서 있던 자리에서 난간에 팔을 기댄 채, 그 순간 세상에서 그를 위해 존재했던 유일한 여인에게서 눈을 떼지 않고 화석처럼 꼼짝 않고 서 있었다. 그리고 그때까지 한 번도 눈물을 보인 적이 없는 눈에서 눈물이 시냇물처럼 조용히 흐르고 있었다.

그동안 부주교는 고통스레 헐떡이고 있었다. 벗어진 이마에서는 땀이 비 오듯 흐르고 손톱 끝에서 스며 나온 피가 돌을 물들이고 무릎은 벽에 부딪혀 벗겨지고 있었다. 이무깃돌에 걸린 그의 옷자락이 몸을 움직일 때마다 찢어지고 실밥이 터지는 소리를 냈다. 게다가 그 이무깃돌의 끝은 연관(鉛管)으로 되어 있어서 그의 체중 때문에 조금씩 휘어지고 있었다. 부주교는 그 순간, 자신의 손에서 힘이 다 빠져버리거나 걸려 있는 옷자락이 다 뜯겨지든가, 연관마저 완전히 휘어져버리면 결국 떨어질 수밖에 없다고 생각했다. 그러자 죽음에 대한 공포가 뼛속까지 스며들었다. 그는 종종 얼떨결에 3미터 아래쪽에 조각의 기복으로 만들어진 좁은 받침대 같은 것을 바라보며, 비록 100년 동안이라도 좋으니 그 60~70센티미터 정도 되는 평면에서 살 수 있게만 해달라고 절망적으로 빌었다. 그러다 어느 순간에는 또 자기 발 아래의 까마득한 광장을 내려다보았다. 얼른 고개를 쳐들었으나 그의 눈은 저절로 감기고 머리털은 곤두섰다.

이들 두 사나이의 침묵은 끔찍한 것이었다. 부주교가 난간 아래 1미터 정도 떨어진 곳에서 죽음의 공포와 싸우는 동안 카지모도는 비통한 눈물을 흘리며 그레브 광장을 하염없이 바라보고 있었다.

부주교는 몸부림칠수록 자신의 취약한 거점을 뒤흔들뿐임을 깨닫고 더 이상 움직이지 않기로 작정했다. 그는 이무깃돌을 껴안은 채 숨도 제대로 쉬지 못하고, 꿈속에서 떨어진다고 느낄 때처럼 배가 기계적인 경련을 일으키는 것 외에는 꿈쩍도 하지 않고 있었다. 그의 눈조차 고정된 채 다만 놀란 듯 크게 열려 있을 뿐이었다. 아무리 애를 써도 점차 그는 벼랑으로 더욱 내몰리고 있었다. 그의 손가락들이 이무깃돌에서 자꾸 미끄러져 내렸고, 팔에서도 기운이 빠져갔으며, 그럴수록 제 몸의 무게가 힘겨워지는 것을 느꼈고, 몸을 지탱하게 해주던 연관도 조금씩 아래로 기울어지고 있었다. 아래로 노트르담 바로 옆에 있는 생 장 르 롱 성당의 지붕이 두 겹의 종이 조각처럼 조그마하게 보였다. 부주교는 종탑의 조각상들을 하나씩 바라보았는데, 그들도 자신처럼 낭떠러지에 매달려 있음에도 두려워하거나 그를 가엾게 여기는 것 같지도 않았다. 그의 주위에는 모두 돌뿐이었다. 눈앞에는 입을 떡 벌리고 있는 괴물들이 있고, 아래로 아득한 광장의 돌바닥이 있었으며 그의 머리 위에서는 카지모도가 울고 있었다.

성당 앞뜰에서는 몇몇 구경꾼들이 무리지어 서성이며, 누가 저렇게 심한 장난을 치는지 알아내려고 호기심 어린 시선을 던지고 있었다. 그들의 말소리가 부주교에게까지 들려왔다.

"저 사람, 목이 부러지고 말 거야!"

카지모도는 아직도 울고 있었다.

마침내 체념한 부주교는 분노와 공포로 거품을 내뿜으며 모든 것이 끝에 다다랐음을 깨달았다. 그럼에도 실오라기라도 붙잡는 심정으로 마지막까지 남은 힘을 끌어 모았다. 이무깃돌에서 몸을 굽혀 두 무릎으로 벽을 차고 올라 벽 틈새에 손을 넣고 매달려 약 30센티미터 정도 기어오르는 데 성공했다. 그러나 그 충격으로 그가 지탱하고 있던 연관이 갑자기 크게 휘어버렸다. 동시에 걸려 있던 옷자락이 완전히 찢겨져 나갔다. 이제 더 이상 믿을 것은 없어지고, 붙잡을 것이라고는 기운 빠진 손밖에 없었던 이 불행한 사나이는 눈을 감고 이무깃돌을 잡고 있던 손을 놓아버렸다. 그리고 아래로 떨어져 내렸다.

카지모도는 그가 떨어지는 것을 바라보았다.

그렇게 높은 곳에서 추락할 때는 보통 수직으로 떨어져 내리지 않는다. 허공에 내던져진 부주교는 처음에는 머리를 아래로 하고 두 팔을 벌린 채 떨어지다가 이윽고 여러 번 빙글빙글 돌았다. 그는 바람에 날려 어느 집 지붕 위로 떨어졌고 그곳에서 몸이 부러졌다. 그러나 그때까지도 그는 여전히 살아 있었다. 종지기는 그가 다시 필사적으로 손톱을 세워 가파른 지붕을 잡고 오르려 하는 것을 보았다. 그러나 지붕의 경사가 매우 급했으므로 그는 떨어져 나가는 기왓장처럼 지붕 위를 미끄러져 바닥으로 떨어져 내렸다. 그러고는 더 이상 움직이지 않았다.

그때 카지모도는 눈을 들어 집시 처녀가 있는 곳을 보았다. 교수대에 매달린 그녀의 몸이 흰옷 아래에서 마지막 경련을 일으키며 떨리는 것을 멀리서도 알 수 있었다. 다시 부주교에게 시선을 돌려, 종탑 아래 형체도 없이 축 늘어진 것을 보았다. 그는 가슴속에서 솟아오르는 비통한 흐느낌 속에서 이렇게 말했다.

"오, 내가 사랑했던 사람들이여……."

chapter 3

푀부스의 결혼

그날 저녁 주교의 재판관들이 성당 앞뜰에 널브러져 있던 부주교의 산산조각 난 시체를 치웠을 때, 카지모도는 이미 노트르담에서 종적을 감춘 뒤였다.

이 사건에 대해 수많은 소문들이 떠돌았다. 세상 사람들은 카지모도가 클로드 프롤로를, 즉 악마가 마술사를 데려가기로 예정했던 날이 온 것이라고 믿어 의심치 않았다. 사람들은 원숭이가 호두알을 먹기 위해 껍질을 부수는 것처럼 카지모도가 부주교의 영혼을 가져가면서 그의 육체를 부숴버린 거라고 생각했다.

이런 이유로 부주교는 성지에 매장되지 못했다.

루이 11세는 이듬해인 1483년 8월에 세상을 떠났다.

피에르 그랭구아르는 다행히 염소를 구하였고, 다시 연극에서 성공을 거두었다. 그는 점성술과 철학과 건축학과 연금술 등 모든 잡다한 학문을 조금씩 맛본 뒤에 결국 그중에서도 가장 미친 짓으로 보이는 연극으로 되돌아갔던 것이다. 그야말로 그가 말하던 '마침내 비극적인 최후를 마쳤다'라는 말과 어울리는 것이었다. 그가 극작가로 성공한 것에 대하여 사람들은 1483년 주교의 보고서에 다음과 같은 기록을 남겼다. "목수인 장 마르샹과 극작가인 피에르 그랭구아르에게 로마 교황 특사가 입경할 때 파리의 샤틀레에서 상연한 연극의 대본을 만들고 배역을 정하고 분장과 의상을 갖추고 무대를 만든 데 대한 보수로 100리브르를 지불한다."

푀부스 드 샤토페르 역시 그 인생의 비극적인 최후를 맞았으니, 그는 결혼을 했던 것이다.

chapter 4

카지모도의 결혼

앞에서 이미 말한 바와 같이 카지모도는 집시 처녀와 부주교가 죽던 날 노트르담에서 자취를 감추었다. 그 후로 사람들은 그를 다시 볼 수 없었으며 그가 어찌 되었는지 아는 사람도 없었다.

에스메랄다가 처형되던 날, 사형집행인들은 그녀의 시체를 교수대에서 끄집어 내려 관례대로 몽포콩의 지하실로 옮겼다.

몽포콩은 소발의 말마따나, '왕국에서 가장 역사가 오래된, 가장 훌륭한 교수대'였다. 탕플 문밖과 생 마르탱 문밖 사이로, 파리 성벽에서 약 300미터쯤 간 곳이며, 쿠르티유 공원에서 그다지 멀지 않은 곳에 언뜻 보아도 알 수 있을 정도로 평평한 경사로 주위 10킬로미터 정도 되는 곳에서 눈에 띌 만큼 높은 어느 언덕 위에 이상한 모양의 건물이 한 채 서 있다. 이 건물은 켈트족의 거석비와 매우 닮았으며 여기에서도 역시 희생이 바쳐지고 있었다.

회칠을 한 약간 높은 건물 꼭대기에 높이 5미터, 폭 10미터, 길이 13미터 정도의 돌로 된 커다란 평행육면체에 출입문과 난간과 옥상이 있는 것을 상상해보라. 그 옥상에 10미터 높이의 다듬지 않은 거대한 돌기둥 열여섯 개가 이 기둥을 떠받치는 주춧돌과 함께 삼면으로 늘어서 있다. 기둥과 기둥 사이는 그 꼭대기에서 튼튼한 대들보가 가로질러 있고 대들보에는 군데군데 쇠사슬이 매달려 있으며 그 쇠사슬들에는 모두 해골이 매달려 있다. 그리고 그 부근의 들판에는 돌 십자가 하나와 작은 교수대 두 개가 중앙에 있는 교수대 주위에 꺾꽂이 가지처럼 박혀 있다. 그러한 광경이 펼쳐진 하늘 위에서는 까마귀가 쉴 새 없이 날아다니고 있다. 이것이 몽포콩이었다.

15세기 말에는, 1328년에 세워진 이 끔찍한 교수대도 이미 거의 낡아빠져 있었다. 대들보는 벌레가 먹고, 쇠사슬은 녹슬었으며, 기둥은 곰팡이가 파랗게 슬어 있었다. 돌로 된 토대는 모두 이음새가 갈라지고 사람의 발길이 끊긴 옥상에는 풀이 우거져 있었다. 이 건물은 공중에서 끔찍한 모습을 하고 있었다. 더구나 밤에 희미한 달빛이 하얀 두개골을 비추거나 저녁나절의 바람이 쇠사슬과 해골을 어둠 속에서 흔들 때면 더욱 그러했다. 교수대가 있는 것만으로도 그곳은 충분히 음산해지는 것이었다.

그런데 이 끔찍한 건물의 토대가 되는 초석의 속은 텅 비어 있었다. 그 속에는 커다란 동굴이 만들어져 있었고 다 부서진 낡은 쇠살문 하나로 닫혀 있을 뿐이었다. 이 동굴에는 몽포콩의 쇠사슬에서 끌어 내린 시체뿐 아니라 파리의 다른 교수대에서 사형당한 모든 가엾은 시체들도 함께 던져졌다. 수많은 사람들의 시체와 죄악이 함께 썩은 이 깊은 납골당에 이 세상의 수많은 귀인들과 무고한 사람들이 뒤를 이어 그 뼈를 묻으러 왔다. 몽포콩에서 최초로 처형되었으나 정의로운 자였던 앙게랑 드 마리니에서부터 역시 정의로운 자였으나 처형된 콜리니 제독에 이르기까지 차례로 그들의 뼈를 가져왔던 것이다.

카지모도의 수수께끼 같은 실종에 대해서는 다음에 적은 것 외에는 알려진 것이 없다.

이 이야기를 끝마치는 사건이 있고 약 2년, 아니면 18개월쯤 지난 후에, 사람들은 마침 이틀 전 교수형을 당한 올리비에의 시체를 찾으러 몽포콩의 지하 동굴에 온 적이 있었다. (그 이틀 전에 교수형에 처해졌는데 샤를 8세가 그에게 특사를 내려 훌륭한 장례를 갖추어 생 로랑 성당에 묻게 했던 것이다.) 사람들은 그 무시무시한 해골들 사이에서 어떤 유골 하나가 다른 유골 하나를 끌어안고 있는 것을 보았다. 그중 하나는 여자였는데 예전에는 흰색이었을 것으로 짐작되는 옷 조각이 남아 있었다. 그 여자의 목둘레에는 초록색 유리 세공품으로 장식된 조그만 주머니가 달린 호박구슬 열매 목걸이가 걸려 있었다. 그런 물건은 아무 쓸모가 없어서 사형집행인들도 탐을 내지 않고 그대로 남겨두었으리라. 또 그 유골을 꼭 껴안은 다른 유골은 남자였는데, 그는 등골이 구부러지고 머리는 견갑골 속에 박혀 있으며 한쪽 다리가 다른 쪽보다 짧은 것을 알아볼 수 있었다. 또한 목의 척추골이 전혀 부러지지 않은 것으로 보아 그는 사형당한 시체가 아님을 짐작할 수 있었다. 즉, 그 사나이는 그곳까지 찾아와 죽은 것이었다. 사람들이 그것을 껴안고 있던 유골에서 떼어내려 하자, 순식간에 부서져 먼지가 되어버렸다.

옮긴이의 주
----

1 센 강 가운데 있는 섬. 파리의 전신인 뤼테시아가 처음 둥지를 튼 지역.

2 1482년 프랑스를 통치하던 루이 11세는 이 두 지방 세력과 내전 중에 있었다.

3 루이 11세의 장자로 훗날 샤를 8세(1470~1498)가 된다. 1482년 당시 나이는 열두 살.

4 그 시기(1480~1530)에는 플랑드르가 오스트리아에 속했기 때문에, 플랑드르 혹은 오스트리아의 마르그리트로 불린다. 그녀는 원래 샤를 8세의 배필이 되기 위해 프랑스 궁전에서 성장을 했는데, 샤를 8세는 결국 브르타뉴의 안 공주와 결혼하게 된다.

5 부르봉 공작. 1476년 추기경에 임명된 그는 루이 11세의 고문이자 파리 시 총독직을 맡고 있었다.

6 장 드 트루아는 부르봉 추기경의 비서로 『루이 11세 연대기(1460~1483)』의 저자이다.

7 예수그리스도에 대한 동방박사들의 경배를 기리는 축제.

8 종교 예식을 풍자적으로 비꼬는 중세 특유의 축제.

9 파리의 가장 유명한 대형 광장이며, 모든 경제와 상업 활동의 중심지이자, 온갖 축제와 범죄자 공개 처형이 이루어진 장소. 센 강변을 따라(그레브는 모래톱이라는 뜻) 현재 시청 청사가 자리한 부지다.

10 마레 지구에 위치함.

11 보통은 5월 첫째 날, 자기가 존경하고 흠모하는 사람의 집 문 앞에 관목을 심고 리본을 매주는 행사.

12 성당 앞 광장 등의 공공장소에서 공연되던 중세의 연극. 성서나 성인전을 내용으로 한다.

13 앙리 소발(Henri Sauval, 1623~1676). 파리 시를 전문적으로 연구하는 프랑스 역사가. 위고는 여러 차례 그의 저서를 참고한다.

14 일반적으로 사용되는 고딕이라는 단어는 완전히 부적절한 표현이면서도, 관용적으로는 더할 나위 없는 용어처럼 사용되고 있다. 따라서 나 역시, 반원형 아치에서 출발한 중세 초반의 건축 양식에 뒤이어 첨두형 원칙이 두드러진 중세 후반의 건축 양식을 지칭하기 위해 이 고딕이라는 용어를 받아들여, 사용하기로 한다.

15 국왕의 직속 군 총사령관인 원수가 주관하는 군법원은 기마헌병대와 그 이후 헌병대의 전신이다.

16 궁륭의 접면을 따라 대각선으로 진행하는 아치형 지붕. 고딕 양식의 특징이다.

17 고딕식 첨탑의 내 정점.

18 전설로 전해지는 프랑크족의 우두머리. 프리아모스의 직계 후손이라 여겨지며 대략 5세기경 사람으로 추정된다.

19 자크 뒤 브뢸(Jacques Du Breuil, 1528~1614). 생제르맹 데 프레의 수도사로, 위고가 많이 참조한 책인 『파리 골동품 전시장』(1612)의 저자이다.

20 테오필 드 비오(Théophile de Viau, 1590~1626). 17세기에 크게 성공한 시인으로, 19세기에 들어와서까지 위고를 비롯한 낭만주의 시인들에 의해 높은 평가를 받았다.

21 미남왕 필리프(Philippe IV le Bel, 1268~1314). 1285년부터 1314년까지 프랑스 국왕으로 재위.

22 경건왕 로베르(Robert II le Pieux, 972~1031).

위그 카페의 아들로 클뤼니 수도사들을 총애하고
부르고뉴를 병합했다.

23 라틴어로는 헬가두스(Helgadus). 불어로는 엘고
(Helgaud)라고도 함. 1045년경에 사망. 수사신부
이자 역사가. 로베르 왕의 보호를 받았으며, 왕의
연대기를 집필했다.

24 장 드 주앵빌(Jean de Joinville, 1225~1317). 연
대기 작가. 제7차 십자군 원정에 참여했으며 『생 루
이의 전기』를 집필했다.

25 뤽상부르의 시지스몽(1368~1437), 게르만 황제.

26 Charles IV le Bel(1294~1328). 프랑스와 나바르 왕.
필리프 르 벨(Philippe IV le Bel)의 아들.

27 무지(無地)왕 존(John Lackland, 1167~1216). 영
국 왕.

28 에티엔 마르셀(Etienne Marcel, 1316~1358). 파
리 시장. 암살 당했다.

29 클레르몽 백작(1256~1318). 루이 9세의 아들.

30 부적절한 방식으로 교황에 선출되어 교회의 승인을
얻지 못한 후보.

31 노트르담 문짝 철제경칩을 제조한 17세기 철물제
조업자.

32 올리비에 파트뤼(Olivier Patrus, 1604~1681). 파리
고등법원 검사의 아들로, 문인이자 탁월한 연설가.

33 영지와 그에 속하는 권한을 명기한 일종의 부동산
장부.

34 라블레의 작품 속 주인공으로 엄청난 식욕을 가진
존재.

35 Joannes Frollo de Molendino. 장 프롤로 뒤 물랭
의 라틴어식 이름.

36 파리지(parisis)라 하면 위그카페에서 루이 11세 때
까지 주조된 파리의 화폐를 말한다. 이 화폐는 그
후로 유통되지는 않는 명목상 화폐가 되었다. 실제
로는 각종 은화와 금화가 서로 다른 가치를 지닌 채

사용되었다.

37 Lecornu는 '머리에 뿔 난 사람'이란 뜻으로, 오쟁
이진 남편, 즉 바람 핀 아내의 머저리 남편을 뜻하
는 은어다.

38 Cornutus, Hirsutus(원문).

39 실 잣다는 뜻의 'file'는 도망치다라는 뜻도 있음.

40 마르멜로 열매 'coing'은 길모퉁이나 구석을 뜻하
는 'coin'과 동음이의어.

41 Tybalde aleator(원문).

42 Tybalde ad dados(원문).

43 왕의 의식행렬의 선두에 서서 권표를 들고 가는 임
무를 맡은 사람.

44 사투르누스 축제 땐 서로 선물을 교환하는 게 관례다.

45 452~502. 파리의 수호성녀로 훈족 아틸라의 공격
에서 파리 시를 수호했다고 알려져 있다. 생 주느비
에브 산정에 묻혔다.

46 Post equitem sedet atra cura(원문). 호라티우스의
시구.

47 옛날에 사용하던 방어용 소형 대포.

48 일명 구포라고도 하며, 심한 곡사탄도를 그리는 근
거리용 화포.

49 로마 신화에 나오는 최고의 신. 그리스 신화의 제우
스에 해당한다.

50 호라티우스의 시구에서 따온 말.

51 프랑스의 극작가. 풍속희극으로 주목을 받았으며,
몰리에르 이전에 문학적 희극을 확립했다는 평가를
받았다.

52 생 드니 가에 위치한 아름다운 연못.

53 생 드니 가와 생 마르탱 가 사이에 위치한 요양 시설.
1402년에는 수난극 회원이 주최하여 그곳의 대형
홀을 수난극 공연을 위해 할애했다.

54 '화가들의 문'이란 뜻으로 15세기경 생 드니 관문
에 붙여진 이름이었다.

55 원래는 1549년 장 구종이 만든 르네상스 시기의 걸작이 유명하다. 여기서는 아마도 그 이전에 존재했던 작품으로 여겨진다. 현재는 레 알 구역으로 옮겨와 있다.

56 이 요새이자 감옥이며, 시체 공시장과 법원으로도 활용된 건축물은 파리에서 가장 음울한 시설 중 하나였다.

57 뫼니에 다리 다음으로 손꼽았던 다리로 센 강을 가로질러 그랑 샤틀레로 통했다.

58 코르네유가 에스파냐극의 영향을 받아서 쓴 작품을 1636년 초연됐으며, 1367년 책으로도 출간됐다.

59 가장자리가 치켜 올라가고 단추나 술 장식을 곁들인 남성용 모자.

60 불어로 돌고래(dauphin)는 황태자라는 뜻이기도 하다.

61 고대 그리스의 서정 시인.

62 루이 11세와 귀족 세력 간에 있었던 힘겨루기를 암시한다. 1465년 왕은 포위된 파리에서 굴복하고 만다.

63 동쪽 지구 센 강 우안에 위치함.

64 파리 북동쪽에 위치한 성문. 오늘날에도 그 모습이 남아 있다.

65 그리스 신화에 나오는 여성으로, 테세우스를 도와 미궁의 제왕 미노타우로스를 물리친다. 이때 그녀가 건넨 실타래는 이성과 지혜의 상징.

66 그리스 신화에서 시실리 해협을 지키고 있다가 뱃사람들을 잡아먹는 것으로 등장하는 괴물들.

67 영어명으로는 베네딕토 12세.

68 Bibamus papaliter(원문).

69 일반 사제는 검은색, 주교는 보라색, 추기경은 붉은색이다.

70 Cappa repleta mero(원문).

71 루이 11세의 주치의. 여러 분야에서 왕에 대한 강력한 영향력을 행사했다.

72 로마 신회에 나오는 미와 사랑의 여신. 그리스 신화의 아프로디테에 해당한다.

73 다비드 테니에(1610~1690). 플랑드르의 화가. 카바레를 배경으로 하는 풍속화를 주로 그림.

74 조제프 소뵈르(Joseph Sauveur, 1653~1716). 프랑스의 수학자이자 물리학자. 인간의 청각 능력이 갖는 한계를 측정하는 초기 방법을 창안했다.

75 장 바티스트 비오(Jean-Baptiste Biot, 1774~1882). 프랑스의 물리학자로 고체를 매개로 한 소리의 전파 속도를 연구했다.

76 그리스 신화에 나오는 외눈박이 거인. 포세이돈의 아들로, 오디세우스와 그 부하들을 동굴에 가두고 한 사람씩 잡아먹다가 오디세우스에게 눈을 찔려 맹인이 되었다.

77 십자형 교회당에서 본당과 부속 건물을 연결해주는 공간.

78 그리스 신화에 나오는 기이한 짐승. 머리는 사자, 몸통은 양, 꼬리는 뱀 또는 용의 모양을 하고 있으며 불을 내뿜는다고 한다.

79 골목길들이 복잡하게 얽힌 지저분한 이들 거리는 오스망 남작에 의해 제 2제정 시기 모두 정리되었다.

80 데이지 풀이자 여자 이름.

81 그리스 펠로폰네소스 반도에 있는 산으로 바쿠스 신에게 예배를 드렸던 곳이다.

82 갈릴리 거리(rue de Galilée)를 일컫는다.

83 헤르메스 트리메기스토스를 일컫는다. 헤르메스와 이집트 지혜의 신인 토트가 결합하여 등장한 전설상의 인물로 연금술의 창시자로 알려져 있다.

84 1820년에서 1830년 사이 예술계를 뜨겁게 달궜던 논쟁을 암시하고 있다.

85 14세기에 활약한 연금술사. '화금석(현자의 돌)'을 만드는 데 성공했다고 전해진다.

86 이들은 모두 16세기 궁정에 소속된 사료 편찬관들

이다.

87 La buona mancia, signor! la buona mancia!(원문)

88 로마 신화에 나오는 불과 대장장이의 신.

89 Señor caballero, para comprar un pedaso de pan!
(원문)

90 Facitote caritatem!(원문)

91 Vendidi hebdomade nuper transita meam ulti-
mam chemisam!(원문)

92 Onde vas, hombre!(원문)

93 쿠르 데 미라클(Cour des Miracles). 파리의 부랑자,
걸인, 장애인 등등이 모여 사는 구역. 공권력의 통
제 밖에 있던 장소인데, 낮에 파리 시를 배회하면서
여러 장애를 가진 척 구걸하던 걸인들이, 일단 자기
들만의 구역에 들어가면 갑자기 멀쩡한 사람으로
돌변하는 데서 유래된 이름.

94 자크 칼로(Jacques Calot, 1592~1635). 프랑스의
삽화가이자 판화가. 민중과 전쟁의 불행을 소재로
그로테스크한 작품을 남겼다.

95 구걸을 가능하게 해줄 가짜 다친 다리.

96 이자크 방스라드(Isaac Benserade, 1612~1691).
프랑스 시인. 주로 륄리의 오페라 대본을 쓴 것으로
유명하다.

97 Hombre, quita tu sombrero!(원문)

98 로마 신화에 나오는 상업의 신.

99 Et omnia in philosophia, omnes in philosopho
continentur.(원문)

100 에스파냐의 카스티야 지방산 나귀.

101 에스파냐 출신의 고대 로마의 시인.

102 17세기를 떠들썩하게 수놓았던 저 유명한 신구
(新舊)논쟁에서 구진영의 수장격이었던 브왈로-
데프레오(1636~1721).

103 생드니와 루아시 사이, 파리 북동쪽에 위치한 도시.

104 1465년 제후들의 '공익동맹'과 샤를 11세 사이의

전쟁이 끝나고 나서야 파리에서의 학살극도 막을
내렸다.

105 라틴어의 정확한 발음은 '포이부스' 혹은 '푀부스'.

106 볼테르의 1752년 작(作) 철학 콩트에 등장하는
거인.

107 건축물의 주된 출입구가 있는 정면부로 건물 전체
의 인상을 단적으로 나타낸다.

108 하나의 전설에 연관된 여러 시편들을 한데 모은
에스파냐의 연가집.

109 17세기에 세워진 프랑스 바로크 건축을 대표하는
파리 소재 성당.

110 루이 13세는 1638년, 왕국을 성모 앞에 바치기로
공식 선언했다.

111 프랑수아 1세 치세에서의 유명한 사건.

112 미남왕 필리프 치세 말기, 부르봉 공이었던 루이 1
세에 이해 지어진 파리에서 가장 웅장한 저택 중
하나.

113 프랑스 앙리 2세의 왕비. 차남 샤를 9세의 즉위를
계기로 실권을 장악, 신구 양 교도의 충돌을 부채
질하거나 조정하여 왕권 유지에 힘썼다.

114 루이 15세의 정부.

115 비트루비우스는 기원전 1세기에 활동한 로마의
건축가.

116 비뇰라(1507~1563)는 안드레아 팔라도와 더불
어 16세기 후반에 활동한 가장 중요한 이탈리아
건축가들 중 한 명이다.

117 반달족이 로마를 점령해서 약탈하고 방화한 사건
을 일컫는다. 여기서는 노트르담 대성당에 그리
스식이나 로마식이 덧칠된 것을 비꼬는 의도로
쓰였다.

118 라퐁텐의 우화 '늙어버린 사자'의 내용을 암시.

119 기원전 356년 어마어마한 악행을 저지르면 후세
에까지 이름이 알려질 것이라고 믿은 미치광이

헤로스트라투스가 디아나 신전을 불태운 것을 일컬음.

120 로베르 세날리스(1483~1560)는 노르망디 지방 아브랑슈의 주교.

121 12세기 말에서 14세기 초 사이에 지어진 건물.

122 정복자 윌리엄(1027~1087)은 노르망디 공으로서, 1066년 정복한 잉글랜드의 왕이 된다.

123 1378년부터 1417년까지 이어진 분쟁으로 교회의 분열을 가져오면서 여러 교황의 선출로까지 이어졌다.

124 파리의 대학생들이 산책과 결투의 장소로 사용하였던 풀밭을 말한다.

125 앙드레 파뱅은 파리의 역사가로, 『기사도와 명예의 극(劇)』(1620)을 썼다.

126 법학자인 에티엔 파스키에(1529~1615)는 저명한 역사가이면서 행정관인 쿠자의 제자이다. 그의 저서 『프랑스 탐구』와 『서간집』은 빅토르 위고가 인용하는 여러 역사가들에 의해 자세히 연구되어 왔다.

127 장 쥐베날 데 쥐르생(1350~1431)은 파리 시장으로서, 부르고뉴 제후들에 대항해 왕정체제를 지지한 든든한 세력이었다. 샤를 6세가 그에게 저택을 하사했다.

128 Louis VI le Gros(1081~1137). 1108년부터 프랑스왕으로 통치. 'epitaphium Ludovici Grossi'는 루이 르 그로의 라틴어명.

129 야외에서 나무망치와 나무공을 이용하는 구기 경기.

130 테니스의 전신인 일종의 공놀이.

131 그리스 신화에 나오는 명장. 미노스를 위하여 미궁을 만들었다고 한다.

132 교황관이라고도 한다. 교황의 직권을 상징하는 것으로 끝이 뾰족한 원형에 꼭대기에 꽂힌 십자가를 정점으로 세 개의 왕관을 층층이 쌓아올린 형태이다.

133 17세기 프랑스 화가. 궁정의 초상화가로 활약했다.

134 그리스 신화에 등장하는 강을 말한다. 죽은 사람이 저승으로 가기 위해 건너야 하는 다섯 개의 강 중에서 세 번째 강으로 '불의 강'이다.

135 카지모도(Quasimodo)라는 이름에는 '부활절 다음의 첫 일요일'이란 뜻 이외에 '대충 생기다 만 것'이라는 의미도 담겨 있다.

136 Immanis pecoris custos, immanior ipse. 라틴어로 '괴물의 무리를 거두어 기르는 괴물보다 더 흉측한 자'라는 뜻.

137 큐피드와 사랑을 나눈 공주로 '영혼' 또는 '나비'를 뜻한다.

138 16세기 초 이탈리아의 시인 아리오스트가 서사시로 엮은 『분노한 롤랑』에 등장하는 영웅으로 히포그리프를 탔다.

139 니콜라 플라멜의 아내.

140 그리스 · 로마 신화에 나오는 의술의 신.

141 그리스 신(新)플라톤파의 철학자, 시리아파의 창시자. 플라톤 철학, 신플라톤주의의 기초 위에서 자연학 · 윤리학 · 형이상학의 연구를 통하여 철학과 신비학의 새로운 결합을 시도했다.

142 신체가 앞으로 접히는 강직 경련 증상.

143 신체가 뒤로 접히는 강직 경련 증상.

144 그리스 펠로폰네소스반도 아르몰리스 북동 해안의 고대 도시. 의학의 신 '아스클레피오스'의 성소가 있기 때문에 '성스러운 마을'로 불렸다.

145 바빌로니아 남부를 가리키는 고대의 지명으로 신관들에 의해 각종 점성술과 점복술이 발달했다.

146 고대 그리스의 좌우교대서법. 여기서는 히브리 알파벳 22 글자를 대칭 원리를 통해 교체하면서 성경을 해석하는 카발라의 해법을 이름.

147 유대 신비교인 카발라에서 사용되는 도식. 10개
의 세피토르 수는 조물주가 우주를 낳는 10단계
에 해당한다.

148 마법서의 일종으로 솔로몬이 지었다고 하나 실상
은 아닌 듯하다.

149 제우스와 기억의 여신 므네모시네 사이에서 태어
난 아홉 뮤즈 가운데 하나로, 천문을 관장한다.

150 그리스 신화에 나오는 시인, 음악가. 아폴론에게
하프를 배워 그 명수가 되었다고 한다.

151 사각 방패로 진형을 만들어 위와 양옆 등을 덮어
버리는 것을 말한다. 이 모습이 마치 거북이의 등
껍질 같다고 해서 거북등진형이라고도 한다.

152 고대 오리엔트 지방의 승려.

153 고대 그리스의 조각가. 기원전 5세기의 숭고 양식
을 대표하는 거장이다.

154 프랑스의 재상 마자랭이 세운 학교.

155 인도 고대의 산스크리트 대서사시.

156 산스크리트어로 '배열자' 또는 '편집자'라는 뜻으
로 기원전 1500년경에 활동한 전설적인 인도의
현인.

157 인도 바라문교 사상의 근본 성전이며 가장 오래
된 경전이다.

158 Retif de la bretonne(1734~1806). 프랑스 작가.

159 프랑스에서 발간되었던 신문 이름. 언론의 가벼
움을 나타내는 사례로 자주 거론된다.

160 1465년 루이 11세의 왕권 강화에 불만을 품은 제
후들이 결성한 동맹.

161 구약성경 〈욥기〉의 주인공. 가혹한 시련을 견디어
내고 믿음을 굳게 지킨 인물로 알려졌다.

162 그리스 신화에 나오는 왕으로 유피테르의 아들이
자 펠롭스의 아버지이다. 거부였으나 너무 오만
하여 지옥으로 떨어져 영원히 기갈의 고통을 받
게 된다.

163 로마 신화에 나오는 농경신.

164 '화사하고 발랄한 노래'라는 의미.

165 부활절 전주 목·금·토요일. 예수의 죽음을 기
리는 소등 의식을 거행함.

166 귀 자르기 형벌.

167 Jean Comenius(1592~1671). 모라비아 교도의
일원.

168 Surdus absurdus. (원문)

169 기마 투우사. 투우 경기에서 보호대로 감싼 말을
타고 투우에게 단창을 찔러 황소의 기운을 떨어
뜨리는 조연.

170 황소의 목이나 어깨에 꽂는 장식용 작살.

171 Guillaume du Bartas(1544~1590).「세계 창조」
의 저자.

172 그리스 신화에 나오는 바람의 신. 포세이돈의 아
들로 상반신은 인간이고 하반신은 물고기 모양이
며 큰 소라를 불어서 물결을 다스렸다고 한다.

173 벽난로의 윗면에 설치한 장식용 선반.

174 고대 그리스의 철학자. 견유학파의 한 사람으로
자족과 무치가 행복에 필요하다 보고 반문화적이
고 자유로운 생활을 실천하였다.

175 로마의 무언극 배우였으며 디오클레티아누스 황
제 때 순교했다.

176 외젠 위고는 빅토르 위고의 형제로 1823년에 묻
혔다.

177 에스파냐 태생의 아라비아 철학자이자 의학자. 종
교에 종속되어 있던 철학을 독립적 지위에 올려놓
는 데에 공헌했다.

178 로마인으로서의 마지막 정치가이자 역사가. 수도
원을 세우고 저술에 전념하여 중세 수도원 연구
생활의 기틀을 이루었다.

179 본문에 쓰인 라틴어는 엉터리다. 장은 지금 엉터
리 라틴어를 뇌까리며 허풍을 떨고 있다.

180 그리스 신화에서 지옥의 문을 지키는 개.

181 아이스킬로스의 시구에 삼단격을 다시 붙여 만든 언어유희다.

182 아랍어로 쓰인 신비주의 문서. 마법 이미지들의 리스트와 마법 순서에 관한 실제적인 조언을 주고 있다.

183 13세기 말 카타로니아에서 활동한 신비주의자.

184 폼 데브를 풀이한 뜻이다.

185 소발의 저서 '그는 당마르탱 성이다. 그는 뱃가죽이 터지도록 웃는다' 라는 말을 인용한 것이다.

186 몽테뉴의 『수상록』에서 나오는 말이다.

187 디오니소스와 아프로디테의 아들. 정원·풍요·생식의 신이다.

188 돈 후안은 스페인 전설에 등장하는 인물로 바람둥이의 대명사로 알려져 있다. 자신이 죽인 기사의 묘지에 있던 조각상이 초대한 만찬에 참여했다가 조각상이 내민 손을 잡는 순간 불에 휩싸여 죽고 말았다.

189 호메로스의 『일리아스』에서 유피테르는 에라와 사랑을 나누기 위해 금빛 구름에 휩싸인다.

190 12세기의 사상가.

191 필리프 르 봉 왕이 1429년 창안한 황금양털 훈장.

192 마녀의 안식일에 검은 염소 또는 숫양의 머리로 등장하는 악마의 대명사격인 존재.

193 Lasciate ogni speranza. 단테의 『신곡』에서 지옥 입구에 새겨진 문구.

194 밑바닥이 없는 곳. 깊이를 알 수 없는 심연을 나타내는 말로 무덤이나 죽음, 악인이 죽어서 형벌을 받는 장소를 뜻한다.

195 I nunc, anima anceps, et sit tibi Deus misericors!

196 기원전 9세기 말에 활동한 전설적 영웅으로 아시리아의 여왕을 가리킨다. 바빌론을 건설하고 원방 정복에 나섰다고 한다.

197 고대 그리스의 철학자. 생성·소멸이란 것을 부정하고 만물은 처음부터 있었고, 그 혼합과 분리가 있을 뿐이라고 주장했다.

198 그리스 신화에 나오는 인물로 헤라를 섬기는 여사제였던 어머니 키디페가 축제를 위해 신전으로 가야 할 때 수레를 끌 소를 구하지 못하자 형제인 클레오비스와 함께 소의 멍에를 벗겨 두 사람의 몸에 걸친 다음 수레를 끌었다.

199 그리스 신화에 나오는 트로이 전쟁의 영웅. 신성을 모독하고 오만하게 굴다가 귀국길에 포세이돈에 의해 바다에 빠져 죽었다.

200 구약성경의 한 편. 여덟 장으로 된 문답체의 노래로 남녀간의 아름다운 연애를 찬양하는 내용이 담겨 있다.

201 Coupe-Gueule. '입을 베는 곳' 이라는 뜻.

202 Coupe-Gorge. '목을 베는 곳' 이라는 뜻.

203 회교의 상징으로 마호메트가 알라 신으로부터 최초의 계시를 받을 때 초승달과 샛별이 떠 있었다고 한다.

204 Te Deum!(원문). 성부 하느님과 성자 그리스도에 대한 라틴 찬송가. "오, 하느님이시여 당신을 찬양하나이다" 라는 구절로 시작된다.

205 그리스 신화에 나오는 영웅으로 트로이 전쟁에 참가하여 아가멤논 휘하에서 활약하였다. 여러 왕 사이에서 중재 역할을 하거나 고문 구실을 했다.

206 그리스군과 트로이군의 격전을 노래한 부분을 일컫는다.

207 『아르타멘, 또는 키루스 대왕』. 스퀴데리 양의 소설.

208 '악인' 이라는 뜻.

209 로마 공화정 말기의 정치가. 국가 전복을 꿈꾸다가 발각되어 처형됐다.

빅토르 위고 연보

유년기

1802년 2월 26일 빅토르 위고는 아버지가 수비대에 근무하고 있는 브장송에서 태어났다. 빅토르 위고는 아버지 레오폴드 위고와 어머니 소피 트레뷔셰의 셋째이자 막내아들이었다. 어머니는 1772년 낭트가 고향인 부르주아 가정 출신인데, 왕당파의 견해를 가진 그녀는 젊은 시절 올빼미당과 가까운 관계를 맺고 있었다. 1773년 낭시에서 태어난 아버지 레오폴드 위고는 처음 혁명군대 소속이었다가 훗날 나폴레옹 군대에 배속된 무척 젊은 장교였는데, 교양과 용기를 겸비했음에도 불구하고 성격은 무척이나 다혈질인데다 변덕스러웠다. 빅토르는 위로 각각 네 살과 두 살 많은 아벨과 외젠이라는 형이 있었다.

1802년∼1804년 아버지 레오폴드는 상관과의 불화로 마르세유와 코르시카, 그다음 엘바 섬으로 연이어 전출되었다. 이미 그 몇 년 전부터 두 부부 사이는 심하게 틀어진 상태였으며, 그 안 좋은 영향이 어린 빅토르에게까지 미치고 있었다. 결국 1804년 소피는 아이들만 데리고 파리에 따로 정착하게 된다. 그런가 하면 레오폴드의 인생에는 카트린 토마라는 여성이 새로 등장하는데, 그로부터 20년 후 둘은 결혼식을 올린다.

1808년 소피는 아들들과 함께 나폴리로 여행을 떠난다. 그곳은 마침 레오폴드가 나폴레옹의 형 조제프 왕을 보좌하고 있는 곳이었다. 부부 사이의 화해를 위한 여행은 그러나 실패로 돌아갔다. 소피와 아들들은 다시 파리로 돌아가고, 레오폴드는 황제의 군대에 의해 정복당한 에스파냐로 조제프 왕을 따라간다.

1809년 위고네 모자 네 사람은 지금의 파리 제5구에 위치한 푀이양틴 가(街)에 정착한다. 새로 꾸민 집은 넓은 정원과 잘 정비된 서재(어머니는 열렬한 독서광이었고 매우 드넓은 사고의 소유자였다)를 갖추었고, 여러 놀이동무들도 이웃하고 있었다. 예컨대, 피에르 푸셰와 빅토르, 아델 등은 1803년에 태어난 또래들이었다. 푀이양틴 가에서 보낸 이 기간은 위고에게 풍부한 공상의 기회와 더불어 행복한 유년기의 추억을 제공한다. 예컨대, 그 당시 정원 한쪽에 위치한 별채에 정체불명의 세입자가 한 명 살았는데, 다름 아닌 빅토르의 대부이자 어쩌면 소피의 연인이기도 한 라오리 장군이었다. 그는 나폴레옹에 대적한 카두달의 음모에 연루된 인물로서, 그곳에서 은신 중이었다. 결국 1810년, 그는 푀이양틴

가에서 체포, 투옥되었다. 그즈음 레오폴드 위고는 장군으로 진급했다.

1811년 마드리드에 있는 레오폴드와 다시 화해하기 위해 에스파냐로 두 번째 여행을 시도했다. 당시 전쟁 중이었던 에스파냐 횡단은—나폴레옹 군대는 강력한 저항에 직면했고 수없이 약탈을 자행하고 있었다—세 아들에게 깊은 인상을 남긴다.

1812년 또다시 싸우고 3월에 파리로 돌아온다. 나폴레옹 군대가 참패를 당하고 있었기에 신변 보호 인원이 따라붙었다. 푀이양틴 가에 다시 정착한다. 10월 총살형이 확정된 라오리의 사형 선고 소식을 접한다.

1813년 레오폴드가 나폴레옹 군대의 생존자들과 함께 프랑스로 귀국한다.

1814년 루이 18세가 프랑스로 돌아오고 곧이어 왕정복고가 이루어진다. 소피 위고는 환희에 들뜬다. 레오폴드는 티옹빌 요새에서 황제의 군대와 함께 끝까지 항전했다. 소피는 티옹빌에서 카트린 토마를 쫓아낼 생각을 갖고, 남편을 다시 만나러 마지막 여행길에 오른다. 하지만 결과는 완전한 실패. 레오폴드 위고는 본격적으로 이혼 절차를 밟는다.

1815년 아버지가 외젠과 빅토르를 강제로 외출이 허용되지 않는 코르디에 기숙학교에 입학시킨다. 자칫 재앙이 될 수도 있었던 이 일이 두 소년에게는 매우 유익한 기회가 된다. 풍부한 재능을 타고난 두 소년은 라틴어 작시법이라든가, 그림, 철학, 심지어 수학에까지 신속하게 두각을 드러내는 가운데, 왕립중등학교에서 주최하는 각종 시험에서 우수한 성적을 거둔다. 젊은 보조교사인 펠릭스 비자카라의 격려에 고무되어 빅토르

위고는 시와 희곡 창작에 처음으로 손을 대기 시작한다.

문단 데뷔

1817년 빅토르 위고는 어머니에게 자신의 첫 운문 비극 작품을 선사한다. 그는 아카데미 프랑세즈에서 주최한 시 콩쿠르에서, '인생의 모든 상황에 대한 연구가 가져다주는 행복'이라는 제목의 시로 장려상을 수상하는데, 이것이 그의 공식 문단 데뷔인 셈이었다.

1818년 마침내 위고 부부에게 이혼 판정이 내려진다. 외젠과 빅토르는 자신들의 권리 행사에 관한 아버지의 인가를 얻어 코르디에 기숙학교를 떠난다. 두 형제는 어머니와 맏형 아벨과 함께 살기로 한다. 아벨 역시 문학 지망생이었는데, 자기가 활동하는 젊은 문학인 모임에 동생 둘을 소개한다.

1819년 빅토르 위고는 산토도밍고 흑인들의 반란에 관한 소설 『뷔그-자르갈』을 쓴다. 거기서 그는 과격 왕정주의 사상을 마음껏 표출한다. 학업으로는 법률 공부를 계속하면서도 머릿속에는 늘 문학이 가장 큰 자리를 차지하고 있었다. 특히 월터 스콧에게 흥미를 가졌는데, 훗날 『파리의 노트르담』을 보면 이 영국인 소설가의 『틴 더 워드』 같은 작품에서처럼 중세적 영감으로 이루어진 소설들의 영향력이 녹아든 것을 확인할 수 있다. 빅토르 위고는 형들과 함께 《콩세르바퇴르 리떼레르》라는 문학잡지를 만들기도 한다.

1820년 어린 시절 여자 친구이자 훗날 '이상적인 여인'이 된 아델 푸셰와의 비밀 서신교환이 이즈음부터 시작된다. 빅토르는 아델을 자기 아내로 삼겠다는 결심을 한다. 하지만 난관이 많았다. 우선 직장을 구하고 어머

니를 설득해야만 했다. 실제로 위고 부인은 그 같은 결합에 극렬히 반대하는 입장이었다. 자기 아들의 '재능'에는 훨씬 더 나은 배필이 적합하다고 생각했던 것이다. 결국 3년에 걸쳐 두 연인은 남몰래 숨어서 사랑을 나누는 처지가 되고 만다.

1821년 얼마 전부터 앓아온 소피 위고가 마흔아홉의 나이로 숨을 거둔다. 빅토르는 몹시 충격을 받았으나, 어머니가 없어짐으로 해서 아델과는 드러내놓고 약혼을 할 수 있게 된다. 한편 아버지 위고 장군은 몇 달 뒤 카트린 토마와 재혼을 한다.

아델과의 결혼

1822년 『오드와 기타 시편들』의 출간을 통해, 스무 살의 시인에게 왕이 내리는 은급이 주어진다. 그로써 젊은 남녀 한 쌍의 생계 안정이 가능해진다. 10월에는 결국 두 사람의 결혼식이 거행되는데, 펠릭스 비자카라와 시인인 알프레드 드 비니가 신랑측 들러리로 나선다.

1823년 환상적 색채의 소설 「아이슬란드의 한」이 출간되지만 그리 큰 성공을 거두지 못한다. 빅토르는 비니를 포함한 다른 낭만주의 작가들과 함께 《라 뮈즈 프랑세즈》라는 문학잡지를 창간한다. 이 잡지는 편집동인들 내부에서 고전파와 낭만파 사이에 균열이 일어나서 짧은 기간 간행되다 만다. 첫아들 레오폴드가 태어났으나 석 달 만에 숨을 거둔다.

1824년 레오폴딘 위고가 태어난다. 재정적으로 좀 더 안정이 된 부부는 보지라르 가로 처음 이사한다. 위고는 루이 18세의 사망을 기리기 위해 오드를 한 편 쓴다.

1825년 스물세 살이 된 위고는 새로 즉위한 왕 샤를 10세에 의해 레종 도뇌르 훈장 수여자가 되어 랭스의 대관식에 초대된다. 평소 고딕건축에 관심이 많았던 위고는 그 일을 기화로 동료 작가인 샤를 노디에와 함께 여러 대성당들을 둘러본다. 같은 해 그는 셰익스피어를 처음 발견한다. 이 영국 극작가는 앞으로 위고가 낭만주의 연극을 구상하는 데 지대한 영향을 미치게 된다. 그는 역시 노디에와 함께 알프스로도 소위 건축 여행을 떠나는데, 이번에는 여행기 집필까지 염두에 둔다. 그 여행기에서 위고는 '프랑스의 기념비적 건축물들의 파괴에 대하여'라는 제목으로 문화유산의 보존에 관한 자신의 견해를 피력한다. 『파리의 노트르담』에는 기념비적 건축물에 대한 위고의 바로 이 같은 열정이 고스란히 담겨 있다.

1826년 『뷔그-자르갈』의 최종 증보판과 『오드와 발라드』가 출판된다. 긴 분량의 운문 드라마 〈크롬웰〉의 첫 네 막이 집필된다. 새로 출생한 아들에게 왕과 똑같은 샤를이라는 이름을 붙인다.

1827년 일대 전환점이 되는 한 해로, 〈크롬웰〉이 마침내 완성되어 젊은이들에게 대대적인 환영을 받게 될 서문과 함께 출간된다. 이 서문은 바야흐로 낭만주의의 진정한 선언문으로 자리 잡게 된다. 빅토르 위고는 거기서 예술에서의 자유를 옹호하고, 근대적인 연극을 특징짓게 될 두 가지 문학적 패턴 즉, 숭고미와 그로테스크를 전면에 내세운다. 이런 사상은 역시 『파리의 노트르담』에 고스란히 녹아들게 된다. 『방돔광장의 기둥에 바치는 오드』가 출간되는데, 이는 나폴레옹에 대한 찬양이 담긴 내용으로, 빅토르 위고의 정치적 전향을 표시하는 작품이라 할 수 있다. 노트르담 데 샹 거리의 보다 넓은 아파트로 이사한다. 소규모 문학 서클이 그곳에서 결성되며, 비평가인 생트 뵈브와 시인인 제라르드 네르발이 이에 동참한다.

대형 걸작들과 성공가도

1829년 『동방시집』이 출간되자마자 곧바로 재간되는 성과를 거둔다. 그 안에는 에스파냐를 여행했던 어린 시절의 추억이 담겨있다. 사형제도에 대한 반대 의사를 분명히 한 『어느 사형수의 마지막 날』도 출간된다. 극작품 〈마리옹 드 로름〉이 떼아트르 프랑세즈(지금의 코미디 프랑세즈) 무대에 올려지지만, 얼마 못 가 샤를 10세의 검열에 부닥친다. 루이 13세 치세를 비판한 극 중 내용이 현 체제에 대한 비판으로 읽혔던 것이다.

1830년 〈에르나니〉가 떼아트르 프랑세즈에서 초연 된다. 극이 공연된 현장에서는 고전주의-왕당파-과격 가톨릭 교도들과 정치적으로 자유사상을 지지하는 낭만주의자들 사이에 격렬한 대립과 충돌이 빚어진다. 이 작품을 통해 처음으로 대규모의 대중적 성공을 거둔 빅토르 위고는 금전적으로도 상당한 수익을 맛본다. 한편 너무 소란스럽다는 집주인의 항의로, 위고 가족은 당시에는 아직 개발이 덜 된 장 구종 가의 한 동네로 이사한다. 지금의 샹젤리제에 가까운 지역이다. 둘째 딸인 아델이 태어난다. 이렇게 해서 위고 부부는 모두 네 명의 자식을 갖게 된다.

1831년 몇 달만에 쓰인 『파리의 노트르담』이 마침내 출간된다. 엄청난 대중적 성공을 거두지만, 비평가들의 반응은 미지근했다. 한편 위고는 개인적으로 심각한 위기를 겪는다. 부인인 아델 위고가 부부의 가장 가까운 친구였던 생트 뵈브와 염문을 뿌린 것이다. 결국 우정이 버티지 못하고, 위고와 생트 뵈브는 서로 반목하게 된다. 아울러 위고 부부 사이도 예전과는 사뭇 달라진다. 그즈음 위고는 시 속에서 자신의 환멸감을 표현한다. 그러면서도 한 가정의 아버지로서는 충실히 그 의무를 다한다.

1832년 루아얄 광장(지금의 보주 광장)의 대형 아파트—현재 빅토르 위고 박물관—에 정착한다. 늘 장식에 지대한 관심을 보인 시인답게, 그곳은 자기 취향을 십분 발휘해 화려하게 정비한다. 이후 12년 동안, 가정생활과 사교생활이 서로 복잡하게 얽혀 진행된다. 그는 이미 당대를 대표하는 시인으로, 라마르틴과는 항상 긴장된 경쟁관계에 있었다. 〈왕은 즐긴다〉가 떼아트르 프랑세즈에서 공연되었으나, 루이 필리프의 검열은 곧바로 이 작품의 공연을 금지시켰다. 이에 대한 항의표시로 위고는 그때까지 받아오던 왕실의 은급을 포기한다.

1833년 포르트 생 마르탱 극장에서 예순두 번에 걸쳐 공연된 〈뤼크레스 보르지아〉는 위고에게 엄청난 소득을 제공한다. 그즈음 쥘리에트 드루에와의 일생일대의 만남이 이루어지는데, 그녀는 같은 해 두 번째로 집필된 극작품 〈마리 튀도르〉에서 호연한 여배우다. 빅토르 위고는 그녀가 죽기까지 약 반세기에 걸쳐 관계를 이어간다. 쥘리에트 드루에는 위고가 사는 집 근처에 거처를 정하고서, 유례가 없는 인고와 일편단심의 애정을 보여준다.

1834년 『문학, 철학 잡론집』을 출간. 자신의 문학적, 정치적 발전 과정을 되짚어 정리한다. 쥘리에트와 첫 피서를 떠난다. 그 후 매년 시인과 그의 정부는 프랑스, 벨기에, 독일 등지로 여행을 떠나게 된다. 위고는 편지와 수첩의 메모를 통해 그러한 여행의 여러 인상들을 적절한 삽화까지 동원해가며 기록해나간다. 시인은 또한 훌륭한 화가이기도 했던 것이다. 사형제도와 감옥에서의 삶의 조건을 다룬 소설 『클로드 괴』가 출간된다.

1835년 새로운 극작품 〈파두아의 폭군, 앙젤로〉가 공연된다. 이는 〈에르나니〉와 같은 격정 어린 반응을 불러오지는 못했지만, 작가에게 꽤 짭짤한 수익을 가져다준다. 개인적인 영감(쥘리에트를 향한 사랑)과 정치적인 영감(1830년 혁명 이후의 환멸)을 담은 시집 『황혼의 노래』가 출간된다.

1837년 몇 해 전부터 정신질환으로 유폐되어온 위고의 형 외젠이 사망한다. 시인은 『내면의 목소리』라는 시집을 형의 영전에 바친다.

1838년 낭만주의 작품의 공연을 위한 새로운 장소가 빅토르 위고와 알렉상드르 뒤마의 주도 하에 마련되는데, 다름 아닌 '떼아트르 드 라 르네상스'가 그것이다. 그곳의 개장 기념 공연은 에스파냐를 배경으로 이야기가 전개되는 〈뤼 블라스〉라는 새로운 작품이었다. 늘 그래왔듯 대중은 환호했지만, 생트 뵈브와 발자크를 위시한 평론가들은 시큰둥한 반응이었다.

1840년 향수(鄕愁)의 색조가 새롭게 그려진 시집 『빛과 그림자』가 출간된다.

1841년 루이 필리프의 체제—샤를 10세를 폐위하고 루이 필리프를 옹립한 1830년 7월 혁명의 결실인 7월 왕정—에는 가담하지 않으면서 1838년부터 루이 필리프의 아들이자 예술 옹호자인 오를레앙 공과 가까운 관계를 맺는다. 그런가 하면, 위고는 세 번의 연속적인 실패 후에 드디어 아카데미 프랑세즈 회원으로 선출된다. 반면, 향후 10년간 그는 눈에 띄게 빈약해진 작품 활동을 보인다. 실제로 나이 마흔에 이른 시인은 부유한 데다, 사람들의 칭송을 받고, 인기와 더불어 이미 남부러울 것이 없는 남자가 되어 있었다.

아카데미 회원이자 정치가

1842년 쥘리에트 드루에와의 여름 피서에서 탄생한 『라인 강』이라는 이야기 발표.

1843년 이 시기 단 하나 열정이 담긴 작품이라면 〈뷔르그라브〉를 들 수 있다. 그러나 중세 서사시를 연상시키는 이 운문 드라마는 처참한 실패를 맛본다. 그로부터 위고는 연극 분야에서 손을 뗀다. 딸인 레오폴딘이 결혼한다. 그 후 얼마 안 돼, 레오폴딘은 센 강에서 뱃놀이를 하던 도중 남편과 함께 익사하고 만다. 이 시기 쓰인 시들 속에는 그 사건의 엄청난 충격이 흔적으로 남아 있다.

1845년 아카데미 회원으로서의 공식 서임식이 거행된다. 빅토르 위고는 프랑스 상원의원 즉, 입헌왕정 체제 하의 양원 중 한 곳의 의원으로 임명된다. 그러나 이 같은 명성도 곧이어 벌어진 사태로 심각한 위협에 직면한다. 당시 그는 화가 프랑수아 비아르의 아내인 레오니 비아르와 격렬한 불륜 관계를 맺고 있었는데, 때마침 경찰에 의해 그 간통 현장이 발각된 것이다. 위고는 상원의원이라는 신분 덕택에 체포구금은 면할 수 있었지만, 대신 상당 기간 일선에서 물러나 있어야 했다. 쥘리에트는 이러한 사실을 전혀 모르고 있었다. 한편, 그는 방대한 소설 『레 미제르』의 집필에 착수한다. 이 작품을 그는 10여 년이 지난 다음 다시 손을 대, 걸작 『레 미제라블』로 완성시켰다. 소설의 주제를 살펴보면 당시 사회문제들에 대해 날로 증가하던 그의 관심을 엿볼 수 있다.

1847년 상원에서 연설을 한다. 위고는 이 연설에서 보나파르트 가문이 유배생활을 청산하고 귀향하는 데 호의적인 의견을 피력한다.

1848년 2월 혁명에 이어, 위고는 라마르틴과 루이 나폴레옹 보나파르트와 더불어 헌법제정의회의 의원으로 선출된다(처음 실시된 보통선거). 폭도들이 보주 광장에 있는 그의 아파트로 침범해 들어온다. 온가족이 지금의 9구역에 해당하는 라 투르 도베르뉴 가로 이사한다. 위고는 그 혼란의 시기에 대한 자신의 느낌들을 훗날 '보이는 것들'이라는 제목으로 묶길 글들 속에 담아낸다. 두 아들 샤를과 프랑수아 빅토르가 《레베느망》이라는 일종의 정치매체를 창간하는데, 이 매체는 루이 나폴레옹 보나파르트를 공화국 대통령 후보로 지지하는 입장이다.

1849년 입법의회 보수파 의원으로 선출된 몸이면서도, 위고는 여러 문제에서 좌파에 가까운 입장을 드러낸다. 예컨대, 사회 빈곤을 혁파하겠다는 의지라든가, 출판의 완전 자유, 연극에 대한 검열 철폐, 교육에서의 자유화와 비종교화 그리고 여전히 사형제도 폐지 같은 주장들이었다.

1850년 위고의 좌파적 입장은 여러 차례의 연설을 통해 점점 더 공고해져갔고, 대통령과는 갈수록 대척점에 서는 처지가 되고 만다. 이 시기, 특히 쥘리에트의 곁에 머무는 기간 동안 왕성한 화필 활동을 펼친다.

1851년 정부 차원에서 《레베느망》에 대한 탄압이 시작된다. 위고의 두 아들은 출판 관련 위법 활동 혐의로 투옥된다. 대통령이었던 루이 나폴레옹이 12월 쿠데타를 일으켜, 자신을 나폴레옹 3세라 명명하면서 황제임을 선포한다. 이로 인해 위고의 입장은 과격 반대파로 완전히 기울어지고, 바리케이드를 치고 항거하는 시위자들에게 일장연설을 행한다. 말하자면, 7월 왕정 시기 공인된 시인의 모습과는 천양지차로 탈바꿈한 셈이다! 그는 경찰의 추적을 피하기 위해, 일단 쥘리에트의 거처에 숨는다. 그런 다음, 몰래 파리를 빠져나와 브뤼셀로 향한다. 며칠 후, 쥘리에트가 '원고 가방'을 소지한 채 그의 뒤를 따라 나선다.

유배

1852년 1월에 위고는 추방자 명단에 그 이름이 올려진다. 이른바 20여 년에 이르는 유배생활이 시작된 것이다. 벨기에가 그의 체류를 받아들이지만, 일정 기간에 한한다는 조건이 붙었다. 한편, 파리에 머물고 있던 아델은 물질적인 제반문제들을 처리하는 데 열중했다. 6월에는 강제 압수 조치가 이루어질까 봐 서둘러 모든 동산(動産)을 경매에 부친다. 그리고 7월이 되자 위고 가족은 몇몇 가까운 사람들을 대동하고 영국의 저지 섬으로 떠난다. 그곳에선 프랑스어가 통용될 뿐 아니라, 추방된 다른 사람들도 여럿 거주하고 있었다. 위고는 '소인배 나폴레옹'이라는 제목의 팸플릿을 작성한다. 이 문헌은 검열을 뚫고서 전 유럽에 엄청난 반향을 불러일으킨다.

1853년 역시 추방된 입장으로 브뤼셀에 피신해 있던 출판업자 헤첼이 대단한 파장을 몰고 올 위고의 『징벌시집』을 펴낸다. 불붙는 듯한 문체의 시들 속에서, 위고는 나폴레옹 3세와 그 권위주의적 체제에 대한 자신의 증오심을 여과 없이 펼쳐 보인다. 한편 저지 섬에서의 생활은 바다를 바라보는 대저택 머린 테라스에서 이루어졌다. 언제나 위고에게 충실한 쥘리에트는 그로부터 수십여 미터 떨어진 곳에 따로 터를 잡는다. 이 시기, 작은 원탁에 둘러앉아 망령을 불러내 어떤 문제들에 대답을 하게 만드는 등의 심령술이 위고 가족을 매료시킨다.

1855년 나폴레옹 3세가 런던을 방문한 직후, 위고는 항의의 표시로 '루이 나폴레옹에게 보내는 편지'를 격렬한 문체에 담아 작성하는데, 이로 인해 그 가족 모두가 저지 섬으로부터도 추방되기에 이른다. 10월에 그들은 또 다른 앵글로-노르만 군도에 속한 게르네지 섬으로 가서 가구 딸린 어느 임대주택에 둥지를 튼다.

1856년 매우 복합적인 내용이면서 정연하게 질서를 갖춘 여섯 권의 방대한 작품 『명상시집』이 출간된다. 중심을 이루는 주제는 유배 그 자체와 레오폴딘의 죽음이다. 평단의 반응은 열광적이었고, 대중적 반향도 엄청났다. 그로 인한 막대한 인세 수입으로 그는 게르네지 중심구역에 위치한 오트빌 하우스라는 저택을 구입하고, 대대적인 정비를 한다.

1859년 브뤼셀에서 헤첼이 운영하는 출판사를 통해, 성서적 영감으로 충만한 장시 모음 『제(諸)세기의 전설』 첫 권이 출간된다. 평단의 호응은 무척 좋았다. 때맞춰 나폴레옹 3세는 추방자들을 대거 사면하는데, 이때 대부분이 프랑스로 돌아오지만 위고만은 사면을 거부한다. 그로부터 소위 자원한 유배생활이 시작되는 셈인데, 빅토르 위고라는 이름의 후광과 굵직굵직한 사안에 대한 그 영향력은 날로 증대되는 양상을 보인다. 예컨대 남북전쟁의 발단이 된 미합중국의 노예제도 폐지에 대해 찬성의 뜻을 밝힌 것 등이 그렇다. 한편 위고 부인과 피아니스트이자 작곡가로서 정신적 건강 상태가 그리 좋지 않은 딸 아델은, 섬 생활의 고립감에서 탈피하기 위해, 런던과 파리 혹은 브뤼셀을 번갈아 드나들며 체류하는 기간을 점점 늘려간다. 그 당시 위고의 두 아들은 갓 태동한 사진이라는 신기술에 열을 올리고 있었다. 샤를 역시 아버지의 재능을 이어받아 소설을 집필했고, 가족 중 유일하게 영어를 할 줄 아는 프랑수아 빅토르는 1858년에서 1866년 사이, 셰익스피어 전작 번역에 착수했다.

1861년 빅토르 위고는 벨기에를 여행하고, 워털루에서 『레 미제라블』을 탈고한다. 샤를은 아버지에게서 얼마간 떨어져 지내기 위해 브뤼셀에 터를 잡는다.

1862년 『레 미제라블』이 드디어 출간된다. 대중적으로 어마어마한 성공을 거둔다. 하지만 평단으로부터는 또다시 좋은 반응을 얻지 못한다. 아들 샤를은 소설을 원작으로 한 극작품을 만들어낸다.

1863년 위고 부인이 쓴 일종의 회고록인 『인생의 증인으로서 바라본 빅토르 위고』가 가(假)출간된다. 둘째 딸 아델이 젊은 영국 장교인 팽송 중위한테 홀딱 반해버린 나머지, 게르네지 섬을 떠나 캐나다 서부, 뉴스코틀랜드에 위치한 할리팍스까지 남자의 뒤를 쫓아간다.

1864년 셰익스피어 탄생 3백 주년을 맞아 『윌리엄 셰익스피어』라는 에세이를 펴낸다. 이 책에서 위고는 단순한 영국 극작가의 전기를 넘어서 예술에 대한 자신의 사상을 야심차게 피력했는데, 세간의 반응은 매우 적대적이었다.

1865년 위고 부인과 프랑수아 빅토르는 브뤼셀에 정착한다. 그곳에서 샤를의 결혼식이 거행된다. 그동안 빅토르 위고는 오트빌 하우스를 홀로 남아 지킨다. 그는 매년 쥘리에트와 함께 대륙에 얼마간 체류한다. 다소 가벼운 시 모음집인 『거리와 숲의 노래』가 출간된다.

1866년 1859년부터 작업 중이던 『바다의 노동자들』이란 새 소설이 출간된다. 다시금 성공을 거두고 평단으로부터도 호평을 받는다.

1867년 파리 만국박람회를 맞이하여 빅토르 위고는 '파리-기드(Guide)'라는 책자를 낸다. 〈에르나니〉가 무려 15년 이상의 공연 금지 조치에서 벗어나 재공연에 들어간다. 엄청난 성공을 거두는 가운데, 폴 베를렌을 포함하는 열광적인 신세대 시인과 작가들이 위고의 극작품을 재발견한다. 하지만 황실의 검열 조치 역시 발빠른 대응에 나선다. 위고의 「게르네지의 목소리」라는 시에 대한 보복성 차원의 검열을 단행해, 〈뤼 블라스〉의 공연을 전면 금지한 것이다. 문제의 작품에서 위고는 이탈리아의 통일을 지지하고, 최근 프랑스 군대에 의해 무참히 진압된 가리발디의 애국 정신을 높이 평가함으로써 나폴레옹 3세에 대한 노골적 반대 입장을 천명했던 것이다.

1868년 예순네 살이 된 위고 부인이 브뤼셀에서 숨을 거둔다. 그녀는 딸 아델을 두 번 다시 보지 못한 채 죽어간 것이다. 위고 부인은 르 아브르 근방 빌키에라는 곳, 레오폴딘의 바로 옆자리에 묻혔다. 위고는 프랑스-벨기에 국경까지만 운구에 참여할 수 있었다. 손자 조르주가 브뤼셀에서 태어난다.

1869년 위고의 아들들이 힘을 모아 《르 라펠》이라는 반정부적 신문을 창간한다. 거기서 위고는 자신의 기존 입장을 재천명한다. 17세기 말과 18세기 초 영국을 배경으로 한 『웃는 사나이』라는 소설이 출간된다. 이 낯선 소설은 프랑스에서는 잘 이해되지 못했으나, 출간 즉시 열두 개 언어로 번역되었다. 손녀 잔이 브뤼셀에서 태어난다.

파리로 귀환

1870년 프로이센과의 전쟁이 발발되고, 나폴레옹 3세는 스당에서 포로로 붙잡힌다. 이로써 제2제정이 막을 내린다. 빅토르 위고는 브뤼셀을 경유한 다음, 파리로

당당하게 귀환한다. 『징벌시집』의 프랑스 판본이 선을 보이고, 엄청난 성공을 거둔다. 포위된 파리에 포격이 가해진다. 시인이 정치에 복귀하기를 바라는 대중의 열망이 거세어진다. 그는 좌파 하원의원으로 선출되지만, 가리발디에 대한 견해차를 문제삼아 자진 사퇴한다.

1871년 프랑스에도(코뮌의 몰락) 빅토르 위고 자신에게도 끔찍한 한 해였다. 아들 샤를이 마흔다섯의 나이에 뇌졸중으로 급사한다. 장례식에 참석하기 위해 브뤼셀로 떠난 위고는 코뮌 봉기를 멀리서 지켜보게 된다. 같은 해 연말 프랑스로 돌아온 그는 피갈 근처 라 로슈푸코 가에 정착한다.

1872년 위고는 파리 코뮌 가담자들에 대한 사면을 위해 백방으로 노력하는데, 그 때문에 선거에서 쓰라린 패배를 맛본다. 한편 자신을 끝끝내 거부하는 팽송 중위를 바르바도스 섬까지 쫓아간 아델 위고는 결국 심각한 정신질환 증세를 보여, 다시 프랑스로 돌아오자마자 생 망데 수용소에 감금된다. 그녀는 거기서 한 발짝도 나와보지 못한 채, 1915년 여든다섯의 나이로 생을 마감한다. 『끔찍한 한 해』라는 시집이 나와 대성공을 거둔다. 위고는 일을 하기 위해 게르네지 섬으로 돌아간다. 거기서 『웃는 사나이』 속편에 해당하는 작품을 집필한다. 내용상 혁명 기간을 다루고 있기 때문에 '93년'이라는 제목이 붙은 그 이야기에서 위고는 내전의 폭력성에 대한 혐오를 토로하고 있다.

1873년 위고는 파리에 있는 병든 아들의 곁으로 돌아온다. 이윽고 프랑수아 빅토르가 마흔다섯 살의 나이로 숨을 거두고, 위고는 이 새로운 충격에서 좀처럼 벗어나지 못한다.

1874년 마침내 『93년』이 출간되고, 엄청난 대중적 성

공과 평단의 호평을 불러일으킨다. 위고는 아들 샤를의 미망인인 알리스와 두 손자 손녀를 데리고 클리시 가에 정착한다. 이때 쥘리에트는 같은 건물 다른 층에 거주하게 된다. 그 와중에도 수없이 다른 여자들한테 한눈을 파는 시인의 바람기 때문에 쥘리에트의 질투심은 날로 격화된다. 소설 『나의 아들들』이 출간된다.

1875년 1841년부터 써왔던 정치적 글들이 『언행록 I : 유배 이전』과 『언행록 II : 유배 중』 등, 총 삼부작의 형태로 묶여 출간된다.

1876년 빅토르 위고는 제3공화국의 상원의원으로 선출된다. 그는 또다시 코뮌 가담자들에 대한 사면을 위해 발벗고 나선다. 『언행록 III : 유배 이후』가 출간된다.

1877년 『제세기의 전설』 제2부가 출간된다. 『할아버지가 되는 기술』이라는 시집이 출간되고 곧바로 대중의 열화와 같은 호응을 얻는다. 손자 손녀들을 향한 애정이 담긴 이들 시편들로 인해 위고는 오늘에 이르기까지 폭넓은 대중의 사랑을 받고 있는 셈이다. 1851년 쿠데타에 관한 역사적 서술을 담은 『범죄 이야기』가 출간된다.

질병

1878년 장시 『교황』이 출간된다. '볼테르 사후 100주년' 기념 연설을 한다. 6월 28일, 뇌출혈을 일으켜 회복에 어려움을 겪는다. 이후 더는 글을 쓰지 않고, 전에 썼던 글들에 대해서만 출간이 이루어진다. 손자 손녀들과 더불어 게르네지로 휴양을 다녀온 뒤, 위고는 쥘리에트와 함께 에일로 가에 정착한다. 그곳은 위고의 마지막 거처가 된다.

1881년 시인의 80세 생일을 위한 대규모 공식 축제가 열린다. 그가 거주하고 있는 에일로 가 일대가 새로운 이름으로 바뀌는데, 오늘날도 16구 그곳은 여전히 빅토르 위고 가로 불리고 있다. 1843년에서 1875년까지 쓰인 시편들이 모아져 『정신의 4방위』라는 제목의 시집으로 출간된다.

1882년 상원에 더 이상 등원조차 하지 못함에도 불구하고 의원직에 재선된다. 1869년 쓰여진 에스파냐 이단 재판에 관한 운문극 『토르케마다』가 출간된다.

1883년 『제세기의 전설』 제3부가 출간된다.

1885년 5월 22일 빅토르 위고는 여든세 살의 나이로 숨을 거둔다. 같은 해 6월 1일, 팡테옹까지 이백만의 인파가 운집한 가운데 국장 형식으로 시인의 장례식이 거행된다.

1886년~1902년 사후 주요 출판 현황은 다음과 같다. 『사탄의 최후』(1886년) 『연극의 자유』(1886년) 『보이는 것들』(1887년~1899년) 『모든 리라』(1888년~1893년) 『신』(1891년) 『비통한 세월』(1898년. 제2제정에 관해 쓰인 시들을 다시 묶은 시집) 『마지막 다발』(1902년).

옮긴이의 덧붙임

‘ANÁΓKH(숙명).’ 이 한 단어로 집약될 수 있는 빅토르 위고의 이 작품은
『레 미제라블』과 더불어 그의 대표적인 소설 중 하나다. ‘숙명’이라는 무겁
고 장중한, 빛과 어둠이 교차하는 고딕식 대성당 내부에서 울리는 파이프오
르간의 화음을 연상시키는 이 단어에 이처럼 걸맞은 작품을 발견하기도 힘
들다. 노트르담 대성당을 중심으로 네 인물의 사랑과 욕망, 질투와 고뇌를
그려낸 이 소설은 낭만파 대문호 빅토르 위고의 문체와 그의 사상을 엿볼
수 있는 중요한 작품이다.

　『파리의 노트르담』을 읽다 보면 마치 15세기 포도 위를 걷는 듯한 착각을
불러일으킨다. 그만큼 노트르담과 파리 시내의 풍경 묘사가 빼어나고 아름
답다. 또한 울고, 웃고, 화내고, 부대끼며 살아가던 그 시대의 수많은 인물들
의 삶을 생생하게 그려낸 것이 인상적이다. 이처럼 공들여 벽돌 하나하나를
정성스럽게 쌓아 올리듯이 쓰였기에 세대의 변모를 뛰어넘어 지금도 이 작
품은 독자들 앞에 우뚝 솟아 많은 사람들에게 기억되고 있다.

　이 소설의 주요한 등장인물 네 사람인 카지모도와 에스메랄다, 클로드 프
롤로, 푀부스는 모두 저마다의 한계로 인해 현실에서는 끝끝내 진정한 사랑
을 얻을 수 없는 인물들이다. 먼저 노트르담의 종지기인 카지모도는 곱사등
이에다 애꾸눈인 흉측한 외모의 소유자로 마치 대성당 외각에 조각된 괴물

조각상이 살아서 걸어 다니는 것 같은 모습을 지니고 있다. 하지만 그의 내면은 대성당 내부처럼 아름답고 고귀한 영혼을 지니고 있어 사랑하는 사람에게 헌신적이고 순종적인 면모를 지녔다. 반면 푀부스는 여자들의 시선을 한 몸에 받는 훌륭한 외모의 소유자이지만 그의 내면은 가볍고, 위선에 가득 차 있으며 속물적이어서 보는 이로 하여금 눈을 돌리게 만든다. 푀부스와 끊임없이 충돌하는 신부 클로드 프롤로의 경우 뛰어난 이성의 소유자이지만 반대로 빈약한 감성의 소유자이기도 하다. 이로 인해 그는 사랑이라는 감정을 끝까지 제대로 이해하지 못하고 휘둘리다가 모든 이들을 파국으로 몰아넣는 장본인이다. 순수하고 아름다운 외면과 내면을 동시에 지닌 에스메랄다 역시 다정다감함과 선한 면을 가졌지만 현실을 직시하는 이성적인 면이 빈약해 자신이 만든 신기루 같은 환상에 현혹되는 감성적인 인물이다.

즉, 카지모도와 푀부스는 내적인 아름다움과 외적인 아름다움이라는 측면에서 서로 대척점에 서 있으며 에스메랄다와 클로드 프롤로는 감성과 이성이라는 측면에서 또한 서로 대척점에 서 있다. 이처럼 이 네 사람은 서로 완전하지 못한 치명적인 결점을 저마다 안고 있으며, 이 결점들이 서로 부딪치고 호응하고 반응하여 모든 이들을 숙명의 굴레로 몰아간다. 그런 의미에서 소설의 마지막 장면에서 진정한 사랑을 받아본 적이 없는 카지모도와 진정한 사랑을 해본 적이 없는 에스메랄다의 결합은 그들 모두가 지녔던 숙명적인 한계를 뛰어넘은 사랑의 완성을 보여주며 독자들에게 깊은 감동과 연민의 정을 불러일으킨다.

『파리의 노트르담』에서 또 하나 간과할 수 없는 부분은 바로 빅토르 위고의 뛰어난 통찰력과 아름다운 묘사, 그리고 숭고한 그의 사상이다. 노트르담과 파리 시내 구석구석을 묘사하는 3부는 한 폭의 세밀화 같다. 아울러 건축에 관한 그의 빼어난 심미안도 곳곳에서 엿볼 수 있다. 위선과 기만, 어리석음으로 가득 찼던 종교재판소의 모습이라든가 사형대를 둘러싼 군중들의 광기와 사형수가 겪는 심적인 고통은 사형제 폐지를 주장했던 그의 휴머니즘적인 면모와 맞닿아 있다.

　빅토르 위고 자신이 이 책에서 말했듯이 인간의 지성과 감성, 기억을 저장시키고 보존하는 제2의 바벨탑이라 할 수 있는 책으로 만들어진 탑에 벽돌을 한 장 한 장 올리듯이 오늘도 무수히 많은 책들이 출간되고 있다. 성서와 호메로스의 서사시와 셰익스피어의 희곡에 이르기까지 고금을 막론하고 대작으로 평가받는 여러 뛰어난 작품들이 이 바벨탑을 아름답고 풍성하게 만들어주는 하나의 석상으로, 회랑으로, 장식으로 남아 있다. 그렇다면 빅토르 위고가 지어낸 이 장중하고, 화려한 고딕식 첨두홍예를 닮은 『파리의 노트르담』은 어디쯤에 놓여 있을까. 분명한 것은 우리가 끊임없이 쌓아 올리고 있는 이 제2의 바벨탑이 그의 작품 덕분에 그만큼 아름답고 풍성해졌다는 사실이다.

성귀수

파리의 노트르담

초판 1쇄 발행일 _ 2010년 1월 17일
초판 4쇄 발행일 _ 2025년 9월 15일

지은이 _ 빅토르 위고
옮긴이 _ 성귀수
펴낸이 _ 박진숙
펴낸 곳 _ 작가정신
주소 _ (10881) 경기도 파주시 광인사길 143 2층
전화 _ (031)955-6230 | 팩스 _ (031)955-6294
이메일 _ editor@jakka.co.kr
블로그 _ blog.naver.com/jakkapub
페이스북 _ facebook.com/jakkajungsin
인스타그램 _ instagram.com/jakkajungsin
홈페이지 _ www.jakka.co.kr
출판등록 _ 제406-2012-000021호

ISBN 978-89-7288-360-9 04860
　　　 978-89-7288-353-1 (전 4권)